조선반당록

조선반당록

초판 1쇄 찍은 날 ┃ 2017년 10월 11일
초판 1쇄 펴낸 날 ┃ 2017년 10월 18일

지은이 ┃ 이이담
펴낸이 ┃ 서경석

편 집 책 임 ┃ 조윤희
편   집 ┃ 이은주
              이예진
디 자 인 ┃ 최진실

펴 낸 곳 ┃ .도서출판 청어람
등록번호 ┃ 제387-1999-000006호
등록일자 ┃ 1999. 5. 31
어람번호 ┃ 제11-0062호

주소 ┃ 경기도 부천시 부일로 483번길 40 서경B/D 3F (우) 14640
전화 ┃ 032-656-4452 팩스 ┃ 032-656-4453
http://www.chungeoram.com
E-mail ┃ chungeorambook@daum.net

ⓒ 이이담, 2017

ISBN 979-11-04-91465-2   03810

조선 반당록

이이담 장편소설

도서출판 청어람

목차

01. 영월상단 … 007

02. 찬달 … 037

03. 반아(伴兒) … 081

04. 전조(前兆) … 105

05. 불안의 씨앗 … 153

06. 어긋나는 마음 … 192

07. 탄야(歎夜) … 233

08. 차마 하지 못한 말 … 274

09. 피할 수 없는 길 … 313

10. 불씨 … 349

11. 월하정인(月下情人) … 382

12. 끝나지 않은 비극 … 426

13. 정해진 인연 … 483

14. 마지막 또한 너이기를 … 540

15. 최후의 결전 … 569

外. 못다 한 이야기 … 609

작가 후기

이 글은 허구의 인물과 사건을 가미한 이야기로,
일부 내용이 역사적 사실과 다름을 알립니다.

01. 영월상단

삼청색 빛줄기가 수평선을 타고 어렴풋이 흐른다. 곧 해가 뜰 모양이었다. 머지않아 자욱한 물안개를 헤치고 나룻배 한 척이 나타날 것이다. 채 가시지 않은 어둠 속에 몸을 숨기고 검푸른 강물을 뚫어져라 바라보던 율은 조용히 잔기침을 토해냈다.

근자에 더욱 기승을 부리고 있는 밀수를 뿌리 뽑기 위해 도성 내 무역상들을 추적한 지도 어느덧 한 달. 지난밤 형조(刑曹)가 입수한 정보에 따르면, 그 나룻배는 한 상단이 명에서 들여온 밀수품을 싣고 있을 예정이었다.

은밀하게 그들의 움직임을 감시하라.

바로 그것이 오늘 새벽, 율에게 주어진 임무였다.

"영월상단……."

문득 소리 죽여 혼잣말을 중얼거린 율은 그 끝에 얕은 한숨을 덧붙였다. 어쩐지 달갑지 않은 예감이 스친 탓이었다.

대부분의 장사치가 그러하듯 세금 징수를 피하고자 밀수를 자행한 까닭도 있겠으나, 기실 소규모에 불과한 영월상단이 특별히 형조의 감시를 받게 된 연유는 따로 있었다. 상단을 운용하는 주루(酒樓) 영월관, 그곳을 드나드는 벼슬아치들이 나라의 눈을 피해 반입이 금지된 고가의 사치품을 들여오는 목적으로 이들을 이용하고 있었던 것이다.

더군다나 관주인 민기(民妓) 영월이 도성에서 이름난 마당발이자 수완가인 것을 생각하면, 연루된 관료의 수 또한 엄청날 터. 아마도 그 점이 이제껏 그들을 쉽사리 처벌할 수 없었던 연유이리라.

"……시간이 됐군."

이윽고 수평선을 물들이던 빛이 점차 하늘 위로 번지기 시작하자, 율은 차갑게 언 얼굴을 흑색 천으로 가리며 몸을 일으켰다. 때마침 먼발치에서 나룻배 한 척이 강물을 가르며 다가오는 것이 보였다. 숨죽여 이를 지켜보던 율이 마침내 조심스럽게 발걸음을 떼려던 바로 그때였다.

"멈추십시오."

속삭이듯 낮게 가라앉은 목소리와 함께 섬뜩한 기운이 순식간에 율의 목 언저리로 다가왔다. 순간 입 밖으로 헉하고 새어 나오려던 숨을 목구멍 아래로 급하게 삼킨 율은 저도 모르게 주먹을 아득 움켜쥐었다.

"미행입니까?"

앳된 목소리와 달리 단단하고 날카로운 칼끝이 서늘하게 목덜미를 조여오자, 율은 긴장감으로 온몸의 근육이 바짝 솟는 것을 느꼈다. 그런 그의 마음을 읽은 것일까. 조용히 칼자루를 고쳐 쥔 등 뒤의 괴한은 잠시 머뭇거리는가 싶더니, 이내 작게 한숨을 쉬며 다시금 말문을 열었다.

"죽이지는 않겠습니다."

"……."

"하니 오늘은 이만 물러나십시오."

그 말인즉, 더는 이 사건에 관여하지 말라는 경고였다. 하지만 간신히 붙잡은 이 기회를 놓칠 수는 없다. 바짝 마른 숨을 삼키며 얼어붙은 몸을 천천히 편 율은 허리춤에 매달려 있던 검을 향해 은밀히 손을 뻗기 시작했다. 그러나 바로 다음 순간, 그의 목에 드리워져 있던 섬뜩한 기운이 순식간에 허공으로 사라지는 게 아닌가.

"잠깐……!"

재빨리 몸을 돌렸지만, 곧 담벼락을 껑충껑충 뛰어 넘으며 빠르게 달아나는 작은 그림자를 발견한 율은 이내 헛웃음을 터뜨렸다.

'기척을 느낄 수 없었다.'

지금껏 수많은 검객을 만나왔지만, 기척을 느낄 새도 없이 제 등 뒤로 다가온 이는 손에 꼽을 수 있을 정도로 적었다. 더군다나 지금은 미행 중이라 오감이 곤두선 상태가 아니었던가.

"……재밌군."

율은 피식 웃으며 아직도 섬뜩한 느낌이 가시지 않은 목덜미를 느리게 쓸어내렸다. 기실 등 뒤를 내어주긴 했어도 그에게 밀릴 거라 생각지는 않았다. 검술만 놓고 본다면 금군과 겨룬들 지지 않을 자신은 있었으니까. 하지만 실로 오랜만에 느낀 칼끝의 그 생경한 감촉은 저도 모르게 무뎌져 있던 공포라는 감각을 다시금 일깨우기에 충분한 것이었다.

그림자가 사라진 방향을 물끄러미 바라보던 율은 곧 나루터를 향해 시선을 옮겼다. 어느새 텅 비어버린 수면 위에는 때마침 떠오른 아침 햇살이 눈부신 빛을 흩뿌리고 있었다.

❈

고관대작도, 내로라하는 재산가들도 함부로 가질 수 없는 것이 고래 등 같은 기와집이라고 했다. 벼슬아치들이 모여들며 부촌으로 이름이 난 양덕방 향교동에도 기와지붕은 손에 꼽을 정도로 적었다. 하지만 그럼에도 불구하고 사대부가 부럽지 않은 와가(瓦家)를 무려 세 채나 차지한 곳이 있었으니, 바로 행화촌(杏花村)에 자리한 주루 영월관이었다.

본디 향기였던 관주 영월은 선상기로 뽑혀 상경했다가 우연히 면천을 하게 되었는데, 작은 주가(酒家)로 시작한 장사가 큰 성공을 거두면서 다시 기생의 길을 걷게 되었다고 한다. 거기다 상단을 운용하며 도성에 유통되는 사치품의 판로는 꽉 쥐고 있으니, 과연 돈줄 하나는 기가 막히게 타고났음이라.

덕분에 이름깨나 날린다는 사내들은 너 나 할 것 없이 영월관으로 모여들어 은밀히 향락을 즐기곤 하였는데, 이 비밀스러운 주연(酒宴)에서 이루어진 모종의 밀담을 모아보면 수십 권의 책이 되고도 남을 정도였다.

또 어딘가에서 기록되지 못할 역사가 쓰이고 있을지 모를 깊은 밤, 시끌벅적한 웃음소리를 뒤로하고 조용히 달을 올려다보던 영월의 눈가에 문득 뜻 모를 미소가 서렸다. 긴 세월이 흘렀음에도, 그녀는 여전히 아름다운 용모를 지니고 있었다.

"아씨, 화영이 데려왔습니다요."

때마침 등 뒤에서 들려온 목소리에 천천히 고개를 돌린 영월은 곧 여종 뒤에 서 있는 작은 체구의 아이에게로 시선을 옮겼다. 그러자 흑칠한 삿갓을 벗은 아이가 말없이 영월을 향해 고개를 숙였다.

사내의 행색을 하고 있으나, 그에 맞지 않게 유약하고 메마른 아이의 몸은 치색의 무복(武服) 밖으로 유난히 도드라져 보였다. 하지만 어둠처럼 깊은 눈동자는 가냘픈 얼굴선과 달리 매섭고 단단하기만 했다.

주루에서 태어나 기생들 치맛자락 속에서 자랐다 하여 화중이라 불리던 동비(童婢), 하지만 금(琴)이 아닌 칼을 잡게 되면서 여인이라는 사실마저 마음속 깊숙한 곳에 묻어야 했던 검랑(劍娘). 그런 아이에게 화영이라는 새 이름을 지어준 것이 바로 영월이었다.

과거를 더듬자니 새삼 연민이 깃든다. 저도 모르게 쓸쓸한 미소를 머금은 영월은 곧 그 기색을 거두고는 화영을 향해 따라오라는 듯 손짓을 했다. 그녀를 따라 소리 없이 방 안으로 들어온 화영은 무릎을 꿇어앉은 채 굳게 다문 입술을 조금도 달싹이지 않았다. 아마도 영월이 먼저 입을 열기를 기다리는 것이리라.

"알아보았느냐?"

한참 만에야 은밀한 기색을 띠며 흘러나온 영월의 물음에 화영은 천천히 고개를 끄덕이며 들릴 듯 말 듯 나지막한 목소리로 대답했다.

"형조참판 영감이십니다."

"……쯧, 곤란하게 되었구나."

혀끝을 찬 영월은 이내 연지가 빈틈없이 발린 붉은 입술을 꾹 다물었다. 근자에 형조의 단속이 삼엄해졌다는 이야기는 익히 들었으나, 이렇게 빨리 자신의 상단을 파고들 줄은 예상치 못한 터였다.

"미행이 붙어 따돌리기는 하였으나, 계속 이쪽의 움직임을 주시할 것 같습니다."

이어진 화영의 보고에, 영월의 고운 얼굴 위로 일순 어두운 그림자가 드리워졌다. 하지만 심증일 뿐, 아직 증좌가 없지 않은가. 거기까지 생각이 미치자, 영월은 애써 아무렇지도 않은 척 자신을 안심시키며, 마주 앉은 화영에게로 시선을 옮겼다.

"조만간 재하가 돌아올 터이니, 그때까지는 잠자코 상황을 지켜보는 게 좋겠다. 화영이 너는 되도록 움직이지 말고 기다리도록 해라."

"예, 알겠습니다."

"피곤하겠구나. 이만 물러가 쉬거라."

화영은, 가볍게 손을 휘젓는 영월에게 고개를 조아린 뒤 들어올 때와 마찬가지로 소리 없이 그녀의 방을 나섰다. 그런데 어쩐 일인지 처소로 향하지 않고 툇마루에 걸터앉은 화영의 아득한 시선이 깊은 밤하늘로 향했다. 어느새 그녀의 손에는 작은 향갑이 달린 노리개가 들려 있었다.

이제는 희미한 잔향만 남아 있을 뿐인 그 노리개를 메마른 손으로 꼭 움켜진 화영은 젖어드는 숨을 애써 목구멍 아래로 삼키며 무거운 입술을 달싹였다.

"……어머니."

한껏 애타게 불러보았지만, 이조차 빈껍데기인 것만 같다. 그도 그럴 것이 얼굴도 모를뿐더러 목소리조차 들어본 적 없는 존재가 아니던가.

하지만 어머니의 유품인 이 노리개를 볼 때면, 화영은 막연하게나마 그리움이 무엇인지 알 것 같다는 생각이 드는 것이었다.

영월관에서 허드렛일을 하던 화영의 어미 서련은 화영을 낳은 뒤 바로 죽었다. 서련의 지기였던 어리니가 젖을 물려준 덕분에 간신히 목숨 줄은 부지할 수 있었지만, 아비라던 악공 송학수는 화영을 거두어 기를 형편이 되지 못했다.

결국 홀로 남겨진 화영은 걸음을 뗄 무렵부터 자연스럽게 영월관을 드나드는 왈패 무리를 따라다니기 시작했고, 이를 보다 못한 영월은 화영을 영월관의 기생으로 거두고자 했다. 그런데 무슨 연유인지 아비인 학수가 영월의 제안을 완강히 거부하고 나섰다.

"계집으로 살지 말거라. 네가 계집이라는 사실을 잊어. 그게 너를 위한 길이니라."

화영의 작은 어깨를 짓누르듯 붙잡고 다짐을 받아내는 학수의 목소리는 쉬이 흘려버릴 수 없을 만큼 어둡고 짙었다.

아비에게 버림받을지도 모른다는 두려움 때문이었을까. 아니면, 어린 마음에도 그에게서 간절한 무언가를 읽은 것이었을까. 정확한 연유는 알 수 없지만, 그 말이 화영으로 하여금 사내아이의 행색을 하게 한 것은 분명하리라.

그러나 정작 학수는 화영이 열셋이 되던 해에 말도 없이 행화촌을 떠나 버렸고 바로 그날, 영월은 환도 하나를 그녀의 손에 쥐어주며 상단을 지키는 검객이 되라 하였다. 화영이라 불리게 된 것도 그때부터였다.

"아직 안 가고 예서 뭘 하고 있었느냐?"

때마침 들려온 영월의 목소리에 퍼뜩 상념에서 깨어난 화영은 들고 있던 노리개를 황급히 품속에 구겨 넣었다.

"아무것도 아닙니다, 아씨."

"얼른 처소로 돌아가거라."

"예……."

푸르스름해 보이기까지 하는 화영의 두 뺨이 달빛처럼 처연하다. 영월은 들리지 않게 혀를 차며 아직 연회가 한창인 객관으로 걸음을 옮겼다.

점점 멀어지는 영월의 뒷모습을 물끄러미 바라보던 화영은 한참 만에야 무거운 발을 처소 쪽으로 돌릴 수 있었다. 그러나 바로 다음 순간, 미적거리던 그녀의 걸음이 우뚝 멈춰 섰다.

밤공기를 가르는 섬뜩한 기운, 날카롭고 생경한 냄새, 그리고 온몸을 감싸는 짙은 위화감.

깊이 생각할 겨를 따윈 없었다. 본능적으로 위험을 감지한 화영은 황급히 품 안의 장도(粧刀)를 향해 손을 뻗었다. 하지만 미처 칼자루를 잡기도 전에, 어둠 속에서 불쑥 튀어나온 차가운 손이 화영의 입을 순식간에 틀어막는 것이 아닌가.

"또 만났군."

낮게 속삭이는 목소리는 분명 익숙했다. 곧 등 뒤의 침입자가 나루터에서 마주쳤던 형조참판의 수하라는 것을 눈치챈 화영은 그대로 돌처럼 굳어버리고 말았다. 이토록 완벽하게 제압당한 이상 반격은 쉽지 않을 터였다.

"안심해라, 죽이진 않을 테니."

마치 당한 것을 그대로 갚아주겠다는 듯, 그날의 화영과 똑같은 말을 내뱉은 사내는 식은땀에 젖은 그녀의 목을 바짝 당겨 안으며 한층 더 고압적인 목소리로 속삭였다.

"하나만 묻지. 관주가 따로 관리하는 출납 장부가 있을 터인데."

"……."

"그 장부의 위치를 알고 있느냐?"

화영은 천천히 고개를 가로저었다. 그러자 작게 실소한 사내는 화영의 입을 막고 있던 손을 천천히 내리며 자못 유쾌한 목소리로 중얼거렸다.

"보기보다 제법 강단이 있구나."

긴장한 탓에 더욱 조여들었던 숨통이 자유로워지자, 화영은 저도 모르게 큰 숨을 들이마시며 쿨럭쿨럭 기침을 토해냈다. 하지만 여유를 부리고 있을 틈이 없었다.

두 다리가 물에 녹은 듯 휘청거렸지만, 사내의 결박이 느슨해진 틈을 타 재빨리 몸을 돌린 화영은 순식간에 품에서 장도를 뽑아 휘둘렀다. 그러나 손쉽게 화영의 공격을 피한 그는 이내 가느다란 눈을 치켜뜨고 그녀를 노려보았다.

"……더는 밀어붙일 생각이 없었다만."

때마침 그의 얼굴을 가리고 있던 검은 천이 미끄러지듯 바닥으로 떨어졌다. 달빛 아래 고스란히 드러난 자신의 얼굴을 말없이 매만지는 사내의 입술은 보일 듯 말 듯 옅은 미소를 그리고 있었다.

그리고 다음 순간, 믿을 수 없는 장면을 목도한 화영은 그만 쥐고 있던 장도를 힘없이 떨어뜨리고 말았다. 단 한 번의 움직임으로 순식간에 화영의 목을 휘어잡아 담벼락으로 밀친 사내의 검이 어느새 그녀의 턱 끝을 겨눈 채 번뜩이고 있었던 것이다.

"웃……."

점점 더 강하게 짓눌리는 목 때문에 제대로 숨을 쉴 수 없게 된 화영은 앙다문 잇새로 가느다란 신음을 토해냈다. 그러자 사내의 손이 잠시 멈칫하는가 싶더니, 곧 차분한 목소리가 화영의 귓전에 내려앉았다.

"아프게 해서 미안하다만, 너를 놓아주면 일이 번거로워질 것 같으니 잠시 이대로 있어줘야겠다."

그의 손아귀에서 벗어나려 안간힘을 다해 바르작거리던 화영은 점점 흐릿해지는 시야를 붙잡기 위해 눈앞의 사내를 힘껏 노려보았다. 그런데 가까이 마주한 사내의 얼굴이 놀라우리만치 젊고 수려하다.

저도 모르게 넋을 잃고 만 화영은 보기 드문 그 미안(美顏)을 뚫어져라 바라보았다. 날렵하고 가느다란 눈매에 어둠보다 새까만 눈동자는 그 깊이를 가늠하기 힘들고, 검결에 반사된 달빛이 스며든 콧날은 유난히 곧고 매끈했다.

"……왜 기척을 느끼지 못했는지 궁금했는데."

붓으로 그린 듯 단정한 선을 지닌 입술이 불쑥 침묵을 깨고 달싹이자, 화영은 제풀에 놀라 작게 몸을 떨었다. 그러나 이어진 사내의 말은 그녀가 전혀 예상치 못한 것이었다.

"넌 살기가 없구나."

화영은 당혹감을 감추지 못한 눈앞의 사내를 멍하니 바라보았다. 하지만 그것도 잠시. 정체 모를 그림자 여럿이 영월의 처소에서 빠져나오는 것을 발견한 화영은 더욱 거세게 몸을 비틀며 으르렁거리기 시작했다.

"거참, 쓸데없는 짓을 하는군."

그러나 대수롭잖다는 듯 손안의 화영을 더욱 강하게 압박하던 사내는 때마침 곁으로 다가온 복면의 침입자들에게 간결한 목소리로 물었다.

"장부는?"

"송구합니다만, 찾지 못했습니다. 아무래도 다른 곳에 숨겨둔 모양입니다."

"……역시 그렇군."

잠시 고민하던 사내는 이내 나지막하게 말을 이었다.

"자네들은 영감께 돌아가 이 사실을 고하도록 하게."

"그자는 어찌하시겠습니까? 역시 처리하는 게……."

"내가 알아서 할 테니, 먼저 출발하게. 시간이 얼마 없어."

필사적으로 저항하는 화영을 의식한 듯 잠시 주저하던 침입자들은 이어지는 사내의 재촉에 결국 어쩔 수 없다는 듯 담장을 넘어 사라졌다. 그러자 가볍게 한숨을 쉰 사내가 화영을 결박하고 있던 손을 천천히 떼어냈다.

갑작스레 뚫린 호흡 탓일까. 어지러움을 느끼며 비틀거리던 화영은 아릿한 통증이 느껴지는 목덜미를 부여잡으며 날카로운 기침을 수차례 뱉어냈다. 하지만 벽에 기대어 몸을 일으킨 그녀의 손이 향한 곳은 놀랍게도 땅에 떨어진 자신의 장도였다.

화영이 순식간에 그것을 집어 들고 다시금 달려들자, 놀란 표정으로 몸을 비튼 사내는 재빨리 들고 있던 칼집으로 그녀의 손등을 내려쳤다.

"윽!"

팔꿈치까지 전해지는 묵직한 통증에 화영이 주춤하는 사이, 사내의 검 끝이 다시금 그녀의 목덜미를 겨눴다.

"거기까지."

무심히 중얼거린 사내는 화영의 옷깃을 잡아끌어 그녀를 일으켰다.

"내 너를 엄히 다스릴 수 있으나, 지체할 겨를이 없음에 감사하거라."

서늘한 말투로 엄포를 놓은 사내는 쥐고 있던 화영의 옷깃을 거칠게 놓아주었다. 하지만 파르르 떨던 화영의 입술 사이로 새어 나온 말은 뜻밖이었다.

"우리 아씨는 잘못이 없습니다."

"······잘못이 없다?"

묘하게 비틀린 말꼬리에 짧은 실소를 덧붙인 사내는 가느다란 눈을 더욱 깊게 조이며 되물었다.

"나라에서 금지한 밀수를 자행하고, 그것을 눈감아주는 대가로 관리들에게 향락을 제공한 것이 잘못이 아니면 무어란 말이더냐?"

"일개 장사치들이 무슨 힘이 있어 그 요구를 거절할 수 있단 말입니까? 잘못이 있다면 무리한 뇌물을 바란 탐관오리들에게 있겠지요!"

어느새 고개를 쳐들고 사내를 쏘아보는 화영의 눈동자는 불꽃이 이는 듯 뜨거웠다.

"살기 위해 행한 일에 죄를 묻는다면, 이 나라 그 누구도 죄인이 아닐 수 없을 겁니다. 아니면······."

"······."

"힘없는 자들에게만 벌을 주시려는 겁니까?"

사내는 아무런 대답도 하지 않은 채, 화영을 물끄러미 바라보았다. 벌겋게 달아오른 눈, 가쁘게 오르내리는 작은 어깨가 유독 앳돼 보이는 아이. 하지만 주먹을 그러모으며 부르짖는 말들은 그 어떤 칼보다 아프게 가슴을 찌른다.

"착각하지 말거라. 그렇다고 해서 너희가 저지른 짓들이 옳은 일이 되는 것은 아니니."

결국 쓰게 웃으며 고개를 돌린 율은 들고 있던 검을 갈무리하며 중얼거렸다.

"하여 장부를 찾는 게다. 그 누구도 자신의 죄를 외면하지 못하도록."

"그렇지만……!"

무어라 반박하려 했지만, 사내는 순식간에 담장을 뛰어넘더니 그대로 화영의 눈앞에서 사라져 버렸다. 서둘러 그 뒤를 쫓아 벽을 기어 올라갔지만, 이미 그의 흔적은 짙은 어둠 속에 홀연히 묻혀 버린 뒤였다.

밀려드는 허탈함에 빈 웃음을 터뜨리고 만 화영은 땀이 흥건하게 고인 손바닥을 불끈 말아 쥐었다. 정말이지, 이렇게 무기력한 모양으로 당해 버릴 줄은 꿈에도 몰랐다.

"……아씨께 뭐라 해야 하지."

가뜩이나 근심이 깊은 영월에게 이 사실을 어떻게 알려야 할지 난감하기만 하다. 잠시 후, 힘없이 담장 아래로 내려온 화영은 영월이 있는 객관을 향해 터덜터덜 발걸음을 옮겼다. 달은 어느새 아무 일도 없었다는 듯 태연한 모양으로 기울고 있었다.

❀

하늘 가득 번진 노을이 느티나무를 끼고 길게 늘어진 담장 위에 내려앉았다. 넓은 창으로 총천연색 만연한 풍광을 지켜보던 정 참판의 얼굴에 문득 인자한 미소가 떠올랐다.

'실로 오랜만의 여유로구나.'

형조참판 정충경. 뼈대 있는 문신 가문의 후손인 그는 선왕 대부터 두터운 신임을 받으며 지금의 자리에 오른 인물로, 근자에는 밀수를 단속하느라 쉴 새 없이 바쁜 나날을 보내고 있었다.

덕분에 조금 야윈 듯한 그를 물끄러미 바라보던 율은 정 참판의 부드러운 시선이 제게 향하자 황급히 고개를 숙였다. 잠깐의 침묵이 흐르고, 은밀해진 정 참판의 목소리가 율의 귓가에 나지막하게 내려앉았다.

"그래, 장부는 찾았느냐?"

율은 고개를 가로저으며 대답했다.

"아직 발견하지 못했습니다."

"흠, 그렇군."

"며칠 더 말미를 주십시오."

"아니다. 그럴 필요는 없을 것 같구나."

"……예?"

"방향을 좀 틀어보려 한다."

당황하는 율과 달리 여유로운 미소를 지어 보인 정 참판은 들고 있던 찻잔을 내려놓으며 말을 이었다.

"조자겸의 주변을 살펴보거라."

"조자겸이라면, 영중추 대감의 서손 말씀이십니까?"

"그래. 대감께서 돌아가신 지도 제법 시간이 흘렀건만, 그 측근들이 아직 활개를 치고 있는 모양이더구나."

"……알겠습니다."

율은 고개를 끄덕이며 서둘러 몸을 일으켰다. 그런데 상 위에 내려놓은 찻잔을 물끄러미 바라보던 정 참판이 망설임 섞인 목소리로 그를 불러 세운다.

"율아."

나지막한 그 부름에, 흠칫하며 고개를 돌린 율의 시선은 웬일인지 옅게 흔들리고 있었다.

"너무 깊게 관여하지는 말거라."

"……."

"밀수의 배후가 정녕 조 대감의 식솔들이라면, 전하께서는 이 일을 더는 들추지 않으실 게다."

곧 정 참판의 말이 뜻하는 바를 눈치챈 율은 대답 대신 쓴웃음을 지었다. 화산 조말생. 그 이름이 가진 힘을 이미 잘 알고 있던 탓이었다.

태종대부터 왕의 신임을 받아온 조말생은 과거 어마어마한 양의 뇌물을 받은 일로 조정을 발칵 뒤집어놓은 적이 있었다. 하지만 금상은 법을 어기면서까지 그를 구명해 주었고, 종국에는 영중추원사 자리까지 내어줌으로써 변치 않은 어심을 보여주었다.

만약 정 참판의 짐작이 사실이라면, 금상은 스스로 시작한 일임에도 불구하고 이 문제를 덮고자 할지도 모른다. 정 참판은 바로 그 점을 염려한 것이리라.

"하오나……."

무어라 말을 이으려던 율은 이내 망설였다.

"힘없는 자들에게만 벌을 주시려는 겁니까?"

간밤의 일들이 머릿속을 어지럽게 흔드는 통에, 잠시 눈을 감고 생각을 거듭하던 율은 곧 고개를 가로저으며 말을 이었다.

"알고 묻어두는 것과 모르는 채 사는 것은 다르지 않습니까?"

"……."

"모르는 채 사느니, 알고 묻어두는 쪽을 택하고자 합니다. 그래야 훗날이라도 이를 바로잡을 순간이 오지 않겠습니까?"

한결 또렷해진 그의 목소리에서 굳은 결의를 느낀 정 참판은 희미한 미소를 지으며 가만히 두 눈을 감았다. 한 번 뜻을 품으면 굽힐 줄 모르는 율의 성품을 모르지는 않았기에, 기실 예상했던 바였다.

"네 뜻은 알겠다만, 부디 몸조심하거라."

"……명심하겠습니다."

고개를 끄덕인 율은 이윽고 조용히 정 참판의 처소를 나섰다. 어느새 노을이 기운 하늘은 어둑어둑했다.

"율아."

참으로 오랜만에 불려본 듯하다. 차분했던 정 참판의 목소리를 몇 번이고 곱씹던 율은 새삼 먹먹해지는 가슴을 괜스레 주먹으로 쿵쿵 두드렸다.

"도련님, 어디로 가실 겁니까?"

때마침 다가온 종복이 묻는 말에, 댓돌 위 갖신을 발에 꿴 율은 곧 흔들림 없는 목소리로 대꾸했다.

"들어가서 쉬시게. 오늘 밤은 처소에 들지 않을 테니."

"알겠습니다요."

으레 있는 일인지라 놀라는 기색 하나 없이 고개를 조아린 종복은 소매 속에 손을 집어넣으며 바쁜 걸음으로 자리를 떴다. 비로소 홀로 남게 된 율은 잠시 주위를 살피는가 싶더니 재빨리 몸을 날려 담장을 뛰어넘었다.

월담은 율에게 익숙한 일이었다. 이 집에 들어온 후 십여 년이란 세월이 흐를 동안 그가 대문을 드나드는 일은 극히 드물었으니까. 그 연유는 아마도 가슴속에 품은 정 참판과의 오래된 비밀 때문이리라.

정 참판과의 비밀.

문득 고요하던 율의 입술이 비스듬한 곡선을 그리며 휘어졌다. 단 한순간도 떨쳐 내지 못했던 진실이자 족쇄, 그것은 자신이 정 참판의 숨겨진 얼자(孼子)라는 사실이었다.

서자도 아닌 얼자, 천첩의 자식이라는 굴레는 제아무리 대단한 아비를 두었다 할지라도 노비 신분을 면할 수 없음을 의미한다. 하여 정 참판은 형편이 곤궁한 지방 유지에게서 족보를 사들여 율을 죽은 벗의 자식이라 꾸미고 자신의 양자로 들인 것이다.

생모가 병으로 일찍 죽지 않았다면, 대부분의 얼자가 그러하듯 율 또한 제 아비를 평생 모르고 살았을지도 모른다. 하지만 눈앞의 아버지를 아버지로 여길 수 없는 현실 또한 율에게는 그리 달갑지 않은 일이었다.

잠시 내린 비가 만든 길가의 물웅덩이에 눈처럼 새하얀 달이 떠오른다. 달빛을 머금은 수면 위에 동그랗게 비친 제 얼굴을 무심코 바라보던 율은 저도 모르게 낮은 한숨을 뱉어냈다.

"제 어미를 참 많이 닮았어."

난처럼 곧고 가느다란 눈매, 단정한 선을 그리는 입술. 어미를 닮았다는 이 얼굴을, 정 참판은 어떤 마음으로 마주 보고 있을까. 거기까지 생각이 미치자, 미간을 좁히며 인상을 구긴 율은 부러 수면 위 제 얼굴을 발끝으로 힘주어 밟아버렸다.

모르는 채 사느니, 알면서도 묻어두는 것이 낫다. 그러나 때로는 모르는 게 차라리 나은 일도 있는 법이다.

반짝이는 수면 위에는 여전히 얇은 파동이 남아 있었다. 율은 곧 무거운 시선을 어둠 속으로 돌렸다. 파루까지 남은 시각은 대략 두 시진. 순라군의 눈을 피해 도성 밖까지 나가려면 꽤 먼 길을 달려야 할 터였다.

❈

이른 아침부터 구름처럼 모여든 인파로 북새통인 운종가는 늘 그렇듯 좁고 소란스러웠다. 여리꾼들의 억센 고함 소리에 걸음을 재촉하던 화영이 주춤거리며 뒤를 돌아보자, 그녀의 옷깃을 꼭 붙든 채 뒤를 따르던 소녀는 불안해 보이는 화영을 향해 부러 화사한 미소를 지어 보였다.

"난 괜찮으니 신경 쓰지 마."

"역시 돌아가는 게 낫지 않을까? 아씨께서 아시기라도 하면……."

"괜찮다니까, 글쎄."

걱정 섞인 화영의 물음에 단호히 고개를 가로젓는 소녀의 얼굴은, 수많은 인파 속에서도 단연 눈에 띌 만한 미색이었다. 하긴, 도성에서도 으뜸가는 금기(琴妓)이자 영월관의 간판인 그녀가 아닌가.

설매라는 기명이 참으로 잘 어울리는 백옥빛 피부에 탐스러운 뺨, 작고 투명한 입술과 툭 굴러갈 듯 동그랗고 커다란 눈동자는 오늘따라 봄날의 나비처럼 곱디고운 모양이다.

덕분에 남녀노소 막론하고 가던 걸음을 멈춰 세우며 두 사람을 돌아보는 통에, 더욱 난감해진 화영은 들고 있던 전모를 설매의 머리에 씌워주며 재빨리 그녀의 손을 잡아끌었다.

"그럼 서두르자. 아씨께서 일어나시기 전에 돌아가야지."

"응, 알았어."

싱긋 웃으며 고개를 끄덕인 설매는 다시금 화영을 따라 걸음을 옮기기 시작했다. 안 그래도 며칠째 자리에 누워 일어나지 못하고 있는 영월이 걱정되어 약방에 간다는 화영을 따라 나온 참이었다.

화영이 약을 받아 나올 때까지도 설매는 평소와 달리 조용히 그녀를 기다리고 있었다. 그런데 담벼락 밑에 몸을 말고 앉아 멍하니 하늘을 올려다보고 있는 설매의 모습이 어딘지 모르게 쓸쓸하다. 덕분에 들고 있던 약 꾸러미를 괜스레 주무르던 화영은 이내 결심한 듯 설매의 곁으로 가 앉으며 말문을 열었다.

"오랜만에 밖으로 나온 거지?"

동기 시절 몇 번이고 탈주극을 벌였던 설매였기에, 영월은 그녀의 일거수일투족에 지나칠 정도로 예민한 반응을 보이곤 했다. 그러니 오랜만의 이 바깥나들이가 설매에게는 무척이나 소중할 터. 하지만 화영의 물음에 대답 대신 희미한 미소를 보이는 설매의 얼굴에는 어울리지 않는 그늘이 짙게 드리워져 있었다.

"화영아."

"응?"

문득 가라앉은 목소리로 화영을 부른 설매가 고개를 돌려 지그시 그녀를 바라보았다.

"역시 무슨 일이 있었던 거지? 스승님 말이야."

설매의 물음에, 화영은 어색한 미소를 지으며 고개를 떨구었다.

영월이 쓰러진 것은 달밤의 침입자를 만났던 그날로부터 얼마 지나지 않아서였다. 형조가 장부를 찾고 있다는 사실을 알게 된 영월은 그 길로 뇌물을 건넸던 양반들을 찾아갔지만, 그들은 오히려 영월을 겁박하며 자신의 죄를 숨기기 급급할 뿐이었다.

이대로라면 모든 죄를 자신이 뒤집어쓰게 될 것은 자명한 일. 장부를 태워 없애 버릴 수도, 끼고 있을 수도 없게 되어버린 영월의 시름은 날로 깊어졌고 결국 화병이 들어 자리에 눕고 만 것이다.

"화영이 넌 알고 있지? 스승님께서 왜 갑자기 쓰러지신 건지."

"……걱정돼?"

"그야 뭐……."

머뭇거리며 시선을 내리깐 설매는 이내 입술을 비죽이며 중얼거렸다.

"거둬주고 먹여주고 재주도 가르쳐 주신 분이잖아. 비록 원한 건 아니었지만."

"……."

"그래도 지금은 이 길이 천직이다 생각해. 스승님께 감사하고 있어."

"하면 고운 얼굴에 그늘 달지 말고, 아씨께 자주 웃어드려. 이 약도 네가 들여가고. 분명 기뻐하실 거야."

"……정말?"

고개를 끄덕이며 씨익 미소를 지은 화영은 곧 힘차게 몸을 일으켰다.

"그럼 이만 돌아갈까?"

"잠깐만, 화영아."

그런데 화영의 손을 잡고 일어선 설매가 돌연 의뭉스러운 표정을 지으며 그녀의 옷깃을 잡아끈다.

"우리 아주 잠깐만, 어디 들렀다 가지 않을래?"

"뭐?"

화영이 놀란 표정으로 저를 바라보자, 설매는 서둘러 그녀를 막아서며 말을 이었다.

"일전에 나와 약조했잖아. 연무복 옷감을 골라주기로."

"그렇긴 하지만, 지금은 좀……."

"괜히 또 몰래 나오다가 일을 치르느니, 지금 빨리 다녀오는 게 낫지 뭐. 안 그래?"

"옷감이라면 상단에도 좋은 게 많은데, 왜 굳이 밖에서 보려는 기야?"

설매는 의아해하는 화영을 빤히 바라보더니 이내 어깨를 으쓱하며 수줍은 미소를 지어 보였다. 화영은 설매의 그 뜻 모를 미소가 여간 신경 쓰이는 게 아니었다. 그도 그럴 것이, 설매는 벌써 열흘 전부터 함께 옷감을 보러 가자며 화영을 졸라왔던 것이다.

"아니, 그냥 산책도 할 겸……."

좀처럼 의심의 눈초리를 거두지 않는 화영의 모습에, 어색하게 말끝을 흐린 설매가 부러 둥글게 눈매를 휘며 쾌활한 목소리로 외쳤다.

"여기서 멀지도 않아! 바로 저기야!"

설매가 가리킨 골목 끝 면주전에는 고운 빛깔의 옷감들이 높다란 줄마다 매달려 펄럭이고 있었다.

"어서 가자. 스승님 깨시기 전에 돌아가려면."

그러더니 행여 누가 말릴세라 앞서 달려가는 설매를 새초롬한 표정으로 바라보던 화영은 결국 피식 웃어버리고 말았다.

"하여간 거짓말 참 못해요."

화영이 못 이기는 척 곁으로 오자, 설매는 어딘지 모르게 들떠 보이는 얼굴로 흠흠하고 목청을 가다듬었다.

"계세요?"

때마침 등을 돌린 채로 무언가에 열중하고 있던 면주전 주인이 인기척에 몸을 돌렸다. 까맣게 그을린 이마에 송골송골 맺힌 땀을 손등으로 문질러 닦아낸 그는 설매와 눈이 마주치자 당황한 듯 서둘러 시선을 내리깔았다.

"필백(疋帛)을 좀 보러 왔는데요."

그는 잠시 허둥거렸지만, 이내 화려한 색의 옷감 서너 필을 주섬주섬 꺼내놓으며 무뚝뚝하게 대꾸했다.

"아가씨한테는 이게 잘 어울릴 것이오."

투박한 그의 손이 가리킨 건 옅은 호박색의 명주였다. 그러자 사내를 흘깃 훔쳐보던 설매의 눈에 보일 듯 말 듯 옅은 미소가 떠올랐다. 그제야 화영은 설매가 부러 이곳을 찾은 연유를 알 수 있었다.

"그래, 이게 잘 어울리겠다."

화영의 맞장구에 설매가 기쁜 듯 고개를 끄덕이자, 곁눈질로 그녀를 바라보던 사내의 얼굴에도 부드러운 미소가 떠올랐다. 이에 덩달아 마음이 말랑해진 화영은 문득 시선을 돌려 흐린 하늘을 물들이고 있는 형형색색의 천들을 바라보았다. 언제부턴가 알록달록한 물결 사이로 새하얀 눈송이가 하나둘씩 떨어지고 있었다.

"아, 첫눈!"

화영은 저도 모르게 탄성을 지르고는 허공을 향해 조심스럽게 손을 뻗었다. 높이 솟은 그녀의 손가락 끝에 눈송이의 차가운 기운이 살포시 내려앉은 바로 그때였다.

"주인장 계시오?"

불쑥 날아든 기척에 무심코 고개를 돌린 순간, 화영은 숨이 턱 막혀

오는 것을 느꼈다. 꽃잎처럼 흩날리는 눈송이 사이로 홀연히 나타난 얼굴이 놀랍게도 익숙한 탓이었다.

한겨울의 바람처럼 날렵하고 차가운 이목구비.

그는 분명 지난밤 영월관에 숨어들었던 바로 그 사내였다.

"너는……."

갑작스러운 만남에 놀란 것은 비단 화영뿐만이 아닌 모양이었다. 삿갓 아래로 화영을 뚫어져라 응시하고 있는 사내의 새까만 눈동자가 숨기지 못한 당혹감으로 옅게 흔들렸다.

화영은 마른침을 꿀꺽 삼키며 빈주먹을 힘껏 말아 쥐었다. 여차하면 설매를 들쳐 업고 내달릴 셈이었다. 그런데 바로 그때, 면주전 주인이 그를 발견하고는 반색을 하며 손을 흔들었다.

"정 참판 댁 도련님이시지요? 주문하신 것을 찾으러 오신 겁니까?"

그 말에, 화영은 크게 놀랄 수밖에 없었다.

'정 참판 댁 도련님이라니? 설마…….'

그러고 보니 형조참판에게 무예가 출중한 양자가 있다는 소문을 얼핏 들은 기억이 난다. 당혹감에 미간을 조이며 머리를 굴리던 화영은 곧 아차 하며 고개를 들었다. 하지만 이미 그는 흔적도 없이 자취를 감춘 뒤였다.

"어라? 도련님?"

황망한 기색이 역력한 주인의 목소리가 허공으로 흩어지자, 화영은 차갑게 식은 입술을 깨물며 다급히 설매를 돌아보았다.

"설매야, 여기서 잠깐만 기다리고 있어."

"어, 어디 가는데?"

놀란 설매의 외침을 뒤로한 채 빠르게 몸을 돌린 화영은, 율이 사라진 방향을 향해 날쌘 걸음으로 내달리기 시작했다. 하지만 얼마 가지 못하고 맞닥뜨린 골목 끝에는 먼지 낀 낡은 창고 문만 삐걱거리고 있을 뿐이었다.

그 앞에서 한참 서성이며 율의 흔적을 찾으려 애쓰던 화영은 결국 실망감을 감추지 못하고 힘없이 발길을 돌렸다. 그런데 바로 그때, 기울어진 화영의 정수리 위로 웃음기 실린 목소리가 정적을 가르며 내려앉았다.

"무모한 녀석이구나."

기척에 놀라 허둥지둥 주위를 두리번거리던 화영은 곧 창고 지붕 위에 비스듬한 자세로 앉아 있는 율을 찾아낼 수 있었다. 눈이 마주치자, 화영의 앞으로 뛰어내린 그는 삿갓을 더욱 깊숙이 눌러썼다. 보일 듯 말 듯 말려 올라간 그의 입술 끝에는 특유의 날카로운 미소가 걸려 있었다.

"설마하니 다시 만나 반갑다고 인사라도 할 요량은 아니었을 테고."

"그, 그것이……."

"혼자서 나를 상대할 수 있을 거라 생각했더냐?"

온몸의 신경을 바짝 세우며 긴장하는 화영에 비해, 율은 무척이나 여유로워 보였다. 태연하게 농까지 던지는 그에게 무언가 반격의 말이라도 쏘아주고 싶었지만, 입술 사이로 흘러나오는 것은 헛숨뿐이다. 그도 그럴 것이, 마주한 율의 존재감은 실로 얄팍한 투지조차 끓어오르지 않을 만큼 대단했다.

'하면 어쩌자고 여기까지 쫓아왔느냔 말이다.'

이제 와 후회한들 무슨 소용이 있으랴. 애꿎은 칼자루만 부서져라 움켜쥐던 화영은 긴장감에 흠뻑 젖은 손을 슬며시 등 뒤로 숨겼다. 그러자 빙글빙글 미소를 짓고 있던 율이 팔짱을 풀더니 화영을 향해 천천히 걸음을 옮기기 시작했다.

"배짱이 좋다고 해야 할지, 미련하다고 해야 할지."

한 걸음 한 걸음 그가 가까워질수록, 식은땀이 등골을 타고 흐른다. 저도 모르게 뒷걸음질을 쳐 보았지만, 금세 서늘한 담벼락과 등을 마주한 화영은 마침내 무언가 결심한 듯 두 눈을 질끈 감으며 소리쳤다.

"머, 멈추십시오!"

갑작스러운 화영의 외침에 걸음을 멈추기는 했으나, 놀란 기색조차 보이지 않는 그의 얼굴은 평온하기만 했다. 이에 도리어 당황한 화영이 어찌할 바를 모르고 망설인 것도 잠시.

"뽑거라."

한 치의 망설임도 없이 칼집 밖으로 빠져나오는 율의 검을 본 순간, 화영은 히끅 터지는 숨을 황급히 집어삼켰다.

"내 너의 실력이 그 맹랑한 말솜씨만큼 따라주는지 봐야겠다."

압도당한다는 말은 바로 이런 것을 이름이리라. 화영은 바싹 말라 버린 입술을 뒤늦게 혀끝으로 축이며 주위를 살폈다. 하지만 이미 그 어떤 방향으로든 도망을 치기에는 여의치 않아 보였다.

그 틈에 화영의 바로 앞까지 다가온 율은 무슨 생각이 들었는지 돌연 그녀의 눈높이에 맞춰 허리를 숙였다. 속을 읽을 수 없는 그의 깊은 눈동자가 지척으로 다가오자, 머릿속이 새하얘진 화영은 저도 모르게 들숨을 삼켰다.

그런데 그때, 뜻 모를 미소를 지은 율이 돌연 손을 뻗어 화영의 어깨를 부드럽게 감싸 쥐었다.

"겁낼 것 없다. 너 같은 풋내기, 애초부터 어찌할 마음은 아니었으니."

비틀어 중얼거리는 말과 달리, 얇은 옷가지 너머로 느껴지는 율의 체온은 믿기 힘들 만큼 따뜻했다. 그 때문일까. 어쩐지 그의 목소리가 상황과 맞지 않게 다정히 느껴진다.

덕분에 붉으락푸르락 갈피를 잡지 못하는 화영의 얼굴을 흥미롭게 바라보던 율은, 문득 그 사이로 드문드문 스쳐 지나가는 날카로운 표정이 어딘지 모르게 어색하다는 생각이 들었다.

버들잎처럼 동그란 눈썹하며 꽃봉오리 같은 입술은 얼핏 덜 자란 여자아이처럼 보이는데, 날 선 기개와 고집스러운 눈빛은 또 제법 그럴싸한 무인(武人)의 것이다.

'묘한 인상이군.'

대책 없이 덤벼드는 무모한 성정에 더불어 쓰고 있는 패랭이마저 반쯤 벗겨져 어수룩한 모양을 하고 있건만, 율은 어쩐지 눈앞의 이 작은 아이가 자못 범상치 않게 느껴졌다.

"……네 이름이 무엇이냐?"

"예?"

불쑥 흘러나온 질문에, 의문만 가득하던 화영의 얼굴이 더욱 기묘한 모양으로 일그러졌다. 그제야 자신이 건넨 질문이 뜬금없다는 사실을 깨달은 율은 새어나오는 웃음을 참지 못하고 키득거리기 시작했다.

"하긴, 우리 사이에 통성명은 좀 이상하구나."

이제는 저를 거의 미친 사람으로 여기는 듯한 화영의 시선에, 비실거리는 입술을 애써 다문 율은 이윽고 그녀의 어깨에서 손을 거두며 뽑아 들었던 검을 갈무리했다.

"다음에 만날 때는 네 이름을 들을 수 있길 바라마."

"그게 무슨……."

"적으로 만나지 않기를 바란다는 뜻이다."

이리저리 머리를 굴려보아도 그의 말이 뜻하는 바를 도무지 짐작할 수가 없다. 화영은 두 눈을 끔벅거리며 평온한 율의 얼굴을 멀거니 바라보았다. 무엇보다, 마치 다시 만나게 될 것을 확신하는 듯한 어투가 묘하게 신경이 쓰인다.

하지만 더는 말을 잇지 않고 소리 없는 미소만 지어 보인 율은 이내 높다란 담장 너머로 훌쩍 모습을 감춰 버렸다. 그제야 막혔던 숨을 크게 뱉어낸 화영은 다리가 풀린 듯 털썩 주저앉고 말았다.

"적으로 만나지 않기를 바란다…… 라."

무심코 곱씹은 말에, 가뜩이나 파리하던 화영의 안색이 점점 더 탁하게 가라앉았다. 그의 말마따나 다시는 적으로 만나고 싶지 않은 상대임은 분명하다.

새삼 밀려드는 언 땅의 냉기에 작게 몸을 떤 화영은 이윽고 무거운 몸을 힘겹게 일으켰다. 옅게 흩날리던 눈송이는 어느새 굵어져 구름 가득한 하늘 위를 차갑게 수놓고 있었다.

❀

첫눈이 내린 후, 겨울은 하루가 다르게 깊어지기 시작했다. 나무도, 하늘도 잠이 든 듯 어두운 색을 띠는 시간. 빛바랜 안개가 덮인 나루터를 서성이며 고요한 수평선을 바라보던 화영은 문득 차갑게 언 손을 입가에 모아 쥐고 긴 숨을 뱉어냈다.

"올 때가 지났는데……"

초조함을 이기지 못하고 나루턱 끄트머리까지 다가간 화영의 얼굴에 곧 환한 미소가 떠올랐다. 멀지 않은 곳에서 물살을 가르며 다가오는 초마선 뱃머리에는 돛대처럼 커다란 그림자가 우뚝 서 있었다.

"화영아!"

때마침 나루터 쪽으로 고개를 돌린 그림자의 주인이 곧 거다란 목소리로 그녀를 불렀다.

"사형!"

화영은 반가운 얼굴로 달려가, 나루터에 발을 내딛는 그의 품으로 폭 안겨들었다.

"녀석, 이게 얼마 만이냐?"

그런 그녀의 두 뺨을 짓궂게 잡아당기며 너털웃음을 터뜨리는 사내의 얼굴은 부리부리한 이목구비와 달리 유순한 기색을 띠고 있었다. 하지만 육척도 넘음직한 키와 단단한 어깨, 위압감이 느껴지는 체구는 그가 단련된 무인임을 쉬이 짐작케 했다.

"마중까지 나오다니, 제법 기특해졌구나."

"아이참! 아파요, 사형!"

장난기 가득한 말투로 반가움을 쏟아내는 그의 모습에, 얼얼한 뺨을 비비면서 입술을 비죽이던 화영은 이내 바람 빠지는 소리를 내며 웃어

버리고 말았다. 오랜만에 만났음에도 옅은 청색이 감도는 그의 눈동자와 선이 굵은 입매는 변함이 없다.

"여전하십니다. 아니, 더 좋아 보이셔요."

"그럼, 당연하지. 대국(大國)의 공기를 마시고 왔는데."

"실없는 소리를 하시는 걸 보니 재하 사형이 분명하십니다."

불퉁하게 뱉는 말과 달리 화영의 목소리는 자못 유쾌했다. 그도 그럴 것이, 무려 여섯 달 만의 재회가 아니던가. 어린 시절부터 오누이처럼 자라온 재하와 이렇게 오랜 시간을 떨어져 지낸 것은 처음 있는 일이었다.

"아무튼 무사히 돌아오셔서 다행입니다."

동그란 미소를 그리며 재하의 팔을 가만히 붙잡는 화영의 손은 추위 때문인지 서늘하게 식어 있었다. 그 생경한 감촉에 괜스레 헛기침을 하며 아무렇게나 묶어 올린 머리카락을 어색하게 매만지던 재하는 마침 생각이 났다는 듯 품에서 작은 꾸러미를 꺼내 화영에게 내밀었다.

"옜다. 너 주려고 가져왔다."

"이건…… 유밀과 아닙니까?"

무심코 그가 내미는 꾸러미를 받아 든 화영은 구깃구깃 접힌 종이를 벗기다 말고 의아한 목소리로 중얼거렸다. 그새 손끝에 배어든 기름에는 조청의 달큼한 향이 가득했다.

"너 이거 하나면 세상 떠나가라 울다가도 뚝 그치고 웃지 않았더냐?"

"에이, 제가 아직도 어린아이인 줄 아십니까?"

"왜, 이젠 싫으냐? 그럼 다시 내놓거라."

"아뇨, 싫지 않습니다."

혹여나 준 것을 다시 가져갈까 싶어 황급히 품 안에 꾸러미를 집어넣는 화영의 모습에 또 한 번 박장대소한 재하는 이내 익숙하게 그녀의 어깨를 둘러 안았다.

"어서 가자꾸나. 영월 아씨께서 기다리고 계실 터이니."

"아씨뿐 아니라 다들 사형을 그리워했어요. 역시 영월관 대문은 사형이 지키고 있어야 한다면서."

"가끔 자리를 비우는 것도 나쁘지 않구나. 이런 환대도 받아보고. 그래, 내가 없는 동안 별일은 없었지?"

"별일…… 이요?"

무심히 던진 질문인데, 경쾌하게 재잘대던 화영의 목소리가 별안간 흐릿하게 흔들렸다. 이를 눈치챈 재하는 재빨리 그녀를 돌려 세우며 나지막한 목소리로 물었다.

"왜 그러느냐?"

"그게……."

머뭇거리는 화영의 모습에, 미간을 잔뜩 헝클어뜨린 재하의 목소리가 한층 더 심각하게 가라앉았다.

"누가 상단을 뒤집어놓기라도 한 게냐? 조씨가 또 행패라도 부렸어?"

"아, 아닙니다!"

"한데 네 얼굴이 왜 그리 죽상인 게야?"

"……아무것도 아닙니다."

"아무것도?"

미심쩍다는 듯 되묻는 재하를 향해 미소를 지으며 고개를 끄덕였지만, 대답과 달리 화영의 얼굴은 영 편치 않아 보였다.

"명나라에서는 어떠셨습니까? 역시 진귀한 것을 많이 보셨겠지요?"

어색하게 화제를 돌리는 그녀를 말없이 바라보던 재하는 이내 옅은 한숨을 내쉬며 고개를 가로저었다. 한 번 입을 다문 이상 어떤 말로 구슬려도 털어놓지 않을 고집이라는 것을 익히 알고 있었기 때문이었다.

"……그랬지. 명은 모든 게 크다 하더니 산도 크고 하늘도 크더구나."

결국 어쩔 수 없이 화영의 물음에 대꾸하는 재하의 얼굴은 조금 전과 달리 차분하게 가라앉아 있었다. 그런 재하의 속내를 알 리 없는 화영은 상황을 무마해서 다행이라 여겼는지 한층 밝아진 얼굴로 말을 이었다.

"다음에는 저도 데려가 주십시오. 이제 한 사람 몫은 충분히 할 만큼 컸으니까."

"에이, 아직도 이렇게 작은데 어디가 컸다는 게냐?"

"자꾸 놀리실 겁니까? 저도 이제 곧 열일곱입니다!"

"나이만 먹으면 무엇 하느냐? 키는 어릴 적 그대로인데."

재하의 짓궂은 농에 장난스레 눈을 흘긴 화영이 입술을 비죽였다. 그녀의 말간 두 뺨에는 추위 때문인지 빨간 꽃이 피어 있었다. 그 모양을 물끄러미 응시하던 재하는 곧 쓸쓸한 미소를 숨기며 구름 가득한 하늘로 시선을 옮겼다.

흐트러짐 없이 단정하게 올려 묶은 머리카락이나 구슬처럼 동그란 이목구비는 예전과 변함이 없건만, 여전한 그 얼굴 위로 드문드문 스치는 표정들은 화영의 성장을 새삼 실감케 했다.

그래, 그녀의 말마따나 벌써 열일곱이 아닌가. 보통의 여인이라면 진즉에 혼례를 올리고도 남았을 나이. 하지만 재하는 그 변화가 기특하기는커녕 도리어 쓸쓸해지는 기분을 좀처럼 지울 수가 없었다.

언제부터였을까, 그녀를 더는 아명으로 부르지 못하게 된 것이. 친형제처럼 자란 동생이 아니라 지키고 싶은 여인으로 여기게 된 것이.

기억을 더듬던 재하는 문득 까실거리는 입안을 혀끝으로 훑었다. 이제는 초연해질 만도 하건만, 지난 세월이란 아직 그에게 빠지지 않는 가시일 뿐이었다.

고려 망국 전 이주한 달단족(韃靼族)의 후손이었던 그의 어미는 김 진사라 불리던 양반과의 사이에서 재하를 낳았지만 매몰차게 버림을 받았다. 이후 약해진 몸으로 품팔이를 하던 그녀가 결국 한 해를 채 넘기지 못하고 세상을 떠나자, 혼자 남겨진 재하를 거둔 이가 바로 영월이었다.

그런 그가 비슷한 처지였던 화영에게 남다른 애착을 가지게 된 것은 어쩌면 당연한 일인지도 모른다. 화영 또한 자라면서 재하를 사형이라 부르며 바늘 가는 데 실 가는 양 좇아다녔고, 재하는 그런 그녀를 살뜰히 챙기고 보살폈다. 화영에게 검을 가르쳐 준 것 또한 재하였다.

하지만 해가 거듭될수록 화영의 존재는 그를 자꾸만 혼란스럽게 만들었다. 바위처럼 무뚝뚝하던 얼굴이 고운 모양으로 여물고 개구쟁이 같던 웃음이 수줍은 여인의 미소로 변해가는 것을 보고 있자니, 왠지 모르게 마음 한편이 사레가 들린 것처럼 짜르르 떨리기 시작한 것이다.

한데 그녀가 또 한 걸음 자라고 말았다. 아니, 그녀를 품은 마음이 한 걸음 더 나아간 걸 테지.

불현듯 걸음을 멈추고 우두커니 선 재하는 점점 멀어지는 화영의 뒷모습을 물끄러미 바라보았다. 그런데 앞서 걷다 말고 불쑥 등을 돌린 그녀가 환한 미소를 지으며 재하를 불렀다.

"사형!"

여전히 아이 같은, 하지만 조금은 수줍은 곡선을 그리며 반짝이는 암청색 눈동자.

"돌아오셔서 기뻐요."

그 순간, 재히는 심장이 발끝까지 덜킹 내려앉는 것을 느꼈다. 하마터면 그대로 달려가 화영을 품에 안아버릴 뻔했다.

"······그래."

먹먹해진 목소리를 애써 숨기며 아무렇지도 않은 척 대꾸한 재하는 저도 모르게 불끈 쥔 주먹을 슬며시 소매 안으로 숨겼다. 잠시 후, 어렵사리 빠져나온 그의 손에는 칠보로 장식한 옥잠 한 자루가 들려 있었다.

"언제쯤이면 이것을 네게 전해줄 수 있을까?"

닿지 못할 혼잣말이 바람 소리에 묻혀 허공으로 흩어지고 만다. 씁쓸한 미소를 지으며 손에 쥔 옥잠을 내려다보던 재하는 다시금 그것을 품 안에 구겨 넣었다. 이윽고 차가운 공기를 가르는 그의 걸음 뒤에는 빈숨의 흔적만이 연기처럼 흐릿하게 매달려 있었다.

※

서리가 내린 아침, 정적을 가르는 어수선한 소음에 잠에서 깬 화영은 흐트러진 머리를 빗어 묶으며 방문을 열었다. 어찌 된 일인지 멀지 않은 부엌에서는 음식 준비에 여념이 없는 아낙들의 시끌벅적한 수다 소리가 울려 퍼지고 있었다.

해가 저물 무렵부터 장사를 시작하는 영월관이 이른 시각부터 소란스러운 경우는 드물었기에, 의아한 표정으로 주위를 두리번거리던 화영은 때마침 문 앞을 바삐 지나가는 여종 말복을 불러 세웠다.

"무슨 일 있어, 말복아?"

"조씨 어르신이 오신대!"

사색이 된 말복의 입에서 반갑지 않은 이름이 흘러나오자, 화영은 앓는 소리를 내며 관자놀이를 두 손가락으로 꾹 눌렀다.

장사치들 사이에서 남몰래 파한공(罷閑公)이라 불리는 그는 영중추 조말생 대감의 서손 조자겸으로, 집안을 내세워 시전 상인들에게 뒷돈을 떼어먹는 후안무치한 양반이었다.

"또 무슨 사달이 나려고 꼭두새벽부터 행차시래."

"그분이 언제 평범하게 납신 적이나 있니?"

한껏 목소리를 높여 투덜거린 화영과 말복이 서둘러 앞마당으로 달려갔을 때는 이미 모든 일꾼들이 조자겸을 맞이하기 위해 몰려나와 있었다. 이윽고 두 소녀가 일렬로 늘어선 사람들 틈바구니에 황급히 끼어서기 무섭게, 묵직한 영월관 대문이 큰 소리와 함께 열렸다.

"어르신! 오셨습니까?"

병색이 완연한 얼굴을 단장으로 가린 채 초조하게 앞마당을 거닐던 영월은 금세 만면에 인위적인 미소를 띠며 조자겸을 맞이했다.

"오랜만이구나, 영월아."

조잡하게 자란 수염을 쓰다듬으며 비릿한 이를 드러낸 그는 땅딸막한 체구에 살집이 풍성한 사내였다.

"진즉 찾아주시지 않아 서운해질 참이었습니다."

영월의 간지러운 목소리에 부러 헛기침을 하며 입술을 실룩거린 조자겸은 자신의 옷자락을 두어 번 두드려 바로잡고는 가볍게 뒷짐을 지며 말했다.

"내 오늘은 손님을 모시고 왔으니, 이른 시간이지만 대접에 소홀함이 없도록 하시게."

"여부가 있겠습니까?"

허리를 숙이며 잰걸음으로 물러선 영월은 슬쩍 시선을 돌려 조자겸의 뒤에 서 있는 사내를 바라보았다. 젊은 데다 보기 드물게 수려한 이목구비를 지닌 그는 얼핏 보기에도 평상시 조자겸이 어울리는 무리와는 다른 분위기의 인사였다.

"이쪽으로 오시지요."

영월이 보다 공손한 자세로 앞장을 서자, 아랫배에 잔뜩 힘을 주고 허리를 곧추세운 조자겸은 무거운 몸을 뒤뚱거리며 천천히 걸음을 옮겼다. 그런데 줄곧 침묵을 지키고 있던 의문의 사내가 돌연 굳게 다물고 있던 입술을 떼며 말문을 열었다.

"관주도 함께 드시지요. 긴히 할 이야기가 있으니."

새벽 공기보다 서늘한 그의 목소리 때문일까. 일순 앞마당에는 바늘이 떨어지는 소리도 들릴 것 같은 정적이 내려앉았다. 그 속에서 고개를 조아리고 있던 화영은 제 귀를 의심할 수밖에 없었다.

설마 하는 마음에 목소리의 주인을 확인한 순간, 맥없이 벌어진 화영의 입술 사이로 감출 수 없는 신음이 흘러나왔다.

가느다란 눈매 사이로 보이는 새까만 눈동자와 날렵한 콧날, 숨소리마저 다스리게 만드는 고압적인 표정.

잊으려야 잊을 수 없는 그 얼굴은 분명 정 참판 댁 아들이란 자였다.

02. 찬달

넓은 주안상을 사이에 두고 마주한 조자겸과 율은 한동안 말이 없었다. 어울리지 않게 무거운 분위기를 의식한 듯 두어 번 헛기침을 한 조자겸은 율의 눈치를 살피며 조용히 술잔을 비웠다. 그러자 옆에 앉아 있던 영월이 재빨리 그의 술잔을 채우며 먼저 입을 떼었다.

"이리 말 한마디 오가질 않으니 쇤네가 몸 둘 바를 모르겠습니다."

정적이 깨지기를 기다리고 있었던 걸까. 맑은 술로 입술을 축인 율이 천천히 잔을 내려놓으며 영월을 바라보았다.

"관주는 여기 계신 조자겸 어르신과 연이 깊다지요?"

"……예, 늘 신세를 지고 있사옵니다."

여느 때와 같이 태연한 표정을 하고 있는 영월이었지만, 술 주전자를 쥐고 있는 손이 떨리는 것까지 숨길 수는 없었다. 마주 앉은 사내에게서 뿜어져 나오는 위압감이 실로 엄청난 탓이리라.

"신세랄 것까지 있겠나, 흠흠."

또 한 번 짧게 헛기침을 한 조자겸은 연거푸 술잔을 비우고 나서야 무거운 입술을 달싹였다.

"실은 말이다, 영월아."

대뜸 말의 꼬리에 자신의 이름이 불리자, 굳은 표정으로 주안상을 응시하고 있던 영월이 불안한 눈동자를 돌려 조자겸을 바라보았다.

"내 너에게 긴히 할 말이 있다."

"괘념치 마시고 말씀하세요."

붉은 연지가 빈틈없이 발린 영월의 입술이 미세하게 떨리는 것을 본 조자겸은 입맛을 다시며 멋쩍게 시선을 돌렸다.

"너도 이제 나이가 제법 들었으니, 슬슬 여흥을 즐기며 살아도 좋지 않을까 싶구나. 재물도 모을 만큼 모았고 이리 번듯한 주루도 가지고 있으니, 이제는 일선에서 물러나 팔도를 유람하며 지내보는 것이 어떠하겠느냐? 내 충분히 보탬이 돼줄 것이야."

"……지금 무슨 말씀을 하시는 겁니까, 어르신? 설마하니 저더러 뒷방으로 물러나 퇴기 노릇이나 하라는 말씀은 아니시겠지요?"

황망한 표정을 하고 묻는 영월의 목소리에는 얼핏 분노가 서려 있었다. 그러자 당황한 조자겸이 손사래를 치며 황급히 말을 이었다.

"아니, 그런 것이 아니라. 내 말은 그저 건강도 돌보고 여유롭게 살아보라는 뜻에서……."

"저희 같은 기생에게 그 말은 죽으라는 말과 같습니다, 어르신. 잘 알고 계시지 않습니까?"

"그럼 하다못해 상단의 일이라도 접어봄이 어떠하겠느냐?"

"……예?"

조자겸의 입에서 상단이라는 말이 나오자, 단호한 목소리로 응수하던 영월의 고운 얼굴이 순식간에 구겨진 종잇장처럼 일그러졌다. 이제껏 무수히 많은 양반네들의 뒷이야기를 들어온 그녀가 아니던가. 조자겸의 말이 뜻하는 바를 금세 알아챈 영월은 붉은 입술을 아득 깨물었다.

'설마하니 벌써 움직이기 시작한 것인가.'

이것은 분명 형조의 책략이 틀림없다. 상단과의 뒷거래가 낱낱이 파

헤쳐지기 전에 일을 접고 물러나라는 압박을 가하는 것일 터.

'그래도 설마하니 조자겸을 앞세울 줄이야.'

기실 형조가 상단의 뒤를 쫓고 있다는 사실을 안 순간부터, 언젠가 이런 사달이 날 것임은 예상했던 바였다. 하지만 아무리 그렇다 해도 조자겸의 이런 갑작스러운 태도 변화는 분명 탐탁지 않은 것이었다.

"그렇게 함세. 응?"

평소와 달리 나긋한 말투로 저를 어르고 달래는 조자겸이 기가 막혀 헛웃음을 터뜨린 영월은 이내 고개를 돌려 한 치의 흔들림도 없이 앉아 있는 율을 바라보았다. 그래, 부러 더 생각하지 않아도 짐작이 간다.

"아무래도 금관의 끄나풀이 어르신의 허리춤을 잡고 여기까지 흘러 들어 온 모양입니다."

잠깐의 침묵 끝에 영월이 내뱉은 말은 한껏 비틀려 있었다.

"쇤네 같은 천것이 하는 일이 무에 대단하다고 이러시는 겐지, 영문을 알 수가 없군요."

가늘게 조소한 영월은 자리에서 벌떡 몸을 일으켰다. 하지만 이어진 율의 묵직한 목소리에, 막 방을 나서려던 그녀의 걸음이 일순 멈칫했다.

"나는 관주에게 거래를 제안하기 위해 이 자리를 마련한 거요."

"……지금 거래라고 하셨습니까?"

순간, 날카롭게 말끝을 올린 영월이 분기 가득한 눈으로 율을 쏘아보았다. 하지만 율은 조금의 동요도 없이 그녀를 돌아보며 태평하게 본론을 꺼내놓았다.

"상단을 접고 조용히 물러나 준다면, 더는 관주의 죄를 묻지 않겠소. 하나 계속 고집을 부린다면 상단은 물론이거니와 주루 또한 문을 닫아야 할 거요. 더불어 국법을 어긴 죄로 목숨을 내놓게 될지도 모르지."

주체할 수 없이 떨리는 손으로 소매 끝을 꽉 움켜쥔 영월은 긴 숨을 목구멍 아래로 삼켰다. 대관절 저치는 어디까지, 얼마나 알고 있는 것일까. 아니, 저리 확고한 태세를 취하는 것을 보면 필시 빠져나갈 수 없는 증좌를 잡은 것이리라.

"……조금만 말미를 주십시오. 딸린 식솔들이 많습니다."

이윽고 힘겹게 입술을 뗀 영월의 목소리에는 체념 그 이상의 무언가가 담겨 있었다.

"그러지."

묵직한 대답을 끝으로 천천히 자리에서 몸을 일으킨 율은 안절부절 못하며 앉아 있는 조자겸을 향해 짧게 고개를 숙였다.

"그럼 먼저 가보겠습니다, 어르신."

"그, 그러시게."

율이 영월의 곁을 스치듯 지나쳐 문을 닫고 사라지자, 방 안에는 형용할 수 없는 무거운 침묵이 가라앉았다. 그가 머물렀던 자리에는 일견 고압적인 공기가 남아 있는 듯했다. 하지만 말없이 영월의 눈치를 살피던 조자겸은 율의 발소리가 더는 들리지 않자, 기다렸다는 듯 은밀한 목소리로 운을 뗐다.

"영월아, 내 긴히 부탁할 것이 있다."

영월은 대꾸할 기운조차 없는지 눈동자만 돌려 조자겸을 바라보았다. 그러자 다시 한 번 몸을 움츠리고 문밖의 기척을 살핀 조자겸은 더욱 목소리를 낮추며 영월의 귓가에 속삭였다.

"일을 마무리 짓기 전에, 내 몫을 몰래 넘겨다오."

"어르신!"

참다못한 영월이 버럭 소리를 높였다.

"지금 그런 말씀을 하실 때가 아니지 않습니까?"

"그러니 하는 말 아닌가. 들키지 않고 전달만 해주면 아버지께 말씀드려 일을 처리해 줌세."

아니나 다를까, 또 가문을 들먹인다. 영월은 땅이 꺼져라 한숨을 내뱉으며 그 자리에 털썩 주저앉았다.

"그 말을 어찌 믿을 수 있단 말입니까? 그러실 수 있는 분이 이 사달을 내셨습니까?"

"어허, 고얀지고! 정녕 모르겠느냐? 저들이 오랏줄을 들이밀기 전에 이리 협상하려는 것 또한 내가 영중추 대감의 핏줄이기 때문인 것을!"

"하오나 어르신……."

"내 필히 약조할 터이니, 오늘 밤 아무도 모르게 번티고개로 물건을 옮겨다오."

"예?"

영월이 날카롭게 말끝을 올리며 반문했다.

"하필이면 번티고개를 넘으라니요? 도적 떼가 많아 밤에는 걸음하기 힘든 곳입니다."

"거참, 쓸데없는 걱정을 하는 구나. 네가 부리는 왈패들을 같이 보내면 될 것 아니냐? 은밀하게 이동할 수 있는 길은 번티고개뿐이니라."

끈질기게 이어지는 조자겸의 재촉에, 영월은 힘없이 고개를 떨궜다. 비록 썩은 지푸라기일지언정, 지금으로선 그의 제안을 받아들이는 것 외에는 달리 방도가 없었다.

"……알겠습니다. 그리하지요, 어르신."

오랜 시간 망설이던 영월은 결국 쉽사리 떨어지지 않는 입술을 달싹이고 말았다.

한편 그 시각, 화영은 초조한 표정으로 굳게 닫힌 중문 앞을 서성거리고 있었다. 대관절 저 안에서 무슨 일이 벌어지고 있는 겐지. 답답함에 연거푸 한숨을 내쉬는 그녀의 얼굴은 평소보다 창백했다.

"역시 재하 사형께 말씀드렸어야 했나."

새삼 율과 있었던 일들을 차례로 떠올리니 돌덩이가 가슴을 짓누르는 것처럼 답답하기만 하다. 한데 그럼에도 불구하고 적개심은 들지 않으니, 참으로 이상한 일이 아닐 수 없다.

"나쁜 사람은 아닌 것 같은데……."

저도 모르게 중얼거리다 말고 제풀에 놀라 황급히 입을 다문 화영은 곧 제 머리를 쥐어박으며 스스로 타박했다.

"무슨 생각을 하는 거야, 반편이."

그래, 이게 다 그 미소 때문이다. 된서리 같은 얼굴에 어울리지 않는, 그 다정했던 미소 말이다.

"……역시 살펴보는 게 좋겠어."

마침내 결심을 굳힌 화영은 시무룩하던 표정을 거두고 이슬이 채 마르지 않은 담장 위로 몸을 날렸다. 그런데 숨을 죽이고 객간 안을 살피던 그녀가 막 뒷마당으로 내려서려던 바로 그때였다.

"게서 뭘 하느냐?"

갑작스레 들려온, 더군다나 익숙하기까지 한 목소리에 화들짝 놀란 화영은 황급히 고개를 돌려 뒤를 돌아보았다. 아니나 다를까, 담장 아래 서서 뜻 모를 표정으로 화영을 바라보고 있는 이는 율이었다.

"어, 어째서 여기에…… 어어!"

당혹감에 벌떡 몸을 일으키려던 화영이 일순 중심을 잃고 크게 휘청거렸다. 이슬에 젖은 미투리 탓에 발이 미끄러진 것이다. 그러나 기울어진 시야로 놀란 율의 얼굴이 가깝게 다가온 순간, 화영은 가까스로 기왓장을 붙잡고 중심을 잡을 수 있었다.

"간 떨어지는 줄 알았다, 이 녀석아!"

미처 안도의 숨을 내쉬기도 전에, 뻗었던 팔을 거두며 버럭 성을 내는 율의 목소리는 자못 매서웠다. 그 바람에 저도 모르게 어깨를 움츠리며 고개를 조아린 화영은 이내 꾸중을 듣는 어린아이처럼 군 제 행동이 어이가 없어 헛웃음을 터뜨렸다.

"지금 웃음이 나오느냐? 그리 조심성이 없어서야."

그런 화영을 향해 쓴소리를 늘어놓던 율은 곧 과한 참견이라는 생각이 들었는지, 혀끝을 차며 말문을 돌렸다.

"……내려오거라."

율이 화영을 향해 빈손을 내밀자, 그녀의 얼굴이 돌연 난해한 모양을 그렸다.

"거, 얼른 내려오래도?"

이어지는 율의 재촉에도 어찌 된 일인지 눈동자를 굴리며 한참을 망설이던 화영은 잠시 후 고개를 가로저으며 대답했다.

"혼자서 내려갈 수 있습니다."

그러고는 보란 듯이 민첩한 몸놀림으로 담장을 내려오는 화영의 행동에, 갈 곳 잃은 손을 어색하게 거둔 율은 괜스레 목 언저리를 매만지며 시선을 돌렸다.

덕분에 길게 늘어진 그의 소맷자락이 때마침 불어온 바람 한 줌에 펄럭거리기 시작했다. 화영은 부러 딴청을 부리며 마주 선 그의 모습을 곁눈질로 흘깃거렸다. 검은 직령에 삿갓 차림이었던 전과 달리 화사한 색의 철릭에 답호를 갖춰 입은 모양은 다소 생경했지만 그에게 무척이나 잘 어울렸다.

그런데 바로 그때, 날카로운 눈을 동그랗게 접은 율이 돌연 화영을 바라보았다. 문득 가슴이 덜컥 내려앉는 것을 느낀 화영은 황급히 고개를 떨구었다. 어찌 된 일인지, 멀쩡하던 심장이 달음박질이라도 한 것처럼 쿵쾅거리고 있었다.

"그래, 그동안 잘 지냈느냐?"

"……저희가 안부를 물을 사이는 아니지 않습니까? 통성명을 한 것도 아니고."

"하긴, 그건 그렇구나."

불퉁한 대꾸에도, 율은 여전히 빙글빙글 웃는 낯이었다.

"머, 먼저 물러나겠습니다."

그 바람에 도리어 민망해진 화영이 서둘러 몸을 돌린 그때였다.

"나는 정율이라 한다."

"예?"

예상치 못한 그의 말에 황망한 표정으로 고개를 돌린 화영은 혹 잘못 들은 것은 아닌가 싶어 다시금 되물었다.

"지금 뭐라 하신……."

"정율이라 했다, 내 이름. 알고 있겠지만 형조참판 영감의 양자로……."

"아니, 잠깐! 잠깐만요!"

그제야 황급히 손을 저으며 율을 막아선 화영은 이해할 수 없다는 표정으로 참았던 질문을 쏟아내기 시작했다.

"대관절 어찌 이러시는 겁니까? 아니, 그전에 여긴 왜 다시 오신 거죠? 아직도 장부를 찾고 계신 겁니까? 아니면……."

"순서가 틀렸다."

"……예?"

짐짓 엄격한 표정으로 화영의 말을 끊은 율은 이내 짓궂은 미소를 띠며 물었다.

"비록 내가 네 주인은 아니나 엄연히 윗사람인데, 내 이름은 듣고 네 이름은 알려주지 않을 셈이더냐? 질문을 하려거든 순서를 지켜야지."

"그, 그것은……."

빈틈없는 율의 주장에 무어라 대꾸할 말을 찾지 못하고 한참을 머뭇거리던 화영은 이윽고 용기를 내어 고개를 들더니 제법 단호한 목소리로 대답했다.

"지난날 나으리께서 소인에게 적이 아니길 바란다고 말씀하셨다지만, 이렇게 또 영월관을 찾아오신 이상 어찌 나으리를 적이 아니라 판단할 수 있겠습니까?"

"그래서?"

"비록 무관은 아니오나, 소인 또한 검을 다루는 자입니다."

"한데?"

"그, 그러니까 저는 영월상단의 사람이고 나으리께서는 상단에 해를 입힐지도 모르는 분이니 함부로 제 신분을 밝히는 것은……."

"되었다."

짧은 손짓으로 화영을 제지한 율은 곧 피식 웃으며 말을 이었다.

"구태여 네 입을 통하지 않아도 이름 정도는 얼마든지 알아낼 수 있다. 무어라 답할지 궁금했을 뿐이었는데, 생각보다 재밌는 반응이었어."

웃음기 섞인 목소리를 애써 다스린 율은 또다시 기묘한 모양으로 일그러진 화영의 얼굴을 물끄러미 바라보았다. 좀처럼 떨어지지 않는 그의 시선이 당혹스러웠는지, 밤하늘 같은 화영의 암청색 눈동자가 갈피를 잡지 못하고 도로록 굴러간다.

그저 한낱 왈패에 불과한 자이거늘, 어찌하여 자꾸만 마음이 쓰이는 걸까. 앳된 얼굴과 작은 체구 때문일까, 아니면 답지 않게 천진한 눈빛을 하고 있어서일까.

'새삼스럽군.'

이내 복잡하게 엉키는 생각을 접어 넣은 율은 미소를 거두고 화영에게서 등을 돌렸다. 어차피 이번 일만 갈무리되면 끊어질, 아니, 끊어져야 할 인연일 터였다. 하지만 얼마 가지 않아 걸음을 멈춘 율이 무슨 연유인지 다시금 화영을 돌아보았다.

"쓸데없는 참견일 수도 있겠다만."

느리게 이어진 그의 목소리에는 얼핏 망설임이 담겨 있었다.

"혹 갈 곳이 없어지더라도, 네 그 쓸 만한 재주를 도적질 같은 것에 쓰지는 말거라."

"예? 그게 무슨……."

저도 모르게 목청을 높인 화영은 곧 아차 하며 입술을 다물었다.

'설마 협박인가? 상단을 고발하겠다는 경고? 아니면……'

온갖 생각과 물음이 꼬리에 꼬리를 물고 이어지는 통에, 그늘진 화영의 얼굴은 성난 밤바다처럼 어둡게 굽이치고 있었다. 이를 말없이 지켜보던 율은 곧 쓴웃음을 삼키며 지체된 걸음을 돌렸다.

기실 누구보다 잘 알고 있다. 상단은 중간책일 뿐, 이미 달큼한 맛을 알아버린 벼슬아치들은 또 다른 먹잇감을 찾아낼 것임을. 하지만 근간을 뽑아내려면, 잔가지 또한 잘라낼 수밖에 없으리라. 그리고 그것은 아무리 겪어도 익숙해지지 않는 머리와 가슴의 간극이기도 했다.

등 뒤에 꽂힌 화영의 시선이 점차 멀어지는 것이 느껴진다. 갈수록 깊어지는 생각에 영월관을 나서는 율의 걸음은 조금씩 느려지고 있었다.

※

짙은 구름에 달조차 얼굴을 숨긴 밤, 담장을 따라 매달린 영월관의 홍등 또한 오늘따라 그 화려함을 숨긴 채 고요히 흔들렸다. 인정(人定)을 알리는 종소리에, 짐을 실은 나귀의 고삐를 이끌며 뒷문을 나서던 재하는 문득 고개를 돌려 제 뒤를 따르던 화영을 바라보았다. 삿갓 위 드리워진 흑색 천 사이로 얼핏 보이는 그녀의 얼굴에는 긴장감이 가득했다.

"무슨 생각을 그리하느냐?"

"아, 아무것도 아닙니다."

"그럼 얼굴에 힘 좀 풀거라. 못생겨 보인다."

"사형도 참."

저를 위해 부러 농을 던지는 재하의 마음을 알기에, 화영은 불안감을 밀어내며 애써 미소를 지어 보였다.

"서두르십시오. 약속한 시각에 당도하려면, 축시(丑時) 전에 번티고개를 넘어야 합니다."

"알고 있다."

누가 먼저라 할 것도 없이 서로의 손을 꼭 붙잡은 재하와 화영은 주위를 두리번거리며 서둘러 걸음을 재촉하기 시작했다. 오가는 이 하나 없는 길목에는 나귀의 발굽 소리만이 정적을 메우고 있었다. 어둠 속에 몸을 숨긴 채 얼마나 걸었을까. 도성의 횃불이 멀어진 것을 느낀 화영은 고개를 들어 깊어진 밤하늘을 올려다보았다.

"사형."

문득 재하를 부르는 화영의 목소리가 어딘지 모르게 불안한 기색을 띠었다.

"정녕 이리해도 되는 걸까요?"

"뜬금없이 그게 무슨 소리냐?"

"그냥 이런저런 생각이 듭니다. 이게 과연 상단을 위한 일인지, 아씨를 지킬 수 있는 길인지 확신이 서질 않아요. 아침에 들은 말도 마음에 걸리고……."

"아침에 들은 말이라니?"

일순 날카롭게 변한 재하의 눈빛에, 황급히 입을 다문 화영은 어색한 미소를 지으며 고개를 가로저었다.

"아무것도 아닙니다. 번티고개를 넘으려니, 긴장이 돼서요."

애써 둘러대긴 했지만, 오늘 아침 율을 만난 이후 화영의 머릿속은 줄곧 그가 한 말들로 가득 차 있었다. 무엇보다 마지막 말, '갈 곳이 없어지더라도'라는 그 전제가 묘하게 불길한 기분이 든다.

"……어두우니 조심하거라."

때마침 고개의 초입이 시작되자, 더는 묻지 않고 말끝을 맺은 재하는 좁은 고갯길을 앞장서 오르기 시작했다. 언제부턴가 낙엽마저 벗어버린 겨울의 앙상한 나뭇가지 사이로 흐릿한 달빛이 스며들고 있었다.

점차 가팔라지는 경사에 턱까지 차오르는 숨을 삼키며 재하의 뒤를 바삐 쫓아가던 화영은 문득 주변이 이상하리만치 고요하다는 사실을 깨달았다. 산중이라면 흔한 들짐승 소리는 물론이고, 나뭇가지를 흔드는 바람 소리조차 들리지 않는 것이었다.

"……사형, 뭔가 이상합니다."

주변의 모든 공기가 멈춘 것만 같은 정적이 어쩐지 섬뜩하여, 화영은 작게 몸을 떨었다. 재하 역시 그 미묘한 이질감을 눈치챈 듯했다. 천천히 걸음을 늦춘 그는 화영의 손을 힘주어 잡아당겼다.

"사형, 아무래도……."

불안한 눈동자를 데굴데굴 굴리던 화영이 다시 입을 연 찰나, 핑 하는 소리와 함께 어두운 숲길 사이로 반짝이는 무언가가 두 사람을 향해 날아왔다.

"윽!"

갑작스러운 빛에 무심코 두 눈을 감은 화영은 곧 저를 덮쳐 오는 심상치 않은 열기에 놀라 고개를 들었다. 그때, 등 뒤에서 재하의 목소리가 다급하게 울려 퍼졌다.

"숙여!"

미처 그의 말에 반응할 새도 없이, 화영은 누군가 저를 감싸 안는 것을 느끼며 바닥으로 곤두박질치듯 쓰러지고 말았다.

"아야……."

언 땅에 부딪쳐 얼얼한 몸을 간신히 추스른 화영은 이내 아연실색하며 눈앞의 상황을 바라보았다. 그들 사이로 날아든 것은 놀랍게도 불이 붙은 화살이었다.

순식간에 주위를 둘러싼 불꽃이 점차 맹렬한 기세로 번져 가자, 놀란 나귀들이 거친 울음을 토해내며 소란을 피우기 시작했다. 그제야 정신을 차린 화영은 헐레벌떡 몸을 일으키며 허리춤에 꽂혀 있던 자신의 검을 향해 황급히 손을 뻗었다.

"누구냐!"

그사이 날뛰는 나귀들을 간신히 진정시킨 재하가 허공을 향해 위협적인 목소리로 외쳤다. 그러자 무거운 정적이 감돌던 숲 속에서 기다렸다는 듯 요란한 발소리가 몰려오기 시작했다.

나뭇가지며 잎사귀가 밟히는 소리로 보건대 상대는 대략 수십 명은 족히 되는 듯했다. 무언가 심상치 않은 일이 벌어졌음을 직감한 화영은 손안의 검을 다시 한 번 바로잡으며 마른침을 삼켰다.

"내 옆에서 절대 떨어지지 말거라."

때마침 화영과 등을 맞대고 선 재하가 자세를 낮추며 속삭였다. 그리고 얼마 지나지 않아, 횃불을 든 한 무리의 사내들이 모습을 드러냈다. 금세 화영과 재하를 둘러싼 그들은 누가 먼저라 할 것도 없이 일제히 검을 뽑아 들며 말했다.

"가지고 있는 건 모조리 두고 가거라."

"그럴 수야 없지."

태연한 목소리로 대꾸한 재하는 들고 있던 검을 앞으로 겨누었다. 그러자 무언의 눈짓을 주고받은 사내들이 마침내 고함을 내지르며 화영과 재하를 향해 달려들기 시작했다.

챙강—

본능적으로 치켜 든 검에서 묵직한 진동이 느껴진 찰나, 귀를 찢어버릴 듯한 금속의 마찰음이 날카롭게 울려 퍼졌다. 맞부딪친 검을 힘껏 밀어낸 화영은 남은 손으로 재빨리 품 안에 숨겨두었던 장도를 꺼내 지근거리에 있는 상대의 어깻죽지를 향해 그것을 깊숙이 찔러 넣었다.

"크억!"

날카로운 비명과 함께 분수처럼 솟아오른 핏방울이 화영의 얼굴을 적셨다. 소름 끼치는 그 열기에 본능적으로 시선을 떨군 화영은 이내 소맷자락으로 우악스럽게 얼굴을 문질렀다. 그러나 다시금 힘차게 몸을 돌린 화영이 목도한 것은 한껏 당겨진 한 무리의 활시위였다.

"사형! 조심하십……!"

화영의 외침이 채 끝나기도 전에, 일제히 시위를 벗어난 화살이 화영과 재하의 머리 위로 비처럼 쏟아지기 시작했다. 화영은 가까스로 검을 휘둘러 화살을 튕겨낸 뒤 주위를 두리번거리며 재하를 찾기 시작했다.

하지만 어둠 속에서 그의 태산 같은 뒷모습을 발견한 순간, 화영은 두 눈을 터질 듯 치켜뜨며 신음 섞인 비명을 내지를 수밖에 없었다.

"사형!"

바닥에 꽂힌 검에 의지하여 간신히 몸을 지탱하고 있는 재하는 한눈에 보기에도 큰 부상을 입은 듯했다. 그의 오른쪽 가슴 위 옷자락이 거칠게 찢어진 것을 본 화영은 소스라치게 놀라며 그를 부둥켜안았다. 찢어진 옷자락 사이로 드러난 상처에서는 검붉은 피가 걷잡을 수 없이 쏟아지고 있었다.

"사, 사형! 피가……!"

"괜찮다. 스쳤을 뿐이야."

고통을 참느라 일그러진 얼굴로 애써 미소를 지은 재하는 저를 부축하는 화영을 밀어내며 힘겹게 몸을 일으켰다. 바로 그때, 짤그랑하는 소리와 함께 재하의 품 안에서 길쭉한 무언가가 바닥으로 툭 떨어졌다.

"이건……."

두 동강이 나긴 했지만, 그것은 분명 여인의 옥잠이었다. 말없이 그것을 주워 든 재하는 희미한 미소를 지으며 들릴 듯 말 듯한 목소리로 중얼거렸다.

"이것이 나를 살렸구나."

아마도 재하의 가슴을 관통했어야 할 화살이 우연히 품 안의 옥잠에 꽂힌 모양이었다. 덕분에 튕기듯 방향을 튼 화살이 그의 오른쪽 어깨를 거칠게 긁어낸 것이리라.

잠시 손안의 옥잠을 바라보던 재하는 이윽고 두 눈을 부릅떠 제 앞의 사내들을 노려보았다. 그제야 화영은 저희가 포위되었음을 깨달았다.

"순순히 물건을 내어놓으면 목숨만은 살려주마."

"아무래도 평범한 도적 떼는 아닌 모양이구나."

비틀린 재하의 목소리에, 우두머리인 듯한 사내가 피식 웃으며 말을 이었다.

"우리의 목적은 그저 너희가 가지고 있는 명나라 물건뿐이다."

그럴 줄 알았다는 듯 고개를 가로저은 재하는 핏물이 엉킨 입술을 말아 올리며 실소했다. 날카롭게 오가는 신경전 속에서 뒤늦게 상황을 눈치챈 화영은 흘러나오는 신음을 힘겹게 삼켰다.

그들은 이미 알고 있었던 것이다. 나귀에 실린 물건들이 명나라에서 들여온 밀수품이라는 것을.

'조씨의 계략인가.'

오늘 밤, 이 은밀한 잠행을 아는 이는 당사자인 조자겸과 영월 그리고 이 자리에 있는 화영과 재하뿐이었다. 아마도 조자겸은 도적을 가장하여 물건을 강탈한 뒤, 영월과의 약조를 모르쇠로 일관할 속셈이었으리라.

"비겁한 놈들."

낮게 중얼거리는 화영의 입술이 분노를 이기지 못하고 파르르 떨렸다. 움켜쥔 검을 좀처럼 거두지 않는 두 사람의 모습에, 사내는 어쩔 수 없다는 듯 어깨를 으쓱이고는 무리를 향해 나지막하게 중얼거렸다.

"죽여라."

재하는 서둘러 화영을 품 안으로 끌어당기며 어금니를 아득 깨물었다. 무슨 일이 있어도 화영만큼은 반드시 지켜야 한다. 하지만 밤이 깊은 이 시각에, 그것도 번티고개에서 도움의 손길을 만날 가능성은 희박했다. 더군다나 상처의 통증이 갈수록 심해지는 통에, 그의 팔은 검을 드는 것조차 버거울 지경이었다.

"크윽……."

눈 깜짝할 사이에 몰아치는 상대의 검을 간신히 막아낸 순간, 어지러움을 느낀 재하는 결국 힘을 잃고 그 자리에 털썩 주저앉고 말았다.

"사형!"

놀란 화영이 그를 부축했으나, 이미 많은 피를 쏟은 재하는 비틀거리는 몸을 좀처럼 바로세우지 못했다. 이를 본 화영은 분노에 찬 고함을 내지르며 사내들을 향해 무차별적으로 검을 휘두르기 시작했다.

"오지 마! 한 발자국이라도 가까이 오면 바로 죽여 버릴 거니까!"

"그만두거라, 화영아. 어서 마을로 가서 아씨께……."

"싫습니다, 사형! 제가 반드시 지켜 드릴 테니까 제발……!"

"잘 가거라!"

갈피를 잡지 못하고 휘적거리던 화영의 손이 허공으로 솟구친 순간, 사내들의 검이 빈틈을 놓치지 않고 빠르게 날아들었다. 이를 본 재하는 안간힘을 다해 몸을 일으켜 그녀를 꽉 끌어안았다.

파도처럼 쏟아진 그의 커다란 그림자 너머로 날붙이의 서늘한 빛이 빠르게 번뜩였다. 화영은 저도 모르게 두 눈을 질끈 감았다. 하지만 찰나의 시간이 흐른 뒤, 텅 빈 산속에 울려 퍼진 것은 살이 베이는 섬뜩한 소리가 아닌 날카롭고 묵직한 파열음이었다.

정적이 흐르고, 입안에 맴돌던 숨을 간신히 토해낸 화영은 감았던 눈꺼풀을 조심스럽게 들어 올렸다. 점차 또렷해지는 시야로 제일 먼저 들어온 것은 저를 끌어안은 채 정신을 잃은 재하의 새파란 얼굴이었다.

그리고…… 온몸이 저릿저릿 떨려올 만큼 강렬한 위압감을 뿜어대며 우뚝 서 있는 그림자.

"웨, 웬 놈이냐!"

누군가의 외침에 그림자의 주인은 쓰고 있던 삿갓을 천천히 벗어 바닥에 내려놓았다. 흐린 달빛 아래 유려한 옆선이 드러나자, 곧 그가 율임을 깨달은 화영은 저도 모르게 짧은 신음을 토해냈다.

"대관절 언제부터 번티고개가 이런 야합의 장이 된 건지 모르겠군."

숨통을 사정없이 짓누르는 저 고압적인 목소리가 이리 반가울 줄이야. 화영이 차오르는 눈물을 애써 손등으로 훔치는 사이, 천천히 호흡을 가다듬은 율은 이윽고 손안의 칼자루를 천천히 고쳐 잡았다.

"안 그래도 슬슬 청소를 할 때가 되었다 싶긴 했다만……."

빈틈없이 앞을 겨누는 율의 매서운 칼끝에, 주위를 둘러싸고 있던 무리가 멈칫거리며 뒷걸음질을 쳤다.

"선택하거라. 내 검에 베여 죽겠느냐, 아니면 관군에게 잡혀 장형을 받겠느냐?"

그의 말이 끝나기가 무섭게 횃불을 든 군졸들이 어둠 속에서 모습을 드러냈다. 이에 당황한 듯 서로의 눈치를 살피던 사내들은 곧 누가 먼저라 할 것도 없이 고갯길을 달려 도망치기 시작했다.

"괜찮으냐?"

어수선하게 흩어진 그들의 발소리가 완전히 멀어지자, 고개를 돌려 화영을 내려다본 율이 걱정스러운 표정으로 물었다. 그러나 화영은 굵은 눈물을 억세게 훔칠 뿐, 아무런 대꾸도 할 수 없었다. 율에 대한 반가움과 고마움, 그리고 볼썽사나운 모습을 들킨 것에 대한 민망함과 안도감 등이 한데 뒤엉켜 마음 한구석이 불편해진 탓이었다.

"조씨 그자가 당하고만 있을 인사는 아니라 여겼다만, 설마하니 이렇게까지 나올 줄은 몰랐다. 혹시나 하던 차에 영월관 왈패들이 나귀를 끌고 동문을 통과했다는 전갈을 받아서……."

점점 더 어두워지는 화영의 낯빛 탓에 말끝을 흐린 율은 결국 옅은 한숨을 내쉬며 입을 다물었다. 자신이 조자겸과 영월을 도발한 탓에 이 사달이 난 것임은 부정할 수 없는 사실이거늘, 이제 와 자초지종을 설명한들 무슨 소용이 있겠는가.

"……늦어서 미안하구나."

한참 만에야 흘러나온 그의 한마디에, 화영은 겨우 멈췄던 눈물을 또다시 쏟아내며 고개를 떨구고 말았다. 감히 나라님의 눈을 속이고 작당질을 했다며 달초를 해도 모자랄 판에 늦어서 미안하다니, 무슨 할 말이 있겠는가.

솔직히 말하자면, 세상 밑바닥에서 태어나 죽지 못해 살아온 화영에게 국법을 어기는 것은 그리 대단한 일도, 양심의 가책을 느낄 일도 아니었다. 한데 어찌하여 이다지도 부끄러운 마음이 드는 걸까.

가슴을 주먹으로 쿵쿵 내리치며 울음을 삼키는 화영을 복잡한 표정으로 바라보던 율은 검붉은 피가 말라붙어 있는 그녀의 손을 조심스럽게 붙잡아 세웠다. 그러자 흠칫하며 어깨를 떤 화영이 젖은 눈동자를 들어 율을 바라보았다.

"……돌아가자."

잠시 후, 차분하게 읊조린 율의 목소리는 부쩍 가라앉아 있었다.

❀

고요하던 오후의 하늘에 어느덧 말간 노을이 스며들기 시작했다. 잠든 재하의 곁을 지키다 밖으로 나온 화영은 들고 있던 대야의 물을 빈 마당에 뿌리며 긴 숨을 뱉어냈다.

"으, 춥다."

살갗을 파고드는 공기가 제법 매섭다. 덕분에 절로 떨리는 몸을 구기며 마루에 걸터앉은 화영은 문득 수심 가득한 얼굴을 두 무릎 사이에 묻었다.

그날 이후 벌써 보름이란 시간이 흘렀지만, 사건은 좀처럼 해결될 기미가 보이지 않았다. 영월마저 입을 다물고 가타부타 말을 하질 않으니, 도내체 일이 어떻게 돌아가는지 모르겠다.

'어쩌면 이대로 상단이 풍비박산 나는 것은 아닐까.'

복잡해지는 생각에 절로 한숨을 쉬던 그때, 대문이 열리는 소리가 정적을 가르며 들려왔다. 화영은 무심코 자리에서 몸을 일으켰다. 그런데 마당 안으로 들어서는 인영(人影)이 낯설지가 않다.

"……나으리?"

당혹감에 중얼거린 말이 닿은 것인지, 쓰고 있던 삿갓을 손가락으로 살짝 들어 올린 그가 고개를 돌려 화영을 바라보았다. 노을색을 머금었음에도 서늘한 빛을 띠는 피부와 가느다란 눈매, 단정한 입술은 몇 번을 다시 보아도 분명 율이었다.

"네가 어찌 나와 있느냐?"

날카로운 눈빛과 달리 그가 건넨 말은 퍽 살가웠다. 얼핏 미소를 짓는 것처럼 보인 것은 착각일까. 얼떨결에 고개를 조아리려던 화영은 불쑥 의심스러운 눈초리로 그를 훑어보았다.

"여긴 또 어쩐 일이십니까?"

동그란 눈을 굴리며 어울리지 않게 날을 세우는 것이 마치 아기 고양이 같다. 그 모습이 퍽 재미있어 보일 듯 말 듯 미소를 지은 율은 삿갓을 벗으며 느리게 대꾸했다.

"어느 쪽부터 대답을 해주랴?"

"예?"

"형조의 일꾼으로서 찾아온 연유와 네 목숨을 구해준 이로서 찾아온 연유, 둘 중 어느 쪽부터 듣고 싶으냐 이 말이다."

어쩐지 저를 놀리는 듯한 율의 말투에 잠시 말문이 막혀 입술을 벙긋거리던 화영은 곧 미간을 구기며 불퉁하게 되물었다.

"지금 소인을 겁박하시는 겁니까?"

"겁박이라니?"

"아니, 그렇잖습니까? 목숨을 구해주었으니, 더는 허튼짓 말라는 겁박이 아니고서야……."

"허튼짓을 한 것은 알고 있는 모양이구나."

"그, 그건!"

율의 말이 정곡을 찌르는 바람에 일순 어색해진 입술을 꾹 눌러 다문 화영은 곧 붉어진 얼굴을 깊숙이 떨구었다. 떠오르는 말이라곤 고작 변명뿐이니, 밀려드는 수치심에 몸 둘 바를 모르겠다.

그런 화영을 뜻 모를 표정으로 바라보던 율은 이윽고 옅은 한숨을 내쉬며 그녀의 동그란 정수리에 가만히 손을 얹었다. 그러자 놀란 그녀가 머뭇머뭇 고개를 들어 올렸다.

"알고 있다. 네 잘못이 아니란 거."

"……예?"

"나도 참, 어쩌자고 이런 뒤치다꺼리를 하고 있는 겐지."

의아한 표정의 화영을 두고 짐짓 장난스럽게 중얼거린 율은 어깨를 으쓱 올렸다 내리며 쾌활하게 말을 이었다.

"관주에게 안내하거라."

등잔 너머에 자리를 잡고 앉은 율은 꽤 오랜 시간 동안 침묵을 지키고 있었다. 갑작스러운 그의 등장에 당혹스러운 표정을 감추지 못하던 영월은 이윽고 피곤한 목소리로 말문을 열었다.

"괘념치 마시고 말씀하십시오. 오랏줄도 없이 쇤네를 찾아오신 연유가 무엇입니까?"

조자겸의 배신도 골치 아픈 일이었지만, 기실 그녀를 가장 곤란하게 하는 것은 형조참판의 수하인 율이 작금의 상황을 전부 알고 있다는 점이었다. 그의 제안을 무시하고 조자겸과 일을 꾸몄으니, 당장 투옥된다 해도 할 말이 없으리라. 한데 그가 다시금 이렇게 저를 찾아온 연유가 대관절 무엇일까.

때마침 화영이 찻상을 들고 안으로 들어오자, 금세 방 안 가득 은은한 다향이 번졌다. 하지만 쉬이 찻잔을 들지 못하는 율의 손은 어딘지 모르게 주저하는 기색이 역력했다.

"……좋지 않은 소식이 있소."

이윽고 어렵사리 입술을 달싹인 율이 어두운 표정으로 고개를 들자, 반듯하던 영월의 미간에 일순 깊은 굴곡이 드리워졌다.

"혹 조자겸 어르신께서 모르쇠를 잡으시더이까?"

체념 섞인 그녀의 물음에 쓴웃음을 지으며 입술 끝을 문지르던 율은 대답 대신 무거운 질문을 던졌다.

"처음 이곳을 찾은 날, 내가 왜 그런 제안을 했는지 아시오?"

"그야 어르신께서 영중추 대감의 손이시기에 형조에서도 쉬이 벌할 수 없으리라고……."

무심코 대꾸하던 영월이 불현듯 눈동자를 굳히며 율을 바라보았다.

"설마 처음부터 이 사달이 날 것을 알고 계셨습니까?"

"거기까진 아니더라도, 그대가 모든 죄를 뒤집어쓸 것은 짐작했지."

돌덩이처럼 내려앉는 율의 대답에, 영월은 앓는 소리를 삼키며 두 눈을 감았다.

"이건 조자겸이 지니고 있던 장부요."

품에서 서책 한 권을 꺼낸 율은 서안 위에 그것을 내려놓았다.

"언제, 무엇을, 누구와 주고받았는지 세세하게 적혀 있을뿐더러 영월 상단의 이름으로 건네진 물건들은 전부 사무역이 금지된 품목임을 확인했소. 그대가 염려하던 확실한 증좌인 게지."

"……."

"밀수는 중죄 중에서도 중죄. 그대의 말대로 조씨 일가에게 죄를 물을 수 없게 된다면, 도륙을 당하는 건 결국 상단이 될 게 뻔했소. 하여 나는 이 장부를 빌미로 그가 더는 상단에게 밀수품을 요구하지 못하게 할 생각이었지. 처벌은 어찌어찌 피할 수 있을지 몰라도 장부가 공개되면 가문의 얼굴에 먹칠을 하는 꼴이 될 텐데, 이는 서손인 그의 입장에선 상당히 골치 아픈 일이거든."

"한데 쇤네가 일을 그르친 거로군요."

한숨처럼 흘러나온 영월의 말이 탁하게 가라앉는다. 상단을 접고 물러나면 일을 덮어준다는 율의 제안 속에 그런 뜻이 숨어 있을 줄이야. 무어라 설명할 길이 없는 감정이 소용돌이치는 탓에 늘 반듯하던 영월의 얼굴은 기묘한 표정으로 일그러져 있었다.

"그대의 잘못만은 아니오. 제대로 방비하지 않은 내게도 책임은 있으니. 문제는, 이렇게까지 일이 틀어졌음에도 불구하고 형조가 움직이지 않을 거란 사실을 그가 눈치챘다는 점이오."

"하면, 하면 저희는 이제 어찌 되는 겁니까?"

"물론 관주가 행한 일이 그릇된 것임은 자명하나……."

잠시 말을 멈춘 율은 뜻 모를 시선으로 영월의 뒤에 앉아 있는 화영을 바라보았다. 잠자코 그들의 대화를 듣고 있었지만, 화영 역시 어두운 표정을 숨기지 못한 채 바닥을 응시하고 있었다.

"그대와 상단의 식솔들 또한 형조에서 추포하는 일은 없을 거요."

예상치 못한 그의 말에 놀란 기색을 숨기지 못한 화영의 눈동자가 퍼뜩 율에게 향했다. 이는 영월 또한 마찬가지였다.

"그, 그게 무슨 말씀이십니까?"

"모든 걸 내 선에서 묵과하겠다는 뜻이지."

당혹스러운 표정의 두 사람과 달리 식어버린 찻잔을 집어 드는 율의 얼굴은 고요하기만 했다.

"그러니 너무 심려치 마오. 물론, 더는 영월상단의 이름으로 장사를 할 수는 없게 되겠지만."

긴 침묵이 흐르고, 간신히 침착함을 되찾은 영월은 소매 아래 가느다란 손가락을 그러모으며 천천히 말문을 열었다.

"쇤네가 이런 질문을 하는 것이 우습긴 하오나, 국법을 어기고 성심을 어지럽힌 저희를 이렇게 구명해 주시는 연유가 무엇입니까?"

삼시 생각에 잠기는 듯하던 율은 이내 피식 웃음을 터뜨렸다.

"그러게 말이오. 나도 참 답지 않은 짓을 했지 뭐요?"

영월상단과 조자겸이 연결되어 있음을 안 순간부터, 아니, 솔직히 말하자면 그 전부터 율은 이번 사안이 공정하게 처리되지 못하리란 것을 잘 알고 있었다. 그저 형조의 일을 돕는 입장이기에 한쪽으로 치우친 현실을 인정하고 싶지 않았을 뿐이리라.

"그래도 역시, 힘없는 자들만 죗값을 치르는 꼴을 보고 싶지는 않으니까."

영월이 죄를 지은 것은 명백하지만, 차마 그 불공정을 모른 척 넘길 수가 없었던 건 어쩌면 화영의 그 말 때문인지도 모른다. 화영 또한 그것을 눈치챘는지 기묘한 표정을 하고 율을 바라보고 있었다.

"그럼 이만 가봐야겠소."

이윽고 자리를 털고 일어난 율은 저를 따라 일어서는 영월에게 손을 내저으며 말했다.

"괜찮으니 나오지 마시오. 몸도 좋지 않아 보이는데."

"하오나……."

"배웅이라면, 이 녀석으로 충분할 듯싶은데."

짧게 웃은 율의 손이 돌연 제 어깨를 잡자, 화영은 얼떨떨한 표정으로 그를 올려다보았다. 서늘하고 날카로운 눈매가 등잔불의 온기 때문인지 부드러운 시냇물처럼 일렁이고 있었다.

"……소인이 모시겠습니다."

또다시 찾아든 연유 모를 두근거림을 애써 목구멍 아래로 삼킨 화영은 영월을 향해 작게 눈인사를 하고는, 서둘러 밖으로 나와 신을 꿰어 신었다.

율이 들고 있던 삿갓을 깊숙이 눌러쓰는 사이, 그녀는 추위에 빨개진 손으로 애꿎은 옷자락만 주물거리며 말없이 발끝을 응시하고 있었다. 그 모습이 어쩐지 괴이 보여 슬며시 미소를 머금은 율은 대문 앞에 다다르고 나서야 허리를 숙여 화영과 눈높이를 맞추며 말문을 열었다.

"혹 일전에 네가 내게 했던 말, 기억하고 있느냐?"

"예?"

갑작스러운 율의 질문에, 화영이 푹 숙이고 있던 고개를 들어 그를 바라보았다.

"살기 위해 행한 일에 죄를 묻는다면 이 나라 그 누구도 죄인이 아닐 수 없을 거라 했던 것 말이다."

"……기억하고 있습니다."

"이상하게도 그 말이 유독 가슴에 남더구나. 해서 이리된 것이 미안하고, 네가 염려도 되고."

염려. 그 단어가 어쩐지 작은 불꽃이 되어 마음 깊숙한 곳을 간질이는 것만 같다. 생경하기만 한 그 감각에 불쑥 민망해진 화영은 새빨갛게 달아오른 얼굴을 황급히 소매 끝으로 훔쳤다.

"그럼 잘 지내거라."

"……."

"이젠 정말로 다시 만날 일 없을 게다."

짧은 웃음을 남기며 등을 돌리는 율의 그림자가 메마른 땅 위로 길게 늘어졌다. 점점 멀어지는 그 모양을 바라보며 한참을 주저하던 화영은 이내 무언가 결심한 듯 다급히 율을 불러 세웠다.

"나으리!"

율은 발걸음을 멈춰 세웠을 뿐, 뒤를 돌아보지는 않았다. 하지만 화영은 그를 향해 깊숙이 허리를 숙여 인사하고는, 전에 없이 또랑또랑한 목소리로 말을 이었다.

"소인의 이름은 화영, 송화영입니다."

얼핏 그가 미소를 짓는 것 같기도 하다. 이윽고 멈춰 세웠던 걸음을 다시 옮기는 율을 우두커니 서서 바라보던 화영은 문득 그와의 인연이 여기서 끝나지만은 않으리란 것을 직감했다. 잠시 후, 천천히 몸을 돌린 화영의 얼굴에는 도화색 홍조가 살포시 떠올라 있었다.

❈

이른 아침, 동궁(東宮) 자선당(資善堂)에는 전날 내린 눈이 소복이 쌓여 있었다. 창을 활짝 열고 눈 쌓인 풍광을 바라보던 경혜는 이내 어깨를 들썩이며 크게 심호흡을 했다. 옅은 솔 향을 담은 겨울의 공기는 차지만 무척 맑아, 폐부의 구석구석까지 깨끗해지는 듯한 느낌이 든다.

평창군주(平昌郡主) 경혜. 그녀는 세자 이향의 적녀로 모후인 세자빈 권씨가 승하한 뒤, 첨지중추원사를 지낸 조유례의 사가에서 여종 어리니 백씨의 보살핌을 받으며 자라났다.

유년 시절을 오롯이 궁 밖에서 보낸 그녀에게 다시 찾은 자선당은 낯설고 쓸쓸한 공간이었다. 하지만 어렴풋하게 남아 있는 모후와의 기억 또한 자선당과 함께였기에, 이 갑갑하기만 한 궁 생활을 견뎌낼 수 있었던 것이리라.

"아기씨, 고뿔이 드실까 저어되옵니다."

활짝 연 창을 좀처럼 닫을 생각이 없어 보이는 경혜를 안절부절못하며 지켜보던 상궁이 조심스레 말을 건네자, 경혜는 알았다는 듯 생긋 웃어 보이며 순순히 창을 걸어 닫았다.

"산책을 좀 하고 싶은데, 날이 추운 듯하구나."

"올해 들어 가장 추운 날이라 하옵니다."

고개를 끄덕인 경혜는 이내 자리에 앉아 조금 전까지 열중하고 있던 자수틀 위로 시선을 옮겼다. 화려한 금실로 수놓아진 용은 그 모양이 무척 단정하면서도 아름다웠다.

"이것을 주머니로 만들어 아바마마께 드리려 한다. 어찌 생각하느냐?"

"자수가 아기씨의 효심만큼이나 빛이 나니, 저하께서 무척 기뻐하실 것이옵니다."

상궁의 칭찬에 또 한 번 동그랗게 눈을 말아 웃어 보인 경혜는 미처 완성하지 못한 자수에 다시 열중하기 시작했다. 이따금 경혜의 길고 풍성한 속눈썹이 깜박일 때면 나비가 날갯짓을 하는 듯 유려한 모양이 그녀의 뺨 위로 떠올랐다.

모후를 닮은 미색으로 궁 안팎에 소문이 자자한 것을 증명하듯, 자수에 집중하는 그녀의 눈동자는 크고 맑았으며 입술은 석류 알처럼 도톰하니 반짝이고 홍조 띤 두 뺨은 뽀얗고 탐스러웠다.

"그러고 보니 아바마마께서는 아직 비현각(丕顯閣)에 계신가?"

"예, 아기씨."

"……며칠은 더 쉬셨으면 좋으련만."

혼잣말을 중얼거리는 경혜의 목소리에는 근심이 가득했다. 어릴 적부터 병치레가 잦았던 세자는 오랫동안 누워 있는 일이 부지기수였다. 게다가 금상의 성후(聖候)마저 날이 갈수록 쇠약해지고 있으니, 무거운 분위기가 궐 안 구석구석 내려앉았음이라.

때문에 성장한 군주의 거처는 따로 마련하는 것이 관례였음에도 불구하고 경혜는 자선당 내 비어 있던 세자빈의 처소에 기거하며 세자의 곁을 지켰다. 자식에 대한 정이 남다른 세자이기에 경혜의 인사를 받을 때면 앓던 와중에도 벌떡 일어나 그녀를 반겼기 때문이었다.

"조정 중신들도 물러나 쉬시기를 간청하고 있으나, 저하께서 완강히 거절하셨다 합니다."

"근심거리가 많으시니 그러실 수밖에."

"더군다나 아기씨마저 하가(下嫁)를 하시게 되었으니 더욱……."

무심코 대꾸하던 상궁이 황급히 입을 다물며 머리를 조아렸다.

"소, 송구합니다. 가뜩이나 심란하실 터인데 소인이 괜한 말을……."

"아닐세."

묵묵히 바늘을 놀리던 경혜가 조그만 목소리로 중얼거렸다. 보통 열두어 살쯤이면 하가하는 다른 왕실 여인들과 달리 경혜는 열여섯을 앞둔 지금까지 길례를 미뤄왔나. 빈도 없이 홀로 남을 세자와 어린 홍위를 염려한 탓이었다.

하지만 근자에 들어 금상의 어환(御患)이 심상치 않던 터라 세자로서는 경혜의 하가를 급히 결정할 수밖에 없었다. 혹여 급작스럽게 국상이라도 치르게 되면 오랜 시간 길례를 올리지 못할 터이니, 자칫 과년을 넘길까 염려한 것이다.

"지금 전하께서 저하와 함께 온정(溫井)행을 논의하고 있다 하니, 너무 심려치 마소서."

"……궐 안이 더욱 쓸쓸해지겠네."

경혜는 쓴웃음을 지으며 때마침 완성한 수를 한쪽으로 치웠다.

"슬슬 다과상을 준비하라 이르게. 세손께서 오실 시각이니."

"예, 아기씨."

"참, 일전에 전하께 하사받은 건시도 내어주게. 세손이 건시라면 자다가도 벌떡 일어나시지 않는가?"

"알겠사옵니다."

고개를 조아린 상궁이 종종걸음으로 물러나자, 경혜는 천천히 몸을 일으켜 닫았던 창을 다시 열었다. 그새 꾸물꾸물해진 하늘에는 흐릿한 구름만 가득했다.

"혼인이라……."

문득 경혜의 입술 사이로 한숨 섞인 혼잣말이 흘러나왔다. 마음의 준비를 할 새도 없이 결정된 길례였기에, 평생을 함께할 지아비가 어떤 이일까 상상할 시간조차 없었다. 그러던 중 딱 한 번, 먼발치에서나마 바라본 자신의 정혼자는 구김 없이 말간 표정에 잔잔한 눈동자를 지닌 사내였다.

비록 찰나에 불과했지만, 그날의 기억은 궐을 떠나야 한다는 아쉬움과 새로운 만남에 대한 설렘 등이 뒤섞여 잠을 이루지 못하던 경혜에게 작은 위로가 되어주었다.

"아기씨, 세손 각하 드셨사옵니다."

"뫼시게."

때마침 문밖에서 들려온 상궁의 목소리에 퍼뜩 상념에서 깨어난 경혜는 서둘러 창을 닫아걸고는 안으로 들어오는 어린 아우를 향해 활짝 미소를 지어 보였다.

"어서 오세요, 세손 각하."

"누님!"

경쾌한 걸음으로 달려온 홍위는 늘 그랬듯 경혜의 허리춤을 안고 매달리며 천진한 미소를 지어보였다. 그런 아우와 눈높이를 맞춘 경혜는 겨울바람에 상기된 홍위의 뺨을 가만히 어루만졌다.

"어서 앉으세요. 날이 꽤 춥지 않습니까?"

"괜찮습니다. 하나도 안 춥습니다."

들뜬 얼굴로 자리에 앉은 홍위는 이내 한쪽 끝으로 밀려나 있던 자수틀을 발견하고는 소리 죽여 웃었다.

"수를 놓고 계셨습니까?"

"하가하기 전에 아바마마께 향을 넣을 만한 작은 주머니라도 만들어 드릴까 해서요."

하가라는 말에, 만면 가득하던 미소를 천천히 거둔 홍위가 나지막하게 중얼거렸다.

"해가 바뀌면 누님도 이곳을 떠나시겠군요."

"……많이 늦어졌지요."

엷게 웃은 경혜는 살포시 고개를 숙였다. 때마침 상궁이 다과상을 들여오자, 경혜를 바라보던 홍위의 시선이 대번에 그곳으로 향했다.

뽀얀 건시를 보고 손뼉을 치며 좋아하는 모양이 마냥 어리기만 하여, 경혜는 문득 가슴 한구석이 저릿해지는 것을 느꼈다. 아직 곁을 떠나서는 안 될 것만 같은데, 세월이라는 것은 이리도 야속하기만 하다.

"각하께서 건시를 좋아하시니, 내어오라 일렀습니다."

"감사합니다, 누님."

조금 전까지 침울하던 표정은 온데간데없이 사라지고 다시금 환해진 얼굴로 건시를 집어 드는 홍위를 물끄러미 바라보던 경혜는 늘 묻던 질문을 던졌다.

"오늘은 어떤 것을 배우셨습니까?"

"서경을 외웠습니다."

"칭찬을 많이 받으신다고요."

"예, 저도 할바마마와 아바마마의 뒤를 이어 국본이 될 것이니 학문을 게을리해서는 안 됩니다."

"이리 듬직하게 장성하신 모습을 보고 떠나게 되어 기쁩니다."

"누님도 참. 지금은 저보다 하가할 땐 도련님의 인물을 염려하셔야 할 때 아닙니까?"

장난스러운 홍위의 대꾸에 말없이 쿡쿡 웃어 보인 경혜는 비어 있던 손으로 찻잔을 들다 말고 사색에 잠겼다.

그래, 이제는 이곳을 떠나도 괜찮을 것이다.

어느새 훈훈한 온기로 가득 찬 방 안에는 겨울바람에 섞여 있던 솔향 대신 찻잎의 싱그러운 향기가 포근하게 스며들고 있었다.

❀

아무리 거스르려 해도 혹은 아무리 흘려보내려 해도, 세월은 늘 제속도를 잃지 않는다. 혼란 속에 뒤섞인 것들도, 늘 변치 않고 그대로일 것만 같은 것들도 세월 앞에서는 무력해지는 법이다.

율은 지금 그 사실을 새삼 실감하고 있었다. 불안하게 흔들리는 눈동자를 오롯이 땅에 박은 채로 꼼짝을 않고 서 있는 율을 이상하게 바라보던 종복 막놈이 참다못해 말문을 열었다.

"안 들어가십니까?"

재촉이 서린 그의 목소리에, 율은 천천히 고개를 들어 굳게 닫힌 사랑채 문을 물끄러미 바라보았다. 마당에는 늘 코끝을 간질이던 다향 대신 생경한 탕약 냄새만이 을씨년스럽게 감돌고 있었다.

"……여쭙거라."

이윽고 무겁게 닫혀 있던 율의 입술이 느릿하게 달싹이자, 막놈은 기다렸다는 듯 안쪽을 향해 큰 소리로 외쳤다.

"마님! 큰 도련님 오셨습니다!"

"들어오너라."

방문 너머에서 들려온 여인의 목소리는 무겁게 젖어 있었다. 이에 다시 망설이는 기색으로 아랫입술을 지그시 깨문 율은 이윽고 조심스럽게 방문을 열고 안으로 들어섰다.

저를 향해 고개를 돌리는 여인의 작은 몸 너머로 반듯하게 누워 눈을 감고 있는 정 참판의 모습이 보였다. 한 치의 흐트러짐도 없는 모양으로 숨소리마저 다스리는 듯한 그의 모습에, 율은 그저 씁쓸한 미소만 지을 뿐이었다.

"좀 어떠십니까?"

"미음을 겨우 드시는가 싶더니, 잠드신 지 일각쯤 되었다."

정 참판의 메마른 얼굴을 연신 조심스럽게 닦아내던 정부인(貞夫人) 민씨가 한숨 같은 목소리로 중얼거렸다.

"의원의 말로는 이 지경이 되실 때까지 숨기고 버티신 모양이라 하더구나. 낌새 한 번 보이신 적 없는데, 이리 갑자기 쓰러지셨으니……"

그리고 가늘게 이어지는 흐느낌에, 율은 애꿎은 방바닥만 지그시 노려볼 수밖에 없었다.

"그러고 보니 무척 오랜만에 얼굴을 보는 것 같구나."

때마침 고개를 돌려 저를 바라보는 민씨의 말에, 퍼뜩 상념에서 깨어난 율은 서둘러 고개를 숙이며 나지막한 목소리로 대답했다.

"그간 인사를 여쭙지 못해 송구합니다."

"아니다. 네가 그동안 영감을 돕느라 고생이 많았다 들었어."

얇은 입술을 말아 올리며 고개를 가로저은 민씨는 조심스럽게 팔을 뻗어 무릎 위에 놓여 있던 율의 크고 단단한 손을 다정하게 감싸 쥐었다. 그 따뜻한 온기에 깊이 가라앉아 있던 율의 눈동자가 짧게 흔들렸다.

"우리가 한 지붕 아래 머리를 맞대고 산 세월이 얼마더냐? 내 비록 배 아파 너를 낳은 어미는 아니나, 똑같은 자식이라 생각한다."

"……"

"어머니라고 부르기는 힘들겠지만, 마음의 짐일랑 훌훌 털어버리고 함께 오순도순 살면 좋겠구나. 네가 자꾸 밖으로 도니, 내 마음이 편치가 않아."

"……예, 명심하겠습니다."

"종이도 곧 장가를 들 터인데, 남은 시간 형제끼리 우애도 다지고."

"종이 장가를 듭니까?"

모르고 있던 소식에 율이 놀란 눈을 하며 물었다.

"그래, 급하게 결정되긴 했지만 이제 곧 열여섯이 될 테니 때가 맞긴 하지."

"벌써 그리되었습니까?"

혼잣말처럼 중얼거린 질문 끝에 연유 모를 그리움이 묻어났다. 하긴, 한집에 살면서도 종의 얼굴을 제대로 본 게 언제인지 까마득하니 그럴 만도 했다.

종을 싫어하는 것은 아니었으나, 언젠가부터 율은 의식적으로 그를 멀리해 왔다. 자신은 결코 가질 수 없는 것들, 하지만 종에게는 당연했던 그 모든 것들을 마주하는 일이 괴로웠던 탓일까.

총명한 눈을 지닌, 유난히 웃음이 많던 아이. 그 천진하던 모습을 떠올리며 문득 소리 없는 한숨을 내쉰 율은 이내 태연한 척 말을 이었다.

"하면 혼처는 어딥니까?"

"평창군주(平昌郡主) 아기씨란다."

"평창군주라면, 혹 세자 저하의……."

"그래. 일찍이 모자란 여식을 영응대군께 출가시켰는데, 감읍하게도 아들까지 부위가 되는구나."

아득한 시선으로 허공을 바라보던 민씨가 문득 고개를 돌려 율을 바라보았다.

"네가 먼저 장가를 들었으면 싶었지만, 싫다는 것을 억지로 밀어붙일 수도 없는 노릇이니."

그녀의 핀잔 섞인 넋두리에, 율은 그저 소리 없는 미소를 지어 보일 뿐이었다. 해가 바뀌면 약관이 될 나이임에도 율은 아직까지 혼인을 하지 않았다. 아니, 할 수가 없었다.

생모의 신분을 숨긴 채 양자라는 허울을 쓰고 살아가야만 하는 삶, 그 거짓된 삶 중에 과연 누군가와 반려하며 살아갈 자격이 있는 것일까. 율은 줄곧 그 질문을 스스로 던지고 있었다.

"그럼 저는 이만 물러가 보겠습니다."

"그래, 오늘 밤은 꼭 네 처소에서 자야 한다."

"……예."

민씨의 당부에 한층 더 무거워진 마음을 애써 감추고 인사를 올린 율은 이윽고 잰걸음으로 사랑채를 나섰다. 그런데 막 방문을 닫고 돌아선 그의 앞에 돌연 긴 그림자가 드리워졌다.

"형님."

율은 제 앞에 선 훤칠한 사내를 보고 놀란 표정을 감추지 못했다.

"오랜만입니다."

싱긋 미소를 지으며 인사를 건넨 이는 다름 아닌 종이었다. 몰라보게 자라 번듯하고 듬직한 태를 갖춘 그의 모습에 율은 그만 말문이 막히고 말았다.

"하마터면 형님 얼굴을 까먹을 뻔했습니다. 어찌 이리 뵙기가 힘이 듭니까? 보고 싶어 죽는 줄 알았다고요."

투정 섞인 말을 건네는 종의 얼굴에는 한 점의 구김도 없었다. 민씨처럼 유순하게 늘어진 눈매, 정 참판과 같은 선 굵은 콧날. 그래도 아직은 앳된 티가 조금 남아 있는 종의 봄볕 같은 얼굴을 멍하니 바라보던 율은 저도 모르게 희미한 미소를 지었다.

"그래, 나도 보고 싶었다."

"근자에 많이 바쁘신 것 같더니, 좀 마르셨습니다."

"괜찮으니, 염려 말거라."

율은 걱정스러운 표정으로 저를 살피는 종의 어깨를 가볍게 두드리더니 곧 쾌활한 말투로 화제를 돌렸다.

"그나저나 장가를 간다면서?"

"예, 뭐…… 어쩌다 보니."

수줍게 대꾸한 종은 문득 아득한 눈빛으로 사랑채를 바라보았다.

"실은 아버지께서 저리 누워 계신 마당에 혼담이 오가게 되니 마음이 영 불편합니다. 게다가 형님께서도 아직이신데……."

"난 신경 쓸 것 없다. 너도 알다시피 아직 혼인할 생각이 없으니."

단호하게 끝을 맺은 율의 목소리가 이내 부드럽게 흩어졌다.

"그리고 영감께서 저리 누워 계시기 때문에 더욱 네가 자리를 단단히 다져야 한다."

"형님……."

"넌 영감의 하나뿐인 아들이지 않으냐?"

하나뿐인 아들. 율은 힘겹게 내뱉은 그 말끝에 슬픔이 담기는 것을 애써 목구멍 아래로 삼켰다. 하지만 그런 율의 속을 알 리 없는 종의 얼굴은 한결 밝은 기색을 띠고 있었다.

"역시 형님과 이야기를 나누면 마음이 편안해집니다."

"……별말을 다 하는구나."

"진심이에요."

문득 진중한 눈을 한 종이 율의 손을 조심스럽게 붙잡았다. 그러자 흠칫 들썩인 그의 단단한 손이 곧 미세하게 떨리는 것이 느껴졌다. 잠시 그것을 내려다보던 종은 이윽고 차분한 목소리로 말을 이었다.

"아버지께서 쓰러지시고, 줄곧 두려웠어요. 한데 형님을 이리 뵙고 나니 얼마나 어깨가 든든한지 모릅니다."

"……."

"존재만으로도, 형님은 제게 큰 힘이에요."

기실 알고 있었다. 이 집안의 그 누구도 자신을 맞지 않는 조각이라 여기지 않는다는 것을, 가족으로 받아들이고 있다는 것을. 하지만 그렇다 해도 마음 한편에 박힌 이 허전한 공백은 결코 채워지지 않음을, 율은 이미 오래전부터 여실히 깨닫고 있었다.

"……그림자."

"예?"

"난 네 그림자니까."

세상 앞에 당당히 나설 수도, 스스로 빛을 낼 수도 없는 그림자. 그것은 슬프지만 받아들여야 할 율의 운명이고 현실이었다.

"그러니 염려도, 두려움도 모두 접어두거라. 내가 언제나 네 뒤를 지키고 있을 테니."

말을 마치고, 비로소 천천히 고개를 들어 종을 바라보는 율의 눈에는 옅은 미소가 번져 있었다.

"오늘부터 네 이름은 율이니라."

"율…… 이요?"

"그래, 빛날 율. 네가 어디에 있든, 무엇을 하든, 가장 빛나는 사람이 되길 바라는 마음을 담았단다."

"빛나는 사람……."

"그래줄 수 있겠느냐?"

"예, 물론입니다!"

그림자로 태어나 어둠을 입고 살아가야 했던 아이에게 빛이라는 이름을 지어준 아버지의 마음은 긴 세월이 흐른 지금도 짐작이 가지 않는다.

'그래도 분명 약조했으니까요. ……아버지.'

어둠이 스며야 떠오르는 달. 태양처럼 찬란할 순 없어도, 칠흑 같은 밤중을 밝히는 달처럼 살아가리라. 율은 그렇게 소리 없는 다짐을 되뇌고 또 되뇔 뿐이었다.

✿

언제나 흥겨운 가락으로 시끌벅적하던 영월관에 불길한 그림자가 드리워지는 데는 그리 오랜 시일이 걸리지 않았다. 일련의 사건을 겪으며 눈에 띄게 쇠약해진 영월이 또다시 쓰러지고 만 것이다.

문턱이 닳도록 드나들던 객들마저 끊긴 지 오래. 을씨년스럽기까지

한 마당을 하염없이 서성이던 화영은 때마침 지붕 위로 길게 드리워진 그림자를 발견하고 멈칫했다.

그러나 금세 그림자의 주인을 짐작한 화영의 입가에 씁쓸한 미소가 번졌다. 이런 야심한 시각에 잠을 이루지 못하고 지붕 같은 장소를 찾을 만한 이라면 기실 한 명뿐이리라.

"사형."

화영의 나지막한 부름에, 아니나 다를까 재하가 처마 밑으로 빠끔히 고개를 내밀었다. 화영을 보고 큰 눈을 동그랗게 뜨며 웃어 보인 재하는 곧 날렵한 동작으로 화영의 옆에 내려섰다.

"너도 잠이 오지 않는 모양이구나."

"예. 사형은 거기서 무얼 하고 계셨습니까?"

"그냥 뭐…… 생각이랄까."

머리를 긁적이며 어색한 미소를 짓는 재하의 얼굴에는 미처 지우지 못한 그림자가 짙게 드리워져 있었다. 구태여 묻지 않아도 그의 마음은 잘 알고 있다. 소리 없이 한숨을 삼킨 화영은 조용히 툇마루에 걸터앉았다.

"몸은 좀 어떠십니까?"

"괜찮아진 지가 언제인데, 새삼 묻느냐?"

"걱정이 되니 그러지요."

"녀석. 너무 멀쩡해서 탈이니, 염려는 거두거라."

피식 웃은 재하가 장난스러운 손길로 화영의 정수리를 헝클어뜨렸다. 하지만 평소와 달리 어색하게 미소를 지을 뿐, 화영의 얼굴에는 줄곧 어두운 그늘이 드리워져 있었다.

"사형."

"왜 그러느냐?"

"저는 말입니다. 비록 여인의 몸으로 태어났으나, 사내에게 뒤지지 않을 만큼 제 자신이 강하다고 여겼습니다."

어쩐지 고통스러워 보이는 화영의 표정을 눈치챈 재하는 자세를 바로

잡으며 조용히 그녀의 다음 말을 기다렸다.

"한데 근자의 일들을 겪고 나니 자신이 없어졌습니다. 저는 생각만큼 강하지도 않았고, 혼자서는 아무것도 못 하는 어린아이였어요."

"……"

"아씨를 잃게 될까 봐, 하여 종국에는 혼자가 될까 봐, 그것이 자꾸만 두렵습니다."

애써 눈물을 참는 화영의 목소리는 기울어진 달처럼 일그러져 있었다. 그런 그녀의 어깨를 조용히 다독인 재하는 한참 만에야 무겁게 닫혀 있던 입술을 달싹였다.

"절대 그리되지 않을 것이니 염려 말거라. 그리고 혼자가 된다느니 하는 걱정도 하지 마. 내가 있지 않으냐?"

'내 목숨이 다할 때까지 너를 지켜줄 것이다.'

못다 한 말을 목구멍 아래로 삼키며 화영의 어깨를 조금 더 세게 끌어당기는 재하의 손은 유난히 따뜻했다. 그 온기가 얇은 옷가지를 넘어 고스란히 전해져 온다. 화영은 소리 없이 웃으며 작게 고개를 끄덕였다.

"사형은 제게 정말 소중한 사람입니다. 어릴 적엔 다정한 벗이 되어주시고, 자라서는 검을 가르쳐 주는 스승이 되어주시고, 이제는 가족이 되어주시니 말입니다."

문득 고개를 돌려 재하를 바라보는 화영의 눈동자가 수줍게 일렁였다. 그 바람에 덜컥 말문이 막힌 재하는 멍하니 그녀의 말간 얼굴을 바라보았다.

"정말 고맙습니다, 사형."

티 없이 맑게 웃어 보이는 화영은 어느새 또 성큼 자라나 있었다. 얇고 긴 속눈썹을 팔랑이는 모양도, 총기로 반짝이는 눈동자도, 세상 모든 색을 고스란히 담아낼 만큼 하얀 두 뺨도 이제는 완연한 여인의 그것이다.

어쩐지 그녀의 어깨와 맞닿아 있는 손이 불이라도 붙은 것처럼 뜨겁게 느껴진다. 저도 모르게 마른침을 꿀꺽 삼키며 황급히 시선을 돌린 재하는 은연중에 빈손으로 두근거리는 제 가슴을 지그시 눌러보았다.

고작 별빛뿐인 이 밤은 어찌 이리도 눈부신가. 아니, 분명 눈에 담고 있던 연정이 찬란한 탓이리라. 이제는 정말이지 이 팔딱거리는 감정을 다스리는 것이 괴로우리만치 힘겹기만 하다.

'하지만……'

아랫입술을 지그시 깨물며 보이지 않게 주먹을 움켜쥔 재하는 잠시 후 두 눈을 감으며 긴 한숨을 뱉어냈다.

"날이 제법 춥구나. 이제 그만 들어가자."

한참 만에야 겨우 입술을 뗀 재하의 얼굴은 유난히 붉게 물들어 있었다.

그 시각, 빈 등잔에 기름을 채우러 영월의 처소에 든 설매는 문득 그녀의 머리맡에 조용히 무릎을 모으고 앉았다. 옅은 불빛 아래 드러난 그녀의 얼굴은 눈에 띄게 야위어 있었다. 늘 강하고 단정한 모습만 보이던 스승이었기에, 이렇게 생기를 잃고 메말라 가는 모습은 무척이나 생경하면서도 두려운 것이었다.

"스승님."

먹먹해지는 가슴을 누르며 가만히 영월을 부르자, 느리게 들썩인 영월의 가느다란 시선이 마침내 설매에게 향한다. 하지만 마주친 그 눈빛에서 얼핏 죽음의 그림자를 느낀 설매는 떨리는 손을 보이지 않게 말아 쥘 수밖에 없었다.

"이제 그만 자리를 털고 일어나셔야지요."

애써 미소를 지으며 붉어진 눈시울을 훔치는 설매를 물끄러미 바라보던 영월은 잠시 후 버석거리는 입술을 달싹였다.

"고향이 그립구나."

"……예?"

"고향 말이다. 개성부 송도, 내가 태어난 곳. 아름다운 곳이지."

"처음 듣습니다."

수척해진 얼굴 때문일까. 고향을 말하는 영월의 깊은 눈동자가 평소와 달리 먼 곳을 바라보는 것처럼 아득하기만 하다.

"한양에 와서 이렇게 많은 것을 이루었으니, 내 삶도 그리 박하지만은 않았어. 그렇지 않으냐?"

"스승님은 누가 뭐래도 한양, 아니 조선 최고이십니다."

"말만이라도 고맙구나."

"그러니 얼른 쾌차하셔요."

차갑게 식은 영월의 손을 조심스레 잡아오는 설매의 손은 여리고 하얬다. 그 모양을 한참 동안 바라보던 영월은 문득 옅은 미소를 머금으며 다시금 나지막하게 말을 이었다.

"설매야."

"예, 스승님."

"영월관을 네게 맡기려 한다."

"······예?"

갑작스러운 영월의 말에 놀란 설매가 큰 눈을 더욱 동그랗게 뜨며 그녀를 바라보았다. 하지만 정작 영월은 오랜 시간을 생각해 왔다는 듯 태연하기만 했다.

"상단이 번창하였다면 더 많은 것을 줄 수 있었을 텐데, 내 미천하고 어리석어 그 뜻을 이루지 못하였으니 미안하구나."

"스승님······."

"내가 금지옥엽처럼 기른 첫아이가 너야."

"······."

"네게 처음 댕기를 달아주던 날이 생생하구나. 화초 올리던 날에는 내 마음이 어찌나 허하던지. 웃음 팔고 술잔을 채우면서 앞으로 저 어린것이 얼마나 마음이 아플까, 저 속이 얼마나 썩어 문드러질까 했었다."

지난날을 회상하느라 지그시 감긴 영월의 눈가에는 얕은 주름이 세월의 흔적처럼 드리워져 있었다.

"만약 하늘이 도와 내 몸이 낫게 된다면, 나는 고향으로 내려가고자 한다. 박연폭포 밑에서 노래나 부르고 춤이나 추면서, 그리 여생을 보내고 싶구나."

"스승님!"

마치 이별을 고하는 듯한 영월의 말에, 설매는 결국 참았던 울음을 터뜨리며 쓰러지듯 엎드리고 말았다. 깊은 밤, 고요에 휩싸인 영월관에는 어둠보다 깊어진 슬픔이 설매의 흐느낌에 녹아 무겁게 내려앉고 있었다.

그로부터 얼마 지나지 않은 초하루 새벽, 영월은 끝내 숨을 거뒀다. 곱게 접힌 서찰 몇 장을 손에 쥔 채 깨어나지 못할 깊은 잠에 빠져든 그녀의 얼굴은 어느 때보다 편안해 보였다.

대문 밖 골목에는 이미 많은 사람들이 대낮의 줄무지를 구경하기 위해 모여 앉아 있었다. 영월관의 기생들은 저마다 화려하게 치장한 모습으로 사물패의 음률에 맞춰 춤을 추며 상여를 따라 걸어가기 시작했다. 만면에 눈물 자국이 번진 채로 곡소리를 쏟아내면서도 꽃처럼 곱게 춤사위를 던지는 그 행렬의 선두에서, 누구보다 섧게 울며 춤을 추는 설매의 손에는 영월이 생전에 즐겨 입던 수련복이 들려 있었다.

양지바른 둔덕에 영월을 묻은 뒤에도 설매는 연신 흐르는 눈물을 닦지도 못한 채로 한참을 흐느낄 뿐이었다. 때마침 누군가 노래를 시작하자, 유난히 화창한 하늘 아래 바람 소리 대신 슬픈 가락이 넘실거리기 시작했다. 멀지 않은 곳에서 조용히 그 광경을 지켜보던 화영의 뺨 위에는 어느새 여러 겹의 눈물이 방울방울 흘러내리고 있었다.

"이제부터 네 이름은 꽃 화에 그림자 영, 화영이란다."

그 이름을 받은 날, 꽃 같은 영월의 그림자가 되어 평생을 살아가리라 다짐했었다. 하지만 영월이 떠나고 나니, 그녀가 지어준 제 이름마저 사라진 것 같다.

언젠가부터 귓가를 간질이던 가야금 소리가 우뚝 멈추자, 억센 손길로 눈물을 훔친 화영은 금을 타고 있던 설매에게 다가가 조심스럽게 그녀를 불렀다.

"설매야."

화영의 부름에, 설매가 퉁퉁 부어오른 눈으로 천천히 화영을 돌아보았다. 끊어진 금줄에 베인 모양인지, 설매의 가느다란 손가락 끝에서는 검붉은 피가 송골송골 배어 나오고 있었다.

"금기(琴技)가 제 손가락을 이리 험하게 다루면 어떡해?"

품에서 곱게 접은 무명천을 꺼낸 화영은 설매의 상처를 감싸며 조용히 그녀를 나무랐다. 하지만 희미한 미소만 지어 보일 뿐, 아무런 대꾸도 하지 않는 설매의 모습에 더욱 마음이 쓰려온다.

"……평생을 원망하며 살리라 했었다."

한참 만에야 흘러나온 설매의 목소리는 메마른 장작처럼 버석거렸다.

"내 어미가 누구인지는 몰라도 핏덩이를 기생집에 던져 놓고 갔다고, 이리도 한 많은 삶을 살게 했다고, 그러니 평생을 저주하고 원망하고 미워하며 살리라 했었다."

가느다란 손가락을 오므려 아득바득 주먹을 쥔 설매는 이내 큰 숨을 목구멍으로 넘겨 삼키며 느리게 말을 이었다.

"그런데 스승님이 그 어미라니, 얼마나 기가 찰 노릇이냐? 기생 딸년으로 태어났다고 슬퍼할까 봐, 누가 버린 자식 데려다 키운 거라 했단다. 차라리 모르고 사는 게 나으리라 여겼단다. 그런 줄도 모르고 나는 갈 곳 없는 원망을 하면서……."

그것은 영월의 마지막 서찰에 대한 이야기였다. 설매에게 남긴 그 긴 글에는 영월이 십여 년 동안 가슴속에 담아두었던 이야기가 고스란히 적혀 있었다.

설매가 영월의 친딸이라는 것, 기생으로 키울 수밖에 없는 현실이 안쓰러워 차라리 어미가 기생인 걸 모르게 하고 싶었다는 것, 가난하기만 했던 삶에 한이 맺혀 설매만큼은 그리 살게 하고 싶지 않았다는 것, 하여 영월관과 상단을 필사적으로 지키려고 했었다는 것까지.

"차라리 가시기 전에 알려주셨으면 좋았을 것을, 아무것도 모르고 어미를 원망하는 나를 무슨 마음으로 지켜보셨을지 생각하면……."

한 많은 세상을 홀연히 등지고 나서야 마음속 깊숙이 숨겨놓았던 이야기를 꺼낼 수 있었던 영월의 마음은 어떠하였을까. 아마 누구도 그 아픔을 다 헤아릴 수는 없으리라.

"화영아."

이윽고 힘겨운 몸을 일으킨 설매가 망설이던 입술을 달싹였다.

"나는 이 길로 곧장 송도에 갈 거야."

"송도는 왜?"

"스승님이 그리도 가고 싶어 하셨던 고향, 그 박연폭포에 이것들을 태워 뿌리려고 한다."

희미하게 미소를 짓는 설매의 옆에는 영월의 유품을 담은 상자가 비단에 곱게 쌓인 채 놓여 있었다.

"비록 육신은 이곳에 묻히셨지만, 스승님의 혼은 거기서 춤추시게 하고 싶어. 그리고 처음이자 마지막으로, 어머니와 딸로 시간을 보내려 해."

"너 혼자 그 먼 길을 어찌 가려고? 나도 같이 갈게."

"……혼자는 아냐."

그제야 화영은 얼마 떨어지지 않은 곳에서 이쪽을 바라보고 있는 사내를 발견할 수 있었다. 놀랍게도 그는 분명 일전에 보았던 면주전의 사내였다.

"보여 드리고 싶어. 스승님이 바라셨던 내 행복, 그리고 나를 노류장화가 아닌 한 명의 여인으로 여겨주는 사람을."

한 명의 여인. 그 말에 담긴 속뜻을 어찌 모를 수 있으랴.

"……그래, 몸 조심히 다녀와."

다시금 눈물이 쏟아질 뻔한 것을 간신히 눌러 삼킨 화영은 발아래 훤히 내려다보이는 한강의 물줄기로 젖은 시선을 옮겼다. 어느새 노랫소리가 잦아든 둔덕에는 깊어진 겨울과 어울리지 않는 따스한 바람이 정적을 메우며 흐르고 있었다.

새로운 해가 밝은 지 얼마 지나지 않은 정월의 어느 날, 동궁에 자리한 비현각은 전에 없이 어수선했다. 산더미처럼 쌓인 문서 속에 한참을 파묻혀 있던 세자의 거무죽죽한 입술 사이로 문득 긴 숨이 새 나왔다.

"다음은 참판 정충경의 아들 정종의 순의대부 제수 건이옵니다."

"아, 그런가?"

피곤한 듯 고개를 앞뒤로 주억거리던 세자가 도승지의 말에 반색을 표했다. 곧 경혜와 혼인할 종에게 미리 벼슬을 내리는 교지였다. 새삼 하나뿐인 적녀의 하가를 실감한 탓일까. 문득 붓을 내려놓은 세자가 나지막한 목소리로 물었다.

"얼마나 남았는가?"

"예?"

"군주의 길례 말이네."

"아, 열흘 남짓 남았사옵니다."

도승지의 대답에, 세자는 말없이 고개를 돌려 창밖을 바라보았다. 그의 눈에는 어느덧 짙은 아쉬움이 걸려 있었다.

"날은 다가오는데 군주가 살 집을 아직 짓지 못했으니, 참으로 걱정이구려."

무릇 왕실의 길례란 새로 거처할 궁방을 지은 뒤 행하는 것이 마땅하였으나, 경혜의 하가는 워낙 급히 결정된 터라 궁방은커녕 제대로 된 하례품조차 준비하지 못했다. 덕분에 금지옥엽 귀한 딸이 길례를 치르고도 당분간 내외를 해야만 하니, 그 근심이 오죽했으랴.

"저하, 세손 각하 드셨습니다."

"그래?"

때마침 문밖에서 들려온 상선의 전언에, 퍼뜩 상념에서 깨어난 세자는 서둘러 남은 교지를 갈무리한 뒤 자세를 고쳐 앉았다.

"아바마마, 소자 문후 여쭙나이다."

"어서 오너라."

며칠 사이 제법 듬직해진 모양새로 인사를 올리는 홍위를 반가이 맞이한 세자가 만면 가득 미소를 띠며 물었다.

"그래, 세손은 오늘 하루 어찌 보냈는가?"

"주강 후에 누님과 다과를 즐겼습니다."

"잘하였다. 군주가 곧 하가할 터이니, 자주 들어 함께 시간을 보내도록 하라."

"듣자 하니 부위가 될 도령이 반듯하니 잘생긴 사내라고 합니다. 아바마마께서는 혹 그를 알고 계십니까?"

홍위가 호기심이 가득한 눈망울을 굴리며 묻자, 세자는 너털웃음을 터뜨리며 고개를 끄덕였다.

"대대로 종친과 혼례를 올려온 가문이니, 당연히 잘 알지. 훌륭한 가르침을 받고 자라 몸가짐이 바르고 글재주도 뛰어나니, 군주에게 어울리는 부위가 될 것이다."

비록 두어 번 마주한 것이 전부였지만, 세자가 기억하는 종은 모자라지도 넘치지도 않는 키에 서글서글한 눈매와 환한 미소를 가진 소년이었다. 단정한 얼굴선에 힘차고 굵은 눈썹이 정의로운 기운을 품고 있는 것을 보아 성정 또한 올곧고 담대하리라.

"실은 누님께서 하가하실 때, 작은 선물을 드리고 싶어서 말입니다. 아바마마께 의견을 여쭙고자 합니다."

"선물?"

"예전부터 매화를 무척 좋아하셨으니, 분매(盆梅)를 드리면 어떻겠습니까?"

"분매라……."

홍위의 말에, 세자의 반듯한 눈매가 희미한 곡선을 그렸다. 매화는 죽은 세자빈 권씨 또한 각별히 좋아했던 꽃이었다.

"좋은 생각이구나. 세손이 기특한 생각을 하였어."

"그럼 자선당 상궁에게 좋은 분매를 준비하라 이르겠습니다."

"그리하도록 해라."

대견하다는 듯 홍위의 조그마한 뺨을 쓰다듬던 세자는 문득 아득한 시선으로 혼잣말을 중얼거렸다.

"매화는 본디 사대부의 꽃으로, 끈기와 절개를 상징하지. 이른 봄에 추위를 이기고 제일 먼저 피어나는 꽃이니 얼마나 기특하더냐?"

겨울이 지나가면, 올해도 어김없이 매화가 피어날 것이다. 세자는 자신의 품에서 경혜를 떠나보내는 아쉬움을 삼키며 그녀의 앞날이 부디 봄날의 매화처럼 활짝 피어나기를 바라고 또 바랄 뿐이었다.

그로부터 며칠 뒤, 정월 경자일. 순의대부 정종이 평창군주에게 장가를 들었다. 하지만 국경(國慶)의 들뜬 분위기도 잠시. 병을 이기지 못한 금상이 결국 훙서(薨逝)하였으니, 마침내 세자 이향이 삼십여 년의 동궁 생활을 끝내고 왕위에 올랐다.

그리고 얼마 지나지 않아 정충경마저 평생을 섬겼던 주군의 뒤를 따라 숨을 거두고 말았다. 남겨진 식구들의 지극한 슬픔 속에 흘러간 겨울의 끝자락. 머지않아 새로운 봄이 찾아올 것이다. 하지만 서서히 궁궐을 잠식하기 시작한 피바람의 전조를, 그때는 그 누구도 알지 못했다.

03. 반아(伴兒)

　이른 아침, 어수선한 걸음으로 입궁을 서두르는 조유례의 표정은 유난히 어두웠다. 그는 곡산부원군 연사종의 사위로, 과거 세자빈이었던 권씨가 승하했을 때 경혜를 사가로 모실 만큼 왕실의 두터운 신뢰를 받고 있는 인물이었다.

　"오셨습니까, 영감."

　헐레벌떡 강녕전으로 들어서는 조유례를 맞이한 상선이 고개를 조아리며 인사를 건넸다.

　"전하께서 어인 일로 이리 급히 나를 찾으시는 겐가?"

　"소인은 그저 영감을 모셔 오라는 명만 받았사옵니다."

　별다른 설명 없이 저를 안내하는 그를 얼떨떨한 얼굴로 뒤따르던 조유례는 문득 목덜미를 스치는 날카로운 긴장감에 저도 모르게 흐르는 식은땀을 손등으로 빠르게 훔쳤다.

　그 속내를 들키지 않으려 부러 뒷짐을 지고 헛기침을 해보았지만, 막상 눈앞에 강녕전의 격자문을 두고 서니 다시금 펄떡이는 심장 소리를 좀처럼 숨길 수가 없다.

"전하, 조유례 영감 드셨습니다."

"드시라 해라."

나직한 금상의 목소리와 함께 굳게 닫혀 있던 문이 열리고, 조유례는 무거운 걸음을 겨우 옮겨 안으로 들어섰다. 그러자 상복 차림으로 이부자리 위에 앉아 있던 금상이 지친 얼굴로 그를 맞이했다.

"어서 오시오."

"전하, 용안의 색이 좋지 않으십니다. 어디 미령하신 곳이라도 있으십니까?"

"고단하여 그렇소. 것보다……."

걱정스러운 조유례의 물음에, 메마른 팔을 들어 괜찮다는 듯 미소를 지어 보인 금상은 이내 그를 향해 짧게 손짓을 했다.

"경과 긴히 의논할 것이 있으니, 가까이 오시오."

"예, 전하."

몸을 낮추고 금상의 앞으로 다가간 조유례는 마른침을 꿀꺽 삼켰다. 점점 더 조여오는 긴장감에 입안이 바짝 마른 탓이었다. 하지만 그 마음을 알 리 없는 금상은 덤덤한 목소리로 말을 이었다.

"경도 알다시피 공주가 길례를 올린 지도 벌써 일 년이 지났건만, 국상을 치르는 탓에 하가가 늦어지지 않았소?"

"듣기로는 조만간 궁방이 완공된다 합니다."

"바로 그것 때문에 경을 이리 부른 것이오. 함께 출궁할 보모상궁도 없는데, 사돈댁 또한 상중이니 궁방 살림에 신경 쓸 겨를이 없지 않겠소? 하여 내 곰곰이 생각해 봤는데……."

"분부하소서."

"공주가 수족처럼 부릴 만한, 무예에 재주가 있는 아이를 경이 좀 찾아주었으면 하오. 입이 무겁고 부산스럽지 않은 성품이면 더 좋겠군."

"별사반당(別賜伴倘)을 민가에서 뽑으라, 이 말씀이십니까?"

"그렇소. 군관을 뽑아 보내자니, 아무래도 공주가 마음 편히 부릴 수 있을 것 같지 않아서 말이오. 기왕이면 말동무로 삼을 수 있을 만한 또래가 낫지 않겠소?"

"……예, 알겠습니다. 하면 신이 긴밀히 알아보도록 하겠습니다."

"고맙소."

금상은 희미하게 웃으며 고개를 끄덕였다. 하지만 그의 남다른 자식 사랑을 익히 알고 있는 조유례의 머릿속은 점점 더 복잡해지고 있었다.

반쯤 넋이 나간 채로 강녕전을 나온 그는 문득 경혜를 돌봤던 유모 어리니 백씨를 떠올렸다. 총명하고 성품이 선하여 웃전의 신뢰를 받았던 그녀라면 괜찮은 후보감을 더러 알고 있을지도 모른다.

거기까지 생각이 미치자, 조유례는 머뭇거리던 걸음을 황급히 돌렸다. 바삐 뜨는 아침 해보다 조급한 마음이 어느새 그의 걸음을 더욱 채찍질하고 있었다.

❀

세상을 떠난 영월의 서신이 제게 전해진 것은 정말이지 예상치 못한 일이었다. 실로 오랜만에 영월관 대문을 마주한 어리니 백씨는 줄곧 착잡한 심정을 지우지 못했다. 달빛 아래 흔들리는 홍등을 보고 있자니 십여 년 전 세상을 떠난 지기 서련이 떠오른 것이다.

'한데 이제와 그 아이를 부탁한다니.'

너무 굶주려 제대로 울지조차 못하던 아기였다. 하여 아이가 자라나 무예를 배워 영월관과 상단의 호위를 도맡고 있다는 소식을 들었을 때에도, 백씨는 그저 다행이라고만 생각했었다. 비록 여인으로 살지는 못할지라도 별 탈 없이 건강하게 자랐다는 사실이 반가웠던 것이다.

그런데 별안간 그 아이가 재주를 펼칠 수 있는 자리를 주선해 달라는 간곡한 내용의 서신이 날아왔으니, 백씨는 그저 당황스럽고 난감할 따름이었다. 그러던 차에 반아(伴兒)로 쓸 만한 아이를 구해달라며 찾아온 조유례는 무척이나 반가운 손님이 아닐 수 없었다.

"호위 겸 몸종으로 둘 아이니, 신중히 알아봐 주게."

그 말을 들은 백씨가 화영을 떠올린 것은 어찌 보면 당연지사였다. 천출인, 그것도 행화촌 출신인 화영에게 나라의 녹을 받는 반당 자리는 말 그대로 하늘이 주신 기회가 아닌가.

"뉘신지요?"

이윽고 조심스럽게 영월관 안으로 들어선 백씨가 머뭇거리며 주위를 두리번거리자, 때마침 앞을 지나치던 말복이 그녀를 발견하고는 의아한 얼굴로 다가왔다.

"여기 화영이라는 아이가 있지 않은가?"

"예, 그렇습니다만."

"지금 좀 만나볼 수 있겠는가?"

낯선 여인이 화영의 이름을 대자, 말복은 잠시 고개를 갸웃거렸지만 이내 그녀를 화영의 처소로 안내했다.

"화영아, 손님이 오셨다!"

말복이 방문 너머를 향해 큰 목소리로 외치자, 창호지 문에 얼핏 그림자가 지는가 싶더니 곧 낡은 쇳소리와 함께 굳게 닫혀 있던 방문이 열렸다.

백씨는 툇마루로 나오다 말고 멈칫하는 화영의 모습에 저도 모르게 희미한 미소를 지었다. 유난히 맑게 반짝이던 눈동자 하며 야무진 곡선을 그리는 콧날, 양끝이 살짝 올라간 도톰한 입술까지, 그녀는 죽은 제 친우와 무척이나 닮아 있었다.

"……몰라보게 컸구나."

백씨의 중얼거림에, 구슬 같은 화영의 눈이 더 동그란 모양을 그렸다.

"송구합니다만, 저를 아십니까?"

"알다마다. 너는 물론 기억하지 못하겠지만, 네가 갓난쟁이였을 때 내가 젖을 물려주었지."

"……혹 어리나라는 분이……."

"그래, 바로 나란다."

백씨는 자못 감격에 젖은 듯했다. 잠시 머뭇거리던 화영은 이내 조심스럽게 허리를 숙였다.

"일단 안으로 들어오세요."

화영을 따라 들어선 그녀의 처소는 단출하지만 깔끔하게 정돈되어 있었다. 말없이 방 안을 둘러보던 백씨는 검붉은 서안 위에 펼쳐진 서책을 발견하고는 놀란 표정을 지었다.

"글을 읽을 줄 아느냐?"

"아, 예. 조금."

소매 밑으로 드러난 손은 곳곳에 굳은살이 돋아 영락없이 검을 잡는 사내 같은데, 부끄러운 듯 고개를 숙이며 웃는 모양은 또 다 자란 여인의 것이다. 이내 자신의 선택이 틀리지 않았음을 확신한 백씨는 화영이 권하는 자리에 앉으며 슬며시 말문을 열었다.

"거두절미하고, 본론부터 말하마. 실은 영월 아씨께서 생전에 내게 서신을 남겨 네 거취를 부탁했단다."

"……예? 제 거취요?"

놀란 화영이 백씨의 맞은편에 앉다 말고 멈칫하며 그녀를 바라보았다.

"그게 무슨 말씀이십니까?"

"영월 아씨가 그리되신 마당에 언제까지고 여기 머물 수는 없지 않겠느냐? 재주가 있으니 밥벌이는 할 것이라며 그리 부탁을 하시더구나."

"하오나……."

"실은 마땅한 자리가 없어 고민하던 차였는데, 마침 딱 좋은 자리가 생겨 너를 그곳에 보내고자 한다."

행여나 싫은 소리라도 나올까 싶어 잽싸게 화영의 말을 막아선 백씨는 한층 조심스러워진 목소리로 말을 이었다.

"혹 군주 아기씨, 아니, 공주 자가께서 전 형조참판 댁 자제분께 하가하신 것을 알고 있느냐?"

"전 형조참판이라면, 설마 안국방 정 참판 댁을 말씀하시는 겁니까?"

저도 모르게 목소리를 높인 화영은 이내 그런 제 행동에 스스로 놀라 황급히 시선을 내리깔았다. 공주가 길례를 올린 것은 익히 들어 알고 있었으나 그 상대가 율이라니, 미처 생각지 못했던 사실이었다.

"그래, 심부름을 하면서 부마 되신 도련님을 두어 번 뵌 적이 있는데 인물도 좋고 성품도 훌륭하니 과연 종친에 걸맞은 상이시더구나."

하긴, 백씨의 말마따나 어찌 보면 당연한 일이다. 모든 것을 꿰뚫어 볼 것 같은 날카로운 눈매와 잘 다듬어진 태산 같은 어깨에 뛰어난 무예 실력까지, 그야말로 부마라는 위치가 타고난 듯 어울리지 않는가.

하지만 이상하게도 화영은 불편한 마음을 좀처럼 다스릴 수가 없었나. 어째서일까, 텅 빈 빙에 겨울바람이 든 것처럼 쓸쓸히고 서늘한 기분이 든다.

"뭐, 중요한 건 그게 아니고."

잠시 말을 멈춘 백씨가 흠흠 하고 헛기침을 하자, 화영은 애써 흔들리는 시선을 감추며 그녀를 바라보았다.

"전하께서 그 공주 자가를 곁에서 모실 반아를 찾으신다더구나. 호위 겸 말벗이 될 만한 아이 말이다."

잠시 당황한 표정으로 눈동자를 데굴데굴 굴리던 화영은 곧 무언가를 깨달은 듯 떨리는 목소리로 물었다.

"혹 저를 보내신다는 곳이……."

"나는 네가 딱 적격이지 싶다."

"아, 아니 될 말입니다! 그리 귀하신 분을 저 같은 천출이 어찌 모실 수 있겠습니까?"

펄쩍 뛰며 손사래를 친 화영은 벌겋게 달아오른 얼굴을 연신 가로저었다. 백씨는 그런 그녀의 손을 꼭 붙잡으며 생긋 미소를 지어 보였다.

"네 이름이 무엇이더냐?"

"예?"

"화영이 아니더냐. 꽃 화에 그림자 영."

"……그렇습니다."

"꽃의 그림자가 되라는 뜻으로 붙여준 이름이라 들었다. 그 꽃에 공주 자가께서 차지 않는 것이야?"

"그럴 리가 있겠습니까? 저는 그저 미천한 몸으로 감히 그런 높으신 분을 모시는 것은 옳지 않은 일 같아서……."

"반당은 천출에게도 허락된 자리 아니냐? 아무 걱정 말거라. 도리어 어엿하게 대접받고 살 수 있을 게다."

"……."

"그럼 그리하는 줄 알고 전갈을 넣으마."

기쁜 내색을 숨기지 않는 백씨와 달리 화영은 좀처럼 어두운 표정을 거두지 못했다.

"……저, 아주머니."

한참을 주저하며 손가락만 꼼질거리던 화영이 마침내 결심한 듯 백씨를 향해 무겁게 입을 열었다.

"생각할 시간을 주세요."

예상치 못한 대답에, 백씨가 당황한 표정으로 화영을 바라보았다.

"어째서? 설마 내키지 않는 것이냐?"

"나고 자란 곳이 여기 영월관이온데 혈육이나 다름없는 사람들과 작별해야 한다고 생각하니 마음이 무거워 쉬이 결정을 내릴 수 없을 것 같습니다. 그러니 조금만 말미를 주세요."

"하지만 화영아, 이건……."

무어라 말을 이으려던 백씨는 간절함을 띠는 화영의 눈빛에 결국 작게 한숨을 내쉬며 고개를 끄덕일 수밖에 없었다.

"······알았다."

"감사합니다, 아주머니."

"그래도 행여나 못 하겠다는 소리는 할 생각도 말어. 이게 얼마나 귀한 자리인 줄 모르는 건 아니지?"

대문을 나서면서도 몇 번이나 뒤를 돌아보며 신신당부를 한 백씨가 떠난 뒤, 홀로 처마 밑에 앉아 깊은 생각에 잠겨 있던 화영은 문득 별이 가득한 밤하늘을 바라보며 나지막하게 혼잣말을 중얼거렸다.

"공주 자가······ 라."

당연한 일이지만, 제 입에 그 고귀한 단어를 담게 되리란 생각은 단한 번도 해본 적이 없다. 마치 남몰래 어머니를 읊조리던 때처럼 어색하기만 한 그 단어를 한동안 조용히 곱씹어보던 화영은 돌연 지난날 율이 제게 했던 말을 떠올렸다.

"그 쓸 만한 재주를 도직질 같은 짓에 쓰지는 말거라."

비록 반가의 사내처럼 원대한 목표를 가지고 검을 잡은 것은 아니었으나, 누군가를 죽이고 상처 입히고자 검을 잡은 것 또한 결코 아니었다. 그저 영월과 상단의 식구들을 지키고 싶었을 뿐이었으니까.

하지만 영월이 세상을 떠난 후, 더는 방향을 잡을 수 없게 된 제 검을 올바르게 쓸 수 있는 방법은 어쩌면 백씨의 말대로 공주의 반아가 되는 것일지도 모른다.

게다가······.

"이젠 정말로 다시 만날 일 없을 게다."

공주의 반아가 되면, 율을 다시 만날 수 있을 것이다.

"······무슨 생각을 하는 거야."

문득 허탈한 웃음을 터뜨린 화영은 자꾸만 머릿속을 휘젓는 율의 얼굴을 털어내려 세차게 고개를 가로저었다. 하지만 그러면 그럴수록 더욱 가슴속에 소란한 천둥이 치는 것이, 참으로 기이한 일이 아닐 수 없다.

이제와 되돌아보면, 세상의 가장 밑바닥에서 태어난 자신이 처음으로 익힌 것은 체념하는 법이었다. 길가의 잡초처럼 하찮은 신분, 그보다 더 보잘것없는 운명이 아쉬웠던 적은 있어도 주어지지 않은 것에 욕심을 내본 적은 없었다. 부모의 정도, 평범한 삶도 그저 한낱 춘몽이라 여겼으니까.

하지만 언젠가부터 가슴 한구석을 자꾸만 흔드는 이 감정은 분명 이제껏 겪어본 적이 없는 종류의 것이었다. 무언가를 이루어내고 싶다는 투지, 보다 나아지고 싶다는 열망, 그리고 새로운 세상을 향해 멈춰 있던 걸음을 내딛고 싶다는 설렘. 어쩌면 이는 율의 그 한마디 때문이었는지도 모른다.

'하지만…….'

그래도 되는 것일까.

또다시 되돌아온 질문에 결국 시끄러운 속을 견디지 못하고 자리를 박차며 일어난 화영은 빠른 걸음으로 뒷마당을 가로질렀다. 그녀의 발길이 닿은 곳은 다름 아닌 재하의 처소였다.

"사형, 계세요?"

"들어와."

지체 없는 대답에 문을 열고 방 안으로 들어서니, 재하가 읽던 책을 덮으며 화영을 올려다보았다. 그 앞에 가만히 무릎을 모으고 앉은 화영은 답지 않게 쉬이 재하를 쳐다보지 못했다. 어디서부터 무슨 말을 꺼내야 할지 난감하기만 하다.

"왜 그러고 앉아? 사고라도 친 것 같은 표정을 하고?"

늘 그렇듯 농 섞인 말투로 묻는 재하를 물끄러미 바라보던 화영은 머뭇거리던 입술을 꾹 다문 채, 애꿎은 손가락만 꼼질거렸다. 그 모습에서 그녀가 할 말이 있음을 눈치챈 재하는 부러 아무렇지도 않은 척 태연한 말투로 물었다.

"네가 나한테 꺼내기 어려운 말이 있나 보구나."

"⋯⋯실은 사형께 의논을 드릴 일이 있습니다."

돌아오는 대답이 사뭇 진지하다. 그제야 재하는 만면에 가득하던 미소를 거두고 자세를 바로잡았다.

"말해보거라."

"조금 전 어리니 백씨라는 분이 다녀가셨습니다. 아씨께서 생전에 부탁하신 일이 있다 하시면서⋯⋯."

"아씨께서? 무엇을?"

"⋯⋯제가 영월관을 떠나 다른 곳으로 가길 바라신다 하셨답니다. 하여 좋은 자리를 주선해 달라고 부탁도 하셨고요."

나지막한 화영의 고백에, 재하는 씁쓸한 미소를 감추지 못하고 시선을 떨구고 말았다. 영월이 화영을 떠나보내려 했다는 사실은 익히 알고 있었지만, 막상 상황을 맞닥뜨리니 심란한 마음이 앞선 것이다.

문득 서안 아래 놓여 있던 주머니 하나를 소리 없이 집어 든 재하는 이내 한숨을 쉬며 그것을 다시 내려놓았다. 자색 비단을 이어 붙인 그 주머니 안에는 영월이 재하의 몫으로 남겨준 패물이 담겨 있었다.

기실 그는 화영이 오기 훨씬 전부터 줄곧 깊은 고민에 빠져 있었다. 패물을 팔아 마련한 돈으로 화영을 데리고 떠나고 싶은 마음은 굴뚝같았지만, 모든 것이 결국은 자신의 이기심일 뿐이라는 사실을 이미 너무나도 잘 알고 있었기 때문이었다.

"해서 뭐라 하시더냐?"

애써 태연한 척하며 던진 질문에, 화영은 꽤 오랫동안 주저하는가 싶더니 소리 없는 한숨과 함께 말문을 열었다.

"일전에 길례를 올리신 그⋯⋯, 공주 자가의 수발을 들 반아가 되지 않겠냐고 물으셨습니다."

"반아라면 나라의 녹을 받는 일 아니냐? 좋은 기회구나."

"하오나 제게는 너무 과분한 자리인 데다가……."

말을 멈추고 빈주먹만 세게 말았다 쥐기를 반복하던 화영은 잠시 후 긴 한숨과 함께 머뭇거리던 말을 뱉어냈다.

"사형 곁을, 이 영월관을 떠나고 싶지 않습니다. 혼자가 되는 건 정말 싫어요."

재하는 일순 눈앞이 아찔해지는 것을 느꼈다. 어쩌면 이번이 화영에게 제 마음을 전할 마지막 기회일지도 모른다는 생각이 불현듯 가슴을 두드린 탓이었다.

"한데 이상하게도……."

저도 모르게 주먹을 불끈 쥐며 무어라 입을 떼려던 재하는 이어지는 화영의 말에 간신히 숨과 함께 그것을 삼킬 수 있었다.

"한편으로는 증명하고 싶은 마음도 듭니다."

"……증명이라니?"

"미천하고 비루한 검일지언정 올바른 일을 할 수 있다는 것을 보여주고 싶다는, 그런 마음이 가슴속 깊은 곳에서 꿈틀거립니다."

차분한 목소리로 제 뜻을 읊조리는 화영의 두 눈동자는 오늘따라 유난히 총기가 넘쳤다. 결국 재하는 잇새를 맴돌던 제 진심을 다시 한 번 목구멍 아래로 밀어 넣을 수밖에 없었다.

'어쩌면 이것이 너의 운명인지도 모르겠구나.'

한때는 그녀에게 검을 가르친 것을 자책했다. 이렇게 마음에 품게 될 줄 알았다면, 그 작은 손에 검을 쥐어주는 일 따위 절대 하지 않았을 것이다. 하지만 화영은 이미 여인이 아닌 그림자로, 검을 쥔 무인으로 살아온 사람이었고, 그것은 아무리 후회한들 돌이킬 수 없는 현실이었다. 그렇다면 무엇이 진정 화영을 위하는 길인 것일까.

"화영아."

이윽고 오랜 침묵을 깬 재하가 화영의 어깨를 지그시 감싸 쥐었다.

"나는 말이다. 네가 검을 잡은 모습이 참으로 보기 좋다."

"……사형."

"나는 네가 분명 바른 방향으로 나아갈 수 있다고 믿어. 아니, 이미 그러고 있다고 생각한다."

"……."

"검을 다루는 이에게 가장 중한 것이 무엇이라 했지?"

"신념입니다."

"너의 신념은 무엇이라 했더냐?"

"제 이름처럼 꽃을 지키는 그림자가 되는 것이라 하였습니다."

또렷하게 대답하는 화영을 향해 고개를 끄덕인 재하는 흔들림 없는 목소리로 말을 이었다.

"너의 그 신념 속에는 아씨와 영월관 식구들을 지키고 싶다는 진실한 마음이 담겨 있는 거야. 즉 신념을 잃지 않는 이상, 너는 절대 혼자가 아니다. 무슨 뜻인지 알겠느냐?"

화영은 이내 부끄러워졌다. 어쩌면 영월관을 떠나고 싶지 않다는 말은 혼자가 되는 두려움을 감추려 스스로 둘러댄 핑계였을지도 모른다는 생각이 든 것이었다.

"……사형의 말씀이 옳습니다."

한참 만에야 나지막하게 대답하는 화영의 얼굴은 한층 밝아졌다.

"사형께서 가르쳐 주신 것들이 제 검에, 가슴속에 오롯이 새겨져 있습니다. 하오니 사형과 저는 헤어져도 늘 함께인 겁니다. 맞지요?"

"그래, 바로 그것이다."

"이제는 혼자서도 두려워 말고 앞으로 나아가야 하겠지요. 제 이름을 지키기 위해서."

재하는 대답 대신 옅은 미소를 지으며 화영의 머리를 부드럽게 쓰다듬었다. 이것으로 된 것이다. 전하지 못한 진심은 늘 그랬듯 깊숙이 묻어두고 살아내면 되는 것이다. 먹먹해지는 가슴속으로 몇 번이고 되뇌고 또 되뇌는 재하의 눈가에는 어느새 뜨거운 눈물이 젖어들고 있었다.

❀

　새벽 내내 쏟아지던 비가 그친 이른 아침, 깨끗한 옷을 차려입은 백씨가 화영을 데려가기 위해 영월관을 찾아왔다. 대문 밖까지 배웅을 나온 재하는 화영의 작은 어깨에 바랑을 꿰어주며 경쾌한 목소리로 작별을 고했다.

"부디 몸 건강히 잘 지내."

"사형도요. 식사는 거르지 말고 챙겨 드시고, 혹여 일이 생기면 꼭 연통을 주셔야 합니다. 될 수 있는 한 자주 들를 테니까……."

"거참, 내 걱정일랑 말래도."

근심 가득한 화영의 말을 자르며 피식 웃음을 터뜨린 재하는 문득 아득한 시선으로 눈앞의 그녀를 물끄러미 바라보았다. 새 옷을 반듯하게 차려 입은 그녀의 모습은 제법 의젓해 보였다.

"준비는 다 되었느냐?"

"예에……."

"자, 서두르자꾸나."

백씨의 재촉에도 쉽사리 발걸음을 떼지 못하고 한참을 머뭇거리던 화영은 재하의 손을 다시 한 번 꽉 붙잡으며 아쉬움이 가득한 목소리로 말했다.

"설매가 돌아오면 안부 좀 전해주세요."

"그래, 알았다. 귀한 분을 모시는 일이니 잘 해내야 한다."

"사실 걱정돼 죽겠습니다."

답지 않게 투정을 부리는 화영을 향해 애써 미소를 지어 보인 재하는 비뚤어진 그녀의 패랭이를 바로 씌워주었다.

"조심히 가거라."

이제는 정말로 그녀를 품에서 놓아야만 한다.

"화영아, 더는 지체할 수가 없다."

또다시 이어지는 백씨의 재촉에, 무어라 달싹이려던 입술을 꾹 다문 화영은 좀처럼 떨어지지 않는 발길을 애써 돌렸다.

자꾸만 뒤를 돌아보며 가다 서기를 반복하는 화영을 향해 짐짓 태연하게 손을 흔들던 재하는 그녀가 골목 끝으로 완전히 사라지고 나서야 만면에 가득하던 미소를 거두었다. 어느새 하늘 높이 떠오른 태양은 바스라질 것 같은 재하의 두 어깨를 무겁게 짓누르고 있었다.

정든 행화촌을 벗어나 좁디좁은 골목길을 따라 얼마나 걸었을까. 너른 공터 가운데 느티나무 한 그루가 반짝이는 햇살 조각을 열매처럼 매단 채 우뚝 서 있는 것이 보인다. 때마침 그 앞에 선 백씨가 북쪽을 가리키며 말했다.

"서기가 바로 공주 자가의 궁방이란다."

화영은 반짝이는 기왓장이 굽이치듯 봉우리를 이루고 있는 저택의 모습에 벌어진 입을 다물지 못했다. 대문 너머로 언뜻 보이는 와가의 위용이 실로 장대한 탓이었다.

"참, 일전에 보내준 예법서는 잘 외웠겠지?"

얼떨떨한 얼굴로 고개를 끄덕이는 화영을 바라보며 짐짓 대견한 미소를 지어 보인 백씨는 마침 저택 안으로 들어가려는 종복을 불러 세웠다.

"이보시게."

"아, 백씨구먼."

"조 영감께서는 와 계신가?"

"오신 지 한 시진은 되셨네. 따라오시구려."

기다렸다는 듯 두 사람을 맞이한 사내는 서둘러 그들을 사랑채로 안내했다. 저택 곳곳에 가지런히 놓인 세간은 아직 새것의 티를 벗지 못한 모습이었다.

"조 영감님, 백씨가 왔습니다!"

"오, 어서 들이게."

반가운 기색의 대답이 돌아오자, 옷고름을 바로잡으며 바짝 마른 입술을 혀끝으로 축인 화영은 곧 백씨와 함께 열린 문 안으로 들어섰다. 앞과 옆으로 네 칸쯤 되어 보이는 방 안에는 얹은머리를 한 여인과 초로의 사내가 다과상을 사이에 두고 앉아 있었다.

앞서 나아간 백씨가 깊숙이 허리를 숙이자, 화영은 황급히 그녀를 따라 머리를 조아리며 발끝으로 시선을 떨구었다. 어쩐지 방 안을 가득 채운 온기가 도리어 온몸을 떨리게 하는 듯하다.

"어서 오시게."

"그간 별고 없으셨습니까, 영감?"

"별다를 게 있겠는가? 그나저나……."

백씨를 반갑게 맞이한 조유례의 시선이 금세 그녀의 뒤에 선 화영에게 향했다. 머리끝부터 발끝까지 저를 훑어보는 그의 날카로운 시선에 당황한 화영은 조아리고 있던 머리를 더욱 깊숙이 숙일 수밖에 없었다.

"이 아이인가?"

"예, 그렇습니다."

공손히 대답한 백씨는 어찌할 바를 모르고 머뭇거리는 화영의 손을 재빨리 잡아당기며, 나지막한 목소리로 속삭였다.

"어서 공주 자가께 인사 올리거라."

그녀의 손에 이끌려 얼떨결에 앞으로 나아간 화영은 두 손을 이마에 댄 채, 상석에 앉아 있는 여인을 향해 어색하게 절을 올렸다. 곁눈으로 얼핏 보이는 그녀의 담주색 치맛자락 위에는 백옥처럼 곱고 하얀 손이 가지런히 놓여 있었다.

"화영이라고 합니다."

이윽고 바닥에 닿을 듯 머리를 조아린 화영이 떨리는 입술을 달싹이자, 곧 청아하고 부드러운 목소리가 그녀의 머리 위로 내려앉았다.

"고개를 들어 나를 봐도 괜찮다."

주저하며 고개를 든 화영은 저도 모르게 그만 넋을 잃고 말았다. 조선 팔도 내로라하는 기생만 모였다는 영월관에서 자란 덕분에 웬만한 미색에는 놀랄 일이 없었건만, 열댓 쯤 됐을까 한 눈앞의 여인은 담장(淡粧)조차 하지 않았음에도 이제껏 본 적 없는 아름다움을 뽐내고 있었다.

단정한 눈매는 초승달처럼 유순한 곡선을 그리고, 뽀얗고 탐스러운 두 뺨은 갓 딴 복숭아처럼 생기가 넘친다. 더불어 작지만 또렷한 콧망울하며 윤기가 흐르는 입술이 마치 양지바른 곳에 피어난 난꽃 같으니, 어찌 이리 그림 같을 수 있으랴.

'하긴, 금지옥엽이 아닌가.'

문득 제 생각이 불경하다는 사실을 깨달은 화영은 화끈거리는 얼굴을 다시금 깊숙이 숙였다. 그런 화영의 반응이 재미있었는지, 아직은 앳된 기색이 남아 있는 얼굴을 반쯤 가리며 소리 죽여 웃은 경혜가 짐짓 장난스러운 말투로 입을 열었다.

"하마터면 네 시선에 얼굴이 뚫어질 뻔했다."

"소, 송구합니다."

"괜찮다. 앞으로 가장 가까이서 나를 보필할 반아가 아니더냐?"

경혜는 조유례를 돌아보며 웃음기가 남은 목소리로 말을 이었다.

"아바마마께서 제게 아주 귀한 친우를 내려주셨습니다."

"무예에 비상한 재주를 지닌 아이라 하니, 공주 자가의 호위 또한 잘해낼 수 있을 것이옵니다."

"하오나 마음이 편치만은 않군요. 여인의 몸으로 어찌……."

"외람된 말씀이오나, 검을 잡은 이상 소인은 한 사람의 무인일 뿐입니다. 부디 심려치 마십시오."

혀끝을 차며 연민이 깃든 눈으로 화영을 바라보던 경혜는 자못 단호하게 말을 맺는 그녀의 목소리에 놀란 기색을 감추지 못했다. 창백하다 여겨질 만큼 푸른 기가 감도는 얼굴, 유순한 눈매와 도톰한 입술의 모양이 조금 전 어수룩하던 모습과 달리 다부지고 날카로운 빛을 띤 탓이었다.

"그리 말해주니 내 마음이 한결 가볍구나."

이내 화사한 미소를 띠며 고개를 끄덕인 경혜가 이어 말했다.

"내 어린 시절 궁 밖에서 자란지라 함께 나올 궁인이 없었다. 사가에서 지낼 적에는 어리니가 내 보모 노릇을 하였으나, 본디 외가에서 부리는 사람이니 더는 나를 보필할 수 없구나. 하니 이제부터 화영이 네가 내게는 가장 가까운 이가 될 것이다."

"……망극하옵니다."

"좋은 벗이 생긴 것 같아 조금 들뜨는구나."

그러고는 부서지는 햇살처럼 환하게 웃는 모양이 생전 처음 보는 무엇처럼 생경하기만 하다. 왕가의 여인, 금상의 핏줄. 아마도 그 존귀한 본(本)에서 비롯된 유하고 구김살 없는 성정이 그녀의 미소를 저리도 따스하게 만드는 것이리라.

"……소인의 이름은 꽃을 지키는 그림자가 되라는 뜻으로 지었다고 합니다."

침묵을 깨고 입을 연 화영의 입술은 뻣뻣하게 굳어 있던 조금 전과 달리 잔잔한 미소를 그리고 있었다.

"미천한 목숨이오나, 꽃과 같은 공주 자가의 그림자가 되어 온 마음 다해 뫼실 것을 약조하겠습니다."

화영의 깊은 눈동자에서 굳은 결의를 읽은 경혜는 자못 진중한 표정으로 화영의 거친 손을 조심스럽게 맞잡았다.

"고맙구나."

당혹감에 어찌할 바를 모르는 화영을 향해 더욱 환한 미소를 지어 보이는 경혜의 얼굴에는 수줍은 홍조가 마치 연못 위를 수놓은 꽃잎처럼 떠올라 있었다.

"사랑채 끝에 딸린 장고는 대감마님의 서책을 보관하는 곳이네. 부엌은 바깥 행랑채에 있으니 매 끼니는 직접 가져오면 되고, 여기가 안채. 아 참, 저기 보이는 중문을 지나면 별당과 뒷채로 연결되는데 큰마님께서 뒷채에 머물고 계시네."

자신을 막놈이라 소개한 종복이 부산스럽게 궁방 곳곳을 안내하다 말고 걸음을 멈춰 세운 곳은 안채의 뒤뜰이었다.

"자네 처소는 여기일세."

그가 툇마루 끝 곁방의 문을 열자, 화영은 놀란 얼굴로 그를 돌아보며 물었다.

"해, 행랑채가 아니고요?"

"공주 자가를 모시려면 아무래도 안채가 나을 거라고 큰마님께서 특별히 지시하셨네. 혹여 밤중에 무슨 일이라도 생기면 제일 먼저 달려와야 할 게 아닌가?"

"그건 그렇지만……."

"그럼 짐이나 풀고 잠시 쉬고 있게."

막놈이 자리를 뜨고 나서야 비로소 어깨 가득 짊어지고 있던 긴장감을 바랑과 함께 내려놓은 화영은 낯선 공기로 가득찬 방 안을 천천히 둘러보았다. 언뜻 봐도 값비싸 보이는 서안과 문갑까지 갖춘 방은 꽤 넓고 아늑했다.

"휴……."

젖은 흙 내음이 채 가시지 않은 바닥에 풀썩 누워보니, 문득 긴 숨이 앓는 소리처럼 흘러나온다.

"진짜 와버렸네."

정말로 공주 자가의 반당이 되고 말았다. 며칠 전까지만 해도 왈패와 다름없던 제가 하루아침에 세상에서 가장 고귀한 꽃을 지키는 그림자가 된 것이다.

앞뒤가 뒤집힌 듯 바뀌어 버린 자신의 처지가 신기하여 새삼 피식거리던 화영은 문득 가슴속 깊은 곳으로 밀어냈던 율을 떠올려 보았다.

머지않아 마주치게 된다면, 그는 과연 어떤 표정을 지을까.

'분명 놀란 얼굴을 하시겠지.'

그 흐트러짐 하나 없는 얼굴에 당혹감이 번질 것을 상상하니 자꾸만 푸스스 웃음이 새어 나온다. 부러 흠흠 하며 헛기침을 한 화영은 기지개를 켜며 빙글 몸을 돌렸다.

그러고 보면 참으로 묘한 인연이지 않은가. 상단을 미행하던 율의 목에 장도를 겨눴던 첫 만남부터 영월관에 잠입한 율과 대치하게 된 것, 면주전에서 우연히 마주쳤던 순간, 번티고개에서 자신을 구해주었던 태산 같던 뒷모습, 그리고……

"이보시게. 잠깐 나와보시게!"

저도 모르게 감상에 빠져 있던 화영은 때마침 문간을 넘어 들려온 막놈의 부름에 벌떡 몸을 일으켰다. 바닥에 떨어진 패랭이를 다시 눌러 쓰고 서둘러 몸을 일으키니, 금세 달려온 막놈의 전언이 이어졌다.

"곧 의빈 대감께서 귀택하신다니, 인사 올릴 채비하시게나. 어서."

부산한 그의 재촉에 떠밀리듯 앞마당으로 나간 화영은 곧 경혜와 그녀의 옆에 서 있는 백의 차림의 부인을 발견할 수 있었다. 그런데 창백한 안색으로 걸음을 옮기던 부인이 별안간 중심을 잃고 비틀거리는 게 아닌가.

"어머님!"

좀처럼 균형을 잡지 못하는 민씨를 보다 못한 경혜가 황급히 그녀를 부축하자, 민씨는 힘겨운 미소를 지어 보이며 천천히 고개를 끄덕였다.

"괜찮습니다. 그저 조금 어지러워……."

"일단 먼저 안으로 드시지요."

경혜가 붙잡은 민씨의 손을 이끌고 막 걸음을 떼려던 그때였다.

"의빈 대감께서 오십니다!"

막놈의 외침에, 화영은 놀란 표정을 숨기지 못하고 대문을 향해 고개를 돌렸다. 그리고 잠시 후, 단령 차림의 훤칠한 사내와 함께 안으로 들어서는 율의 모습이 꿈처럼 눈에 들어왔다. 거친 백포 자락을 휘날리며 다가오는 율의 무표정한 얼굴을 뚫어져라 바라보던 화영은 문득 그의 시선이 제 쪽으로 향하는 것을 보고는 황급히 고개를 떨구었다.

"아니, 날도 추운데 어찌 다들 밖에 나와 계십니까?"

"퇴궐하셨다는 기별을 받고……."

단령을 입은 사내가 반색하며 묻는 말에, 수줍은 목소리로 대꾸한 경혜는 이내 고개를 돌려 율을 바라보았다.

"아주버님께서도 별고 없으시지요?"

일순 제 귀를 의심한 화영은 소스라치게 놀라며 고개를 들었다.

'아주버님? 그, 그럼 공주 자가와 혼례를 올린 건……'

그제야 율이 아닌, 그의 곁에 서 있는 앳된 얼굴의 사내가 의빈 영양위임을 깨달은 화영은 혼란스러움에 벌어진 입을 다물지 못했다. 그런데 바로 그때, 방향을 잃고 흔들리던 화영의 시선 끝에 돌연 율의 깊고 새까만 눈동자가 맺혔다.

화영은 굳은 표정을 숨길 새도 없이 멀거니 그 심연 같은 눈을 바라보았다. 율 또한 화영을 알아본 듯 뜻을 알 수 없는 기묘한 표정을 하고 있었다. 곧 이를 눈치챈 경혜가 민씨와 두 사내를 향해 말문을 열었다.

"참, 오늘부터 제 수발을 들 아이입니다. 아바마마께서 친히 별사반당을 내려주셨기에, 염치 불고하고 들였어요."

"……화영이라고 합니다."

"그래, 얘기는 들었다. 부디 공주 자가를 잘 보필해야 한다."

화영의 인사에, 인자한 미소를 지어 보인 민씨는 곧 제 아들들을 돌아보며 말을 이었다.

"이리 서 계시지 말고, 다들 들어갑시다. 율이 너도."

"아닙니다. 저는 이만 안국방으로 돌아가야지요."

보일 듯 말 듯 옅은 미소를 지으며 한 걸음 물러서는 율의 목소리에는 연유 모를 어색함이 가득했다.

"어찌 그러십니까? 차라도 한잔 드시고 가시지 않고요."

"괜찮습니다. 저녁에 또 들를 텐데요. 자, 어서 들어가십시오. 바람이 찹니다."

율의 재촉에 어쩔 수 없이 고개를 끄덕인 종이 두 여인과 함께 사랑 채로 들어가자, 모여 있던 종복들도 제각기 자신의 자리로 돌아가기 시 작했다. 덕분에 너른 마당 가운데 율과 단둘이 남게 된 화영은 저도 모 르게 바짝 마른 숨을 꼴깍 삼켰다.

"반아를 들이는 건 알고 있었다만……."

한참 만에야 침묵을 깨고 먼저 말문을 연 것은 율이었다.

"설마하니 그게 너일 줄은 꿈에도 몰랐구나."

"소, 송구합니다."

"무엇이?"

"그…… 소인처럼 미천하고 비루한 자가 감히 공주 자가를 뫼시는 것 이……."

"별스러운 소리를 다 하는구나."

머뭇거리는 화영의 말을 자른 율이 어이가 없다는 듯 웃음을 덧붙였 다. 예상치 못한 그의 반응에 당황한 것은 오히려 화영이었다. 지청구 한 줄쯤은 들으리라 각오했는데, 저를 바라보는 율의 표정은 평온하기 만 했다.

"신분의 고하와 관계 없이, 주어진 일에 충실하다면 그것으로 족하다."

"……."

"그러니까, 나는 네가 썩 반갑다 이 말이다."

반갑다는 그의 표현이 생경하면서도 간지럽다. 덕분에 붉어진 얼굴을 푹 떨군 것도 잠시. 다시금 고개를 든 화영의 얼굴에는 자못 환한 미소 가 걸려 있었다.

가뜩이나 동그란 그녀의 눈꼬리가 초승달처럼 휘어지는 것을 본 율은 새삼 지난 기억들을 차례로 떠올렸다. 겁도 없이 저를 쫓으며 당돌한 말을 쏟아내던 어린아이가 이제는 제법 자란 티를 뽐내며 제 앞에 서 있는 것이, 생각해 보면 참으로 신기한 일이지 않은가.

"연(緣)이란, 이런 것을 두고 하는 말일지도 모르겠구나."

혼잣말처럼 중얼거린 제 말이 스스로 우스워 짧은 실소를 덧붙인 율은 이내 태연한 척 화영의 어깨를 가볍게 두드렸다.

"기왕지사 이렇게 된 거, 앞으로 잘 지내보자꾸나."

"……예!"

다정한 그의 말이 봄바람처럼 간지럽게 귓전을 맴돈다. 화영은 한결 커진 동작으로 고개를 끄덕이며 다시 한 번 환한 미소를 지어 보였다.

❀

뭉근한 오후의 햇살 아래, 옥빛 하늘 가득 깔린 새털구름 사이로 한 마리의 매가 날카로운 울음과 함께 날아올랐다. 그 순간, 어디선가 단단한 화살이 번개처럼 날아와 녀석의 단단한 목을 관통했다.

"역시 수양대군이십니다."

만족스러운 미소를 띠는 수양의 뒤에서 박수갈채와 함께 찬사가 쏟아졌다.

"대군 대감의 활 솜씨는 하늘이 내린 재주인 모양입니다."

"과찬일세."

팽팽히 잡고 있던 고삐를 푼 수양이 말 아래로 풀쩍 뛰어내리자, 때마침 곁을 지키고 있던 영응대군이 다가와 수양에게서 빈 활을 받았다.

"그래, 송가의 여식은 만나보았느냐?"

"예. 돌봐주신 은혜가 커 몸 둘 바를 모르겠습니다, 형님."

"그것이 어찌 은혜라 하겠느냐? 그래도 한때 조강지처였던 이를 그리 모질게 박대할 수는 없지. 너의 첫정이기도 하고 말이다."

대수롭지 않다는 듯 무던한 수양의 말에도 영응은 착잡한 표정을 숨기지 못했다. 다른 일도 아닌 부인 문제로 형님께 신세를 지게 되어 못 내 민망했던 모양이었다.

그는 현처인 춘성부인 정씨를 맞이하기 전, 본디 판중추 송복원의 여식과 길례를 올린 적이 있었다. 하지만 얼마 지나지 않아 송씨는 병이 들었다는 이유로 쫓겨나게 되었고, 재가 후에도 전처를 그리워하는 영웅의 속내를 눈치챈 수양이 그들을 남몰래 만날 수 있도록 손을 써주었던 것이다.

"그럼 나는 이만 가봐야겠구나. 집현전에 할 일이 태산이야."

"그러고 보니, 찬집하고 계시는 서적은 어떻게 진행되고 있습니까?"

"하하, 아주 잘되고 있다."

영웅의 물음에 수양이 너털웃음을 터뜨리며 제 턱을 부드럽게 매만 졌다. 그는 근자에 들어 집현전 학자들과 함께 병술서를 편찬하는 데 공을 들이고 있었다.

"조만간 또 보자꾸나."

"예, 형님."

영웅이 허리를 숙이고 물러나자, 천천히 몸을 돌린 수양은 목 언저리를 매만지며 건조하게 얼굴을 굳혔다. 어느새 차갑게 식어버린 그의 눈은 조금 전 매를 노리던 그때처럼 날카로운 빛을 내뿜고 있었다.

"어서 오십시오, 대군 대감."

수양이 집현전에 도착하자, 직제학 신숙주가 기다렸다는 듯 그를 맞이했다. 그는 수양에게 호의적인 몇 안 되는 학자 중 하나로, 선왕과 함께 훈민정음 창제에 힘을 보탠 저명한 인사였다.

"매사냥을 다녀오신 모양입니다."

"그렇다네. 사냥을 다녀오면 온몸이 날아갈 듯 가벼워져."

"오늘도 대군 대감의 화살에 매 여럿이 명을 달리했겠군요."

수양은 피식 웃음을 터뜨렸다. 그는 남을 치켜세울 때도 절대 과하게 넘치는 법이 없다. 조용히 수양의 옆에 자리를 잡고 앉은 신숙주는 이내 은밀해진 목소리로 아뢰었다.

"안평대군이 사람을 모으고 있다고 합니다."

"……예상했던 대로군."

건조하게 대꾸하는 수양의 표정은 아무런 변화도 없었다. 기실 오래 전부터 짐작하던 바다.

"이대로 계속 모른 체하실 생각입니까? 그가 무반(武班)까지 손을 뻗치게 되면 대군 대감의 입지가 상당히 곤란해지실 겁니다."

"알고 있네."

안평대군. 그는 수양과 금상의 동복형제이자 선왕의 셋째 아들로, 김종서를 비롯한 주요 문신들과 친분이 두터운 인사였다. 세자 시절부터 몸이 약했던 금상 대신 안평이 보위를 이어야 하지 않겠냐는 말이 공공연하게 떠돌 정도였으니, 그 명망이 실로 대단함이라.

수양은 오래전부터 그 점이 매우 달갑지 않았다. 아니, 솔직히 말하자면 나날이 커져 가는 대신들의 세력과 이를 뒷받침하는 안평의 처사가 불만이라고 해야 할 것이다.

"안평……."

소리 없이 혼잣말을 중얼거린 수양은 구겨진 미간을 손가락으로 누르며 긴 한숨을 내쉬었다. 저를 향한 조정의 끊임없는 견제와 숨겨왔던 왕위에 대한 야망, 그리고 점점 세력을 넓혀가는 그들의 행보는 수양의 어지러운 마음속을 더욱 들끓게 하고 있었다.

04. 전조(前兆)

따사로운 햇살과 청결한 공기가 완연하니 어느덧 봄날도 끝나가는 모양이었다. 지붕에 내려앉은 새들의 지저귐에 무심코 하늘을 올려다본 화영은 때마침 코끝을 스치는 풀 향기에 저도 모르게 긴 숨을 들이마시며 기지개를 켰다.

"날씨 한번 좋―다."

궁방에 들어온 지도 벌써 석 달째. 소란을 피우는 객들과 몸싸움을 하는 일이 부지기수였던 지난날과 달리 이곳 생활은 그저 평화롭고 안락하기만 했다.

화영은 그것이 생경하면서도, 퍽 마음에 들었다. 밖으로 걸음할 일이 거의 없는 경혜를 호위하는 일은 밤새도록 영월관의 창고를 지키던 것에 비하면 식은 죽 먹기였다.

볕을 받아 뜨끈해진 마루에 슬며시 몸을 눕히니, 처마 끝에 맺힌 하늘이 쏟아질 듯 푸르다. 화영은 소리 죽여 쿡쿡 웃으며 간질거리는 눈꺼풀을 스르륵 내리감았다. 그런데 바로 그때, 불현듯 발치에서 예상치 못한 목소리가 찾아들었다.

"무슨 생각을 하길래, 혼자 그리 히죽거리느냐?"

"엄마야!"

소스라치게 놀란 화영은 두 다리를 휘적거리며 마루에서 벌떡 몸을 일으켰다. 그녀의 앞에는 율이 뒷짐을 진 채 황망한 표정으로 서 있었다.

"뭘 그렇게 놀라느냐? 도둑질하다 들킨 사람처럼."

"아, 아닙니다."

서둘러 옷매무새를 가다듬은 화영은 멋쩍은 마음에 어색한 미소를 지었다. 율의 앞에 서는 것은 늘 이렇게 말랑한 긴장감을 불러일으킨다.

"한데 이 시간에 여긴 어쩐 일이십니까?"

"같이 갈 데가 있으니, 채비하거라. 공주 자가께는 미리 말씀드렸다."

"예? 어딜…… 말입니까?"

"일전에 수리를 맡긴 검을 찾으러 간다."

"그럼 반송방(盤松坊) 대장간에 가시는 겁니까?"

별안간 화영의 얼굴에 화색이 돌았다. 율은 피식 웃으며 고개를 가로저었다.

"애석하지만, 이미 환도장이 철물전에 물건을 맡겨두었다는구나. 그래도 대장간 못지않게 볼거리가 많을 게다."

오랜만에 찾은 운종가는 여전히 시끌벅적했다. 시전 뒤편 좁은 골목으로 들어서는 율을 종종걸음으로 뒤따르던 화영은 문득 양옆으로 길게 늘어선 좌판들을 흘깃거렸다. 길가에 허술하게 대어놓은 목판 위에는 한 줌짜리 조악한 장신구, 머리빗 따위가 어수선하게 널려 있었다.

"혹 정인이 있느냐?"

"예?"

뜬금없는 율의 질문에 화영이 황망한 표정으로 그를 돌아보았다.

"어미도 누이도 없는 네가 여인의 물건에 관심을 두니 묻는 것이다."

율이 길가의 좌판을 무던한 눈짓으로 가리키자, 일순 가슴이 뜨끔한 화영은 벌겋게 달아오른 얼굴을 숙이며 보이지 않게 입술을 비죽였다. 그가 저를 사내아이로 보고 있다는 것은 진즉 알고 있었으나, 이렇게 되새김을 당할 때면 괜스레 마음 한구석이 불퉁해지곤 하던 터였다.

하지만 그렇다고 부러 여인임을 알리자니 저를 대하는 율의 태도가 혹여 변할까 싶어 망설여지는 것 또한 사실이다. 이에 한참을 머뭇거리던 화영은 잠시 후 자그마한 목소리로 변명하듯 중얼거렸다.

"그저 색이 고와 잠시 쳐다봤을 뿐입니다."

"색?"

화영의 대답이 의아했는지, 걸음을 멈추고 좌판의 물건을 뚫어져라 응시하던 율은 이내 고개를 가로저으며 퉁명스럽게 대꾸했다.

"나는 아무리 봐도 모르겠구나. 색이야 어떠하든 다 같은 물건 아니더냐."

"에이, 다 같다니요? 이건 옥, 이건 은, 그리고 이건 호박. 저마다 가진 색이 다르고 모양도 다른데……."

"너 술띠의 색이 의미하는 바는 알고 있느냐?"

"예? 술띠요?"

뜻 모를 율의 질문에 화영이 당황한 표정으로 되묻자, 어깨를 으쓱한 그는 나지막하게 말을 이었다.

"당상관은 홍띠, 당하관은 청띠, 양민은 흑띠, 상중에는 백띠."

"……."

"내게 색이란 그런 것이다."

대수롭지 않다는 듯 읊조렸으나, 율의 목소리는 부쩍 건조하게 가라앉아 있었다.

"그래도……."

무어라 대꾸하려던 것을 잠시 멈추고 가볍게 한숨을 쉰 화영은 이내 알 만하다는 듯 불퉁한 목소리로 물었다.

"나으리께서는 여인에게 선물을 줘보신 적이 없으십니까?"

“……뭐?”

“무엇을 받으면 기뻐할까, 무슨 색을 좋아할까, 그런 고민 해보신 적 없으시냐고요.”

황망한 표정을 하고 있는 율을 흘깃 바라본 화영은 손가락으로 제 가슴을 쿡쿡 찌르며 짐짓 근엄한 표정을 지어 보였다.

“마음의 눈.”

“……”

“이 마음의 눈으로 보시란 말입니다.”

그제야 기가 막힌다는 듯 헛웃음을 터뜨린 율은 콧방귀를 뀌며 고개를 가로저었다.

“벌써부터 이리 맹랑하게 재잘대는 걸 보니, 조만간 내 머리 꼭대기까지 올라가 앉겠구나.”

“그저 여인의 취향을 전혀 헤아리지 못하시는 것 같아 드린 말씀입니다. 하니 여직 장가를 못 드신 것 아닙니까?”

“허어?”

얼핏 놀리는 듯한 화영의 대꾸에, 줄곧 평온하던 율의 눈썹이 짧게 꿈틀거렸다. 하지만 그러거나 말거나 딴청을 피며 앞서 걸어가는 화영의 뒷모습은 발끈한 제 모습이 무색하리만치 여유로워 보였다. 어쩐지 괘씸한 마음에 그녀의 목덜미 깃을 잡아 제 앞으로 끌어당긴 율은 동그래진 눈으로 저를 돌아보는 화영을 향해 낮은 목소리로 속삭였다.

“듣자 하니 참으로 방자하기 이를 데 없구나. 쥐방울만 한 놈이 여인을 알면 얼마나 안다고.”

“이, 이래 봬도 올해 열아홉입니다. 그리고, 명색이 행화촌 출신인데 여인을 모르는 게 말이 됩니까?”

어색하게 말끝을 세운 화영이 눈썹을 구기며 툴툴거리자, 뜻 모를 표정으로 물끄러미 그녀를 바라보던 율이 돌연 고개를 숙였다. 순식간에 가까워진 그의 얼굴에 당황한 화영은 벌겋게 달아오른 뺨을 어찌하지 못하고 황급히 시선을 떨구었다.

"거참 이상하구나."

"무, 무엇이 말입니까?"

흐음, 하며 화영의 이목구비를 찬찬히 훑어보던 율은 이내 피식 웃으며 혼잣말 아닌 혼잣말을 중얼거렸다.

"암만 봐도 호색상(好色相)은 아닌 듯한데."

"예에? 아니, 그게 무슨……!"

어쩐지 놀림을 당한 것만 같은 기분에 무슨 말이든 쏘아붙이고 싶지만, 변명하는 듯한 모양새가 되어버린 것이 영 찜찜하기만 하다.

"……철물전을 가려면 이쪽으로 가야 하지요?"

결국 입술을 비죽이며 꼬리를 내린 화영은 부러 헛기침을 하며 화제를 돌렸다. 그런 화영이 재미있었는지 숨죽여 웃음을 참은 율은 이내 태연한 척 고개를 끄덕이며 앞장서 걸어가는 그녀의 뒤를 느릿하게 쫓기 시작했다.

어째서일까. 제비처럼 작고 소란한 저 아이에게 자꾸만 눈길이 가는 것은.

저도 모르게 새 나오는 미소를 애써 지워낸 율은 부러 주변의 번잡한 풍경으로 시선을 돌렸다. 어린아이들의 노랫소리, 장작이 타는 냄새, 물에 젖은 흙길이 질척이는 감각. 노상 운종가를 맴도는 자취들을 지나 통운교에 다다르니, 마침내 목적지인 커다란 철물전이 그의 눈에 들어왔다.

"아이고, 도련님!"

때마침 퇴청에 나와 앉아 있던 주인이 율을 알아보고는 반색을 하며 달려 나왔다.

"반송방 장인이 맡겨둔 검을 받으러 왔네."

"예예, 미리 준비해 두었습죠."

연신 허리를 굽실거리던 주인은 곧 비단보로 곱게 감싼 검 한 자루를 가져와 율에게 내어주었다. 율이 그것을 살피는 동안 화영은 호기심 가득한 눈으로 철물전 안을 둘러보기 시작했다. 깔끔하게 정리된 내부에는 투박한 호미부터 화려한 무늬의 칼집까지, 온갖 쇠붙이들이 빼곡하게 진열되어 있었다.

"우와."

신이 난 얼굴로 전 안을 누비는 화영을 곁눈질로 흘깃거리던 율은 문득 그녀의 허리춤에서 시선을 멈춰 세웠다. 끈목도 없이 아무렇게나 꽂아놓은 검이 자꾸만 눈길을 잡아끈 탓이었다.

"……잠시만."

결국 들고 있던 검을 내려놓은 율은 발소리를 죽이고 화영의 곁으로 다가갔다. 때마침 그녀는 한쪽 구석에 가지런히 늘어놓은 색색의 다회(多繪)를 구경하느라 여념이 없었다.

"하나 골라보거라. 안 그래도 네게 필요하겠다 싶었으니."

등 뒤에서 불쑥 들려온 율의 목소리에 흠칫하며 고개를 돌린 화영은 이내 횡급히 손사래를 치며 밀했다.

"괘, 괜찮습니다. 별로 불편하지도 않고……."

"어허, 명색이 공주 자가를 모시는 반당일진대 언제까지 그런 물색없는 모양으로 검을 지니고 다닐 요량이더냐? 이제부터라도 제대로 패용을 해야지."

짐짓 엄하게 화영의 말을 자른 율은 성큼성큼 다가가 조금 전까지 그녀가 만지작거리고 있던 천청색의 다회를 집어 들었다.

"어디, 이것이 마음에 드느냐?"

"예? 아, 예에……."

흠 하며 고개를 갸웃거린 율은 엉거주춤 서 있는 화영을 돌아보며 무심히 중얼거렸다.

"이 색을 좋아하는가 보구나."

"어, 어찌 아셨습니까?"

"아까 좌판에서 한참 보던 노리개도 이 색이 아니었더냐?"

"……색 같은 거 모르신다 하시더니, 그런 건 또 언제 보셨대."

"관심이 없는 거지, 색맹은 아니다."

민망한 마음에 부러 중얼거린 말이건만, 용케 듣고 대꾸한 율이 돌연 짓궂은 표정을 지으며 한 마디를 덧붙였다.

"사내가 여인의 색이라니, 거 안목 한번 좋구나."

그 말에 가슴이 뜨끔한 화영은 다시금 어색하게 목소리를 높일 수밖에 없었다.

"그, 그게 뭐 어때서 타박을 주십니까? 좋아할 수도 있지요!"

"타박을 한 건 아니었는데."

붉으락푸르락하는 화영의 얼굴이 재미있었는지 다시금 소리 죽여 웃은 율은 부러 보란 듯 물건의 값을 치르며 말했다.

"검을 이리 다오."

잠시 머뭇거리던 화영은 이내 허리춤에서 검을 빼내어 율에게 조심스럽게 내밀었다.

"이리 보니 네게 잘 어울리는 색인 듯하구나."

녹슨 칼집 고리에 매듭을 묶는 그의 손끝은 제법 섬세했다. 마침내 완전한 모양을 갖춘 검을 화영의 허리띠에 직접 매달아준 율은 문득 아득한 표정으로 그녀를 바라보았다. 동그란 뺨에 홍조를 띠고 눈치를 살피는 모양에서 어린 시절 종의 모습을 떠올린 탓이었다.

그러고 보면 처음 만났을 때부터 괜스레 마음이 쓰이던 아이였다. 어찌 대해야 할지 몰라 조심스러우면서도 마냥 다가가고 싶었던, 어린 시절의 이복 아우처럼.

"너 말이다."

이윽고 나지막하게 말문을 연 율은 햇살을 머금은 화영의 맑은 눈동자를 빤히 응시했다.

"혹 내게 검을 배워볼 생각이 있느냐?"

"……예?"

잠시 멍한 표정으로 율을 바라보던 화영은 이내 그의 말이 환청이 아님을 깨닫고는 만면에 반색을 머금었다.

"참말이십니까? 진정 소인에게 검을 가르쳐 주실 겁니까?"

"네가 밤늦도록 수련에 열중하고 있다는 것을 진즉 알고 있었다. 기특하기는 하나, 혼자 그렇게 용을 쓴다고 실력이 늘 것 같지는 않으니."

짐짓 놀림을 섞어 대꾸했음에도, 화영은 개의치 않는다는 듯 신이 난 얼굴로 연신 고개를 꾸벅거렸다.

"감사합니다! 정말 감사합니다, 나으리!"

그 모습이 퍽 괴이 보이는 통에, 율은 헛기침으로 민망한 속을 감추며 부러 시선을 돌렸다. 가슴 한구석이 두근거리는 것은 아마도, 그래, 봄날의 청명함 때문일 것이다.

❀

어느새 인정(人定)이 가까워진 시각, 문단속을 마치고 율이 기다리는 별당채로 걸음을 옮기던 화영은 문득 고개를 들어 별빛이 쏟아질 듯 출렁이는 하늘을 바라보았다. 코끝을 스치는 바람에는 어느덧 녹음의 향기가 완연했다. 덕분에 저도 모르게 희미한 미소를 지은 화영이 끙 하며 기지개를 켜려던 바로 그때였다.

"화영아!"

머리 위로 들려온 익숙한 목소리에 놀라 주위를 두리번거리던 화영은 저를 향해 손을 흔드는 재하를 발견한 순간, 반가움에 목소리를 높였다.

"사형!"

담장 위에 아슬아슬하게 매달린 채로 쉿 하며 오므린 입술에 손가락을 댄 재하는 이내 화영을 향해 환한 미소를 지어 보였다.

"오랜만이다."

"이게 얼마 만입니까? 잘 지내셨지요?"

반가운 기색으로 물으면서도 애써 숨을 죽이고 웃음을 참는 화영의 얼굴은 우스꽝스러운 모양으로 일그러져 있었다.

"그나저나 이 시각에 어쩐 일이십니까? 담장까지 오르시고. 그러다 도둑으로 오해받으십니다."

문득 목소리를 낮추며 주위를 두리번거린 그녀가 농을 덧붙이자, 소리 죽여 쿡쿡 웃은 재하는 곧 장난기 가득한 말투로 물었다.

"혹 내가 이 담을 넘어가면 의금부로 끌려가는 것이냐?"

"사형도 참, 말씀을 해도 그런……. 기다리세요. 제가 나가겠습니다."

"아니다. 그럴 것 없다."

"그럼 어서 내려오시든지요. 누가 보면 어쩌려고요?"

"거 반가운 소식을 들고 온 이에게 대접이 너무 야박하구나."

"반가운 소식이라니요?"

금세 동그란 눈이 되어 묻는 화영을 향해 의미심장한 미소를 지어 보인 재하는 짐짓 은밀한 말투로 속삭였다.

"설매가 돌아왔다."

"그게 정말입니까?"

줄곧 기다리던 소식에, 담장으로 바짝 다가선 화영의 뺨이 곧 함박웃음을 그렸다.

"도대체 언제요? 그동안 잘 지냈답니까?"

"좀 섭섭해지려 하는데? 나도 좀 이리 반겨줄 것이지."

입술을 비죽이며 투덜거리긴 했지만, 잔잔하게 미소 짓고 있는 재하의 얼굴은 꾸밈없이 밝았다. 그런 그를 물끄러미 바라보던 화영은 한결 편안해진 표정으로 중얼거렸다.

"좋아 보이셔서 다행입니다."

"나야 뭐, 늘 잘 지내지."

느긋하게 대꾸한 재하의 시선이 문득 뜻 모를 빛을 띤다.

"잠시 손 좀 내보거라."

"손이요?"

무심코 빈손을 내민 화영은 곧 그 위로 포개어진 재하의 커다란 손에 흠칫하며 그를 바라보았다. 진득하게, 그리고 뜨겁게 부딪쳐 오는 재하의 눈동자는 평소보다 더 짙은 푸른색으로 일렁이고 있었다.

"선물."

잠시 후, 천천히 손을 뗀 재하가 나지막하게 중얼거렸다. 그가 머물렀던 자리에는 색실과 가죽끈을 꼬아 만든 팔찌 하나가 놓여 있었다.

"생일 축하한다."

"……기억하고 계셨습니까?"

"당연한 걸 묻는구나. 것도 매년."

갑작스러운 상황이 쑥스러웠는지, 어찌할 바를 모르고 시선을 굴리던 화영은 발끝으로 애꿎은 바닥만 툭툭 두드렸다. 그의 말마따나 매년 받아오던 축하였건만, 어찌된 일인지 오늘은 조금 생경한 느낌이다.

"참, 제가 근지에 특훈을 하고 있습니다."

뜻을 알 수 없는 재하의 눈빛이 유난히 직설적으로 꽂혀온 탓일까. 부러 화두를 돌리는 화영의 목소리는 꾸며진 기색이 역력했다.

"사형도 아시지요? 일전에 번티고개에서 저희를 구해주셨던 참판 영감의 자제분 말입니다. 영양위 대감의 형님 되시는."

"물론이지. 한데 그분은 왜?"

"그분이 제게 검을 가르쳐 주시고 있거든요. 뭐, 아직 대단한 비기(祕技) 같은 건 배우지 못했지만."

무슨 연유인지 눈에 띄게 밝아진 표정으로 재잘거리는 화영의 모습에, 재하는 굳어지는 표정을 숨기지 못하고 낮게 중얼거렸다.

"그 사람이 말이지……."

"두고 보십시오. 조만간 제가 사형을 이기게 될지도 모릅니다."

"에이, 설마. 아무리 그래도 너무 자신만만한 것 아니냐?"

어쩐지 마음 한구석에 불안한 기분이 스며들었지만, 재하는 짐짓 태연한 척 농을 던지며 화영의 이마에 장난스럽게 딱밤을 때렸다.

"어디 감히 스승님을 이겨먹으려고."

"와, 지금 저 무시하신 겁니까?"

"날 따라잡으려면 한참 멀었다. 아직도 이리 비리비리한데 무슨……."

"나으리께서는 제법 컸다고 하셨습니다!"

불퉁한 표정으로 투덜거리던 화영이 문득 뜻 모를 미소를 지었다.

"그리고 매일 꼬박꼬박 늘고 있다고 칭찬도 해주셨고요."

일순 재하는 무언가에 머리를 강하게 얻어맞은 듯한 감각을 느꼈다. 믿을 수 없게도 눈앞의 화영은 이제껏 한 번도 본 적 없는 표정과 눈빛을 하고 있었다.

순식간에 달갑지 않은 예감이 머릿속을 스쳐 지나간다. 빈 입술을 깨물며 한동안 침묵을 지키던 재하는 잠시 후, 주먹을 불끈 말아 쥐며 천천히 말문을 열었다.

"……화영아."

고개를 갸웃거리며 저를 올려다보는 화영에게 무어라 말을 꺼내려던 재하는 웬일인지 다시금 입술을 굳게 다물었다.

"아니다, 아무것도."

아직은, 아직은 이르다. 맥없는 미소와 함께 쓰디쓴 말을 목구멍 밑으로 삼킨 재하는 이내 담장 위에 걸쳐 놓았던 몸을 풀쩍 내렸다.

"사형?"

높다란 담벼락 너머에서 의아해하는 화영의 부름이 들려왔다.

"이만 가보마. 설매도 돌아왔으니, 조만간 영월관에서 차나 한잔하자꾸나."

"……예, 살펴 가세요."

어딘지 모르게 신경이 쓰이는 재하의 행동에 고개를 갸웃거렸지만, 금세 어깨를 으쓱한 화영은 멀어지는 재하의 발소리를 뒤로한 채 몸을 돌렸다. 그런데 무심코 바라본 별당채 중문 앞에 때 아닌 익숙한 그림자가 서 있는 것이 아닌가.

"나으리······?"

칠흑같이 새까만 수련복을 걸치고, 비스듬한 자세로 팔짱을 낀 채 서 있는 이는 다름 아닌 율이었다. 갑작스러운 그의 등장에 흠칫했지만, 이내 만면에 반가운 기색을 띤 화영은 황급히 그에게 달려갔다.

"오늘은 일찍 오셨네요."

"그게 아니라, 네가 늦은 것이다."

미간을 살짝 구긴 율이 내려놓은 말은 자못 엄했다. 때마침 멀리서 들려오는 타종 소리에 미소를 거둔 화영은 황급히 고개를 조아렸다.

"송구합니다. 나름 서두른다고 한 것인데······."

"이제는 내가 영 어렵지 않은 모양이구나. 바람처럼 뛰어와도 모자랄 판에 밤손님과 노닥거리기나 하고 말이지."

"바, 밤손님이요?"

ㄴ닷없는 말에 놀란 표정을 짓자, 율의 턱 끝이 조금 전 재하가 매달려 있던 담벼락을 가리켰다. 그제야 아차 하는 생각에 입술 끝을 깨문 화영은 율의 눈치를 살피며 조심스럽게 물었다.

"······보셨습니까?"

"그래."

혀끝을 차며 고개를 가로저은 율이 무뚝뚝하게 중얼거렸다.

"대관절 언제쯤이면 어엿이 제 몫을 할는지 모르겠구나. 아직도 천지 분간을 못 하고 이리 망아지처럼 굴어서야."

"그, 그것이······."

"수련은 매일 제대로 하고 있는 것이냐?"

"다, 당연하죠! 보십시오. 이렇게 팔도 제법 튼튼해졌고······."

재빨리 소맷자락을 걷어 팔을 내보인 화영이 어설프게 힘을 주어 보이자, 가느다랗게 조여진 율의 눈동자가 더욱 뾰족한 모양을 그렸다. 그 바람에 어색하게 눈동자를 굴리며 입술을 꾹 눌러 다문 화영은 이내 시무룩한 표정으로 중얼거렸다.

"예, 압니다. 품행 방정. 조심하겠습니다."

"하여간 네 녀석은……."

"자, 자. 오늘은 무엇부터 하면 됩니까?"

행여 또다시 된서리를 맞을까 싶었는지, 서둘러 율 앞을 막아선 화영은 부러 과장된 미소를 지으며 말을 이었다.

"짚단 베기부터 시작할까요?"

"흠, 글쎄."

문득 달빛 아래 드러난 율의 눈동자가 서늘한 빛을 띠자, 화영은 저도 모르게 마른침을 꿀꺽 삼켰다. 얼마 지나지 않아, 그림처럼 멈춰 있던 율의 단정한 입술이 돌연 느리게 달싹였다.

"검을 뽑거라."

"……예?"

얼이 빠진 표정으로 그를 바라보고 있던 화영은 순간 제 귀를 의심했다. 백자처럼 하얗고 미끈한 율의 얼굴이 새까만 의복과 대비되어 마치 어둠의 사자(使者)처럼 보인다.

"검을 뽑으라고 했다."

다시금 아무렇지도 않게 툭 던져진 율의 말은 분명 잘못 들은 것이 아니었다. 오랜만에 느끼는 고압적인 기운에 눌려 얼떨결에 검을 뽑아 든 화영은 엉거주춤하게 서서 율의 표정을 살폈다. 그러자 보일 듯 말 듯 옅은 미소를 지은 율이 마주 뽑은 검을 그녀의 눈앞에 겨누었다.

"오늘은 대련이나 한판 해보자꾸나."

그러더니 화영이 미처 반응할 새도 없이 칼끝을 돌려 그녀의 검을 쳐내는 게 아닌가.

순식간에 끼익 하는 기분 나쁜 쇳소리가 허공을 가른 찰나, 하마터면 그대로 놓칠 뻔한 칼자루를 간신히 붙잡은 화영은 본능적으로 몸을 비틀며 자세를 바로잡았다.

"대, 대관절 이건 또 무슨 경우입니까?"

애써 침착하게 호흡을 가다듬고 있었지만, 갑작스러운 그의 행동이 화영은 그저 황망할 따름이었다. 하지만 눈 깜짝할 사이에 뻗은 팔을 거둬들인 율은 틈을 주지 않고 다시 화영을 향해 검을 휘둘렀다.

마침내 날카로운 마찰음과 함께 서로의 검이 공중에서 맞부딪친 순간, 화영은 서늘한 검결 너머로 보이는 율의 눈동자에서 진중함을 읽을 수 있었다.

'진심이신 건가.'

연유야 어찌 됐든, 율 정도의 실력자가 진지하게 대련을 해준다는 것은 고맙고 반가운 일이다. 이에 마음을 다잡은 화영은 맞닿았던 율의 검을 밀어냄과 동시에 그의 옆을 날카롭게 파고들었다.

돌연 태세를 변환한 화영의 움직임에, 이번에는 율이 놀란 표정을 감추지 못하고 황급히 몸을 비틀었다. 진즉 알고 있던 바이지만, 확실히 예사 속도가 아니다. 게다가 화영의 검은 일반적인 검보다 길이가 짧았기에, 궤적의 폭이 좁은 만큼 돌아오는 속도 또한 빨랐다.

순식간에 빈틈을 치고 들어오는 화영의 검을 다시금 막아낸 율은 곧 강한 힘으로 이를 밀어냈다. 예상치 못한 그의 반격에, 화영은 강한 충격을 받고 비틀거릴 수밖에 없었다.

"읏⋯⋯."

손목까지 울리는 진동에 하마터면 또 검을 놓칠 뻔했다. 황급히 양손으로 쥐고 버틴 덕분에 반걸음 뒤로 물러나는 것으로 그칠 수 있었지만, 그 찰나를 놓칠 율이 아니었다.

찢어질 듯한 쇳소리와 거친 숨소리만이 적막을 메우는 아슬아슬한 상황 속에서 몇 번이나 검을 맞부딪쳤을까. 화영은 비 오듯 흐르는 땀을 가눌 새가 없었다. 하지만 그에 반해 율은 아무 일도 없었다는 듯 태연자약하기만 했다.

"가르침을 주신다더니, 너무 몰아붙이시는 거 아닙니까?"

결국 화영의 입에서 볼멘소리가 흘러나오자, 피식 웃은 율이 짐짓 엄한 목소리로 되물었다.

"이 정도도 받지 못해서야 어찌 공주 자가의 반당이라 하겠느냐?"

"나으리께서 너무 강하신 겁니다."

입술을 비죽이며 중얼거린 화영은 천천히 율의 주변을 돌며 때를 가늠하기 시작했다. 하지만 그저 가만히 서서 한 손으로 검을 들고 있을 뿐인데도, 그에게는 도무지 빈틈이 보이질 않았다.

'그렇다면……'

이윽고 무언가 결심한 듯 몸을 낮춘 화영은 좌우로 빠르게 발을 놀리며 있는 힘껏 검을 휘둘렀다. 하지만 역시나 손쉽게 막아낸 율이 다시금 검을 밀어내려 하자, 기다렸다는 듯 회심의 미소를 지은 화영은 그 반동을 이용해 순식간에 검의 방향을 비틀었다.

그리고 다음 순간, 놀랍게도 튕겨 나가야 할 칼끝이 화영의 손안에서 빙글 도는가 싶더니 눈 깜짝할 사이에 궤적을 바꿔 율의 손목을 향해 날아가기 시작했다.

'됐다!'

드디어 율의 방어를 뚫었다고 생각한 바로 그때였다.

"어어……!"

그것은 정말이지 찰나에 벌어진 일이었다. 알 수 없는 힘에 앞섶을 휘어 잡힌 채 맥없이 고꾸라지고 만 화영은 감았던 눈을 뜬 순간, 그대로 굳어버리고 말았다.

"내가 이겼구나."

빙긋 웃는 율의 얼굴이 믿을 수 없을 만큼 지척이다. 입안 가득 들어찬 숨을 꿀꺽 삼킨 화영은 떨리는 손을 아득 움켜쥐었다. 중심을 잃고 넘어진다는 게 하필이면 그를 덮치며 쓰러진 것이었다.

"검은 베는 데만 쓰는 게 아니다. 이것 보거라."

그의 눈짓을 따라 경직된 시선을 내리니, 겉옷이 맥없이 풀어 헤쳐진 것이 보인다. 보아하니 방향을 바꾼 율의 검이 화영의 옷고름 틈새를 꿰어 당긴 것이리라.

그제야 소스라치게 놀란 화영은 허둥지둥 몸을 일으키려 했다. 하지만 화영의 허리를 감싸 안은 율의 팔은 좀처럼 밀려날 기미를 보이지 않았다.

"나, 나으리!"

울상을 한 화영이 절박하게 갈라지는 목소리로 그를 부르자, 소리 내어 웃은 율이 놀리듯 대꾸했다.

"항복을 해야 놔주지 않겠느냐?"

"하, 항복입니다! 제가 졌습니다!"

다급히 목소리를 높인 화영은 율의 팔이 힘을 풀자마자, 번개처럼 몸을 일으켜 너풀거리는 앞섶을 추슬렀다. 갑작스러운 상황에 폭발하듯 뛰어대는 심장이 당장에라도 목구멍 밖으로 튀어나올 것만 같다.

"갈 길이 구만 리구나."

어느새 상체를 일으켜 앉은 율이 혀끝을 차며 고개를 가로저었다. 차마 반박할 수는 없었지만, 괜스레 억울한 마음이 들어 입술을 비죽인 화영은 부러 불퉁한 말투로 투덜거렸다.

"이건 엄연히 반칙입니다. 검이 아니라 체술을 쓰셨잖습니까?"

"반칙이 아니라 기지겠지. 입은 비뚤어져도 말은 바로 해야 하지 않겠느냐?"

"기지도 기지 나름이지요!"

"허, 고놈 참 한마디를 안 지는구나."

순순히 패배를 인정해도 모자랄 판에 도리어 역정을 내는 것이 기가 막혔는지, 눈썹을 꿈틀거리며 헛웃음을 터뜨린 율은 화영의 이마를 손가락 끝으로 꾹 눌러 민 뒤 몸을 일으켰다.

"아무래도 네 녀석의 그 발칙한 성정부터 바로잡아야겠다."

"예?"

"일어나거라."

다시금 엄해진 율의 목소리에 입술을 불룩 내민 화영이 주춤주춤 몸을 일으키자, 구석에 놓여 있던 목도를 집어 든 그는 대뜸 그것을 그녀의 품에 던져 주었다.

"과제를 주마."

"과제요?"

의아하다는 듯 되묻는 화영을 뒤로한 채 행등의 덮개를 연 율은 이내 일렁이는 불꽃을 향해 자신의 검을 겨누었다. 그러더니 일직선으로 검을 휘둘러 단박에 그것을 꺼버리는 게 아닌가.

"매일 불 끄기 백 번."

"예에?"

"당연한 말이지만, 심지에 칼날이 닿아서도 아니하며 어설픈 꾀로 측풍을 내어서도 아니 된다."

"하, 하지만 불 끄기는 소인도 이미……."

"스읍."

발끈하는 화영을 짧은 숨소리로 제지한 율은 어서 움직이지 않고 무엇 하느냐는 눈짓을 보냈다. 망설이던 화영은 결국 어쩔 수 없이 꺼진 등에 다시금 불을 붙였다.

기실 호될 것만 예상했지, 이런 기초적인 수련까지 시킬 줄은 몰랐다. 눈앞에서 빙글빙글 웃고 있는 율이 마냥 얄미웠지만 별수 있으랴. 이윽고 목도를 휘두르는 소리가 정적을 가르자, 팔짱을 끼고 이를 관망하던 율이 슬며시 입꼬리를 말아 올렸다.

부러 냉정하게 타박하긴 했으나, 화영은 그의 생각보다 훨씬 더 재주 있는 아이였다. 타고나기를 재빠른 몸놀림하며 자유롭게 칼자루를 다루는 솜씨가 과연 오랜 기간 수련을 거듭해 온 티가 난다.

'하지만……'

문득 반듯하던 율의 미간이 가늘게 조여졌다. 비록 두어 번 마주해

본 것이 전부였지만, 화영의 검은 분명 수동적이고 직접적인 공격을 주저하는 경향이 있었다. 더군다나 이미 깨닫고 있던 대로 상대를 향한 투지나 살기가 전혀 느껴지지 않는다.

대련이었다는 점을 감안하더라도, 검을 맞댄다는 것은 곧 서로의 목숨을 거는 일이기도 했다. 하물며 악랄하기로는 도성 제일인 것이 행화촌 왈패들이 아닌가. 모르긴 몰라도 그들 사이에서 제법 치이며 살아왔을 터인데, 이렇다 할 살기가 없는 것은 아무리 생각해도 어불성설이다.

"……기묘한 녀석이란 말이지."

무심코 혼잣말을 중얼거린 율은 열심히 목도를 휘두르고 있는 화영의 뒷모습을 물끄러미 바라보았다. 그런데 바로 그때, 별안간 등 뒤에서 옷감이 부딪쳐 사그락대는 소리가 들려왔다. 고개를 돌린 율은 일순 놀란 표정을 지으며 황급히 고개를 숙였다.

"대감."

율의 부름에 어둠 속에서 슬며시 모습을 드러낸 이는 다름 아닌 종이었다.

"이것 참, 어김없이 들켜 버리네요."

바람 빠지는 소리를 내며 웃는 종의 두 뺨이 쑥스러운 빛을 띤다.

"언제부터 계신 겁니까?"

"좀 되었습니다."

이리저리 시선을 돌리던 종은 이내 구석에서 쉼 없이 목도를 휘두르고 있는 화영을 바라보며 물었다.

"반아를 가르치고 계셨습니까?"

"예, 공주 자가를 수행함에 도움이 될 듯하여."

혼잣말처럼 중얼거리는 율의 목소리는 여전히 고저 없이 자박거렸지만, 어딘지 모르게 들뜬 기색이 있었다. 이에 의아한 얼굴로 율을 돌아본 종은 문득 화영을 바라보는 그의 시선이 전에 없이 부드러운 빛을 띠고 있음을 깨달았다.

"……표정이 좋아지셨네요."

"예?"

"영리한 아이라지요?"

그제야 종의 말이 의미하는 바를 알아챈 율은 민망함에 작게 헛기침을 하며 고개를 끄덕였다.

"예, 뭐. 그럭저럭."

"꽤나 마음에 드신 모양입니다. 이리 직접 챙기시는 걸 보면."

"그저 검을 맞댈 만한 아우가 하나 생긴 것 같아 살피는 것뿐입니다."

율의 대꾸에, 종의 눈동자가 돌연 미묘한 빛을 머금었다. 하지만 금세 본래의 얼굴로 돌아와 슬그머니 입꼬리를 말아 올린 종은 짐짓 태연한 목소리로 중얼거렸다.

"뭐, 그리 보는 것도 나쁘지는 않겠지요."

혹시나 했는데 머슴들이 나누던 말이 아무래도 사실인 모양이다.

"글쎄, 암만 봐도 모르시는 것 같다니까?"

"에이, 설마. 아무리 그래도 멀쩡한 사내가 어찌 여인을 몰라볼까? 모른 척하시는 거겠지."

"거, 사람 참 답답하네. 내기할려?"

왠지 재미있는 일이 생길 것만 같은 기분에 비죽비죽 새어 나오는 웃음을 간신히 삼킨 종은 아무렇지 않은 척 화제를 돌렸다.

"그나저나 둘만 있을 때는 예전처럼, 그저 형제처럼 대해주세요. 대감 소리가 듣기 민망합니다."

율은 대번에 고개를 가로저었다.

"제 아우이기 전에 이 나라의 의빈이십니다."

"……하여간 참 답답하리만치 융통성이 없으십니다."

그럴 줄 알았다는 듯 장난스럽게 율을 나무란 종은 문득 아득한 시

선으로 달빛 머금은 처마를 바라보았다. 부쩍 쓸쓸해 보이는 그의 눈빛
에는 보옥처럼 반짝이는 밤하늘의 별들이 촘촘히 박혀 있었다.

"형님."

나지막하게 말문을 여는 종의 옆얼굴이 달빛보다 하얗고 환하다.

"형님께서는 정녕 혼인 생각이 없으십니까?"

예상치 못한 종의 질문에, 율은 놀란 눈으로 그를 바라보았다.

"어찌 그리 보십니까?"

"……이제 와 새삼 그런 얘기를 꺼내시니, 당혹스러워서요."

"새삼은 아니지요. 형님의 혼담이야 전부터 꾸준히 오갔지 않습니까?
물론 형님의 거부도 꾸준하시고."

말끝에 웃음을 덧붙인 종은 새초롬한 표정으로 율을 흘겨보았다.

"영 마음에 드는 혼처가 없으십니까?"

"설마요."

"아니면 혹 마음에 둔 소저라도 있으신 건가."

은근한 종의 물음에, 율은 피식 웃으며 고개를 가로저었다.

"아닙니다. 그저 누군가와 반려하며 살기엔 제가 너무 부족하여……."

"에이, 형님도 참. 알겠습니다. 더는 말하지 않을 테니, 속없는 소리는
그만하십시오."

율의 뜻이 극명함을 느낀 걸까. 너스레를 떨며 두 손을 내저은 종은
별안간 진중한 표정으로 그를 바라보았다.

"실은 제가 형님께 청이 있어, 이리 운을 떼보았습니다."

"청이라니, 무슨……."

"궁방으로 들어와 주세요, 형님."

"예?"

잠시 멍한 표정으로 종의 말을 곱씹던 율은 곧 당혹감에 얼굴을 굳히
며 되물었다.

"설마 여기서 함께 살자는 말씀을 하시는 겁니까?"

"예, 맞습니다."

"하오나, 대감."

"공주 자가께는 이미 말씀을 드렸어요."

무어라 대꾸해야 할지 몰라 머뭇거리는 율의 마음을 알기에, 종은 부러 힘을 준 목소리로 말을 이었다.

"부끄러운 말이지만, 하루아침에 낯선 곳으로 건너오니 좀처럼 마음이 편해지질 않아요. 돌아가신 아버지 생각, 혼자 되신 어머니 걱정에 더더욱 잠을 이루질 못합니다. 게다가 궐을 드나드는 일도, 공주 자가를 모시는 것도 아직은 어색하고 어려우니⋯⋯."

"⋯⋯."

"하여 형님께서 제 곁을 지켜주셨으면 해요. 그러면 안심이 될 것 같아서."

민망한 듯 머리를 긁적이며 웃는 모양에 얼핏 그의 어린 시절이 비친다. 이에 말문이 막힌 율은 대답 대신 지그시 입술을 깨물었다.

"아니 되겠습니까?"

어쩐지 뜨겁고 간질간질한 기분이 목구멍을 타고 혀끝까지 넘어온다. 율은 애써 그것을 눌러 삼키며 빈주먹을 힘껏 움켜쥐었다.

"⋯⋯그럴 리가 있겠습니까?"

이윽고 어렵사리 입을 뗀 율의 목소리는 부쩍 젖어 있었다.

"일전에도 말씀드리지 않았습니까? 대감께서 떠나라 하지 않는 한, 저는 언제나 대감의 곁을 지킬 겁니다."

하니, 그 무엇보다 환하게 빛나시길 바랍니다. 차마 담을 수도 없게, 하여 감히 부러워할 수도 없게. 제겐 허락되지 않은 그 순백 무결함에 가장 알맞은 사람으로.

"그래서? 그래서 어찌 되었느냐?"

"운종가 한복판에서 그런 창피를 당했으니, 다시는 얼굴을 들고 다닐 수 없게 되었지요."

"그것참 속이 시원하구나."

경혜가 박수를 치며 까르르 웃음을 터뜨리자, 화영의 얼굴에도 살포시 미소가 떠올랐다.

"네가 해주는 이야기를 듣고 있으면, 시간이 어찌 가는 줄 모르겠다."

"그저 저잣거리 아낙네끼리 떠드는 우스갯소리인 걸요."

"하니 재미있는 게지."

키득거리며 고개를 숙인 경혜는 문득 쓸쓸한 눈빛을 띠며 나지막하게 중얼거렸다.

"내 이제껏 운종가를 한 번도 가본 적이 없으니, 어찌나 궁금한지 모르겠구나."

"그저 말 그대로 사람이 구름을 이루는 곳일 뿐입니다. 딱히 특별할 것도 없고."

"그 사람이 특별한 것이다."

"사람이…… 특별하다니요?"

"내 주변엔 늘 소수의 궁인뿐이었다. 게다가 걸음할 수 있는 곳이라곤 동궁과 후원 정도였으니."

경혜의 얼굴에는 어느새 옅은 그늘이 드리워져 있었다.

"궐이란 곳은 그리 쓸쓸하단다. 내 혈육조차 보고 싶을 때 마음껏 보지 못하고, 누군가 정해놓은 수만 가지 규칙 속에서 단 하나라도 흐트러져서는 안 되는, 그런 곳."

말끝에 덧붙여진 한숨에서 무어라 형용할 수 없는 외로움을 느낀 화영은 잠자코 그녀의 빈 찻잔에 갓 내린 차를 따라주었다. 그런데 한동안 입술을 다물고 멍하니 창밖을 응시하던 경혜가 돌연 무슨 생각이 들었는지 반짝이는 눈동자를 돌려 화영을 바라보았다.

"가만 보니 내 쓸데없는 고민을 하고 있었다."

"예? 그게 무슨 말씀이십니까?"

의아함에 고개를 갸웃거리는 화영의 손을 덥석 붙잡은 경혜는 설렘이 가득한 얼굴로 빠르게 말을 이었다.

"하가를 하였으니, 이제 더는 궁중의 법도를 지키지 않아도 되는 것 아니냐? 다른 부녀자들처럼 바깥 구경을 하는 것 정도는 괜찮지 않느냐 말이다."

"그, 글쎄요. 소인은 미천하여 법도를 잘 모르는지라……."

"너 울립을 내오너라."

"예?"

"내 오늘 운종가 구경 한번 해야겠다."

얼핏 비장감마저 감도는 경혜의 선언에 당황한 화영은 벌어진 입을 다물지 못하고 세차게 고개를 가로저었다.

"아니 됩니다. 너무 번잡하여 공주 자가께서 걸음하실 만한 곳이……."

"괜찮다. 모두에게 비밀로 하고, 몰래 다녀오자꾸나."

"하오나……."

"네가 있는데 무에 걱정이냐? 아주 잠깐, 잠깐만 돌아보자."

난감한 표정으로 망설이는 화영을 떠밀다시피 밀어낸 경혜는 곧 들뜬 목소리로 외쳤다.

"얼른 너울을 내오래도!"

"천천히 걸으십시오, 공주 자가."

부산한 운종가 초입에 접어들자 더욱 바빠지는 경혜의 발걸음에, 뒤를 따르던 화영이 걱정스러운 표정으로 말했다.

"괜찮다. 오랜만에 이리 밖에 나오니 발에 날개가 달린 듯 가볍구나."

어느새 멀찌감치 앞서 걸어간 경혜는 호기심 어린 눈으로 생경한 주변 광경을 부지런히 둘러보고 있었다.

"화영아, 저기 보거라. 갖바치가 신을 만들고 있구나."

"처음 보시는 겁니까?"

"그래, 생전 처음이다. 아, 저긴 무엇을 하는 곳이냐?"

"지전입니다. 색지도 팔고, 화문지도 팔고, 종이란 종이는 다 팔죠."

문득 걸음을 멈추고 서서 지나다니는 사람들을 홀린 듯 바라보던 경혜가 막 고개를 돌려 화영을 다시 부르려던 바로 그때였다.

"비키시오! 비켜서시오!"

갑작스러운 고함 소리와 함께 먼발치에서 뽀얀 먼지가 일어나는 것이 보였다. 뒤이어 가까워지는 말발굽 소리에 놀란 경혜가 주춤하는 사이 화영은 잽싸게 그녀의 어깨를 감싸 길 안쪽으로 끌어당겼다.

"괜찮으십니까?"

화영의 물음에, 경혜는 어안이 벙벙한 얼굴로 말없이 고개를 끄덕였다. 어느새 바닥으로 흘러내린 너울 탓에 가릴 것 없이 드러난 경혜의 얼굴 위에는 자욱한 먼지가 내려앉아 있있다. 그때, 두 사람을 빠르게 지나치려던 말들 중 하나가 별안간 급하게 멈춰 섰다.

"아니, 너는 경혜가 아니냐?"

이윽고 말에서 내린 철릭 차림의 사내가 당혹감이 서린 목소리로 물었다. 잔기침을 콜록거리던 경혜는 놀란 얼굴을 들어올렸다.

머리 위로 그늘이 드리울 만큼 큰 키와 건장한 체격, 단단한 선을 가진 콧날, 그리고…… 범처럼 형형하며 매보다 날카로운 저 눈빛.

"수, 수양 숙부님."

경혜는 이내 황급히 그를 향해 고개를 숙였다.

"오랜만에 뵙습니다, 숙부님."

"설마 했다. 네가 어찌 이런 곳에 있는 것이냐?"

"그것이……."

잠시 망설이던 경혜는 곧 쑥스러운 미소를 지으며 말했다.

"운종가란 곳이 통 궁금해서 말입니다."

"뭐?"

황망한 표정으로 그녀를 바라보던 수양은 이윽고 허리를 젖히며 호탕하게 웃음을 터뜨렸다.

"하하하, 그럼 이 숙부가 안내를 해도 괜찮겠니?"

"숙부님께서요?"

"이래 봬도 운종가는 구석구석 훤히 꿰고 있단다."

어깨를 으쓱 들었다 놓은 수양은 쥐고 있던 고삐를 잡아끌며 경혜보다 한 발 앞서 골목을 걸어가기 시작했다.

"이리로."

단단한 몸과 강한 인상도 한몫했지만, 무엇보다 수양이 뿜어내는 육중한 위압감은 거리의 수많은 사람을 절로 물러서게 만들 만큼 대단한 것이었다. 덕분에 답지 않게 한산해진 길을 느리게 거닐던 경혜는 문득 저를 내려다보는 수양의 시선을 느끼고 천천히 고개를 들었다. 그러자 뜻 모를 미소를 지어 보인 그가 쾌활한 목소리로 물었다.

"어떠냐? 백성들이 사는 모양이."

"글쎄요. 봄날의 새싹처럼 활기가 넘친다고 해야 할지, 파발마 발굽 소리처럼 정신이 없다고 해야 할지. 확실한 건, 이제껏 본 광경 중 제일 재미있습니다."

생각보다 솔직한 대답에, 수양은 피식 웃으며 고개를 끄덕였다. 구중궁궐에서 살아온 경혜의 눈에 비친 민생은 과연 그런 것이리라. 현주 시절의 어린 경혜를 떠올리니, 새삼 하가한 그녀의 모습이 반갑고 기특한 마음이 든다. 수양은 보일 듯 말 듯 미소를 지으며 다정히 말을 이었다.

"길례 때 자리를 지키지 못해 미안했다. 부인이 해산한 지 얼마 지나지 않아 경황이 없었구나."

"알고 있습니다. 듣기로는 도원군이 막냇동생을 제 자식처럼 귀애한다면서요?"

"이런, 벌써 거기까지 소문이 났느냐?"

수양의 장난스러운 대꾸에 소리 죽여 쿡쿡 웃은 경혜는 문득 생각이 난 듯 손뼉을 치며 물었다.

"참, 미도는 잘 지냅니까? 영 소식을 듣지 못했는데."

"말도 마라. 여직 시집도 안 가고 버티는 것만 해도 속이 터지는데, 매일 밤낮을 서책만 끼고 사는구나."

"너무 염려 마세요. 저도 올해야 하가한 걸요."

"위로라면 고맙다만, 기왕지사 말이 나온 김에 좋은 혼처나 좀 알아봐다오."

수양의 농 섞인 투덜거림이 재미있었는지 까르르 웃음을 터뜨린 경혜는 이내 아득한 시선을 허공으로 돌리며 나지막하게 중얼거렸다.

"숙부님께서는 참 여전하십니다."

어쩐지 그리움이 담긴 듯한 그녀의 목소리에, 줄곧 미소를 유지하던 수양의 표정이 희미하게 굳어졌다. 여전하다는 말의 의미가 부쩍 생경하게 다가온 것이다. 아마도 그녀가 기억하는 자신은 쾌활하고 호탕하며 활쏘기를 즐기던 시절의 모습일 터였다.

"……그렇지도 않아."

변하고 싶지 않았지만, 변할 수밖에 없었다. 강력한 왕권을 확립하여 부국강병(富國强兵)을 이루고 싶다는 포부, 그 포부 하나로 작금에 이르기까지 얼마나 많은 고통과 시련이 있었던가.

"언제 한번 양덕방에 들러주십시오. 미도도 같이 오면 좋고요."

"그러마."

시원스레 웃으며 고개를 끄덕인 수양은 문득 고개를 돌려 조용히 뒤를 따르고 있던 화영을 바라보았다. 몸집은 왜소하지만, 검자루를 손에 꼭 쥔 채 주위를 두리번거리는 눈동자가 제법 날카롭다.

"아직 어린 계집아이 같은데, 반당이더냐?"

수양의 강렬한 눈동자가 저를 위아래로 훑자, 화영은 가볍게 고개를 숙여 그의 시선을 피했다.

"예, 대감."

당황스러웠는지 딱딱한 목소리로 대답하는 그녀의 얼굴은 붉은 노을 빛으로 일렁이고 있었다. 그 모습을 본 경혜가 무어라 입을 떼려던 그 때, 갑자기 골목 끝에서 소란스러운 말발굽 소리가 들려왔다.

"대군 대감! 여기 계셨습니까?"

이윽고 다급히 멈춰 선 말에서 내린 두 사내가 수양을 향해 다가왔다.

"권람인가?"

수양은 무표정한 얼굴로 사내를 바라보고는 경혜를 가리키며 낮게 말을 이었다.

"공주 자가시다."

예상치 못한 만남에 당황한 듯, 놀란 얼굴을 황급히 조아린 권람이 곧 경혜에게 예를 표했다.

"소신이 미처 살피지 못하고 결례를 범했습니다. 집현전 교리 권람이라 하옵니다."

경혜가 대답 대신 옅은 미소를 지으며 고개를 끄덕이는 사이 조용히 뒤로 물러나려던 화영은 무심코 권람과 함께 허리를 숙이고 있는 사내에게 시선을 옮겼다.

그런데 검은 두건 아래로 얼핏 보이는 얼굴이 어쩐지 낯설지가 않다. 의아함에 고개를 갸웃거린 것도 잠시, 천천히 고개를 든 그와 눈이 마주친 순간, 화영은 저도 모르게 큰 목소리를 낼 수밖에 없었다.

"재하 사형?"

놀라움과 반가움이 뒤섞인 화영의 부름에, 모두의 시선이 일제히 그녀에게 향했다. 재하 역시 화영을 알아보고 적잖이 놀란 듯했다.

"아는 사이인가?"

권람의 질문에, 머뭇거리던 재하가 작게 고개를 끄덕였다. 그제야 화영은 놀란 마음을 애써 감추며 재하에게서 황급히 시선을 거두었다. 평소처럼 그를 대하기엔 보는 눈이 너무 많은 탓이었다.

"마침 잘되었구나. 안 그래도 반아 하나뿐이라 걱정이었는데, 자네가 공주 자가를 모셔다드리도록 해."

"⋯⋯예, 알겠습니다."

무미건조한 목소리로 대답하는 재하는 자못 심각한 얼굴을 하고 있었다. 그 때문일까. 안 그래도 커다란 그의 체격이 오늘따라 더욱 태산처럼 느껴진다.

"그럼 제 말에 오르시지요."

경혜가 말 위에 오르는 동안 그녀의 발을 받치고 있던 화영은 문득 고삐를 잡고 서 있는 재하의 옆모습을 흘깃 바라보았다. 답지 않게 딱딱한 표정을 하고 있는 탓도 있었지만, 처음 보는 철릭 차림이 그를 더욱 생경하게 보이게 하는 것이리라.

"그럼 먼저 가보겠습니다, 숙부님. 살펴 가십시오."

"그래, 다음에 또 보자꾸나."

고개를 끄덕인 수양이 밀의 둔부를 가볍게 치자, 짧은 울음을 토해 낸 말은 이내 재하가 이끄는 대로 걸음을 옮기기 시작했다. 그 뒤를 쫓느라 종종걸음을 옮기면서도, 기실 화영의 머릿속은 온통 재하에 대한 의문뿐이었다.

'대관절 이게 무슨 일이람? 영월관은 어찌하고? 아니, 그보다 양반을 그리 꺼려하셨으면서 대체 왜⋯⋯.'

묻고 싶은 말은 산더미 같았으나, 어딘지 모르게 서늘한 재하의 태도 탓에 영 입술이 떨어지질 않는다. 결국 쌜쭉한 표정으로 한숨을 내쉰 화영은 마지못해 그에게서 시선을 거두었다. 그런데 그때, 우레와 같은 외침이 날카롭게 그녀의 귓전에 울려 퍼졌다.

"아이고, 공주 자가!"

어느새 도착한 궁방의 대문 앞에는 경혜가 사라진 것을 알고 혼비백산했을 식구들이 발을 동동 구르며 모여 있었다.

"어찌하여 말씀도 없이 출타를 하셨습니까? 다들 얼마나 걱정했는지 아셔요?"

"미안하네. 잠시 바람을 쐰다는 게 그만 늦어졌어."

"어서 들어가셔요. 의빈 대감께서 기다리고 계십니다."

저마다 야속한 소리를 재잘거린 종복들이 말에서 내린 경혜를 데리고 급히 안으로 들어가자, 텅 빈 고샅길에 덩그러니 남겨진 화영과 재하는 그제야 어색한 침묵을 삼키며 서로를 바라보았다. 하지만 그것도 잠시.

"푸흡."

정적을 깨고 먼저 웃음을 터뜨린 것은 재하였다.

"아, 엄청나게 긴장해 버렸네."

금세 평소의 모습으로 돌아온 그가 장난스럽게 휘파람을 불자, 황망한 표정으로 그를 흘겨보던 화영은 곧 볼멘소리를 내며 투덜거렸다.

"자, 이제 설명 좀 해주십시오. 도대체 어떻게 된 일입니까?"

"실은 영월관을 나온 지 좀 되었다. 보다시피 새로운 일을 찾아서."

"예? 그럼……."

"함께 있던 교리 나으리, 그분을 모시고 있어."

또 한 번 큰 소리로 웃어젖힌 재하는 화영의 정수리를 쓰다듬으며 나지막하게 중얼거렸다.

"그나저나 내가 선택은 잘한 모양이구나. 이렇게 빨리 너를 만난 것을 보면."

"도통 알 수 없는 말만 하십니다. 선택이라니, 무엇을요? 아니, 것보다 사형은 양반 밑에서 일하는 걸 싫어하시지 않았습니까?"

인정받지 못한 양반의 자식이라는 족쇄 때문에, 출중한 무예 실력에도 불구하고 영월관에 남기를 자처했던 재하가 아닌가.

"한데 어찌 갑자기……."

화영의 질문에 재하는 문득 쓴웃음을 지었다.

"……너를."

이윽고 천천히 달싹인 그의 입술이 잠시 멈칫하는가 싶더니 이내 깊은 미소를 만든다.

"우연이라도 너를 만날 기회가 더 많아질 테니까."

"사형……."

전에 없이 애틋한 표정을 하고 진득하게 눈을 맞춰오는 재하의 모습이 마냥 생경하기만 하다. 그리고 바로 다음 순간, 노을을 머금은 재하의 얼굴이 빠르게 화영에게 다가왔다.

"사형?"

미처 반응할 새도 없이 저를 끌어당겨 안는 재하의 행동에, 화영은 놀란 눈을 더욱 크게 뜨며 갈 곳 잃은 두 손을 하릴없이 휘적거릴 수밖에 없었다.

그의 품에 안긴 것이 처음도 아닌데, 맞닿은 재하의 체온은 새삼 뜨겁고 또 뜨거웠다. 잠시 후, 돌처럼 굳어 있는 화영을 천천히 놓아준 재하는 허리를 젖히며 예의 그 호탕한 웃음을 덧붙였다.

"뭘 그리 놀라느냐? 도깨비라도 본 것처럼."

"그, 그것이……."

한참을 깔깔거리던 재하는 말을 잇지 못하는 화영의 머리를 짓궂게 헝클어뜨리며 말했다.

"그저 하나뿐인 아우를 이리 만나 반가워 그런 것이다."

"그야 저도 그렇지만……."

화영은 곧 억울한 표정으로 입술을 비죽였다. 아무래도 그는 저를 골려줄 심산으로 이리 행동한 모양이다.

"장난 좀 치지 마세요, 사형. 저도 이제 어린아이가 아닙니다. 도대체 몇 번을 말씀드려야 합니까?"

"알았다, 알았어. 얼른 들어가 보아라."

"……조심히 가십시오."

여전히 비죽거리는 입술로 불퉁히 인사한 화영은 부러 차가운 모양으로 휙 몸을 돌렸다. 그러나 열린 대문 앞에 서 있던 이와 눈이 마주친 순간, 대차게 나아가던 화영의 걸음은 일순 얼어붙은 듯 멈춰 서고 말았다.

"나으리……."

한 손에 작은 주머니를 들고 자못 심각한 얼굴로 화영을 바라보고 있는 사람은 다름 아닌 율이었다.

"이리 사달을 내놓고는, 뭘 그리 꾸물거리고 있느냐?"

대관절 언제부터 그곳에 서 있었던 걸까. 잠깐의 침묵을 깨고 화영을 엄히 나무라는 율의 목소리는 상당히 가라앉아 있었다. 갑작스러운 불호령에 놀라 어깨를 움츠린 화영은 곧 쫓기듯 대문 안으로 뛰어 들어갔다.

"하여간 저, 저."

혀끝을 차며 손수 대문을 닫으려던 율은 문득 고개를 돌려 문밖에 서 있는 재하를 바라보았다. 그는 무슨 연유인지 딱딱하게 굳은 눈동자로 율의 시선을 피하지 않고 뜨겁게 마주쳐 오고 있었다.

"……그대도 얼른 돌아가게."

괜스레 밀려드는 불쾌함을 애써 지우며 태연한 척 그에게서 등을 돌린 율은 지끈거리는 관자놀이를 손가락으로 지그시 눌렀다. 어쩐지 머릿속이 구름이라도 낀 것처럼 혼란스럽기만 하다.

"나으리……."

때마침 들려온 화영의 조심스러운 부름에 퍼뜩 고개를 든 율은 부러 미간을 구기며 그녀를 노려보았다.

"어찌 내게도 일언반구 없이 일을 벌였느냐? 도대체 너는 반당으로서 자각이 있긴 하더냐?"

"송구합니다. 하오나 공주 자가께서……."

"난 네게 변명을 허락지 않았다."

전에 없이 화가 난 율의 모습은 서로 검을 겨눴던 그때보다 차갑고 매서웠다. 그 바람에 하마터면 눈물이 찔끔 나올 뻔한 것을 가까스로 눌러 삼킨 화영은 돌덩이처럼 무겁기만 한 고개를 더욱 깊숙이 떨구었다.

"소인의 생각이 짧았습니다. 정말, 정말 송구합니다……."

기어드는 목소리로 재차 사죄하는 화영의 모습에, 무어라 더 말을 이으려던 율은 이내 고개를 돌리며 입술을 깨물었다. 동그란 어깨가 한껏 안으로 굽은 모양이 자꾸만 마음 한구석을 불편하게 만든 탓이었다.

조금 전까지만 해도 재하와 스스럼없는 모습을 보이던 화영이 제 앞에서는 혼이 난 강아지처럼 움츠러드는 것이 영 못마땅하다. 하지만 금세 앞뒤가 다른 생각임을 깨달은 그는 터져 나오는 실소를 빈 숨과 함께 삼킬 뿐이었다.

"처소로 돌아가거라. 내일 다시 얘기하자."

이윽고 다소 누그러진 목소리로 말끝을 맺은 율은 빠른 걸음으로 자리를 떠났다. 그제야 참았던 숨을 크게 내쉰 화영은 마른세수를 하며 힘없이 두 다리를 접어 앉았다. 하지만 붉어진 그녀의 귓가에는 천둥 같던 율의 지청구가 여전히 생생하게 남아있었다.

"아, 몰라. 까짓 거 죽이시기야 하겠어?"

애써 고개를 가로저은 화영은 부러 호기롭게 중얼거리며 벌떡 몸을 일으켰다. 하지만 쇠사슬이 묶인 양 무겁기만 한 걸음은 좀처럼 떨어지질 않았다.

"……반편이."

실망하셨을까. 아니, 그러시고도 남을 일이지. 할 수만 있다면 과거의 자신을 호되게 꾸짖고 싶은 심정에 다시금 시무룩해진 화영이 주먹으로 제 머리를 콩콩 때리며 자책하던 바로 그때였다.

"화영아."

갑작스럽게 불린 이름에 놀라 주위를 두리번거리던 화영은 곧 나무 뒤에서 슬며시 모습을 드러내는 경혜를 보고는 더욱 놀라며 고개를 숙였다.

"많이 혼난 게로구나?"

미안한 기색이 가득한 얼굴로 화영에게 다가온 경혜가 조심스럽게 말을 이었다.

"내 잘못이다. 괜히 고집을 부려서는……."

"당치 않습니다. 그런 말씀 마셔요."

"아니다. 정말, 정말 괜한 짓을 했어. 내 잘못은 나 혼자만의 책임이 아니라는 걸 잊고 있었다."

"……."

"모두를 곤란하게 만들었구나."

힘없이 처진 그녀의 어깨가 유난히 무거워 보이는 것은 왜일까. 안타까움에 잠시 머뭇거리던 화영은 이내 옅은 미소를 띠며 천천히 말문을 열었다.

"처음이라 하셨잖습니까? 운종가도, 바깥 구경도."

"……."

"저는 그 처음이, 더불어 오늘이 공주 자가께 즐거운 기억으로 남았으면 좋겠습니다. 괜한 짓이었다고 후회하기엔 너무 소중하고 아름다운 추억이지 않습니까?"

혼잣말처럼 나지막하게 읊조린 말이었지만, 그 안에 담긴 진심은 분명 또렷하고 힘이 넘쳤다. 잠깐의 침묵이 흐르고, 마침내 바닥을 응시하고 있던 경혜의 눈동자가 천천히 화영에게 향했다. 처마 끝 노을색을 등지고 서 있는 경혜의 얼굴은 산들바람을 머금은 꽃잎처럼 환하게 빛나고 있었다.

"고마웠다, 오늘."

수줍은 인사를 남기고 걸음을 돌리는 경혜의 뒷모습을 한동안 물끄러미 바라보던 화영은 문득 떨려오는 가슴을 손끝으로 지그시 눌러 내렸다. 어째서일까. 경혜의 고맙다는 인사는, 마치 강물 위를 노니는 꽃잎처럼 간지럽게 제 마음을 두드린다.

덕분에 답답하던 마음이 한결 가벼워진 화영은 처소의 문을 힘차게 열었다. 그런데 텅 빈 바닥, 쪽마루로 향하는 덧문 아래에 무언가 조그마한 꾸러미가 놓여 있는 것이 보였다.

"……뭐지?"

의아해하며 그것을 집어 든 화영은 곧 틈새로 흘러나오는 고소한 냄새에 슬며시 미소를 지었다. 조심히 끈을 푸르고 포장을 벗기니 아니나 다를까 콩고물을 입은 떡들이 모습을 드러냈다. 아마도 미안함에 저를 기다리던 경혜가 남기고 간 마음이리라.

비실비실 웃음이 새어 나오는 입술을 손등으로 꾹 누른 화영은 아직 온기가 남아 있는 떡 하나를 집어 들었다. 그런데 노란 콩고물 사이로 얼핏 생경한 필체의 글씨가 눈에 들어왔다.

―벌을 줘야 마땅하나, 앞으로 잘하라고 주는 것이다.

당황한 화영은 히끅 하며 딸꾹질을 했다. 몇 번을 읽고 또 읽어보아도, 이 글귀는 율이 남긴 것이 분명했다.

"치, 내가 뭐 애도 아니고 이런 걸."

부러 불퉁한 목소리로 투덜거리기는 했지만, 화영의 마음속에는 이미 기분 좋은 떨림이 파동을 그리며 번져 가고 있었다.

"……글씨도 참, 나으리답다."

흐트러짐 하나 없는 정갈한 필체를 보고 있자니, 율의 목소리가 지척에서 들리는 듯하다. 불쑥불쑥 새어 나오는 웃음을 간신히 삼킨 화영은 들고 있던 떡을 재빨리 입안으로 밀어 넣었다.

달큼한 맛, 쌉싸름하고 고소한 냄새, 그리고 따끈한 온기.

정말이지 울고 웃는 밤이다.

❀

바야흐로 춘궁기(春窮期)가 다가왔다. 한 해 중 가장 고단한 이맘때면 도성 안 양반가들은 대문을 열고 배를 곯는 이들에게 양식을 나누어주곤 했는데, 이는 궁방 또한 마찬가지였다. 동이 틀 무렵부터 기운차게 곳간을 연 경혜는 오늘도 어김없이 밀려드는 식객들을 함박웃음으로 맞이하기 시작했다.

"티 한 톨 없이 맑으신 분입니다."

그런 경혜를 먼발치에서 지켜보던 민씨가 문득 쓴웃음을 지으며 중 얼거렸다. 그녀의 목소리에서 안타까움을 느낀 종은 무어라 대꾸할 말을 찾지 못하고 슬며시 고개를 떨구었다. 경혜에 대한 어머니의 측은지심이 어디서 비롯된 것인지 잘 알고 있기 때문이었다.

"홀로 전하의 곁을 떠나온 것도 외로우실진대, 부군마저 내외하며 지내야 하니 그 마음이 오죽 헛헛하시겠습니까?"

길례를 올린 지도 어느덧 두 해가 지났건만, 이 어린 부부는 도통 서로를 살갑게 마주할 기회가 없었다. 신접살림이 마련되기 전에는 서너 번 서신을 나눈 것이 전부인 데다 합가한 후에도 상중을 연유로 각방을 쓰고 있으니, 서로가 어렵고 조심스러운 것은 어찌 보면 당연지사이리라.

"대감."

"예, 어머니."

"실은 어미가 아랫것들에게 나들이 준비를 하라 일러두었습니다."

예상치 못한 말에, 종이 놀란 얼굴로 민씨를 돌아보았다.

"공주 자가를 모시고 잠시 산보라도 다녀오시지요."

민씨의 온화한 미소에, 종은 말없이 고개를 끄덕였다. 어느덧 그의 깊은 눈동자는 마당 안을 분주히 오가는 경혜를 담고 있었다. 때마침 고개를 든 경혜와 눈이 마주치자, 종은 착잡한 마음을 감추려 짐짓 환한 미소를 띠고 그녀에게 다가갔다. 그러자 새빨갛게 달아오른 얼굴을 숙인 경혜가 들고 있던 됫박을 황급히 등 뒤로 숨긴다.

"쉬엄쉬엄하십시오. 웃전이 이리 바지런하면 아랫사람들이 도리어 민망합니다."

유순한 곡선을 그리는 종의 눈빛에, 문득 지난 기억을 떠올린 경혜는 수줍은 미소를 그리며 고개를 끄덕였다. 그 언젠가 외로움에 눈물을 삼키던 밤, 조심스럽게 저를 안아주던 종의 품은 단단하고 듬직했더랬다.

비록 같은 이불을 덮고 잠든 적은 없지만, 경혜는 자신을 극진히 생각하는 종의 마음만큼은 오롯이 느낄 수 있었다. 그래서일까. 따스한 온기를 지닌 종의 눈길이 제게 닿을 적이면, 설레는 마음에 얼굴이 달아오르곤 하는 것이었다.

"혹 잠시 시간을 내어주실 수 있으십니까?"

"예? 그것은 어찌……."

갑작스러운 물음에, 송골송골 맺힌 땀을 훔치던 경혜가 놀란 얼굴로 종을 바라보았다. 종은 어딘지 모르게 의뭉스러운 미소를 지으며 됫박을 들고 있던 경혜의 하얀 손을 조심스럽게 감싸 쥐었다.

"공주 자가께 보여 드리고 싶은 곳이 있습니다."

짙은 녹음을 입은 백악산(白嶽山)은 아침나절 잠깐 내린 비로 촉촉하게 젖어 있었다. 경혜는 졸졸 흐르는 계곡물 위에 꽃잎들이 종이배처럼 떠다니는 것을 보며 연신 감탄사를 쏟아내기 바빴다. 하지만 신이 난 경혜와 달리, 작고 동그란 발로 젖은 흙바닥을 위태로이 디디는 그녀를 살피느라 화영은 줄곧 안절부절못하며 애를 태우고 있었다.

"길이 제법 험합니다, 공주 자가. 괜찮으십니까?"

"별걱정을 다 하는구나. 내가 그리 못 미더우냐?"

활짝 웃으며 대꾸하는 경혜의 목소리는 부쩍 들떠 있었다.

"내가 잘 뫼시고 있으니 염려 말거라."

앞서 걸어가던 종이 경혜의 손을 힘주어 잡으며 웃음기 가득한 목소리로 덧붙였다. 말없이 뒤를 따르던 율은 두 사람의 그런 단란한 모습에 슬며시 미소를 지었다. 마냥 어리게만 보이던 그들이었는데, 이리 정답게 걷는 것을 보니 제법 어엿한 부부 같다.

"저깁니다, 공주 자가."

마침내 걸음을 멈춘 종이 골짜기를 향해 뻗은 너른 바위를 가리키자, 경혜는 상기된 얼굴로 주변을 둘러보았다.

"어릴 적, 아버지께서 저희 형제를 이곳에 데려와 주셨지요."

추억을 더듬는지, 종의 눈동자가 한결 더 부드러운 빛을 띠었다.

"마음이 평안해지는 듯합니다."

어느새 포롱거리며 날아든 산새가 그들을 반기듯 경쾌하게 지저귀기 시작했다. 살며시 두 눈을 감은 경혜는 어깨를 곧추세우며 청결한 산 공기를 들이마셨다.

"이리 운치 가득한 곳에 서 있자니, 마치 선녀라도 된 듯싶네요."

"좋아하시니 저도 기쁩니다."

작게 웃은 종은 이내 슬그머니 경혜의 손을 그러잡았다. 짧게 마주친 그의 시선은 무르익은 햇볕처럼 따사로웠다.

"참으로 아름다운 모습입니다."

조금 떨어진 곳에 앉아 그들을 바라보던 화영이 절로 피어오르는 미소를 숨기지 못하고 달뜬 목소리로 중얼거렸다.

"어찌 저리 잘 어울리실까요? 마치 태어날 때부터, 아니, 전생부터 짝이었던 것만 같습니다."

바랑 속에서 차가 담긴 수통을 꺼내면서도 두 사람에게서 좀처럼 시선을 떼지 못하는 화영의 얼굴은 줄곧 꿈길을 걷는 듯 넋이 나가 있었다.

그 모양을 물끄러미 바라보던 율은 문득 쓴웃음을 지으며 까끌거리는 숨을 길게 뱉어냈다. 짝, 정인. 그 생경한 단어가 오늘따라 마음을 소란스럽게 흔든 탓이었다.

행복이란 그저 연모하는 이를 만나 저를 닮은 자식을 낳고 오순도순 살아가는 것일지도 모른다. 하지만 율은 이제껏 그것을 스스로 거부해 왔다. 거짓된 신분을 빌어 사는 주제에 더는 욕심부리지 말자. 그것은 제 아버지를 따라 도성에 오기로 결심한 날부터 단 하루도 잊은 적 없는 그의 다짐이기도 했다.

때마침 먼발치에서 들려오는 경혜의 웃음소리에 퍼뜩 상념에서 깨어난 율은 심란함에 바싹 마른 목을 축이려 수통을 집어 들었다. 그런데 바로 그때, 그의 어깨 위로 갑자기 소리 없는 무게감이 내려앉았다.

흠칫 놀란 율은 황급히 고개를 돌렸다. 어느새 그의 너른 어깨 위에는 작고 동그란 화영의 뺨이 비스듬히 기울어져 있었다. 오르락내리락하는 작은 움직임에 맞춰 새근새근 듣기 좋은 숨소리가 들려오자, 율은 적잖이 당황할 수밖에 없었다.

"허, 이놈 참. 머리 댈 곳만 있으면 잠이 오는 겐지."

허락도 없이 제 어깨를 베개 삼아 잠든 것이 괘씸하다는 생각을 하면서도, 행여 화영이 깰까 싶어 들고 있던 수통을 조심조심 내려놓은 율은 문득 가릴 것 없이 드러난 그녀의 얼굴을 물끄러미 바라보았다. 봄볕에 그을린 화영의 얼굴에는 지난날의 고단한 흔적이 희미하게 남아 있었다.

"……이렇게 보니, 자란 태가 나는 것도 같고."

새심 눈앞에 두고 하니씩 뜯어보니 눈썹의 선이며 이목구비, 턱 선 같은 것들이 제법 어른 구색을 갖췄다. 부러 잠든 화영의 뺨을 슬쩍 찔러보았지만, 꽤 곤했던 모양인지 굳게 닫힌 화영의 눈꺼풀은 미동조차 없었다.

"천하태평이구나, 맹랑한 녀석."

불퉁한 목소리로 투덜거리기는 했지만, 어깨를 데우는 생경한 감촉이 율은 그리 싫지만은 않았다. 그런데 그때, 잠투정이 섞인 숨을 길게 내뱉은 화영이 쏟아지는 햇살에 눈이 부셨는지 반듯한 미간을 가늘게 움직거렸다.

조용히 혀끝을 찬 율은 반대쪽 소맷자락을 들어 내리쬐는 햇살을 가려주었다. 동그란 이마 위로 흘러내린 그녀의 머리카락이 때마침 불어온 바람결에 소리 없이 나부끼고 있었다.

이를 물끄러미 바라보던 율이 무심코 그것을 귀 뒤로 넘기려던 찰나, 줄곧 미동도 없던 화영의 속눈썹이 돌연 움찔하며 기지개를 켰다. 당황한 율은 화영에게 닿아있던 손을 급히 거두었다. 그럴 일도 아니건만, 마치 도둑질이라도 하다 들킨 것처럼 가슴 한구석이 뜨끔 내려앉는다.

그 사이 미처 떨어지지 않은 잠을 덕지덕지 매달고 느리게 두 눈을 끔벅이던 화영은 이내 낯선 어깨에 제 머리를 기대고 있다는 사실을 깨달았는지 혼비백산하며 벌떡 몸을 일으켰다.

"소, 송구합니다! 정말 송구합니다, 나으리!"

땅에 닿을 듯 납죽 고개를 숙이는 화영의 얼굴은 새파랗다 못해 까맣게 질려가고 있었다. 하지만 율은 그저 조용히 앞을 바라볼 뿐, 역정을 내지도, 그녀를 나무라지도 않았다. 이에 더욱 난감해진 화영이 온갖 자책의 말들을 소리 없이 쏟아내던 그때, 율이 꾹 다물고 있던 입술을 느리게 달싹였다.

"괜찮다."

"……예?"

"너는 내 어깨에 기대어도 괜찮다고 했다."

화영은 당혹감에 동그래진 눈으로 멍하니 그를 바라보았다. 하지만 무표정한 율의 옆얼굴 덕분에 그 뜻을 도통 짐작할 수가 없으니, 답답할 따름이다. 결국 아무런 대답도 하지 못한 채 한참을 머뭇거리던 화영은 돌연 제게 향하는 율의 시선에 흠칫 놀라며 다시금 고개를 떨구었다.

"오늘은 늦게까지 수련하지 말고 일찍 자도록 해라. 산을 타서 더욱 곤할 테니."

짐짓 훈계하듯 내뱉은 말이었지만, 율의 목소리에는 여느 때보다 다정한 기색이 만연했다. 그제야 슬그머니 시선을 올려 율의 눈치를 살핀 화영은 어쩐지 그의 귓바퀴가 유독 붉은빛을 띠고 있다는 생각이 들었다.

"화영아!"

때마침 경혜의 부름이 메아리를 타고 들려오자, 천천히 몸을 일으킨 율이 화영을 향해 불쑥 손을 내밀었다.

"일어나거라."

햇살 아래 드러난 그의 손은 선이 굵고 단단한, 숫제 무인의 것이었다. 잠시 망설이던 화영은 이내 두근거리는 마음을 삼키며 조심스럽게 그 손을 잡았다. 문득 바라본 율의 얼굴에는 어느새 부드러운 미소가 걸려 있었다.

평온한 일상과 곱디고운 추억, 그리고 이토록 따스한 눈과 상냥한 손이 곁에 머물러 있는 것. 어렴풋이 그려보던 행복이란 어쩌면 이런 느낌일까. 아니, 기실 꿈인 것일까. 그렇다면 차라리 이대로 영원히 깨지 않기를, 화영은 바라고 또 바랄 뿐이었다.

하지만 수릿날이 지나고 얼마 되지 않은 오월의 어느 날, 고요히 번져가던 불안의 그림자가 마침내 고개를 들기 시작했다. 오랜 기간 병마에 시달리던 금상이 결국 훙서한 것이다.

"상위복! 상위복! 상위복!"

강녕전 지붕에 올라 고복(皐復)을 하는 상선의 손에서 새하얀 복의(復衣)가 위태로운 모양으로 나부꼈다. 이를 먼발치에서 바라보던 훙위는 빈 하늘에 대고 소리 없는 울음을 토했다. 구중궁궐, 그 화려한 옥에 가득 찬 고독은 열두 살 어린 소년의 어깨를 무겁게 짓누르고 있었다.

❀

"공주 자가."

날이 밝자마자 처소에 든 화영의 걱정 가득한 부름에도, 벽을 보고 누운 경혜는 가냘픈 등을 굽힌 채 좀처럼 울음을 그치지 못했다. 그녀가 자리를 펴고 누운 지도 어느덧 수개월. 밤새도록 흐느꼈을 텐데도 경혜의 뺨을 타고 흐르는 눈물은 여전히 마를 기미가 보이지 않았다.

저를 그토록 극진히 아껴주던 부왕을 잃었으니, 그 심정이 오죽할까. 어렴풋하게나마 그 슬픔의 깊이를 짐작하기에, 말없이 고개를 숙인 화영은 가늘게 떨리는 경혜의 어깨 위로 이불을 덮어주었다. 그러자 간신히 숨을 고른 경혜가 몸을 돌려 화영을 바라보았다.

"화영아……."

"예, 공주 자가."

"의빈 대감께서는 언제 귀택하신다더냐?"

"오늘도 늦으실 듯합니다."

화영의 대답에, 경혜는 실망이 역력한 표정으로 다시금 벽을 향해 고개를 돌렸다.

"……궐에 사람을 보낼까요?"

"아니, 되었다."

기실 이러한 시국에 선왕의 부마이자 금상의 자형인 종이 눈코 뜰 새 없이 바쁜 것은 당연지사였다. 누구보다 그것을 잘 아는 경혜였기에, 차마 곁을 지켜달라 청할 수 없는 것이리라.

"화영아, 창을 좀 열어주련?"

힘없는 경혜의 부탁에, 조용히 창을 연 화영은 야속하리만치 파란 하늘을 물끄러미 바라보았다. 그늘 한 점 없는 마당에는 바싹 마른 배롱나무 잎사귀가 처연한 모양으로 떨어져 있었다.

"자미화도 지고 없으니, 나뭇가지가 참으로 처량하구나."

쓸쓸하게 중얼거린 경혜가 천천히 몸을 일으켜 앉았다. 그런데 그때, 텅 빈 나뭇가지에 박혀 있던 화영의 눈동자가 돌연 별처럼 반짝였다.

"공주 자가, 잠시만 기다려 보세요!"

그러더니 미처 말릴 새도 없이 밖으로 뛰쳐나가는 화영의 뒷모습을 황망히 바라보던 경혜는 이내 힘없이 창문을 닫고 몸을 눕혔다.

그렇게 얼마의 시간이 흘렀을까. 고요하기만 하던 문간 너머에서 갑자기 소란스러운 기척이 들려오자, 설핏 감겼던 눈을 느리게 뜬 경혜는 무거운 몸을 힘겹게 일으켰다.

"게 누구 있느냐?"

"예, 공주 자가!"

황급히 방으로 들어오는 이가 부엌어멈인 것을 확인한 경혜는 의아함에 고개를 갸웃거리며 물었다.

"밖이 시끄럽구나. 무슨 일이 있느냐? 다른 아이들은?"

"그, 그것이……."

어찌 된 일인지 안절부절못하며 문밖과 경혜를 번갈아 바라보던 어멈은 이내 그녀의 곁으로 다가와 머뭇머뭇 말을 이었다.

"잠시 나가보셔야겠습니다. 공주 자가."

어멈의 표정에서 연유 모를 다급함을 느낀 경혜는 서둘러 부축을 받으며 마루로 나갔다. 소란이 들려온 담장 아래에는 종복 여럿이 고개를 하늘로 치켜든 채로 발을 동동 구르고 있었다.

"대관절 무슨 일이더냐?"

"저, 저길 좀 보십시오."

어멈의 손가락이 가리킨 곳은 널찍하게 드리워진 배롱나무 위였다. 무심코 그녀를 따라 시선을 올린 경혜는 곧 짧은 탄식을 터뜨리며 두 손으로 제 입을 막았다. 까마득히 먼 나무 꼭대기, 얼기설기 엮인 가지 사이에 위태로운 모양으로 매달려 있는 이는 놀랍게도 화영이었다.

"화영아!"

비명에 가까운 경혜의 부름에, 조심조심 걸음을 옮기던 화영이 고개를 돌려 경혜를 바라보았다.

"공주 자가!"

걱정스러운 표정으로 저를 바라보고 있는 경혜를 안심시키려는 듯 부러 환한 미소를 지은 화영은 곧 명랑한 목소리로 외쳤다.

"여길 보십시오!"

어쩐지 자신만만한 화영의 태도에, 그녀의 작은 손이 머물러 있던 자리로 시선을 옮긴 경혜는 그제야 화영이 위험을 무릅쓰고 나무에 오른 연유를 알 수 있었다.

"이건……."

황량한 겨울나무 가득, 색색의 종이꽃들이 화영의 손끝에서 하나둘씩 이어진다. 말없이 그 광경을 바라보던 경혜는 울컥 솟아오르는 눈물을 힘겹게 목구멍 아래로 삼킬 수밖에 없었다.

"공주 자가께 조금이나마 위로를 드리고 싶었나 봅니다."

"참, 못 말리는 아이구나."

어느새 희미한 미소를 짓고 있는 경혜의 얼굴에는 오랜만에 잔잔한 기쁨이 번지고 있었다. 그런데 바로 그때, 초조하게 화영을 지켜보던 종복 하나가 별안간 두 손으로 얼굴을 감싸 쥐며 외마디 비명을 내질렀다.

"꺅!"

다음 순간, 화영은 자신의 몸이 허공에 무방비하게 던져졌음을 깨달았다. 아차 하는 사이 발이 미끄러진 것이다. 재빨리 두 손을 허우적거려 보았지만, 순식간에 멀어져버린 나뭇가지는 마치 성난 파도처럼 출렁거리고 있었다.

맹렬한 기세로 곤두박질치던 몸이 마침내 바닥에 부딪히려는 찰나, 화영은 엄청난 고통을 예감하며 두 눈을 질끈 감았다. 이윽고 쿵 하는 둔탁한 소리와 함께 누군가의 비명이 천둥처럼 울려 퍼졌다.

그런데 까무룩 넘어가야 할 의식이 무슨 연유인지 또렷하기만 하다. 게다가 단단하지만 포근한 이 감촉은 땅이라기보다는…….

"아이고, 도련님!"

때마침 막놈의 목소리가 귓전을 내리치자, 소스라치게 놀란 화영은 질끈 감고 있던 눈꺼풀을 번쩍 들어 올렸다. 잔뜩 움츠린 그녀의 어깨를 빈틈없이 안고 있는 것은 놀랍게도 율의 커다란 품이었다.

"나, 나으리……."

고통스러운 듯 인상을 찌푸린 그의 얼굴이 지척이다.

"누가 어서 의원을 불러오게!"

"괜찮으십니까, 도련님?!"

혼비백산한 종복들의 기함 소리가 주위를 소란스럽게 둘러싸고 있었지만, 화영은 닿을 듯 가까운 율의 얼굴을 그저 멀거니 바라볼 뿐이었다. 그사이 흙먼지로 더럽혀진 몸을 힘겹게 일으킨 율이 화영을 향해 고압적인 시선을 던지며 미간을 구겼다.

"너……!"

그런데 무어라 역정을 내리던 율의 입술이 돌연 멈칫한다. 어느 틈에 머리 끈이 풀어진 모양인지, 길게 흘러내린 화영의 새까만 머리카락이 바람결에 나부끼며 율의 뺨을 간질이고 있었다.

"……어디 다친 곳은 없느냐?"

마치 시간이 멈춘 것만 같은 찰나, 혼란에 찬 눈동자로 품 안의 화영을 바라보던 율이 간신히 말문을 열었다. 그제야 찬물을 뒤집어쓴 것처럼 정신이 번쩍 든 화영은 황급히 고개를 숙일 수밖에 없었다. 저 때문에 하마터면 율마저 크게 다칠 뻔했다는 사실을 깨달은 것이다.

"아무래도 넌 목숨이 열댓 개쯤 되는 모양이구나. 대관절 이리 무모한 일을 벌인 연유가 무엇이냐?"

"그, 그것이……."

흐려지는 말끝에 매달린 숨이 파르르 떨리고, 결국 더는 말을 잇지 못한 채 입술을 깨무는 화영의 얼굴은 놀람과 자책감이 뒤엉켜 엉망으로 구겨져 있었다.

"모두 저 때문입니다, 아주버님!"

그때, 화영의 앞을 막아선 경혜가 변명하듯 말을 이었다.

"제 기분을 헤아려 작은 위로나마 되고 싶은 마음에 벌인 일일 겁니다. 하오니 너무 나무라지 말아주십시오."

그제야 화영의 손안에 구겨져 있는 종이꽃을 발견한 율은 문득 마음 한구석이 불편해지는 것을 느꼈다. 아직 놀란 가슴이 진정되지 않은 모양인지, 꽃을 쥐고 있는 화영의 손은 줄곧 바들바들 떨리고 있었다.

"……미련하기는."

율은 다소 누그러진 목소리로 중얼거렸다.

"도대체 누가 상전인지 모르겠구나. 매번 이리 가슴을 졸이게 만드니, 어디 눈을 뗄 수가 있어야지."

이윽고 몸을 일으킨 율이 화영을 부축해 일으키자, 경혜는 안도의 한숨을 내쉬며 나지막한 목소리로 말했다.

"처소에 가서 다친 곳은 없는지 살펴보자꾸나."

머뭇거리는 시선으로 율의 표정을 살피던 화영은 이내 경혜를 따라 비틀거리는 걸음을 돌렸다. 축 늘어진 그녀의 뒷모습을 보고 있자니, 속이 얹힌 양 답답한 기분이 든다.

"도련님도 어서 처소로 돌아가세요. 곧 의원을 불러오겠습니다. 아니, 도대체 왜 그러신 겁니까? 크게 다치셨음 어쩌실 뻔했어요? 예?"

걱정 섞인 잔소리를 쏟아내는 막놈의 등쌀에 못 이겨 떨어지지 않는 발길을 꾸역꾸역 돌리려던 율은 문득 바닥에 흩어져 있는 형형색색의 종이꽃들을 바라보았다. 그 사이에는 화영의 낡은 머리 끈이 덩그러니 떨어져 있었다. 말없이 그것을 집어 든 율은 이내 무언가 떠오른 듯 급히 막놈을 불러 세웠다.

"막놈아, 잠시만."

"예?"

"내 급히 갈 곳이 있다. 의원이 오거든, 화영이 그 녀석이나 살피라 이르거라. 많이 놀랐을 테니."

"아니, 어딜 가시는데요? 도련님! 아이고 참! 도련니임!"

막놈의 애타는 외침을 뒤로한 채, 황급히 대문을 벗어난 율의 걸음이 점차 속력을 내기 시작했다. 어느새 점이 되어 멀어진 그의 잔영을 황망히 바라보던 막놈은 한숨을 내쉬며 고개를 가로저었다.

의원을 기다리는 사이 깜박 잠이 든 모양이었다. 귓전을 아스라이 스치는 기척에 퍼뜩 정신을 차린 화영은 이부자리에서 황급히 몸을 일으켰다. 어느덧 방 안에는 옅은 어둠이 내려앉고 있었다. 평온하기만 한 분위기 속에서 무거운 눈꺼풀을 끔벅거린 것도 잠시.

"깼느냐?"

갑작스러운 인기척에 온몸을 팔짝 들썩인 화영은 곧 등잔에 불을 붙이는 율을 발견하고 혼비백산하며 자세를 바로잡았다.

"되었다. 편히 있거라."

손을 들어 그런 화영을 제지한 율은 이내 입을 다물고 건조한 표정으로 그녀를 바라보았다. 등잔의 불빛을 받아 고요히 일렁이는 그의 눈동자는 어쩐지 복잡해 보였다.

"마시거라."

이윽고 침묵을 깬 율이 내민 것은 아직 온기가 남아 있는 탕약 사발이었다. 얼떨결에 그것을 받아 든 화영은 이어지는 율의 재촉 어린 눈빛에 어쩔 수 없이 고개를 돌리고 단숨에 탕약을 들이켰다. 잠시 후, 말없이 빈 그릇을 내려놓은 화영의 어깨는 주눅이 든 듯 유난히 굽어 있었다.

"나으리께 또 폐를 끼쳤습니다."

"알긴 아는구나."

"……송구합니다."

시무룩한 화영을 가늘게 뜬 눈으로 바라보던 율은 이내 들릴 듯 말 듯 옅은 한숨을 내쉬며 말을 이었다.

"너는 어찌 내게 늘 송구하다는 말만 하느냐?"

"……"

"솔직히 썩 듣기 좋은 말은 아니구나."

어쩐지 쓸쓸한 기색을 띠는 그의 눈빛이 돌연 가슴을 쿡 찌른다. 덕분에 무어라 대꾸를 해야 할지 몰라 한참을 망설이던 화영은 결국 고개를 떨구며 기어들어가는 목소리로 중얼거렸다.

"앞으로는 송구할 일이 없도록 하겠습니다."

"……"

"저, 정말입니다."

"그런 뜻은 아니었는데."

"예……?"

혼잣말 같은 그의 말에 의아하던 찰나, 옷깃을 맴돌던 율의 손이 돌연 작은 꾸러미를 화영의 앞으로 내밀었다.

"받거라."

"이것이…… 무엇입니까?"

당황한 표정으로 저를 바라만 보는 화영이 답답했는지, 율은 들고 있던 꾸러미를 직접 그녀의 손에 쥐어주며 어서 풀어보라는 무언의 눈짓을 보냈다. 이에 머뭇거리는 손으로 조심히 끈을 풀던 화영은 곧 흔들리는 시선을 들어 율을 바라보았다.

"이건……."

감색 명주로 만든 주머니 속에는 놀랍게도 작은 벽옥 구슬이 달린 상투잠이 담겨 있었다.

"기실 꽤 늦긴 했다만, 생일 선물이라 치거라."

무심히 흘러나온 율의 말에, 혼란스러운 표정으로 그를 바라보던 화영의 눈이 더욱 놀란 기색을 띤다.

"어찌 알았느냐고?"

"……."

"비밀이다."

벌어진 입을 좀처럼 다물지 못하는 화영의 모습에 보일 듯 말 듯 작게 미소를 지은 율은 부러 태연한 척 시선을 돌리며 말을 이었다.

"너도 이제 곧 약관인데, 마냥 채신없는 모양으로 다닐 수는 없지 않겠느냐?"

"……."

"돌아보거라."

무슨 생각을 하는지 돌처럼 굳은 채 꼼짝도 하지 않는 화영의 어깨를 힘주어 돌린 율은 흩어져 있던 그녀의 머리카락을 두 손으로 조심스럽게 그러모았다. 그러자 흠칫 어깨를 떤 화영의 눈동자가 갈 곳을 잃고 흔들리기 시작했다. 하지만 이를 알 리 없는 율은 손안의 머리카락을 말아 올리며 나지막하게 말을 이어갔다.

"이리 못 미더운 녀석이 벌써 약관이라니, 새삼 시간 참 빠르다 싶구나."

"······."

"작고, 어설프고, 불안하고, 머리보다 몸이 앞서고, 마냥 천진한 눈을 하고서는······."

얼핏 떨리는 듯한 그녀의 어깨가 오늘따라 더욱 가냘파 보이는 것은 왜일까. 하마터면 그 어깨를 다독일 뻔한 손을 가까스로 멈춰 세운 율은 이내 들고 있던 목잠을 화영의 상투에 단정히 꽂아주었다.

"그럼에도 이제는 네가 없는 궁방이 상상조차 되지 않으니, 참으로 신기한 일이야."

짧게 덧붙여진 그의 웃음이 봄볕처럼 간지럽다. 덕분에 화영은 숨조차 제대로 쉬지 못한 채 빈 벽만 뚫어져라 바라볼 수밖에 없었다.

"공주 자가께서 너를 많이 아끼고 의지하시니, 모쪼록 열심히 네 의무를 다하도록 하거라. 그 안에는 네 목숨을 스스로 소중히 여기는 것도 포함이다. 알겠느냐?"

"······예, 명심하겠습니다."

파르르 떨리는 목소리를 간신히 가눈 화영은 주먹을 불끈 쥐며 두 눈을 감았다. 언제부터였을까. 불꽃처럼 달아오른 무언가가 이다지도 머릿속을 복잡하게 흔드는 것은.

생경하고 혼란한 그 감각이 아찔한 탓에, 침묵을 잇는 화영의 길고 가느다란 숨은 좀처럼 끊어질 기미가 보이지 않았다. 어쩐지 마주해서는 안 될 것만 같은 마음. 그렇게 어둠은 깊어지고 있었다.

05. 불안의 씨앗

해가 바뀌고, 어느덧 가까워진 봄이 대자암(大慈庵)의 절경을 더욱 아름답게 수놓기 시작했다. 좁은 길목에 다다르자, 말에서 내린 수양은 크게 숨을 들이마시며 주변을 둘러보았다.

"오셨습니까, 대감. 어서 안으로 드시지요."

때마침 모습을 드러낸 재하가 다가와 아뢰자, 말없이 고개를 끄덕인 수양은 안뜰을 향해 성큼성큼 걸음을 옮겼다. 봄빛 잔영이 가득 담긴 연못을 바라보며 그를 기다리던 이들은 권람과 작은 체구의 사내였다.

"어서 오십시오, 대군 대감. 그동안 별고 없으셨습니까?"

수양의 등장에 허리를 숙여 인사한 사내의 목소리가 마치 쇳소리처럼 카랑카랑하게 울려 퍼졌다. 눈에 띄게 남루한 행색은 그가 변변찮은 형편임을 짐작케 했다. 하지만 기괴하리만치 형형한 눈빛만큼은 확실히 범상치 않음이라.

"오랜만일세, 자준(子濬)."

다듬어지지 않은 야망으로 번들거리는 눈동자. 수양은 그를 처음 본 순간부터 바로 그 눈동자가 마음에 들었었다. 궁지기에 불과했으나, 권람이 자신 있게 책사로 천거한 자. 그가 바로 자준, 한명회였다. 게다가 첫 만남에서 그가 꺼낸 말은 수양조차 무릎을 탁 치게 만드는 것이었다.

"한양에서 주먹깨나 쓴다는 왈패들이 저를 형님이라 하며 따릅니다. 보기엔 볼품없어 보일는지 몰라도 소싯적 주먹질을 좀 했습죠."

자신을 둘러싼 감시의 눈길 탓에 섣불리 사병을 모을 수 없는 상황에서 어느 누가 천한 왈패를 모아 역모를 꾀하리라 생각하겠는가? 새삼 만족스러운 미소를 지으며 턱 끝을 매만진 수양은 이윽고 눈빛을 굳히며 말문을 열었다.

"병력은 얼마나 모았는가?"

"아직 이렇다 논할 수준은 아니지만, 순조롭게 진행되고 있습니다."

"내금위 쪽은?"

"양정과 홍달손이 뜻을 모으기로 했습니다."

권람의 보고에, 먼 곳을 응시하던 수양의 눈동자가 문득 차가운 빛을 머금었다. 이를 본 재하는 밀려드는 긴장감에 두 주먹을 바스러질 듯 움켜쥐었다.

그가 이 은밀한 거사에 얽히게 된 것은 정말이지 우연일 뿐이었다. 아니, 어쩌면 우연 따위가 아니라 수양이 그린 그림 중 하나였을지도 모른다. 왈패에 살수, 도적 떼까지 닥치는 대로 사람을 모으고 있는 작금의 상황을 보면 말이다.

본의 아니게 발을 들이긴 했지만, 기실 일의 성패는 재하에게 전혀 중요한 문제가 아니었다. 수양이 가고자 하는 길에는 금상의 목이 반드시 필요했고, 금상의 곁에는 경혜가, 경혜의 곁에는 화영이 있지 않은가.

혹여 화영이 이 일에 휘말려 다치게 되는 것은 아닐까, 재하는 그것이 두려웠다. 하여 정보를 얻는 한편 가장 가까운 곳에서 화영을 지킬 수 있도록 그들의 심복을 연기하기로 다짐한 것이다.

"거사는 시작되었다."

바람에 흩날리는 수양의 붉은 철릭 자락이 마치 피로 물들 그의 앞길을 의미하는 듯하다. 그 모양을 바라보던 재하는 어금니를 시리게 앙다물었다. 하지만 이를 알 리 없는 수양의 입가에는 여전히 평온한 미소가 흐르고 있었다.

❀

한로(寒露)에 접어든 가을의 어느 이른 아침, 임금의 잦은 행차로 인해 궁방 안은 전에 없이 많은 일손들로 북적이고 있었다. 경혜가 일어나기를 기다리는 동안 하릴없이 이곳저곳을 기웃거리던 화영은 우연히 뜰을 거닐고 있는 홍위의 모습을 발견하고는 황급히 걸음을 멈춰 세웠다.

제법 서늘한 기온 속에서도 백의 자락 아래 늘어진 그림자는 좀처럼 떠날 기미를 보이지 않았다. 덕분에 어쩔 수 없이 발이 묶여 버린 화영은 토담에 몸을 기대고 서서 물끄러미 홍위를 바라보았다.

내관 한 명만을 대동한 채 조용히 하늘을 바라보고 있는 국본은 생각보다 작은 체구의 소년이었다. 하지만 눈에 띄게 어두운 표정으로 간헐적인 한숨을 내쉬는 모양이 앳된 얼굴과는 어울리지 않게 고단해 보인다.

'하긴, 나라님이신데 얼마나 염려가 많으시겠어.'

홍위의 작고 여린 어깨가 한없이 위축된 것을 보고 있자니, 문득 혀끝에 씁쓸한 맛이 감돈다. 쉬이 지나칠 수 없는 외로움. 아마도 그것이 제 마음을 한없이 가라앉게 하는 것이리라.

그 바람에 괜스레 시선을 떨구고 한동안 멀거니 발장난만 하던 화영은 한참 만에야 무거운 걸음을 돌렸다. 그런데 그때, 별안간 그녀의 앞에 짙은 그늘이 드리워졌다.

"넌 누구냐?"

낯설지만 편안한 목소리. 화영은 소스라치게 놀라며 고개를 들었다.

저보다 조금 낮은 시선, 그 직선적인 눈동자는 놀랍게도 조금 전까지 먼발치에서 바라보던 어린 임금의 것이었다.

"어서 무릎을 꿇고 머리를 숙여라! 주상 전하이시다."

"저, 저, 전하……."

내관의 꾸지람에 본능적으로 무릎을 꿇은 화영은 사시나무처럼 덜덜 떨리는 몸을 납작 숙였다. 덕분에 허리춤에 묶여 있던 화영의 검이 둔탁한 소리를 내며 바닥에 부딪치자, 이를 본 홍위의 눈동자가 별안간 반가운 기색을 띠었다.

"혹 누님을 모시고 있다는 별사반당인 게냐?"

"그, 그러하옵니다."

작고 가느다란 체구임에도 강건함이 느껴지지만, 한편으로는 유순한 눈동자와 수줍음이 남은 뺨이 제 누이처럼 순수하고 여린 모양이다.

흥미로운 시선으로 그런 화영을 내려다보던 홍위는 무슨 생각이 들었는지 제 곁을 지키고 있던 내관에게 무언의 눈짓을 보냈다. 이에 잠시 망설이던 그가 조용히 뒷걸음질을 치자, 한결 편안한 표정으로 바뀐 홍위는 생긋 웃으며 나지막하게 말문을 열었다.

"그만 일어나거라. 바닥이 차다."

"예?"

"어서."

"……서, 성은이 망극하옵나이다."

재촉에 못 이겨 엉거주춤 몸을 일으켰지만, 어깨를 한껏 구긴 채 떨리는 시선을 내리깐 화영은 해진 미투리 사이로 삐져나온 제 발끝만 초조히 응시할 뿐이었다.

"한데 너는 예서 무얼 하고 있었느냐?"

"그…… 공주 자가께서 일어나실 때까지 순찰을 할까 해서……."

"궁방 경계라면 당분간 내금위 군관들이 맡을 터인데."

"그렇긴 하나 혹 소인이 할 일이 있을까 하여……."

"기특한 말을 하는구나."

작게 웃으며 소매로 입을 가린 홍위는 이내 아득한 표정을 지으며 말을 이었다.

"어린 날 모후를 여의고, 누님께서는 줄곧 과인을 위해 희생하셨지. 과인에겐 어머니와 같은 분이시다."

"……."

"그런 누님께서 하가하시고 부쩍 밝아지신 듯 보여 얼마나 다행인지 모른다. 아마 네 공이 크겠지?"

"다, 당치 않습니다. 소인은 그저……."

저도 모르게 고개를 들고 두 손을 저으려던 화영은 몇 걸음 떨어져 있던 내관의 눈치가 일순 매서워지는 것을 느끼고 다시금 고개를 떨구며 말끝을 흐렸다. 그 모습이 재미있었는지 소리 죽여 쿡쿡 웃은 홍위는 짐짓 근엄한 표정을 지으며 화영을 향해 한 걸음 다가갔다.

"가까이 오라."

"예……?"

"과인의 곁으로 가까이 오라고 하였다."

갑작스러운 홍위의 명에, 빈 바닥만 뚫어져라 응시하던 화영은 한참 만에야 머뭇머뭇 걸음을 옮겨 그의 곁으로 다가갔다. 그러자 말없이 화영의 어깨에 손을 올린 홍위는 놀란 숨을 들이키는 화영을 향해 환한 미소를 지어 보였다.

"앞으로도 누님을 잘 부탁한다."

옷감 너머로 전해지는 홍위의 체온은 따뜻하고 부드러웠다. 어쩐지 눈물이 날 뻔한 것을 가까스로 삼킨 화영이 막 입을 떼려던 바로 그때였다.

"게 아무도 없느냐? 문을 열어라! 전하를 뵈러 왔다!"

갑작스레 담장을 넘어온 고함에 놀란 머슴이 헐레벌떡 대문을 열자, 기다렸다는 듯 안으로 들어선 이는 다름 아닌 수양이었다. 그런데 돌연 사색이 된 홍위가 앓는 소리를 내며 다급히 화영의 등 뒤로 몸을 숨기는 게 아닌가.

"어, 어, 어서 이쪽으로 오거라! 어서!"

당혹감에 굳어버린 화영을 재빨리 기둥 뒤로 잡아끈 홍위는 숨을 죽인 채 조용히 수양을 관찰하기 시작했다.

"대군 대감께서 기별도 없이 어쩐 일이십니까?"

때마침 부리나케 달려 나온 상궁 한 명이 수양을 맞이했다.

"전하를 뵈러 왔네."

짤막하게 대답하는 수양의 목소리는 바싹 마른 낙엽처럼 건조했다.

"전하께서는 아직 침수에 들어 계십니다. 기다리시겠습니까?"

"그러지."

이윽고 상궁을 앞세운 그가 먼발치로나마 스쳐 지나가자, 특유의 숨막히는 살기가 온몸을 강하게 짓눌렀다. 멍하니 그의 뒷모습을 바라보던 화영은 문득 제 옷자락을 잡아당기는 손길을 느끼고 고개를 돌렸다.

"저, 전하."

놀랍게도 그녀를 붙잡은 이는 홍위였다.

"가슴, 가슴이……."

밭은 숨을 헐떡이는 홍위의 안색은 점차 새까맣게 굳어가고 있었다.

"전하!"

일견에 그의 용태가 심상치 않음을 깨달은 화영은 어찌할 바를 모르고 벌벌 떨고만 있는 내관을 향해 외쳤다.

"의원, 아니지, 어의…… 어의를 모셔 오십시오!"

"아, 알겠네!"

그제야 정신이 든 모양인지 부리나케 몸을 일으킨 내관은 필사의 힘으로 행랑채를 향해 질주하기 시작했다. 그사이 홍위를 툇마루에 앉힌 화영은 애써 침착함을 유지하며 말을 이었다.

"전하, 곧 어의가 올 겁니다. 아무 일도 없을 터이니, 염려 마시고 크게 호흡하십시오. 자, 하늘을 보시고 길게, 길게 숨을 들이마시십시오."

앞섶을 부여잡은 채 간절한 눈으로 화영을 바라보던 홍위는 이내 그녀를 따라 크게 어깨를 들썩이며 호흡을 가다듬기 시작했다. 그러자 얼마 지나지 않아, 불규칙하던 홍위의 숨이 점차 평온을 되찾기 시작했다.

"……이제 좀 괜찮으십니까?"

걱정스러운 화영의 물음에 말없이 고개를 끄덕인 홍위는 어색하게 미소를 지어 보였다.

"과인이 좀 피로했던 모양이구나."

담담하게 중얼거렸지만, 거짓으로 둘러댄 말임이 분명하다. 기실 아직 작고 어린 소년일 뿐인데, 어찌하여 이토록 가혹하게 자신을 채찍질하는 것일까. 부러 아무렇지도 않은 척 몸을 일으키는 홍위를 불안한 눈으로 바라보던 화영은 이윽고 무언가 결심한 듯 비장하게 입술을 달싹였다.

"전하. 외람되오나, 용안에 수심이 가득하신 연유를 여쭈어도 되겠나이까?"

예상치 못한 질문이었는지, 당혹스러운 표정을 감추지 못한 홍위가 화영을 돌아보았다. 어느새 바른 자세로 서서 그를 향해 고개를 조아리고 있는 그녀의 모습은 조금 전 주눅이 들어 있던 모습과 달리 한 치의 흔들림도 없었다.

"무엄한 줄 압니다. 벌을 내리신다면 기꺼이 받겠나이다. 하오나 달리 생각하면, 무지하고 비루한 귀이기에 전하의 근심들을 쏟아낼 수 있는 대나무 숲이 될 수 있지 않겠나이까?"

흔들리는 눈으로 화영을 바라보던 홍위는 잠시 후 짧은 웃음을 터뜨렸다. 발칙하다는 생각이 들면서도, 어쩐지 불쾌하지가 않다.

"……과인은."

이윽고 굳게 닫혀 있던 입술을 천천히 달싹인 홍위가 잔잔한 시선을 하늘로 돌렸다.

"과인은 늘 혼자다."

나지막한 목소리 끝에 담긴 고뇌가 어쩐지 쇳덩이보다 무겁게 느껴진다. 비록 그 뜻을 이해할 수는 없었지만, 화영은 조용히 그의 다음 말을 기다렸다.

"일찍이 어마마마를 여의고, 아바마마께서도 과인의 곁을 떠나셨다. 하물며 과인을 살뜰히 헤아려 주시던 누이마저 하가하였으니, 그 넓고 넓은 궐 안에 이 마음 의탁할 곳이 하나 없구나. 아무리 목청을 높여도 들어주는 이조차 없고, 집채만 한 궁문과 성벽이 마치 옥사의 창살인 것만 같도다."

"……."

"매일 밤 침수에 들 때면 온갖 상념에 사로잡힌다. 어둠이 무겁고, 다가올 아침이 괴롭고, 마주치는 사람들은 하나같이 서늘한 표정만 짓고 있고……."

문득 말을 멈추고 작게 한숨을 쉰 홍위는 소매 밑 작은 손을 꽉 말아 쥐었다.

"바람 앞의 등불보다 위태로운 것이 옥좌라 하지만, 어디에도 내 편 하나 없는 설움은 대관절 익숙해지질 않아. 이런 과인이 정녕 성군이 될 수 있을까, 만백성을 굽어살필 수 있을까, 그런 생각마저 드는구나."

다시금 내려앉은 침묵이 연기처럼 탁하기만 하다. 어느새 동이 튼 하늘은 눈이 부실 만큼 밝았지만, 이를 바라보는 홍위의 눈가에는 짙은 그늘이 드리워져 있었다.

"실은 말입니다."

조용히 바닥만 응시하던 화영이 마침내 입을 연 것은 꽤 오랜 시간이 지난 후였다.

"소인이 공주 자가의 반아가 되기 전, 주제넘게도 무척 고민을 했습니다. 나고 자란 곳을 떠나 홀로 살아갈 것을 생각하니 미흡한 마음에 덜컥 겁이 났거든요. 한데 사형으로 모시던 이가 소인에게 이런 말을 해주었습니다."

"……뭐라, 말이냐?"

슬쩍 고개를 돌린 홍위가 무심한 척 묻는 말에 조용히 미소를 지은 화영은 이내 또박또박한 목소리로 대답했다.

"같은 신념을 가지고 있는 한 우리는 같은 길을 걷고 있는 거라고, 비록 몸은 떨어져 있을지라도 혼자가 아니라고요."

"……."

"공주 자가와 의빈 대감께서 늘 밤낮으로 전하를 염려하시고 또 생각하시니 전하께서는 결코 혼자가 아니라는 걸 말씀드리고 싶었습니다. 그리고 또……."

잠시 말을 끊고 가볍게 숨을 가다듬은 화영은 홍위를 향해 다시금 무릎을 꿇었다.

"전하께서 헤아리시는 것보다 훨씬 더, 소인을 비롯한 이 나라 만백성 모두가 온 마음 모아 전하를 받들며 전하께서 치세를 이루실 것을 믿고 있습니다."

말문이 막힌 홍위는 멍하니 눈앞의 제 백성을 바라보았다. 믿는다는 그 단순하면서도 순결한 말을 마지막으로 들은 것이 언제였나 싶다.

"미천한 것이 감히 주제넘은 말을 올려 송구합니다."

뜻 모를 표정으로 저를 내려다보는 홍위의 시선이 꽤나 버거웠던지, 다시금 작아진 화영의 목소리가 가늘게 떨리기 시작했다. 이에 피식 웃음을 터뜨린 홍위는 부러 엄한 목소리를 꾸며 대꾸했다.

"그래, 기실 네 말이 내게 해답을 주지는 못했다."

"……."

"하지만."

문득 화영을 돌아본 홍위는 가만히 자세를 낮춰, 제 앞에 꿇어앉아 있는 그녀에게 속삭이듯 말을 이었다.

"조금은, 위로가 되는구나."

예상치 못한 말에 당황한 화영이 움찔거리며 고개를 들었다. 차마 용안을 바라볼 수는 없기에 제 눈높이와 같은 곳에 머물러 있는 그의 가슴을 뚫어져라 응시하는 화영의 눈에는 얼핏 감격이 스치는 듯했다.

"참."

그것을 아는지 모르는지, 막 굽혔던 몸을 일으킨 홍위가 퍼뜩 생각이 났다는 듯 뒤돌아 물었다.

"네 이름이 무엇이냐?"

"어, 어찌 미천한 이름을 아뢸 수 있겠습니까?"

"괘념치 말라. 내 기억하고 싶어 묻는 것이니."

당혹감에 눈동자를 빙글빙글 굴리던 화영은 다시금 이어지는 홍위의 재촉에 어쩔 수 없이 기어들어 가는 목소리로 답했다.

"……화영이라 합니다."

"화영, 화영이라."

그녀의 이름을 곱씹듯 중얼거린 홍위는 이윽고 옅은 미소를 지으며 중얼거렸다.

"어쩌면 과인이 너를 필요로 하는 일이 생길지도 모르겠구나."

"……예?"

"전하!"

화영이 의아함에 시선을 들려던 바로 그때, 멀지 않은 곳에서 내관의 목소리가 들려왔다. 곧이어 여럿이 달려오는 발소리가 들리자, 뒷짐을 지며 가볍게 한숨을 내쉰 홍위는 이내 화영을 돌아보며 말했다.

"속히 물러가거라. 어환을 안 이상 저들 눈에 띄면 자칫 곤욕을 치를 수도 있음이야."

"하, 함구하겠사옵니다."

"그럼 또 보자꾸나."

어딘지 묘한 여운을 담은 인사를 마지막으로 화영에게서 등을 돌린 홍위는 달려오는 내관과 어의를 향해 천천히 걸음을 옮기기 시작했다. 그사이 황급히 자리를 피한 화영은 문득 시선을 돌려 일각 전 수양이 들어갔던 건너채를 바라보았다.

그에 대해 아는 거라곤 승하하신 세종대왕(世宗大王)의 두 번째 대군이자 선왕의 동복아우이며 홍위의 많은 숙부 중 하나라는 것뿐이었다.

옥좌의 주인이 아직 어린 까닭으로 종친과 고관대신들이 득세를 하고 있을 것은 어렴풋이 짐작이 간다. 하지만 아무리 그렇다 해도 조금 전 홍위의 반응은 지나치리만치 예민하지 않은가. 연유는 알 수 없지만, 그는 분명 자신의 숙부인 수양을 두려워하고 있었다.

"수양대군……."

초조한 목소리로 중얼거리고 나니, 어쩐지 석연치 않은 불안감이 밀려들던 그때였다.

"예서 뭘 하고 있느냐?"

"까, 깜짝이야!"

갑작스럽게 등 뒤에서 들려온 목소리에 펄쩍 뛰며 고개를 돌린 화영은 가늘게 조인 눈으로 저를 의심스럽게 바라보는 율을 발견하고 더욱 기함할 수밖에 없었다.

"어, 어찌하여 벌써 기침을 하셨습니까?"

"솔직히 털어놓거라."

"……무, 무, 무엇을요?"

"지금 하는 모양이 딱 도둑질하다 들킨 사람 아니냐?"

"그, 그런 거 아닙니다! 나으리께서도 참, 무슨 말씀을 하시는 건지. 하하하!"

"혹 알고 있는지 모르겠다만."

어색하게 말을 돌리는 화영을 뾰쪽한 표정으로 바라보던 율이 별안간 두 손으로 벌겋게 달아올라 있는 그녀의 뺨을 매섭게 잡아당겼다.

"아야야!"

갑작스러운 그의 행동에 앓는 소리를 내며 파닥거린 화영은 이내 억울한 눈으로 율을 쏘아보며 외쳤다.

"어찌 이러십니까?"

"너, 거짓말하면 여기가 시뻘게진다."

율은 붙잡고 있던 화영의 뺨을 부러 억세게 놓으며 웃음기 섞인 목소리로 대꾸했다. 그제야 얼얼한 얼굴을 황급히 부여잡은 화영은 이내 볼멘소리로 투덜거렸다.

"아무리 그러셔도, 전 모르는 일입니다."

"무엇을?"

"그, 그야 모르죠."

"너 지금 네가 무슨 말을 하는지는 알고나 있느냐?"

"아, 아무튼! 저는 모릅니다, 몰라요!"

화영이 입술을 비죽이며 새침하게 고개를 돌리자, 남몰래 웃음을 삼킨 율은 짐짓 엄한 목소리로 그녀를 나무랐다.

"가만 보면 너는 꼭 혼을 내야 할지 칭찬을 해야 할지 모르겠는 일을 벌이는 경향이 있다."

"……그게 무슨 말씀이십니까?"

먼발치에서 홍위와 대면하고 있는 화영을 발견한 순간, 율은 서둘러 그녀를 붙잡아 따끔히 훈계를 할 작정이었다. 한데 감히 임금 앞에서 겁도 없이 또박또박 할 말을 늘어놓는 모습이 맹랑하기는커녕 대견스러운 마음마저 드니, 참으로 희한한 일이다.

"목숨 아까운 줄 알라, 이 말이다."

뜻 모를 말에, 율을 바라보는 화영의 눈동자가 쌜쭉한 모양을 그렸다. 그러자 짓궂은 표정으로 그녀의 이마에 콩 하고 딱밤을 먹인 율은 태연히 등을 돌리며 말을 이었다.

"뭐 하느냐? 어서 따르지 않고."

"……어디 가시는데요?"

"공주 자가께서 찾으신다."

그제야 아차 하며 사색이 된 화영은 율이 무어라 붙잡을 새도 없이 그를 지나쳐 달려 나가며 외쳤다.

"송구합니다, 나으리! 먼저 가보겠습니다!"

"저, 저……"

금세 멀어지는 화영의 뒷모습을 보며 작게 혀끝을 찬 율은 문득 옅은 미소를 지으며 고개를 가로저었다.

"저러다 넘어질라."

못다 한 말을 덧붙이고 나니, 괜스레 가슴 한구석이 들뜨는 기분이다. 하지만 막 걸음을 떼려던 찰나, 봄볕 같던 율의 얼굴 위로 돌연 무거운 그늘이 드리워졌다.

'수양대군.'

그의 등장에 유난히 겁을 먹던 홍위의 모습이 자꾸만 눈에 밟힌다. 잠시 고민했으나, 이내 고개를 가로저은 율은 천천히 발길을 돌렸다. 무언가 석연치 않은 이 느낌은, 그래, 쓸데없는 기우일 것이다.

그날 밤, 궁방 시어소를 밝히는 등잔불은 좀처럼 꺼지지 않고 있었다. 꽤 오랜 시간동안 침묵을 지키며 깊은 생각에 잠겨 있던 홍위는 마침내 긴 한숨과 함께 메마른 입술을 달싹였다.

"누님."

"예, 전하."

"만약 화살이 한 대뿐이라면, 누님께서는 범과 이리 중 무엇을 쏴야 하다고 생각하십니까?"

뜻 모를 질문에, 차를 따르던 손을 멈칫하며 세운 경혜가 의아한 표정으로 되물었다.

"그게 무슨 말씀이십니까?"

초조한 얼굴로 경혜를 돌아본 홍위는 곧 실소를 머금으며 중얼거렸다.

"근자에 궁인들 사이에서 공공연하게 도는 말이 있지요. 수양대군은 그 용모가 범처럼 크고 용맹하며, 좌상 김종서는 이리와 같이 형형하고 날카로운 눈빛을 지녔으니, 과연 누가 왕좌지재(王佐之才)에 걸맞은 사람이겠느냐."

"……멋모르는 궁인들이 별소리를 다 하는군요."

애써 웃으며 대꾸했지만, 시선을 돌린 경혜의 얼굴에는 뚜렷한 어둠이 드리워져 있었다. 그러나 이어지는 홍위의 말은 그녀를 더욱 난처하고 당혹스럽게 하는 것이었다.

"왕재라 일컫기는 하나, 속뜻은 실세를 이름이겠지요. 그저 꼭두각시처럼 대신들이 원하는 대답만 할 수밖에 없는 내가, 어찌 이 나라의 국본이라 할 수 있겠습니까?"

"전하, 받잡기 민망합니다. 어찌 그런……."

"좌상을 비롯한 고명대신들은 늘 내게 수양 숙부를 경계하라고 합니다. 한데 오늘 수양 숙부가 알현을 청하고 아뢰길, 좌상과 안평 숙부를 조심하라더군요."

문득 말을 멈춘 홍위의 눈동자가 더욱 큰 파동을 그렸다.

"저도 이것이 얄팍한 중상모략임을 알고 있습니다. 언젠가는 둘 중 한쪽을 쳐야 할 날이 오겠지요. 하지만 무엇이 옳은지, 누가 나의 신하인지, 아무리 생각해도 알 수가 없어요. 이러고 있는 사이 어디서 누가 나를 끌어내릴 모의를 하고 있을지 생각하면 두려워 잠이 오질 않습니다."

"승하하신 아바마마께서 믿고 아끼시던 충신들입니다. 게다가 수양 숙부께서는 아바마마의 동복형제이온데, 설마하니 조카인 전하께 해를 입히겠습니까? 역심이라니, 당치도 않습니다."

"누님께서는 조정에 도는 소문에 대해 전혀 들으신 바가 없습니까?"

"소문이라뇨?"

"수양 숙부가 은밀히 사병을 모으고 있다는 이야기 말입니다."

"예?"

기함하는 경혜와 달리 종은 알고 있었던 사실인 듯 굳은 표정으로 고개를 숙였다. 기실 홍위를 이토록 불안에 떨게 하는 것은 조정을 휘어잡고 있는 대신들의 권력보다 어디로 향할지 모르는 수양의 칼날이리라.

"숙부의 주변을 좀 살펴볼 필요가 있겠습니다."

비로소 흘러나온 홍위의 진심에, 잠시 망설이던 종은 결국 낮은 한숨과 함께 말문을 열었다.

"어심이 그러하시다면, 형조의 관군을 시켜 수양대군의 동태를 살펴도록……."

"아뇨, 관군은 안 됩니다. 숙부가 분명 눈치를 챌 거예요. 게다가 좌상에게 또 다른 명분을 쥐어주는 꼴이 될지도 모릅니다."

"하오시면 혹 염두에 두신 방책이라도……."

종의 물음에, 홍위는 부러 헛기침을 하며 슬며시 주위를 둘러보더니 은밀한 목소리로 말을 이었다.

"도원군부인이 첫 아이를 가져, 조만간 조촐하게나마 축하하는 자리를 마련한다고 들었습니다."

"예에, 안 그래도 도원군이 직접 소식을 전해왔사옵니다만……."

"그때, 누님의 반아를 제게 빌려주십시오."

"예?"

예상치 못한 홍위의 말에, 경혜는 물론 종 또한 놀란 표정으로 그를 바라보았다. 하지만 도리어 미소까지 지으며 주먹을 불끈 쥔 홍위는 잠시 후 들릴 듯 말 듯한 목소리로 중얼거렸다.

"어쩌면 그 반아가, 제게는 절묘한 화살이 될 수 있을지도 모르겠습니다."

❁

달이 찬 밤, 궁방 앞에 늘어선 수레에는 군부인의 회임을 축하하는 선물이 가득 실려 있었다. 종복들의 채비가 분주한 가운데 마침 밖으로 나온 종은 주위를 둘러보며 옅은 한숨을 내쉬었다.

"출발하시겠습니까?"

어느새 그의 곁으로 다가온 율이 나직이 묻는 말에, 힘없이 시선을 떨군 종은 쓴웃음을 지어보였다.

"기어이 오고야 말았군요, 오늘이."

문득 한숨 같은 혼잣말을 중얼거린 그가 율을 돌아보며 물었다.

"정녕 직접 나설 작정이십니까?"

굳이 나서지 않아도 될 일이라는 뜻이리라. 아니, 정확히 말하자면 나서지 말아달라는 마음을 내비친 것이리라. 하지만 희미하게 웃으며 고개를 끄덕인 율은 부러 대수롭지 않다는 듯 대꾸했다.

"아직 제 앞가림도 못 하는 아이를 혼자 보낼 수는 없지 않겠습니까?"

물론 저를 걱정하는 종의 마음을 모르는 바는 아니었다. 종을 염려하게 만들어 마음이 불편한 것 또한 사실이었다. 하지만 그보다 더 견딜수 없는 것은 화영이 홀로 사지나 다름없는 곳에 던져지는 것을 바라만보는 일이었다.

"……알겠습니다."

그런 율의 속내를 짐작하기에 더는 만류하지 못하고 한숨만 내쉬던 종은 이내 비장한 표정으로 말을 이었다.

"수양대군은 치밀한 사람입니다. 진정 소문대로 사병을 모으고 있다면, 후에 벌어질지 모를 상황 또한 반드시 대비하고 있을 거예요."

"혹 명부 같은 것이 있으리라 생각하시는 겁니까?"

"그도 아니면, 지장이라도 받아냈겠지요."

종의 말은 분명 일리가 있었다. 하지만 실제 그러한 증좌가 존재한다 할지라도, 수양에게서 그것을 들키지 않고 빼내올 수 있을까.

"모쪼록 무리하지는 마세요, 형님."

고민에 빠진 율을 향해 나지막하게 당부하는 종의 얼굴에는 초조한 기색이 역력했다.

"왕명을 어찌 허투루 행할 수 있겠습니까?"

"그러니 더욱 드리는 말씀입니다. 형님의 그 대쪽 같은 성정을 잘 아니까."

"……."

"저는 그저 아무도 다치지 않았으면 합니다. 만에 하나 발각이라도 되는 날에는……."

"대감."

그때, 화영과 함께 마당으로 나온 경혜가 종을 향해 종종걸음으로 다가왔다. 깨끗한 백의를 걸친 그녀는 어둠이 무색하리만치 환한 빛을 내뿜고 있었다.

"채비는 마치셨습니까?"

금세 경혜를 향해 미소 짓는 종의 수려한 소안(笑顔)에서는 조금 전의 그늘 같은 건 찾아볼 수 없었다. 하지만 그 뒤에 숨겨진 불안을 금세 눈치챈 경혜는 애써 어색한 표정을 숨기며 고개를 끄덕였다.

"자, 이제 말 위에 오르시지요."

내밀어진 종의 손이 가늘게 떨리는 것을 물끄러미 응시하던 그녀는 문득 망설임 가득한 시선으로 제 뒤에 서 있는 화영을 돌아보았다.

"저, 화영아……."

"공주 자가!"

무어라 말을 이으려는 경혜를 다급히 막아선 화영은 싱긋 웃으며 고개를 가로저었다.

"시간이 많이 지체되었습니다. 어서 말에 오르셔요."

온몸을 휘감은 새까만 의복 탓인지, 오늘따라 밝은 달빛 탓인지, 화영의 얼굴이 유독 창백해 보인다. 이마 위로 단단히 묶은 건(巾), 염려하지 말라는 듯 자신 있게 말아 올린 입술. 의연하기만 한 그 모습에 하마터면 눈물이 쏟아질 뻔한 것을 가까스로 눌러 삼킨 경혜는 화영의 손을 꽉 움켜쥐었다.

"부디 무운(武運)을 빈다."

대답 대신 옅은 미소를 지어보인 화영은 부러 바쁘게 몸을 낮춰 경혜가 말 위에 오르는 것을 도왔다. 이윽고 모든 준비가 끝났음을 확인한 종이 묵직한 목소리로 외쳤다.

"가자!"

마침내 길게 늘어서 있던 행렬이 발을 맞춰 움직이기 시작했다. 그 뒤를 천천히 따르던 화영은 문득 품 안의 장도를 옷자락 위로 조심스레 움켜쥐었다.

"만에 하나 발각이라도 되는 날에는……."

지나치듯 들었던 종의 말, 그 뒤에 이어질 내용이라면 쉬이 짐작이 간다.

'붙잡혀 고신을 당하느니 자진을 선택해야 할 것이다.'

홍위가 밀명을 내렸다는 사실을 늘은 직후부터 기실 화영은 그것을 각오하고 있었다. 설사 들키지 않고 귀환하더라도, 금상이 납득할 만한 단서를 찾지 못한다면 그 또한 불충의 죄가 될 터.

긴장감에 짓누르듯 입술을 앙다문 화영은 부러 긴 호흡을 내쉬며 고개를 들었다. 그런데 말을 타고 앞서 나아가던 율이 돌연 고개를 돌려 시선을 맞추는 게 아닌가.

'조심해.'

유난히 깊고 서늘한 그 눈동자에는 깊은 염려가 선연히 서려 있었다. 화영은 다시 한 번 메마른 입술을 앙다물었다. 어쩐지 비릿한 쇠 맛이 혀끝을 맴도는 듯하다.

"도착했습니다, 공주 자가."

이윽고 수양의 사저에 다다르자, 말에서 내린 종은 경혜의 손을 잡고 활짝 열린 대문을 비장한 얼굴로 넘어섰다.

"영양위 대감과 경혜 공주께서 납시었사옵니다!"

그들의 등장을 알리는 분주한 외침에, 잔칫상 한가운데 앉아 술잔을 기울이던 수양이 짐짓 반가운 기색을 비치며 자리에서 몸을 일으켰다.

"어서 오시게. 귀한 걸음해 주었군."

"기쁜 자리에서 초대해 주셔서 감사합니다, 대감."

"이리 자리를 빛내주니 내가 더 고맙지. 자, 이리 드시게."

상투적인 종의 인사에, 고개를 가로저은 수양은 너털웃음을 터뜨리며 그들을 상이 마련된 누각으로 안내했다. 그사이, 말을 묶는 척 율과 함께 헛간에 들어간 화영은 날카롭게 가다듬은 눈으로 빠르게 주위를 둘러보았다.

"일단 대감의 개인 서고부터 찾아야 할 것이다."

속삭이듯 중얼거린 율이 먼저 헛간을 나서자, 태연히 그 뒤를 따라 나오던 화영은 재빨리 멀지 않은 행랑채 지붕 밑으로 몸을 숨겼다. 다행히 짙게 드리워진 어둠이 흑색 차림의 그녀를 은밀하게 감싸주었다.

그 틈을 타 숨을 죽이고 천천히 뒤뜰을 가로지르던 화영은 곧 사랑채로 이어지는 중문 앞에서 수상한 낌새를 보이는 보초병을 발견하고 걸음을 멈췄다. 그들은 마치 벗어나선 안 되는 선이 있기라도 하듯 일정한 구역을 팽이처럼 돌고 있었다.

그 기이한 광경을 뚫어져라 주시하던 화영은 이내 그들의 움직임이 어느 한 곳을 중심으로 삼고 있음을 깨달았다. 두어 명의 사내들이 몇 번이고 스치며 왕복하는 반호의 끝에 놀랍게도 굳게 잠긴 장고가 있었다.

어쩌면 저곳이 바로 수양의 비밀 서고가 아닐까. 잠시 고민하던 화영이 막 행동을 개시하려던 바로 그때였다.

"준비는 철저히 하고 있겠지?"

"염려 마십시오. 모두 전의를 불태우고 있습니다."

갑작스러운 기적에 황급히 몸을 낮춘 화영은 곧 소스라치게 놀라고 말았다. 닫혀 있던 장고의 문을 열고 밖으로 나온 사내들 중 아는 얼굴을 발견한 것이다.

"거사가 얼마 남지 않았네. 사소한 것도 자네가 직접 빠짐없이 챙겨야 할 것이야."

"여부가 있겠습니까?"

비장한 얼굴로 다짐을 받아내는 사내에게 연신 고개를 조아리고 있는 이는 분명 행화촌에서 악명이 자자하던 왈패 천필수였다.

'저치가 왜 이곳에 있는 거지?'

혼란스러움에 바삐 생각을 반복하던 화영은 때마침 더욱 은밀해지는 두 사람의 대화를 듣기 위해 귀를 기울였다.

"참, 얼마 전 합류한 구억골 유민들의 지장은 받아냈느냐?"

"아무렴요. 진즉에 받아 장부에 기록해 두었습죠."

"쉿!"

그저 조금 목소리가 들떴을 뿐인데, 천필수의 입을 막으며 주위를 두리번거리는 사내의 눈빛은 유독 신중했다. 고요 속에서 그와 시선이 마주친 순간, 화영은 마른침을 꿀꺽 삼키며 젖은 주먹을 아프게 움켜쥘 수밖에 없었다.

짐승의 살기와 가까운, 기괴하고 섬뜩한 빛을 담은 눈동자.

본능적으로 위험을 인지한 화영의 심장이 쿵쾅거리며 달음박질을 치기 시작한 바로 그때였다.

야옹—

일순, 화영은 온몸의 감각이 쭈뼛 서는 것을 느꼈다.

'이런!'

등 뒤에서 들려온 울음소리의 주인공은 까만 털을 가진 아기 고양이였다. 달갑지 않은 객의 등장에 혼비백산한 화영은 재빨리 녀석을 향해 휘이휘이 손을 내저었다.

"쉿, 저리 가. 어서."

하지만 그 애타는 속을 알 리 없는 고양이는 또 한 번 가느다란 울음소리를 내더니, 화영의 바람과는 다른 방향으로 빠르게 달음박질을 치기 시작했다. 그리고 바로 다음 순간, 바닥에 놓여 있던 행등이 고양이의 발길에 밀려 우당탕 소리와 함께 넘어지는 게 아닌가.

"거기 누구냐?!"

주변을 맴돌던 횃불이 돌연 자신을 비추자, 당황한 화영은 가까운 지붕 위로 재빨리 몸을 날렸다. 하지만 눈 깜짝할 사이에 모여든 수양의 반당들은 이미 서슬 퍼런 고함을 지르고 있었다.

"침입자다!"

"잡아라!"

추격을 피해 정신없이 지붕 위를 가로지르던 찰나, 팔 끝에 격렬한 통증을 느낀 화영은 중심을 잃고 바닥으로 곤두박질치고 말았다. 곧 쿵 하는 둔탁한 소리와 함께 상당한 고통이 그녀를 덮쳐 왔다.

소리 죽여 신음하던 화영은 금세 이를 악물며 몸을 일으켰다. 화살이 스친 모양인지, 거칠게 찢어진 소매 자락은 어느새 검붉은 피로 흥건히 젖어 있었다.

"잡아라! 놓치지 마라!"

멀지 않은 곳에서 저를 찾는 이들의 발소리가 바쁘게 다가왔다.

'절대 잡혀서는 안 돼!'

화영은 간신히 추스른 몸을 이끌고 눈앞에 보이는 별채 안으로 황급히 뛰어 들어갔다.

'여긴……'

불이 꺼진 방 안, 어렴풋하게 느껴지는 향로의 연기가 달콤하다. 달빛을 받아 희미하게 드러난 세간을 둘러보던 화영은 곧 이곳이 젊은 여인의 처소임을 깨달았다. 그런데 바로 그때, 어둠 속에서 예상치 못한 기척이 날아들었다.

"넌 누구냐?"

얇지만 묵직한 힘이 실린 여인의 목소리. 낭패감에 어금니를 앙다문 화영은 천천히 고개를 돌려 소리가 난 방향을 바라보았다.

"웬 놈이냐 물었다."

양손으로 은장도를 꼭 쥔 채 벽을 등지고 선 여인은 속곳 차림에도 불구하고 단정함을 잃지 않고 있었다. 그제야 잊고 있던 한 사람의 이름을 떠올린 화영은 기함했다.

'혜산 현주!'

수양의 장녀, 혜산 현주 미도. 하필이면 그녀의 방에 숨어들었을 줄이야. 눈앞이 깜깜해진 화영은 황급히 몸을 틀었다. 하지만 머지않은 곳에서 병사들의 고함 소리가 들려오자, 그 걸음도 이내 방향을 잃고 멈칫하고 말았다.

"부상을 입었으니 멀리 도망가지 못했을 것이다! 절대 놓쳐선 안 돼!"

그야말로 사면초가였다. 어찌할 바를 모르고 머뭇거리던 화영은 결국 모든 것을 포기하고 품 안의 장도를 향해 손을 뻗었다. 그런데 돌연 낯선 손길이 화영의 팔을 빠르게 잡아챘다.

"관둬."

화영은 당황한 표정을 숨기지 못한 채, 저를 붙잡은 미도를 멍하니 바라보았다. 어둠에 익숙해진 시야로 보이는 그녀의 얼굴은 조금 전과 달리 놀라우리만치 침착했다. 총기가 넘치는 크고 새까만 눈동자와 오뚝 솟은 코끝이 얼핏 수양과 닮은 듯 다르다.

"앉거라."

곧 화영을 꿇어앉힌 미도는 경대 안에서 무명천을 꺼내며 나지막한 목소리로 속삭였다.

"살고 싶거든 얌전히 내 말에 따라야 할 게다. 설마 저들에게 잡히고 싶은 것은 아니겠지?"

"……."

"상처가 제법 깊구나. 참을 수 있겠느냐?"

좀처럼 돌아오지 않는 대답에, 찢어진 소매 사이로 드러난 화영의 상처를 꼼꼼히 동여매던 미도가 고개를 들어 다시금 화영을 바라보았다.

"아버지께 알릴 생각은 없으니 염려 말거라. 물론 네가 공주궁 사람이라는 것도."

정곡을 찌르는 미도의 말에 흠칫 놀란 화영은 갈 곳 잃은 시선을 황급히 내리깔았다. 하지만 아랑곳하지 않고 바닥의 피까지 꼼꼼히 닦아낸 미도는 이어 거침없는 동작으로 불을 밝혔다. 그러자 얼마 지나지 않아, 고요하던 문밖에 흐릿한 인영이 드리워졌다.

"밖에 누가 있느냐?"

태연한 미도의 부름에 잠시 망설이는 듯하던 문간의 그림자가 곧 낮은 목소리로 대꾸했다.

"송구합니다, 아기씨. 아무래도 좀도둑이 든 듯해서 말입니다. 혹 아기씨의 처소에 침입했을까 저어되오니, 잠시 안을 살펴도 되겠습니까?"

예상치 못한 상황에 당황한 화영은 마른침을 삼키며 몸을 일으키려 했다. 하지만 짧은 손짓으로 그녀를 제지한 미도는 곧 차분한 목소리로 응수했다.

"내 차림이 좀 그러니, 잠시만 기다리거라."

그러더니 뜻 모를 미소를 띠며 화영을 돌아본 그녀의 입술이 은밀하게 달싹였다.

"좋은 생각이 있다."

잠시 후, 굳게 닫혀 있던 방문이 열리고 미도가 모습을 드러냈다. 초조하게 문간을 서성이던 험악한 인상의 사내는 고개를 숙여 예를 취한 뒤, 황급히 그녀를 지나쳐 방 안으로 들어섰다. 하지만 막 문지방을 넘어서려던 그의 걸음은 예상치 못한 손님의 존재에 멈칫하고 말았다.

"아, 그 아이는 혜빈 자가께서 보내신 선물을 가져온 생각시니라. 전부터 몇 번 심부름을 왔던 아이인지라 내 잠시 이야기를 나누던 참이다."

때마침 이어진 미도의 설명에, 사내는 애써 침착한 표정을 지으며 눈앞의 소녀를 바라보았다. 허리를 숙이고 있어 얼굴은 보이지 않았지만,

곱게 빗어 올린 새앙머리에 진분홍 저고리와 남색 치마를 걸친 모습이 과연 궁인답게 음전한 모양이다.

"고개를 들어보시오."

한결 누그러진 듯했지만, 사내의 목소리에는 아직 의심이 서려 있었다. 자꾸만 흐릿해지는 시야를 다잡기 위해 안간힘을 쓰던 화영은 떨리는 손을 보이지 않게 꼭 말아 쥐었다. 갈수록 심해지는 통증을 참느라 새파랗게 질려가는 그녀의 얼굴 위에는 어느새 식은땀이 비 오듯 흘러내리고 있었다. 이에 수상한 낌새를 느꼈는지, 사내의 손이 불쑥 화영의 어깨를 붙잡으려던 바로 그때였다.

"무례하구나."

사내의 손을 저지한 것은 미도였다.

"아직 각시에 불과하다지만, 엄연한 궁인이다. 어찌 이리 경망스럽게 구는가?"

"소, 송구합니다. 하오나……."

"내 체면을 생각해서라도 그쯤 해두거라."

불쾌한 표정으로 사내를 밀어낸 미도는 소매 속에서 파르르 떨리던 화영의 손을 지그시 붙잡고 밖으로 나왔다. 얼떨결에 그녀를 따라 나온 화영은 끝까지 제 등을 좇는 사내의 눈빛을 느끼며 마른침을 꿀꺽 삼켰다.

"괜찮으냐?"

인적이 없는 으슥한 곳에 다다르고 나서야 잡았던 손을 놓은 미도가 걱정스러운 표정으로 화영을 돌아보며 물었다. 하지만 핏기 하나 없는 화영의 안색은 어둠 속에서도 확연히 느껴질 만큼 좋지 않아 보였다.

"아무래도 안 되겠다. 어서 의원에게 가봐야……."

그때였다.

"현주 아기씨?"

갑작스레 들려온 목소리에 놀란 것은 비단 미도뿐만이 아니었다. 흔들리는 의식을 간신히 붙잡고 있던 화영은 곧 제 앞으로 다가온 이의 얼굴을 확인한 순간, 아연실색하고 말았다.

"······오랜만에 뵙네요."

이윽고 어딘지 모르게 안도한 듯한 미도의 목소리가 나지막하게 흘러나왔다. 무엇 때문인지 가쁘게 헐떡이는 숨을 가누며 그녀를 향해 고개를 꾸벅 숙이는 이는 놀랍게도 율이었다.

"밤이 늦었는데, 어찌 나와 계십니까?"

"그건 제가 물을 말 아닌가요? 도련님께서 어찌 별당 근처까지 걸음을 하셨습니까? 그것도 꽤나 다급해 보이는 모양으로."

빙글빙글 웃고는 있었지만, 미도의 질문에는 분명 뼈가 있었다. 이를 눈치챈 율은 부러 태연한 미소를 지으며 대꾸했다.

"아기씨의 안부가 궁금해서 말입니다. 그간 잘 지내셨습니까?"

"속에도 없는 말씀은 여전하시네요. 그래도 한때 혼담이 오갔던 사이인데, 조금은 반가운 기색 좀 보여주시지요."

미도의 입에서 흘러나온 예상치 못한 단어에, 화영은 적잖이 당황했다. 율의 혼담이라니, 금시초문이다. 하지만 혼란도 잠시.

"뭐, 마침 잘됐습니다."

말을 멈추고 보이지 않게 주위를 살핀 미도가 제 손을 붙잡아 당기자, 필사적으로 이를 거부한 화영은 얼굴을 가리며 뒷걸음질을 치기 시작했다. 어찌 비춰질지 모를 차림을 율에게 보이고 싶지 않았던 것이다. 하지만 이를 알 리 없는 미도는 잠시 화영을 돌아보는가 싶더니, 곧 대수롭지 않다 여겼는지 태연하게 말을 이었다.

"이 아이, 궁에서 나온 생각시이온데 공주 자가께 드릴 서신이 있다 하여 데려다주려던 참이었습니다."

"예?"

그제야 미도의 뒤에 서 있던 화영을 향해 시선을 돌린 율은 의아한 표정으로 그녀를 바라보았다. 어딘지 모르게 안절부절못하는 모습이 영 이상해 보인다는 생각이 든 찰나, 구름 밖으로 나온 달빛에 소녀의 얼굴이 고스란히 드러났다.

"너……."

그 순간, 짧은 쇳소리를 내며 입을 다문 율은 불편한 표정을 감추지 못한 채 주먹을 불끈 쥐었다. 미도의 말에 숨은 뜻을 알아차린 것이다.

"도련님께서 대신 안내해 주시지요."

"……알겠습니다, 아기씨."

이윽고 평정을 되찾은 율이 나지막하게 대꾸하자, 고개 숙여 인사한 미도는 곧 조용히 발길을 돌렸다. 하지만 율과 단둘이 남게 된 후에도, 화영은 차마 고개를 들지 못한 채 애꿎은 치맛자락만 아프게 쥐어짤 뿐이었다.

민망함 때문인지, 자책감 때문인지, 흘러내린 댕기 자락 사이로 보이는 화영의 귓바퀴는 꽃물이 든 듯 붉은빛을 띠고 있었다. 이를 한동안 뜻 모를 표정으로 바라보던 율은 곧 말없이 화영의 팔을 잡아끌었다. 그런데 돌연 몸을 떤 화영의 잇새로 가느다란 신음이 새어 나왔다.

놀란 율은 황급히 손을 떼며 화영을 돌아보았다. 제 손으로 눌러 가리고 있었으나, 얇은 소맷자락에 희미하게 번지고 있는 피는 화영의 것이 분명했다.

"다친 것이냐?"

"아닙니다."

애써 고개를 가로저었지만, 어둡게 잠긴 화영의 목소리는 심하게 떨리고 있었다. 이에 보이지 않게 아랫입술을 깨문 율은 서둘러 화영을 데리고 처마 밑 그림자에 몸을 숨겼다.

"상처를 봐야겠다."

"괘, 괜찮습니다!"

율의 손이 불쑥 옷고름에 닿자, 소스라치게 놀란 화영은 거세게 그를 밀어냈다. 덕분에 어색해진 손을 잠시 머뭇거리던 율은 공연히 입을 가리며 헛기침을 할 수밖에 없었다. 그런데 별안간 낯빛을 바꾼 화영이 무슨 까닭인지 조금 전 율을 밀어냈던 바로 그 손으로 대뜸 그의 옷깃을 끌어당겼다.

갑작스러운 그녀의 행동에 놀란 것도 잠시. 지척으로 다가온 화영의 얼굴이 당혹스러우리만치 청초하여 저도 모르게 마른침을 삼킨 율은 황급히 그녀에게서 시선을 거뒀다. 늘 마주하던 얼굴인데도 무슨 조화인지 다른 사람처럼 보인다는 생각이 든 바로 그때였다.

"대감과 공주 자가를 모시고 당장 이곳을 빠져나가십시오."

"……뭐?"

가빠진 호흡을 삼키며 재빨리 주위를 두리번거린 화영은 이내 더욱 낮아진 목소리로 말을 이었다.

"저들이 침입자의 존재를 안 이상 출입구를 봉쇄할지도 모릅니다. 난처한 상황이 생기기 전에 어서 두 분을 피신시켜야 해요."

"그게 무슨……."

이해할 수 없다는 표정으로 말끝을 흐리던 율이 돌연 눈동자를 굳히며 되물었다.

"너, 무엇을 본 것이냐?"

"보지는 못했습니다. 하오나 분명 제 귀로 똑똑히 들었어요. 장부, 장부가 있다고……. 그리고 유민! 구역골 유민의 지장을 받아냈다고……!"

"쉿."

그런데 그때, 정신없이 움직이던 화영의 입을 다급히 손바닥으로 틀어막은 율이 순식간에 몸을 돌리며 그녀의 허리를 감싸 안았다. 졸지에 그의 품에 안긴 채로 토벽을 등진 화영은 일순 들숨을 헉 집어삼켰다. 닿을 듯 좁혀진 간격 탓에 율이 쓴 흑립의 주영이 어느새 불에 덴 듯 뜨거워진 화영의 뺨 위를 살며시 간질이고 있었다.

저를 내려다보는 깊고 서늘한 그의 눈동자가 마치 그림처럼 다가와 시야를 가득 채운다. 곧 멀지 않은 곳에서 일사불란한 발소리가 들려왔지만, 마주한 율의 얼굴에서 시선을 떼지 못하고 거친 숨만 삼키던 화영은 결국 두 눈을 질끈 감았다.

조금 전까지 온몸을 짓누르던 긴장감이 풀린 탓일까. 주체할 수 없이 뛰는 가슴이 좀처럼 진정이 되질 않는다. 하지만 그럴수록 더욱 깊이 저를 끌어안는 율 때문에, 화영은 정말이지 미치고 팔딱 뛸 노릇이었다.

빈틈없이 맞닿은 율의 품에 얼굴을 묻은 채로 얼마나 지났을까. 이윽고 감았던 팔을 천천히 푼 율이 한숨을 내쉬며 화영을 돌아보았다.

"이제 간 것 같구나."

귓전에 흐릿하게 와 닿는 율의 숨소리는 아찔하기까지 했다. 그 바람에 벌게진 얼굴로 황급히 율에게서 멀어진 화영은 떨리는 손을 서둘러 소매 속으로 감췄다.

"뒷일은 내게 맡기고, 넌 어서 여길 벗어나도록 해라. 움직일 수 있겠느냐?"

부러 세차게 고개를 끄덕인 화영이 어설픈 동작으로 치맛자락을 동여매기 시작하자, 난감한 표정으로 입술을 꾹 눌러 문 율은 결국 어쩔 수 없다는 듯 한숨을 쉬며 말했다.

"내 목에 팔을 두르거라."

"예?!"

"어서."

간결하지만 고압적인 그의 재촉에, 머뭇거리며 두 팔을 벌린 화영은 저보다 한참 높은 율의 목에 어색한 모양으로 매달릴 수밖에 없었다. 그러자 한쪽 팔로 손쉽게 화영을 들어 올린 율은 눈 깜짝할 사이에 담장 너머로 몸을 날렸다.

번을 서던 반당들도 화영을 찾는 데 동원이 된 모양인지, 골목에는 개미 한 마리조차 보이지 않았다. 하지만 경계를 늦추지 않고 재빨리 골목을 가로지른 율은 수양의 사저가 보이지 않을 만큼 멀어지고 나서야 천천히 걸음을 멈춰 세웠다.

무심코 품 안의 화영을 내려다보니, 가느다란 숨을 헐떡이는 그녀의 동그란 이마가 굵은 땀으로 흠뻑 젖어 있었다. 측은한 그 모양에서 새삼 무어라 설명하기 힘든 기묘한 감정을 느낀 그의 마음은 유난히 복잡하기만 했다.

'……설마.'

불쑥 뇌리를 스치고 지나가는 생각에 헛웃음이 나왔지만, 애써 그것을 떨쳐 버린 율은 조심스럽게 화영을 내려놓으며 침착한 목소리로 물었다.

"대감과 공주 자가를 모시고 나올 때까지, 여기서 잠시 기다릴 수 있겠느냐?"

"무, 물론입니다."

고통스러운 기색이 역력하면서도 아무렇지도 않은 척 대답하는 모습이 마음에 걸렸지만, 더는 지체할 시간이 없음을 알기에 율은 말없이 떨어지지 않는 걸음을 돌렸다.

그런데 얼마 가지 못하고 다시금 화영을 향해 성큼성큼 다가온 그가 입고 있던 답호 자락을 훌쩍 벗더니 화영의 어깨 위에 그것을 꼼꼼히 덮어주는 게 아닌가.

"혼자 두어 미안하구나."

얼떨떨한 얼굴로 율과 그가 덮어준 답호 자락을 번갈아 바라보던 화영은 또다시 가슴이 덜컹 내려앉는 것을 느꼈다.

"곧 돌아오마."

다짐하듯 중얼거린 말을 끝으로 바람처럼 멀어지는 율의 뒷모습을 멍하니 바라보던 화영은 그가 시야에서 완전히 사라지고 나서야 참았던 신음을 토해내며 털썩 주저앉고 말았다.

"으……."

많은 피를 흘린 탓일까. 밤공기가 유난히 춥게 느껴진다. 간신히 무릎을 모아 그 사이에 얼굴을 묻은 화영은 두 손으로 율의 답호를 꽉 움켜쥐었다. 작은 어깨를 한껏 웅크리니 커다란 율의 답호가 따스하게 몸을 감싼다. 옷깃에서 옅게 느껴지는 율의 체향은 햇볕에 말린 이불처럼 따스하고 부드러웠다.

그렇게 적막 속에 홀로 앉아 있자니, 엉망진창으로 어질러졌던 머릿속이 차츰 정리되기 시작했다. 하지만 천필수의 등장도, 미도의 연유 모를 도움도, 화영으로선 도무지 이해가 가지 않는 일투성이었다.

"……나 정말 무능하다."

불현듯 밀려드는 자괴감에 짙은 한숨을 내뱉은 화영은 눈물을 참느라 시큰해진 코끝을 억세게 문질렀다. 그런데 바로 그때, 가릴 것 없이 드러나 있던 화영의 목덜미에 돌연 서늘한 금속의 냉기가 드리워졌다.

"움직이지 마."

아차 하는 사이 날아든 섬뜩한 목소리에 찬물을 뒤집어쓴 것처럼 눈앞이 아찔해진다. 당장에라도 살갗을 뚫을 것만 같은 상대의 칼날은 한 치의 빈틈도 없었다. 마른침을 꿀꺽 삼킨 화영은 애써 침착하게 호흡을 가다듬었다.

"조용히 일어서."

짧게 명령하는 목소리가 어딘지 모르게 익숙하다는 생각이 들었지만, 그가 시키는 대로 순순히 자리에서 일어서던 화영은 재빨리 몸을 틀며 품 안의 장도를 움켜쥐었다. 하지만 미처 그것을 뽑기도 전에 엄청난 힘이 화영의 손목을 붙잡고 거칠게 밀어붙였다.

억 소리도 내지 못하고 담벼락에 몸을 부딪친 화영은 입술을 아득 깨물며 두 눈을 치켜떴다. 그런데 마주한 복면 너머로 보이는 적의 눈동자가 별안간 커다랗게 부푸는가 싶더니, 화영을 결박하고 있던 손을 다급히 거두는 게 아닌가.

"화영아……."

거짓처럼 제 이름이 불린 순간, 혼란스러운 표정을 감추지 못하고 눈앞의 사내를 바라보던 화영은 곧 소스라치게 놀라며 한 손으로 제 입을 틀어막았다.

"사, 사형?"

믿을 수 없다는 듯 중얼거리는 화영의 물음에, 한동안 멍하니 그녀를 내려다보던 사내는 말없이 쓰고 있던 복면을 턱 아래로 내렸다. 사방이 칠흑 같은 어둠뿐이었지만, 화영은 그가 재하임을 단박에 알아챌 수 있었다.

"사형께서 어찌, 어찌 여기에……."

"그건 내가 물을 말이다. 이 차림은 또 뭐고?"

그 또한 이제껏 본 적 없는 화영의 여복(女服)에 적잖이 당황한 듯했다. 아니, 그보다 앞서 수상쩍은 거동에 더욱 혼란스러웠으리라.

"말해보거라. 도대체 이게 다 무슨 상황이더냐?"

제 물음에 아무런 대꾸도 하지 못하고 주춤주춤 물러서는 화영을 떨리는 눈으로 바라보던 재하는 뒤늦게 그녀의 소맷자락 한쪽이 검붉은 피로 흥건히 젖어 있는 것을 발견하고 멈칫할 수밖에 없었다.

"너……."

저도 모르게 흘러나온 신음을 삼킨 재하는 어금니를 아득 깨물었다. 반시진 전부터 천필수가 눈에 불을 켜고 찾아 헤매던 침입자가 정녕 화영이었단 말인가.

"전 아무것도 묻지 않을 겁니다."

화영 또한 작금의 상황, 그리고 재하의 얼굴에 드리워진 그늘이 의미하는 바를 눈치챈 듯했다.

"하니 사형께서도 모른 척 해주세요."

바닥에 떨어져 있던 자신의 장도를 집어 든 화영은 더욱 단호하게 말을 이었다.

"전 사형을 믿습니다. 결코 부정한 일에 검을 쓰실 분이 아니니까."

어둠에 익숙해진 시야로 보이는 화영의 얼굴은 조금 전보다 창백한 빛을 띠고 있었다. 부정한 일. 어쩐지 유독 힘이 실린 듯한 그 말이 검보다 서늘하게 가슴을 찌른다. 이에 힘없이 고개를 떨군 재하는 결국 두 눈을 질끈 감았다.

"……어서 가. 누가 보기 전에."

새파랗다 못해 거무죽죽해진 입술을 가늘게 떨며 재하를 응시하던 화영은 이윽고 천천히 그에게서 등을 돌렸다. 그런데 하나둘 나아가던 걸음이 비틀거리는가 싶더니, 순식간에 그녀의 몸이 힘을 잃고 바닥으로 곤두박질을 치는 게 아닌가.

"화영아!"

본능적으로 팔을 뻗어 쓰러지는 화영을 받아든 재하는 이내 쓰린 신음을 토해냈다. 팔과 맞닿은 화영의 목덜미에서 심상치 않은 열기가 느껴진 탓이었다.

"정신 차리거라, 화영아! 화영아!"

허공에 붕 떠 있는 듯한 감각 속에서 제 몸이 세차게 흔들리는 것이 느껴졌지만, 화영은 좀처럼 희미해지는 의식을 붙잡을 수가 없었다. 뿌옇게 흐려지는 시야로 구름에 가려진 날빛이 아시랑이처럼 일렁이는데, 하필이면 멀지 않은 곳에서 달갑지 않은 소란이 들려온다.

"멀리 도망가지는 못했을 것이다! 샅샅이 뒤져라!"

화영은 안간힘을 다해 돌처럼 굳어가는 몸을 움직거리기 시작했다. 하지만 아무리 발버둥을 쳐도 손가락 하나 까딱하기는커녕 눈앞만 더욱 흐릿해질 뿐이었다.

'어서 도망…… 쳐야 해.'

둔해지는 감각 끝에 아주 잠시, 서늘한 손이 닿은 듯도 싶다. 어렴풋이 제 이름을 부르는 것은 재하일까. 고통스러운 숨을 토해내며 무어라 입술을 달싹이려던 화영은 결국 까무룩 정신을 잃고 말았다.

몽롱한 꿈속에서 한참을 헤매던 화영이 퍼뜩 깨어난 것은 이미 해가 저물기 시작한 오후였다. 상황을 파악하느라 느리게 달싹이던 화영의 눈꺼풀이 얼마 지나지 않아 번쩍 솟구쳤다. 팅기듯 몸을 일으킨 화영은 놀란 표정을 감추지 못하고 주위를 둘러보았다. 익숙한 천장, 익숙한 이부자리. 궁방의 제 처소가 틀림없다.

"내가 언제……."

의아함에 갸웃거리다 말고 지끈거리는 머리를 감싸 쥔 화영은 앓는 소리를 내며 미간을 구겼다. 그런데 그때, 방문이 덜컹 열리더니 등롱을 든 율이 조용히 안으로 들어왔다.

"일어났느냐?"

머뭇거리는 화영과 달리 태연하게 자리를 잡고 앉은 율은 식어버린 등잔에 불을 밝히며 나지막하게 말을 이었다.

"열이 내린 지 반 시진쯤 되었다. 좀 더 자려무나."

"……도대체 어떻게 된 겁니까?"

혼란스러운 표정의 화영을 잠시 물끄러미 바라보던 율은 곧 들고 있던 화저를 내려놓았다.

"김재하가 너를 데려왔다."

그제야 어렴풋이 떠오르는 지난밤의 기억에 다시금 마음이 복잡해진다. 하지만 만면에 드리워진 그늘을 애써 거둔 화영은 곧 율을 향해 조심스럽게 물었다.

"일은…… 어찌 되었습니까?"

"염려 말거라. 두 분은 무사히 귀택하셨고, 수양 측 또한 별다른 낌새를 보이지 않으니."

"다행입니다."

"그리고 네가 말한 구억골 유민들에 대해서도 알아보았다."

"예? 그게 정말입니까?"

안도의 한숨을 내쉬던 화영이 놀라 되묻자, 쓴웃음을 지으며 뜸을 들이던 율은 이윽고 어렵사리 말을 이었다.

"산에서 도축 일을 하던 달단족들이 근자에 큰불이 나 터전을 잃고 구억골에 흘러들었다고 한다. 한데 이상하게도 그들 중 젊은 사내들이 얼마 전 갑자기 무더기로 사라졌다는구나."

"혹 그들이……."

"아마 관련이 있을 거다."

저도 모르게 마른침을 삼킨 화영은 긴장감에 떨리는 손을 감추려 이불깃을 움켜쥐었다.

'설마, 정말로 역모를 꾀하는 걸까?'

"그런데 확실한 증좌가 없어."

화영의 생각을 읽은 듯, 무거운 말을 덧붙인 율이 긴 숨을 내쉬며 중얼거렸다.

"전하께 어디서부터 어디까지 고해야 할지도 모르겠구나. 알아낸 것을 소상히 아뢰자니 증좌 없는 고변은 또 다른 문제를·야기할 테고……."

그의 고뇌 속에 담긴 무게가 무엇을 뜻하는지 어설프나마 짐작이 간다. 새삼 짙은 피 냄새가 코끝을 스치는 느낌이 들자, 얇게 몸을 떤 화영은 세풀에 주눅이 들어 고개를 떨구었다.

"송구합니다. 소인이 일을 그르치지만 않았어도, 뭔가 확실한 것을 찾아낼 수도 있었을 텐데……."

불가피한 상황이었다고는 하나 기실 지난밤의 사달이 자신의 미숙함으로 비롯된 것임을, 화영은 이미 마음 깊이 통감하고 있었다. 게다가 자신이 정신을 잃고 누워 있는 동안 모든 상황을 정리하느라 진땀을 뺀 이는 분명 율이었으리라.

또다시 밀려드는 자괴감에 마른 입술을 꾹 눌러 다문 화영은 애꿎은 이불깃만 더욱 세게 움켜쥐었다. 그런데 이를 잠자코 지켜보던 율이 돌연 손을 뻗어 한없이 가라앉고 있는 화영의 이마를 꾹 눌렀다.

"또, 또."

멍한 표정으로 저를 바라보는 화영을 향해 피식 웃어 보인 율은 이내 대수롭지 않다는 듯 대꾸했다.

"네가 무사하니 그것으로 되었다. 아니, 잘 버텨줘서 고맙구나."

무심한 말투였지만, 그의 목소리는 분명 다정했다. 하여 더욱 마주 볼 수 없는 율의 시선에 방향을 잃고 당황하던 화영의 눈동자가 다시금 또르르 바닥으로 향했다. 그러자 문득 뜻 모를 표정을 지은 율이 마치 변명을 하듯 어색한 말을 덧붙였다.

"간밤의 일로, 두 분께서 얼마나 네 걱정을 하셨는지 모른다. 어서 차림 정제하고 들도록 해라. 나머지는 그 뒤에 이야기하자."

"……."

"대답은?"

"……예? 아, 예……."

부러 들으라는 듯 혀끝을 찬 율은 머뭇거리는 화영을 향해 앉아 있으라 손짓한 후 등롱을 들고 자리에서 몸을 일으켰다. 그런데 막 방문을 열고 문간을 넘어서려던 그의 걸음이 별안간 우뚝 멈춰 선다.

"화영아."

그가 화영의 이름을 부른 것은 처음이었다. 가슴이 쿵 내려앉는 것은, 생경했기 때문일까. 아니면, 기뻐서일까.

"예, 나으리."

애써 태연한 척하는 화영의 마음을 아는지 모르는지, 전에 없이 지긋한 시선으로 그녀를 바라보던 율은 이윽고 한숨 섞인 목소리로 말문을 열었다.

"혹 내게 숨기는 것이 있느냐?"

"예……?"

"김재하는 알고 나는 모르는, 그런 것이 있느냐는 말이다."

짧은 순간, 오만 가지 생각이 스치는 듯한 화영의 눈동자에 미세한 파동이 번지기 시작했다.

"무, 무슨 말씀을 하시는지 모르겠습니다."

간신히 대꾸하긴 했지만, 떨리는 말끝을 삼키는 화영의 모습은 당황한 기색이 역력했다. 굳은 얼굴로 빈 숨을 삼키는 그녀를 다시금 물끄러미 응시하던 율은 무심코 주먹을 움켜쥐었다.

"실은 지난밤에……."

어렵사리 연 입술을 깨물며 말끝을 흐리는 그의 눈동자는 유난히 탁했다. 기실 지난밤은 그에게도 무척이나 괴로운 시간이었다. 자괴감, 상실감, 무력감……. 그 어떠한 말로도 자신이 느낀 감정들을 설명할 수 없을 정도니까.

하지만 무엇보다 율의 머릿속을 가장 혼란스럽게 하는 것은 사라졌던 화영을 등에 업고 나타난 재하가 토해내듯 소리친 말들이었다.

"밤새 얼마나 고민했는지 모릅니다. 이 녀석을 여기로 데려오는 게 맞는 건지. 실은 지금도 잘 모르겠습니다."

"그게 무슨 소린가? 나라의 녹을 받는 반당이다. 그대 멋대로……."

"하면 이 사달이 나기 전에 막아주셨어야지요! 천것의 목숨이라 하여 함부로 여기셨습니까? 나친 몸으로 길가에 홀로 내버려질 만큼?"

무어라 반박을 할 수도 있었지만, 차마 그러지 못했다. 분하게도 그의 말이 틀린 것만은 아니었으니까. 화영이 위기에 처하는 것을 막지 못했고, 종국에는 지키지도 못했으니까. 하지만 뒤이어 흘러나온 재하의 말 기저에는 분명 또 다른 분노가 짙게 깔려 있었다.

"나으리 같은 양반네들은 늘 이런 식입니다. 알량한 선의 한 번 보인 것으로 크나큰 은혜를 베풀었다고 착각하지요. 예, 분하게도 맞을 겁니다. 나으리께서 별 뜻 없이 내미신 손이 녀석에게는 온누리 그 자체였겠지요. 한 번 마음을 주고 따른 이에게는 미련하리만치 충직한 아이니까 더더욱 그랬을 겁니다."

"무슨 소리인지 도통 알아들을 수가 없군. 난 결코……."

"하오나 그 마음을 당연하게 여기지는 마십시오. 아무것도 모르면서, 이 아이가 가슴속에 숨기고 있는 짐이 무엇인지도, 무슨 연유로 그것들을 홀로 버려내야만 하는지도 모르면서, 함부로 녀석의 목숨 값을 매기지 마시란 말입니다!"

뜻 모를 그 말들은 가뜩이나 혼란하던 율의 머릿속을 강하게 내려치는 것이었다. 매서웠던 재하의 목소리를 되새기자니, 다시금 속이 시끄러워진다. 꼬리에 꼬리를 무는 생각을 떨치려 부러 고개를 가로저은 율은 이윽고 한숨을 내쉬며 말끝을 돌렸다.

"아니, 아무것도 아니다. 내가 괜한 것을 물었구나."

묻는다 한들 대답을 들을 수 있을까. 아니, 어쩌면 듣지 않는 편이 나을지도 모른다. 결국 아무런 말도 하지 못한 채 등을 돌린 율은 무거운 걸음을 힘겹게 옮겼다.

어딘지 모르게 석연찮은 그의 행동이 마음에 걸렸지만, 이내 참았던 숨을 내쉬며 안도한 화영은 떨리는 손으로 쿵쾅거리는 가슴을 지그시 눌렀다. 하마터면 저를 바라보던 율의 그 직선적인 눈빛에 그대로 숨이 멎어버릴 뻔했다.

'설마 눈치채신 건 아니겠지?'

무심코 고개를 숙여 앞섶을 내려다본 화영은 밀려드는 불안감에 짤막한 손톱 끝을 깨물었다.

"지금이라도 가서 이실직고를 해야 하나? 아니, 따지고 보면 내 잘못은 아니잖아. 거짓말을 한 것도 아니고, 혼자 착각하신 걸 모른 척 해드린 것뿐인데."

공연히 혼잣말을 중얼거리며 불편한 마음을 스스로 다독이던 화영은 문득 두 손을 천천히 펴보았다. 손금 사이로 축축하게 배어든 땀방울을 보니, 역시 제 잘못일까 싶은 마음이 다시금 스멀스멀 피어오른다.

"……진즉에 말씀드렸어야 했는데."

율이 자신을 각별하게 대하는 연유가 저를 아우처럼 여기기 때문이라는 것은 화영도 익히 짐작하던 바였다. 한데 그리 정을 베푼 이가 실은 사내가 아닌 여인이라는 사실을 알게 된다면, 그가 느낄 배신감이 오죽하겠는가.

쌉쌀한 맛이 혀끝을 감돌자, 한숨과 함께 흐트러진 머리카락을 쓸어 올린 화영은 곧 축 늘어진 어깨를 이고 자리에서 몸을 일으켰다. 어느 새 깊어진 노을은 밀려드는 어둠의 흔적과 함께 산등성이 아래로 그 모습을 감추기 시작하고 있었다.

❈

"지금 뭐라 하셨습니까?"

"경혜 공주의 반당이라는 계집을 간자로 삼으라 하였다."

다시 한 번 제 귀에 내리꽂힌 권람의 말에, 재하는 무릎 위에 가지런히 놓은 두 손을 소리 없이 움켜쥐었다. 이것은 정말이지 꿈에도 생각지 못했던 상황이다.

"듣기론 네가 그 계집과 어릴 적부터 함께 자랐다지? 옛정을 빌어 회유를 하든, 약점을 잡아 겁박을 하든, 책임지고 끌어오도록 해라."

"연유가, 연유가 무엇입니까?"

가늘게 떨리는 재하의 목소리에는 감출 수 없는 당혹감이 서려 있었다. 이에 의아한 눈동자를 들어 재하를 바라본 권람은 당연한 것을 묻는다는 듯 말을 이었다.

"거사 날, 궁방 안을 교란시켜 줄 간자가 있다면 일이 더 수월할 게 아니냐?"

"하오나……."

잠시 말을 멈추고 아랫입술을 깨문 재하는 이윽고 짙은 한숨과 함께 머뭇거리던 입술을 달싹였다.

"송구합니다만, 그리할 순 없습니다. 아무것도 모르는 아이를……."

"하면 반드시 죽을 수밖에 없는 길로 던져 넣을 셈이더냐?"

의미심장한 권람의 대꾸에, 깊숙이 가라앉아 있던 재하의 검푸른 눈동자가 일순 방향을 잃고 크게 흔들렸다. 이를 놓치지 않고 살핀 권람은 뜻 모를 표정을 지으며 들고 있던 찻잔을 내려놓았다.

"공주방에서 거사를 치르게 된 이상, 공주의 반당인 그 계집은 일의 성패와 상관없이 반드시 죽게 될 것이다. 하나 비루한 힘이나마 대의에 보탬이 된다면, 목숨을 건지는 것은 물론이거니와 큰 보상을 받게 될 것이야. 바로 네 녀석처럼 말이다."

"……"

"무엇이 정녕 그 계집을 위하는 일인지, 더 말하지 않아도 잘 알겠지."

등골이 서늘할 만큼 날카로운 눈동자로 재하를 훑어본 권람은 다시금 찻잔을 입으로 가져가며 태연히 말을 이었다.

"간밤의 소동은 너도 들어 알고 있을 것이다. 기실 그 일로 대군 대감의 심기가 무척이나 불편해지셨어. 도망간 침입자가 무엇을 얼마나 엿들었는지는 모르나, 염려대로 김종서나 안평대군의 수하라면 필시 가만히 지켜만 보지는 않을 게다. 까딱하다가는 모든 일이 수포로 돌아가겠지."

"……"

"하니 반드시 그 계집을 확보해야 한다. 마지막의 마지막까지, 승리를 위해 가능한 한 많은 패를 준비해야 해."

다짐하듯 중얼거리는 권람의 말이 화살처럼 날아와 가슴을 찌른다. 재하는 애써 불안한 마음을 가다듬으며 시리게 어금니를 앙다물었다.

이 이상 그 어떠한 마음도 들켜서는 안 된다. 저들에게는 틈이 될 모든 것들을 철저히 숨겨야만 한다. 비장하게 굳어진 재하의 눈은 그렇게 몇 번이고 되뇌고 또 되뇌고 있었다.

06. 어긋나는 마음

이른 아침, 상참을 마치고 나온 종의 얼굴은 유난히 어두웠다. 금상의 숙부 중 한 명인 영웅대군이 정실이자 제 손윗누이인 춘성부부인 정씨의 폐출 문제로 일대 소란을 일으킨 것이다. 하물며 그 연유가 전처와의 재혼을 원하기 때문이라니, 참으로 기가 찰 노릇이다.

"아무리 전처라 해도, 이는 엄연한 잠통(潛通)입니다! 한데 도리어 현처를 폐출시키겠다니, 있을 수 없는 일이지요!"

"하오나 이미 여식까지 생산하였으니, 그대로 둘 수도 없는 노릇 아닙니까?"

"무엇보다, 수양대군께서 모든 것을 알고도 묵과하셨다는 게 참……."

"허, 그것이 뜬소문이 아니었단 말입니까?"

저마다 한 소리를 뱉어낸 대신들이 궁방을 나서고, 먼발치에서 이를 지켜보던 화영은 곧 무겁게 가라앉은 시선을 사랑채로 돌렸다. 때마침 나타난 율이 홀로 남아 있던 종과 무어라 대화를 나누는 듯했다. 이내 종을 들여보낸 뒤, 힘없이 대청마루에 걸터앉은 율은 한동안 꼼짝도 하지 않았다.

"역시, 근심이 크시겠지."

율이 비록 양자라고는 하나, 종과 막역하게 지내는 것을 보면 누이 또한 살뜰히 챙겼을 것이리라. 하니 그 속이 어찌나 뒤숭숭할까, 화영은 그것이 염려스러웠다.

아니나 다를까, 멍하니 하늘을 올려다보는 율의 표정에서 부쩍 심란한 기색이 느껴진다. 보다 못한 화영은 결국 망설이던 주먹을 꽉 말아 쥐며 조심스레 그의 곁으로 다가갔다.

"……괜찮으십니까?"

주저하며 건넨 말에, 고개를 든 율은 화영을 보고 잠시 놀란 듯했지만 곧 대수롭지 않다는 표정을 지으며 되물었다.

"내 걱정을 하는 것이냐?"

옅은 웃음소리를 덧붙이는 것이 얼핏 짓궂은 기색을 띤다. 덕분에 붉어진 얼굴을 숨기려 고개를 숙인 화영은 말끝을 흐렸다.

"주제넘은 줄은 압니다만……."

"아니다. 그저, 대감의 입장이 곤란해지실까 저어되는구나."

혼잣말처럼 중얼거린 율은 이내 짧게 웃으며 네가 신경 쓸 일은 아니다, 하고 덧붙였다. 그러고는 자연스레 화영의 머리를 쓰다듬는 손길이 건네진 목소리만큼이나 다정하다.

연유는 알 수 없지만, 근자에 율이 부쩍 상냥하고 부드러워진 것은 익히 느끼고 있던 바였다. 하지만 그럼에도 불구하고 여지없이 덜컹 내려앉는 심장이 마냥 야속하기만 하다.

"그, 그럼 이만 물러가 보겠습니다."

행여나 그 속을 들킬까, 황급히 허리를 숙여 인사를 올린 화영이 막 자리를 뜨려는데 돌연 그 앞을 막아선 율의 입에서 예상치 못한 질문이 흘러나왔다.

"혹 지금 바쁘더냐?"

"예? 그것은 아닙니다만……."

"윗분들 문안 인사야 진즉 드렸을 것이고, 공주 자가께서는 대감과 함께 계시고, 금군이 진을 치고 있으니 딱히 순찰을 할 필요도 없을 터인데."

제 할 일을 손바닥 들여다보듯 훤히 꿰고 있는 그의 말에 무어라 대답을 해야 좋을지 모르겠다. 한참을 망설이던 화영이 결국 예 하며 고개를 끄덕이자, 가느다란 율의 눈이 금세 의뭉스러운 미소를 그렸다.

"그럼 나랑 조반이나 같이 들자꾸나."

"예에? 아니, 그 무슨 당치 않은 말씀을……."

갑작스러운 그의 제안에 당황한 것도 잠시.

"혼자 먹기 심심하다."

돌아온 대답이 영 어울리지 않는 것이라, 화영은 손사래를 치다 말고 멍하니 율을 바라보았다. 그 표정이 얼핏 당황한 강아지 같아 하마터면 웃음이 터질 뻔한 것을 가까스로 눌러 삼킨 율은 짐짓 태연하게 화영의 어깨에 팔을 두르며 전방을 가리켰다.

"가자."

조금 전보다 가까워진 율의 시선이 다시금 제게 닿자, 황급히 고개를 떨군 화영은 행여 누가 볼세라 그의 팔을 어색하게 피했다.

"그, 저, 나으리도 참. 아랫것이랑 나란히 서시면 남들이 흉봅니다."

"뭘, 한두 번도 아닌데 새삼스레."

"그러니 드리는 말씀이지요. 어서 앞서십시오."

어째서일까. 가슴속 깊은 곳이 따끔, 아니, 욱신거린다. 한숨과 함께 그 생경한 통증을 삼킨 화영은 쓸쓸한 미소가 번지는 입술을 부러 비죽이며 슬며시 율의 등을 떠밀었다.

어쩔 수 없다는 듯 먼저 걸음을 떼는 그의 뒷모습이 흐릿하다. 한 걸음, 한 걸음 멀어지는 그를 물끄러미 바라보던 화영은 문득 그가 남긴 발자국 위에 제 발을 조심스레 겹쳐 보았다.

커다란 발, 넓은 보폭, 그리고…….

"뭐 하고 있느냐?"

어느새 뒤로 돌아선 율이 뒷짐을 진 채 목소리를 높였다.

"예, 갑니다!"

이에 질세라 우렁찬 목소리로 대꾸한 화영은 있는 힘껏 환한 미소를
지어 보였다.

그래, 이만큼. 딱 이만큼이 결코 좁힐 수 없는 그와의 거리다.

"이게 다 뭡니까?"

부엌어멈이 내려놓고 간 밥상을 얼떨떨한 얼굴로 바라보던 화영은 곧
맞은편에 앉아 있는 율을 향해 흘깃 시선을 돌렸다. 그러자 막 수저를
들어 밥 한 술을 뜨던 그가 이상하다는 듯 화영을 돌아보았다.

"어찌 그러고 있느냐? 국 식는다."

"하오나……."

기가 막힌 표정으로 무어라 말을 이으려던 화영은 이내 입술을 꾹 눌
러 닫았다. 기실 밥상을 두고 마주 앉기까지 한 마당에 올라온 찬들이
분수에 넘친다는 말 따위 율에게는 하등 상관이 없을 것이리라.

그러나 좀처럼 수저를 뜨지 못하고 눈치를 살피는 화영의 모습이 못
마땅했는지, 작게 혀끝을 차던 율은 결국 들고 있던 수저를 소리 내어
내려놓으며 말했다.

"설마하니 내가 밥까지 떠먹여 주어야 하겠느냐?"

"아, 아닙니다! 소인은 그저……."

"그럼 어서 들거라. 가뜩이나 말라서는, 사내구실을 하려면 먹기라도
잘 먹어야지."

무심히 흘리는 말투였지만, 제풀에 가슴이 뜨끔한 화영은 황급히 수
저 가득 밥을 떠 입안으로 거칠게 욱여넣었다. 하지만 금세 캑캑 기침을
뱉어내더니, 국그릇을 들고 막힌 목을 벌컥벌컥 축이는 것이었다.

"저, 저, 채신머리없기는."

탐탁지 않은 척 가장한 말투 뒤로 보일 듯 말 듯 미소를 지은 율은 문득 가느다란 눈을 더욱 길게 조이며 표정을 굳혔다. 다친 팔이 불편한지, 수저를 놀리다 말고 간간이 미간을 찌푸리는 화영의 모습이 마음에 걸린 탓이었다.

"……상처는 좀 어떠하더냐?"

"아, 별거 아닙니다. 염려 마십시오."

"흉이 질 것 아니냐?"

나지막한 율의 물음에, 입안 가득한 음식을 열심히 우물거리던 화영이 피식 웃으며 대꾸했다.

"그게 무에 대수겠습니까? 검을 쓰다 보면 당연히 얻는 것을요. 뵈지 않아 그렇지 이만한 상처는 여기저기 꽤 있습니다."

"하지만……."

말을 멈추고 무언가를 골똘히 생각하던 율은 잠시 후 빗접 안에서 조약돌만 한 크기의 백자합을 꺼냈다.

"가까이 오너라."

의아한 표정으로 제 곁에 다가온 화영의 손에 그것을 쥐여준 율은 나지막한 목소리로 말을 이었다.

"태을고(太乙膏)다. 창상에 효험이 좋으니, 당분간 이것을 꼬박꼬박 상처에 바르거라."

흔들리는 눈동자로 손 위의 백자합과 율을 번갈아 바라보던 화영은 이내 보일 듯 말 듯 옅은 미소를 머금었다. 어쩐지 마음이 간질간질한 것이 바람이라도 든 것처럼 웃음이 새어 나오던 바로 그때였다.

"도련님! 손님이 찾아오셨습니다!"

"손님?"

방문을 넘어 들려온 막놈의 갑작스러운 전언에, 의관을 갈무리한 율은 서둘러 문을 열고 밖으로 나갔다. 그러자 마루 밑에서 그를 기다리던 여인이 쓰고 있던 너울을 천천히 걷어 올렸다.

"연통도 없이 찾아뵈어 송구합니다."

곧 그녀가 미도임을 알아본 율은 답지 않게 당황한 기색을 숨기지 못했다. 이는 뒤따라 나온 화영 또한 마찬가지였다. 뜻 모를 표정으로 두 사람을 바라보던 미도는 이윽고 작위적인 미소를 그리며 말을 이었다.

"갑작스러우시겠지만, 소녀에게 잠시 시간을 내어주시겠습니까?"

"……하실 말씀이 계시다면, 여기서 하시지요."

떨떠름한 기색이 역력한 율의 대꾸에, 말없이 고개를 돌린 미도는 곁을 지키고 있던 막놈과 자신의 몸종을 향해 자리를 비켜달라는 눈짓을 보냈다. 그러더니 고개를 돌려 율의 뒤에 선 화영을 지그시 응시한다.

"너도 잠시 물러가 있겠느냐?"

고압적인 분위기에 눌려 저도 모르게 고개를 끄덕인 화영은 머뭇머뭇 대청 아래 놓여 있던 신을 꿰어 신었다. 그런데 막 걸음을 떼려던 화영의 손목을 누군가 거칠게 낚아챘다.

"괘념치 말고 말씀하시지요. 간밤의 일 때문인 듯한데, 당사자인 이 녀석이 못 들을 이야기는 없지 않습니까?"

흠칫 놀란 화영은 제 손목을 잡고 있는 율의 손을 황망히 바라보았다. 하지만 덤덤한 표정으로 미도와 시선을 맞추고 있는 율의 눈동자는 그 속을 짐작조차 할 수 없을 만큼 새까맣게 굳어져 있었다.

어색한 침묵이 흐르는 동안 보이지 않는 신경전을 벌이는 두 사람의 태도가 전에 없이 싸늘하기만 하다. 그 사이에서 화영은 이러지도 저러지도 못한 채 숨죽여 그들을 지켜볼 수밖에 없었다.

"정말이지."

이윽고 짧은 웃음을 터뜨린 미도가 침묵을 깨고 말문을 열었다.

"소녀가 그리도 불편하십니까?"

유난히 또렷한 선을 가진 그녀의 눈동자는 날 선 율의 시선을 피하지 않았다. 하지만 작고 도톰한 입술이 보일 듯 말 듯 떨리는 것을 눈치챈 율은 다소 누그러진 목소리로 그녀의 질문에 대답했다.

"그저 아기씨께 폐가 될까 저어될 뿐입니다. 혼기 찬 여인이 사사로이 사내와 어울리는 모습을 보여 좋을 건 없지 않겠습니까? 정혼한 사이도 아닌데."

부러 정혼이라는 단어에 힘을 실은 것은 분명 미도와의 관계에 확실한 선을 긋기 위함이리라. 그런 율의 의중을 눈치채고 소리 없이 실소한 미도는 소매 속에서 보이지 않게 주먹을 움켜쥐었다.

"그러지 않으셔도 도련님께서 소녀와의 혼인을, 아니, 혼인 자체를 기피하시는 것은 아주 잘 알고 있습니다."

"⋯⋯."

"하오나 그럼에도 불구하고 이리 도련님을 찾아뵙는 소녀에게도 깊은 사정이 있지 않겠습니까? 도련님과 반드시 혼인을 해야만 하는 연유가."

어딘지 모르게 결연한 빛을 띠는 미도의 말이 바늘처럼 귓전을 찌른다. 보아서도 들어서도 안 될 장면을 마주한 기분에 어찌할 바를 모르고 땅바닥만 바라보던 화영은 결국 주춤거리며 율의 손을 조심스럽게 밀어냈다.

"저⋯⋯ 송구하오나, 먼저 물러나겠습니다. 공주 자가의 곁을 오래 비울 수가 없어서요. 두 분, 이야기 나누십시오."

말을 마치기가 무섭게 황급히 몸을 돌린 화영은 뒤도 돌아보지 않고 뛰다시피 걸음을 옮겼다. 얼핏 율이 저를 부르는 듯도 싶었지만, 멈출 수는 없었다. 안채 중문에 다다르고 나서야 가까스로 걸음을 세운 화영은 문득 먹먹해진 가슴을 한 손으로 지그시 눌러보았다.

"혼인⋯⋯ 이라."

약관을 훌쩍 넘긴 율에게 혼처가 있었음은 어찌 보면 당연지사였다. 도리어 지금껏 미취한 것이 이상한 일이지 않은가. 한데 자꾸만 머릿속을 지배하는 이 감정은 대관절 무엇인지 모르겠다.

조금 전까지 마주하고 있던 미도의 청초하면서도 명료한 얼굴을 떠올리니, 어쩐지 온몸이 깊숙한 늪으로 빠져드는 것만 같다. 아니, 정확히 말하자면 미도의 존재가 아닌 그녀를 바라보는 율의 눈빛, 이제껏 단 한 번도 보지 못했던 그 생경한 눈빛 때문일 테지.

저도 모르게 깊은 한숨을 내쉰 화영은 먹은 것이 얹힌 듯 갑갑해진 명치끝을 주먹으로 툭툭 두드렸다. 그런데 바로 그때, 등 뒤에서 익숙한 목소리가 들려왔다.

"여기 있었구나, 화영아!"

"공주 자가."

반가운 기색을 띠며 화영에게 다가온 경혜는 문득 그녀의 얼굴에 드리워진 그늘을 읽고 걱정스러운 목소리로 물었다.

"안색이 좋지 않구나. 아직 몸이 좋지 않은 게야?"

"그럴 리가 있겠습니까? 아무렇지도 않아요."

애써 미소를 지으며 고개를 가로저었지만, 화영의 암청색 눈동자는 마치 비 온 뒤 밤하늘처럼 촉촉하게 젖어 있었다. 이에 잠시 입을 다물고 화영을 바라보던 경혜는 곧 아무렇지도 않은 척 말을 돌렸다.

"실은 네게 전해줄 것이 있어 급히 찾아다니던 참이다. 자, 받거라."

"이게…… 뭡니까?"

그녀가 불쑥 화영의 품에 안겨준 것은 금사 장식의 홍색 주단에 싸인 청자 병이었다. 한데 일견에도 그 빛깔이 예사롭지가 않다.

"전하께서 너에게 어주를 내리셨다."

"예?"

소스라치게 놀란 화영은 제 귀를 의심했다. 하지만 이어지는 경혜의 말은 분명 환청이 아니었다.

"위험에 처했음에도 맡은 바 소임을 다하였으니, 갸륵하고 애틋한 마음을 담아 상을 내린다 하셨다. 비록 정식 교지는 없지만, 전하께서 내게 직접 전해주셨으니 너무 아쉬워하지는 마라."

"마, 말도 안 됩니다. 그, 그런……."

차마 더는 말을 잇지 못하고 입술만 벙긋거리는 화영의 두 뺨에는 어느새 붉은 꽃이 피어오르고 있었다. 그 모양을 흐뭇하게 바라보던 경혜는 문득 동그란 눈동자 가득 슬픈 기색을 담으며 화영의 손을 조심히 감싸 쥐었다.

"어쩌다 나를 모시게 되어 안 해도 될 고생을 하였으니, 그 고마움과 미안함을 말로 다 표현할 수 없구나."

"……."

"이 상처투성이 손이 내내 눈에 밟혔다. 하지만 그 누구보다 고운 손이기도 하구나."

하마터면 눈물이 쏟아질 뻔한 것을 가까스로 눌러 삼킨 화영은 부푼 눈으로 경혜를 바라보았다. 진창과 비견되는 행화촌 출신인 제게, 내 곁이 고생길이라 미안하다는 금지옥엽의 마음을 대관절 어찌 다 갚을 수 있단 말인가.

"공주 자가를 뫼시게 된 것은 천운이었습니다."

이윽고 굳게 닫혀 있던 입술을 천천히 달싹이는 화영의 귓불은 봄날의 도화색으로 물들어 있었다.

"얼굴도 모르는 어미를 잃고 정 한 번 받은 적 없던 아비가 떠난 뒤, 가족처럼 따르던 관주 아씨마저 한 줌 바람으로 보냈습니다. 길지도 않은 생의 대부분을 이별로 살아온 소인에게 소중한 만남을 이어준 분이 공주 자가세요. 그러니 어찌 하늘에 감사하지 않을 수 있겠습니까?"

"화영아……."

"이제껏 공주 자가의 은혜로 과분한 호사를 누렸습니다. 미천한 몸으로 감히 용안을 뵐 수 있었고, 천하제일 스승께 가르침을 받고 있으며, 평온한 밤에 바라보는 달이 벅찰 만큼 아름답다는 것 또한 알 수 있었으니까요."

하니 어찌 그 이상을 욕심낼 수 있을까. 못다 한 말을 삼킨 화영은 어느새 눈물을 그렁그렁 매달고 있는 경혜의 손을 조심히 마주 잡았다.

"소인에게 공주 자가의 곁을 허락해 주셔서 감사드립니다. 정말이지, 말로 표현할 수 없을 만큼요."

어쩌면 이 심연과도 같은 슬픔이 무너지고 깨져 가슴을 찌르더라도 그녀의 곁이라면 견뎌낼 수 있을 것이다. 그렇게 되뇌는 화영의 두 뺨에는 흐드러진 꽃나무처럼 눈부시고 화사한 미소가 걸려 있었다.

어김없이 찾아온 밤, 낮은 달이 처마 끝에 걸렸다. 여느 때처럼 빈 뜰에서 열심히 검을 휘두르던 화영은 땀에 젖은 이마를 소매 끝으로 훔치며 무심히 한숨을 내뱉었다. 오늘따라 유난히 하얗고 매끈한 달이 부서질 듯 환한 빛을 쏟아내며 시야를 밝히고 있었다.

덕분에 홀린 듯 하늘로 손을 뻗으려던 화영은 문득 환한 달빛 아래 볼품없이 드러난 제 손을 물끄러미 바라보았다. 울퉁불퉁 굳은살이 새겨진 상처투성이 손은 구석구석을 뜯어보아도 고운 여인의 손과는 거리가 멀었다.

때마침 마른 가지처럼 앙상한 손가락 사이로 달빛이 스며들자, 부러 헛기침을 하며 헝클어지는 마음을 가다듬은 화영은 다시금 머리 위로 힘차게 검을 들어 올렸다.

그런데 바로 그때, 서늘한 기척과 함께 등 뒤로 다가온 커다란 손이 검을 잡은 화영의 손을 불쑥 잡아챘다. 화들짝 놀라며 고개를 돌린 화영은 이내 건조한 밤공기를 목구멍 아래로 벌컥 집어삼키고 말았다.

"쓸데없이 힘을 주지 말라고 했을 텐데."

"나, 나으리……."

"그새 깜박했느냐?"

닿을 듯 가까운 율의 얼굴 위로 달빛을 닮은 미소가 번지자, 하마터면 쿵 하고 떨어질 뻔한 가슴을 애써 가눈 화영은 황급히 시선을 떨구며 대답했다.

"아닙니다. 기억하고 있습니다."

"그럼 다시 해보거라."

율은 붙잡고 있던 화영의 손을 조심히 틀어 검의 방향을 바로잡아 주었다. 등 뒤에 맞닿은 그의 품이 좀 더 깊숙이 다가오자, 저도 모르게 흠칫 몸을 떤 화영은 메마른 입술을 깨물며 두 눈을 질끈 감았다.

간신히 평정을 되찾았는데, 막상 율을 마주하니 또다시 가슴 한구석이 한겨울 바다처럼 출렁출렁 거친 물결을 일으킨다. 잡다한 상념도, 불필요한 감정도 차라리 이 파도에 휩쓸려 사라져 버리면 좋을 것을.

"집중해."

귓전을 간질이는 율의 숨소리, 코끝에 내려앉는 옅은 향 내음이 아찔하리만치 달큼하다. 그 때문이었을까. 평소라면 절대 꺼내지 못할 말이 입술 끝을 맴돌다 말고 덜컥 입 밖으로 나와 버린 것이.

"어찌하여 현주 아기씨와 혼인하지 않으십니까?"

갑작스러운 물음에 일순 멈칫한 율은 당혹스러운 표정을 감추지 못한 채 붙잡고 있던 화영의 손을 천천히 내려놓았다. 새하얗게 질려 버릴 만큼 앙다문 입술, 후회가 역력한 눈동자가 어딘지 모르게 생경하다.

"……송구합니다. 실언이니, 부디 잊어주십시오."

"너는 내가 그분과 혼인하는 것이 옳다 여기느냐?"

씁쓸히 되묻는 그의 표정은 여실히 낮아진 목소리만큼 무겁게 가라앉아 있었다.

"그야……."

차마 율을 바라보지 못하고 땅에 박은 시선을 바쁘게 움직이던 화영은 잠시 후 망설이던 입술을 달싹였다.

"곱고, 총명하고, 무엇 하나 빠지지 않는 분 아니십니까? 하온데 어찌 혼인을 주저하시는지 소인은 도통 이해할 수가 없어 여쭈었습니다."

"……진심이 아닌 대의로 평생의 반려를 선택하는 실수를 하시게 둘 수는 없었으니까."

돌아오지 않으리라 여겼던 대답이 흘러나온 것보다, 그 속에 담긴 뜻을 알 수 없음이 더욱 당황스럽다. 화영은 잠시 숨을 멈추고 천천히 고개를 들어 율을 바라보았다.

"마음의 아닌 대의…… 라니요?"

얼핏 망설이는 기색을 비친 그가 곧 혼란스러운 표정의 화영을 뒤로한 채 조용히 쪽마루에 걸터앉았다. 꽤 오랫동안 침묵을 지키는 그의 얼굴에는 짙은 고독이 서려 있었다.

"현주 아기씨는……."

마침내 굳게 닫혔던 말문을 여는 율의 목소리는 한숨처럼 아득했다.

"어릴 적부터 나와 닮은 점이 많은 분이셨다. 혼담이 오가기 전부터 나를 오라비처럼 따르셨고, 나 역시 그분을 누이처럼 아꼈지. 어쩌면, 그래. 모두의 말마따나 좋은 연이 될 수 있을지도 모른다고 여겼다."

"……."

"하지만 아기씨께서 나를 곁에 두려 하신 게 연심이 아닌 가문 때문이었음을 알고, 확신이 생겼다. 그분과 나는 서로를 위해 혼인하지 말아야 해."

화영은 들고 있던 검을 갈무리하며 조용히 율의 옆에 자리를 잡고 앉았다. 아마도 오랜 시간을 가슴속에 숨겨두었을 이야기를 담담히 풀어내는 율의 표정은 사뭇 평온했다.

"……첫정이셨습니까?"

"글쎄다."

조심스러운 화영의 물음에, 율은 미묘하게 웃으며 고개를 가로저었다.

"그때의 마음은 모르겠지만, 지금은 아니야. 그저…… 행복해지시길 바랄 뿐이다."

문득 애달픈 기색을 띤 율의 눈동자가 제게 닿자, 화영은 어색한 미소를 지으며 그에게서 시선을 거두었다. 또 한 번, 빈 가슴에 일어난 한 줄기 파동이 목구멍을 간질인다.

"나으리께서는 따뜻한 분이십니다."

이윽고 어렵사리 말문을 연 화영은 남몰래 소매 속에서 빈손을 말아 쥐었다.

"뜬금없이 그게 무슨 말이냐?"

"그냥, 들으신 그대로입니다. 기실 예전부터 말씀드리고 싶었어요. 참으로 따뜻한 마음을 지니고 계신 것 같다고."

'하여 부럽습니다. 이다지도 청결한 눈동자로 행복을 바라는 나으리의 마음을, 그 진정을 받으시는 그분이.'

차마 꺼내지 못한 뒷말을 삼키며 달빛 머금은 구름을 향해 시선을 돌린 화영은 부러 밝은 목소리로 말을 이었다.

"덕분에 저도 많은 은혜를 입었지 않습니까? 이렇게 검도 가르쳐 주시고, 살뜰히 보살펴 주시고."

"······싱거운 녀석."

민망함에 짧은 웃음을 터뜨린 율은 괜스레 주위를 두리번거리다 말고 마루 끝에 놓여 있는 꾸러미를 집어 들었다.

"한데 이건 무엇이냐?"

붉은 주단 보자기로 싸인 것은 얼핏 보기에도 값비싸 보이는 술병이었다. 의아한 눈으로 그것을 살피는데 별안간 사색이 된 화영이 두 팔을 휘두르며 버럭 목소리를 높였다.

"조, 조심하십시오!"

헐레벌떡 술병을 빼앗아 드는 화영을 황망한 눈으로 바라보던 율은 이내 불퉁한 목소리로 그녀를 나무랐다.

"어찌 그리 호들갑을 떠느냐?"

"저, 전하께서 하사해 주신 겁니다! 어주라고요!"

"뭐?"

그제야 상황을 이해한 율은 슬그머니 쏟아져 나오는 웃음을 간신히 참으며 되물었다.

"너 술은 할 줄 아느냐?"

"그, 그건 아니지만 설사 안다 해도 마시지 않을 겁니다. 감히……."

"하면 가가손손 대물림이라도 할 셈이더냐?"

"그러면 안 됩니까? 술이란 묵을수록 맛이 든다고들 하던데요, 뭐."

볼멘소리를 내며 입술을 비죽인 화영은 소중히 안고 있던 술병을 조심스레 방문 너머로 밀어 넣었다. 그런데 어딘지 모르게 의뭉스러운 빛을 띤 율의 눈동자가 끈질기게 화영의 행동을 좇는다.

"왜, 왜 그리 보십니까?"

"화영아."

답지 않게 들뜬 목소리로 제 이름을 부르는 율에게서 썩 달갑지 않은 기운을 느낀 화영은 다시금 술병을 끌어안으며 그를 노려보았다. 하지만 슬금슬금 다가온 율의 표정이 일순 짓궂게 변하는 것이 아무래도 심상치가 않다.

"에이, 설마. 나으리, 아니죠?"

"열어보거라."

"예에?"

안 그래도 동그란 눈을 더욱 둥글게 치켜뜬 화영은 곧 기겁을 하며 품 안의 술병을 더욱 세게 끌어안았다. 쉴 새 없이 고개를 가로젓는 그녀의 모습에 숨죽여 쿡쿡 웃은 율은 짐짓 태연한 동작으로 화영의 어깨에 팔을 두르며 말했다.

"조금 전 네 입으로 말한 은혜도 갚을 겸, 그 어주 맛이나 보여다오."

"아, 안 됩니다. 절대 안 됩니다!"

"어허, 맛만 보자는데도?"

"글쎄 안 된다니까요? 나으리! 나으리이!"

대관절 이게 다 무슨 일인지. 젓가락을 입에 물고 제 앞의 빈 잔을 응시하던 화영은 이내 떨떠름한 표정으로 어질러진 소반을 갈무리하기 시작했다.

"술도 못하시면서 무슨……. 아까 드린 말씀은 다 취소입니다, 취소!"

입술을 비죽인 화영이 불퉁한 소리를 늘어놓는데도 아랑곳하지 않고 벌겋게 달아오른 얼굴을 벽에 기대는 율은 얼핏 보기에도 무척 취한 듯했다.

"너는 취하고 싶었던 적이 없느냐?"

달뜬 목소리로 중얼거리는 율의 입술이 술에 젖어 투명하다. 화영은 막 소반을 들어 옮기려던 손을 멈추고 그를 바라보았다.

"없습니다. 행화촌에서 워낙 좋지 않은 모습들을 봐와서."

"그럼 취해서 잊어버리고 싶은 기억도 없느냐?"

"피하고 싶은 순간은 있었어도, 잊어버리고 싶은 기억은 없습니다. 왜 그런 말도 있지 않습니까? 불행 속에도 간직하고 싶은 추억 한 줌쯤은 있는 법이라고."

덤덤한 화영의 대꾸에 먼 곳을 응시하던 율이 미묘한 표정을 그렸다.

"좁쌀민 한 녀석이 답지 않게 이른스리운 말올 하는구나."

"그 좁쌀만 한 녀석한테 업혀 들어가고 싶지 않으시면, 얼른 술이 깨셔야 할 겁니다."

농 섞인 나무람에 고개를 돌려 화영을 바라본 율은 잠시 생각에 잠기는 듯하더니, 돌연 팔을 뻗어 그녀의 손목을 지그시 붙잡았다. 얼핏 손끝에서 작은 떨림이 느껴지는 듯도 하다. 희미해진 시야를 가누려 두 눈을 수차례 깜박인 율은 잠시 후 술에 젖은 입술을 느리게 달싹였다.

"술김이란 것이, 참으로 대단하구나. 속에 담아두었던 말들을 이리도 내려놓고 싶은 걸 보면."

어린아이 같은 표정을 하고 있는 그의 모습은 낯설었지만, 나쁘지 않았다. 취중진담이라 했던가. 가릴 것 없이 드러난 눈빛에서 얼핏 진중함을 느낀 화영이 조용히 자세를 바로잡으며 물었다.

"무슨 말씀이 하고 싶으신데요?"

"나루터에서 말이다. 왜 있잖느냐? 너와 내가 처음 만난 날."

어찌 잊을 수 있겠는가. 그 짧은 만남이, 이리도 많은 것을 바꿔놓은 것을.

"실은 그때 아무런 기척도 느끼지 못했었다. 한데 변명의 여지도 없이 당한 것이 분할 만도 하거늘 어쩐지 그 연유가…… 아니, 네가 퍽 궁금해지더구나."

"……."

"다시 만났을 때 깨달았다. 너에겐 살기가 없다는 것을."

늘 단정하던 율의 목소리가 어느새 중심을 잃고 흔들리고 있었다. 화영은 마른침을 꿀꺽 삼키며 이어지는 그의 말에 귀를 기울였다.

"너는 누군가를 죽이기 위해 검을 든 것도 아니고, 무언가를 차지하기 위해서 검을 든 것도 아니었으며, 나처럼 어쭙잖은 자존심을 지키려고 검을 든 것 또한 아니었다. 그저 지키기 위해, 너의 소중한 것들을 지키기 위해 검을 든 거야."

"……."

"너를 보며 다시금 깨달았다. 무인의 올바른 신념이란 지키고자 하는 마음임을. 하여 줄곧 말해주고 싶었어."

문득 흐릿한 시야 사이로 자신을 걱정스러운 눈으로 바라보는 화영의 얼굴이 보인다. 자꾸만 흔들리는 그녀의 인영을 애써 응시하며, 율은 마침내 오랫동안 마음속에 담아두었던 말을 입 밖으로 꺼냈다.

"내게 소중한 가르침을 줘서, 고맙다."

일순 화영의 눈동자가 동요한 듯 크게 부풀어 올랐다. 그 장면을 마지막으로, 율은 힘겹게 들고 있던 눈꺼풀을 떨구며 무거워진 몸을 풀썩 뉘였다.

"나으리……?"

갑작스레 목덜미 위로 내려앉은 율의 이마가 뙤약볕에 달궈진 땅처럼 뜨겁다. 당황한 얼굴로 율의 옷깃을 조심히 흔들던 화영은 결국 그에게 가만히 어깨를 내어줄 수밖에 없었다.

"화영아."

때마침 흐릿하게 새어 나온 율의 부름이 따스한 숨결과 함께 목덜미를 간질였다.

"나는 너를……."

그새 잠이 든 모양인지 웅얼거리던 그의 목소리가 새근새근 잦아들기 시작했다. 규칙적인 숨소리, 맞닿은 체온이 어쩐지 요동치던 가슴을 평온하게 가라앉힌다.

"나으리."

괜스레 혼잣말처럼 그를 불러본 화영은 이윽고 천천히 고개를 돌려 깊어진 밤하늘을 바라보았다. 조금씩 흘러가던 먹색 구름은 어느새 달무리 끝을 살금살금 물들이고 있었다.

"나으리께서는 아마 죽었다 깨나도 모르실 겁니다."

당신의 따뜻한 말 한 마디가, 다정한 손길이 얼마나 위안이 되는지.

"하여 자꾸 바라게 됩니다."

당신의 달빛 같은 눈동자가 내 얼굴을 품었으면 싶다고, 수묵 같은 입술에 몇 번이고 이름을 불리고 싶다고, 태산 같은 품에 오래도록 기대고만 싶다고. 하지만 이 마음이 무엇인지 어렴풋하게나마 짐작함에도 결코 마주 보아선 안 된다는 것 또한 화영은 이미 가슴 깊이 깨닫고 있었다.

"하오니 어찌 말할 수 있겠습니까?"

한숨처럼 흘러나온 목소리가 바람에 실려 덧없이 흩어진다. 쓸쓸한 미소를 지으며 제 어깨에 기대 잠든 율을 다시금 돌아본 화영은 애달픈 마음을 담아 나지막하게 속삭였다.

"부디 좋은 꿈꾸시길."

어느새 계절을 잔뜩 머금은 낙엽이 사근거리는 소리를 내며 빈 뜰 안으로 떨어져 내렸다. 달 여문 가을, 밤은 그렇게 깊어가고 있었다.

실로 오랜만의 단잠이었다. 흐릿하게 귓전을 간질이는 새소리에 무거운 눈꺼풀을 들어 올린 율은 잠시 멍하니 빈 천장을 바라보았다. 어찌 된 일인지, 짧지만 날카로운 두통이 미간을 절로 찌푸리게 한다.

잔기침을 뱉어내며 힘겹게 몸을 일으킨 율은 그제야 간밤의 일들을 어렴풋이 기억해 낼 수 있었다. 하지만 드문드문 머릿속을 스치는 장면이 경악스러워 도무지 믿어지지가 않는다.

"……미친 게지. 미쳐도 단단히 미친 게야."

황망함에 혼잣말을 중얼거리던 율은 마지막으로 화영의 등에 업혀 방으로 들어온 사실이 떠오르자마자 앓는 소리를 내며 두 눈을 감았다. 그런데 그때, 문간에서 익숙한 목소리가 들려왔다.

"나으리, 기침하셨습니까?"

그러고는 슬며시 방문이 열리는가 싶더니, 부디 아니길 바라던 얼굴이 빠끔히 모습을 드러냈다. 덕분에 히끅 하며 놀란 숨을 삼킨 율은 서둘러 옷매무새를 정제하며 짐짓 아무렇지도 않은 척 헛기침을 했다.

"네가 이 시각에 여긴 어인 일이더냐?"

"……설마 기억이 안 나시는 겁니까?"

의뭉스러운 모양으로 굽이치는 눈썹이 어쩐지 저를 놀리는 듯하다. 제풀에 찔려 괜스레 목청을 가다듬은 율은 태연히 고개를 가로저었다.

"내 아무래도 간밤에 과음을 한 모양이구나."

"예, 과음도 그런 과음이 없었지요."

"……어째 말에 뼈가 있는 듯하구나?"

"어휴, 나으리도 참. 그럴 리가 있겠습니까?"

능청스럽게 말끝을 올린 화영이 참, 하며 들고 온 소반을 율 앞에 내려놓았다.

"드십시오. 꿀물입니다."

탐탁지 않은 표정으로 소반 위 사발을 집어 든 율은 문득 주저하는 기색을 비치며 그녀를 바라보았다.

"혹시나 해서 묻는 건데 말이다. 어젯밤 일……."

머뭇거리며 말끝을 흐리는 율의 모습에, 돌연 짓궂은 미소를 그린 화영이 부러 과장된 동작으로 두 손을 내저으며 말했다.

"걱정 마십시오. 나으리 체면 구기실까 봐, 아—무에게도 말하지 않았습니다."

"체, 체면을 구길 정도는 아니지 않았느냐! 어찌 거짓으로 일을 부풀리……!"

"기억, 안 나신다면서요?"

정곡을 찌르는 화영의 말에 아차 하며 황급히 입을 다무는 율의 모습은 답지 않게 어수룩했다. 눈에 띄게 붉어진 그의 귓불이 괴이 여겨진다면, 본데없고 발칙한 생각일까.

"그, 저…… 꿀물 식습니다. 어서 드십시오."

하마터면 소리 내어 웃어버릴 뻔한 것을 가까스로 참아낸 화영은 갈피를 잡지 못하고 실룩거리는 입술을 애써 가다듬었다. 덕분에 기괴한 보양으로 일그러지는 그녀의 얼굴을 절망스러운 표정으로 바라보던 율은 결국 대답 대신 다디단 꿀물을 벌컥벌컥 들이켤 수밖에 없었다.

"거, 그만 웃거라."

"예예, 안 웃습니다."

민망함에 불퉁히 쏘아보았지만, 화영은 끅끅거리며 콧숨을 삼키면서도 불쑥 튀어나오는 홍소를 좀처럼 참지 못했다.

"이놈이 그래도 계속."

"송, 송구합니다, 아하하하. 그것이, 저도 웃고 싶지 않은데 자꾸……."

이제는 눈물까지 그렁그렁 맺혀서 배를 잡고 파안대소하는 화영을 어이가 없다는 듯 바라보던 율은 결국 그녀를 따라 피식 웃고 말았다.

"하여간, 맹랑한 녀석."

어쩐지 즐거운 기색을 담은 그의 목소리가 카랑카랑한 화영의 웃음소리에 묻혀 흐려졌다. 그래, 어찌 됐든 가릴 것 없이 웃는 모습을 보니 좋다. 더하여 기쁘다.

부디 저 청명한 소안이, 맑은 웃음소리가 오래도록 변치 않기를, 어느새 만면에 환한 미소를 머금은 율은 마음속으로 바라고 또 바랐다.

❀

밤바람이 제법 매서워진 시월 초하루. 저마다 검이며 몽둥이 따위로 무장한 사람들이 야음을 틈타 수양의 사저로 속속 모여들기 시작했다.

"정렬!"

내금위 소속인 양정과 홍달손을 주축으로 은밀히 안마당에 집결한 이들은 얼핏 보기에도 정돈되지 않은 오합지졸이었지만, 짐짓 비장한 얼굴로 전의를 불태우고 있었다.

그 시각, 방 안에 앉아 깊은 생각에 잠겨 있던 수양이 마침내 감고 있던 눈꺼풀을 천천히 들어 올렸다. 그의 손에는 살생부(殺生簿)라는 섬뜩한 글씨가 적힌 서책이 들려 있었다.

"결단을 내리시지요, 대감."

이윽고 맞은편에서 침묵을 지키고 있던 한명회가 조용히 말문을 열었다. 그러자 수만 가지 상념으로 복잡하게 얽혀 있던 수양의 눈동자가 새삼 어둡게 가라앉았다.

"나는 이 나라 조선이 강력한 왕권 아래 부국강병(富國强兵)을 이루어, 명에게도 뒤지지 않는 굳건한 나라가 되기를 바라네. 그 마음 하나로 이제껏 달려온 거야."

잠시 말을 멈춘 수양은 손안의 서책을 콰득 움켜쥐었다.

"하지만 이토록 많은 피를 흘린다면, 역사는 나를 어찌 기록하겠는가?"

"대감, 역사는 승자의 기록입니다."

단호한 한명회의 대답에, 뜨거워진 수양의 시선이 천천히 그에게 가 닿았다.

"대감께서는 작금의 세태를 바로잡고, 무너져 가는 조선을 다시 세우실 것이옵니다. 하니 누가 감히 이 대업을 비난할 수 있겠습니까?"

잠깐의 침묵이 흐르고, 손안의 서책을 천천히 펼친 수양은 긴 한숨과 함께 그 안에 적힌 이름들을 소리 없이 읽어 나갔다. 그리고 마침내 공백으로 남아 있던 마지막 장에 다다른 순간, 입술을 깨문 그가 한참 만에야 나지막하게 입술을 달싹였다.

"정녕 금상을, 내 조카를 죽여야만 하는 상황이 온다면."

"……."

"그럼에도 불구하고 자네는 내가 그 길을 가야 한다고 보는가?"

"휘두르지 못한 검은 언젠가 자신을 찌릅니다. 죽거나 혹은 죽이거나, 정치란 그런 것이지요."

"……."

"더는 물러설 곳이 없다는 사실은 대군 대감께서 더 잘 아시리라 생각되옵니다."

한명회의 목소리는 한 치의 흔들림도 없었다. 이윽고 결연한 표정으로 자리에서 일어난 수양은 들고 있던 서책을 그의 앞으로 툭 던졌다.

"오늘부로, 나 수양은 죽었네. 그리고!"

어느덧 붉게 물든 수양의 눈가는 차츰 젖어들고 있었다.

"이 나라의 국본으로, 다시 태어날 것이야."

"소신, 천명을 받들어 행하겠나이다."

비장하게 말을 맺은 한명회가 깊숙이 허리를 숙여 그에게 예를 표했다. 수많은 이의 피를 뿌린 비정한 군주이면서도 후대가 기릴 치적을 세운 군주이기도 했던 세조 이유. 그의 길고 긴 여정이 이제 막 시작되려 하고 있었다.

※

해가 막 중천을 지나치던 시각, 오랜만에 영월관을 찾은 화영은 설매를 보자마자 반가움에 그녀를 와락 끌어안았다.

"이게 얼마 만이냐, 설매야?"

"얼마 만이긴, 보름 만이지."

퉁명스럽게 비죽였지만, 따스함이 가득한 설매의 말에 쿡쿡 웃은 화영은 품에서 그녀를 놓으며 말을 이었다.

"그래, 안 그래도 얘기 들었다. 사형이 정신을 잃은 나를 여기로 데려왔었다며?"

"내가 그날 얼마나 놀랐는지 알아? 재하 오라버니께서 그렇게 당황하신 건 처음 봤다."

"이래저래 폐를 끼쳐서 미안해."

"……폐는 무슨."

문득 아득한 시선으로 화영의 얼굴을 살피던 설매가 그녀의 손을 조심스럽게 감싸 쥐며 말을 이었다.

"역시 힘들지? 반당 일이라는 게."

"아니야. 공주 자가께서 어찌나 살뜰히 챙겨주시는지, 이리 호강을 해도 되는가 싶을 정도다."

"아무리 그래도 어디 내 집처럼 편안하겠느냐?"

피식 웃은 화영은 천천히 영월관을 돌아보며 말했다.

"하긴, 고향으로 돌아온 기분이다. 너를 보니 더더욱."

"나도 그래."

맞잡은 손에 힘을 주고 서로를 애틋하게 바라보던 두 여인은 다시금 서로를 꼭 끌어안았다.

"자, 이러지 말고 들어가서 차라도 한잔하자. 네게 해줄 이야기가 잔뜩 있어."

"나도 그러고 싶은 마음은 굴뚝같지만, 이만 가봐야 해."

"뭐? 벌써?"

서운한 기색으로 되묻는 설매를 향해 미안한 표정을 지어 보인 화영은 이내 진중한 눈빛으로 말문을 열었다.

“실은 물어볼 것이 있어서 왔어.”

“내게? 무엇을?”

“천필수라는 자, 혹시 기억해?”

잠시 기억을 더듬는 듯하던 설매는 곧 아, 하며 고개를 끄덕였다.

“그래, 생각난다. 거구에 수염 풍성하고, 콧등에 흉터가 있는 사내 말하는 게지? 술 마시고 자주 행패를 부렸던.”

“응, 맞아. 혹시 그자에 관해 아는 것 있니? 가령 일을 봐주는 양반댁이 있었다거나…….”

“글쎄다. 다른 건 모르겠고, 자주 반촌을 기웃거렸던 건 기억나. 거기 사는 달단족 백정의 딸을 꽤나 쫓아다녔다고 들었어.”

“달단족? 그게 정말이야?”

설마 했던 난어가 설매의 입에서 흘러나오자, 두 눈에 시늘힌 빛을 튀긴 화영이 급하게 설매의 어깨를 잡으며 되물었다.

“그 달단족, 혹시 만날 수 있을까?”

“너도 알다시피 반촌은 아무나 출입할 수 있는 곳이 아니야. 원한다면 전갈을 보내줄 순 있다만…… 그보다 도대체 무슨 일인 거니?”

갑작스러운 화영의 반응이 마음에 걸렸는지, 설매의 눈동자가 돌연 불안한 기색을 띠었다. 그제야 초조히 떨리는 손을 슬며시 숨긴 화영은 애써 태연한 척 고개를 가로저으며 혼잣말을 중얼거렸다.

“그냥……, 조금 마음에 걸리는 게 있어서.”

왈패 천필수가 수양의 명을 받는 사람이라는 것은 그날 밤의 대화만으로도 충분히 알 수 있는 사실이다. 그리고 그런 그가 언급한 달단족 유민. 구억골에서 사라졌다는 그들이 정말 수양대군의 사병으로 이용된 거라면 결코 좌시할 수만은 없는 노릇이 아닌가.

하지만 아무리 병법에 뛰어난 기량을 지닌 수양이라 할지라도, 군관이 아닌 자들을 모아 큰일을 벌이기엔 무리가 따를 것이다. 어딘가 석연치 않은 그들의 연결 고리, 달갑지 않은 예감, 그리고 달단족의 존재를 알게 된 순간부터 화영의 머릿속을 끈질기게 휘젓고 있던 가설 하나.

"화영아?"

"……어어?"

깊어지는 생각을 감추며 어색하게 미소 짓는 화영을 걱정스러운 눈으로 바라보던 설매가 망설이던 입술을 달싹였다.

"답하기 곤란하면 더는 묻지 않을게. 하지만 네게 도움이 되고 싶은 마음은 알아주라."

"알고 있어. 충분히 도움이 되었고."

"재하 오라버니께 이야기해 보는 건 어때? 같은 핏줄이라면서 제법 가깝게 지냈잖아."

"……그래서 여쭙지 못하는 거야."

"응? 그게 무슨 말이야?"

"아니다. 아무것도."

입술을 꾹 눌러 다물며 고개를 가로저은 화영은 곧 싱긋 웃으며 설매의 손을 꽉 붙잡았다.

"아무튼 고맙다. 조만간 또 들를 테니, 그때는 꼭 함께 차 마시자."

"……정말이지?"

"그럼."

"분명 약조했다? 너라면 한밤중이라도 환영이니까 언제든 들러줘."

"으이그, 내가 밤손님이니?"

장난스러운 말을 주고받으니, 설매의 표정이 한결 부드러워졌다. 그런 설매를 따라 두 눈을 동그랗게 접은 화영은 붙잡고 있던 그녀의 손을 천천히 놓으며 작별 인사를 건넸다.

"그럼 이만 갈게."

"응, 조심히 가!"

아쉬움이 역력한 걸음으로 멀어지는 화영의 뒷모습을 말없이 응시하던 설매는 문득 고개를 돌려 담장 끝에 걸려 있는 인영을 바라보았다.

"······언제까지 그렇게 뒤만 쫓고 계실 겁니까?"

기실 처음부터 그 존재를 눈치채고 있던 탓인지, 이어지는 그녀의 말 끝에는 묵은 한숨이 가득했다.

"보이지 않는 것은 쉽게 알아차리지 못하는 법입니다, 오라버니."

안타까움마저 느껴지는 그 목소리에 무표정한 얼굴로 천천히 모습을 드러낸 이는 다름 아닌 재하였다. 쓰고 있던 삿갓을 올리며 화영이 사라진 방향을 바라보던 재하는 이윽고 설매를 돌아보며 굳게 닫혀 있던 입술을 달싹였다.

"내 욕심 때문에 녀석을 곤란하게 만들 수는 없다."

"곤란한지 아닌지는 직접 물어봐야지요. 혹시 압니까? 오라버니처럼 화영이도 말 못 한 마음이 있을는지."

간곡해진 설매의 말에도 재하의 눈동자는 소금의 미동조차 없었다.

"녀석의 마음은 누구보다 내가 잘 안다. 조금이나마 나를 사형이 아닌 사내로 바라봐 줬다면, 결코 이렇게 기다리지만은 않아. 그리될 때까진 잠자코 버틸 수밖에 도리가 없지 않겠느냐?"

"그리 때만 기다리시다가는, 분명 후회하실 거예요."

단호히 충고하는 설매를 뒤로한 채, 삿갓의 끈을 더욱 세게 조인 재하는 문득 구름이 잔뜩 끼어 있는 흙색 하늘을 향해 시선을 돌렸다.

"들어가거라. 바람이 습해진 것을 보니 비가 올 모양이구나."

"오라버니!"

애타는 부름에도 불구하고 빠른 속도로 멀어지는 재하의 뒷모습이 아프고 또 아프다. 안타까운 눈으로 그가 사라진 길 끝을 바라보던 설매는 애꿎은 치맛자락만 힘껏 움켜쥐었다.

"미련한 사람."

잠시 지나가는 소나기처럼 사소하던 감정이 주워 담을 수 없을 만큼 불어나는 동안, 얼마나 많은 꽃이 피고 지었을까. 그 긴 시간을 오롯이 버텨낸 재하의 마음이 얼마나 간절한지 알고 있기에 제 마음 또한 이리 쓰려오는 것이리라.

"……그나저나 달단족에 대해 물어볼 걸 깜박했네."

미간을 구기고 잠시 생각에 잠기는 듯하던 설매는 이내 어깨를 으쓱하며 걸음을 돌렸다. 어느새 빈 마당에는 작은 빗방울이 하나둘씩 옅은 흔적을 남기며 떨어지고 있었다.

북적이는 운종가를 가로지르는 화영의 걸음은 유난히 느렸다. 어딘지 모르게 쓸쓸해 보이는 그 뒷모습을 먼발치에서 바라보던 재하는 들리지 않게 한숨을 내쉬며 다시금 그녀를 쫓기 시작했다.

하지만 작은 몸짓 탓에 이리 치이고 저리 치이는 것을 보고 있자니, 영 신경이 쓰여 견딜 수가 없다. 결국 더는 지켜보지 못하고 속력을 내어 다가간 재하가 막 화영을 불러 세우려던 바로 그때였다.

'……미행인가.'

순식간에 저를 둘러싸는 섬뜩한 기운을 느끼고 다급히 걸음을 멈춘 재하는 날카로워진 눈으로 조용히 주위를 둘러보았다. 과연 멀지 않은 곳에서 낯설지 않은 살기가 하나둘씩 존재감을 드러내고 있었다.

'설마.'

한 가지 생각이 퍼뜩 뇌리를 스친 순간, 어금니를 아득 깨문 재하는 멀어지는 화영을 향해 달음박질을 치기 시작했다. 그러자 아니나 다를까, 군중 속에서 모습을 드러낸 익숙한 얼굴의 왈패들이 저를 쫓아오는 것이 보였다.

"화영아!"

마침내 화영을 따라잡은 재하는 그녀가 미처 저를 돌아보기도 전에 한 팔로 그녀의 어깨를 와락 끌어안았다.

"사, 사형?"

"쉿! 조용."

그가 놀란 화영의 입을 빠르게 틀어막자, 본능적으로 심상치 않은 기류를 눈치챈 그녀는 곁눈질로 빠르게 주위를 살폈다. 얼마 지나지 않아, 정체 모를 사내들이 주위를 둘러싸고 점차 다가오는 것이 그녀의 눈에도 들어왔다.

"무슨 일입니까?"

"자세한 건 나중에. 셋을 세면 갈라서자. 따돌리면 종루 앞 객사로 가마."

나지막하지만 거침이 없는 재하의 설명에, 말없이 품 안의 장도를 꺼내 든 화영은 곧 결연한 표정으로 고개를 끄덕였다.

"하나, 둘…… 셋!"

짧은 구령이 끝나기가 무섭게 날랜 동작으로 방향을 튼 화영이 빽빽한 인파 속을 헤치며 달음박질을 치기 시작했다. 그사이 몸을 돌려 화영의 뒤를 막아선 재하는 달려오는 왈패들을 향해 검을 뽑아 들며 외쳤다.

"멈춰라."

이윽고 재하의 주위를 둘러싼 왈패들은 작게 실소하며 버적거리는 입술을 떼었다.

"비켜. 대감의 명이다."

"설득은 내가 한다고 했을 텐데. 이렇게까지 할 필요는 없지 않나?"

"글쎄다. 우린 그저 분부 받은 대로 계집을 데려가려던 것뿐이야."

"그게 아니라 대감의 뜻을 내게 확실히 전하려던 거겠지."

냉소가 실린 재하의 말에, 왈패들은 이죽거리던 표정을 거두고 매섭게 그를 노려보았다.

"더는 대감의 심기를 불편하게 만들지 말고, 잠자코 계집을 데려와."

"염려 마라. 명을 거스를 생각은 없으니."

"……이틀이다. 그 안에 계집을 포섭하지 못하면, 네 목부터 달아나게 될 것이야."

마지막 경고를 남긴 그들이 마침내 모습을 감추자, 참았던 숨을 길게 내뱉은 재하는 곧 빠르게 몸을 돌렸다. 가뜩이나 발이 빠른 화영이니, 벌써 약조한 장소에 다다랐을지도 모를 일이었다.

그 시각, 재하의 예상대로 객사에 당도한 화영은 턱까지 차오른 숨을 가쁘게 삼키며 주위를 둘러보았다. 다행히 시전 상인으로 보이는 이들이 간간이 들락거릴 뿐, 여느 때와 같이 평온한 모습이다.

때마침 드문드문 내리던 비가 굵어지기 시작하자, 서둘러 처마 밑으로 몸을 피한 화영은 무심코 허공을 향해 손을 뻗었다. 처마 끝에서 하나둘씩 떨어진 빗방울이 차츰 손가락을 적시던 바로 그때였다.

"화영아."

소란한 빗소리를 가르고 들려온 목소리에 화들짝 놀란 화영은 하늘을 향해 뻗었던 손을 천천히 아래로 내렸다. 장막과도 같은 빗줄기 사이로 보이는 인영은 분명 익숙한 것이었다.

"나으리……?"

설마 하는 마음에 입술을 달싹인 화영은 곧 우장을 걷으며 제 옆에 서는 이의 얼굴을 확인하고는 환한 미소를 지었다. 깨끗하고 반듯한 이마, 날카롭지만 따스한 눈매, 수묵 같은 농담을 머금은 입술. 때로는 이질적으로 느껴질 만큼 완벽한 저 미안이 이제는 반갑고도 익숙하다니, 묘한 기분이다.

"나으리께서 여긴 어쩐 일이십니까? 아침 일찍 전하께서 행차하시는 바람에 다들 바쁘던데 설마 혼자 놀러 나오신 것은 아니겠죠?"

부러 장난 섞인 말을 던지는 화영을 뜻 모를 눈으로 바라보던 율은 이내 피식 웃음을 터뜨리더니 허리를 숙여 그녀와 시선을 맞췄다.

"그러는 너야말로 영월관에 잠시 들렀다 온다더니 어딜 그리 돌아다닌 것이냐?"

"애석하게도 소인은 오늘 술시(戌時)까지 비번이라서 말입니다."

짓궂은 율의 대꾸에 밀리지 않고 응수한 화영은 곧 불퉁한 척 비죽이던 입술을 풀며 뿌연 하늘로 시선을 돌렸다.

"그나저나 슬슬 돌아가려던 참이었는데, 비가 멈출 것 같지 않네요."

"해서 내가 이리 왔지 않느냐?"

"예?"

걱정스러운 표정으로 중얼거린 말에 대수롭지 않다는 듯 대꾸한 율이 돌연 등 뒤에서 갈모를 꺼내 흔들어 보였다.

"실은 갑자기 비가 쏟아지기에 영월관으로 우장을 가지고 가던 중이었다. 한데 마침 네가 이리로 뛰어가는 게 보이더구나."

어느새 차분해진 얼굴로 말을 덧붙인 율은 멍하니 서 있는 화영의 머리 위에 들고 있던 갈모를 씌워주었다.

"초한(初寒)이라 비가 제법 차다. 가뜩이나 공주 자가께 심려를 끼친 마당에 고뿔이라도 걸리면 곤란하지 않겠느냐?"

끈이 풀리지 않도록 단단히 매듭을 짓는 동안 스치듯 닿았다 떨어지기를 반복하는 그의 손가락은 비에 젖은 탓인지 차갑게 식어 있었다. 어쩐지 마주한 율의 얼굴이 안개가 낀 것처럼 흐릿해지는 듯하다.

살포시 내리깐 속눈썹, 물기를 머금은 콧망울, 찬바람 탓인지 부쩍 색을 잃은 입술…… 마냥 꿈결 같기만 한 그 모양을 아득한 표정으로 바라보던 화영은 율과 눈이 마주친 순간, 황급히 고개를 떨구었다.

"가, 감사합니다."

먹먹해진 목소리를 간신히 쥐어짜니, 그가 웃는 소리가 들려왔다.

"그래도 제법 좋구나. 비가 내리는 광경을, 이렇게 고요히 바라보는 것이."

독백 같은 율의 말에, 천천히 고개를 든 화영은 그를 따라 처마 끝으로 시선을 돌렸다. 낡은 부연 끝에 걸린 하늘은 여전히 깊이를 알 수 없을 만큼 탁했다. 하지만 그와 대비되는 투명함이 쏟아져 내리는 모양을 보고 있자니, 어쩐지 바닥을 적시는 빗소리가 조금 멀게 느껴지는 듯도 하다.

"……단비네요."

느지막한 오후, 좁은 처마 밑, 대나무 향기를 머금은 듯한 초겨울의 빗줄기, 그리고 함께 이 시간을 공유하고 있는 사람. 모든 것이 마치 그림처럼 기억 속에 새겨진다.

한동안 눈앞의 풍광을 말없이 감상하던 화영은 문득 고개를 돌려 율을 바라보았다. 달갑지 않은 이 겨울비가 마치 봄날의 햇살처럼 여겨지는 것은 어쩌면, 아니, 분명 그 때문일 것이다.

"그럼 이제 슬슬 돌아갈까?"

때마침 화영을 돌아본 율이 싱긋 웃으며 손을 내밀었다. 얼떨떨한 표정으로 이를 바라보던 화영은 이내 떨리는 제 손을 그 위에 조심스레 얹었다. 그런데 돌연 다른 손으로 입고 있던 우장 한쪽을 펼친 그가 화영의 어깨를 감싸 안더니 그대로 자신의 품 안에 그녀를 끌어당기는 것이 아닌가.

"뛰어!"

짧은 외침과 함께 빗속으로 달려드는 율의 걸음은 경쾌하기만 했다. 덕분에 놀랄 새도 없이 그를 쫓아 달음박질을 하던 화영은 결국 소리 내어 웃음을 터뜨리고 말았다.

이대로 시간이 멈추었으면 좋겠다. 아니, 느려지기만 해도 좋겠다. 두려우리만치 행복하기만 한 이 순간이 부디 영원하기를, 화영은 간절히 바라고 또 바랄 뿐이었다.

한편 그 시각, 먼발치에서 모든 것을 지켜본 재하는 흠뻑 젖은 두 주먹을 불끈 움켜쥘 수밖에 없었다.

"보이지 않는 것은 쉽게 알아차리지 못하는 법입니다."

어깨를 짓누르는 이 무게는 비에 젖어 무거워진 옷일까, 아니면 인정하고 싶지 않은 현실일까.

"분명 후회하실 거예요."

설령 설매의 충고대로 자신의 선택을 후회하게 된다 해도, 그 뒤를 따르는 감정은 초연일 것이라 믿었다. 그래, 겸허히 받아들일 수 있으리라 여겼다. 한데 예상치 못한 이 분함은 도대체 무엇이란 말인가.

"……방심하고 있었던 건가, 나."

잠시 후, 한숨처럼 중얼거린 재하의 말이 뽀얀 흔적을 남기며 허공으로 흩어졌다. 추위로 색이 바랜 입술을 질끈 깨무는 그의 눈동자는 어느덧 뜨거운 분노로 일렁이고 있었다.

어느새 가늘어진 빗줄기 사이로 햇무리가 지기 시작했다. 기울어진 갈모를 붙잡고 주위를 두리번거리던 화영은 새삼 빈틈없이 맞닿아 있는 율과의 거리를 의식한 순간, 흠칫하며 제 몸을 떼어냈다.

우장을 입긴 했지만, 워낙 장대 같던 빗줄기 탓에 한 겹뿐인 그의 옷자락은 대부분 흠뻑 젖은 상태였다. 덕분에 율이 움직일 때마다 그 밑으로 탄탄하게 단련된 몸이 여실히 드러났다.

얼떨결에 이를 마주한 화영은 오랜 뜀박질로 턱까지 차올랐던 숨을 단박에 목구멍 아래로 삼켰다. 하마터면 속에서 미칠 듯 뛰어대는 심장을 그대로 뱉어낼 뻔했다.

때마침 보폭을 맞추던 율의 걸음이 궁방 앞에서 멈춰 서자, 그 틈을 타 서둘러 그의 우장 속에서 빠져나온 화영은 무거워진 갈모를 허둥지둥 벗어 율에게 내밀었다.

"오, 오늘 감사했습니다."

갑작스럽게 물러서는 화영을 의아한 표정으로 바라보던 율은 이내 피식 웃으며 그것을 받아 들었다.

"그래, 교대 시간 늦지 않게 정제하고 나오너라."

"예, 하면 소인은 이만……."

"잠깐."

막 걸음을 떼려던 화영은 어쩐지 다급하게 자신을 잡아채는 율의 목소리에 머뭇거리며 고개를 돌렸다. 그런데 말없이 다가온 그의 손이 돌연 비에 젖은 화영의 뺨을 살며시 감싸 쥐었다.

예상치 못한 접촉에 온몸의 감각이 쭈뼛 서는 것을 느낀 화영은 저도 모르게 히익 쇳소리를 내며 뒷걸음질을 치고 말았다. 그러자 당황한 듯 허공에 머물러 있던 손을 멈칫한 율이 기묘한 표정을 그리며 물었다.

"지금 이거, 무슨 뜻이냐?"

"그, 그것이, 저, 아니……."

"뭘에 그리 귀신 보듯 하느냐 말이다."

"소, 소인은 그러니까……."

제 행동에 스스로 놀란지라 혼란에 뒤엉킨 시선을 데굴데굴 굴리던 화영은 엉겁결에 떠오른 변명을 두서없이 늘어놓기 시작했다.

"차, 차가워서! 비가, 아니, 나으리의 손이 너무 차가우셔서 그랬습니다! 예! 그겁니다! 하하하!"

어색하게 웃음소리까지 덧붙이고 나니, 이게 무슨 궤변인가 싶어 자괴감마저 든다. 결국 한숨과 함께 고개를 숙인 화영은 이제 습관이 된 듯한 사죄의 말을 나직이 중얼거렸다.

"……송구합니다, 나으리."

"됐다. 손이 차서 참으로 미안하구나."

답지 않게 빈정거리는 모양을 보니, 골이 나도 단단히 난 듯하다. 하긴 아랫것이 감히 윗전의 손을 뿌리쳤으니 얼마나 괘씸하겠는가. 속으로 온갖 지청구를 쏟아내며 스스로를 책망하던 화영은 젖은 두 손을 아프게 그러모았다.

그런데 별안간 시선 끝에 놓여 있던 율의 갓신이 돌아서기는커녕 오히려 반걸음 가까이 다가오는 게 아닌가. 하마터면 다시금 뒷걸음질할 뻔한 것을 가까스로 멈춘 화영은 곧 제 앞에 내밀어진 율의 손을 본 순간, 멈칫하며 고개를 들었다.

"조금 전까지 네 뺨에 붙어 있던 것이다."

넓고 단단한 손바닥 위에 놓인 것은 놀랍게도 작은 나뭇잎이었다.

"뭐 하느냐? 어서 받지 않고."

"예? 그것은 어찌……."

"기념이라 치거라."

무심히 던져진 그의 대답이 도통 이해가 가지 않는다. 물에 젖어 구겨지긴 했지만, 퍽 아름다운 색으로 물든 나뭇잎을 얼떨떨한 표정으로 받아 든 화영은 한참 만에야 용기를 내어 물었다.

"송구합니다만, 대관절 이것이 무엇의 기념이란 말입니까?"

"글쎄다."

어쩐지 멋쩍은 표정을 짓던 율은 문득 가느다란 눈매를 동그랗게 접으며 중얼거렸다.

"그냥, 네가 오늘을 기억해 줬으면 싶어서."

"……예?"

"즐거웠거든."

그러고는 환하게 웃는 모습이 마치 한여름의 햇살처럼 눈부시다. 저도 모르게 마른침을 삼킨 화영은 이내 씁쓸히 웃고 말았다. 태어나 이토록 하늘을 원망한 적이 있던가. 가질 수 없다면 아름답지나 말 것을, 닿을 수 없다면 가혹하지나 말 것을, 정말이지 부당하고 또 부당한 일이다.

"그나저나 시간이 너무 지체되었구나."

때마침 이어진 율의 말에 퍼뜩 정신을 차린 화영은 황급히 하늘을 올려다보았다. 과연 깊어진 어둠 사이로 하나둘씩 별이 뜨는 것을 보니, 약속한 시간이 지척인 듯했다.

"어서 가보거라. 공주 자가께서 기다리실라."

"……예, 알겠습니다."

"참, 내일 전하를 모시고 다 함께 온정에 가는 건 잊지 않았겠지?"

"물론이죠. 미리 채비해 두었습니다."

한결 편안해진 얼굴로 고개를 끄덕인 화영은 남몰래 옅은 한숨을 내뱉었다. 평소와 같은 대화로 돌아오니, 시끄럽던 속이 다행히도 제자리를 찾는다.

"그럼 소인은 이만 물러나겠습니다."

허리를 숙이고 다소곳이 몸을 돌린 화영은 그의 시선에서 한시라도 빨리 멀어지고자 잰걸음에 더욱 속력을 내기 시작했다. 그런데 막 담벼락을 끼고 방향을 돌린 찰나, 예상치 못한 통증이 둔탁하게 뒷덜미를 내리쳤다.

갑작스럽게 벌어진 일인지라 억 소리도 내지 못하고 앞으로 고꾸라진 화영은 흐릿해진 시야 너머로 낯선 갖신이 다가오는 것을 본 순간, 힘없이 바닥을 움켜쥐었다.

'방심했어.'

멀어지는 의식을 붙잡으려 안간힘을 쓰던 화영은 결국 까무룩 정신을 잃고 말았다. 그리고 잠시 후, 조심히 그녀를 안아 든 침입자가 얼굴을 가리고 있던 천을 천천히 떼어냈다. 어둠 사이로 드러난 얼굴은 놀랍게도 재하였다.

"……미안하다, 화영아."

이윽고 힘없이 늘어져 있는 화영을 어깨에 둘러업은 재하는 주위를 살피며 재빨리 담장을 뛰어넘었다. 아무 일도 없었다는 듯 금세 평온을 되찾은 뒤뜰은 그들의 흔적을 어둠 속으로 소리 없이 숨기고 있었다.

한편, 거사를 앞둔 수양의 사저는 전에 없이 고요하고 차분했다.

"대감, 시간이 되었습니다."

밖을 지키던 한명회가 비장한 목소리로 고하자, 갑옷 위에 평상시 입던 철릭을 걸치고 깊은 생각에 잠겨 있던 수양은 이윽고 결연한 표정을 지으며 방을 나섰다.

"대군 대감!"

숨을 죽이고 마당에 집결해 있던 사내들이 수양의 등장에 황급히 허리를 숙였다. 그 광경을 한동안 물끄러미 응시하던 수양은 마침내 굳게 닫혀 있던 입술을 달싹였다.

"그대들은 이제껏 비루한 뜻으로 칼을 잡았을 것이다. 가축의 목을 치거나 푼돈을 빼앗기 위해 휘둘렀던 그 칼을, 이제는 내려놓으라. 하지만 반드시 기억하라. 내가 쥐어준 그 검을 든 순간, 그대들은 바로 구국의 공신이다."

"와아아아!"

수양의 말이 끝나기가 무섭게 두 손을 높이 쳐들며 함성을 내지른 사내들은 저마다 흥분으로 달아오른 눈을 반짝이고 있었다.

"홍달손 있는가?"

"예, 대군 대감. 여기 있습니다."

곁으로 다가온 거구의 사내가 무릎을 꿇고 예를 취하자, 들고 있던 검을 그에게 내민 수양은 비장한 목소리로 최후의 명을 하달했다.

"자네는 이 길로 궐을 향해 나아가라. 대문을 장악할 때까지 절대 멈춰서는 안 될 것이다."

"분부 받잡겠습니다."

두 손으로 검을 받으며 몸을 일으킨 홍달손은 우렁찬 고함과 함께 휘하의 병사들을 이끌고 사저를 나섰다. 뒤이어 소수의 왈패와 머슴만을 대동한 수양이 걸음을 옮긴 곳은 바로 김종서의 저택이었다.

"이리 오너라!"

대지가 흔들릴 만큼 우렁찬 수양의 고함에 다급히 밖으로 나온 머슴은 그를 알아보고는 서둘러 고개를 조아렸다.

"좌상 대감을 뵈러 왔다. 급한 일이니 서둘러 전하거라."

"예, 예!"

놀란 머슴이 혼비백산하며 뛰어간 후 얼마 지나지 않아 편복 차림의 김종서가 모습을 드러냈다.

"아니, 이 야심한 시각에 대군께서 어인 일로 저를 찾아오셨습니까?"

적잖이 놀란 듯한 김종서의 뒤에는 그의 장남 김승규가 불안한 얼굴을 하고 서 있었다. 수양은 품 안에서 한 통의 서찰을 꺼내 김종서에게 내밀며 말했다.

"전하께 올릴 서찰인데, 좌상께서 확인을 좀 해주셨으면 합니다."

일순 김종서의 흰 눈썹이 눈에 띄게 꿈틀거렸다. 어쩐지 달갑지 않은 예감에 사로잡힌 것이다.

"……일단 안으로 드시지요."

"촌각을 다투는 일입니다."

매서운 기세에 멈칫한 김종서가 수양을 바라보자, 그는 서찰을 들고 김종서에게 한 걸음 다가서며 단호한 표정으로 말을 이었다.

"조정이 춘성부부인과 송복원의 여식 문제로 시끄럽다 들었습니다. 하여 그에 관한 내 입장을 정리한 서찰이니 서둘러 확인해 주십시오."

잠시 망설이던 김종서는 이윽고 결심한 듯 굳은 표정으로 수양이 내민 서찰을 받아 들었다. 그 순간, 수양의 눈동자가 어둠 속에서 날카로운 빛을 내뿜었다. 서찰을 펼친 김종서의 시선이 점차 가늘어지는 것을 눈치챈 것이다.

"이것 참, 밤이 어두워 글씨가 잘 보이지 않는군요."

머쓱한 말투로 중얼거린 김종서는 들고 있던 서찰을 달빛에 비추어 보기 위해 높이 들어 올렸다. 하지만 미처 그것을 읽기도 전에 그의 눈동자에 맺힌 것은 곁에 서 있던 제 아들이 처절한 표정으로 울부짖는 광경이었다.

곧이어 둔탁한 파열음과 함께 정신이 아득해지는 것을 느낀 김종서는 비틀거리는 몸을 가누려 애썼다. 그러나 곧 부러진 나무처럼 맥없이 쓰러지고 만 김종서의 눈에는 검붉은 피로 뒤덮여 기괴한 형상을 하고 있는 수양의 모습이 맺혀 있었다.

"수, 수양……."

곧 그 피가 자신의 것임을 깨달은 김종서의 입술 사이로 들릴 리 없는 목소리가 가느다랗게 흘러나왔다.

"아버지!"

마치 짐승의 것과 같은 비명을 지른 김승규가 쓰러진 김종서를 일으켰지만, 이미 정신을 잃은 그는 말이 없었다. 오열하는 김승규를 표정 없는 얼굴로 바라보던 수양은 곧 제 옆에 서 있던 머슴을 향해 짧은 눈짓을 보냈다.

그러자 김종서의 피가 고스란히 묻어 있는 철퇴를 하늘 높이 들어 올린 머슴이 다시금 두 팔을 힘껏 휘둘렀다. 퍽 하는 소리와 함께 힘없이 기울어지는 김승규의 눈은 고통으로 일그러져 있었다.

뒤이어 어둠 속에 몸을 숨기고 있던 왈패들이 함성을 지르며 집 안으로 뛰어들자, 곧 날카로운 비명과 살이 베이는 섬뜩한 소리가 담장 안을 뒤덮기 시작했다.

한참 동안 그 자리에 서서 쓰러진 김종서와 김승규를 바라보던 수양은 문득 검붉은 피를 뒤집어쓴 자신의 몸을 물끄러미 내려다보았다. 그 섬뜩한 열기에 몸이 달아오른 것일까. 말없이 얼굴을 닦아내는 수양의 눈동자는 어느새 광기에 가까운 살기로 이글거리고 있었다.

❀

도대체 얼마의 시간이 흐른 걸까. 흐릿한 의식 속에서 묵직한 통증이 온몸을 짓누르는 것을 느낀 화영은 낮게 신음하며 무거운 눈꺼풀을 들어 올렸다. 잠시 후, 어둠에 익숙해진 시야로 사용한 지 오래된 듯한 그릇이며 농기구가 어질러져 있는 것이 보였다.

"여긴 어디……."

그 순간, 벼락처럼 뇌리를 스치는 생각에 소스라치게 놀란 화영은 황급히 몸을 일으켰다. 정신을 잃기 전 공격을 당했다는 사실을 기억해 낸 것이다. 다행히 결박을 당하진 않았지만, 굳게 닫힌 문은 결코 열릴 것 같지 않았다. 한참을 문과 씨름하던 화영은 이내 힘없이 주저앉으며 깊은 한숨을 내쉬었다.

"생각해라, 송화영."

필시 자신을 노린 연유가 있을 터. 마지막 기억을 더듬으며 무언가를 떠올리기 위해 안간힘을 쓰던 화영은 때마침 멀지 않은 곳에서 들려오는 발소리에 황급히 숨을 들이켰다.

"에이 참, 살다 살다 별일을 다 겪네."

"잔말 말고 서둘러. 약조한 시각이 지척일세."

이윽고 투덜거리는 말을 쏟아내던 사내들이 닫힌 문 앞에 서서 자물쇠를 만지작거리는 소리가 들려왔다. 화영은 서둘러 벽에 몸을 붙이고 어금니를 아득 깨물었다. 잠시 후, 거슬리는 쇳소리와 함께 사내 둘이 문을 열고 들어왔다.

"······이런 망할! 없잖아!"

손에 쥔 횃불을 휘휘 저으며 창고 안을 살피던 사내 하나가 거친 고함을 내지른 바로 그때였다. 소리 없이 그에게 다가간 화영은 눈 깜짝할 사이에 손날로 사내의 목덜미를 강하게 내리찍었다.

"컥!"

"뭐, 뭐야!"

갑자기 앞으로 고꾸라지는 동료의 모습에 혼비백산하던 사내는 곧 창고를 박차고 달려 나가는 화영을 발견하고는 욕지거리를 내뱉으며 소리를 지르기 시작했다.

"잡아라! 저놈 잡아라!"

고요한 밤공기를 가르며 울려 퍼진 고함에, 어디선가 몽둥이를 들고 나타난 왈패들이 죽을힘을 다해 도망치는 화영의 앞을 막아섰다. 삽시간에 머리채를 붙잡혀 바닥에 꽂힌 화영은 저를 짓누르는 손을 뿌리치기 위해 온몸을 비틀며 악다구니를 쓰기 시작했다.

"이거 놔!"

"제발 얌전히 굴어라, 엉?"

가래침을 퉤 하고 뱉어낸 거구의 사내는 화영의 머리를 더욱 거세게 짓누르며 으르렁거렸다.

"제기랄, 상하지 않게 다루라는 분부만 없었으면 진즉 찍소리도 못하게 해주는 것인데."

"일단 재갈부터 물려."

목이 터져라 소리를 지르는 화영의 입을 황급히 틀어막은 그들은 이어 그녀의 손마저 꽁꽁 묶어 결박해 버렸다. 하지만 필사적으로 버둥거리는 화영을 통제하기엔 역부족이었다.

몇 번이나 넘어지고 구르기를 반복하는 화영을 간신히 나루터까지 끌고 온 사내들은 흥건히 젖은 이마를 닦으며 준비되어 있던 배에 그녀를 밀어 넣었다.

"이제 그만 포기해라. 여기서 발버둥 쳤다가는 강에 빠져 송장으로 떠오르게 될 테니까."

그제야 주춤거리며 동작을 멈춘 화영이 시린 눈으로 노려보자, 코웃음을 친 사내는 따라온 이들 중 한 명에게 무언의 눈짓을 보냈다. 이에 재빨리 배에 올라탄 작은 체구의 사내가 강 한가운데를 향해 천천히 노를 젓기 시작했다.

'도대체 뭐가 어떻게 된 거야.'

점점 멀어지는 나루터를 바라보며 망연자실한 얼굴로 앉아 있던 화영은 이내 침착하게 생각을 거듭하기 시작했다. 도성을 거점으로 활보하는 왈패들이라면 대충 얼굴을 익히고 있는데, 눈앞에서 노를 젓고 있는 이는 분명 처음 보는 사람이었다.

게다가 푸른빛이 뚜렷한 눈동자하며 붉은 기운이 감도는 수염을 보면 달단족의 피가 섞인 게 분명하다. 문득 사라졌다는 달단족 사내들을 떠올린 화영은 불안한 신음을 삼켰다.

'설마 수양대군의 짓인가? 내가 그날의 침입자라는 걸 알아챈 거야? 만약 그렇다면 공주 자가는……'

더는 생각할 겨를이 없었다. 나루터가 시야에서 완전히 사라지기 전에 서둘러 빠져나가야 한다는 결론에 도달하자, 슬며시 몸을 웅크린 화영은 맞은편에 앉아 있는 사내가 눈치채지 못하도록 조용히 손목을 움직거리기 시작했다.

'됐다!'

이윽고 틈이 벌어진 밧줄 사이로 한쪽 손이 빠져나오자, 신중히 기회를 엿보던 화영은 곧 온몸을 던져 사내에게 달려들었다.

"으악!"

갑작스러운 무게의 이동에 좁은 배가 출렁하며 몸을 뒤집었다. 미처 반응할 새도 없이 강물에 빠지고 만 사내는 혼비백산하며 휘젓던 두 팔로 간신히 뱃머리를 붙잡았다. 하지만 안도한 것도 잠시. 자신의 목덜미를 위협하는 날카로운 감촉에 젖은 숨을 삼킨 사내는 덜덜 떨리는 입술을 앙다물 수밖에 없었다.

"노리는 게 뭐야?"

이윽고 등 뒤에서 들려온 음습한 목소리는 조금 전까지 제 앞에 앉아 있던 화영의 것이었다.

"모, 모, 모른다. 난 아무것도 몰라."

울음소리에 가까운 말을 쏟아내는 사내의 눈동자는 공포로 얼룩져 있었다.

"물귀신 되고 싶지 않으면 허튼 수작 부리지 말고 아는 대로 고해. 사주한 자가 누구야?"

"글쎄 난 아무것도 모른다니까! 정말이야! 복면을 쓰고 있어서 얼굴을 보지 못했다고!"

"복면?"

화영은 사내의 목을 겨누고 있던 목잠을 더욱 깊숙이 누르며 낮은 목소리로 윽박질렀다.

"그자가 너희에게 무엇을 시켰느냐?"

"너를 며칠만이라도 도성에서 떨어뜨려 놓으라고 했어. 무슨 수를 써서라도 절대 궁방으로 돌려보내선 안 된다고. 나는 거기까지만 들었다. 더는 정말 몰라!"

썩 개운한 대답은 아니었으나, 저를 보는 사내의 눈동자에서 진실을 읽은 화영은 망설이던 손에서 천천히 힘을 뺄 수밖에 없었다. 그런데 바로 그때, 어디선가 요란한 고함 소리가 울려 퍼졌다. 황급히 고개를 돌리니 나루터 너머 먼발치에서 짙은 연기가 피어오르는 것이 보인다.

"설마……."

곧 소란의 출처가 양덕방 방향이라는 사실을 깨달은 순간, 붙들고 있던 사내를 내팽개친 화영은 정신없이 강물을 가르며 헤엄을 치기 시작했다.

'제발, 제발……!'

부디 늦은 게 아니기를 간절히 빌고 또 비는 화영의 얼굴은 필사적이다 못해 기괴한 모양으로 일그러져 있었다.

07. 탄야(歎夜)

마침내 횃불이 솟아올랐다. 아비규환으로 변한 김종서의 사저를 등진 채 말에 오른 수양이 향한 곳은 양덕방이었다.

"대감!"

미리 도착해 있던 왈패들이 수양을 맞이하자, 품 안에 숨겨두었던 검을 힘차게 뽑아 든 수양은 잠시 숨을 고르며 지척에 보이는 궁방을 바라보았다.

"일전에 말한 반당은 어찌 되었느냐?"

"그, 그것이, 김재하가 연통을 보내주기로 하였는데……."

쉽사리 말을 잇지 못하는 왈패들의 모습에, 상황을 짐작한 수양은 빠르게 말을 이었다.

"더는 지체할 수 없다. 일단 너희는 바깥을 지키는 병사들을 처리하고, 바로 대문을 열어라. 내가 직접 들어가 금상을 뵐 것이다."

"예, 대군 대감!"

곧이어 조용하던 양덕방 골목에 기괴한 함성이 울려 퍼졌다. 비명과 울부짖음, 살이 베이고 피가 솟아오르는 소리, 날카로운 쇠붙이들의 마찰음이 파도처럼 밀려든 끝에 마침내 굳게 닫혀 있던 궁방의 대문이 활짝 열렸다.

이를 조용히 바라보던 수양은 왈패 무리를 이끌고 성큼성큼 안으로 들어갔다. 갑작스러운 소란에 놀라 달려 나온 궁인들은 속수무책으로 쓰러지는 군졸들을 목도하고 아연실색하고 있었다.

"대군 대감, 이게 도대체 무슨 일입니까?"

한 상궁이 수양의 앞을 막아서며 다급히 외쳤지만, 곧 짧은 신음을 내지른 그녀는 바닥으로 힘없이 쓰러지고 말았다. 피로 흥건한 검을 닦을 새도 없이 앞으로 나아가던 수양이 걸음을 멈춘 것은 바로 그때였다.

"네 이놈, 수양!"

그것은 외면하고 싶을 만큼 처절한 울부짖음이었다. 이에 멈칫하며 고개를 돌린 수양은 곧 핏발 선 눈으로 자신을 노려보고 있는 종을 발견했다.

"네가 기이이 피를 부른 것이더냐! 정녕 친문을 거역하려는 게야!"

악에 받친 종의 목소리가 천지를 뒤흔들 듯 울려 퍼진 바로 다음 순간, 위압적인 검기가 제 몸을 짓누르는 것을 느낀 수양은 종에게 두었던 시선을 천천히 돌렸다.

"당신의 상대는 접니다."

비록 옷차림은 흐트러져 있었지만, 빈틈없는 자세로 자신을 향해 검을 겨눈 모습에서는 한 치의 흔들림도 찾아볼 수 없었다. 이내 눈앞의 그 검객이 율임을 알아본 수양은 쓴웃음을 지으며 낮게 중얼거렸다.

"곤란하게 됐군."

뒤이어 앞마당으로 몰려든 왈패들이 사랑채를 둘러싸고 검을 겨누자, 천천히 숨을 가다듬은 수양은 이윽고 쩌렁쩌렁한 목소리로 고함을 지르기 시작했다.

"나 수양은 역적 김종서를 죽이고 그의 만행을 전하께 고하기 위해 이곳에 왔다! 어서 길을 비켜라!"

결코 물러서지 않을 것만 같은 그의 기세에 어금니를 아득 깨문 율이 손안의 칼자루를 더욱 단단하게 움켜쥐며 말했다.

"대군께서는 지금 주상 전하의 시어소에 군사를 이끌고 들어왔습니다. 다른 게 아니라 바로 이것이 반역이라는 것을 모르시진 않겠지요?"

"이는 전하를 지키고자 함이네. 어느 곳에 간자가 숨어 있을지 모를 일이야."

기이하리만치 여유로운 말투로 대꾸한 수양은 곧 모여든 왈패들을 향해 나지막한 목소리로 명했다.

"정중히 모시게."

그 말을 끝으로, 수십 명의 왈패들이 율을 향해 우악스러운 고함을 지르며 달려들기 시작했다. 가뿐히 몸을 놀려 그들의 검을 피한 율은 이어 제 앞의 두어 명을 빠르게 베어버렸다. 그러나 시간이 갈수록 불어나는 왈패들을 상대하는 것은 그에게도 벅찬 일이었다.

"읏!"

결국 짧은 칼끝에 한쪽 팔을 베이고 만 율은 이어지는 공격을 가까스로 피하며 거친 숨을 몰아쉬었다. 그런데 바로 그때, 율을 향해 막 검을 휘두르려던 사내가 돌연 움직임을 멈추더니 힘을 잃고 느리게 바닥으로 쓰러졌다.

"누구냐!"

당황한 왈패들을 따라 놀란 눈을 돌린 율은 이내 희미한 미소를 지어 보였다. 쓰러진 사내 위로 드러난 반가운 얼굴은 다름 아닌 화영이었다.

재회의 기쁨을 나누기도 전에 들고 있던 목잠으로 등 뒤에서 달려드는 사내의 목덜미를 찌른 화영은 바닥에 떨어져 있던 검을 주워 들며 가쁜 목소리로 외쳤다.

"늦어서 죄송합니다!"

"너……."

놀라움과 안도감이 뒤섞인 표정으로 화영을 바라보던 율은 곧 찢어진 그녀의 입술 위에서 아직 마르지 않은 핏자국을 발견하고 미간을 찌푸렸다. 그러고 보니, 물에 빠진 생쥐처럼 홀딱 젖어 있는 모양 또한 심상치 않다.

"도대체 이게 무슨 꼴이냐?"

"말씀드리자면 깁니다. 공주 자가는 어디 계십니까?"

"전하와 함께 사랑채 안에 계시다."

때마침 또 다른 왈패들이 무리를 지어 마당 안으로 들어오는 것을 발견한 화영은 칼자루를 고쳐 잡으며 낮은 목소리로 중얼거렸다.

"여긴 소인이 맡을 테니, 나으리께서는 공주 자가를 지켜주십시오."

그러고는 미처 말릴 새도 없이 그들을 향해 몸을 날린 화영은 가장 앞서 달려오던 복면의 사내를 향해 힘차게 검을 휘두르기 시작했다. 순식간에 날카로운 금속음이 울려 퍼지고, 빠르게 검을 회수한 화영은 호흡을 가다듬으며 눈앞의 사내를 노려보았다. 그런데 화영을 보고 멈칫하며 검을 거두는 그의 눈동자가 어딘지 모르게 낯이 익다.

"……화영아."

얼이 빠진 듯 황망한 기색의 목소리가 제 이름을 부르자, 눈꺼풀을 세차게 깜박이던 화영의 얼굴이 돌연 흙빛으로 굳어졌다.

"사, 사형?"

믿을 수 없다는 듯 되묻는 화영의 목소리에, 얼굴을 가리고 있던 천을 천천히 턱 아래로 내린 그는 분명 화영이 알고 있는 바로 그 재하였다.

"도대체 이게 무슨 일입니까? 사형께서 어찌……."

달빛 아래 고스란히 드러난 재하의 얼굴을 재차 확인한 화영은 급격하게 흔들리는 눈동자를 감추지 못하고 더듬더듬 입술을 달싹였다. 그런데 성큼 앞으로 다가온 재하가 다시금 자신을 향해 검을 겨누는 것이 아닌가.

"너도 참 어쩔 수 없는 녀석이구나. 이리 마주치지 않으려고 그 골방에 데려다 놓은 것인데."

"……사형의 짓이었습니까?"

화영은 벌겋게 달아오른 눈을 치켜뜨며 재하를 노려보았다. 이에 심상치 않은 기류를 눈치챈 율이 황급히 화영의 앞을 막아서며 낮게 중얼거렸다.

"웃전들 모시고 어서 도망치거라."

"그럴 수 없습니다!"

"내 말 들어. 이건 명이다."

고압적인 율의 목소리를 듣는 것은 오랜만이었다. 화영은 아랫입술을 질끈 깨물며 고통스러운 눈으로 다시금 재하를 바라보았다. 하지만 아무리 생각해도 눈앞에 벌어진 상황이 도저히 이해가 가지 않는다.

"사형……."

어느새 물기를 머금은 화영의 눈동자 속에는 처연한 달빛이 등불처럼 떠올라 있었다. 이를 말없이 바라보던 재하가 마침내 메마른 입술을 천천히 달싹였다.

"아쉽지만, 저희 대결은 다음으로 미뤄야 할 듯싶습니다."

그리고 바로 다음 순간, 눈 깜짝할 사이에 몸을 돌린 재하는 제 뒤에서 있던 수양을 향해 자신의 검을 겨누었다.

"이게 무슨……!"

갑작스러운 그의 반전에 놀란 것은 비단 수양뿐만이 아니었다. 황망한 눈으로 재하의 넓은 등을 바라보던 화영은 좀처럼 혼란스러운 표정을 감추지 못했다.

"송구합니다, 대군 대감."

잠시 후, 나지막하게 흘러나온 재하의 말에 수양의 얼굴이 순식간에 일그러졌다. 그러나 금세 평온을 되찾은 그는 보일 듯 말 듯 쓴웃음을 지으며 천천히 말문을 열었다.

"지금 나를 배신하려는 건가, 김재하?"

"엄밀히 말하자면 배신은 아닙니다. 저는 처음부터 이 순간을 기다려왔으니까요."

담담한 재하의 대꾸에 어이가 없다는 듯 실소한 수양은 이윽고 매서운 눈으로 눈앞에 선 그를 쏘아보았다.

"내가 자네한테 한 방 먹었군."

수양의 말이 끝나기가 무섭게 주변을 에워싸고 있던 왈패들이 함성을 내지르며 재하를 향해 달려들기 시작했다. 하지만 허공을 가른 그들의 검은 짧은 파열음과 함께 멈춰 설 수밖에 없었다. 재하는 곧 그를 막아낸 것이 율의 검임을 깨달았다.

"보고는 나중에 듣도록 하지."

짧게 중얼거린 율이 머리 위의 검들을 밀쳐 내자, 귀가 찢어질 듯한 쇠붙이의 마찰음이 울려 퍼졌다. 좀처럼 물러서지 않는 그의 모습에 왈패들은 성이 난 듯 잇달아 검을 휘둘렀다. 한 손으로 칼등을 받친 채 비처럼 쏟아지는 공격을 밀어낸 율은 혼전 속에 넘어진 왈패의 다리에 자신의 검을 깊숙이 찔러 넣었다.

"아악!"

고통스러운 비명이 채 끝나기도 전에 두어 명의 팔다리를 연이어 베어버린 율은 때마침 등을 맞대온 재하를 엄호하며 차분히 주위를 둘러보았다. 바로 그때, 사방에서 울려 퍼지는 쇳소리 사이로 종의 울부짖음이 어렴풋이 들려왔다.

"무엄하다! 물러서거라!"

어느새 처참히 부서져 버린 사랑채 문 앞에는 서너 명의 왈패 무리가 종과 그의 앞을 지키고 선 화영을 에워싸고 있었다. 순식간에 맞부딪친 검에서 기분 나쁜 소리가 울려 퍼지고, 가까스로 눈앞에 날아든 상대를 막아낸 화영은 어금니를 시리게 앙다물었다.

'더는 위험해.'

제 뒤의 종을 지켜야만 하기에, 섣불리 싸움을 걸 수도 없는 노릇이다. 하지만 상대의 검은 고민에 빠진 화영이 다음을 생각할 틈도 없이 옆구리를 향해 날아들었다. 재빨리 몸을 비틀어 이를 피한 화영은 종의 손에 들려 있던 장도를 빠르게 낚아채 고꾸라지는 상대의 목을 단박에 그어버렸다.

격렬히 솟구친 피가 얼어붙어 있던 얼굴을 뜨겁게 적시자, 본능적으로 두 눈을 감은 화영은 잠시 후 밭은 숨을 토해내며 천천히 눈꺼풀을 들어올렸다. 그런데 바로 그때, 무방비하게 주저앉아 있는 종을 향해 도끼를 휘두르는 왈패의 모습이 흐린 시야 사이로 또렷하게 떠올랐다.

'아차!'

생각할 겨를 따윈 없었다. 자신을 향해 고꾸라지는 상대를 밀쳐 낸 화영은 죽을힘을 다해 몸을 날렸다. 눈을 질끈 감는 종의 모습이 꿈결처럼 느리게 보인다는 생각이 든 순간, 울부짖는 종의 목소리 사이로 마침내 살이 베이는 섬뜩한 소리가 울려 퍼졌다.

뒤이어 숨을 들이킬 여유도 없이 목구멍 안에서 비릿한 선혈이 솟구치는 것이 느껴지자, 젖은 기침과 함께 그것을 뱉어낸 화영은 비틀거리는 다리를 가누려 안간힘을 쓰기 시작했다.

하지만 바로 다음 순간, 온몸이 찢기는 것만 같은 강렬한 통증을 느낀 화영은 중심을 잃고 그 자리에 털썩 주저앉고 말았다. 느리게 마주 본 종의 기함한 눈동자 속에는 일그러진 자신의 얼굴이 떠올라 있었다.

"안 돼!"

허공을 가르는 종의 격렬한 절규에 때마침 고개를 돌린 율의 동공이 순식간에 부풀어 올랐다. 어느새 화영은 엎드려 흐느끼는 종의 품에 맥없이 쓰러져 있었다. 곧 그녀의 등에서 검붉은 피가 쏟아지고 있는 것을 발견한 율은 그대로 돌처럼 굳어버릴 수밖에 없었다.

"화영아……."

넋을 잃은 채 들고 있던 검을 힘없이 떨군 율은 이내 다급히 그녀의 곁으로 달려갔다. 그 사이 양팔을 붙들린 채 마루 밑으로 끌려난 종은 눈물로 얼룩진 얼굴을 세차게 휘젓고 있었다.

"화영아, 정신 좀 차려보거라. 화영아!"

떨리는 손으로 쓰러져 있는 화영을 안아 올린 율은 서둘러 그녀의 목 덜미를 짚어본 후 안도의 한숨을 짧게 뱉어냈다.

'아직 살아 있어.'

뒤늦게 상황을 눈치챈 재하가 서둘러 화영에게 달려가려 했지만, 그를 둘러싼 적들은 쉽사리 길을 내어주질 않았다.

"으아아아!"

결국 왈패들에게 붙들려 사지를 포박당한 재하는 터져 나오는 분노를 참지 못하고 짐승처럼 포효하기 시작했다. 그사이 마루로 올라선 수양을 시리게 노려본 율은 품 안의 화영을 더욱 깊이 끌어안았다.

"문을 열어라."

고저 없는 수양의 명에 떨리는 팔을 뻗어 그를 막아서는 상선의 얼굴은 안쓰러우리만치 새파랗게 질려 있었다.

"전하께서는 지금 침수에 들어 계십니다."

"역적 김종서가 안평대군과 함께 반란을 꾀했네. 전하께 이 사실을 아뢰어야 하니 어서 고하시게."

말끝에 힘을 실은 수양이 들고 있던 검을 바닥에 내려놓자, 잠시 주저하던 상선은 마침내 굳게 닫힌 격자문 안을 향해 떨리는 목소리로 아뢰었다.

"전하, 수양대군께서 드셨습니다."

"늦은 밤중에 이 무슨 결례란 말입니까?"

상선의 고(告)에 기다렸다는 듯 대답한 이는 홍위가 아닌 경혜였다. 미약하게 떨리긴 했으나 침착함을 잃지 않은 그녀의 목소리에, 수양은 문 앞으로 한 걸음 더 다가서며 다시 한 번 직접 상황을 고했다.

"전하, 김종서가 안평대군과 짜고 반역을 도모했습니다. 한시가 급하여 부득이하게 김종서를 처단하였으니, 전하께 아뢰어 남아 있는 역적의 무리를 처단하고자 합니다."

"……날이 밝으면 다시 오세요."

여전히 차갑기만 한 경혜의 대답에, 수양의 눈썹이 짧게 꿈틀거렸다. 침묵이 흐르고, 잠시 생각에 잠겨 있던 그는 별안간 쿵 하는 소리와 함께 바닥에 무릎을 꿇었다.

"전하! 김종서는 극악무도한 역적이옵고 그들의 무리는 죽어 마땅하옵니다! 전하와 왕실을 지키기 위해 어쩔 수 없는 선택을 한 소인을 용서하시옵소서! 하오나 이렇게 시간을 지체할 겨를이 없사옵니다!"

살기 어린 수양의 목소리가 쩌렁쩌렁 울려 퍼졌지만, 여전히 열릴 기미가 보이지 않는 문 너머에서는 아무런 기척도 없었다.

"전하!"

더는 기다릴 수 없다는 듯 주먹으로 바닥을 내려친 수양이 다시 한 번 거칠게 홍위를 불렀다. 그러자 마침내 요란한 소리와 함께 굳게 닫혀 있던 문이 벌컥 열렸다.

"……숙부님."

천천히 고개를 드니, 문간에는 소복 차림의 경혜가 서 있었다.

"어찌하여 이런 짓을 벌이신 겝니까?"

어금니를 아드득 깨물며 힘겹게 중얼거리는 경혜의 두 주먹은 위태롭게 떨리고 있었다. 눈물에 젖은 그녀의 처연한 얼굴을 잠시 말없이 바라보던 수양은 한숨을 내쉬며 몸을 일으켰다. 그러자 수양의 뒤에 서 있던 왈패들이 경혜에게 다가가 거칠게 양팔을 붙들었다.

"그 손 놓지 못할까! 감히 뉘게 손을 대는 것이냐?"

그 모습을 본 종이 격렬하게 발버둥을 치자, 서슬 퍼런 검이 일제히 그의 앞을 막아섰다. 더는 수양을 막을 수 없음을 직감한 경혜는 두 눈을 감으며 그대로 바닥에 주저앉았다.

그사이 방 안으로 들어선 수양은 곧 베개를 끌어안은 채 덜덜 떨고 있는 홍위를 발견했다. 수양이 천천히 무릎을 꿇고 앉자, 홍위는 젖은 눈으로 조용히 그를 바라볼 뿐이었다.

"숙부……."

아직 어린 소년의 얼굴은 공포와 분노, 허무가 뒤섞여 엉망으로 일그러져 있었다.

"전하."

이윽고 무거운 입술을 달싹인 수양이 무어라 말을 이으려 하자, 연신 흐느낌을 토해내던 홍위는 고개를 떨구며 힘없이 중얼거렸다.

"부디 과인을 살려주세요, 숙부."

"……물론입니다. 이 숙부가 반드시 전하를 살릴 거예요. 하오니 전하의 힘을 소인에게 빌려주십시오."

"무엇을 하면 됩니까?"

모든 것을 포기한 듯, 홍위의 목소리에는 그 어떠한 감정도 담겨 있지 않았다. 보이지 않게 입술을 말아 올린 수양은 다시금 결연한 의지를 실어 입술을 달싹였다.

"명패를 내어주십시오."

❀

"이보시오! 문 좀 열어보시오! 이보시오!"

어둠이 깊어지던 새벽, 불빛 한 자락 없는 마을 외곽에 별안간 소란스러운 고함이 울려 퍼졌다. 싸리문이 부서져라 흔들리는 소리에 놀란 개들이 소리 높여 짖기 시작하자, 고요하던 골목은 순식간에 아수라장으로 변하고 말았다.

"이보시오! 거기 아무도 없소? 제발 좀 나와보시오!"

"아니, 이 밤중에 도대체 누구요?"

막 잠이 깬 모양인지, 잔뜩 화가 난 얼굴로 뛰쳐나온 백발의 노인은 문간에 선 재하를 향해 버럭 소리를 질렀다. 그러나 이내 재하의 옷을 흥건히 적신 핏자국을 발견한 그의 눈이 놀라움으로 부풀어 올랐다.

"이 아이 좀 얼른 봐주십시오! 빨리!"

그제야 재하의 등에 업혀 축 늘어져 있는 화영을 발견한 노인은 미간을 구기며 황급히 싸리문을 열어젖혔다.

"이리로!"

노인을 따라 들어선 방 안에는 짚으로 엮은 자리가 넓게 깔려 있었다. 그곳에 화영을 눕힌 재하는 덜덜 떨리는 손으로 노인의 옷깃을 붙잡으며 말했다.

"제발 살려만, 살려만 주십시오."

"출혈이 너무 심한데……."

서둘러 화영의 상처를 살핀 노인은 자못 심각한 표정으로 중얼거리며 진흙 빛깔의 가루와 짓이긴 약초를 혼합하여 환부에 도포하기 시작했다.

"다행히 상처가 깊진 않은 것 같소. 문제는 피를 너무 많이 흘렸다는 건데……."

거기까지 말하고 뜸을 들이는 노인의 모습에, 잠자코 이를 지켜보던 율이 낮게 잠긴 목소리로 물었다.

"살릴 수 있겠소?"

"장담은 못 하겠소만……."

문득 화영의 맥을 짚어보던 노인이 인상을 찌푸리며 재하와 율을 번갈아 바라보았다.

"왜 그러시오?"

바짝바짝 마르는 입술을 혀끝으로 축인 율이 떨리는 목소리로 묻자, 노인은 잠시 주저하는 빛을 띠더니 이내 조금 작아진 목소리로 대꾸했다.

"혹 평소에 빈혈증을 호소하진 않았소?"

"그건 어찌 물으십니까?"

"이 처자, 본디 혈허 체질인 듯하오. 달거리 때마다 꽤 힘들었을 터인데 영 들은 것이 없는 게요?"

혀끝을 쯧쯧 차는 노인을 혼란스러운 얼굴로 바라보던 율은 저도 모르게 빈주먹을 불끈 움켜쥐었다. 연신 마른침을 넘기는 목구멍은 마치 모래가 넘어가는 듯 까끌까끌하다.

"일단 지혈은 했으니, 탕약과 침으로 열을 다스려 보지요. 하오나 깨어난다 해도 사람 구실이나 제대로 할는지 모르겠군요. 가뜩이나 부족한 피를 이리 쏟아냈으니, 원."

앓는 소리를 내며 무릎을 짚고 몸을 일으킨 노인은 이내 소쿠리에 몇 가지 약재를 담아 자리를 떴다.

"그리 서 계시지 말고, 여기 앉으시지요."

어느새 제법 침착함을 되찾은 재하가 저를 돌아보자, 퍼뜩 정신을 차린 율은 쓰디쓴 혀끝으로 메마른 입술을 훑으며 낮게 중얼거렸다.

"일전의 말은 역시 이것 때문이었군."

기실 똑바로 보려 하지 않았을 뿐, 언젠가부터 마음 한구석에 담아두었던 의문이었다. 사내답지 않게 유순한 선을 지닌 얼굴, 가느다란 몸, 미도의 옷이 위화감 없이 어울리던 모습, 그리고 결정적으로 재하의 등에 업혀온 그녀를 본 순간 제 가슴을 강하게 치고 지나간 감정들까지.

그래, 무의식이었지만 분명 인지하고 있던 사실이다. 한데 이제 와 예상치 못한 선고를 받은 사람처럼 가슴이 무너져 내리는 것은 왜일까.

"곤란하십니까?"

대답을 바라고 던진 질문은 아니었는지, 재하는 율을 돌아보지 않은 채로 차분히 말을 이었다.

"검을 잡은 순간부터, 아니, 세상에 태어난 바로 그때부터 단 한 번도 여인이었던 적이 없는 아이입니다. 여인이라는 사실이 약점이 될까 봐, 사내보다 몇 배는 더 열심히 수련을 할 정도였어요. 어엿한 무인이 되는 것이 녀석의 유일한 꿈이었습니다."

"……"

"나으리께서 화영이를 제법 아끼시는 걸로 압니다. 그러나 이 아이가 여인이라 하여, 그 마음의 방향이 달라지지는 않으셨으면 합니다."

"무슨 뜻이오?"

건조한 율의 물음에, 표정 없는 얼굴로 율을 돌아본 재하가 단호하게 말을 맺었다.

"여인으로 보지 마십시오. 여인에게나 줄 만한 마음, 그 어떠한 것도 화영이 녀석에게 품지 마십시오."

그의 눈동자에서 짙은 적대심을 읽은 율은 쓴웃음을 삼키며 시선을 떨구었다.

'마음, 마음이라.'

그동안 화영에게 가졌던 마음이 어떤 의미였더라. 그래, 처음에는 정진하고 노력하는 모습이 가상하여 도움을 주고자 했다. 얼핏 친아우처럼 여겼던 것도 같다. 나아가서는 웃는 모습이 좋아 무엇이라도 해주고 싶었다. 그러던 것이 언젠가부터 눈에 띄지 않으면 걱정이 되기 시작했고, 어쩌다 몸이 닿아올 때면 뜻 모를 떨림에 가슴이 요동치기도 했다. 그리고……

순간, 혼란에 휩싸여 있던 율의 얼굴이 고통스러운 모양으로 일그러졌다. 그런 율을 물끄러미 바라보던 재하는 또 한 번 긴 한숨과 함께 무겁게 닫혀 있던 입술을 달싹였다.

"나으리는 지체 높은 양반이십니다. 원하시는 것이 있다면, 어렵지 않게 그것을 손에 쥘 수 있겠지요."

미간을 찌푸린 율이 그를 노려보았다.

"무슨 말이 하고 싶은 거요?"

"쉽게 얻을 수 있는 것들은 그 가치 또한 하찮아지는 법이지요. 하여 나으리 같은 양반네들은 모든 것을 쉽게 버립니다. 설사 그것이 살아 있는 사람이라 해도, 한때 뜨겁게 주고받았던 마음이라 해도."

낮게 읊조리는 재하의 목소리에는 일전에도 느꼈던, 오래된 분노가 짙게 깔려 있었다.

"그런 나으리께서 화영이에게 해줄 수 있는 것은 아무것도 없습니다.

하오니 더 깊어지기 전에 멈추십시오. 그것이 화영이를 위하고 나으리를 위하는 길입니다."

그의 말이 무엇을 뜻하는 것인지 기실 율 또한 모르지는 않았다. 아니, 아주 잘 알고 있다는 편이 더 맞을 것이다. 스치듯 떠오르는 어머니의 존재에 힘없이 두 눈을 깜박인 율은 꽤 오랫동안 말이 없었다.

"나는……."

이윽고 느리게 입을 떼는 율의 눈동자에는 아픈 그림자가 매달려 있었다.

"나는 누군가를 연모할 수 있는 사람이 못 되오."

"……."

"하물며 그대처럼 솔직할 수도 없지."

안개비가 내리는 것처럼 무겁게 젖어 있는 그의 목소리는 꺼내지 못한 이야기를 몇 겹이나 눌러 담은 듯했다. 긴 정적이 흐르고, 마침내 조용히 몸을 일으킨 재하는 문을 열고 밖으로 나가며 나지막하게 중얼거렸다.

"피를 닦고 오겠습니다. 한 일각쯤."

❈

따스한 봄바람에는 꽃향기가 가득했다. 드넓은 초원을 얼마나 달렸을까. 문득 발을 멈춘 화영은 어깨를 펴고 큰 숨을 들이마셨다. 그때, 어디선가 나비 한 마리가 팔랑거리며 화영을 향해 날아왔다. 무심코 뻗은 손가락 위에 사뿐 내려앉는 나비가 신기하여, 화영은 입술을 벌리고 소리 내어 웃었다.

때마침 불어온 바람에 연분홍빛 치맛자락이 꽃잎처럼 살랑거리고, 어렴풋이 제 이름을 부르는 소리를 들은 화영은 서둘러 주위를 둘러보았다. 아련한 그 목소리는 어디선가 들어본 적이 있는 듯했다.

문득 뒤를 돌아보니, 멀리서 자신을 바라보고 있는 듯한 인영이 보였다. 고개를 갸웃거린 화영이 두 눈을 가늘게 조인 바로 그때, 그녀의 주변을 날아다니던 나비의 날개에서 반짝이는 빛이 솟아올랐다. 그러자 별안간 화영의 몸이 두둥실 떠오르기 시작했다.

어어 하며 놀란 화영은 두 팔을 허우적거렸다. 그런데 허공을 가르며 날아간 그녀의 몸이 별안간 멀찌감치 서 있던 인영의 품에 살며시 내려 앉는 게 아닌가. 깊은 삿갓을 눌러쓴 탓에, 그의 얼굴은 좀처럼 보이지 않았다. 얼굴을 붉히며 고개를 숙인 화영은 이내 자신의 곁을 맴돌던 나비가 날개를 팔랑이며 멀어지는 것을 발견했다.

안녕, 안녕. 마치 작별 인사를 하는 듯하다.

왠지 아득한 그리움을 느낀 화영은 희미한 미소를 지으며 다시금 저를 안아 든 이를 바라보았다. 그런데 돌연 시야가 희미해지더니, 마치 하늘 위 구름 속을 유영하는 것처럼 주위가 온통 새하얀 연기로 휩싸이기 시작했다. 당황한 화영은 두 눈을 느리게 끔벅였다.

화영아.

다시금 들려온 목소리가 어쩐지 점점 가까워지는 듯한 기분이 든다.

"화영아, 화영아."

앓는 신음을 삼킨 화영은 느릿한 동작으로 무거운 눈꺼풀을 들어 올렸다. 안개가 낀 듯 뿌옇기만 하던 시야가 점점 밝아지는가 싶더니, 곧 저를 내려다보고 있는 율의 얼굴이 보였다.

"정신이 드느냐? 나를 알아보겠어?"

건조하게 갈라지는 그의 목소리에 안도한 화영은 천천히 고개를 끄덕였다. 그러자 굳어 있던 율의 얼굴에 눈부신 미소가 번졌다.

"……나으리."

오랜 시간 쓰지 않았던 것처럼 메마른 목소리가 흘러나왔지만, 화영은 다시금 힘을 주어 율을 불렀다.

"나으리."

"그래."

고개를 끄덕인 율은 오른손으로 화영의 이마를 조심히 덮었다.

"여긴 어딥니까?"

"의원이다. 사흘이 지나도록 깨어나질 않아 얼마나 걱정을 했는지 아느냐?"

그제야 멍한 눈으로 주위를 둘러본 화영은 돌연 미간을 구기며 몸을 일으켰다. 하지만 온몸을 짓누르는 통증 탓에 갈라진 입술 사이로 가느다란 비명이 새어나오고 만다.

"아직 상처가 아물지 않았다. 누워 있거라."

움찔거리며 다시 몸을 일으키려는 화영을 간신히 말린 율은 자신의 답호를 벗어 그녀의 어깨에 덮어주었다. 따스한 감촉과 함께 율의 체취가 희미하게 느껴진다. 그 옷자락에 얼굴을 묻고 얕은 숨을 몰아쉬던 화영은 잠시 후 힘없이 율을 바라보며 중얼거렸다.

"돌아가고 싶습니다."

탁한 빛을 띤 화영의 눈동자에는 이제껏 본 적 없는 불안감이 서려 있었다. 잠시 망설이던 율은 결국 답호의 옷깃을 화영의 목까지 덮어준 뒤, 조심스럽게 그녀를 품에 안아 올렸다.

어느새 바깥에는 제법 싸늘한 바람이 불었다. 어둠뿐인 하늘을 물끄러미 바라보던 화영은 문득 율을 향해 고개를 돌리며 작게 읊조렸다.

"공주 자가와 영양위께서는 무사하시지요?"

그녀의 말은 어쩐지 질문이 아니라 확신처럼 들렸다. 율은 놀란 눈으로 그녀를 내려다보며 물었다.

"어찌하여 무사하십니까, 가 아닌 무사하시지요, 인 것이냐?"

"나으리께서 두 분을 지켜주셨으리라 믿으니까요."

망설임 없는 그 대답에, 뜻 모를 표정으로 멍하니 화영을 응시하던 율은 곧 옅은 미소를 지으며 시선을 돌렸다.

"넌 날 너무 믿어서 탈이다."

"그럼 제가 나으리를 믿지, 누굴 믿겠습니까?"

새삼스럽다는 듯 대꾸한 화영은 이내 주위를 둘러보며 물었다.

"재하 사형은요? 분명 목소리를 들었던 것 같은데."

멈칫하며 걸음을 세운 율은 이윽고 쓴웃음이 걸린 입술을 달싹였다.

"당분간 도성을 떠나 몸을 숨기로 했다. 네게 염려 말라고 전해달라 하더구나."

"……어디로 가신답니까?"

"북으로."

고개를 끄덕인 화영은 다시금 율의 어깨에 얼굴을 기대더니 이내 몰려오는 졸음을 이기지 못하고 잠이 들었다. 그런 그녀를 한동안 물끄러미 바라보던 율은 발소리를 죽인 채 무거운 걸음을 옮기기 시작했다.

새벽의 골목은 벌레 소리 하나 없이 고요했지만, 어젯밤 재하와 나눈 대화를 곱씹는 율의 머릿속은 천둥 벼락이 치는 것처럼 소란스러웠다.

"소인은 이 길로 도성을 떠나고자 합니다. 용모파기까지 붙은 이상, 더는 지체할 수가 없어요."

"도움이 되지 못해 미안하군."

"하면 염치 불고하고 나으리께 부탁 하나만 드려도 되겠습니까?"

"말해보게."

"화영이를 지켜주십시오."

"……."

"나으리를 온전히 믿는 것은 아니오나, 지금 녀석을 보호해 줄 수 있는 분은 나으리뿐입니다. 부디 제가 다시 돌아올 때까지, 무슨 수를 써서라도 반드시 화영이를 지켜주십시오."

문득 긴 한숨을 내쉰 율은 평온히 잠든 화영을 다시금 바라보았다. 마르고 단단한 몸, 동글동글한 얼굴, 유순한 눈매와 작은 입술, 핏기 없는 뺨. 무엇 하나 이전과 다른 것이 없다. 하지만 이미 제 마음속 그녀의 존재가, 그 의미가 완전히 변해 버렸다는 사실은 부러 되새기지 않아도 격렬히 통감하는 바였다. 아니, 변한 게 아니라 이제야 깨달은 것이리라.

화영이 깨어나지 않았던 사흘의 시간 동안 형편없이 무너졌던 제 모습을 떠올리며 쓴웃음을 지은 율은 그녀를 안고 있던 팔에 더욱 힘을 주었다. 그래, 인정한다. 사내의 행색을 한 이 여인을, 무인으로 살리라 다짐한 이 아이를 마음에 품고 말았다. 돌보아주고 싶었던 것이 아니라 곁에 두고 싶었던 것이었다.

하지만 그런 제 마음이 화영에게 짐이 될 수도, 나아가 독이 될 수도 있음을 알기에 입안을 맴돌던 쓰디쓴 맛을 한숨과 함께 삼킨 율은 문득 걸음을 멈추고 밤하늘을 올려다보았다.

"화영아."

이윽고 들릴 듯 말 듯 입술을 달싹인 율은 온 마음을 다해 나지막하게 속삭였다.

"살아줘서 고맙다."

순간, 서늘한 바람이 불어와 불에 덴 듯 뜨거워진 명치를 차분히 달랬다. 차마 꺼내지 못한 말들을 가슴속에 홀로 새기며, 율은 그렇게 어두운 골목을 걷고 또 걸을 뿐이었다.

❋

좀처럼 아물지 않는 상처와 사투를 벌이던 화영이 겨우 자리를 털고 일어난 것은 한 달이란 시간이 흐른 뒤였다. 영원히 끝나지 않을 것만 같던 그날 밤 이후, 북촌 일대는 시신을 태우는 연기가 끊이지 않고 피어올랐다.

경혜의 궁방 또한 수양의 철퇴는 비켜갔을지언정 죽음의 그림자만은 피하지 못했다. 충격으로 쓰러진 정부인 민씨가 결국 세상을 떠나고 만 것이다. 연이은 비극으로 비통에 잠긴 궁방은 살아남은 몇몇의 종복들만이 자리를 지킬 뿐 고요하기만 했다.

며칠째 굳게 닫혀 있는 경혜의 방문을 먼발치에서 바라보던 화영은 때마침 중문을 지나 들어오는 율을 발견하고 서둘러 그를 향해 달려갔다.

"아직 몸이 편치 않을 터인데, 어찌 나와 있어."

상복 차림의 그는 부쩍 피곤해 보였지만, 화영을 향해 늘 그랬듯 옅은 미소를 지어 보였다. 그 모습이 괜스레 더 가슴이 아파 잠시 머뭇거리던 화영은 이윽고 조심스럽게 말문을 열었다.

"나으리야말로 좀 쉬세요. 장사 지내고 벌써 일주일이 넘도록 잠도 제대로 못 주무셨지 않습니까?"

"영양위께서 줄곧 궁을 나오지 못하고 계시니, 나라도 대신 집안을 단속해야지."

걱정하지 말라는 듯 화영의 머리를 쓰다듬은 율은 이내 빈 대청에 걸터앉았다. 말없이 율의 옆으로 다가가 앉은 화영은 그의 시선을 따라 구름 가득한 하늘을 바라보았다. 어느새 깊어진 겨울의 공기에서 희미한 솔 향이 난다.

"참, 이것 받거라."

문득 품에서 장도 한 자루를 꺼내 내미는 율의 손이 얼핏 떨리는 듯싶어, 의아한 얼굴로 그것을 받아 든 화영은 곧 놀란 눈으로 그를 바라보았다. 정밀히 세공된 오동나무 칼집은 장도를 쥔 손이 편안하도록 갈무리되어 있었고, 그 끝에는 먹색의 작은 술이 달려 있었다.

"문갑에서 오래 묵히긴 했다만, 아직 쓸 만할 게다. 네 장도는 난리통에 잃어버렸다 하지 않았느냐?"

"제가 받아도 괜찮은 것입니까? 귀한 물건 같은데."

"검이란 무릇 사용을 해야 의미가 있는 것 아니겠느냐? 네가 써준다면 고마울 일이다."

율이 옅게 웃으며 고개를 끄덕이자, 설레는 표정으로 손안의 장도를 소중히 감싸 쥔 화영은 이윽고 머뭇거리던 입술을 달싹였다.

"감사합니다, 나으리. 소중히 간직하겠습니다."

"대신 네게 부탁하고 싶은 것이 있다."

"말씀만 하십시오! 소인이 할 수 있는 일이라면 뭐든 하겠습니다!"

오히려 반색을 하며 율에게 바짝 다가앉는 화영의 얼굴은 보일 듯 말 듯 상기되어 있었다. 그 모양에 괜스레 두 뺨이 간지러워진 율은 잠시 주저하는 듯하더니 이내 화영의 어깨를 조심스럽게 감싸 쥐었다.

"앞으로 무슨 일이 있더라도, 이번처럼 무모한 짓은 하지 않기로 나와 약조해 다오."

예상치 못한 말이었는지, 화영의 눈동자가 일순 크게 부풀어 올랐다. 하지만 곧 그 뜻을 이해한 화영은 동그란 입술을 가늘게 말아 올리며 말했다.

"소인이 무모했던 것은 맞습니다만, 후회하지는 않습니다. 궁방 식구들을 지키는 것은 반당의 의무 아닙니까?"

"화영아."

"하오나."

무어라 말을 이으려는 율의 걱정스러운 얼굴을 바라보며 자세를 바로잡은 화영은 단단한 어투로 못다 한 말을 덧붙였다.

"나으리께서 무엇을 염려하시는지 알겠으니, 앞으로 더욱 열심히 수련하여 무모한 일이 무모하지 않을 수 있게 하겠습니다."

"……"

"그리하면 약조를 지키는 것이 되겠지요?"

자신 있게 되묻는 모습에서 그녀가 또 한 걸음 자라난 듯한 기분이 든다. 결국 피식 웃음을 터뜨린 율은 고개를 절레절레 저었다.

"너도 참 어쩔 수 없는 녀석이구나."

"에이, 이제는 소인을 좀 믿어주십시오."

"믿는다. 내 등 뒤를 맡길 수 있을 만큼."

문득 저를 바라보는 율의 눈동자가 강건한 빛을 띠자, 멈칫하며 웃음을 거둔 화영은 곧 민망한 표정을 지으며 머리를 긁적였다.

"뭐, 그, 그러시다면 감사합니다."

"⋯⋯더는 예전과 같을 수 없을 것이다."

"예?"

돌연 미간을 구긴 율의 얼굴은 사뭇 어둡게 가라앉아 있었다. 화영은 조용히 그의 다음 말을 기다렸다.

"이보다 더 위험한 상황이 닥칠 수도 있고, 아무것도 할 수 없는 무력한 상황을 맞닥뜨릴 수도 있겠지. 내가 가는 방향이 과연 옳은 길일까 두렵기도 할 거다. 하지만 그럼에도 불구하고 확신하는 건⋯⋯."

"⋯⋯."

"네가 내 사람이라는 사실이다."

그 순간, 솔 향이 스민 바람이 마루 위를 스치듯 지나갔다. 때마침 상투에 꽂아둔 목잠의 벽옥 구슬이 작은 소리를 내며 흔들리자, 퍼뜩 정신을 차린 화영은 저도 모르게 붉어진 얼굴을 툭 떨굴 수밖에 없었다.

내 사람, 내— 사—람. 소리 없이 그 단어를 곱씹어보자니, 가슴이 제멋대로 쿵쾅거리며 달음박질을 한다.

"⋯⋯진정 그리 생각하신다면."

이윽고 천천히 고개를 든 화영은 부쩍 진중해진 눈으로 율을 돌아보며 나지막하게 말을 이었다.

"제 앞에서 애써 괜찮은 척하지 말아주십시오."

"⋯⋯뭐?"

"다는 몰라도 짐작은 갑니다. 변해 버린 현실이 두렵고, 지키지 못해 괴롭고, 가진 전부를 잃은 것만 같아 외로우시겠지요. 나으리라고 다르시겠습니까?"

덤덤한 화영의 말에 흐릿하던 율의 눈동자가 파르르 떨리기 시작했다. 잠시 망설이던 화영은 곧 율의 상복 소매를 조심히 움켜쥐었다.

"하니 나으리의 사람 앞에서는 마음껏 슬퍼하십시오. 참지 않아도,

버티지 않아도, 내 사람 앞에서는 흉이 되지 않는 법입니다."

문득 고개를 숙인 율은 한동안 말이 없었다. 그러나 안다. 닿지 않아도 알 수 있다. 그가 서럽게 울고 있음을.

먼발치에서 아련하게 들려오는 풍경 소리를 따라 시선을 돌린 화영은 아슬아슬하게 붙잡고 있던 율의 소맷자락을 다시금 힘껏 움켜쥐었다. 언제부턴가 모래색 구름이 가득 드리워진 하늘에서는 새하얀 눈송이가 하나둘씩 꽃잎처럼 내려오고 있었다.

❀

바야흐로 수양의 시대가 도래했다. 정난을 도운 자들은 공신이 되어 조정을 채웠고, 수양 또한 스스로 영의정의 자리에 오르니, 지켜줄 이 하나 없는 궐에 유폐되다시피 한 어린 임금은 기실 허수아비와 다름이 없었다.

그러나 모든 일이 수양의 뜻대로 흐르는 것만은 아니었다. 곳곳에서 이번 정변을 비난하는 목소리가 커지기 시작한 것이다. 살아남은 종친들은 수양으로 말미암아 전대(前代)와 같은 친족상잔이 벌어질 것을 염려했고, 이는 곧 홍위에 대한 동정론으로 번지기 시작했다. 게다가 엎친 데 덮친 격으로 함길도 절제사에서 파직된 이징옥이 난을 일으켰다가 실패하는 사건까지 벌어지니, 조정은 늘 살얼음판의 연속일 수밖에 없었다.

궐을 안정시키고 민심을 수습하는 것이 가장 시급했던 수양에게 또다시 달갑지 않은 사건이 벌어진 것은 을해년이 밝은 지 얼마 되지 않은 날이었다.

"흉서?"

"쉿."

당혹감에 목소리가 높아진 화영의 입을 황급히 틀어막은 설매는 조금 전보다 은밀해진 목소리로 말을 이었다.

"요즘 장안의 화제다. 객사에 드나드는 사람들 말로는 보통 일이 아닌가 보더라. 뭐라더라, 수양대군에게 하늘의 심판이 있을 거라 했다던가."

"……확실히 보통 일은 아니네."

"그런데 그것이 말이다."

문득 말을 멈추고 아무도 없는 방 안을 조심히 살피던 설매는 이내 품속에서 구깃구깃한 종이 한 장을 꺼내 화영에게 내밀었다.

"아무리 봐도 재하 오라버니의 필체 같단 말이지."

화영은 흔들리는 눈동자로 흉서라 일컬어진 종이 위 글씨들을 읽어 내렸다. 과연 눈에 익숙한 획의 흐름이나 갈무리 따위가 설매의 말대로 재하의 필체와 매우 흡사한 듯하다.

'재하 사형…….'

그와 이렇게 작별 인사도 없이 헤어지게 되리라곤 꿈에도 생각지 못했던 일이었다. 파도처럼 몰아친 일련의 사건들로 인해 그의 부재를 까맣게 잊고 산 것이 새삼 미안해진다. 애써 어두워진 표정을 수습한 화영은 손안의 벽보를 곱게 접어 품 안에 집어넣으며 물었다.

"사형께 따로 연통은 없었고?"

"도성을 떠나던 날, 말 한 필을 부탁하기에 준비해 준 것이 마지막이었다. 어디로 가신 건지, 무엇을 하고 계신 건지 아무것도 몰라."

"……그래."

"하지만 짐작 가는 건 하나 있어."

"짐작 가는 거라니?"

"그게……."

잠시 주저하는 기색을 비쳤지만, 이내 혀끝으로 입술을 축인 설매는 조용히 말을 이었다.

"계유년 섣달에 북쪽에서 군란이 있었던 건 알지?"

"응, 들었어."

"소문이지만, 그 잔당들이 도성 외곽에 흩어져서 세력을 모으고 있다더구나. 흉서를 뿌리는 게 그자들일지도 모른다고도 하고."

"하면……."

"혹 재하 오라버니께서 그들과 합류한 것은 아닐까 싶다."

과연 그럴듯한 가설이다. 곰곰이 생각을 거듭하던 화영은 잠시 후 설매를 향해 은밀한 눈짓을 보냈다.

"혹 은신처를 알아봐 줄 수 있겠어?"

"그야 뭐, 영 불가능한 일은 아니다만……. 한데 괜찮은 거야? 안 그래도 가뜩이나 분위기 뒤숭숭한데, 긁어 부스럼이 될 수도 있잖아."

"다른 것도 아니고 사형의 구명이 달린 일인데, 힘닿는 데까진 노력해 봐야지."

화영의 뜻이 확고하다는 것을 깨달은 설매는 결국 한숨을 쉬며 고개를 끄덕였다.

"찾게 되면 바로 연통할게."

대문까지 따라 나오면서도 설매는 유독 걱정스러운 표정을 지우지 못했다.

"늘 고마워, 설매야. 그럼 간다!"

그런 그녀를 안심시키려 부러 환하게 미소를 지어 보인 화영은 서둘러 걸음을 재촉했다. 너무 오래 궁방을 비운 것은 아닌지 염려된 탓이었다.

그런데 멀찌감치 보이는 대문 앞에서 낯설지 않은 인영이 서성이는 게 보였다. 가까이 다가가서야 그가 미도임을 알아챈 화영은 당혹감에 멈칫할 수밖에 없었다.

"아, 너로구나."

때마침 고개를 돌린 미도가 화영을 발견하고는 반색을 하며 다가왔다. 절로 경직된 입술을 꾹 다문 화영은 그녀의 시선을 피해 고개를 숙였다. 다른 이도 아닌 수양의 딸이 어찌 여길 찾아올 수 있단 말인가.

"……너도 내가 달갑지 않은 모양이구나."

그런 화영의 속내를 쉬이 눈치챈 미도는 반가움에 흔든 손을 어색하게 거두며 힘없이 중얼거렸다.

"오래 붙들지 않을 터이니, 공주 자가께 내가 좀 뵙잔다고 전해다오."

"……."

"넌 내게 갚을 빚이 있지 않더냐? 보은하는 셈치고 한 번만 좀 도와다오. 응?"

간절한 표정으로 화영을 붙드는 미도의 손은 오랜 시간 밖에 서 있었던지 차갑게 식어 있었다. 덕분에 이도 저도 못한 채로 한참을 망설이던 화영은 결국 말없이 몸을 돌려 그녀를 지나쳤다. 그런데 바로 그때, 등 뒤에서 미도의 날카로운 외침이 들려왔다.

"난 내 아버지와 다르다!"

움찔하고 멈춰 선 화영은 머뭇거리며 미도를 돌아보았다. 어금니를 아득 깨문 그녀는 시린 눈을 깜박이며 화영을 노려보고 있었다.

"설마하니 내가 그 후안무치한 짓에 동조했다 여기진 말거라."

"……."

"이제껏 아비를 막기 위해 온갖 방도를 강구했었다. 도련님과 혼인하고자 한 것도 그 때문이야. 선왕께서 일찍이 공주 자가의 부마로 지금의 영양위를 염두에 두셨던 걸 알았으니까."

가슴 속 말들을 분노하듯 쏟아낸 미도는 이내 거침없이 다가와 굳어있는 화영의 손목을 움켜쥐었다.

"승리란 최후에 이긴 자의 것이다. 이 싸움은 아직 끝나지 않았어."

"하면 계책은 있으십니까?"

서늘하게 가라앉은 공기를 뚫고 날아온 목소리는 화영의 것이 아니었다. 이에 화들짝 놀라 고개를 돌린 미도는 제게 다가오는 종을 발견하고 흠칫 뒷걸음질을 쳤다.

"어찌 말씀을 하다 마십니까?"

"대감……."

"이 싸움을 승리로 이끌 계책, 가지고 계시냐고 물었습니다."

잠시 숨을 멈추고 종을 바라보던 미도는 곧 비장하게 말문을 열었다.

"백지장도 맞들면 낫다고, 저 또한 쓰일 곳이 있지 않겠습니까? 아버지를 막을 수만 있다면 무슨 짓이든 할 겁니다."

문득 표정 한줌 없던 종의 얼굴에 짙은 그늘이 내려앉았다.

"아비를 반하겠다는 그 말을 저더러 믿으란 겁니까?"

"못할 것도 없지요. 기실 제가 부부인 출생이 아니라는 사실은 대감께서도 익히 알고 계시지 않습니까?"

기가 막힌다는 듯 되묻는 종을 향해 조금의 망설임도 없이 고개를 끄덕인 미도는 한층 강건해진 눈동자로 그를 바라보았다.

"오래전부터 아버지께서 보위를 열망하고 계신 것을 알고 있었습니다. 물론 전하의 탄신 전까진 이루지 못할 꿈이 아니었겠지요. 하지만 적통이 생긴 이상, 그것은 들켜선 안 될 역심일 뿐이었습니다."

"……."

"생모의 죽음을 눈앞에서 목도했던 그날, 저는 작금과 같은 상황이 벌어지리란 것을 예감했습니다. 그분의 비정함은 누구보다 잘 아니까요."

지난 기억을 떠올리는 게 고통스러운 듯 힘없이 눈을 감은 미도는 한동안 말이 없었다. 생모의 죽음. 그 말에 담긴 무게가 짐작이 가고도 남는다. 종은 조용히 그녀의 다음 말을 기다렸다.

"……제 어머니께서는 소실로 인정받지 못하셨음에도 불구하고 아버지를 극진히 섬기셨습니다. 억울한 누명을 쓰게 되셨을 때도 아버지께 허물이 될까 저어되어 자결을 하셨어요. 그런 어머니를 아버지께서는 끝끝내 외면하셨습니다."

"……."

"어머니의 시신을 제 손으로 직접 거두면서, 아버지를 원망하고 또 원망했습니다. 하오나 비겁하게도 침묵할 수밖에 없었습니다. 버림받고 싶지 않았으니까요."

이윽고 감았던 눈을 천천히 뜬 미도는 결연히 주먹을 움켜쥐었다.

"더는 아버지께서 벌이신 일이 옳지 못하다는 걸 알면서도 입안의 혀처럼 굴고 싶지는 않습니다. 그분의 피가 흐르는 이 몸을 저주하고 또 저주했지만, 그렇기에 더더욱 전하를 지키는 데 힘을 보태고자 합니다."

화영은 혼란스러운 표정을 감추지 못하고 제 앞의 종과 미도를 번갈아 바라보고 있었다. 오랜 침묵 후, 마침내 종이 한결 누그러진 목소리로 물었다.

"하면 공주 자가를 찾으시는 연유는 무엇입니까?"

"특별히 공주 자가셔야 하는 건 아닙니다. 제 부탁을 들어줄 이라면 누구라도 상관없으니까. 아니, 오히려 대감을 먼저 뵈어 다행입니다."

"……말씀하십시오."

기다리던 대답에 보일 듯 말 듯 미소를 지은 미도는 이윽고 차분해진 목소리로 대답했다.

"전하를 알현할 수 있게 도와주십시오."

"미도가 그런 말을 했다고요?"

"예, 저도 처음엔 놀랐습니다만……."

종이 말끝을 흐리자, 먹을 갈던 손을 잠시 멈칫한 경혜는 이내 피식 웃으며 중얼거렸다.

"아무래도 마음의 골이 깊지 않겠습니까? 대부인 소생으로 입적시켰다고는 해도 그 아이가 서출임을 모르는 이가 없으니."

"……."

"무엇보다 생모를 그리 허무하게 보낸 것이 상처였겠지요. 서로 끔찍이 아꼈었는데, 수양은 어찌 그리 냉정하게 외면했는지."

문득 지난 기억을 더듬던 경혜의 눈가에 연민이 서렸다.

"하면 공주 자가께서는 현주의 목적이 무엇인지 짐작이 가십니까?"

"미도가 말한 승리는 아마 대감께서 생각하시는 승리와 다를 겁니다."

"다르…… 다니요?"

이윽고 종을 향해 자세를 고쳐 앉은 경혜의 표정은 부쩍 단단해져 있었다.

"대감께서 무엇을 염려하시는지 잘 압니다. 하지만 망설이지 마시고, 지금 마음속에 담으신 뜻을 행하세요."

흔들리는 눈으로 경혜를 바라보던 종은 떨리는 입술을 달싹였다.

"공주 자가께서는 두렵지 않으십니까? 단 한 번의 실수로 소중한 것들을 잃지는 않을까, 내가 선택하려는 것이 정녕 옳은 길일까, 어쩌면 이대로 가만히 숨죽이고 있는 것이 모두를 위하는 일은 아닐까, 그런 생각이 들진 않으십니까?"

"소첩은 대감을 믿습니다. 하니 무엇이든 대감의 뜻을 따를 거예요."

조금의 흔들림도 없는 경혜의 굳건한 눈빛을 뜻 모를 표정으로 바라보던 종은 문득 그녀의 뺨을 조심스럽게 감싸 쥐었다. 상기된 제 뺨에 종의 손이 내려앉는 순간, 경혜는 멈칫하며 시선을 떨구었다.

"……많이 아위셨습니다."

느리게 흐르는 종의 손길은 부드러웠다. 붉게 물든 뺨을 지나 동그란 턱 끝을 스친 손가락이 마지막으로 꽃잎 같은 경혜의 입술 위에 살며시 내려앉았다.

이윽고 조심스럽게 그곳에 입을 맞춘 종은 경혜의 속눈썹이 파르르 떨리는 것을 보며 옅은 미소를 지었다. 이다지도 벅차오르는 마음을 어찌 표현할 수 있을까. 수십, 아니, 수만 가지 문장을 떠올려 보아도 적당한 것이 없다.

"지켜 드릴 겁니다."

"……"

"제 모든 걸 걸고, 반드시."

속삭이듯 내려앉은 종의 목소리는 그 무엇보다 달콤했다. 경혜는 두근거리는 가슴을 누르며 살며시 감았던 눈을 떴다. 어느새 경혜를 담은 종의 커다란 눈동자는 그녀 못지않은 결연함으로 빛나고 있었다.

그 시각, 아궁이 앞에 앉아 하릴없이 불씨를 뒤적이는 화영의 손길은 평소와 달리 흐둥하둥했다. 아무리 딴생각을 하려 애를 써도 조금 전 미도와 나눈 대화가 좀처럼 머릿속을 떠나질 않는다.

"아기씨! 잠시만요!"
"왜 그러느냐?"
"정녕 그 연유뿐이셨습니까?"
"……무엇이 말이냐?"
"나으리와 혼인하려던 연유 말입니다. 정녕…… 정녕 그뿐입니까?"
화영의 질문이 뜻밖이었는지, 가던 걸음을 멈추고 그녀를 뚫어져라 응시하던 미도의 얼굴에는 호기심이 걸려 있었다.
"네가 듣고 싶은 대답이 있나 보구나."
그 말에, 줄곧 궁금했던 것을 묻기까지는 꽤나 시간이 걸렸다.
"……연모하는 마음은 조금도 없으셨습니까?"
"연모."
마치 처음 듣는 생경한 단어라는 듯 화영의 말을 되짚던 미도는 곧 피식 웃으며 속눈썹을 내리깔았다.
"연모한다 답하면, 무엇이 달라지느냐?"
"예……?"
"내가 도련님을 연모하여 혼인을 청했다 한들, 달라질 게 무에 있겠느냐 말이다. 그분께서 필요로 하시는 건 그런 게 아닌데."
뜻 모를 슬픔이 가득한 눈동자를 먼 곳으로 돌린 그녀가 이어 중얼거렸다.
"넌 모를 거다. 도련님께서 어떤 마음으로 그곳에 남아 계신지, 그 자리의 무게가 얼마나 고통스러운지, 같은 처지가 아니면 이해할 수 없지."

얼핏 그들만의 비밀을 암시하는 듯한 말에, 연유 모를 소외감을 느낀 화영은 아무런 대답도 할 수가 없었다.

간극. 그래, 미도와 저의 간극을 실감한 것이리라.

그것은 당연한 일이었다. 지체 높은 종실의 영애, 총명한 눈동자와 유려한 얼굴, 그리고 차분한 목소리에서 우러나오는 고귀함까지 무엇 하나 나무랄 데 없는 여인이 아닌가. 게다가 율과는 어린 시절부터 어울리던 사이라니, 서로를 잘 알고 있을 것이다. 둘만의 추억도 많을 것이고, 함께 나눈 시간과 마음도 저와 비교하면 하늘과 지하만큼의 차이겠지.

거기까지 생각이 미치자, 괜스레 울고 싶어지는 것을 꾹 눌러 삼킨 화영은 무릎을 모으고 앉아 그 사이에 한숨이 걸린 얼굴을 묻었다.

"……무슨 생각을 하는 거야, 너."

기실 되새기지 않아도 잘 알고 있다. 율을 생각하면 파도처럼 출렁이는 이 마음이 얼마나 터무니없는 것인지. 하여 외면하려 했다. 밀어내려 했다. 할 수만 있다면 지워 버리고 싶었다. 그러나 야속하게도 이 아픈 손가락 같은 감정들은 마치 비 온 뒤 고인 흙탕물처럼 제 머릿속을 자꾸만 탁하게 물들이고 있었다.

이윽고 천천히 고개를 든 화영은 입술을 깨물며 다시금 아궁이 쪽으로 몸을 틀었다. 들고 있던 화저로 타다 만 장작을 밀어 넣으며 손등으로 막 코 밑을 훔친 바로 그때였다.

"화영아."

머리 위에서 들린 목소리에 화들짝 놀라 고개를 젖힌 화영은 눈앞에 율의 얼굴이 그늘처럼 드리워지자, 새 나오는 탄식을 가까스로 삼켰다.

그런데 별안간 짓궂은 미소를 띤 율이 한 손가락으로 대뜸 화영의 이마를 꾹 눌러 미는 것이 아닌가.

"어어……!"

덕분에 그대로 엉덩방아를 찧고 만 화영은 제풀에 놀라 두 눈을 질끈 감았다. 그런데 흙바닥의 단단한 감촉이 아닌 사그락거리는 옷감이 나동그라진 화영의 등을 순식간에 감싸 안았다.

슬며시 들어 올린 눈꺼풀 사이로 얄미우리만치 키득거리는 율의 얼굴이 보이자, 화영은 쏜살같이 몸을 일으켜 그를 쏘아보았다.

"지금 뭐 하시는 겁니까?"

"음, 장난?"

"아니, 무슨 어린아이도 아니고. 소인만 보면 그리 골리고 싶으신가 봅니다."

불퉁한 표정으로 율이 민 이마를 슥슥 문지른 화영은 부러 수선을 떨며 자리를 털고 일어났다. 그런데 빙긋 웃으며 옷매무새를 갈무리한 율이 화영을 향해 짐짓 다정하게 손을 내민다.

"잠시 함께 걷겠느냐?"

계절이 여러 번 바뀌었음에도 궁방 곳곳에는 지난 참상의 흔적이 고스란히 남아 있었다. 사색에 잠긴 율의 뒤를 조용히 따르던 화영은 이내 그가 자신과 보폭을 맞추며 걷고 있음을 깨달았다.

"화영아."

그가 부르는 이름은 늘 연못 속에 던져진 돌멩이 같다.

"예, 나으리."

"혹 고민이 있느냐?"

화영을 돌아보지 않은 채, 차분한 목소리로 묻는 율의 걸음에는 어쩐지 연유 모를 망설임이 걸려 있었다.

"……그건 어찌 물어보십니까?"

"네 눈이 그리 말하기에."

자박자박 소리에 맞춰 율의 발자국을 되짚듯 밟던 화영은 문득 걸음을 멈추고 그의 뒷모습을 빤히 바라보았다.

"혹 고민이 있거든 주저 말고 내게 털어놓아도 좋다. 아니, 그래주었으면 한다. 네가 그랬듯 나도 너에게 그런 사람이고 싶구나."

이윽고 걸음을 멈춘 그가 고개를 돌려 눈을 맞춰오자, 화영은 저도

모르게 마른침을 꿀꺽 삼켰다. 또다. 온누리에 행복이 충만해지는 것
같은 이 느낌.

"이리 말하긴 뭣하지만 김재하 대신…… 이라고 해두자꾸나. 내가 그
만큼 의지가 되는지 모르겠다만."

멋쩍은 듯 턱 밑에 묶인 갓끈을 매만지는 율의 손길은 마냥 어색하기
만 했다. 보이지 않게 주먹을 말아 쥔 화영은 이내 온 힘을 다해 활짝
웃어 보였다.

"이미 의지하고 있는걸요. 짐작하시는 것보다 훨씬 더 많이."

"……"

"그리고 보시다시피 제 어깨가 좀 튼튼해서 말입니다. 끄떡없어요."

"그놈의 허장성세는."

피식 웃으며 고개를 가로젓는 모습이 얼핏 수줍어 보이는 것은 착각
일까. 다시 걸음을 옮기는 그를 우두커니 바라보던 화영은 남몰래 입술
사이로 한숨을 뱉어냈다.

태산 같은 어깨, 선이 굵은 목덜미, 뒤춤 언저리에 가만히 얹혀 있는
하얗고 단단한 두 손. 무엇 하나 허투루 넘기고 싶지 않아 되새기듯 담
다가 새삼 마음 한구석이 아릿해지고 만다.

"벌써 일 년이 훌쩍 지났구나."

때마침 허리를 숙여 부서져 내린 서까래 조각을 주워 든 율이 단정한
입술을 달싹이며 중얼거렸다. 고개를 돌려 하늘을 바라보는 그의 새까
만 눈동자에는 지난 고난이 흉터처럼 새겨져 있었다.

"이곳은 여전히 그날 그때에 멈춰 있는데, 시간은 마치 아무 일도 없
었다는 듯 흘러가."

"……"

"그러고 보니 너도 벌써 스물둘이나 됐구나. 처음 이곳에 왔을 때는
열여덟이었는데 말이지."

"하물며 나으리를 처음 뵈었을 적에는 열여섯이었죠."

지난날을 반추하는 듯한 율의 혼잣말에 화영이 나지막한 목소리로 덧붙였다.

"······여섯 해라."

짧게 웃으며 화영을 돌아본 그의 시선이 문득 아득한 빛을 띠었다.

"그사이 참 많은 일을 함께 겪었구나."

어느새 화영의 곁으로 한 걸음 다가온 율은 그녀의 손을 조심히 감싸 쥐었다. 차갑게 식어 있던 살갗을 불쑥 파고든 온기가 생경하여 화영은 일순 크게 동요하고 말았다.

"새삼스럽지만."

여전히 작고 얄팍한 그녀의 손목을 엄지손가락으로 느리게 훑은 율은 곧 바스락거리는 목소리로 말을 이었다.

"앞으로도 잘 부탁한다."

"······."

"벗이자, 동지로서."

저를 바라보는 율의 눈동자에 뜻 모를 감정이 떠오르는 것을 본 화영은 아무런 대꾸도 하지 못한 채 마른침만 꿀꺽 삼킬 뿐이었다. 어쩌면 돌이킬 수 없을지도 모른다. 아니, 결코 되돌릴 수 없을 것이다. 손쓸 새도 없이 커져 버린 이 마음을 외면할 수 있을 리가 없다.

"다가올 봄은 따뜻했으면 좋겠구나."

유난히 길었던 올 겨울도 어느덧 끝나가고 있었다. 지치고 메마른 이 마음에도 과연 봄날이 올까. 어쩌면 타다 만 궁방의 잔재처럼 추운 겨울 속에 마냥 그대로 멈춰 있을지도 모른다.

"그럼 이만 들어갈까?"

이윽고 짧은 웃음과 함께 몸을 돌린 율이 더욱 좁아진 걸음을 천천히 옮기기 시작했다. 바닥에 새겨지는 그의 발자국을 물끄러미 응시하던 화영은 곧 쓴웃음을 지으며 다시금 그 위를 자박자박 밟아 나갔다. 언젠가는 이 간극이 아프지 않고 무뎌지길 바라고 또 바라면서.

한강이 훤히 내려다보이는 희우정(喜雨亭)에는 순백의 계절이 가득했다. 드문드문 흑록색 그림자가 드리워진 강물을 말없이 내려다보던 미도는 때마침 등 뒤에서 들려온 인기척에 천천히 고개를 돌렸다.

"오랜만입니다."

화려한 무늬의 답호 자락을 휘날리며 다가온 소년은 작지만 강건한 체격에 부드러운 눈을 가지고 있었다. 고저 없는 목소리로 인사를 건넨 그가 얼굴을 반쯤 가리고 있던 접선을 천천히 거두자, 앳된 이목구비와는 어울리지 않게 서늘한 표정이 고스란히 드러났다.

"그간 강녕하셨습니까, 전하."

미도의 인사에 말없이 고개를 끄덕인 홍위는 곧 제 뒤를 따르던 내금위장에게 물러나 있으라는 무언의 눈짓을 보냈다.

"이리 직접 걸음을 하시게 하여 송구합니다."

"어쩔 수 없지요. 궁에는 보이지 않는 눈과 귀가 너무 많지 않습니까?"

"하대를 하시지요, 전하. 듣잡기 민망합니다."

"세손 시절 뵈었던 것이 마지막이라 그런가, 쉽진 않네요. 게다가 현주는 누이와 동년배이시다 보니."

피식 웃음을 터뜨린 홍위는 이내 표정을 굳히며 발아래 펼쳐진 풍광으로 시선을 돌렸다.

"하온데 무슨 일로 독대를 청한 겁니까? 우리가 신변잡기 외에 나눌 말이 있던가요?"

"그 신변에 관해 드릴 말씀이 있어 자리를 청한 겁니다."

차분히 대꾸하는 미도의 눈동자가 얼핏 진중한 빛을 띠었다.

"제 아버지."

그 순간, 당황한 표정으로 미도를 돌아본 홍위의 눈동자가 급격하게 흔들리기 시작했다.

"수양대군께서 은밀히 계획 중인 일이 있습니다. 전하께서 반드시 아셔야 할 내용이지요."

"현주, 과인은……."

"전하."

주춤거리는 홍위를 향해 황급히 무릎을 꿇은 미도는 마침내 준비한 말들을 무겁게 토해냈다.

"전하는 만인이 우러러보는, 이 나라 조선의 국본이십니다. 그 지엄함으로 전하의 인정(仁政)을 천하에 널리 펼치시길 간절히 염원하고 있사오니, 부디 소녀의 진언을 들어주소서."

한 치의 흔들림도 없는 그녀의 모습에, 한동안 주저하는 기색으로 허공을 응시하던 홍위는 이윽고 긴 숨을 내뱉으며 말문을 열었다.

"승하하신 아바마마께서 일찍이 그러셨죠. 혜산 현주는 타고난 그릇이 여장부라고."

"……."

"현주가 무엇을 보고 들었는지 모르나, 과인은 알고 싶지 않습니다. 더는 과인으로 하여금 누군가를 다치게 하고 싶지 않아요."

"전하, 아무것도 하지 않음으로 지킬 수 있는 것은 없습니다. 언젠가는 보이지 않는 칼이 전하의 주변을 내리칠 거예요. 부디 숨지 마시고, 앞을 보십시오. 소녀, 전하의 검은 되지 못하겠지만 방패는 되어드릴 수 있습니다."

말을 마치고 천천히 고개를 든 미도의 투명한 눈동자는 결의로 가득 차 있었다. 깊게 다물린 입술, 서늘한 그 표정에서 알 수 없는 위압감이 느껴지자 저도 모르게 주먹을 불끈 쥔 홍위는 잠시 후 굳게 닫혀 있던 입술을 달싹였다.

"과인이 무엇을 하면 되겠습니까?"

"……조만간 편전에서 큰 분란이 일어날 것입니다. 한명회와 그 무리들이 근자에 떠도는 벽서에 대해 들먹이며 금성대군을 모함할 거예요."

"벽서, 벽서라니요?"

금시초문이라는 듯 말끝을 올린 홍위의 눈에 불안감이 떠올랐다. 잠시 숨을 고른 미도는 좀 더 은밀해진 목소리로 빠르게 말을 이었다.

"지난해 역모죄로 사사된 이징옥의 잔당들이 수양대군을 비방하는 내용의 벽서를 도성 곳곳에 뿌리고 있다 합니다. 한명회 일당은 금성대군이 그 일을 부추겼다고 몰아세울 속셈이에요. 겉으론 수양대군을 탄핵하는 척하면서, 역으로 그들을 이용해 역모를 꾀하려는 수작이라면서."

"그럴 리가……. 금성 숙부는 절대 그러실 분이 아닙니다."

"예, 소녀도 압니다. 하오나 아버지께서 이미 그들의 은신처를 찾아냈으니, 조만간 몇몇을 생포해서 거짓 증좌라도 만들어낼 겁니다."

심각한 얼굴로 정자 끝에 걸터앉은 홍위는 한동안 말이 없었다. 긴 침묵이 이어지는 사이 그의 뺨 위로 드리워진 주영이 맑은 소리를 내며 흔들렸다.

"하나만 묻겠습니다."

이윽고 다시금 미도를 돌아본 홍위가 버적거리는 입술을 달싹였다.

"하문하소서."

"이 사실을 과인에게 알려준 연유가 무엇입니까? 겉치레 따위가 아닌, 현주의 진심 말입니다."

그의 질문이 무엇을 뜻하는 것인지 알아차린 미도는 잠시 주저했다. 무거운 정적이 흐르고, 천천히 몸을 일으킨 그녀는 마침내 흔들림 없는 눈동자로 홍위를 바라보았다.

"아버지께서는, 이제 스스로 멈출 수 없으실 겁니다. 설령 원치 않아도 계속 사람들을 죽여야만 할 거예요. 충신도, 형제도, 나아가…… 전하까지도."

"……."

"하여 막고자 합니다. 아버지의 그 칼."

얼핏 간절함마저 느껴지는 그녀의 눈동자에서 무언가를 읽은 홍위는 짧게 탄식했다.

"역시."

"······."

"맞서는 게 아니라 지키려는 거군요, 숙부를."

어머니를 버린 아버지, 그 비정한 피가 흐르는 몸. 하지만 그럼에도 불구하고 이 끔찍한 몸뚱이를 차마 저 강물에 내던지지 못했던 마음을 어찌 다 표현할 수 있을까.

"······그저 모두가 다치지 않길 바라는 것뿐입니다."

한때는 복수를 꿈꿨던 적도 있었다. 어미를 잃은 슬픔과 분노를 어떻게든 달래고 싶었다. 하지만 찔러도 피 한 방울 나오지 않을 것만 같았던 아버지의 눈물을 뜻하지 않게 마주한 순간, 미도는 그 어떤 보복도 꿈꿀 수 없게 되어버렸다.

목숨을 바쳐서라도 정인을 지키고자 했던 어미의 그 마음을, 크기를, 깊이를, 차라리 몰랐다면 좋았을 것. 분하고 억울하게도 그 또한 아버지이기 전에 어미가 연모했던 사내였음을 외면할 수 없었던 것이리라.

"오라버니는 도망치고 싶다는 생각, 해본 적 없으십니까?"

"있었지."

"하면 왜 도망치지 않으셨습니까?"

"버티기로 결심했거든. 내가 이곳에 존재하는 연유를 찾았으니까."

"그 연유가 무엇인데요?"

"빛의 뒷면을 지키는, 가장 어두운 그림자."

문득 오래전 율과 나눴던 대화를 떠올린 미도는 쓴웃음을 지으며 강변으로 시선을 돌렸다.

"하오니 부디 소녀에게 기회를 주십시오. 지금이라도 모두를 지킬 수 있는 기회를."

아비의 과욕이 칼이 되지 않길 바랐다. 율이라면, 그로부터 모두를 지키기 위해 기꺼이 목숨을 걸 테니까. 그리고 그런 율을 지키고자 하는 미도의 오래된 결심은 마침내 꺼지지 않는 불꽃이 되어 뜨겁게 타오르고 있었다.

'저는 어머니처럼 살지 않을 겁니다, 아버지. 당신의 속죄도, 그분을 지키는 것도 제 손으로 이뤄낼 거예요.'

또다시 바람이 분다. 깊은 생각에 잠긴 미도의 시선 끝에는 어느새 기울기 시작한 햇빛이 붉게 매달려 있었다.

⊛

궁방 순찰을 마친 화영이 관군의 눈을 피해 담장을 넘은 것은 땅거미가 내리기 시작한 저녁 무렵이었다. 때마침 어둠을 밝히는 횃불이 하나둘씩 떠오르자, 연신 주위를 경계하던 화영은 은밀한 걸음을 더욱 재촉하기 시작했다.

"인정(人定) 전에는 꼭 돌아와야 한다."

단단히 다짐을 받던 율을 떠올리니, 괜스레 마음이 더 조급해진다. 돈의문을 지나고서야 간신히 숨을 고른 화영은 품 안에서 곱게 접은 종이 한 장을 꺼내 들었다. 지난밤 설매에게 건네받은 그 종이에는 벽서단의 은신처가 간략한 지도로 표시되어 있었다.

인가에서 한참이나 떨어진 길을 따라 얼마나 걸었을까. 달빛도 무색할 만큼 어둡고 음습한 산중에서 마침내 얇은 불빛이 새어 나오는 것을 발견한 화영은 서둘러 그곳을 향해 달려갔다. 하지만 눈앞에 나타난 것은 인기척 하나 없는 빈집뿐이었다.

"아무도 없습니까?"

허공으로 흩어졌던 목소리가 메아리처럼 되돌아오자, 이상하다는 생각이 든 화영은 황급히 주변을 살펴보기 시작했다. 어수선하게 흩어진 세간하며 아직 살아 있는 횃불의 불씨를 보아하니 사람이 살았던 것은 분명한데 어찌 된 일인지 근방에는 벌레 한 마리조차 보이지 않았다.

"설마 벌써 은신처를 옮긴 건가……."

아쉬운 마음에 애꿎은 발끝만 툭툭 차던 화영은 무심코 바닥에 떨어져 있던 옷가지를 집어 들었다. 그런데 흙먼지로 더럽혀진 목깃에서 비릿한 피 냄새가 느껴진다.

일순 등골이 서늘해진 화영은 천천히 주위를 둘러보았다. 이제 보니, 집 안 곳곳에는 달갑지 않은 기운이 도사리고 있었다. 부서진 문짝, 희미한 죽음의 냄새, 그리고……섬뜩한 시선.

'시선?'

그제야 누군가 자신을 감시하고 있다는 사실을 깨달은 화영은 어금니를 아득 깨물었다. 정신을 집중하자, 저를 노리는 듯한 살기가 점점 더 또렷해진다.

"……최악이군."

혼잣말을 중얼거린 화영은 허리춤에 차고 있던 검을 향해 천천히 손을 뻗었다. 벽서단이 은신처로 돌아온 것이라면 다행이지만, 온 집 안에 퍼져 있는 죽음의 흔적을 생각하면 그럴 가능성은 희박했다.

'관군인가. 아니면 내분?'

짧은 순간, 화영의 머릿속으로 수십 가지 경우의 수가 스쳐 지나갔다. 직감이 보내는 불쾌한 경고에 잠시 망설이던 화영은 이윽고 결심한 듯 얼굴을 가리고 있던 천을 더욱 단단히 묶으며 말했다.

"나와. 비겁하게 숨어 있지 말고."

시간이 멈추기라도 한 듯 지나치게 고요한 정적이 내려앉았다. 그리고 잠시 후, 화영의 도발이 먹힌 모양인지 어둠 속에서 흑색 차림의 습격자가 모습을 드러냈다.

"누구의 명으로 움직이는 거지?"

"글쎄."

화영의 물음에 고저 없는 목소리로 대꾸한 습격자는 이내 등 뒤에서 서슬 퍼런 검을 뽑아 들었다. 그러더니 미처 반응할 새도 없이 섬뜩한 한기가 오른팔의 살갗을 스치듯 지나쳤다.

'……빠르다!'

상대의 실력이 범상치 않음을 직감한 찰나, 가까스로 몸을 비틀어 공격을 피한 화영은 참았던 숨을 토해내며 주먹을 불끈 쥐었다. 어느새 손바닥은 긴장감으로 축축하게 젖어 있었다.

'단번에 제압하지 않으면 위험해.'

분하지만, 검 대 검으로 맞부딪치면 승산이 없을 것이다. 쉴 틈 없이 날아오는 공격을 피하며 온갖 수를 가늠하던 화영은 상대의 검이 자신의 가슴을 꿰뚫기 직전, 빠르게 자세를 낮춰 그의 발목을 가격했다.

"큭!"

상대가 중심을 잃고 흔들린 틈을 타 왼팔로 그의 목을 결박한 화영은 이를 지지대 삼아 자신의 몸을 거칠게 회전시켰다. 순식간에 목뼈가 어긋나는 둔탁한 소리가 귓전에 울려 퍼졌다. 하지만 거기서 멈추지 않고 잽싸게 방향을 튼 화영은 틀어 올린 머리에서 목잠을 뽑아 반쯤 꺾인 상대의 목에 바짝 겨누었다.

짧은 정적이 흐르고, 마침내 화영의 팔에 감겨 있던 습격자가 바닥으로 힘없이 곤두박질치기 시작했다. 그의 숨이 끊어진 것을 확인한 화영은 안도의 한숨을 내쉬며 천천히 몸을 일으켰다. 그런데 바로 그때, 생각지도 못한 손길이 등 뒤에서 불쑥 나타나 화영의 입을 틀어막았다.

"방심은 금물이다, 애송아."

놀란 눈을 크게 치켜뜬 화영은 그대로 얼어붙을 수밖에 없었다. 상대가 한 명이라고 생각한 것이 실수였다. 아차 하는 순간, 뒷목에 강렬한 충격이 가해지는 것을 느낀 화영은 곧 마른 나무처럼 풀썩 쓰러지고 말았다.

"공주의 반당입니다."

기절한 화영을 살피던 그는 때마침 나타난 우람한 체격의 사내에게 은밀한 목소리로 고했다.

"함부로 죽일 수도 없고, 곤란하게 됐군."

난감한 얼굴로 혼잣말을 중얼거리던 사내는 문득 화영의 옷깃 사이로 삐져나온 종잇조각을 발견하고 그것을 뽑아 들었다.

"이건……."

잠시 후, 종이를 펼쳐 든 사내의 입가에 회심의 미소가 떠올랐다.

"일이 재밌게 돌아가는구나."

이윽고 자신의 품에 문제의 종잇조각을 구겨 넣은 사내는 곁을 지키고 있던 수하에게 건조한 목소리로 명령했다.

"지시가 있을 때까지 포박해서 가둬두도록 해라."

"죽은 녀석은 어찌할까요?"

"내버려 둬. 연고도 없는 살수 따위, 누가 알아보겠어?"

"……예, 알겠습니다."

"아 참, 그렇지."

문득 고개를 돌려 창백한 화영의 얼굴을 바라본 사내는 보일 듯 말듯 입꼬리를 말아 올렸다.

"이 녀석, 손을 좀 봐두는 것이 좋겠구나."

번들거리는 입술을 혀끝으로 훑는 사내의 얼굴에는 어느새 섬뜩한 미소가 걸려 있었다.

08. 차마 하지 못한 말

도대체 얼마의 시간이 흐른 걸까. 오락가락하는 의식을 붙잡으려 무던히 애쓰던 화영은 문득 감긴 두 눈의 틈새로 붉은빛이 어렴풋하게 스며드는 것을 느끼고 무거운 머리를 힘겹게 들어 올렸다.

"포박을 풀어라."

이윽고 서늘한 명령이 떨어지자, 억센 손길이 화영의 어깨를 붙들더니 손목을 묶고 있던 밧줄을 거칠게 풀어 던졌다. 와중에 온몸을 바르작거리던 화영은 땅바닥에 맥없이 내동댕이쳐지고 나서야 간신히 막혔던 숨을 토해낼 수 있었다.

"부어라."

뒤이어 얼음장처럼 차가운 물이 화영의 얼굴을 세차게 내려쳤다. 날선 냉기에 눈앞이 아찔해진 화영은 저도 모르게 얕은 신음을 내뱉었다. 상처 위에 엉겨 붙어 있던 피가 입술 사이로 흘러들어 온 모양인지, 혀 끝에서 비릿한 맛이 느껴진다.

밤새 두들겨 맞은 몸은 이미 감각이 사라진 지 오래였지만, 힘겹게 이를 가는 화영은 물에 젖은 속눈썹을 느릿하게 들어 올렸다. 그러나 안개가 낀 듯 흐릿해진 시야는 좀처럼 돌아올 기미가 보이지 않았다.

"정신이 좀 드나 보군."

그때, 앞으로 다가온 사내가 필사적으로 두 눈을 깜박이는 화영의 턱을 강하게 잡아 올렸다.

"아마 앞이 보이지 않을 거다."

그제야 간밤의 일들을 하나둘씩 기억해 낸 화영은 온몸에 소름이 끼쳤다. 그들이 정체 모를 가루를 자신의 눈에 뿌린 것부터 강렬한 통증에 몸부림치다 그대로 기절해 버렸던 것까지 선연하게 떠오른 탓이었다.

"네 녀석이 우리 얼굴을 보면 좀 곤란해지거든. 운이 좋다면 사나흘 내로 시력이 돌아오겠지만……."

잠시 말을 멈춘 사내는 소리 죽여 조소했다.

"재수가 없다면 평생 앞을 보지 못할 것이다."

섬뜩하리만치 잔인한 공포가 등골을 타고 흐르자, 화영은 본능적으로 사내의 손을 뿌리치려 고개를 흔들었다. 하지만 만신창이가 된 몸은 좀처럼 움직여 주질 않았다.

"아직도 반항할 기력이 남았더냐."

뒤이어 번쩍하고 불꽃이 이는 듯하더니, 왼쪽 뺨에 강한 충격을 느낀 화영은 비명조차 지르지 못하고 그대로 쓰러지고 말았다. 하지만 메마른 흙바닥을 움켜쥐며 몸을 일으키는 화영의 입술은 결연한 모양을 그리고 있었다.

"비켜."

잔뜩 갈라진 목소리가 그녀의 입술 사이로 새어 나온 순간, 헛간에는 무거운 침묵이 내려앉았다.

"……독한 놈."

이윽고 웃음기를 거둔 사내는 화영의 멱살을 강하게 움켜쥐었다.

"다시 한 번 묻겠다. 공주의 반당인 네가 역당의 은신처를 찾은 연유가 무엇이냐?"

화영은 고집스럽게 입술을 다문 채, 보이지도 않는 사내의 얼굴을 매섭게 노려보았다.

"역당이라니, 무슨 소리야? 난 그저 길을 지나던 것뿐이라고."

"이놈이 그래도!"

좀처럼 물러서지 않는 화영을 거칠게 흔들던 사내는 곧 욕지거리를 내뱉으며 그녀를 바닥으로 내동댕이쳤다.

"퀵!"

등줄기를 타고 전해진 격렬한 통증이 무뎌져 있던 감각을 다시금 일깨운다. 고통에 일그러진 화영의 입술 사이로 또 한 번 신음이 흘러나오자, 바닥에 가래침을 뱉은 사내는 곧 험악한 목소리로 외쳤다.

"이놈의 눈을 가리고 다시 묶어두어라!"

"예, 두목."

잠시 후, 문이 닫히는 기분 나쁜 쇳소리가 귓전을 찔렀다. 미동조차 할 수 없는 몸을 일으키려 애쓰던 화영은 결국 까무룩 정신을 잃고 말았다. 긴 밤, 고요한 어둠은 화영의 존재를 더욱 깊숙이 숨기고 있었다.

❈

"아직도 찾지 못했습니까?"

절망적인 경혜의 물음에, 율은 괴로운 표정으로 고개를 숙였다. 화영이 사라진 지 오늘로 벌써 사흘째. 평정심을 유지하려 애쓰고는 있었지만, 기실 그 또한 경혜 못지않은 불안감에 휩싸인 터였다. 게다가 어제 저녁 설매로부터 전해 들은 이야기는 그의 불안을 더욱 부추겼다.

"벽서단의 은신처를 찾고 있었습니다. 분명 그곳에서 무슨 일이 생긴 거예요."

날이 밝자마자 화영이 찾아갔다는 폐가를 수색해 보았지만, 남아 있는 것이라고는 목이 부러진 시신 한 구와 피가 묻은 그녀의 목잠뿐이었다. 근방의 산기슭은 물론 가까운 마을까지 어느 한 군데 살피지 않은 곳이 없건만, 화영의 흔적은 어디에서도 발견되지 않았다.

"빌어먹을."

그날 밤, 화영을 홀로 보내지 말았어야 했다. 율은 뒤늦은 후회와 분노로 터질 듯한 마음을 이기지 못하고 담장에 주먹을 꽂으며 낮게 욕지거리를 내뱉었다. 아무리 냉정하려 노력해도, 하루아침에 화영의 생사조차 알 수 없게 된 현실은 그를 죄책감이라는 이름으로 잔인하게 난도질하고 있었다.

침통한 표정을 감추지 못하고 상처에서 흘러나오는 피를 멍하니 응시하던 율은 문득 유일한 단서인 시신을 떠올렸다. 목뼈가 부러진 방향을 고려하면 등 뒤에서 왼팔을 이용해 비틀었을 것이다. 발견 당시에는 반듯하게 누워 있는 상태였으나, 뒤에서 붙잡았다면 필시 처음에는 바닥을 바라보고 쓰러졌을 터. 이는 곧 죽은 후 시신을 뒤집었다는 말이 된다.

'생사를 확인하려 했겠지.'

그 상황에 화영이 취했을 법한 행동을 그려보며 천천히 맥을 짚는 시늉을 해보니, 얼핏 여러 가지 경우의 수가 떠올랐다. 율은 두 눈을 감고 정신을 집중했다. 생사를 확인할 겨를이 있었다는 건, 화영이 인식한 적이 죽은 자 한 명뿐이었다는 뜻이리라.

'하지만 그게 아니었던 거야.'

정황상 시체를 뒤집어 맥을 짚어보던 중 불시에 공격을 당했을 가능성이 컸다. 또 다른 적을 발견해 뒤를 쫓았을 수도 있겠지만, 혼자서 위험을 무릅쓸 만한 연유가 불분명하니 역시 대항하지 못할 상황에 처해 납거당했다고 보는 것이 타당하다.

'하면 어째서 죽이지 않은 거지? 혹 증좌를 남기지 않으려고 다른 곳에서……'

문득 불길한 예감이 머릿속을 스치자, 황급히 고개를 흔든 율은 다시금 정신을 집중했다. 제 편의 시신도 두고 간 마당에 화영만 숨길 연유 또한 없지 않은가.

"생각해라, 정율."

반드시 어딘가에 실마리가 있을 것이다. 연거푸 마른세수를 하며 자신을 채찍질하던 율은 무딘 손가락으로 재차 관자놀이를 눌렀다. 그런데 바로 그때, 등 뒤에서 예상치 못한 목소리가 들려왔다.

"나으리."

황급히 피가 맺힌 손을 숨기며 고개를 돌린 율은 목소리의 주인을 확인하고 멈칫했다. 검은 너울을 거두며 그를 향해 고개를 숙이는 이는 다름 아닌 설매였다.

"그대가 이 시각에 어쩐 일이오?"

"연통도 없이 불쑥 찾아뵈어 송구합니다. 실은 조금 전 마음에 걸리는 이야기를 들어……."

"마음에 걸리는 이야기라니?"

긴장한 얼굴로 마른침을 삼킨 설매는 이윽고 율에게 한 걸음 다가서며 조용히 속삭였다.

"정난 때 수양대군의 밑에서 일을 도왔던 왈패 중 천필수라는 자가 있습니다. 한데 그치가 근자에 돈의문 밖에 버려져 있던 폐가를 사들여 그 안에서 뭔가 수상한 일을 도모하는 것 같다더군요."

"설마……."

"예, 벽서단의 은신처에서 얼마 떨어지지 않은 곳입니다. 혹 화영이 그곳에 감금되어 있는 것은 아닐까요?"

율은 온몸의 피가 서늘해지는 것을 느꼈다. 이것은 분명 직감이 주는 신호이리라.

"정확한 위치는 알고 있소?"

"여기 지도가 있습니다."

설매로부터 곱게 접힌 종이 한 장을 건네받은 율은 그것을 황급히 펼쳐 눈에 새기기 시작했다.

"저의 하나뿐인 소중한 지기입니다. 부디 무사히 돌아올 수 있도록 도와주십시오, 나으리."

"그 마음, 나도 마찬가지요. 반드시 찾아오리라 약조하지."

이윽고 설매와 시선을 맞추는 율의 깊고 단단한 눈동자에는 굳은 결의가 담겨 있었다.

"곧 연통하겠소."

짧은 인사를 끝으로 멀어지는 율의 뒷모습을 하염없이 바라보던 설매는 두 손을 꼭 맞잡고 간절한 눈으로 하늘을 바라보았다. 달빛 한 점 보이지 않는 밤하늘은 화영의 무사를 기원하는 설매의 작은 어깨를 야속하게 짓누르고 있었다.

모화관(慕華館)을 지나 북쪽으로 한참을 더 올라간 곳에 자리한 천필수의 은신처는 울창한 상록수에 둘러싸인 탓에 은밀한 분위기가 가득했다. 발소리를 죽이며 가까운 나무 위에 올라간 율은 곧 날카로운 눈으로 주변을 살폈다.

마당 곳곳에 세워진 횃불 주변을 오가는 이만 해도 십여 명. 기실 당장에라도 눈에 띄는 이들을 전부 베어버리고 싶은 마음이 굴뚝같았으나, 불필요한 소란은 오히려 독이 될 것이 뻔하다.

이에 침착하게 은신처의 구조를 파악하던 율은 어딘지 수상쩍은 낌새가 풍기는 별채를 발견할 수 있었다. 자물쇠로 단단히 잠긴 문하며, 두 명의 왈패가 그 양옆을 지키고 있는 모양이 과연 심상치 않아 보인다.

잠시 무언가를 골똘히 생각하던 율은 곧 가지에 매달려 있던 솔방울을 따내어 멀지 않은 횃불을 향해 힘껏 던졌다. 거침없이 날아간 솔방울이 정확히 횃대를 명중시켜 떨어뜨리자, 순식간에 요란한 소리가 고요한 어둠을 집어삼켰다.

"침입자다!"

갑작스러운 상황에 우왕좌왕하던 왈패들은 연거푸 고함을 질렀고, 그의 예상대로 헛간을 지키고 있던 이들을 제외한 인원이 모두 소리가 난 마당으로 모여들기 시작했다.

'지금이다!'

지체할 틈도 없이 다시금 정신을 집중한 율은 품에서 표의를 꺼내 문 앞을 지키고 있던 왈패 중 한 명의 목을 향해 던졌다.

"컥!"

"뭐, 뭐야!"

눈앞에서 쓰러지는 동료를 보고 혼비백산한 사내는 눈 깜짝할 사이에 다가온 율에 의해 목을 결박당하자, 그대로 돌처럼 굳어버리고 말았다.

"쉿, 조용히."

어느새 그의 턱 밑에 검을 겨눈 율이 낮게 속삭였다.

"살고 싶거든 묻는 말에 순순히 대답하는 게 좋을 것이다."

"무, 무, 무엇을 말입니까?"

"이 안에 공주 자가의 반당이 있느냐?"

잠시 망설이던 사내가 곧 마른침을 삼키며 천천히 고개를 끄덕였다. 날카로운 눈으로 헛간의 문을 바라본 율은 사내의 목을 더욱 강하게 조이며 물었다.

"또 누가 있느냐?"

"아, 아무도 없습니다. 잡혀온 그 반당뿐입니다."

"······죽였느냐?"

"주, 죽이지는 않았습니다! 두목이 죽지만 않게 하라고 해서!"

두 손을 절박하게 내저은 사내가 다급히 외친 말에, 율의 눈썹이 돌연 급격히 꿈틀거렸다.

"그 아이에게 무슨 짓을 한 것이냐?"

분노로 일렁이는 율의 목소리에서 조금 전과는 깊이가 다른 살기를 느낀 사내는 겁에 질려 울부짖기 시작했다.

"소, 소인은 그저 시키는 대로 했을 뿐입니다! 두목이, 천필수가 그리 하라 시킨…… 컥!"

미처 말이 끝나기도 전에 사내의 목을 거칠게 조른 율은 소름 끼칠 정도로 차가운 미소를 지으며 입술을 달싹였다.

"만약 그 아이의 몸에 단 하나의 상처라도 입혔을 시엔."

사내는 숨을 쉬는 것조차 잊은 채 공포에 질린 눈으로 율을 보았다.

"네놈들 전부 살아서 이곳을 나가리란 생각은 접는 것이 좋을 거다."

마침내 사내를 거칠게 바닥에 팽개친 율은 단단한 발로 그의 가슴팍을 짓이기며 다시금 검을 겨누었다.

"열쇠를 넘겨라."

사내는 주체할 수 없이 떨리는 손으로 황급히 열쇠를 꺼내 바닥에 내려놓았다. 천천히 허리를 숙인 율이 그것을 집어 든 바로 그때였다.

"여기다! 침입자가 여기에 있다!"

횃불을 든 왈패들이 벌떼처럼 몰려와 그의 주위를 에워쌌다.

"천필수가 누군가?"

이윽고 손안의 칼자루를 가볍게 돌려 잡은 율이 번들거리는 눈동자로 자신을 에워싼 왈패들을 둘러보았다. 하지만 멈칫거리기만 할 뿐 좀처럼 율에게 덤비지 못하는 그들 사이에 천필수는 없는 듯했다.

"피라미들뿐인가."

혼잣말을 중얼거린 율이 천천히 검을 겨누자, 왈패들은 더욱 긴장한 얼굴로 주춤주춤 뒷걸음질을 치기 시작했다.

"내 앞을 막는다면, 누구든 지체 없이 베어버릴 것이다."

흔들림 없는 목소리로 경고한 율은 때마침 요란한 고함을 지르며 제게 달려드는 사내를 향해 들고 있던 검을 치켜들었다. 그런데 쇠붙이끼리 부딪치는 소리가 기분 나쁘게 울려 퍼진 찰나, 물 흐르듯 뒤로 물러난 율의 검이 반동을 이용해 방향을 트는 게 아닌가.

"크아악!"

순식간에 팔 하나가 힘없이 잘려 나간 사내의 비명이 공기를 찢을 듯 울려 퍼졌다. 분수처럼 솟아오르는 피에 혼비백산한 왈패들은 곧 누가 먼저라 할 것 없이 등을 돌려 달아나기 시작했다. 본디 천필수라는 작자가 대충 긁어모은 오합지졸이었을 터.

가볍게 검을 휘둘러 날에 맺혀 있던 핏방울을 털어낸 율은 헛간 문으로 다가가 굳게 잠겨 있던 자물쇠를 열었다. 둔탁한 소리와 함께 젖혀진 문 안은 칠흑 같은 어둠뿐이었다.

가늘게 뜬 눈으로 주위를 둘러보던 율은 마침내 구석 기둥에 묶여 있는 화영을 발견하고 안도의 한숨을 내쉬었다. 하지만 바로 다음 순간, 그녀에게 향하려던 율의 걸음은 무언가에 가로막힌 듯 멈칫했다.

"……빌어먹을."

이윽고 잘게 떨리던 율의 입술 사이로 나지막한 신음이 새어 나왔다. 차마 눈 뜨고는 볼 수 없을 만큼 만신창이가 된 화영의 몰골이 어둠 속에서도 또렷하게 보인 것이다.

태어나 이토록 격노해 본 적이 있던가. 주체할 수 없이 떨려오는 손을 가누려 주먹을 아프게 움켜쥔 율은 이윽고 쇳덩이처럼 무거운 발걸음을 힘겹게 옮겨 화영에게 다가갔다. 갈수록 뜨거워지는 심장과는 반대로 그의 머릿속은 점점 차가워지고 있었다.

"화영아."

괴로운 표정으로 화영의 앞에 무릎을 꿇고 앉은 율은 힘없이 늘어져 있는 그녀를 향해 천천히 손을 뻗었다. 차갑게 식은 율의 손가락이 뺨에 닿자, 흠칫 놀란 화영이 고개를 들었다. 그녀의 두 눈을 가린 무명천에는 선명한 핏자국이 새겨져 있었다.

"나으리……?"

버석거리는 화영의 목소리가 믿을 수 없다는 듯 흔들렸다.

"정녕, 정녕 나으리십니까?"

"……늦어서 미안하다."

울컥 솟구치는 감정들을 꾸역꾸역 삼키며 힘겹게 입술을 뗀 율은 떨리는 손으로 화영의 얼굴을 쉼 없이 쓰다듬었다. 그녀의 얼굴 곳곳에는 혈관이 터져 새파랗게 부어오른 자국이 가득했고, 찢어진 입술 주변에는 검붉은 피가 지저분하게 엉겨 붙어 있었다.

"혼자 둬서 미안하다. 이리 아프게 해서 정말 미안해."

그제야 율이 왔다는 사실을 실감한 모양인지, 화영의 눈을 덮고 있던 무명천이 점차 투명하게 젖어들기 시작했다.

"꿈이 아닌 거예요? 진정 나으리신 거지요?"

몇 번이고 물으며 흐느끼는 화영의 목소리가 무너져 내리고 있던 가슴을 재차 두들긴다. 차마 대꾸하지 못하고 화영을 결박하고 있던 밧줄을 풀어낸 율은 붉은 자국이 선명하게 남아 있는 그녀의 손목을 조심스럽게 어루만졌다.

그런데 더듬거리며 율의 옷깃을 붙잡은 화영이 돌연 팔을 뻗어 그의 허리를 감싸 안는 게 아닌가. 갑작스러운 상황에 돌처럼 굳어버린 율은 품 안을 파고드는 화영을 멍하니 바라보았다.

"두려웠습니다. 다시는, 다시는 나으리를 뵙지 못하게 될까 봐, 이대로 영영 헤어지게 될까 봐 너무 두려워서……."

좀처럼 울음을 그치지 못하는 화영의 중얼거림이 마치 메아리처럼 귓전을 맴돈다.

"아직 못 한 말이 있는데, 나으리께 꼭 하고 싶은 말이 있었는데."

상처투성이 손으로 율의 옷깃을 힘껏 움켜쥔 화영은 목구멍 가득 차오른 울음을 삼키며 천천히 고개를 들었다. 가려진 두 눈에서 흘러나온 눈물은 어느새 피와 뒤엉켜 붉은 흔적으로 변해 있었다.

"실은 말입니다. 소인이, 소인이……."

피가 굳어 바싹 마른 그녀의 입술이 무어라 달싹이려던 찰나, 치솟는 감정을 주체하지 못한 율은 그 위에 자신의 차가운 입술을 덮고 말았다.

그 순간, 두 사람의 어깨 위로 시간이 멈춘 것만 같은 정적이 내려앉았다. 저도 모르게 숨을 멈춘 화영은 굳어 있던 온몸의 감각들이 순식간에 오싹 솟아오르는 것만 같은 기분을 느꼈다.

제게 닥친 이 상황이 무슨 뜻인지 생각할 겨를 따위는 없었다. 파르르 떨리는 손을 질끈 감아 쥔 화영은 이내 밀려드는 그를 받아들였다. 맞붙은 입술은 얼음장처럼 차갑건만, 빈틈없이 차오르는 율의 숨은 생경하리만치 뜨거웠다.

앞이 보이지 않는 것이 차라리 다행일지도 모른다. 지척에 다가온 그의 얼굴을 두 눈으로 생생히 마주했다면, 분명 숨이 멎어버렸을 테니까.

어느새 감긴 혀끝에 비릿한 피 맛이 스며들고, 조심스럽게 자신의 상처를 핥아 내리는 율의 움직임은 찰나마다 또렷하게 새겨지고 있었다.

그래, 이것은 분명 꿈일 것이다. 꿈이 아닐 리가 없다.

몽롱한 의식 속에서 끊임없이 혼잣말을 중얼거리던 화영은 다시금 온 힘을 다해 율의 옷깃을 움켜쥐었다. 그러자 짙게 맞물려 있던 입술을 천천히 뗀 율이 화영의 목덜미를 단단히 받치고 있던 손을 거두며 나지막하게 중얼거렸다.

"돌아가자."

그 목소리가 너무나 다정하여, 화영은 서러운 울음소리를 끝내 목구멍 밖으로 쏟아낼 수밖에 없었다. 그에게 묻고 싶은 것이 산더미인데, 아무런 말도 나오질 않는다.

"일어날 수 있겠느냐?"

어금니를 앙다문 화영이 천천히 고개를 끄덕이자, 율은 그녀의 눈을 가리고 있던 무명천을 조심스럽게 풀어주었다. 겨우 드러난 화영의 눈꺼풀은 검붉은색으로 부어올라 있었다. 괴로운 표정을 감추지 못하고 젖어 있는 화영의 속눈썹에 입을 맞춘 율은 처참한 형상의 눈꺼풀을 천천히 어루만졌다.

그런데 바로 그때, 반쯤 닫혀 있던 헛간의 문이 돌연 요란한 소리를 내며 무너져 내렸다. 달갑지 않은 소란에 미간을 찌푸린 율은 천천히 뒤를 돌아보았다. 그곳에는 소처럼 거대한 덩치를 가진 사내가 한 뼘은 족히 되어 보이는 너비의 검을 들고 서서 율을 노려보고 있었다.

"……혹 천필수라는 게 네놈이냐?"

위압감이 느껴지는 사내의 체구에도 율은 전혀 흔들림이 없었다. 아니, 오히려 입꼬리를 올려 미소까지 짓는 게 아닌가. 그와 동시에 파도처럼 쏟아지는 살기가 섬뜩하여 움찔 몸을 떤 사내는 곧 이를 드러내며 으르렁거렸다.

"그래, 내가 바로 그 천필수이시다."

의기양양한 얼굴로 제 가슴을 툭툭 친 천필수가 금세 헛간 안으로 몰려든 자신의 수하들을 향해 짧은 눈짓을 보냈다. 일사불란하게 저를 둘러싸는 그들을 여유롭게 바라보던 율은 바닥에 떨어져 있던 자신의 검을 집어 들며 나지막하게 중얼거렸다.

"나는 분명히 경고했었다."

쇠붙이가 바닥을 긁는 섬뜩한 소리와 함께 천천히 올라온 그의 검 끝이 일순 불빛을 머금고 번뜩였다.

"만약 이 아이의 몸에 단 하나의 상처라도 입혔다면, 네놈들 모두 살아서 이곳을 나가리란 생각은 접는 것이 좋을 거라고 말이다."

말을 마친 율은 한 손으로 입고 있던 답호를 벗어 불안한 표정을 하고 있는 화영의 얼굴 위에 그것을 씌워주었다. 이제부터 제가 행할 일들을 그녀에게 보이고 싶지 않았기 때문이었다.

"건방진 놈! 말 하나는 청산유수구나!"

그때, 헛간의 벽이 흔들릴 정도로 괴성을 내지른 천필수가 들고 있던 대검을 높이 치켜들었다.

"네놈이야말로 여기서 살아 나갈 생각은 마라!"

무표정한 얼굴을 천천히 돌린 율은 제게 달려드는 천필수를 서늘하게 응시했다. 그리고 바로 다음 순간, 높이 솟구친 그의 검이 보이지 않는 속도로 허공을 갈랐다.

귀신과도 같은 움직임에 기함한 것도 잠시. 찰나의 간격을 두고 천필수의 단단한 팔목이 검붉은 피를 흩뿌리며 바닥으로 떨어졌다. 하지만 그는 자신의 팔이 잘려 나간 것도 느끼지 못한 채 멍하니 그 모양을 바라보고 있었다.

"……컥!"

이윽고 강렬한 통증이 찾아들자, 천필수는 두 눈을 희번덕거리며 몸부림을 치기 시작했다. 그 섬뜩한 광경을 눈앞에서 목도한 왈패들은 저마다 괴성을 지르며 꽁무니가 빠지도록 도망을 치기 시작했다.

"네, 네 이놈!"

악을 쓰며 울부짖는 천필수에게 천천히 다가간 율은 피로 물든 자신의 검 끝을 그의 목에 겨누며 무심히 중얼거렸다.

"저승 문 앞에 서 있는 기분은 어떤가?"

그 순간, 천필수는 율의 눈동자에서 불꽃같은 살기가 튀어 오르는 것을 보았다.

'이 남자는 진심이다. 정말 나를 죽일 셈이야.'

그제야 파도처럼 몰려오는 공포에 남은 팔을 바르작거리던 천필수는 필사적으로 바닥을 기려 애썼다. 하지만 표정 없는 얼굴로 천필수의 뒷덜미를 움켜쥔 율은 거침없이 그를 들어 올렸다.

"네놈만큼은 절대 살려두지 않을 것이다."

"자, 잠깐!"

허우적거리던 천필수가 무어라 입술을 떼려던 순간, 율의 검이 천필수의 나머지 손목을 거침없이 내리찍었다.

"크헉!"

고통에 찬 숨을 토해내며 고꾸라진 천필수는 마지막 힘을 다해 가벼워진 어깨를 버둥거리기 시작했다. 하지만 얼마 가지 못하고 축 늘어진 그를 얼음장 같은 눈으로 노려보던 율은 다시금 손에 쥔 검을 치켜들었다.

"네놈이 저지른 짓들, 네놈이 저 아이에게 준 고통, 전부 똑같이 되 갚아주마."

섬뜩한 빛으로 번뜩이던 율의 검이 겁에 질린 천필수의 눈에 내리꽂 히려던 바로 그때였다.

"안 돼요!"

율의 팔을 다급히 잡아챈 것은 놀랍게도 화영이었다.

"그자를 죽이면 나으리의 입장이 곤란해지실 겁니다."

"……."

"제발."

간절한 표정으로 세차게 고개를 가로젓는 그녀의 모습에, 머뭇거리며 아랫입술을 깨문 율은 겨누고 있던 자신의 검을 천천히 내려놓을 수밖 에 없었다.

"……가자."

이윽고 두 팔로 화영을 안아 든 율은 신음하는 천필수를 뒤로한 채 헛간을 나섰다. 어느새 어스름한 빛이 번지기 시작한 하늘에서는 묵직 한 빗방울이 하나둘씩 떨어지고 있었다.

아득한 의식 속을 얼마나 헤매었을까. 문득 한기가 등뼈를 타고 오르 는 것을 느낀 화영은 무겁게 가라앉아 있던 눈꺼풀을 힘겹게 들어 올렸 다. 여전히 흐릿한 시야 탓에 쉬이 분간은 가지 않지만, 얇은 빛이 아른 거리는 것을 보니 날이 밝은 듯하다.

무심코 몸을 일으키려던 화영은 일순 온몸을 관통하는 통증에 저도 모르게 미간을 찌푸리며 신음했다. 그러자 바로 옆에서 인기척과 함께 익숙한 목소리가 들려왔다.

"정신이 좀 드느냐?"

그제야 제 손을 꼭 붙잡고 있는 온기를 느끼고 안도의 한숨을 내쉰 화영은 짧게 고개를 끄덕였다.

"여기가 어딥니까?"

"반송정(盤松亭) 근처 숲이다. 비가 그칠 때까지 좀 기다리자꾸나."

흐릿한 인영 너머로 느껴지는 그의 시선은 다정했다. 때마침 땅을 적시는 선명한 빗소리 사이로 얼핏 파루를 알리는 종소리가 들린다.

"언제부터 아셨습니까?"

조용히 허공을 응시하던 화영이 말문을 연 것은 그로부터 오랜 시간이 지난 후였다. 기실 대답을 바라고 꺼낸 질문은 아니었으리라.

"실은……."

이윽고 머뭇거리던 율의 입술이 나지막하게 달싹이자, 고요하던 화영의 어깨가 움찔하는 것이 느껴진다. 하지만 어찌 된 일인지 다시금 굳게 닫힌 그의 입술은 좀처럼 열릴 기미가 보이지 않았다.

"나으리께서 화영이에게 해줄 수 있는 것은 아무것도 없습니다. 하오니 더 깊어지기 전에 멈추십시오. 그것이 화영이를 위하고 나으리를 위하는 길입니다."

몇 번이고 되뇌었던 재하의 말이 머릿속을 어지럽게 흐트러뜨린다. 문득 한숨과 함께 저 먼 바닥으로 내려앉는 그의 시선은 유난히 어두운 슬픔을 머금고 있었다.

"……생애 처음 맞닥뜨린 파도였다."

침묵 끝에 독백 같은 말을 중얼거린 율은 빈주먹을 힘껏 움켜쥐었다.

"하여 옷깃이 젖는 줄도 모르고, 걷고 또 걸었더랬다."

무심코 뒤돌아보니 어느새 발치까지 다다른 포말. 그것은 연심이었다.

"만조에 다다르고 나서야 바라본 달은 참으로 아름다웠지."

차라리 처음부터 그녀를 알아보았더라면, 하여 미리 거리를 두었더라면 조금은 달라졌을까. 아니, 설령 그리했더라도 결과는 같을 것이다. 그 청아한 눈빛에, 천진한 미소에 속도 없이 봄날 같은 떨림을 느꼈으리라.

"잠시나마 그 평안함에 위로받고 싶었다."

하여 비겁했다. 외면해야 한다는 것을 잘 알면서도 차마 매몰차지 못했던 것은 변명의 여지도 없는 자신의 욕심이고 불찰이지 않은가.

"이제 와 생각해 보니, 네 앞에 선 나는 언제나 후회뿐이구나."

어쩌면 이 반쪽짜리 고백 또한 후회가 될지도 모르겠다. 기어이 입밖으로 꺼내 버린 것에, 혹은 온전한 진심을 털어놓지 못한 것에. 하지만 그럼에도 불구하고 주체할 수 없이 쏟아지기 시작한 이 마음을 더는 주워 담지 못하리란 것을, 그는 이미 사무치게 실감하고 있었다.

"화영아."

마침내 고개를 들어 화영을 바라본 율은 붙잡고 있던 그녀의 손을 천천히 놓았다. 그런데 바로 그때, 돌연 몸을 튼 화영이 율의 허리를 어색하게 감싸 안는 게 아닌가.

"나으리."

나지막한 그녀의 부름에 흠칫하는 율의 얼굴은 당혹감과 긴장감으로 딱딱하게 굳어 있었다.

"송구합니다. 선물해 주신 목잠을 잃어버렸어요."

부러 화두를 돌리는 것이 분명한 말을 담담히 읊조린 화영은 이윽고 작은 웃음을 덧붙이며 율을 안았던 팔을 천천히 풀었다.

"하오니 더는 제게 미안해하지 마십시오. 나으리께서 자꾸 그러시면 소인, 제풀에 찔려 지은 죄를 고백하게 됩니다."

꾹꾹 눌러 담은 목소리에서 더는 이야기하지 말아달라는 속마음을 눈치챈 율은 결국 힘없이 웃으며 고개를 끄덕였다.

"돌아가면 더 좋은 걸로 해주마."

"예? 아니, 그러실 필요는 없는데……."

"쉿."

문득 목소리를 낮추며 손가락을 입술 위에 갖다 댄 율이 곧 반가운 기색을 담아 속삭였다.

"비가 그치는 모양이다."

과연 요란하게 쏟아지던 빗방울 소리가 조금씩 잦아들고 있었다. 점차 시야가 환해지는 것을 느낀 화영은 멍하니 허공을 응시했다. 빽빽이 드리워진 소나무 사이로 살포시 스며든 빛은 어느새 두 사람의 젖은 어깨를 따뜻하게 감싸 안고 있었다.

※

"맞아 죽은 노비도 이것보단 때깔이 곱겠구먼."

반평생 의원으로 먹고 살면서 북촌에서 이름깨나 날렸던 봉씨였건만, 또다시 마주하게 된 눈앞의 환자는 그저 혀를 내두를 수밖에 없는 몰골이었다. 칼에 베여 죽을 뻔한 것을 겨우 살려놓았거늘 빈사의 상태로 다시 만나게 될 줄 누가 알았겠는가.

"반당이라는 게 그리 녹록지만은 않은 일인가 봅니다."

"눈부터 좀 봐주시오."

율의 재촉에 측은한 표정으로 고개를 가로저은 봉씨는 검게 굳기 시작한 화영의 눈꺼풀을 들어 올려 면밀히 살펴보았다. 차마 똑바로 보기 힘들 만큼 엉망진창으로 부어오른 점막 주변에는 얇은 혈관이 터져 흘러내린 피가 그대로 엉겨 붙어 있었다.

"독충 가루군요."

이윽고 봉씨의 입에서 짙은 탄식이 새어 나왔다.

"상태가 어떻소?"

잠시 고민하던 봉씨는 이내 들고 온 바랑에서 와송을 꺼내 즙을 낸 뒤 그것을 환부에 정성껏 바르며 말했다.

"천만다행으로 눈에 직접 들어간 양은 많지 않은 듯하니, 일단 해독을 하고 지켜봅시다."

"감사합니다, 어르신."

속삭이듯 중얼거리는 화영의 목소리는 부쩍 안정되어 있었다.

"내 약값은 톡톡히 받아낼 터이니 그리 고마워할 필요는 없수다. 어디 보자, 뼈가 부러진 곳은 없는 듯하고."

부러 밉살스럽게 대꾸하긴 했지만, 맥을 짚는 봉씨의 얼굴에는 따뜻한 미소가 걸려 있었다.

"챙겨주는 약은 꾸준히 발라주고, 무엇보다 잘 먹고!"

"예, 명심하겠습니다."

"다음에는 부디 멀쩡한 모습으로 만납시다."

투박하게 건네지는 말에서 화영의 쾌차를 바라는 마음이 느껴진다. 대답 대신 조용히 미소를 짓는 그녀를 안쓰러운 표정으로 바라보던 봉씨는 들리지 않게 한숨을 뱉으며 옆에 앉아 있던 율을 돌아보았다.

"소인이 할 수 있는 건 여기까집니다. 나머진 하늘에 빌어볼 밖에요."

"……수고했소."

"너무 염려치 마십시오. 일전에도 느꼈지만, 이런 꼴을 당하고도 살아남은 것을 보면 타고난 명줄이 긴 모양이니."

무심히 덧붙인 그의 말에 딱딱하던 율의 표정이 눈에 띄게 풀어졌다. 앓는 소리를 내며 시린 무릎을 일으킨 봉씨가 자리를 뜨고 나서야 화영의 곁으로 다가온 그는 한동안 말이 없었다.

"나으리."

어색한 침묵을 깨고 먼저 입을 연 것은 화영이었다.

"소인은 괜찮으니, 어서 별당으로 돌아가세요. 가뜩이나 고단하실 터인데."

"그리 염려되면 속히 잠이나 청하거라. 너 잠드는 것은 보고 갈 요량이니."

"제 마음이 편치 못해 그럽니다. 하오니 고집부리지 마시고……."

"어허, 그리 생각이 짧아서야."

짐짓 엄하게 화영을 막아선 율은 부러 미간을 조이며 말을 이었다.

"공주 자가께서 직접 간병하시겠다는 것을 한사코 말려 돌려보낸 참인데, 내 고할 거리라도 있어야 하지 않겠느냐? 잘 자고 있다 기별해야 하니 어서 시키는 대로 잠이나 자거라."

"……알겠습니다."

불퉁하게 비죽거리긴 했지만, 곧 순순히 고개를 끄덕인 화영은 이불을 턱 밑까지 끌어 올리며 퉁퉁 부은 눈을 감았다. 그러더니 얼마 지나지 않아, 살짝 열린 입술 사이로 고른 숨소리가 새어 나오기 시작했다.

꽤 오랜 시간이 흐르는 동안, 화영의 얼굴 곳곳에 고스란히 남아 있는 상처의 흔적을 아프게 되새기던 율은 문득 허리를 숙여 얼룩덜룩 멍이 든 그녀의 이마 위에 조심히 입을 맞췄다.

"나 또한 두려웠다. 다시는 너를 보지 못하게 될까 봐, 영영 헤어지게 될까 봐."

나지막하게 중얼거린 말이 쓰디쓰다. 빈 숨과 함께 그것을 삼킨 율은 딱딱한 화영의 손 마디마디를 그저 쓰다듬고 또 쓰다듬을 뿐이었다. 그런데 바로 그때, 문밖에서 막놈의 목소리가 들려왔다.

"도련님, 도련님!"

무슨 일인지, 기다릴 새도 없이 연달아 율을 부르는 그의 목소리는 다급하기만 했다. 뒤이어 어수선한 발소리가 몰려드는 것을 느낀 율은 곧 소란의 연유를 눈치챌 수 있었다.

'생각보다 이르군.'

짐작한 바가 맞는다면, 아마도 문밖에 모여든 것은 의금부 군졸들일 것이다. 수양의 수하라는 자가 화영을 납거한 연유라면, 모름지기 그녀가 찾았던 벽서단과 연관이 있을 터. 만약 이대로 저들에게 화영을 내어준다면, 무슨 일이 벌어질지는 불을 보듯 뻔했다.

"도련님, 잠시 나와보십시오!"

"알았으니, 목소리 낮추거라. 곧 나가마."

고저 없는 말투로 대꾸한 율은 잠시 후 결의에 찬 표정으로 자리에서 몸을 일으켰다.

한편 그 시각, 편전에서는 일대 소란이 벌어지고 있었다.

"아니, 도대체 어떤 극악무도한 자들이 이런 불온한 내용을 떠벌리고 다닌답니까?"

하동부원군 정인지가 흥분하며 흔든 것은 바로 한명회가 들고 온 한 장의 흉서였다. 구깃구깃한 종이 위에는 금상에 대한 수양의 처사가 부당하다는 뜻과 그를 옹립하려는 공신들의 태도를 비난하는 내용이 빽빽이 적혀 있었다.

"하늘 아래 어찌 두 개의 태양이 뜰 수 있겠는가? 맑은 하늘에 먹구름이 떠 진실을 가리고 있으니 어제의 충신을 죽이고 오늘의 국본을 짓밟아 내일의 폭군이 되려는 자, 반드시 하늘의 심판을 받을 것이다……"

홍위는 무표정한 얼굴로 그들이 읽어 내리는 벽서의 내용을 듣고 있었다. 어제의 충신을 죽이고 오늘의 국본을 짓밟아 내일의 폭군이 되려는 자, 바로 수양을 이르는 말이리라.

"그들이 본색을 드러낼 때까지 어심을 내비치지 마십시오. 용안의 사소한 변화 하나에서도 어떻게든 꼬투리를 잡아낼 것입니다."

미도의 말을 곱씹으며 불안해지는 마음을 다잡은 홍위는 짐짓 태연하게 말문을 열었다.

"경들의 생각은 어떠하오?"

"아뢰옵기 민망하오나, 대군 대감의 뜻은 결코 이와 같지 않습니다. 전하께서 춘추 미령하시고 중전마마께옵서도 이제 막 입궐하셨으니, 종실이라도 적극 나서서 어수선한 정국을 수습해야 하지 않겠습니까? 우매한 자들이 대군 대감의 그 깊은 뜻을 헤아리지 못하니, 이리 흉흉한 벽서가 나도는 것이겠지요."

권람의 말에, 공신들은 저마다 고개를 끄덕거리며 목소리를 높였다.

"대군께서 일찍이 김종서의 역심을 눈치채지 못하셨다면, 왕실은 애초에 뿌리째 도륙 났을 겁니다."

"전하, 이런 말도 안 되는 허언을 지껄이는 도당(徒黨)들은 당장 잡아들여 엄벌에 처해야 할 것입니다. 감히 왕실을 능멸하다니요?"

"옳습니다. 당장 어명을 내려주십시오!"

"하오나 민심을 헤아리는 것 또한 조정의 본분 아니겠습니까?"

너 나 할 것 없이 앞다퉈 수양을 옹호하는 와중에 서늘한 얼굴로 입을 연 것은 종이었다.

"민심이 아니라 선동이지요. 이 틈에 뭐라도 얻어볼 요량이겠지. 이런 역당들은 당장 잡아다⋯⋯!"

"허, 역당이라니요? 벽서의 내용이 전하를 음해하는 내용이더이까?"

조소 섞인 그의 말에 편전 안은 일순 침묵이 감돌았다.

"송구합니다만."

그때, 한명회가 묵직한 목소리로 말문을 열었다.

"실은 아뢰지 못한 것이 하나 있습니다."

"그게 무엇이오?"

무미건조한 홍위의 물음에, 한명회가 차분히 대답했다.

"소문에 따르면, 역모죄로 사사된 이징옥의 잔당들이 근자에 도성 외곽을 떠돌며 이 흉서를 뿌리고 있었다고 합니다. 하여 소신이 부리던 자가 사실 확인을 위해 조사를 하던 중 우연히 이 흉서를 지니고 다니던 자를 추포한 것이온데⋯⋯."

그의 말이 채 끝나기도 전에, 편전은 또 한 번 크게 술렁이기 시작했다. 이를 의식한 듯 잠시 말을 멈춘 한명회는 이윽고 의미심장한 미소를 지으며 다시 말을 이었다.

"안타깝게도 그만 놓치고 말았습니다. 하오나 신상을 확보했으니, 처분이 정해지면 바로 잡아들일 수 있을 겁니다. 그자를 국문에 붙이시면 배후 또한 알 수 있지 않겠습니까?"

"그래, 그게 누군가?"

가볍게 숨을 고른 한명회는 천천히 고개를 돌려 종을 바라보았다.

"경혜 공주를 모시고 있는 반당입니다."

그 순간, 두 주먹을 불끈 쥔 종이 곧 분노에 찬 눈으로 한명회를 노려보았다. 예상치 못한 그의 발언에 기함한 것은 홍위 또한 마찬가지였다.

'설마 저들이 노린 것은……'

다급해진 홍위가 무어라 대꾸를 하려 했으나, 편전 안은 이미 한명회가 일으킨 태풍으로 아수라장이 되어 있었다.

"아니, 이게 도대체 무슨 말이오? 공주 자가의 반당이라니?"

"하면 설마 흉서의 배후가……"

"억측은 삼가십시오, 좌부승지!"

"기실 얼추 아귀가 맞지 않습니까? 영양위께서도 그리 떳떳하실 수 없으리라 생각합니다만."

"뭐요?"

"조용, 조용! 다들 조용히 좀 하십시다. 편전에서 이 무슨 소란입니까?"

권람의 도발에 과열된 분위기를 진정시킨 것은 신숙주였다. 이에 서로의 눈치를 살피며 수군거리던 대신들의 시선이 마침내 수양에게 가 닿았다. 그 광경을 지켜보던 한명회는 보이지 않게 비릿한 미소를 지었다.

'자, 이제 명분은 갖춰졌습니다. 이 판을 어떻게 이용하시겠습니까?'

이윽고 감고 있던 눈을 천천히 뜬 수양은 말없이 홍위를 돌아보았다. 안절부절못하며 시선을 떨구는 그의 창백한 얼굴에는 이미 짙은 공황이 서려 있었다.

"대군 대감께서 결단을 내리셔야 할 듯싶습니다."

권람이 고개를 조아리며 나지막하게 아뢰자, 수양은 내키지 않는다는 듯 손가락으로 관자놀이를 두드리며 다시금 눈을 감았다.

"곤란하군."

엄밀히 말하자면, 이는 수양조차 예상치 못한 흐름이었다. 사사건건 제게 반기를 드는 금성을 처단할 요량으로 만들어낸 그림이거늘, 애초의 계획과 다르게 경혜까지 끌어들인 것은 필시 한명회의 농간이리라.

'하면 어떤다.'

왕실 안팎으로 명망이 높은 경혜를 섣불리 건드렸다간 지난 정난의 명분 또한 퇴색될지도 모른다. 그럼에도 불구하고 한명회가 이 같은 일을 벌인 연유는 대관절 무엇이란 말인가.

'내게 원치 않은 칼을 들려주는군.'

꽤 오랜 시간 생각을 거듭하던 수양은 마침내 결단을 내린 듯 씁쓸한 미소를 지으며 감았던 두 눈을 떴다.

"전하."

오랜 침묵을 깨고 저를 부르는 수양의 목소리에, 홍위는 핏기 없는 얼굴을 들어 말없이 그를 바라보았다. 하지만 흔들리는 그의 눈동자에는 분명 간절한 무언가가 담겨 있었다.

"본디 문제의 도당과 그 흑막을 잡아들여 왕실을 능멸하고 조정을 혼란케 한 죄를 명명백백하게 밝혀야 하겠으나, 근자에 어수선한 시국으로 심란하실 어심을 헤아리자면 굳이 경중을 엄히 따져 물을 필요는 없지 않을까 싶습니다."

"그래요, 숙부…… 아니, 영상의 말씀이 옳습니다. 하면 이제 그만 이 문제를……."

"하오나 이대로 유야무야 넘어갈 수만은 없는 일. 누군가는 책임을 져야만 하겠지요."

서늘한 그 말에 편전 안은 또다시 침묵이 맴돌았다. 수양은 바들바들 떨며 저를 노려보는 종을 외면한 채 대수롭지 않다는 듯 말을 이었다.

"물론 소신은 공주와 영양위를 믿습니다. 설마하니 전하를 지키고자 한 소신의 충심을 이리 곡해하겠습니까? 다른 생각이 있지 않고선……."

묘한 말끝에 이어진 수양의 시선에서 그가 진정으로 말하고 싶은 것이 무엇인지 깨달은 홍위는 망연자실할 따름이었다.

"한명회는 흉서의 배후가 혜빈과 금성대군이라고 몰아갈 것입니다. 하오니 당분간 두 분과 거리를 두시면서 그들을 안심시켜야 합니다. 이미 생각해 둔 계책이 있으니, 뒷일은 염려치 마십시오."

문득 비장해 보이기까지 하던 미도의 얼굴을 떠올린 홍위는 끓어오르는 배신감에 어금니를 아득 깨물었다. 어쩌면 그녀의 속셈은 자신이 다른 생각을 하지 못하도록 시야를 가리는 것이었는지도 모른다.

"이것 하나만은 꼭 명심하십시오. 아버지의 궁극적인 목적은 전하의 선위(禪位)입니다."

거듭되는 생각에 두통이 밀려오자, 굳은 표정으로 자리에서 몸을 일으킨 홍위는 이윽고 굳게 닫혀 있던 입술을 달싹였다.

"아무래도 오늘 과인의 몸이 좋지 않은 듯합니다. 이 일은 내일 아침에 다시 논의하도록 합시다."

갑작스러운 그의 파장 선언에, 대신들 사이로 다시금 웅성거림이 퍼져 나가기 시작했다. 도망치듯 편전을 떠나는 홍위를 물끄러미 바라보던 한명회는 곧 숨죽여 웃음을 삼켰다.

"금상을 흔들어 두 마리 토끼를 잡으실 요량이시군요. 과연 대군다운 묘수이십니다."

그의 말에, 수양은 짐짓 피곤한 얼굴로 고개를 가로저었다.

"확실히 자네의 노림수는 이런 것이었을 테지. 하지만 이번과 같은 단독 행동은 앞으로 삼가야 할 것이야."

"대군께 탐탁지 않은 일임은 알고 있습니다. 하오나 사신단의 방문이 얼마 남지 않은 마당에 뭐라도 던져 봐야 하지 않겠습니까?"

"……하면 이번 사건으로 자네가 원하는 그림이 완성되리라 보는가?"

"물론입니다. 그것도 아주 빠른 시일 내에."

한 치의 망설임도 없이 대답한 한명회의 눈동자는 확신에 차 있었다. 바로 그때, 별안간 헐레벌떡 편전으로 뛰어 들어온 내관이 다급한 목소리로 외쳤다.

"도승지 영감과 수양대군께서는 속히 대전으로 드시라는 어명입니다!"

"보십시오. 제가 그리될 거라 하지 않았습니까?"

너털웃음을 터뜨리는 한명회를 뜻 모를 표정으로 바라보던 수양은 잠시 후 비어 있는 옥좌를 향해 천천히 고개를 돌렸다. 오랜 세월 인내하고 염원하던 바로 그 자리, 보위가 마침내 그의 눈앞에 다가와 있었다.

❀

"아니, 공주의 반당이 무슨 연유로 그 흉서를 가지고 있었단 말인가? 납거를 당했다는 것은 또 뭐고?"

금성대군이 서안을 치며 격노하자, 종은 침통한 표정으로 고개를 숙이며 말을 이었다.

"저도 자세한 상황은 모르겠습니다만, 모종의 연유로 벽서단의 은신처를 찾은 중에 수양이 부리는 왈패에게 납거를 당했다고 합니다. 아무래도 벽서단의 존재를 미리 알고 그 동향을 계속 주시하고 있었던 모양입니다."

"하면 그들은……."

"싸움의 흔적이 있던 것으로 미루어 대부분 죽거나 본거지인 함길도로 도망을 치지 않았을는지요?"

"……곤란하게 됐군."

초조하게 입술을 앙다문 금성은 애써 고개를 가로저었다.

"너무 걱정하진 말게. 아무리 수양이라도 공주는 건드리기 힘들 테니. 분명 이를 빌미 삼아 전하를 겁박할 요량일 게야."

"하면 이제 어찌해야 합니까?"

"혜산 현주는 만나보았는가?"

"예, 역시 몰랐던 눈치입니다. 소식을 듣고 사색이 돼서 뛰쳐나갔사온데……."

잠시 고민하던 금성은 이내 한숨을 내쉬며 말을 이었다.

"일단 그 반아를 당분간 수양 측의 눈에 띄지 않도록 주의하게. 조금이라도 빌미가 잡히면 모든 게 끝일 테니."

"안 그래도 이번 일로 몸이 많이 상하여 몇 달은 거동을 하지 못할 겁니다."

"허, 그것참 안됐구먼."

혀끝을 차던 금성은 무심코 창가 옆 향로로 시선을 돌렸다. 그런데 무미건조하던 그의 얼굴에 돌연 깊은 너울이 일렁였다.

"잠깐."

뜻 모를 표정으로 종을 돌아본 금성은 무슨 생각이 들었는지 빠르게 말을 이었다.

"그 아이, 계집이라 했지? 반당이 된 지는 얼마나 되었나?"

"궁방으로 살림을 옮기고 난 후부터니, 삼 년은 넘었습니다."

"공주는 잘 따르는가?"

"물론입니다. 계유년 그날에는 저를 구하려다 목숨을 잃을 뻔도 했는걸요."

"흐음."

"하온데 그건 어찌 물으십니까?"

의아해하는 종을 향해 빙긋 미소 짓는 금성의 눈동자는 어느덧 새로운 투지로 불타오르고 있었다.

"내 조만간 그 아이를 만나봐야겠네."

"나를 이용하셨습니다."

늦은 저녁, 약간의 취기를 달고 귀가하던 한명회는 돌연 제 앞을 가로막는 그림자에 멈칫 걸음을 세웠다. 허리까지 드리운 흑색 너울을 걷으며 분노로 벌겋게 달아오른 얼굴을 드러낸 이는 다름 아닌 미도였다.

"현주 아기씨 아니십니까?"

태연하게 웃으며 고개를 숙이는 한명회를 향해 성큼성큼 다가온 미도는 창백하게 질린 입술을 짓누르듯 깨물었다.

"일부러 그러신 거지요?"

"무엇을 말입니까?"

"내가 전하께 밀고할 것을 알고, 일부러 잘못된 정보를 흘리신 것 아닙니까?"

버럭 소리를 지른 미도는 다짜고짜 한명회의 옷깃을 거칠게 잡아챘다. 예상치 못한 그녀의 행동에 놀란 듯했지만 금세 평온을 되찾은 한명회는 엷게 웃으며 그녀를 천천히 밀어냈다.

"이용이라기보단, 시험이지요."

"뭐라고요?"

"전하의 신뢰를 잃으셨으니, 이제 아기씨께서 하실 수 있는 건 아무것도 없을 겁니다."

"당신……!"

"더는 대군 대감께 반(反)하지 마십시오. 대관절 어디까지 불효를 행하실 셈입니까?"

돌연 서늘하게 변한 한명회의 눈동자가 저를 쏘아보자, 부들부들 떨리는 손을 아득 움켜쥔 미도는 이윽고 실소를 덧붙이며 비아냥거렸다.

"내 행동이 불효라면, 한 치 앞도 헤아리지 못하는 당신의 그 비루한 계책 또한 불충이오. 이 모든 것이 종국에는 아버지의 목을 조르겠지. 당신이 아버지를 사지로 밀어 넣는 거라고."

"사지라니, 설마요. 제왕의 길입니다."

번들거리는 목소리 끝에 번지는 웃음소리가 섬뜩하다. 태연히 옷깃을 고쳐 잡는 그를 매섭게 노려보던 미도는 결국 거칠게 발길을 돌리고 말았다. 그러나 이어진 한명회의 말에, 성큼성큼 나아가던 그녀의 걸음이 우뚝 멈춰 섰다.

"전하께서는 이미 대군께 선위를 약조하셨습니다."

하마터면 그대로 무너질 뻔한 몸을 간신히 붙든 미도는 믿을 수 없다는 표정으로 그를 돌아보았다.

"그게 무슨……."

"오늘 아침 상참을 마치고 대군 대감과 도승지를 불러 이르시기를, 군주가 되어 혼란한 백성들을 살피고 구명하기는커녕 과인의 부덕으로 수많은 피를 흘리게 하였으니 응당 대군에게 선위하는 것이 도리 아니겠느냐 하시며……."

"말도 안 돼. 그러실 리가, 전하께서 그러실 리가 없어."

"조만간 명에서 중전마마의 정식 책봉을 위해 사신단을 내려 보낼 것입니다. 그때까지 함구하라는 명 또한 덧붙이셨지요."

"……"

"이제 그만 운명을 받아들이십시오."

두 눈을 가늘게 조인 미도는 곧 빈 숨 가득한 웃음을 터뜨렸다.

"운명?"

서늘해진 그녀의 목소리가 밤공기를 무겁게 짓누른다.

"나는 서출이라는 이유로, 계집이라는 이유로, 누구에게도 탄생을 환영받지 못했습니다. 그것만이 내게 주어진 현실이고 받아들여야 할 운명이에요."

"하지만 네가 나 수양의 여식이라는 사실 또한 거부할 수 없는 천륜이다."

팽팽하게 당겨져 있던 두 사람 사이를 가로지른 것은 놀랍게도 수양의 목소리였다. 미도는 흠칫 놀란 얼굴을 소리가 난 방향으로 돌렸다.

"괘씸한 것."

곧 뒷짐을 지고 서 있는 수양의 그림자가 거대하게 미도를 뒤덮었다. 노을을 등지고 선 탓에 그의 표정은 그늘에 가려 잘 보이지 않았다. 오랫동안 침묵이 흐르고, 마침내 옅은 한숨을 내쉰 수양은 미도를 향해 무겁게 닫혀 있던 입술을 달싹였다.

"어찌 너는 이리도 아비의 목을 조르려 하느냐? 정녕 이 아비가 너마저 등져야 하겠느냐? 네 어미의 유지(遺志)를 저버리게 만들 셈이야?"

그 순간, 어금니를 까득 깨무는 소리와 함께 미도의 눈동자에 새파란 불꽃이 일어났다.

"함부로 어머니를 들먹이지 마십시오. 아버지께선 그럴 자격 없으십니다."

이글거리는 그녀의 눈빛에서 오랜 세월 짓눌려 있던 분노를 읽은 수양은 고개를 저으며 다시금 한숨을 내쉬었다.

"도대체 언제까지 그런 치기 어린 생각만 할 테냐? 손의 크기는 정해져 있고, 쥘 수 있는 것은 한정된 법이다. 버려야 할 것은 과감히 버려야 해."

"하여 어머니를 버리신 겁니까?"

날카로운 물음에, 대답 없이 저를 바라보는 수양의 눈동자가 유난히 멀게 느껴진다. 탁한 울음이 목구멍까지 차오르는 것을 간신히 삼킨 미도는 쓰게 웃으며 고개를 떨구었다.

"이제야 알겠습니다. 아버지께 어머니와 제가 어떤 존재였는지."

"미도야."

"더는!"

악에 받쳐 울부짖는 소리가 어두워진 골목을 흔들고, 천천히 고개를 든 미도는 괴로움에 떨리는 입술을 힘겹게 달싹였다.

"더는 제 이름 부르지 마십시오."

"……."

"버려야 할 것은 버려야 한다 하셨습니까? 예, 버릴 겁니다. 하나 제가 버리는 것은 아버지입니다. 이제 더는 당신의 딸이 아니야."

이윽고 들고 있던 너울립을 땅에 떨군 미도는 느린 걸음으로 수양을 지나쳤다. 조금의 망설임도 없이 멀어지는 그녀의 그림자를 수양은 그저 하염없이 바라볼 뿐이었다.

"대감."

한명회의 나지막한 부름에, 대답 대신 옅은 미소를 지으며 다시금 앞을 바라본 수양은 미도가 사라진 반대 방향으로 천천히 걸음을 옮기기 시작했다. 눈에 띄게 비적거리는 그의 어깨 위에는 어느덧 붉은 그림자가 흐리게 가라앉고 있었다.

❀

궁방 식구들의 극진한 보살핌 아래 차츰 건강을 되찾아가던 화영이 자리를 털고 일어난 것은 매화가 만개하기 시작한 초봄 무렵이었다. 이른 아침, 사랑채로 나아가 경혜와 종에게 허리 숙여 깊이 인사한 화영은 고개를 떨군 채 힘없이 중얼거렸다.

"이번 일로 큰 폐를 끼쳤으니, 두 분을 뵐 면목이 없습니다. 내치신다 해도 드릴 말씀이 없어요……."

"아니, 어찌 그런 말을 해? 우리는 네게 목숨까지 빚진 바 있거늘. 더는 마음 쓰지 말고, 하루빨리 완쾌할 생각만 하거라."

머뭇거리며 말끝을 흐리는 화영의 손을 잡고 그녀를 다독인 경혜가 맑게 웃으며 종을 돌아보았다.

"아니 그렇습니까, 대감?"

"……맞습니다."

옅은 미소를 짓고 있었지만, 고개를 끄덕이는 종의 얼굴에는 보이지 않는 그늘이 드리워져 있었다. 이를 눈치채고 잠시 주저하던 화영은 이내 결심한 듯 종을 향해 말문을 열었다.

"근심이 깊어 보이십니다."

"아니다. 조금 피곤하여……."

"혹 소인이 지니고 있던 흉서 때문입니까?"

예상치 못한 화영의 직언에 놀란 것은 비단 종뿐만이 아니었다.

"그게 무슨 소리냐? 흉서라니?"

영문을 몰라 어리둥절한 경혜와 달리 무거운 시선을 떨군 종은 잠시 후, 짙은 한숨을 뱉으며 경혜를 바라보았다.

"송구합니다만 공주 자가, 잠시 자리를 비켜주시겠습니까?"

생경하기까지 한 그의 단호한 목소리에 당황한 경혜는 멈칫하며 붙잡고 있던 화영의 손을 놓았다. 침묵 사이로 흐르는 두 사람 사이의 기류가 심상치 않아 보인 탓이었다.

"……예, 대감."

결국 머뭇거리며 자리에서 일어난 경혜가 조용히 방을 나서자, 다시금 긴 한숨을 뱉어낸 종은 이윽고 무겁게 닫혀 있던 입술을 달싹였다.

"알고 있었더냐?"

"……제가 들은 것이 맞았군요. 하면 별당 나으리께서 제 대신 옥고를 치르셨다는 것도 사실입니까?"

"그래. 하지만 걱정 말거라. 하룻밤 뒤에 별 탈 없이 풀려나셨으니."

설마 하는 마음으로 간절히 종을 바라보던 화영은 그의 대답을 듣는 순간, 괴로운 표정을 감추지 못하고 아랫입술을 질끈 깨물었다. 그도 그럴 것이, 지난밤 설매에게 전해 들은 이야기는 화영을 끝도 없는 자책의 구렁텅이로 몰아넣기에 충분한 것이었다.

"말도 마라. 너를 찾겠다고 관군들이 눈에 불을 켜고 도성을 이 잡듯이 뒤지는데 궁방이라고 버틸 수 있었겠니? 이제는 틀렸구나 싶었는데, 그분께서 딱 나타나신 거야. 네가 죄를 지었든 아니든 아랫사람을 부린 건 자신이니 혐의가 확실해질 때까지 네 대신 신변을 넘기겠다고."

자신의 무지로 인해 경혜와 종은 물론 율까지 곤란한 처지에 놓이고 말았으니, 그 죄를 어찌 다 말로 할 수 있으랴. 이윽고 천천히 숨을 고른 화영은 자세를 바로 세우며 비장하게 말문을 열었다.

"대감마님, 소인을 관아에 넘기십시오."

"……갑자기 그게 무슨 말이냐?"

"흉서를 지니고 있던 연유도, 그날 은신처를 찾은 연유도 직접 해명하겠습니다. 두 분께 향한 의심이 풀릴 수만 있다면 무엇이든……."

전에 없이 흔들리는 화영의 눈을 물끄러미 응시하던 종은 이내 나지막한 목소리로 대답했다.

"그들에게 중요한 건 진실이 아니다. 편전에서 공식적으로 공주 자가를 몰아세울 명분이 생겼는데, 쉬이 네 말을 들어주겠느냐? 오히려 더 큰 빌미를 던져 주는 꼴이야."

"그, 그럼 이제 어찌해야 하는 겁니까?"

"염려 말거라. 다행히 수양 측도 더는 이 일을 문제 삼지 않기로 했으니."

"하오나 지금이라도 바로잡지 않으면, 언제든 두 분의 발목을 잡아챌 덫이 될 게 아닙니까?"

주먹을 불끈 쥐며 목소리를 높인 화영은 종을 향해 몸을 낮추며 간절히 읍소했다.

"결자해지(結者解之). 소인으로 인해 벌어진 일이니 소인이 해결하고자 합니다. 두 분을 위해서라면 그게 무슨 일이든 할 거예요. 제발, 제발 말씀해 주십시오."

"……."

"정녕 방법이 없는 것입니까?"

무겁게 가라앉은 침묵이 방 안의 공기를 탁하게 만드는 것만 같다. 메마른 입술을 짓누르듯 다문 종은 지난날 금성과 나눈 대화를 상기했다.

"수양은 필경 사신단의 방문을 노리고 있을걸세. 하마연(下馬宴)을 주관하면서 좋은 인상을 남기고, 선위의 정당성을 증명하려는 속셈일 게야. 하지만 이것이 오히려 우리에겐 기회가 될지도 모르지."

"염두에 두신 방도가 있으신 겁니까?"

"가령 사신단의 침소에 수양의 이름으로 술이 보내지고, 이를 마신 사신에게 급환이 생긴다면 어찌 되겠는가?"

"그, 그야 물론 관리를 소홀히 한 책임을 물을 수는 있겠지요. 하오나 그리되면 문제의 술을 내어간 이 또한 엄벌을 면치 못할 텐데, 어느 누가 그 일을 하겠다고 나서겠습니까? 게다가 자칫 붙잡혀 자백이라도 하는 날에는……."

"마침 적격인 아이가 자네 곁에 있지 않은가?"

"예?"

"그 아이, 공주의 반아 말일세."

차마 그 말을 화영에게 전할 수 없는 연유는 여럿 있었다. 그녀는 경혜의 벗이자 충복이며 자신의 목숨을 구해준 은인이었고, 또한…….

'형님의 정인이기도 하겠지.'

만신창이가 된 화영이 율의 등에 업혀 들어오던 그날, 종은 제 형의 괴로운 표정 속에 숨겨진 진심을 눈치챌 수 있었다. 하지만 이를 모른 척 외면할 수밖에 없었던 것은 비단 양천교혼을 불허하는 국법 때문만은 아니었다.

"대의를 위해 소를 희생하는 것은 어찌할 수 없는 정치의 그림자야.

영양위 자네는 좀 더 단단해질 필요가 있네."

복잡하게 얽히는 생각을 두고 오랜 시간 침묵을 지키던 종은 이윽고 긴 세월 망설였던 말을 꺼냈다.

"평범한 여인으로 살아갈 생각은 없느냐?"

"……예?"

"네가 원한다면, 아무도 너를 찾을 수 없는 곳에서 새 삶을 살 수 있도록 도와줄 것이다."

갑작스러운 종의 제안에, 화영은 놀란 기색을 감추지 못하고 멍하니 그를 바라보았다.

"혹, 소인이 공주 자가의 곁에 남으면 안 되는 상황인 겁니까?"

"그것이 아니다. 너를 살리고자 함이야. 더는 이 싸움에 네가 희생되는 것을 두고 볼 순 없어서……."

말끝을 흐린 종은 힘겹게 마른세수를 했다. 어쩐지 석연찮은 그의 표정에서 은연중에 무언가 숨기고 있다는 것을 직감한 화영은 다시금 주먹을 불끈 말아 쥐었다.

"그게 무슨 말씀이십니까? 희생이라니요?"

"……."

"대감마님."

뜨거워진 화영의 목소리가 허공을 가르자, 침통한 얼굴로 두 눈을 감은 종은 마침내 무겁게 닫혀 있던 입술을 힘없이 달싹였다.

"너를…… 원하시는 분이 있다."

❀

모두가 잠든 늦은 밤, 때 아닌 눈이 처마 위에 고요히 내려앉기 시작했다. 방 안을 감도는 서늘한 냉기에 잠이 깬 율은 뒤척이던 몸을 일으켜 밖으로 나왔다. 어느새 하얀 이불을 덮은 담장은 달빛을 머금고 눈부시게 반짝이고 있었다.

저도 모르게 홀린 듯 신을 꿰어 신고 눈이 쌓인 뒤뜰을 거닐던 율은 두 눈을 감으며 긴 숨을 들이마셨다. 차갑게 식은 공기가 입술 언저리에서 바스락거리던 바로 그때였다.

"하여간 잠귀 한번 밝으십니다."

예기치 못한 눈 손님에 잠을 이루지 못한 것은 비단 율뿐만이 아니었던 모양이었다.

"바람 소리에 깨셨지요?"

솜을 누빈 장의를 어깨에 걸치고 빈 마루에 앉아 있던 화영이 그를 향해 멋쩍은 미소를 지어 보였다.

"너도 그랬나 보구나."

반가움을 애써 감추며 그녀의 곁에 자리를 잡고 앉은 율은 이내 고요한 하늘을 향해 시선을 돌렸다. 투명하게 펼쳐진 숙람색 하늘에는 반짝이는 얼음 꽃이 별처럼 펼쳐지고 있었다.

"봄눈이 내리는 걸 보니, 올해는 풍년이겠구나."

나직하게 읊조리는 율의 옆모습을 물끄러미 바라보던 화영은 잠시 후, 무겁게 다물고 있던 입술을 달싹였다.

"관군이 남은 벽서단을 소탕했다는 이야기를 들었습니다."

"……."

"왜 제게 말씀해 주시지 않으셨습니까?"

질문보단 나무람에 가까운 그녀의 말은 묘하게 가라앉아 있었다. 잠시 망설이던 율은 곧 태연한 목소리로 대꾸했다.

"걱정 말거라. 그중 김재하는 없었으니."

"아뇨, 그게 아니라."

단호하게 고개를 가로젓는 화영의 눈동자가 부쩍 가늘어졌다.

"소인 때문에 나으리께서 고초를 겪으신 것 말입니다."

붉게 얼어붙은 화영의 뺨이 처연하게 떨리는 것을 본 율은 그제야 그녀의 얼굴에 드리워진 그늘의 의미를 눈치챌 수 있었다.

"별것 아니다. 네 잘못이 아니니 신경 쓰지 않아도 돼."

"……신경 쓰입니다."

보이지 않게 소맷자락을 움켜쥔 화영은 짓누르듯 다물었던 입술을 느리게 달싹였다.

"그것 말고도 나으리께서 숨기고 계셨던 것들이 많지 않습니까?"

"……."

"뭐, 소인이 할 말은 아닌 것 같지만."

슬그머니 말끝을 얼버무린 화영은 어색해진 분위기를 감추려 짧은 웃음을 덧붙였다.

"나으리께서 베풀어주신 은혜, 마음 깊이 감사하고 있습니다. 하오나 더는 나으리께 짐이 되고 싶지도, 후회가 되고 싶지도 않습니다. 그날 소인에게 닿으신 것 또한…… 잊겠습니다."

문득 시선을 돌리는 화영의 두 눈에는 시린 물기가 차올라 있었다. 그 뒤에 이어지지 못한 말이 무엇인지 짐작이 간다.

"네 앞에 선 나는, 언제나 후회뿐이구나."

혹 그 말이, 그녀에게 번민이 되었던 걸까.

'나는 아무리 되짚어봐도 준 것이 없는데, 넌 늘 내게 빚을 졌다 말하는구나.'

송구하다는 말보다 아픈 것은 없으리라 여겼건만, 어쩌면 이것이 솔직하지 못했던 제게 주어지는 벌일지도 모르겠다. 이윽고 천천히 숨을 고른 율은 결연한 눈으로 화영을 바라보았다.

"지금부터 내가 하는 말, 잘 듣거라."

고요한 공기를 가르는 그의 목소리는 유난히 또렷하고 단단했다.

"너를 잃을까 봐, 모른 척하지 않으면 너를 잃게 될까 봐 두려웠다."

조금의 망설임도 없이 곧게 뻗어오는 율의 고백에 화영은 아무런 대꾸도 하지 못하고 멍하니 그를 바라보았다. 이제는 오래된 꿈처럼 멀어진 기억이, 흐릿해진 입맞춤이 새삼 혀끝에 맴도는 것만 같다.

"이런 내 마음이 너를 아프게 할 걸 안다. 하여 수십, 수백 번을 누르고 참으며 스스로 자문했었다. 하지만 그날, 너의 손을 놓쳤던 그날 확실히 깨달았어."

말을 마치고 천천히 고개를 돌린 율은 소맷자락 아래 숨겨져 있던 화영의 메마른 손을 조심히 붙잡았다. 버석거리는 그녀의 손등에는 불그죽죽한 흉터가 고스란히 남아 있었다.

"내가."

"……."

"은애한다, 너를."

일순, 눈앞에 보이는 모든 풍광이 마치 그림처럼 멈춰 섰다. 화영은 혼란스러운 표정을 감추지 못하고 율의 새까만 눈동자를 뚫어져라 바라보았다. 거짓 같은 말, 뜨거운 시선, 맞닿은 체온. 눈앞에 마주한 그의 모든 것이 당장에라도 달빛에 잠겨 사라져 버릴 것만 같았다.

때마침 구름에 가려진 달빛 탓에 마주한 율의 얼굴이 이지러지자, 저도 모르게 손을 뻗어 율의 뺨을 감싸 쥔 화영은 멍하니 그의 이목구비를 곱씹어보았다.

수묵 같은 눈동자, 검결처럼 날렵한 콧날, 그리고 반듯하게 다물린 입술. 깊고 긴 그의 눈꺼풀 아래 그림자를 드리운 속눈썹이 갑작스러운 화영의 손길에 놀랐는지 옅게 흔들리는 것이 보였다.

"어째서……."

마음껏 바라볼 수도, 품을 수도, 닿을 수도 없는 분이었다. 하여 수많은 밤 동안 달님을 향해 빌고 또 빌었었다. 그의 그림자라도 좇을 수 있게 해달라고, 뒤돌아보지 않는 등이라도 지킬 수 있게 해달라고. 그런데 꿈속에서도 차마 바라지 못했던 말이 그의 입에서 흘러나온 것이다.

은애한다, 은애한다. 아무리 곱씹어보아도 그것이 제 귀로 들은 것이 맞는지 확신을 할 수가 없다.

문득 찌릿해진 코끝에 찬바람이 스치자, 머뭇거리며 제 손을 거둔 화영은 떨리는 숨을 힘겹게 들이마셨다. 그런데 바로 그때, 붉게 젖은 눈으로 화영을 바라보던 율이 돌연 붙잡고 있던 그녀의 손을 제 쪽으로 강하게 끌어당겼다.

당황한 화영의 두 눈이 크게 부푼 사이 빈틈없이 맞물린 율의 입술은 더욱 뜨겁게 그녀를 휘감기 시작했다. 제 안을 비집고 들어오는 열기에 온몸이 아찔해진 화영은 두 눈을 질끈 감으며 율의 옷깃을 움켜쥐었다.

이윽고 느리게 떨어진 율의 입술 사이로 흘러나온 숨이 차갑게 식어 있던 턱 끝을 간질인다. 때마침 그의 길고 단단한 손가락이 뺨과 목을 쓸어내리자, 놀란 어깨를 움츠린 화영은 천천히 눈꺼풀을 들어 올렸다. 지척에 다가온 율의 먹먹한 눈동자 속에는 어느새 흠뻑 젖은 자신의 얼굴이 흐릿하게 일렁이고 있었다.

"구태여 그리하려는 연유가 무엇이냐? 너는 네 목숨이 소중하지 않은 것이야? 죽음이 두렵지 않으냔 말이다."

"소인도 사람이온데, 어찌 그렇지 않겠습니까? 하오나 그 두려움을 이겨내는 것이 소인에게 주어진 사명이옵니다."

"공주 자가의 마음을 아프지 않게 하는 것 또한 네게 주어진 사명이다. 자칫 잘못되기라도 한다면……."

"하여 그 임무, 반드시 성공시킬 생각입니다."

생애 한 순간쯤은 오롯이 여인이고 싶었다. 아니, 여인이었기에 품지 말아야 할 연심임을 알면서도 쉬이 율을 밀어내지 못했으리라. 하지만 검을 쥔 이상 자신은 여인이기에 앞서 한 사람의 무인인 것을, 화영은 끝내 외면할 수가 없었다.

"……오늘 나으리께서 하신 말씀, 못 들은 것으로 하겠습니다."

떨어지지 않는 입술을 간신히 달싹인 화영은 황급히 몸을 돌렸다. 또다시 속절없는 눈물이 쏟아지기 전에 서둘러 그의 곁을 떠나야만 했다.

"시간이 지나고 나면 잊힐, 그저 연민일 뿐입니다."

등 뒤의 율은 아무런 대답도 하지 않았다.

"하니 더는 제게, 그 어떠한 정도 남겨두지 마십시오."

힘겹게 마지막 말을 뱉은 화영은 먹먹해지는 가슴을 빈손으로 누르며 무거운 걸음을 옮기기 시작했다. 한 발자국, 한 발자국, 그에게서 멀어지는 것이 점점 더 힘겨워지던 바로 그때였다.

"틀렸다."

거침없이 다가온 손이 제 어깨를 강하게 붙들어 돌린 순간, 화영은 무너지듯 그의 품에 몸을 기댈 수밖에 없었다.

"내 분명 상대에게 속마음을 내비치지 말라 일러주었거늘."

바닥에 풀썩 떨어진 장의가 발끝에 감겨 짓이겨지는 것이 느껴진다.

"아직도 가르칠 것이 산더미구나."

파르르 떨리는 입술로 애써 미소를 그리는 율의 얼굴이 어째서 이리도 아름답게 보이는 걸까. 결국 흐르는 눈물을 주체하지 못한 채 율의 가슴에 이마를 기댄 화영은 소리 없는 울음을 토해내고 말았다.

'마지막으로 한 번만 더, 제 거짓말을 눈감아주십시오.'

숨이 막힐 듯한 정적 사이로 언 땅이 젖어드는 소리가 들려왔다. 이 부당한 운명을 거역할 수 있다면 좋을 것을. 아니, 차라리 모든 것이 신기루처럼 사라져 버린다면 좋을 것을. 외면할 수도, 되새길 수도 없는 밤. 오늘은 도저히 잠들 수 없을 것 같다.

09. 피할 수 없는 길

녹음이 짙어지기 시작한 초하의 어느 날, 명 황제의 고명(誥命)을 받든 사신단이 마침내 서문 밖에 당도했다. 중전 송씨의 책봉 의식이 거행되는 사이 하마연이 치러질 태평관은 사신단을 맞이하기 위한 준비가 한창이었다.

분주히 전문을 오가는 궁인들을 살피며 초조히 손가락을 주억거리던 화영은 때마침 저를 향해 손짓을 하는 상궁을 발견하고 서둘러 그녀에게 다가갔다.

"박 상궁 마마님이십니까?"

"맞네. 이리로."

누가 볼세라 재빨리 화영을 안으로 이끈 박 상궁은 이내 은밀한 목소리로 당부했다.

"차후 지시가 있을 때까지 자네는 수문병으로 동원된 사환 행세를 해야 하네. 알고 있겠지만, 신분을 들키지 않도록 각별히 유의하게."

"예, 명심하겠습니다."

의연한 화영의 태도에 안심한 듯 미소를 지은 박 상궁은 서쪽에 자리한 곁채로 그녀를 안내했다. 때마침 보초를 서고 있던 호군청 병사가 박 상궁을 발견하고는 반색을 하며 달려왔다.

"아이고, 마마님 오셨습니까?"

"교대할 사환을 데려왔네."

박 상궁의 말에, 짐짓 마뜩찮은 표정으로 화영을 훑어본 그는 곧 들고 있던 단창을 내밀었다.

"연회가 끝나면 돌아올 테니, 행여나 노닥거릴 생각일랑 말고 단단히 자리를 지켜야 하네."

엄포를 놓은 병사가 박 상궁과 함께 발길을 돌리자, 가볍게 한숨을 쉰 화영은 무심코 품 안에 숨겨둔 마비산을 슬며시 감싸 쥐었다.

연회를 위해 동원된 궁인과 기녀만 해도 족히 수백 명은 넘을 터. 그속에 섞여 준비된 술을 사신의 침소로 내가는 것이 오늘 밤 그녀에게 주어진 임무였다.

"여독에 노곤하더라도 수양이 보낸 술이라 하면 기꺼이 반길 게다. 중독된 것을 확인하면 그 즉시 빠져나와야 해."

새삼스레 밀려드는 긴장감에 바짝 마른 입술을 혀끝으로 훑은 화영은 부러 먼발치로 보이는 누각을 향해 시선을 돌렸다. 그런데 바로 그때, 전문 쪽에서 떠들썩한 소리가 들려왔다.

'왔나.'

마침내 태평관 안으로 들어서는 사신단과 백관의 행렬을 뚫어져라 응시하던 화영은 곧 긴 줄의 끝자락에서 율의 모습을 발견할 수 있었다. 오랜만에 마주친 그의 얼굴은 부쩍 야윈 듯했다.

"형님께 알리지 말아달라고?"

"예."

"연유를 물어봐도 되겠느냐?"

"……더는 제 일로 나으리께 심려를 끼치고 싶지 않습니다."

서로의 진심을 알게 된 이후, 화영은 줄곧 율을 피해왔었다. 그와 마주칠 때마다 온몸에 흔적처럼 남아 있는 그날 밤의 온기가 새삼 떠올라 좀처럼 마음을 가다듬을 수 없었던 것이다. 조금 진정된 듯했던 얼굴이 다시금 뜨겁게 달아오르자, 부러 세차게 도리질을 한 화영은 쓰고 있던 전립의 챙을 더욱 깊숙이 내렸다.

그저 고요히, 잔잔한 호수처럼 숨을 죽이고 있으면 늘 그래왔듯 지나가고 스러지리라. 다짐과도 같은 독백을 중얼거리는 화영의 얼굴에는 어느덧 쓸쓸한 미소가 맴돌고 있었다. 그런데 그때, 돌연 등 뒤에서 낯선 목소리가 들려왔다.

"이보십시오."

흠칫하며 고개를 돌린 화영은 더욱 당황했다. 놀랍게도 문틈 사이로 고개를 내밀고 있는 이는 아직 앳된 기색이 남아 있는 기녀였다.

"저는 여악의 무기(舞妓) 월향이라 합니다."

수줍은 얼굴로 자신을 소개한 그녀는 짐짓 의미심장한 미소를 지으며 말을 이었다.

"실은 박 상궁 마마님께서 준비해 주신 차가 있는데, 들어와 한잔 드시지 않겠습니까?"

은밀해진 그녀의 목소리에서 금세 숨겨진 뜻을 읽은 화영은 주위를 살피며 재빨리 방 안으로 들어갔다. 그러자 기다렸다는 듯 화영을 끌어다 앉힌 그녀가 마치 재미있는 놀이라도 하는 것처럼 신이 난 표정으로 장렴(粧奩)을 꺼내 늘어놓는 게 아닌가.

"자, 눈을 감으셔요."

"예?"

"마마님께 단장을 부탁받았습니다."

잠시 머뭇거리던 화영은 이내 어색한 미소를 지으며 그녀가 시키는 대로 눈을 감았다. 그러자 미안수를 적신 수건으로 화영의 먼지 묻은 얼굴을 닦아낸 월향이 물에 갠 분을 빠르게 그 위에 펴 바르기 시작했다. 이어 미묵으로 눈썹을 그리고, 연지를 꺼내 메마른 입술을 꼼꼼히 칠한 다음 색분으로 뺨을 물들이니 경대에 비친 얼굴이 영 딴사람이다.

화영이 애써 태연한 표정으로 거울을 바라보는 동안, 월향은 그녀의 머리카락을 풀어 기름을 발라 빗고 가채와 함께 틀어 올린 뒤, 빗치개와 화잠을 꽂아주었다.

"자, 다 되었습니다."

화려한 색의 치마저고리에 단삼까지 걸친 화영의 모습은 자못 기녀다웠다. 마지막으로 익숙한 모양의 향갑 노리개가 드리워지자, 흠칫 놀란 화영의 시선이 다시금 월향에게 향했다.

"품에 지니고 계시던 노리개가 있기에."

"……고맙습니다."

"이것도."

수줍게 웃은 월향이 내미는 장도를 얼떨떨한 얼굴로 받아 든 화영은 문득 미묘한 표정을 지었다. 어머니의 유품인 노리개와 율의 선물인 장도. 어쩐지 두 사람이 자신을 보호해 주는 것만 같은 기분이 든다.

"저…… 외람되오나 한 가지 여쭤봐도 되겠습니까?"

"아, 예. 얼마든지."

때마침 조심스럽게 운을 떼는 월향의 목소리에 퍼뜩 상념에서 깨어난 화영은 곧 빙긋 웃으며 고개를 끄덕였다. 그런데 이어진 그녀의 질문이 무척이나 뜻밖이다.

"행화촌 출신이라 들었는데, 혹 정재를 알고 계신지요?"

당황스러웠지만, 어쩐지 간절함이 느껴지는 월향의 표정을 본 화영은 곧 자신 없는 목소리로 대답했다.

"오래전 배운 터라 가물가물하지만, 몇 가지는 대강 외우고 있습니다."

사실 검을 잡기 전, 그녀 또한 다른 동기들과 함께 영월의 가르침을 받은 경험이 있었다.

"그게 참말이십니까? 하오면 정대업(定大業)은요? 정대업의 무보도 익히셨습니까?"

"예, 그렇긴 한데 대관절 무엇 때문에……."

"다행입니다!"

반색을 숨기지 않는 월향의 태도에 의아함을 느낀 화영이 무어라 입을 떼려던 바로 그때, 별안간 문밖에서 커다란 외침이 들려왔다.

"곧 가무가 시작되니, 여령들은 서둘러 채비하시오!"

뒤이어 정갈한 박 소리가 울려 퍼지자, 돌연 화영의 손을 붙잡은 월향이 다급하게 말을 이었다.

"실은 검무를 추기로 한 아이가 갑자기 사라져서 말입니다. 염치 불고하고 부탁드리오니, 자리를 좀 채워주시겠습니까? 이리 단장까지 하였으니 차라리 그 편이 좀 더 남의 눈에 자연스러울 테고요."

"예? 하, 하지만……."

"자, 어서 가요!"

그러더니 거절할 새도 없이 대뜸 저를 이끌고 무대 쪽으로 향하는 월향의 행동에 화영은 적잖이 당황할 수밖에 없었다.

"자, 잠시만요!"

그 시각, 마구간에 말을 묶고 잠시 숨을 돌리던 율은 손을 닦기 위해 품 안의 영견(領絹)을 꺼냈다. 그런데 그때, 불시에 옷깃 사이로 스치듯 딸려 나온 은지환 하DP나가 둔탁한 소리를 내며 바닥으로 떨어졌다.

도르륵 굴러가다 멈춰 선 지환을 잠시 바라보던 율은 이내 씁쓸한 미소를 지으며 그것을 주워 들었다. 천청색 파란으로 장식된 모양은 일견 섬세하고 아름다웠다.

벌써 두 달이 지나도록 전하지 못한 물건. 그동안 화영은 무던히도 저를 피해왔다.

"도련님."

때마침 다가온 소환이 저를 부르는 소리에 퍼뜩 상념에서 깨어난 율은 들고 있던 지환을 품에 넣으며 물었다.

"무슨 일입니까?"

"영양위 대감께서 찾으십니다."

고개를 끄덕인 율은 재빨리 연회장이 자리한 안뜰로 걸음을 옮겼다. 넓게 펼쳐진 차일 아래 마주 앉은 백관들은 저마다 이야기가 담긴 술잔을 기울이느라 여념이 없었다.

왁자지껄한 소란 속에 흥겨운 가락이 흐르고, 먼발치로 보이는 누각에서 이미 거나하게 취한 듯한 사신단의 웃음소리가 울려 퍼졌다. 그리고 가장 높은 곳, 가장 화려한 자리에는 어린 금상이 단장한 중전과 함께 마치 인형처럼 딱딱한 얼굴을 하고 앉아 있었다.

그들의 시선이 머물러 있는 무대에서는 때마침 여악의 정재가 한창이었다. 허공에 나부끼는 무동의 한삼 자락을 물끄러미 바라보던 율은 이내 그 사이로 종을 발견했다. 그런데 시종일관 어두운 표정으로 초조하게 손끝을 두드리는 그의 행동이 어딘지 모르게 부자연스럽다.

혹 몸이 불편한 건 아닌지 염려스러운 마음에, 버릇처럼 지그시 조인 눈으로 그를 살피던 율이 막 걸음을 떼려던 바로 그때였다.

"호오, 이번에는 대무(隊舞)인가."

누군가의 중얼거림 뒤로 새로운 곡의 시작을 알리는 북 소리가 울려 퍼지자, 장내의 시선이 일제히 무대 위로 향했다. 무심코 그들을 좇아 고개를 돌린 율은 이내 멈칫했다. 오색단갑을 걸치고 열을 지어 무대에 오르는 여령들 속에서 어딘지 모르게 익숙한 얼굴을 발견한 것이다.

때마침 들고 있던 검을 하늘 높이 치켜든 여령의 눈동자가 불빛 검결을 담으며 반짝인 찰나, 율은 소리 없는 숨을 들이켰다. 짙은 염장으로 본연을 감추고 있었으나, 밤하늘처럼 맑고 청명한 암청색 눈동자를 지닌 그녀는 화영이 틀림없었다.

"네가 왜……."

믿을 수 없는 상황에 눈앞이 아찔해진 것도 잠시. 궁방에 있어야 할 그녀가 이곳 태평관에, 그것도 기녀의 모습으로 검무를 추고 있는 연유가 도통 짐작이 가지 않는다.

"어찌 그러십니까?"

앞서 있던 소환이 의아한 표정으로 돌아 물었지만, 좀처럼 당혹감을 감추지 못하던 율은 대답 대신 어금니를 아득 깨물었다. 아무래도 자신이 모르는 사이 무언가 심상치 않은 일이 벌어진 것이 분명하다.

"도련님?"

"……잠시, 잠시만 기다려 주십사 대감께 전해주십시오. 곧 돌아오겠습니다."

"예? 아니, 어디 가십니까? 도련님! 도련님!"

망설일 틈 따윈 없었다. 홀린 듯 걸음을 돌린 율은 애타는 소환의 부름을 뒤로한 채 서둘러 발길을 재촉하기 시작했다. 하지만 막 모퉁이를 돌아선 그때, 어디선가 재빠른 손길이 나타나 율의 옷깃을 잡아챘다. 엉겁결에 멈춰 선 그를 재빨리 누각 아래 깊은 공간으로 끌어들인 이는 놀랍게도 미도였다.

"현주 아기씨?"

"쉿."

혼란으로 가득한 율과 달리 침착하게 주위를 살피던 미도는 잠시 후 짧은 숨을 내쉬며 다시금 그를 바라보았다.

"어딜 그리 급히 가시던 참입니까?"

"그건 제가 여쭐 말입니다. 아기씨야말로 무슨 연유로 이곳에……."

의아함에 말끝을 흐린 율은 이내 미간을 구겼다.

"설마 화영이 그 아이를 정탐하고 계신 겁니까?"

율의 목소리가 답지 않게 험악한 기색을 띠자, 뜻 모를 표정으로 그를 바라보던 미도는 이내 고개를 가로저었다.

"그런 게 아닙니다. 소녀는……."

"아니면, 이번에도 제가 모르는 아기씨만의 대의가 있으신 겁니까?"

가시 있는 질문에 말문이 막힌 듯 가늘게 뜬 눈으로 율을 노려보던 미도가 마침내 지그시 다물었던 입술을 달싹였다.

"뜻밖입니다. 다른 이도 아닌 도련님께서, 누구보다 소녀의 심중에 맺힌 한을 잘 아시는 분께서 그런 말씀을 하실 줄이야."

"……."

"예, 그 아이를 정탐하고 있던 것이 맞습니다. 하오나 돕고자 함이니 오해는 마십시오."

"돕는다니요?"

여전히 의심 가득한 눈초리로 저를 대하는 율의 태도에, 어쩔 수 없다는 한숨을 내쉰 미도는 이윽고 진중하게 말을 이었다.

"오늘 밤, 태평관에서 큰 소란이 일어날 것입니다. 어느 여령이 내어 간 술이 대인의 몸에 마비를 일으킬 테니까요."

"그게 무슨……."

황망히 말끝을 흐리던 율은 불현듯 머릿속을 스쳐 지나가는 한 가지 추측에 아연실색하고 말았다.

"설마 금성대군께서 기어이 일을 벌이신 겁니까?"

기실 생각해 보면, 수상쩍은 점이 한두 가지가 아니었다. 근자 들어 잦아졌던 금성대군의 방문하며, 무언가 숨기는 기색이 역력했던 종의 모습, 그리고 자신을 피하던 화영의 행동까지. 이제야 그 모든 조각들이 이해가 간다.

"……계획대로 들키지 않고 이곳을 빠져나간다면 더할 나위 없이 좋겠지만, 사방에 깔린 군관의 눈을 피할 수 있을 리 없어요. 내버려 두면 그 아이, 어떤 식으로든 반드시 죽습니다."

비수처럼 내리꽂히는 미도의 말에 어금니를 아득 깨문 율은 곧 분기에 찬 눈동자를 들어 올렸다.

"막아야겠습니다."

"안 돼요. 이번 기회를 놓치면, 다시는 수양을 끌어내릴 수 없습니다. 전하께서 이미 선위를 약조하신 마당에 믿을 건 명의 반대뿐인데……."

"어째서 그 아이인 것입니까?"

"예?"

"어찌하여 그 아이가 희생되어야 하느냐 물었습니다."

심연 끝까지 가라앉은 듯한 율의 목소리는 그 어느 때보다 뜨거웠다.

"이리도 끊임없이 그 아이를 사지로 모는 연유가 대관절 무엇입니까? 목숨을 건 충절의 대가가 고작 이런 것이란 말입니까? 사람이 어찌!"

울컥 솟아오르는 분노를 삼키려 두 주먹을 불끈 쥔 율은 이어 참담한 표정으로 중얼거렸다.

"어찌 이다지도 잔인할 수 있단 말입니까?"

연민이라기엔 너무나 간절한 그의 눈동자가 생경하기만 하다. 덕분에 한동안 말을 잇지 못하고 멍하니 율을 바라보던 미도는 이내 마주하고 싶지 않았던 사실 한 가지를 깨닫고 말았다.

"도련님, 설마 그 아이를……."

탄식에 가까운 그녀의 말이 채 끝나기도 전에, 휑하니 고개를 돌린 율은 무심히 미도의 곁을 지나쳤다.

"잠시만요!"

서둘러 그를 쫓아간 미도는 두 팔을 벌려 그의 앞을 막아서며 외쳤다.

"그리 무턱대고 나가서서 뭘 어쩌시려고요!"

"막을 수 없다면 함께해야지요. 살아 나가든, 죽어 나가든, 그 아이 혼자 모든 걸 떠안게 할 순 없습니다."

"지금 그걸 말이라고……!"

"그것이 바로, 제 사람을 지키는 저의 방식입니다."

한 치의 흔들림도 없는 율의 대답에는 결기가 가득했다. 그제야 더는 그를 거스를 수 없음을 깨달은 미도는 두 팔을 힘없이 떨구고 말았다.

이미 잘 알고 있던 바가 아닌가. 길을 돌아가는 법도, 뜻을 꺾는 법도 모르는 사람. 미련하리만치 한 방향만 보는 사람. 하여 늘 저를 물러서게 만드는 사람. 정율이란, 그런 사람이다.

"어쩔 수 없군요."

이윽고 무언가 결심한 듯 눈빛을 굳힌 미도가 무겁게 닫혀 있던 입술을 달싹였다.

"소녀에게 계책이 있다면, 따라주시겠습니까?"

밤이 깊은 시각, 연회의 여흥이 채 가시지 않은 태평관 안은 여전히 달뜬 분위기가 가득했다. 사방에서 들려오는 낯선 명국의 말이 이제는 제법 귀에 익은 덕분일까. 부쩍 편안해진 마음으로 뜰 안 풍경을 바라보던 화영은 때마침 제게 다가오는 한 무리의 기녀들을 발견했다.

"거기, 너. 못 보던 얼굴인데."

대뜸 제게 향하는 손가락에 당황한 화영은 엉거주춤 일어나며 시선을 내리깔았다.

"동기는 아닌 것 같고. 침선비?"

새초롬한 표정으로 화영을 훑어보는 기녀는 화려하게 단장한 그들 사이에서도 가장 눈에 띌 만큼 높은 가채를 얹고 있었다.

"어찌 대답이 없어? 내가 묻는 말이 안 들리니?"

"그, 그것이……."

예상치 못한 상황에 당황한 화영이 말끝을 얼버무리던 바로 그때였다.

"무슨 일이야?"

뾰족하게 날아든 반가운 목소리에 안도의 한숨을 내쉰 화영은 반가움에 고개를 돌리다 말고 멈칫했다. 차갑게 굳은 표정으로 제게 다가오는 월향의 곁에는 불혹쯤 되어 보이는 단령 차림의 사내가 서 있었다.

"도사 나으리!"

서둘러 뒤로 물러나는 기녀들의 얼굴이 저마다 일그러진 표정을 감추느라 분주한 것을 보면, 그의 존재에 당황한 것은 비단 화영뿐만이 아닌 모양이었다.

"너희 아직도 그 버릇 못 고쳤니? 신입만 보면 어찌 그리 못 잡아먹어 안달이야?"

그런 기녀들을 한심하다는 듯 훈계한 월향은 이내 제 곁에 서 있던 사내를 향해 깊숙이 허리를 숙였다.

"방만한 모습을 보여 송구합니다."

"송구합니다."

월향의 사죄에 기녀들 또한 일제히 머리를 조아렸다. 엉겁결에 그들을 따라 몸을 낮추던 화영은 괜한 호기심이 동하여 곁눈질로 흘긋 제 앞의 사내를 바라보았다. 큰 키는 아니지만 단단하고 옹골진 체격하며 선 굵은 입술에 잔잔한 미소가 흐르는 것이 가히 호방하고 담대한 인상이다.

"되었다. 사람 모이는 곳에 어찌 바람이 불지 않을 수 있겠느냐?"

아니나 다를까, 손사래를 치며 너털웃음을 터뜨린 사내는 뒷짐을 지고 그들의 앞을 성큼성큼 지나쳤다. 그런데 별안간 우뚝 멈춰 선 그가 놀란 기색으로 화영을 돌아보았다.

"너……."

사내의 뜻 모를 표정에서 묘한 기시감을 느낀 화영은 황급히 시선을 피했다.

'뭐지? 설마 영월관 손이셨던 분인가? 내가 누군지 알아본 거야? 그럴 리가 없는데.'

온갖 생각들이 꼬리에 꼬리를 물고 이어진 것도 잠시. 다급히 화영의 어깨를 잡아챈 사내가 떨리는 손으로 그녀의 저고리 밑에 드리워져 있던 향갑 노리개를 집어 올렸다.

"어디서 난 것이냐?"

"……예?"

"이 노리개가 어디서 났느냐고 물었다."

파르르 떨리는 그의 목소리에서 심상치 않은 기색을 느낀 화영은 어찌할 바를 몰라 주춤거렸다. 이에 보다 못한 월향이 무어라 입을 떼려던 바로 그때였다.

"주목!"

고요하던 밤공기를 쩌렁쩌렁 가른 외침에 모두의 시선이 순간 소리가 난 방향으로 향했다. 그곳에는 박 상궁을 비롯한 여러 궁인들이 주과상을 들고 줄을 지어 서 있었다.

"여령들은 열을 맞춰 이 앞에 서시오!"

소환의 지시에, 제각기 뿔뿔이 흩어져 있던 기녀들이 누각 아래 계단으로 모여들기 시작했다.

"송구합니다만 먼저 물러나겠습니다, 나으리."

그 틈을 타 서둘러 사내를 향해 머리를 조아린 월향은 화영의 손을 이끌고 그의 곁을 벗어났다. 하지만 머뭇거리며 뒤를 돌아본 화영은 어쩐지 석연치 않은 기분을 떨칠 수 없었다. 여전히 저를 뚫어져라 응시하고 있는 사내의 눈동자가 뜻을 알 수 없는 슬픔을 담고 있던 탓이었다.

"다들 오랜 시간 고생이 많았다."

화영과 월향이 무리에 합류하자, 경직된 표정으로 말문을 연 이는 박 상궁이었다. 부러 도리질을 하여 복잡한 상념들을 떨쳐 낸 화영은 곧 결의에 찬 눈으로 그녀를 응시했다.

"연회는 끝났지만, 자네들이 해줘야 할 일이 남아 있어. 지금부터 내가 지명하는 여령은 앞으로 나오도록."

잠시 말을 멈추고 앞에 모인 기녀들을 천천히 둘러보던 박 상궁의 시선이 문득 한 곳에 멈춰 섰다. 화영은 깊이를 알 수 없는 그녀의 눈동자가 자신을 담고 있음을 금세 눈치챌 수 있었다.

"자네, 자네, 그리고…… 자네."

열을 맞춰 선 기녀들 사이를 찬찬히 거닐던 박 상궁의 손가락이 마지막으로 화영을 가리켰다. 마른침을 삼킨 화영은 애써 평온함을 가장하며 소매 속에 숨겨놓은 마비산을 힘껏 움켜쥐었다.

"먼 길 오신 대인들을 위해 사온서에서 특별히 준비한 술이다. 모쪼록 남은 여독을 푸실 수 있게 자네들이 정성을 다해 모셔야 할 것이야."

말을 마친 박 상궁은 뒤따른 궁인들에게 주과상을 건네받아 선발한 기녀들의 손에 차례로 쥐어주었다. 마지막으로 화영이 넘겨받은 목반 위에는 화려한 무늬의 청화백자가 놓여 있었다.

"소감 어른께 들일 술이네."

"예, 마마님."

조용히 대답한 화영은 천천히 고개를 들어 박 상궁을 바라보았다. 의미심장한 그녀의 눈빛을 마주하니, 안정을 되찾았던 가슴이 다시금 긴장감으로 요동친다.

남몰래 빈 숨을 들이켠 화영은 소매에서 은밀히 꺼낸 마비산을 목반 아래 숨긴 뒤, 앞서 걸어가는 박 상궁의 뒤를 황급히 쫓기 시작했다. 드문드문 놓인 좌등의 불빛만 아른거릴 뿐, 객당 안 복도는 어둡고 고요하기만 했다.

"여기서 잠시 기다리거라."

때마침 기녀들을 멈춰 세운 박 상궁이 자리에서 물러난 후 얼마 지나지 않아 뾰족한 턱을 가진 내관이 모습을 드러냈다. 서늘한 눈으로 기녀들을 훑어보던 그가 마침내 제 앞으로 다가오자, 태연한 척 미소를 지은 화영은 조용히 눈꺼풀을 내리깔았다.

"이것이 소감 어른께 내어갈 환영주인가?"

"예, 그렇습니다."

"흐음."

문득 의뭉스러운 시선으로 목반 위 술병과 화영을 번갈아 바라보던 내관은 이윽고 걸음을 돌리며 퉁명스럽게 말했다.

"따르시게."

들리지 않게 안도의 한숨을 내쉰 화영은 종종걸음으로 그의 뒤를 따르기 시작했다. 나아갈수록 깊어지는 어둠은 객당의 분위기를 한층 더 은밀하게 만들고 있었다.

그리고 마침내 다가온 운명의 순간, 화영은 앞선 내관이 모퉁이를 도는 찰나를 놓치지 않고 숨겨두었던 마비산 가루를 재빨리 술병 안에 흘려 넣었다.

"이곳이네."

그와 동시에 걸음을 멈춘 내관이 고개를 돌려 화영을 바라보았다.

"대인께서는 무척 예민하신 분이니, 각별히 주의를 기울이도록."

"명심하겠습니다."

침착하게 대꾸한 화영이 고개를 조아리자, 흠흠 하고 목청을 가다듬은 내관은 잠시 후 옅은 불빛이 맺힌 방문을 향해 나지막한 목소리로 고했다.

"대인, 여령이 술을 대령하였사옵니다."

그런데 미처 대답이 돌아오기도 전에 굳게 닫혀 있던 방문을 열어젖힌 내관이 돌연 화영을 방 안으로 떠미는 것이 아닌가. 하마터면 앞으로 고꾸라질 뻔한 것을 가까스로 버텨낸 화영은 황급히 뒤를 돌아보았다. 하지만 방문은 이미 굳게 닫힌 후였다.

당혹감에 어찌할 바를 모르고 머뭇거리던 화영은 때마침 코끝을 스치는 자단의 향기에 천천히 고개를 돌렸다. 길게 드리워진 가림막 사이로 얼핏 보이는 세간은 화려하기 그지없고, 붉은색을 덧칠한 창에는 흐릿한 촛불이 색색의 주렴에 반사되어 아롱지고 있었다.

이제껏 본 적도, 들은 적도 없는 사치스러운 꾸밈에 홀린 듯 방 안을 둘러보던 화영이 주춤주춤 걸음을 옮기려던 바로 그때였다.

"어찌 그러고 서 있는 게냐?"

일순, 화영은 등골이 오싹해지는 것을 느꼈다. 믿을 수 없게도, 가림막 너머에서 들려온 목소리는 분명 아는 이의 것이었다.

'어떻게 된 거지? 분명 대인의 침소라고……'

꼼짝도 하지 않는 몸을 가까스로 돌린 화영은 곧 소리 없이 기함했다. 어둠 속에서도 형형히 빛나는 범의 눈빛.

그는 수양이었다.

"대인께서는 잠시 자리를 비우셨다."

화영의 속을 읽기라도 한 듯 무심한 목소리로 대꾸한 수양이 고갯짓으로 제 앞의 상탁을 가리켰다.

"여기 내려놓거라."

"······예, 대감."

꽉 막힌 목소리를 간신히 쥐어짠 화영은 혼란스러운 표정을 애써 감추며 고개를 조아렸다. 극도로 솟아오른 긴장 탓에 등골을 타고 식은땀이 흐르는 것이 느껴진다.

'침착해, 침착하자.'

그가 스치듯 지나쳤을 뿐인 자신의 얼굴을 기억할 리가 없다. 혼신의 힘을 다해 흐트러진 숨을 다잡은 화영은 이내 수양이 가리킨 상탁 위에 들고 있던 목반을 내려놓았다. 하지만 이어진 수양의 명에 간신히 평정심을 되찾았던 그녀의 얼굴은 순식간에 흑색으로 굳어지고 말았다.

"앉거라."

"예?"

"술을 들여왔으면 한 잔 따라야지."

"하, 하오나······."

차마 말을 잇지 못하고 어금니를 질끈 앙다문 화영은 주체할 수 없이 떨리는 손을 황급히 소매 속으로 감췄다.

'어떡하지?'

이미 술에 탄 마비산은 흔적도 없이 녹아들었을 것이다. 수양에게 이 사실을 들킨다면 모든 일이 어그러질 터. 그렇다고 상을 엎어버릴 수도, 도망을 칠 수도 없는 노릇이니, 화영으로선 그저 난감할 따름이었다.

"뭘 하느냐? 어서 따르지 않고."

손안의 술잔을 다시 한 번 내미는 수양의 표정은 좀처럼 그 생각을 읽을 수 없을 만큼 딱딱했다. 결국 흐릿한 불빛을 피해 최대한 고개를 숙인 화영은 망설이던 손을 뻗어 술병을 집어 들었다.

'그리 많은 양을 탄 것은 아니니 한 잔 정도는 분명 괜찮을 거야. 대인이 돌아올 때까지만이라도……'

투명하게 채워진 술잔 위로 떠오른 수양의 얼굴이 얼핏 미소를 짓는 듯 보인 것은 착각일까. 침묵이 흐르고, 다시금 술병을 내려놓은 화영은 커다란 모란이 섬세하게 양각된 상탁에서 한 걸음 뒤로 물러섰다. 그런데 바로 그때, 조소 섞인 수양의 목소리가 정적을 가르며 내려앉았다.

"맹랑한 계집 같으니라고."

순간, 제 귀를 의심한 화영은 깊숙이 조아리고 있던 머리를 퍼뜩 들어 올렸다. 하지만 미처 피할 새도 없이 그녀의 턱 밑을 겨눈 것은 섬뜩하게 번뜩이는 수양의 검이었다.

"설마하니 내가 모를 줄 알았더냐?"

바닥으로 떨어진 술잔이 산산조각 나는 소리가 들리고, 순식간에 화영의 머리채를 휘어잡아 벽으로 밀어붙인 수양은 바르작거리는 그녀를 지그시 노려보았다.

"경혜 공주의 반당. 행화촌 출신의 천한 노비."

"웃……."

"너 따위 비루한 무지렁이가 감히 내 일을 망치려 들어?"

기저에서부터 올라온 분기가 고스란히 드러난 목소리. 온몸이 뻣뻣하게 굳어버릴 만큼 위협적인 기세였지만, 가까스로 정신을 다잡은 화영은 필사의 힘을 쏟아내어 수양의 손목을 부여잡았다.

"네 이년!"

격분한 수양의 검이 허공으로 솟구친 찰나, 벽에 짓눌렸던 몸을 빠르게 비튼 화영은 품에서 꺼낸 장도로 수양이 붙들고 있던 자신의 머리카락을 한 치의 망설임도 없이 잘라 버렸다.

힘없이 잘려 나간 머리카락 뭉치가 바닥에 흩어지고, 자유로워진 몸을 굴려 간신히 수양의 칼날을 피한 화영은 뒤도 돌아보지 않고 닫힌 창을 향해 몸을 날렸다.

그런데 요란한 소리를 내며 부서진 문짝 위로 별안간 거대한 불빛이 파도처럼 밀려들기 시작했다. 그와 동시에 머리 위를 덮치는 때 아닌 열기에 당황한 것도 잠시.

"불이야!"

천지를 날카롭게 가르는 비명에 찬물을 뒤집어쓴 듯 정신이 번쩍 든 화영은 황급히 주위를 둘러보았다. 어느새 새까만 연기로 뒤덮인 객당 안은 온통 아수라장으로 변해 있었다.

"도대체 이 무슨……."

도망친 화영을 쫓아 밖으로 뛰쳐나온 수양 또한 눈앞에서 벌어진 상황에 당황한 듯했다.

"게 아무도 없느냐! 도대체 이 무슨 소란이더냐!"

그가 불길에 정신이 팔린 사이 재빨리 모퉁이를 돌아 몸을 숨긴 화영은 제일 먼저 거추장스러운 치맛자락을 힘주어 뜯어냈다. 간신히 숨을 돌리고 나니 그제야 느끼지 못했던 통증이 곳곳에서 밀려온다. 하지만 한 움큼 잘려 나간 머리카락조차 수습할 새도 없이 걸음을 재촉한 그녀가 향한 곳은 객당에서 그리 멀지 않은 태평관 뒤뜰이었다.

번을 서고 있어야 할 군관들마저 불길을 잡는 데 동원된 모양인지, 뒤뜰은 다행히 텅 비어 있었다. 천근만근 무거운 다리를 이끌고 가까운 나무를 기어오른 화영은 지체 없이 담장 밖으로 몸을 던졌다. 워낙 까마득한 높이 탓에 하마터면 중심을 잃고 뒹굴 뻔한 것을 가까스로 버텨 낸 그녀가 가쁜 숨을 몰아쉬며 몸을 일으킨 바로 그때였다.

'……말발굽 소리?'

잘못 들었나 싶을 만큼 희미하던 소리가 점차 가까워지고 있다는 것을 깨달은 화영은 다급히 주위를 둘러보았다. 하지만 미처 숨어들 곳을 찾기도 전에 어둠 속에서 모습을 드러낸 한 마리의 말은 조금의 망설임도 없이 화영을 향해 돌진하기 시작했다.

그리고 바로 다음 순간, 벼락처럼 들이닥친 말 위에서 뻗어 나온 팔 하나가 눈 깜짝할 사이에 그녀의 허리를 감싸 안았다.

"꺄악!"

돌연 허공으로 솟구친 두 발에 당황한 나머지 짧은 비명을 내지른 화영은 두 눈을 질끈 감았다. 그런데 짐짝처럼 던져질 줄 알았던 몸이 예상과 달리 안장 위에 편안히 안착하는 게 아닌가. 이에 슬며시 눈꺼풀을 들어 올려 눈앞의 상대를 확인한 화영은 곧 아연실색하고 말았다.

"나, 나으리?"

수십 수백 번을 되새기고 또 되새겼던, 하여 눈을 감아도 완연히 그릴 수 있는 얼굴. 좀처럼 믿어지지 않는 상황에 아무리 두 눈을 씻고 다시 보아도, 저를 향해 옅은 미소를 짓고 있는 이는 분명 율이었다.

"나으리께서 어찌……."

헛숨처럼 흘러나온 화영의 목소리가 황망함을 싣고 흔들리자, 품 안의 그녀를 더욱 가까이 끌어당긴 율은 쉿 하며 짧은 눈짓을 보냈다.

"입은 닫고 있는 게 좋을걸. 잘못하면 혀 깨문다."

장난처럼 속삭이는 말이 이다지도 반가울 수 있을까. 조금 전까지만 해도 한 치 앞조차 분별할 수 없던 머릿속에 별안간 눈부신 햇살이 들이차는 기분이다.

때마침 두 사람을 태운 말이 남문을 지나치자, 기다렸다는 듯 인정을 알리는 종이 울려 퍼졌다. 그제야 바짝 채던 고삐를 느슨하게 푼 율은 머뭇거리는 화영의 얼굴을 살며시 감싸 올렸다.

"다쳤구나."

문득 가늘어진 그의 눈이 제 뺨 위에 새겨진 생채기로 향하자, 어색하게 그의 손을 밀어낸 화영은 애써 태연한 척 고개를 숙였다.

"살짝 긁힌 것뿐입니다."

"……하여간 무모하기로는 세상천지 너만 한 이가 없을 게다. 대관절 그곳이 어딘 줄 알고 기어들어 갔느냐?"

자못 엄한 그의 꾸지람에 변명거리를 찾느라 눈동자를 굴리던 화영은 결국 불퉁한 목소리로 투덜거릴 수밖에 없었다.

"예, 압니다. 소인이 잘못한 거. 하오니 그리 보지 말아주십시오."

"무엇을 잘못하였는데?"

"그야……."

못마땅하다는 듯 되묻는 말에, 우물쭈물 망설이던 화영은 곧 입술을 비죽대며 시무룩하게 중얼거렸다.

"나으리께 사실을 고하지 않은 것이요."

"또?"

"……목숨 아까운 줄 알라는 나으리의 말씀을 어긴 것이요."

"알긴 아는구나. 어디 계속 읊어보거라."

"예? 더, 더요?"

당황하는 화영의 모습에 굳어 있던 표정을 풀며 피식 웃음을 터뜨린 율은 문득 헝클어진 화영의 머리카락으로 시선을 옮겼다. 그제야 댕강 잘라 버린 자신의 머리카락을 떠올린 화영은 황급히 그것을 넘겨 빗으며 고개를 떨구었다.

"그……, 흉한 꼴을 보여 송구합니다."

대책 없이 찢어버린 치맛자락도, 그 바람에 훤히 드러난 단속곳 차림도 그저 민망하고 창피할 따름이다. 이를 눈치챈 율은 입고 있던 답호를 벗어 찢어진 화영의 치마 위에 덮어주며 말했다.

"흉하지 않다. 전혀."

뒤이어 위태롭게 매달려 있던 화잠을 다시금 단정히 꽂은 그의 손이 얼핏 제 뺨을 스치자, 화영은 마른침을 삼키며 그와 눈을 맞췄다.

"네 얼굴을 이리 마주 본 것이 얼마 만인지 모르겠구나."

"……."

"너의 세 번째 잘못이다. 그리 독하게 나를 피한 것."

어쩐지 무겁게 가라앉은 율의 목소리가 가슴 한구석을 아프게 파고 든다. 그는 짐작이나 할 수 있을까. 제 살을 찔러가며 외면했던 그의 얼굴이 얼마나 가슴에 사무쳤는지.

"너를 보면 무슨 말을 해야 할까 싶었는데, 아무래도 괜한 걱정을 한 모양이다. 이리 반갑고 기쁘기만 한 것을 보면."

다정한 그의 말에 울컥 솟아오르는 눈물을 간신히 누른 화영은 부러 딴청을 피우며 화두를 돌렸다.

"하온데 나으리께서는 대관절 소인을 어찌 알아보셨습니까?"

"설마하니 내가 널 몰라보겠느냐? 고작 단장 좀 했다고?"

당연한 소리를 한다는 듯 반문하는 율의 표정이 문득 의뭉스러운 곡선을 그리며 실룩거렸다.

"고양이 얼굴에 줄 긋는다고 호랑이 되는 거 아니다."

"……이 상황에 농이 나오십니까?"

"글쎄. 난 네가 말하는 작금의 상황이란 게 무엇인지 도통 모르겠어서 말이다."

장난스러운 대꾸였으나, 그의 말 속에는 분명 일을 숨긴 화영에 대한 야속함이 담겨 있었다. 덕분에 대꾸할 말을 찾지 못하고 한참을 망설이던 화영은 이윽고 무겁게 닫혀 있던 입술을 달싹였다.

"실은 대인의 방 안에 수양대군께서 홀로 앉아 계셨습니다. 게다가 이미 소인이 누구인지, 무엇을 들고 온 것인지 알고 계셨어요."

다시금 어두워진 화영의 표정은 눈에 띄게 괴로운 기색을 담고 있었다. 이에 진중히 자세를 바로 세운 율은 가늘게 떨고 있는 화영의 손을 조심히 감아쥐었다.

"이대로 삼도천을 건너는가 싶던 차에 천우신조로 객당에 불이 나서 이리 도망칠 수 있었습니다. 하오나 금성대군께는 무어라 고해야 할지 막막하고……."

말끝을 흐리던 화영이 돌연 기함한 표정으로 율을 돌아보았다.

"설마 나으리께서 객당에 불을 지르신 겁니까?"

"그렇다."

"어, 어찌 그런……. 나으리야말로 무모하셨습니다!"

"마음 같아선 더한 것도 할 수 있었어."

한쪽 눈을 찡그리며 한숨 섞인 목소리로 대꾸한 율은 잠시 입을 다물고 눈앞의 화영을 물끄러미 바라보았다. 언제부턴가 하나둘 떨어지기 시작한 빗방울이 그의 뺨을 조금씩 적시고 있었다.

"충절과 신념을 목숨보다 중히 여기는 게 너의 방식임을 알기에 이 이상 끼어들지 않기로 마음먹은 것뿐이다. 하지만 그렇다고 잠자코 지켜만 보는 것은 또 내 방식이 아니라서."

"……."

"이 야속한 여인은 대관절 언제쯤 내 타는 속을 헤아려 줄는지."

어째서일까. 입술은 분명 미소를 그리고 있음에도 뺨 위로 떨어진 빗물이 마치 그의 눈물처럼 보이는 것은.

밀려드는 먹먹함에 결국 말문이 막히고 만 화영은 괜스레 붙잡힌 손에 시선을 떨구었다. 툭 불거진 손마디, 봄볕 같은 체온. 그는 언제나 이렇게 따뜻하고 든든하다.

"그나저나 서둘러야겠다. 비가 점점 굵어지는구나."

그런 화영의 마음을 눈치챘는지, 태연하게 말끝을 돌린 율은 늦췄던 고삐를 다시금 힘차게 잡아챘다. 소란한 바람 소리, 복잡한 마음. 길었던 밤은 그렇게 지나가고 있었다.

"뭐라? 행방을 찾을 수 없어?"

"소, 송구합니다."

험악해진 수양의 목소리에, 소식을 들고 온 내관은 쩔쩔매며 고개를 조아렸다.

"샅샅이 뒤져 본 것이 맞느냐?"

"여부가 있겠습니까? 혼란을 틈타 도망친 게 아닐까 싶습니다."

답지 않은 실수였다. 화영을 생포하여 금성의 목숨줄을 틀어쥘 요량이었건만, 생각지도 못한 화마에 정신이 팔린 것이다.

"곤란하군."

일그러진 표정으로 턱 밑을 훑은 수양은 곧 침착하게 이어 물었다.

"불이 난 연유는? 찾았는가?"

"실은 그것 때문에 대감께 고할 것이 있습니다."

수양의 눈치를 살피느라 한껏 허리가 굽어 있던 내관이 서둘러 말을 이으려던 찰나, 어디선가 날아온 여인의 고함이 그의 입을 막아섰다.

"글쎄, 전부 내 실수라 하지 않았더냐! 어서 나를 잡아 넣거라!"

말리는 궁인들을 뿌리치며 꿋꿋이 목소리를 높이는 이는 놀랍게도 미도였다. 곧 소란의 주인공이 제 여식임을 알아챈 수양의 눈이 더욱 날카롭게 솟아올랐다.

"현주가 왜 여기 있는 것이냐?"

"일각 전에 갑자기 나타나셔서 객당에 불이 난 것은 모두 아기씨의 책임이라시며 저리……."

"무슨 그런 말도 안 되는!"

치솟는 분을 이기지 못하고 들고 있던 지휘목을 거칠게 집어 던진 수양은 씩씩거리며 어금니를 앙다물었다. 자신의 여식이 죄를 자처하고 나섰으니, 다른 이에게 사건의 책임을 전가할 수도 없는 노릇이 아닌가.

"고얀 것. 어딜 기어들어 갔나 싶었는데, 과연 알 만하구나."

"대감!"

그때, 군관 하나가 수양을 발견하고 전력을 다해 달려왔다.

"무슨 일인가?"

밭은 숨을 가누느라 무릎을 짚고 헉헉거리던 그는 이윽고 다급한 표정으로 말을 이었다.

"분부하신 대로 궁인들은 물론 사가에서 동원된 비자까지 모조리 살펴보았사온데, 생각지도 못한 문제를 발견했습니다."

"문제라니?"

수양의 물음에 군관은 품에서 두 권의 책자를 꺼내 내밀었다.

"아무래도 몇몇 궁인들이 관리에게 금품을 상납하면서 태평관 배정을 청탁한 듯합니다."

"뭐라?"

굵은 눈썹을 치켜 올린 수양은 불쾌한 표정으로 그것을 받아 들었다.

"여길 보십시오. 처음 내려온 명부에는 없는 자들이 통행 일지에는 버젓이 기록되어 있습니다. 선대부터 사신단을 상대로 장사를 하고자 이런 청탁을 하는 궁인들이 더러 있긴 했습니다만, 이렇게 되고 보니 어쩐지 쉬이 넘길 수 없을 듯하여……."

고개를 끄덕이며 통행 일지 속 이름들을 하나하나 훑어보던 수양은 곧 그 속에서 익숙한 이름을 발견하고 시선을 멈춰 세웠다.

"여기 적힌 상궁 박기란이란 자가 동궁전 궁인이었던 박씨가 맞는가?"

"예, 그러합니다. 듣기론 여악들을 통솔하고 있었다더군요."

잠시 고뇌하던 수양은 곧 비릿한 미소를 머금었다. 선왕의 명으로 세자 시절 홍위를 모셨던 그녀가 난데없이 여악을 데리고 태평관에 나타났다니, 확실히 석연찮은 부분이다.

"헛수가 된 줄 알았더니, 생각지도 못한 패가 들어온 모양이구나."

이윽고 명부를 접으며 고개를 든 수양이 확신에 찬 목소리로 물었다.

"이들은 지금 어디 있느냐?"

"안뜰에 모여 있습니다."

"안내하거라."

피할 수 없는 길   335

며칠째 이어진 비는 쉬이 그칠 기미가 보이지 않았다. 주막의 좁은 툇마루에 앉아 떨어지는 빗줄기를 물끄러미 바라보던 화영은 이내 깊은 한숨을 내쉬었다. 그날 이후 벌써 이레가 지났건만, 도성에서는 좀처럼 소식이 오지 않았다.

수양이 자신을 찾고 있을 것이 자명하건만 어째 용모파기 한 장 흘러들어 오질 않으니 도리어 더욱 불안한 마음이 든다. 복잡해지는 생각을 지우려 하릴없이 서까래만 세어보던 화영은 결국 짜증 섞인 목소리로 투덜거렸다.

"아무것도 하지 않는 게 이리 힘든 줄은 몰랐습니다."

"이제 알았느냐? 양반놀음도 쉬운 게 아니다."

화영의 투정에 너털웃음을 터뜨린 율은 부러 장난스럽게 대꾸하며 읽고 있던 서책을 그녀의 옆으로 밀어주었다.

"이거나 읽고 있거라."

"진즉에 다 읽었습니다. 것도 다섯 번이나."

"난 달달 외우기까지 했느니라. 딱히 할 일이 없으니 별수 있느냐?"

태평하기만 한 율의 태도가 어쩐지 얄미워 슬며시 눈을 흘기던 화영은 문득 무릎 사이에 고개를 기대고 그의 옆얼굴을 물끄러미 바라보았다. 좀처럼 볼 수 없는 맨상투 차림의 율을 보고 있자니 뭐랄까…… 그래, 무척 특별하고 가까운 사이가 된 것만 같은 그런 묘한 기분이다.

"어찌 그리 쳐다보는 것이냐?"

"……그냥, 조금 변하신 듯해서요."

"변해?"

고개를 갸웃거리는 율에게 대답 대신 멋쩍은 미소를 지어 보인 화영은 시선을 돌려 모래색 하늘을 바라보았다.

"처음 나으리를 뵈었을 때만 해도 마냥 무섭고 어렵기만 했는데, 새삼 세월이 많이 흘렀구나 싶습니다."

"거 혹시, 이제는 호락호락하단 뜻이더냐?"

"그게 아니라 소인의 마음이 유연해졌다는 뜻입니다."

짐짓 비뚤게 대꾸하는 율을 뾰족한 눈으로 쏘아본 화영은 이내 웃음기 섞인 목소리로 말을 이었다.

"말이나 눈빛은 매섭고 서늘하셔도 진심은 그게 아니신 걸 이제는 알거든요. 내밀어주신 손은 언제나 따뜻했으니까."

기억을 더듬는 화영의 눈동자에는 지난날에 대한 깊은 그리움이 담겨 있었다. 때마침 짙은 흙냄새를 싣고 불어온 바람이 옆으로 흘러내린 그녀의 머리카락을 소란하게 뒤흔들었다.

"하여 말하지 못했습니다. 소인 때문에 나으리께서 지금보다 더 힘들어지실까 봐."

어쩐지 긴 한숨이 담긴 듯한 그 고백에, 말없이 화영을 바라보던 율은 대답 대신 그녀의 머리를 살며시 쓰다듬었다. 그런데 그때, 다급함이 느껴지는 말발굽 소리가 갑작스레 온 마을을 요란하게 뒤흔들기 시작했다.

전에 없던 소란에 본능적으로 이상을 감지한 화영은 황급히 몸을 일으켰다. 아나나 다를까, 빗줄기를 뚫고 나타난 두 마리의 말이 멈춰 선 곳은 주막의 싸리문 앞이었다.

"……현주 아기씨?"

놀랍게도 우장을 걷으며 먼저 말에서 내린 이는 미도였다.

"일이 곤란하게 됐습니다."

눈에 띄게 굳은 얼굴로 그들에게 다가온 미도가 불안한 말을 읊조리자, 당황한 화영은 제 뒤에 서 있던 율을 돌아보았다. 건조하기만 한 율의 표정은 그녀의 말이 무슨 뜻인지 알아들은 듯했다.

"심각한 상황입니까?"

"박 상궁이 고신에 못 이겨 자백을 했어요. 금성대군께 어찰을 전한 일부터 그분의 명으로 이 아이를 태평관에 들인 것까지 전부 다."

"예?"

저도 모르게 목소리를 높인 화영은 이내 창백해진 입술을 지그시 깨물었다. 뭐가 어떻게 된 건진 몰라도, 자신이 염려한 것보다 더 안 좋은 방향으로 틀어진 것만은 분명한 듯했다.

"자세히 좀 말씀해 주세요. 박 상궁께서 이 일에 연루된 직접적인 증좌는 없을 텐데 무슨 근거로 붙잡혔단 말입니까?"

"차출 궁인 명부에는 없는 박 상궁의 이름이 태평관 통행 일지에 기록된 것을 들켜 덜미가 잡힌 모양이다. 게다가 너를 기억한 관기 하나가 처음 보는 여령이 박 상궁을 모시던 기생과 아는 사이로 보였다고 고변하여 변명의 여지가 없었다더구나."

그제야 대략의 상황을 이해한 화영은 참담함에 떨리는 주먹을 지그시 움켜쥐었다.

"아무튼 도련님께서는 속히 궁방으로 돌아가셔야겠습니다. 금성대군은 물론 사온서 관리에 이르기까지, 이번 일에 연루된 자들은 모두 잡아들인다 하니 조만간 영양위께도……."

싸늘하게 굳어 있던 율의 눈동자가 영양위란 말에 새파란 불꽃을 머금었다. 그 바람에 젖은 입술을 지그시 다문 미도는 서둘러 타고 온 말을 가리켰다.

"제 말을 타고 가시면 됩니다."

"감사합니다, 아기씨."

고개를 끄덕인 율은 툇마루 끝에 세워둔 검을 집어 들고 다급히 말 위에 올라탔다. 그런데 뒤따라 온 화영이 막 고삐를 채려던 율의 팔을 다급히 붙잡았다.

"저도 데려가 주십시오."

"그건 안 될 말이다. 내가 데리러 올 때까지 여기서 기다리거라."

"나으리!"

단호하게 저를 외면하는 율의 행동이 원망스러워 답지 않게 버럭 소리를 지른 화영은 손안에 쥔 율의 팔을 더욱 억세게 움켜쥐었다. 간절함으로 뜨겁게 일렁이는 화영의 눈동자는 쏟아지는 빗줄기 속에서도 형형하게 빛나고 있었다. 그 바람에 섣불리 화영을 밀어내지 못하고 망설이던 율은 결국 짙은 한숨과 함께 그녀의 앞으로 손을 내밀 수밖에 없었다.

"가자."

금세 환해진 얼굴을 세차게 끄덕인 화영은 율의 손을 잡고 재빨리 말 위에 올랐다. 다급한 그들의 마음을 아는지, 커다란 울음소리를 토해낸 말은 곧 맹렬한 속도로 비탈길을 달음박질하기 시작했다.

그 모습을 말없이 지켜보던 미도는 천천히 고개를 들어 하늘을 바라보았다. 어느새 조금씩 잦아들기 시작한 비가 차갑게 식은 미도의 뺨을 눈물처럼 적시고 있었다. 그런데 그때, 미도의 등 뒤를 지키고 있던 수하 태강이 별안간 거친 목소리로 그녀를 불러세웠다.

"아기씨! 미행입니다!"

"뭐?"

사색이 된 미도는 황급히 그를 돌아보았다. 하지만 그녀가 무어라 말을 잇기도 전에, 어디선가 나타난 검은 옷의 자객이 들고 있던 칼집으로 그녀의 목을 강하게 내리쳤다.

삽시간에 흐릿해지는 시야 너머로 검붉은 피를 쏟으며 쓰러지는 태강이 보인다. 그와 동시에 힘없이 앞으로 고꾸라진 미도는 그대로 정신을 잃고 말았다.

포구에 도착한 율과 화영은 때마침 출발하려는 배를 발견하고 서둘러 말에서 내렸다. 하지만 길게 이어진 나루턱은 짐을 나르는 일꾼들로 복잡하기만 했다.

"잠시, 잠시만 길 좀 비켜주십시오!"

그 사이를 비집고 달린 화영이 간신히 떠나는 뱃머리에 발을 올리려던 그때였다.

"저놈들 잡아라!"

어디선가 들려온 고함 소리를 시작으로 일사불란한 발소리가 모여드는가 싶더니, 이내 수십의 포졸들이 나타나 순식간에 율과 화영을 둘러싸기 시작했다.

갑작스러운 상황에 당황한 것도 잠시. 한 포졸의 손에 들린 용모파기를 발견한 율은 어금니를 깨물며 재빨리 등 뒤로 화영을 숨겼다.

"나, 나으리?"

"아무래도 네게 수배령이 내려진 모양이다."

"예?"

그제야 눈앞에 들이닥친 포졸들이 자신을 붙잡기 위해 동원된 것임을 깨달은 화영은 눈앞이 아찔해지는 것을 느꼈다.

"어서 그자를 내놓으시오! 아니면 한패로 알고 잡아들이겠소!"

"그건 좀 곤란한데."

어느새 여유를 되찾은 율이 들고 있던 검을 천천히 앞으로 겨누었다. 하지만 바로 다음 순간, 포졸들의 무기가 낡은 몽둥이뿐이라는 것을 깨달은 그는 멈칫할 수밖에 없었다.

"……더더욱 곤란해졌군."

기실 맨몸이나 다름없는 그들을 검으로 상대할 수는 없으니 난감할 따름이다.

'하면 이제 어쩐다.'

복잡하게 얽히는 머릿속으로 온갖 경우의 수를 계산하던 율은 이내 숨을 고르며 눈앞의 포졸들을 지그시 노려보았다.

"어, 어서 계집을 내놓으래도!"

그 고압적인 기세에 주춤한 포졸들이 부쩍 가늘어진 목소리로 고함을 지른 바로 그때, 한 손으로 칼집을 잡아 돌린 율은 그 끝으로 줄지어 놓여 있던 짐짝 더미를 거침없이 밀어버렸다. 손쓸 새도 없이 무너진 짐짝에서 요란한 소리와 함께 쏟아져 나온 것은 두 가마니가 족히 넘을 듯한 군량미였다.

"저, 저놈들이!"

"아이고, 이 아까운 걸……."

사방으로 흩어지는 곡식들을 목도한 포졸들이 아연실색하는 사이 재빨리 화영의 손을 붙들고 방향을 돌린 율은 또 다른 배가 닿은 반대편 나루턱을 향해 전속력으로 질주하기 시작했다.

하지만 무심코 뒤를 돌아본 찰나, 앞서 뛰어가던 그의 걸음은 그대로 얼어붙고 말았다. 허둥거리는 포졸들 사이로 비친 섬뜩한 빛. 미처 반응할 새도 없이 그들을 향해 날아오는 그것은 분명 화살이었다.

"빌어먹을."

생각할 시간 따위는 없었다. 본능적으로 화영의 옷깃을 낚아챈 율은 필사의 힘을 다해 그녀를 배 쪽으로 떠밀었다. 그리고 다음 순간, 예상을 넘어선 통증이 그의 오른쪽 어깻죽지를 강타했다. 짧은 신음을 토해 내며 그 자리에 주저앉고 만 율은 곧 주변을 수놓는 붉은 선혈이 자신의 것임을 깨달았다.

"나으리!"

화영이 비명을 지르며 달려왔지만, 왼팔을 들어 그녀를 가로막은 율은 고통으로 일그러지는 표정을 숨기려 아랫입술을 질끈 깨물었다.

그때, 혼비백산하며 도망치는 사람들 사이로 검은 복면을 뒤집어쓴 사내가 모습을 드러냈다.

"히익! 도, 도적 떼다! 도적 떼가 나타났다!"

어느새 검을 뽑아 든 그가 쓰러져 있는 율을 향해 거침없이 달려오는 것을 발견한 화영은 습관처럼 허리춤으로 손을 뻗었다. 하지만 태평관에 숨어들 때부터 지니지 않았던 검이 잡힐 리 만무했다.

'아, 안 돼!'

때마침 비틀거리는 몸을 일으킨 율과 눈이 마주친 순간, 화영은 조금의 망설임도 없이 그를 향해 몸을 날렸다. 온몸의 신경을 한곳에 집중한 탓일까. 그녀의 눈에 비친 자객의 검은 마치 시간이 느려진 것처럼 천천히 허공으로 솟구치고 있었다.

저를 보고 놀라는 율의 표정이 그림처럼 멈춘 찰나, 그가 들고 있던 검을 낚아챈 화영은 반대편으로 몸을 틀면서 죽을힘을 다해 그것을 뽑아 휘둘렀다.

"킥!"

이윽고 검 끝에서 묵직한 진동이 전해진 동시에 뜨거운 무언가가 화영의 얼굴 위로 쏟아져 내렸다. 그제야 질끈 감았던 눈을 뜬 화영은 두다리에 힘을 잃고 풀썩 주저앉고 말았다. 단칼에 숨이 끊어진 모양인지 눈앞에 쓰러진 자객은 미동조차 없었다.

"……괜찮으냐?"

때마침 등 뒤에서 들려온 율의 목소리에 퍼뜩 정신을 차린 화영은 황급히 몸을 돌려 그의 어깨를 살폈다. 하지만 깊숙이 박힌 화살 주변으로 쉴 새 없이 흘러나오는 피는 쉽사리 멈출 것처럼 보이지 않았다.

"되었다."

그런 험한 모습을 보이기 싫었는지, 황급히 어깨를 감싸 쥐는 율의 얼굴은 창백하기만 했다. 급한 대로 자신의 소매 한쪽을 찢어 상처 부위를 동여맨 화영은 이내 괴로운 표정을 숨기지 못하고 고개를 떨구었다.

"그새 실력이 늘었더구나. 과연 절호의 한 방이었다."

그런 자신을 달래고자 부러 장난스러운 말을 건네는 율이 안타까우면서도 야속하다. 결국 참고 있던 눈물을 쏟아내고 만 화영은 피로 얼룩진 손을 억세게 말아 쥐었다.

"송구합니다, 나으리. 소인 때문에 이런……."

"어찌 그리 우는 것이냐? 네 덕분에 이리 목숨을 건진 것이거늘."

흐느끼며 자책하는 화영을 다독인 율은 그녀의 머리를 쓰다듬으며 다정히 말을 이었다.

"네가 바로 나서주지 않았다면, 우리 둘 다 꼼짝없이 죽었을 게다."

"나으리……."

"고맙다."

핏기 하나 없는 입술을 말아 올리며 미소 짓는 율의 모습에, 어금니를 아득 깨물며 울음을 삼킨 화영은 이윽고 그를 부축하며 자리에서 몸을 일으켰다.

"서둘러야겠다. 시간이 너무 지체됐어."

"예, 나으리."

고개를 끄덕인 화영은 나루턱 끄트머리에 대어져 있던 배를 향해 걸음을 옮기기 시작했다.

한편, 궁방은 종을 데려가려는 나졸과 이를 막으려는 경혜의 대치로 아수라장이 되어 있었다.

"차라리 나를 죽이라 전하거라! 숙부께서 어찌 내게 이렇게까지 하실 수 있단 말이냐!"

소복 차림으로 마당에 나온 경혜가 악을 지르며 통곡하는 통에 난감해진 나졸들은 서로의 얼굴만 바라볼 뿐 차마 궁방 안으로 발을 들이지 못했다.

"고정하십시오, 공주 자가. 영양위께 해를 가하려는 것이 아니라 그저 조사일 뿐입니다."

보다 못한 도사가 앞으로 나서서 경혜를 달랬지만, 자지러질 듯 울어대는 그녀를 막기엔 역부족이었다. 결국 도리질을 하며 물러난 도사는 지끈거리는 이마를 움켜쥐며 말했다.

"공주 자가를 뫼시어라."

그의 명령에 고개를 끄덕인 나졸들이 일제히 대문을 향해 걸음을 옮기려던 바로 그때였다.

"멈춰."

서슬 퍼런 검이 턱 밑으로 다가온 것을 깨달은 도사는 주춤거리며 뒷걸음질을 치기 시작했다. 그러자 방향을 틀어 천천히 앞으로 걸어 나온 이는 놀랍게도 율이었다.

"아주버님!"

홀연히 나타난 그가 반가운 것도 잠시. 곧 그의 어깨에 꽂힌 화살을 발견한 경혜는 히끅거리며 울음을 삼켰다.

"피, 피가……."

사색이 된 그녀의 중얼거림에도 아랑곳하지 않고 대문을 막아선 율은 곧 매서운 눈으로 눈앞의 나졸들을 노려보았다.

"대감을 모셔 가려거든, 교지를 들고 오시오. 설마하니 어명도 없이 주상 전하의 자형이신 대감께 무례를 범하려는 건가?"

날카로운 율의 말에, 도사의 눈썹이 짧게 꿈틀거렸다. 따지고 보면 율의 말이 틀리지 않으니 반박할 수가 없었던 것이다.

"일단 물러가 대군께 고하는 편이 낫지 않겠습니까?"

"……골치 아프게 됐군."

나졸의 말에 조용히 혀끝을 찬 도사는 결국 발길을 돌릴 수밖에 없었다. 그제야 모든 힘을 잃고 풀썩 쓰러지는 경혜를 황급히 안아 든 이는 바로 화영이었다.

"공주 자가, 정신 차리십시오! 공주 자가!"

퉁퉁 부어오른 눈꺼풀을 느리게 깜박이던 경혜는 잠시 후 오른손을 힘겹게 들어 올려 화영의 뺨을 감싸 쥐었다.

"화영이, 정녕 화영이가 맞느냐?"

믿을 수 없다는 듯 중얼거리는 경혜의 목소리가 지독히도 아프게 가슴을 파고든다. 폭포처럼 쏟아지는 눈물을 억세게 문지른 화영은 있는 힘껏 고개를 끄덕였다.

"예, 공주 자가. 소인 화영입니다."

"무사해서 다행이구나. 정말, 정말 다행이야."

쉼 없이 다행이라는 말만 되뇌는 경혜의 얼굴은 예전의 화사함을 조금도 찾을 수 없을 만큼 피폐해져 있었다. 거무죽죽하게 패인 눈가, 생기를 잃고 야윈 뺨, 거칠어진 입술……. 그 메마른 모양에 더욱 가슴이 미어지고 만다.

결국 바싹 마른 경혜를 끌어안고 소리 내어 오열하는 화영의 모습에, 차마 더는 지켜보지 못하고 고개를 돌린 율은 곁에서 훌쩍이고 있는 막놈을 향해 물었다.

"대감께서는 어찌하고 계시느냐?"

"공주 자가께서 사랑채에 자물쇠를 걸어 잠그시어 소인도 자세히는 모릅니다……."

그의 말을 듣고 돌아보니, 굳게 닫힌 사랑채 문고리에는 굵고 단단한 자물쇠가 서너 개씩 걸려 있었다.

"그보다 도련님, 어서 상처를 치료하셔야 합니다. 이리 두시면 필시 탈이 날 터인데."

"하지만 대감께서……."

"대감마님께서 이 꼴을 보시면 기절초풍하실 겁니다. 일단 집안 단속하시고, 상처를 치료하시고, 그 후에 뵈시지요."

막놈의 간곡한 말에, 잠시 망설이던 율은 결국 고개를 끄덕였다. 화영이 혼절 직전의 경혜를 안채로 옮기는 사이, 궁방 대문을 걸어 잠그고 자신의 처소로 돌아온 율은 피에 젖은 직령을 힘겹게 벗었다.

그제야 훤히 드러난 상처는 스스로 보기에도 심각했다. 급한 대로 단단히 박혀 버린 화살을 뽑아내려는데 손을 대자마자 엄청난 고통이 밀려든다. 누가 들을세라 앓는 소리를 삼키며 아랫입술을 깨문 율은 결국 빈 벽에 힘없이 몸을 기댔다. 여전히 멈추지 않은 피로 인해 바닥은 이미 엉망진창이었다.

그때, 부산한 소리와 함께 문이 열리더니 대야를 든 막놈이 화영을 데리고 안으로 들어왔다. 하지만 이미 정신이 아득해지기 시작한 그는 손가락 하나도 까딱할 수가 없었다.

"나으리!"

곧 율의 상태가 좋지 않음을 눈치챈 화영은 서둘러 그를 엎드리게 한 뒤 어깨의 상처를 살폈다.

"의원은 언제쯤 오신답니까?"

"말까지 보냈으니, 금세 도착할 걸세. 그보다 어서 화살부터 뽑는 게 낫지 않겠나?"

"아뇨, 상처가 너무 깊어서 잘못하면 출혈이 더 심해질 거예요."

안절부절못하는 막놈의 물음에 고개를 가로저은 화영은 때마침 가느다란 신음을 토해내는 율을 걱정스러운 표정으로 바라보았다.

"일단 이대로라도 지혈을 해봐야겠습니다."

들고 온 무명천을 물에 적셔 새어 나온 피를 꼼꼼히 닦아낸 화영은 나머지 마른 천으로 화살이 박힌 살갗을 지그시 눌렀다. 금세 더러워지는 천을 갈고 또 가는 사이 열이 오르기 시작한 율의 얼굴에는 식은땀이 흥건했다.

설마하니 다른 이도 아닌 율에게 이런 일이 닥치리라고는 단 한 번도 생각해 본 적이 없었다. 그저 언제나 태산 같은 모습으로 모두를 지켜주시리라 믿기만 했을 뿐. 하여 작금의 상황이 더욱 참담하면서도 괴로운 것이리라.

"제발⋯⋯."

가슴 한구석이 자꾸만 욱신거리는 탓에 조용히 앞섶을 움켜쥔 화영은 두 눈을 감으며 누구에게 하는지 모를 간절한 말들을 하염없이 중얼거렸다. 부디 살려만 달라고, 아직 못한 말이 너무나 많으니 부디 살려만 달라고, 그렇게 되뇌고 또 되뇌는 화영의 두 눈에는 어느새 뜨거운 눈물이 굽이치고 있었다.

�֎

율은 그 후로 꼬박 일주일을 깨어나지 못했다. 그를 살피러 온 의원 봉씨는 상처가 덧나 회복이 더딘 것 같다며 걱정이 이만저만이 아니었다. 하지만 천지신명이 도운 것인지 다행히 상처는 점차 아물어갔고, 끊임없이 율을 괴롭히던 열 또한 눈에 띄게 가라앉기 시작했다. 이후 그가 간신히 운신을 할 수 있게 된 것은 무려 두 달여의 시간이 흐른 뒤였다.

"온전치 않은 모습을 보이게 되어 송구합니다."

자리에 앉아 종을 맞이하는 것이 미안했던지, 시선을 딴군 율의 표정은 시종일관 어두웠다. 이에 대답 대신 쓴웃음을 지어 보인 종은 곧 소리 죽여 흐느끼기 시작했다.

"어찌 눈물을 보이십니까?"

"형님을 차마 뵐 낯이 없어……."

말을 잇지 못하고 잘게 어깨를 떤 종은 좀처럼 고개를 들지 못했다.

"어제, 조정의 중대사인 사신 접대를 혼란하게 한 죄를 물어 연관된 이들 모두 유배형에 처하라는 계청이 있었습니다."

애써 눈물을 삼키며 시선을 돌리는 종의 입술은 얼마나 세게 물어뜯었는지 새파랗게 변해 있었다.

"제게 가해질 형벌은 두렵지 않으나, 모든 것이 저의 치기 어린 행동에서 비롯된 것이니 부디 가솔의 죄는 덮어주십사 읍소했습니다. 그렇게라도 해야 마음의 짐을 덜 수 있을 듯하여."

언제나 찬란하기만을 바랐던 아우가 한없이 자신을 자책하며 울부짖고 있다. 율은 무거운 마음을 좀처럼 가눌 길이 없었다.

"아마 전하께서도 오래 버티진 못하시겠지요. 조만간 교지가 내려올 것이니, 형님께서는 하루빨리 건강을 되찾을 생각만 하십시오."

뜨겁게 솟아오르는 감정을 삼키며 두 손을 힘껏 움켜쥔 율은 결국 아무런 대답도 하지 못한 채 고개를 떨구었다.

그로부터 달포의 시간이 흐른 어느 날, 공신들의 계청을 더는 외면할 수 없었던 홍위가 수양에게 양위할 것을 전지하였다. 태평관 사건에 연루됐던 이들은 차례로 귀양길에 올랐고, 이는 종도 마찬가지였다.

수양은 종의 유배지에 동행할 수 있도록 허해달라는 경혜의 청을 받아들이는 한편 가마를 내려 편히 길을 떠날 수 있도록 하였다. 마침내 교지를 받든 의금부 도사가 궁방에 당도했을 때, 종은 하얀 직령포를 걸친 채로 그들을 기다리고 있었다.

"공주 자가!"

"대감마님!"

남겨진 종복들이 대문 밖으로 나와 울부짖는 소리에 덩달아 눈물이 울컥한 화영은 붉어진 눈시울을 가누려 아랫입술을 아프게 깨물었다.

"화영아!"

그때, 길가에 모여든 군중들 사이로 익숙한 목소리가 들려왔다. 놀란 화영은 소리가 난 방향을 향해 고개를 돌렸다. 그곳에는 너울을 쓴 설매가 흠뻑 젖은 눈가를 훔치며 서 있었다.

"설매야!"

"화영아……."

서둘러 그녀에게 달려간 화영은 가늘게 떨리는 그녀의 작은 손을 힘껏 움켜쥐었다.

"부디 몸조심해야 한다."

"이봐! 거기서 뭐 하는 건가?"

뒤따르던 나졸이 팔을 휘저으며 고함을 지르자, 아쉬움이 남은 손을 천천히 거둔 화영은 애써 환한 미소를 지어 보였다. 이윽고 등을 돌린 화영의 뒷모습이 점이 되어 사라지고 나서야 다리에 힘을 잃고 주저앉은 설매는 결국 큰 소리를 내며 통곡하고 말았다. 그런 설매의 마음을 아는지 모르는지, 야속하리만치 화사한 태양은 녹음에 형형색색의 빛깔을 덧칠하며 뜨겁게 일렁이고 있었다.

10. 불씨

구태여 노력하지 않아도 시간은 늘 제 속도를 유지한다. 이곳 함길도 길주에 정착한 지도 어느덧 아홉 달. 볕이 잘 드는 마루에 앉아 화살촉을 갈던 재하는 문득 고개를 들고 먼 풍광을 바라보았다. 산세가 험한 북쪽 지방이지만, 주위를 에워싸고 흐르는 강물은 거친 땅을 비옥하게 감싸 안고 있었다.

"어이, 재하!"

때마침 누군가 호쾌하게 문을 박차고 들어오는 소리에 아득하던 시선을 돌린 재하는 곧 환한 미소를 머금었다.

"주동이 왔는가?"

"산닭이나 자비러 가지 않칸?"

나뭇가지로 흐트러진 상투머리를 고정한 주동이 해진 옷에 달라붙은 흙먼지를 툭툭 털며 씨익 웃어 보였다. 산만 한 덩치에 우악스러운 얼굴을 하고 있었지만, 그는 외지에서 온 재하를 누구보다 살뜰히 보살펴 준 이였다.

"그거 좋지."

선뜻 고개를 끄덕인 재하는 활과 검을 챙겨 들고 주동과 함께 길을 나섰다. 사냥은 그들에게 익숙한 일과 중 하나였다. 멀리 가지 않아도 산짐승과 쉽게 마주치는 곳이기에, 논밭이 잠든 이맘때면 대부분의 사람들은 식량 확보를 위해 사냥을 나서곤 했다. 오늘도 역시 눈길을 헤친 지 얼마 지나지 않아 장끼 한 마리가 수풀 속에서 빠끔히 모습을 드러낸다.

"주동, 여기!"

행여 들킬세라 재빨리 몸을 낮춘 재하가 낮은 목소리로 주동을 불렀다. 그러나 쌓인 눈더미를 휘젓느라 여념이 없던 그는 재하의 신호를 듣지 못한 듯했다. 결국 혼자 해결하기로 결심한 재하는 등에 지고 있던 활을 조용히 꺼내 들었다. 그리고 잠시 후, 시위를 당기는 묵직한 소리에 뒤이어 날카로운 장끼의 울음소리가 허공을 갈랐다.

"잡았다!"

직접 만든 투박한 화살이 장끼의 목을 정확히 꿰뚫은 것을 본 재하는 만족스러운 미소를 띠며 눈바닥에 쓰러진 녀석을 향해 다가갔다. 하지만 움직임이 잦아든 사체를 무심히 집어든 바로 그때였다.

'숨소리?'

일순 움직임을 멈춘 재하는 목덜미를 타고 흐르는 섬뜩한 기분에 소리 없이 마른침을 삼켰다. 등 뒤에서 들려온 의문의 숨소리. 뱀이 독을 뿜는 소리 같기도 하고, 쇠가 긁히는 소리 같기도 한 그 기묘한 숨소리는 익히 들어본 적이 있었다.

'설마……'

숨소리의 주인이 쌓인 눈을 밟는 소리가 점점 가까워지자, 들고 있던 활을 천천히 바닥에 내려놓은 재하는 이윽고 허리춤에서 검을 뽑아 들며 비장하게 고개를 돌렸다. 아니나 다를까, 그의 앞에는 커다란 호랑이 한 마리가 매서운 금빛 눈동자를 빛내며 서 있었다. 필시 죽은 장끼의 피 냄새를 맡고 찾아왔으리라.

재하는 긴장감에 바싹 마른 입술을 훔치며 천천히 녀석을 향해 검을 겨누었다. 단번에 베어낼 수는 없겠지만, 녀석이 공격하기 전에 먼저 치명상을 입혀야만 했다. 하지만 저를 지그시 노려보는 호랑이의 눈빛에서 짐승답지 않은 신중함을 읽은 재하는 곧 그 가능성이 무척 희박하다는 것을 깨달았다.

"빌어먹을."

눈앞의 녀석은 인간과의 싸움에 무척 익숙해 보였다. 그 바람에 움찔거리며 뒷걸음질을 치던 재하는 그만 들고 있던 장끼의 사체를 떨어뜨리고 말았다. 그 순간, 짜릿하게 퍼지는 피비린내에 흥분한 모양인지 굶주린 맹수의 금빛 눈동자가 섬뜩한 빛을 내뿜기 시작했다.

낮게 그르렁거리던 소리가 삽시간에 거친 포효로 바뀌고, 성난 얼굴로 달려드는 호랑이의 날쌘 움직임을 본 재하는 아랫입술을 억세게 깨물며 힘차게 검을 치켜들었다. 그런데 바로 그때, 허공을 가르는 둔탁한 마찰음이 골짜기 가득 울려 퍼졌다.

재하는 어안이 벙벙한 얼굴로 눈앞에 벌어진 상황을 멍하니 바라보았다. 거대한 몸을 바르작거리며 울부짖는 호랑이의 목에는 놀랍게도 굵은 죽창이 박혀 있었다. 이윽고 쿵 하는 굉음과 함께 쓰러진 호랑이는 고통에 찬 신음을 토해내는가 싶더니, 그마저 점차 사그라지기 시작했다. 바로 그때, 멀지 않은 곳에서 무뚝뚝한 길주 방언이 들려왔다.

"여어, 괘안슴둥?"

당황한 재하는 고개를 들어 소리가 난 바위 위를 바라보았다. 그곳에는 노루 가죽을 어깨에 얹은 사내가 날카로운 눈빛으로 재하를 내려다보고 있었다.

"내내로 쫓던 즘생이요. 아조 악랄한 거이 사람 열댓은 먹었시요."

심드렁하게 중얼거리며 바위 아래로 풀쩍 뛰어내린 그는 남다른 풍채와 서늘한 눈빛을 지니고 있었다. 게다가 걸친 복색이 화려한 것을 보아하니, 아무래도 평범한 사냥꾼은 아닌 듯하다.

"……도와주어 고맙습니다."

내내 얼떨떨한 얼굴로 서 있던 재하가 겨우 입술을 떼자, 호랑이의 목에 박힌 창을 뽑던 사내는 문득 동작을 멈추고 그를 돌아보았다.

"한양에서 왔음둥?"

사내의 목소리에는 얼핏 호기심이 서려 있었다. 그제야 희미하게 미소를 지은 재하는 고개를 끄덕이며 손을 내밀었다.

"김재하라고 합니다."

"내 이시애라 하꼬마."

스스럼없이 웃으며 이를 마주잡는 그의 손은 보기와 달리 따뜻했다. 하지만 이 특별한 만남이 자신의 삶을 송두리째 바꿔놓으리란 것을, 그때의 재하는 꿈에도 생각지 못했다.

❀

겨우내 언 땅이 차츰 녹기 시작한 이른 봄날, 고요하던 수강궁(壽康宮)에 반가운 소식이 들려왔다.

"누이께서 회임을 하셨다고? 그것이 참말인가?"

"그렇다고 하옵니다."

홍위가 반색하며 되묻자, 재차 고개를 조아린 상궁은 한층 더 기쁘게 말을 이었다.

"공주 자가께서 수원에 계신 까닭으로 내의원에서 사람을 뽑아 보내라는 어명도 있었다 합니다."

"그것참 잘된 일이구나."

홍위의 옆에 앉아 있던 대비 송씨 또한 환히 웃으며 고개를 끄덕였다. 하지만 그녀의 눈동자가 부러움으로 잘게 일렁이는 것을 놓치지 않은 홍위는 이내 쓴웃음을 지을 수밖에 없었다.

국혼을 치른 지 얼마 되지 않아 쫓겨나듯 수강궁으로 온 탓에 이제껏 제대로 된 합궁조차 하지 못한 그녀로선 회임은 언감생심, 꿈도 꾸지 못할 일이었던 것이다.

"내가 대비에게 못할 짓을 많이 하는군요."

상궁이 물러나고 나서야 무겁게 말문을 연 홍위는 당황하는 송씨의 손을 조심히 다독였다.

"미안합니다. 모자란 지아비를 두어 대비마저 고초를 겪게 되었으니."

"당치 않습니다, 전하. 어찌 그런……."

"용종(龍種)을 원하고 있지 않습니까?"

순간 일렁이는 눈빛을 숨기지 못하고 황급히 고개를 떨군 송씨는 잠시 후 자못 단호한 말투로 입을 열었다.

"태어나자마자 생사의 기로에 놓일 것이 자명한 후사를 구태여 생산하고 싶지는 않습니다."

쇳덩이처럼 무겁기만 한 그녀의 대답에 씁쓸한 표정으로 고개를 돌린 홍위는 연둣빛으로 일렁이는 창밖을 물끄러미 바라보았다.

"태종대왕(太宗大王)께서 머무실 적에는 이 수강궁도 활기가 넘치고 북적였다지요. 하나 우리에게는 이곳이 유배지와 진배가 없습니다."

"전하……."

홍위의 중얼거림에, 송씨가 결국 참았던 눈물을 떨구었다.

"참, 누이에게 서찰을 한 장 써주시겠습니까?"

애써 밝은 목소리로 화제를 돌린 홍위는 연상에서 종이와 벼루를 꺼내며 말을 이었다.

"대비가 축하해 준다면, 누이도 매우 기뻐할 것입니다."

"기꺼이 그리하도록 하겠습니다."

서둘러 눈물을 닦아낸 송씨는 이내 옅은 미소를 지으며 고개를 끄덕였다.

길었던 겨울도 끝이 난 모양인지 불어오는 바람에서 어느덧 봄의 향기가 느껴진다. 미처 녹지 않은 마당의 눈을 비로 쓸던 화영은 문득 물빛으로 변한 하늘을 바라보며 긴 숨을 들이마셨다.

"날씨 한 번 좋—다."

고개를 든 채로 눈을 감고 있자니, 포근한 햇살에 얼어붙어 있던 몸이 부드럽게 풀어지는 듯하다. 그 나른한 감각에 화영은 잠시 손을 놓고 오랜만의 여유를 만끽했다.

새삼 되돌아보면, 낯설기만 한 곳에서 맞닥뜨린 지난겨울은 무척이나 혹독했다. 쉴 새 없이 내리는 눈 때문에 땔감을 구하는 일조차 쉽지 않았던 것이다. 하니 다시 만난 봄이 어찌 반갑지 않을 수 있으랴.

이윽고 한층 편안해진 표정으로 크게 기지개를 켠 화영은 남은 눈을 부지런히 치운 뒤 행랑채로 경쾌한 걸음을 옮겼다. 때마침 뒷마당에서는 막놈이 율의 것으로 보이는 탕약을 달이고 있었다.

"어라, 개시 아주머니는요?"

"어젯밤 내내 무릎이 아프다더니, 새벽녘부터 의원에 간 모양일세."

사발에 탕약을 부으며 혀끝을 찬 막놈은 이내 끙 하고 앓는 소리를 내며 몸을 일으켰다.

"나도 영 몸이 예전 같지가 않아. 일어날 때마다 삭신이 쑤시는 게 아무래도 나이를 먹긴 먹었는가 보구먼."

심드렁하게 중얼거리는 그의 이마에는 굵은 땀방울이 송골송골 맺혀 있었다. 어쩐지 안쓰러운 마음에 재빨리 막놈의 손에서 탕약 사발을 낚아챈 화영은 부러 쾌활한 목소리로 말했다.

"이거, 제가 들여갈게요."

"어이구, 그래주면 나야 고맙지."

피식 웃은 막놈이 어깨를 두드려 준 덕분에 뿌듯한 얼굴로 율의 방 앞에 다다른 화영은 문득 마루로 오르려던 발을 멈춰 세웠다. 댓돌 위에 가지런히 놓여 있는 종의 신을 발견한 것이다. 문틈으로 새어나오는 두 사람의 목소리에 귀를 기울이며 잠시 망설이던 화영은 이윽고 조심스럽게 방문을 두드렸다.

"나으리, 저 화영입니다."

"······들어오너라."

잠깐의 간격을 두고 돌아온 율의 대답에 서둘러 안으로 들어가니, 때마침 차를 들고 있던 종이 온화한 얼굴로 화영을 맞이했다.

"무슨 일이더냐?"

허리를 깊숙이 숙여 예를 올린 뒤 문간에 무릎을 꿇고 앉은 화영은 들고 있던 사발을 내밀며 말했다.

"나으리께서 드실 탕약입니다."

"그래? 하면 식기 전에 어서 드시지요, 형님."

"예, 대감."

조용히 몸을 돌린 율이 그릇을 단번에 비우는 사이, 종은 빙긋 미소를 지으며 화영을 돌아보았다.

"네가 안팎으로 고생이 많구나."

"아닙니다. 고생이라니요."

민망함에 손사래를 치던 화영은 문득 율의 앞에 놓여 있는 서찰 한 통을 발견하고 멈칫했다. 그러자 서둘러 그것을 품 안으로 집어넣는 율의 표정이 어쩐지 석연치 않다.

"하면 저는 이만······."

"잠시만요, 형님."

이상하리만치 다급한 기색으로 일어나는 율을 붙잡은 종은 무슨 생각이 들었는지 돌연 화영을 돌아보며 운을 뗐다.

"실은 화영이 네게 부탁할 일이 있다."

"그게 무엇이옵니까?"

"형님을 모시고 마을 주막에 잠시 다녀오겠느냐?"

"대감, 그것은 제가······."

"형님께서 아직 몸이 불편하시니, 화영이 네가 잘 보필해야 한다."

당황한 율이 그의 말을 막아섰지만, 아랑곳하지 않고 당부를 덧붙인 종은 새삼 목소리를 낮췄다.

"은밀하게 해야 하는 일이다."

그 말에 놀란 화영이 동그래진 눈을 들어 종을 바라보았다. 마주한 그의 유순한 눈매에는 뜻을 알 수 없는 묘한 미소가 걸려 있었다.

"하나보다는 둘이 자연스럽겠지. 날도 좋은데 적당히 어디 구경이라도 다녀오면 더 좋을 것 같구나."

태연한 목소리 뒤에 숨겨진 종의 의중을 눈치챈 율은 붉어진 얼굴을 숨기며 연신 헛기침을 뱉어냈다. 하지만 정작 화영은 은밀한 일이라는 말에 집중한 터라 부쩍 심각한 표정을 하고 있었다.

결국 어쩔 수 없다는 듯 고개를 가로저은 율은 화영에게 따라 나오라는 눈짓을 보냈다. 엉거주춤 일어서서 그를 쫓아 밖으로 나온 화영은 잠시 후 한층 더 굳어진 얼굴로 물었다.

"도대체 무슨 일입니까? 아까 그 서찰은 또 뭐고요?"

"글쎄다. 내게도 정확히 말씀하지 않으셔서."

주막에서 김원로라는 이를 찾아 서찰을 전해달라는 부탁을 했을 뿐, 종은 그 어떤 설명도 해주지 않았다. 자꾸만 복잡해지는 머릿속을 부러 휘휘 털어버린 율은 이내 어깨를 으쓱하며 걸음을 옮겼다.

"뭐, 가보면 알게 되겠지."

어느새 새순이 돋아나기 시작한 들판에서는 봄을 알리는 개구리들의 울음소리가 소란하게 울려 퍼지고 있었다. 겨우내 쌓인 눈이 채 녹지 않은 논두렁 위를 말없이 걷던 화영은 문득 앞장선 율의 뒷모습을 물끄러미 바라보았다.

이따금 바람에 펄럭이는 옷자락 사이로 율의 검이 드러났다가 사라지기를 반복했다. 쫓아오는 화영을 생각해서인지, 그의 걸음은 평소보다 눈에 띄게 느렸다. 그런데 그때, 돌연 고개를 돌려 화영을 바라본 율이 뜻 모를 미소를 지으며 물었다.

"어찌 그리 보는 것이냐?"

"예?"

"아까부터 계속 내 뒤만 보고 있지 않았더냐?"

일순 가슴이 뜨끔한 화영의 눈동자가 갈 곳을 잃고 방황하기 시작했다. 하지만 빙글거리는 율의 표정을 보니, 아무래도 저를 놀리는 것이 분명하다. 금세 입술을 비죽인 화영은 부러 흥 하며 불퉁한 목소리로 투덜거렸다.

"나으리께서는 뒤에도 눈이 달리신 모양입니다."

"눈이 없어도 알겠더구나. 워낙 따가워서."

"착각하신 겁니다. 소인은 아무것도 보지 않았습니다."

제풀에 발끈하는 그녀의 모습에 소리 죽여 웃음을 삼킨 율은 문득 흘러가듯 말을 이었다.

"그것참 야속하구나. 봐달라고 마음으로 빌었건만."

"예?"

농인지 참인지 모를 그의 말에 어안이 벙벙해진 화영이 우뚝 멈춰 서자, 다시금 뒤를 돌아본 율은 짐짓 엄한 표정으로 그녀를 나무랐다.

"이러다 늦겠다. 어찌 그리 발이 느릴꼬?"

덕분에 말문이 막혀 빈 입술만 벙긋거리던 화영은 이내 미간을 구기며 성큼성큼 그의 곁으로 다가갔다.

"분명히 말씀드리지만, 소인이 느린 게 아니라 나으리께서 빠르신 겁니다."

"알고 있다."

"……혹시 일부러 소인을 골리시는 겁니까?"

"그럴 리가 있겠느냐?"

손사래를 치며 피식 웃는 것이 몹시도 의뭉스러웠지만, 태연하기만 한 그의 표정에 또다시 말문이 막히고 만다. 결국 들리지 않게 한숨을 쉰 화영은 애꿎은 입술만 비죽거렸다.

'변하셨어. 분명 변하셨어.'

폭우처럼 휘몰아친 지난날의 고초 탓에 실감하지 못하고 있었지만, 되짚어보면 근자에 화영을 대하는 율의 태도는 분명 이전과 다름이 있었다. 게다가 지금처럼 어린아이 같은 장난을 치는 일도 부쩍 늘었다.

"저기가 주막인가 보구나."

때마침 싸리문 위로 펄럭이는 주(酒)자 깃발을 발견한 율이 나지막하게 중얼거리자, 상념에서 깨어난 화영은 다시금 딱딱해진 표정으로 걸음을 재촉했다. 오가는 사람들의 눈을 피해 숨어든 주막 뒤편에는 상인의 복색을 한 사내가 홀로 앉아 술잔을 기울이고 있었다.

"그대가 김원로요?"

"……그렇습니다만."

"영양위 대감의 서찰을 가져왔소."

짧고 굵은 율의 전언에 의뭉스러운 눈으로 그를 바라보던 김원로가 서둘러 자세를 고쳐 앉았다. 율이 건네는 서찰을 누가 볼세라 소맷자락 안으로 쑤셔 넣은 그는 한층 더 무거워진 얼굴로 주위를 두리번거렸다.

"미행은 없었겠지요?"

"없었소."

"틀림없는 영양위 대감의 서찰인 게지요?"

"혹 조정에 무슨 일이 있소?"

묵직한 율의 물음에 난감한 표정으로 입술을 깨물던 김원로가 문득 율의 뒤에 서 있던 화영을 바라보았다.

"공주 자가의 반당이오."

그의 시선이 의미하는 바를 눈치챈 율이 화영을 소개하자, 잠시 고민하는 듯하던 김원로는 마침내 조심스럽게 말문을 열었다.

"실은 우승지 영감을 비롯한 여러 대신들께서 상왕 전하의 복위를 도모하고 있습니다."

그 순간, 떨리는 입술을 앙다문 율은 소리 없이 마른침을 삼킬 수밖에 없었다. 화영 또한 복위라는 말에 놀란 나머지 한 손으로 다급히 입을 틀어막았다.

"영양위께서도 뜻을 함께해 주셨으면 하는 것이 그분들의 뜻입니다. 해서 얼마 전에 배소로 밀지를 보냈고요."

"……내가 가져온 서찰이 그 답신인가?"

"그렇습니다."

들리지 않게 탄식한 율은 두 눈을 지그시 감았다. 서찰 안에 적혀 있을 종의 답을 어렴풋이 짐작한 것이다. 하지만 어찌하여 종은 이런 중대한 일을 자신과 의논하지 않은 것일까.

"모든 것이 저의 치기 어린 행동에서 비롯된 것이니 부디 가솔의 죄는 덮어주십사……."

어쩌면 종은 모든 것을 홀로 짊어질 생각인지도 모른다. 자신의 실패가 주변을 송두리째 뒤흔들었던 것을 기억하기에, 하지만 그럼에도 불구하고 뜻한 바를 꺾을 수 없기에 내린 결정일 터.

'괜한 짓을 했군.'

자신이 아무것도 모른 채 들고 온 서찰 한 장으로 종은 또다시 역모에 가담하는 꼴이 되고 말았다. 거기까지 생각이 미치자, 착잡한 마음을 가누려 두 주먹을 불끈 쥔 율은 서둘러 몸을 일으켰다.

"그럼 이만 가보겠소. 그대도 무사히 돌아가길 바라오."

김원로를 향해 짧게 묵례한 율은 멍하니 서 있던 화영을 이끌고 빠르게 주막을 벗어났다.

"저, 나으리."

부쩍 서늘해진 율의 표정을 살피던 화영이 조심히 그를 불렀지만, 깊은 고민에 빠져 있던 율은 아무런 대답도 하지 않았다.

"나으리!"

"아, 그래. 왜 그러느냐?"

보다 못한 화영이 팔을 잡아채자, 그제야 퍼뜩 놀라며 고개를 든 율의 눈동자에는 혼란이 가득했다. 쓰고 있던 흑립을 서둘러 잡아 내린 화영은 그의 곁으로 한 걸음 더 가까이 다가서며 은밀하게 속삭였다.

"외람된 말씀인 줄은 아오나, 계속 그런 얼굴을 하고 계시면 심각한 이야기를 나눈 것이 티가 나지 않겠습니까?"

"뭐?"

"아무렇지도 않은 척하셔야 합니다. 그저 지기를 만나고 나온 것처럼 말입니다."

들릴 듯 말 듯한 목소리로 미행이 있을지 모른다고 덧붙인 화영은 눈동자만 굴려 주위를 둘러보았다. 이에 잠시 넋을 잃고 그녀를 바라보던 율은 곧 짧은 웃음을 터뜨렸다.

"그래. 네 말이 맞다. 내 미처 그 생각을 못 하였구나."

"그리고……."

문득 걸음을 멈춘 화영이 빙긋 웃으며 율을 돌아보았다.

"무슨 고민을 하시는지는 모르나, 부디 대감마님을 믿어주십시오."

어느새 그녀의 암청색 눈동자는 단단하면서도 진중한 빛을 품고 있었다.

"소인 같은 아랫것이야 그저 웃전의 명을 따를 뿐이지만, 나으리께서는 다르시지 않습니까? 누구보다 대감마님을 믿고 헤아려 주셔야 할 분인걸요."

말을 마치고 슬며시 미소를 짓는 그녀의 모습은 유난히 곧고 담대해 보였다. 덕분에 한동안 말을 잇지 못하고 빈 입술만 벙긋거리던 율은 결국 바람 빠지는 소리를 내며 맥없이 웃어버리고 말았다. 화영도, 종도, 이제는 저보다 더 큰 사람이 되어버렸는지 모른다.

"내가 너에게 또 한 번 가르침을 받는구나."

나지막한 목소리로 혼잣말을 중얼거린 율은 잠시 후, 편안해진 표정으로 고개를 돌렸다.

"그럼 기왕 나왔으니 산보나 좀 하다 갈까?"

"좋죠. 어디로 뫼실까요?"

흔쾌히 동의한 화영의 물음에, 잠시 고민하던 율은 이내 옅은 미소를 지으며 중얼거렸다.

"역시 장터 구경이 좋겠지?"

마을 중앙에 열린 장터는 생각보다 북적였다. 인파를 따라 길게 이어진 좌판 위에는 아낙들이 겨우내 정성껏 길쌈한 무명부터 봄빛 머금은 산나물까지, 소박하지만 정겨운 것들로 가득했다.

어디선가 들려온 쇠망치 소리에 정신이 팔린 화영이 앞서 걸어간 사이, 좌우로 길게 늘어선 좌판을 무심히 훑어보던 율은 문득 눈에 들어오는 댕기 하나를 집어 들었다. 그러자 유난히 소란한 웃음소리를 덧붙인 행상이 그를 반기며 일어섰다.

"아휴, 잘생긴 나으리께서 안목도 좋으시네. 값나가는 건 줄은 어찌 아시고 딱 집어 드실까? 보시면 아시겠지만, 이게 그리 흔한 모양은 아닙니다. 한양에서도 수 잘 놓기로 소문난 아낙이 한 땀 한 땀 정성을 다한 물건이지요."

"……그렇습니까?"

"아무렴! 이리 딱 보면 솜씨가 척 보이잖습니까? 어떻게, 싸드릴까?"

그의 말마따나, 붉은색 명주 끄트머리에 촘촘히 꽃을 수놓은 모양은 율이 보기에도 퍽 섬세하고 고왔다. 자못 신중한 표정으로 댕기를 바라보던 율은 돌연 무슨 생각이 들었는지 슬며시 입꼬리를 말아 올렸다.

"주시게."

"아이고, 감사합니다."

누가 볼세라 재빨리 값을 치른 그가 곱게 접은 댕기를 품 안에 집어

넣자, 때마침 인파를 헤치며 헐레벌떡 달려온 화영이 그를 향해 달뜬 목소리로 외쳤다.

"나으리, 저기 좀 보십시오!"

그녀의 손가락이 가리킨 곳에는 사물패가 모여 악기를 두드리고 있었다. 너 나 할 것 없이 어깨춤을 추는 마을 사람들의 모습에 덩달아 신이 난 화영은 저도 모르게 손뼉을 치기 시작했다. 그런데 어디선가 소쿠리를 머리에 이고 다가온 아낙이 화영에게 불쑥 손을 내미는 게 아닌가.

"뭘 그리 가만히 섰어? 어서 잡지 않고."

까맣게 그을린 아낙의 두 뺨에는 구김 없는 미소가 걸려 있었다. 얼떨결에 그 손을 잡은 화영은 곧 아낙이 이끄는 춤판 한가운데로 나아갈 수밖에 없었다.

"저, 저기⋯⋯!"

당황한 화영이 무어라 입을 달싹이려던 찰나, 비어 있던 그녀의 반대편 손을 덥석 잡은 어린아이가 콧노래를 부르며 깡충깡충 뛰어올랐다. 마냥 천진한 그 몸짓에 화영은 결국 큰 소리로 웃음을 터뜨리고 말았다.

마침내 서로의 손을 마주 잡은 사람들은 현란하게 굽이치는 가락 속에서 저마다 떠들썩하게 웃으며 빙글빙글 원을 그리기 시작했다. 혹독했던 겨울을 무사히 보낸 기쁨, 새로이 파종을 앞두고 풍년을 바라는 마음. 아마도 이렇게 근심 대신 미소를 나누는 것이 고단한 삶을 위로하는 그들만의 방식이리라.

문득 고개를 돌리니, 구경꾼들 사이로 해사하게 웃고 있는 율이 보였다. 봄빛 햇살이 바삭거리며 쏟아지는 오후, 언제부턴가 경쾌하게 발을 놀리는 화영의 얼굴에는 그 찬란한 햇살을 닮은 미소가 번지고 있었다.

처소로 돌아가는 길, 어느덧 깊어진 밤하늘은 허상 같은 별빛으로 가득했다. 소중한 순간들을 가슴 깊이 갈무리하던 화영은 새삼 설레는 마음으로 반짝이는 밤하늘을 바라보았다.

"오늘 일은 평생 못 잊을 것 같습니다."

"그래, 확실히 볼만한 구경거리이긴 했다. 특히 네 춤이."

짐짓 놀리는 듯한 그의 말투에 화영은 입술을 비죽이며 율의 곁으로 쪼르르 달려갔다.

"또 놀리려 그러시는 거죠?"

"예뻤다."

어쩐지 진중해진 눈빛으로 화영을 돌아보는 율의 미소가 별빛보다 찬란하다. 덕분에 발끝으로 황급히 시선을 떨군 화영은 곧 무슨 생각이 들었는지 입고 있던 장의 한 겹을 벗어 율의 어깨 위에 그것을 덮어주었다. 그러자 아득하던 율의 눈동자가 일순 큼지막하게 부풀어 올랐다.

"바람이 아직 찹니다. 상처에 좋지 않아요."

민망함에 붉어진 뺨을 긁적이는 화영의 가느다란 손이 부쩍 눈에 띈다. 손등에 새겨진, 셀 수도 없이 많은 생채기.

"잠시만."

문득 걸음을 멈추고 그녀를 붙잡은 율은 그 고단한 흔적들을 천천히 어루만지기 시작했다. 그러자 흠칫하며 율을 돌아보는 화영의 얼굴이 조금 전보다 더 붉은빛이다.

"그…… 땔감을 줍다 긁힌 것뿐입니다. 별거 아니에요."

가느다란 목소리로 중얼거린 화영은 이내 붙잡힌 손을 조심히 빼냈다. 하지만 다시금 그녀의 손을 잡아채는 율의 얼굴에는 연유 모를 단호함이 서려 있었다.

"내게 하지 못한 말, 많다고 했었지?"

곧 율의 말이 뜻하는 바를 깨달은 화영은 놀란 표정을 감추지 못하고 멍하니 그를 바라보았다. 사경을 헤매는 그를 보면서 하염없이 중얼거렸던 말, 아직 못한 말이 너무나 많으니 부디 살려만 달라던 그 간절한 말이 혹 그에게도 전해졌던 걸까.

"실은 그게 궁금해서 악착같이 버텼다. 까무룩 넘어가는 와중에도 그 목소리는 또렷이 들렸거든."

"그, 그것이……."

"무엇이더냐? 그 못다 한 말."

이제는 터져 버릴 듯 달아오른 얼굴을 어찌하지 못하고 허둥거리던 화영은 결국 율의 손을 뿌리치며 다시금 고개를 돌리고 말았다.

"까, 까먹었습니다! 그…… 하도 오래전 일이라 도통 기억이 나질 않네요! 하하하!"

기실 속이 뻔히 보이는 핑계였으리라. 하지만 율은 어색하게 시선을 떨구는 화영을 향해 싱긋 미소를 지어 보였다.

"아쉽구나. 꼭 듣고 싶었는데."

말끝에 걸린 옅은 웃음소리가 침묵보다 묵직하다. 그러나 어찌 말할 수 있겠는가. 당신을 감히 흠모하고 있다고, 하여 태어나 처음으로 천출인 자신의 신분을 원망해 보았다고, 그럼에도 불구하고 은애한다는 당신의 고백이 미치도록 황홀했다고.

"참, 네게 줄 것이 있다."

그런 화영의 마음을 아는지 모르는지, 품에서 무언가를 꺼낸 율은 화영의 손에 그것을 쥐여주며 수줍게 웃었다.

"언젠가는 필요할 듯싶어서."

그가 건넨 것은 놀랍게도 고운 홍색에 색색의 꽃이 수놓인 명주 댕기였다. 게다가 그 위에 정갈한 필체로 적혀 있는 문장들은 필시 율의 솜씨이리라.

―청야에 뜬 달은 차고 기우는데, 화중에 드리워진 그림자만이 오롯하구나. 애달픈 마음은 깊어만 가나 긴 밤 그리움 가실 날이 없으리.

지난 기억들이 새삼 선연해진 탓일까. 혼란스러움에 어찌할 바를 모르던 화영의 눈동자가 방향을 잃고 흔들리자, 머뭇거리며 그녀의 눈치를 살피던 율이 조심스럽게 물었다.

"마음에 들지 않는 것이냐?"

"그, 그렇지 않습니다. 다만……."

다만 벅찰 뿐.

차마 꺼내지 못한 뒷말을 삼키며 댕기 위 글씨들을 하염없이 바라보던 화영은 이내 무거워진 눈꺼풀을 지그시 눌러 감았다. 어찌하여 그는 이토록 뿌리칠 수 없을 만큼 찬란한 것일까.

따끔거리는 숨을 애써 목구멍 아래로 삼켜 보았지만, 흐드러진 별빛 사이로 어지러이 날아든 바람에 차마 울지 못하던 이 마음이 서러이 흐느끼는 것만 같다. 이제 더는 터질 듯 뛰어대는 이 심장을 막을 길이 없음을, 다시금 여실히 깨닫고야 만 것이리라.

"……오래전, 기약 없는 소망을 품었습니다."

마침내 굳게 닫혀 있던 입술을 달싹인 화영은 천천히 고개를 들어 율을 바라보았다. 밤중의 서늘한 바람 때문인지 그의 두 뺨은 평소보다 혈색이 돌고 있었다.

"내세에는 그 무엇도 괘념치 않고 서로를 연모할 수 있는 곳에서 태어나, 나으리를 다시 만날 수 있기를."

어쩌면 그의 눈에 비친 허상 같은 별빛에 취해 버렸는지도 모르겠다. 뒤돌아서면 후회할지 모를 말들을 이리 뱉어내고 있는 걸 보면.

"제가 감히, 나으리께 닿아도 되겠습니까?"

갑작스러운 화영의 말에 놀란 것도 잠시. 곧 서늘하게 식은 화영의 손가락이 제 뺨에 닿은 순간, 율은 아무런 말도 하지 못한 채 그녀가 하는 모양을 멍하니 바라볼 수밖에 없었다.

"소인은 여인이기에 앞서 공주 자가의 반당이고 한 사람의 무인입니다. 하오나 간절히 바랍니다. 언젠가 이 댕기를 드리운 나으리의 여인이 될 수 있기를."

저도 모르게 짧은 탄식을 토해낸 율은 믿기지 않는다는 표정으로 제 뺨 위에 머물러 있던 화영의 손을 다급히 잡아챘다. 어느새 뜨거운 눈물이 번지기 시작한 화영의 두 눈에는 형용할 수 없는 애틋함이 일렁이고 있었다.

"드디어 듣네. 그 진심."

이윽고 벅찬 목소리로 중얼거린 율은 비어 있던 반대편 손을 들어 화영의 뺨을 조심히 감싸 쥐었다. 무슨 말을 어떻게 해야 이 기쁨을 표현할 수 있을까.

결국 어설픈 말 대신 화영의 눈꺼풀과 콧날, 두 뺨에 차례로 입을 맞춘 율은 마지막으로 입술을 겹치며 그녀를 힘껏 끌어안았다. 뜨거운 숨이 엉키고, 가만히 두 눈을 감은 화영은 두 팔을 벌려 율의 허리를 힘껏 끌어안았다. 마치 세상이 멈춘 것만 같은 순간. 소란한 풀벌레 소리, 그보다 더욱 소란한 심장박동만이 흐르는 시간을 증명하는 듯하다.

번다하던 잡념들이 아득하게 멀어지고 나서야 천천히 입술을 뗀 율은 감았던 눈을 뜨며 얕은 숨을 몰아쉬었다. 손안의 화영은 꿈을 꾸는 듯한 표정으로 그를 바라보고 있었다.

"나 또한 소망했다. 너를 연모함으로 행복해진 나처럼, 너 또한 나로 인해 행복했으면 좋겠다고."

흠뻑 젖은 화영의 뺨을 엄지로 살며시 닦아낸 율은 옷자락 밑에 숨겨져 있던 그녀의 검을 들고 덤덤하게 말을 이었다.

"이것을 버리고 나의 내자가 되어달라는 것이 아니다. 평생을 여인이 아닌 무인으로 살아도 상관없어. 아니, 그 모습 또한 좋다."

잠시 끊어진 말 뒤로 찾아온 고요가 숨이 막히리만치 아찔하다.

"오롯이 네가 원하는 모습으로, 그저 나와 함께 오래도록 살아갔으면 싶다. 하니……."

이윽고 그녀의 검자루에 자신이 준 댕기를 단정히 묶어준 율은 다시금 눈부신 미소를 머금으며 화영을 바라보았다.

"네 곁에서 너를 행복하게 해줄 기회를 다오."

"······."

"내가 바라는 건 그뿐이다."

눈부시게 반짝이는 밤하늘, 강물처럼 투명한 어둠, 그리고 그 아래 누구보다 찬란한 모습으로 서 있는 사람.

때마침 바람이 불고, 그의 눈동자 속에 맺혀 있던 별빛이 신기루처럼 흩어지는 것을 멍하니 응시하던 화영은 다시금 터져 나오는 울음을 힘겹게 눌러 삼켰다. 어느새 눈앞으로 성큼 다가온 율의 손이 닿을 듯 지척이다.

"뭘 하고 섰느냐? 어서 돌아가야지."

더는 멀지 않은 간극 사이에서 잠시 망설이던 화영은 이내 환한 미소를 지으며 그의 손을 잡았다. 오랜 세월 검을 잡아온 무인의 손. 매끈하고 유려하지만 곳곳에 보이지 않는 굳은살이 가득한 그의 손은 늘 그랬듯 단단하고 또 따뜻했다.

❀

춘월의 끝 무렵, 수양의 즉위를 천명하고자 내려온 명의 사신들이 마침내 도성에 당도했다. 하지만 조정 한편에는 이미 수양과 그 무리를 척결하고 홍위를 복위시키기 위한 움직임이 은밀하게 이루어지고 있었다.

그리고 마침내 찾아온 어느 깊은 밤, 기울어진 달그림자에 몸을 숨긴 사람들이 하나둘씩 좌부승지 성삼문의 자택으로 모여들기 시작했다. 하나같이 비장한 표정으로 방 안에 들어서는 그들의 형형한 눈동자는 유난히 뜨거웠다.

"곧 있을 사신단 송별연에서 수양을 호위할 운검(雲劒)으로 여기 계신 제 아버님과 부총관 대감, 동지원사께서 임명되셨으니 과연 천우신조가 아니겠습니까?"

엄숙한 분위기 속에서 먼저 목소리를 높인 것은 성삼문이었다.

"궐문을 닫고, 지근거리에서 틈을 보다가 단숨에 수양 부자를 처단하는 겁니다."

주먹을 불끈 쥐며 결의를 보인 그가 다시금 말을 이었다.

"화의군과 영풍군께서도 힘을 보태주실 것을 약조하셨습니다. 하오니 반드시 이번 기회를 놓쳐서는 안 됩니다."

"한 가지 염려스러운 부분이 있습니다."

그때, 잠자코 상황을 지켜보던 성균사예 유성원이 손을 들며 말문을 열자 모두의 시선이 일제히 그에게 향했다.

"많은 이가 우리와 뜻을 함께하고 있는 것은 든든한 일이오나, 당초 예상보다 그 수가 많아지지 않았습니까? 혹여 그로 인해 우리가 미처 신경 쓰지 못한 틈이 생길까 저어되어……."

일리 있는 그의 의견에, 방에 모인 모두의 얼굴이 굳어졌다. 꽤 오랫동안 이어지던 침묵을 깬 이는 박팽년이었다.

"달리 뾰족한 수가 없지 않겠습니까? 그저 서로를 믿는 수밖에요."

단단한 눈동자로 모두를 둘러본 그는 희미하게 미소를 지었다.

"비록 피의 맹약을 나눈 것은 아니나, 전하에 대한 충심 하나로 죽음을 불사하고 모인 여러분을 어찌 믿지 않을 수 있겠습니까? 저 신숙주도 알량한 목숨을 부지하기 위해 문종대왕(文宗大王)께서 남기신 고명을 잊고 변절한 것을 생각해 보십시오."

"하오나……."

"심지를 굳건히 하십시다. 불안이 곧 예상치 못한 균열을 일으키는 법 아니겠습니까?"

곳곳에서 얕은 한숨 소리가 들려왔지만, 그의 말이 옳다는 것은 모두 잘 알고 있는 사실이었다. 유성원 또한 고개를 끄덕이며 다시금 결연한 표정을 지어 보였다.

"자, 이제 그만 돌아가서 각자 전열을 가다듬읍시다. 아주 긴 기다림이 될 터이니."

이윽고 느긋하게 자리를 갈무리한 하위지는 앞에 놓여 있던 술잔을 들어 제 옷 위에 뿌린 뒤 몸을 일으켰다. 술자리를 다녀온 것처럼 꾸미려는 묘책이었다. 그 뒤를 따라 한 명씩 방을 나서는 동안 성삼문은 빈 천장을 바라보며 얇은 입술을 앙다물었다.

송별연이 열릴 유월 초하루까지 남은 시간은 단 열흘. 곧 본연의 자리를 되찾게 될 홍위를 그리며 말없이 주먹을 쥐는 그의 얼굴에는 어느새 뜨거운 투지가 피어오르고 있었다.

❀

이른 아침, 수강궁을 찾은 수양은 다소 피곤하고 흐트러진 모양이었다. 잠을 이루지 못했는지 깊게 패인 눈꺼풀을 힘주어 문지른 그가 홍위의 침전 앞에 서자, 불안한 표정으로 그의 눈치를 살피던 궁인이 떨리는 목소리로 아뢰었다.

"상왕 전하, 주상 전하께서 드셨나이다."

"드시라 해라."

짧고 건조한 홍위의 대답이 건너오자, 그녀는 서둘러 굳게 닫혀 있던 문을 열어젖혔다. 성큼성큼 안으로 들어서는 수양을 힐긋 바라보는 홍위의 곁에는 어린 대비가 위축된 자세로 앉아 있었다.

"전하와 대비께 문후(問候) 드립니다."

"인사는 괜찮습니다."

수양이 절을 올리려 두 손을 모으자, 고저 없는 목소리로 이를 제지한 홍위는 이내 얇은 한숨을 쉬었다. 이에 모아 들었던 손을 천천히 내린 수양은 애써 미소를 띠며 자리에 앉았다.

"간밤에는 평안하셨습니까?"

"덕분에 늘 평안합니다."

숨조차 마음껏 쉴 수 없을 만큼 냉랭한 분위기에, 불안한 듯 눈동자를 굴리던 대비가 머뭇거리며 말문을 열었다.

"조금 전에 경혜 공주를 뵙고 돌아온 의녀가 소식을 고하고 갔습니다. 산모와 복중의 아이 모두 건강하다더군요."

"그렇습니까?"

"정무로 번잡하신 와중에 먼 곳의 공주까지 친히 신경 써주시니 그저 감읍할 따름입니다."

"당연히 해야 할 일을 했을 뿐입니다. 상왕 전하의 유일한 누이가 아닙니까?"

태연한 수양의 대답에 일순 짧은 코웃음을 친 홍위가 날카롭게 그를 노려보았다.

"하면 어찌 제 자형은 사면하여 주지 않으시는 겁니까?"

갑작스러운 그의 힐난에, 여유롭던 수양의 미소가 점차 흐려지기 시작했다.

'흥, 이제는 제법 발톱을 세울 줄도 아는구나.'

비릿한 조소를 훔치며 턱 끝을 매만진 수양은 곧 흘러가는 말투로 대꾸했다.

"곧 때가 오겠지요."

"누이가 회임까지 한 마당에, 그 때라는 것이 더는 미뤄지지 않았으면 합니다."

"공주는 원한다면 언제든지 도성으로 돌아올 수 있습니다. 그저 스스로 그곳에 머물고 있는 것이지요."

"자형의 곁을 지키고자 함이 아니겠습니까? 게다가 지아비도 없는 곳에서 홀로 해산하고 싶지는 않을 겁니다."

무슨 연유인지 한 치의 물러섬도 없는 홍위의 모습에 놀란 것은 오히려 대비 송씨였다. 이제껏 그의 유한 성정만을 보아온 그녀로서는 이렇게까지 적대적으로 수양에게 대서는 홍위가 낯설 따름이었다.

"저, 전하……."

혹여나 수양의 심기를 어지럽혀 화를 자초하는 것은 아닌가 하는 불안함에 무어라 말을 꺼내려던 그때, 놀랍게도 수양의 짧은 웃음소리가 터져 나왔다.

"과연 상왕 전하께서 공주를 아끼시는 마음은 넓고도 깊음입니다."

"숙부께서 부디 내 하나뿐인 누이에게 온정을 베풀길 바랍니다."

어금니를 아득 깨문 홍위가 낮게 으르렁거리자, 수양은 천천히 미소를 거두고 그와 눈을 맞췄다.

"당연히 그리할 것입니다. 경혜는 저의 질녀(姪女)이기도 하니까요."

"……."

"그나저나 두 분께서 가례를 올리신 지도 꽤 시간이 흘렀고 전하께서도 이리 장성하셨는데, 어서 제게 종손(從孫)을 보여주셔야 하지 않겠습니까?"

"지금 종손이라 하셨습니까?"

실소를 터뜨리며 되묻는 홍위의 이글거리는 눈동자에서는 얼핏 살기마저 담긴 듯했다.

"숙부에게 있어서 나의 존재는 차마 뽑아내지 못한 가시와도 같을 터인데, 설마하니 진심으로 제 후사를 바라지는 않으시겠지요. 박힌 가시 위에 돌멩이를 얹는 꼴이 아닙니까?"

자못 직설적인 비유에, 미동도 없던 수양의 눈썹이 짧게 꿈틀거렸다. 그 바람에 줄곧 안절부절못하던 대비 송씨의 얼굴은 사색이 되다 못해 아예 흙빛으로 굳어지고 말았다.

"참, 그것보다 사신단의 환송연이 내일 창덕궁에서 열린다지요?"

하지만 조금 전 수양이 그러했듯 태연하게 화제를 바꾸는 홍위의 처세는 제법 능청스러웠다.

'과연 왕재는 왕재인가.'

입가로 번지는 씁쓸한 미소를 빠르게 지운 수양은 부러 쾌활한 목소리로 대답했다.

"그렇사옵니다. 드디어 내일이면 이 지긋지긋한 접대도 끝이지요."

"다망한 와중에 여기까지 행차해 주셔서 참으로 망극할 따름입니다. 부디 무사히 갈무리되길 바라지요."

"……하면 이만 물러가 보겠습니다. 할 일이 태산같이 쌓여 있어서 말입니다."

한껏 비틀린 홍위의 말이 새삼 불쾌했지만, 입술을 깨물며 가볍게 묵례를 한 수양은 곧 빠른 걸음으로 수강궁을 빠져나왔다. 답답하게 목을 옥죄어오던 공기에서 겨우 해방되고 나니, 한결 가슴이 가벼워진다.

"전하, 혹여 옥체가 미령하시온지요?"

문득 미간을 구기고 관자놀이를 누르는 수양의 행동에, 머뭇거리며 그의 눈치를 살피던 상선이 조심스럽게 물어왔다.

"아니다."

손을 내저은 수양은 이내 허리를 바로 세웠다.

"편전으로 가자."

"예, 전하."

보폭을 넓혀 휘적휘적 걸어가는 수양의 뒤로 붉은 용포 자락이 거친 파도처럼 펄럭이기 시작했다. 하지만 그 뜨거운 색과 달리 수양의 얼굴은 얼음보다 차가운 빛을 머금고 있었다.

❈

녹음이 깊어진 오후, 모처럼 처소의 창을 활짝 열어젖힌 경혜는 초여름의 향기로운 바람을 만끽하고 있었다. 비록 무거워진 몸 때문에 고단하긴 했지만, 점점 불러오는 배를 바라보는 것만으로도 근자의 모든 근심이 눈 녹듯 사라지는 기분이다.

"다향이 참으로 좋구나."

때마침 차 따르는 소리가 귓전을 간질이자, 맞은편에 앉은 화영의 정갑한 손놀림을 물끄러미 바라보던 경혜가 비스듬히 기울였던 몸을 일으키며 말문을 열었다.

"얼마 전 시주를 받으러 온 스님께서 나누어주신 찻잎이 보기 드문 상품(上品)이라 정성껏 말려보았사온데 마음에 드신다니 다행입니다."

수줍게 웃은 화영이 차를 채운 잔을 내밀었다. 이를 받아 든 경혜는 두 눈을 감고 조용히 그것을 음미했다. 방 안에는 어느새 포근한 햇살이 가득했다.

"그러고 보니 지금쯤 밖에는 보리가 익어가고 있겠구나."

"예, 춘궁기도 이제 곧 끝이 날 것입니다."

"농가를 지척에 두고 살다 보니 새삼 곡식을 키우는 일이 얼마나 고단한지 실감하게 되는구나. 도성에 있을 적에는 생각지도 못한 것이거늘."

문득 쓴웃음을 지은 경혜는 치맛자락 위로 동그랗게 솟아오른 배를 조심스럽게 쓰다듬었다.

"되짚어보면, 참으로 많은 것이 달라졌구나. 어마마마께서 어린 내게 직접 댕기를 매어주셨던 것이 엊그제처럼 선연한데, 이제는 내가 그 어미의 입장이 되었으니."

경혜의 입에서 흘러나온 어미라는 말에 고요하던 화영의 눈썹이 보일 듯 말 듯 옅게 흔들렸다. 어머니라는 존재를 겪어본 적이 없으니, 그녀의 기분이 어떠할지 짐작조차 할 수가 없다.

결국 어색한 미소를 지으며 고개를 떨구는 화영의 모습에서 그녀의 심중을 어렴풋이 눈치챈 경혜는 부러 환한 미소를 지으며 가지런히 놓여 있는 화영의 손을 꼭 붙잡았다.

"아이가 태어나면, 화영이 네가 좋은 벗이자 스승이 되어다오."

"예? 다, 당치 않습니다. 무지한 소인이 어찌……."

"서책을 줄줄 읊는 것만이 다가 아니니라."

당황한 화영이 어쩔 줄 모르고 허둥거리자, 소리 내어 웃은 경혜는 나긋해진 시선을 창밖으로 옮기며 말을 이었다.

"나는 아이가 많은 것을 보고 듣고 만지고 느끼게 하고 싶다. 작은 것에 행복을 느끼고, 함께 땅을 딛고 살아가는 이들을 헤아릴 줄 아는 현인(賢人)으로 자랐으면 해."

"······."

"너라면 아주 좋은 스승이 되어주리라 믿는다."

따뜻한 경혜의 말에, 감격으로 붉어진 눈시울을 들키지 않으려 바쁘게 눈꺼풀을 깜박인 화영은 이내 힘껏 미소를 지어 보였다.

"참, 그렇지."

그런데 돌연 무릎을 치며 들고 있던 찻잔을 내려놓은 경혜가 한숨을 쉬며 고개를 가로저었다.

"나도 참 큰일이다."

"어찌 그러십니까?"

"아주버님께서 고기잡이를 가신다 했는데, 여벌 옷을 챙겨 보낸다는 걸 이때까지 잊고 있었지 뭐냐? 벌써 한 시진은 된 것 같은데."

답지 않게 수선을 떨며 문갑에서 옷 꾸러미를 꺼낸 경혜는 어쩐지 의뭉스러운 표정으로 화영을 돌아보며 말했다.

"아무래도 화영이 네가 가보는 게 좋겠다."

곧 그녀의 속내가 무엇인지 알아차린 화영은 제풀에 뜨끔한 마음을 숨기려 애썼다. 안 그래도 근자에 자신을 대하는 율의 태도가 민망하리만치 살가워 내내 신경이 쓰이던 참이었는데, 경혜의 눈치를 보니 역시나 고스란히 들킨 모양이다.

"그, 그럼 다녀오겠습니다."

이윽고 허둥지둥 밖으로 나온 화영은 터질 듯 두근거리는 가슴을 남몰래 쓸어내렸다.

하지만 곧 시무룩하게 어깨를 늘어뜨리고 터덜터덜 걸음을 옮기는 그녀의 얼굴은 부쩍 심란해 보였다. 기실 서로 연모하는 사이라 해도 저와 율의 관계를 무어라 정의 내릴 수 있는 것은 또 아니지 않은가.

"……산 넘어 산이네."

이제야 모든 매듭을 풀었다고 생각했건만, 갈림길 다음에 또 갈림길이 나타난 기분이다. 하지만 제 아무리 고민해 본들 바뀔 것이 있으랴.

문득 긴 한숨을 내쉰 화영은 복잡한 상념들을 털어버리려는 듯 무거운 어깨를 으쓱한 뒤 발길을 재촉했다. 그녀가 향한 곳은 마을 어귀에서 그리 멀지 않은 개울가로, 근처 논밭의 수원이자 동네 아이들의 놀이터이기도 한 곳이었다.

아니나 다를까, 멀리서부터 들려오는 아이들의 웃음소리가 부쩍 소란하다. 덩달아 마음이 바빠진 화영이 주위를 두리번거리던 그때, 마침 갯가로 걸어 나오던 율이 먼저 그녀를 발견하고 양손을 반갑게 흔들어 보였다.

"화영아!"

초하의 하늘보다 눈부신 그의 미소에 잠시 두 눈을 깜빡이던 화영은 곧 제 앞으로 걸어오는 율을 본 순간, 소리 없이 기함하고 말았다.

"네가 여긴 어쩐 일이냐?"

흠뻑 젖은 저고리를 대충 어깨에 둘러놓고 한 손에 망태기와 그물을 들고 있는 그의 모습은 영락없는 촌락의 어부였다. 와중에 야무지게 걷어 올린 바짓단 아래로 드러난 발이 온통 진흙투성이다.

"……이게 다 무슨 꼴이랍니까, 나으리?"

하마터면 들고 있던 꾸러미를 놓칠 뻔한 것을 간신히 부여잡은 화영이 기가 막힌다는 표정으로 중얼거렸다.

"대감께서 보시면 기절초풍하시겠습니다."

"영 흉하더냐?"

멋쩍은 듯 웃는 그의 대꾸에 말문이 막힌 화영은 결국 한숨을 내쉬며 꾸러미에서 잘 다려진 직령을 꺼내 들었다.

"일단 옷부터 갈아입으십시오."

자못 엄한 그녀의 재촉에, 피식 웃으며 들고 있던 짐과 젖은 옷가지를 내려놓은 율은 이내 선선히 화영을 향해 등을 돌렸다. 그 순간, 멈칫하며 마른 숨을 삼킨 화영은 그의 뒷모습을 물끄러미 바라보았다. 햇살 아래 흰히 드러난 그의 오른쪽 어깨에는 지난날 입은 상처의 흔적이 고스란히 남아 있었다.

안타까운 표정을 숨기지 못하고 빈 입술만 질끈 깨문 화영은 저도 모르게 손을 뻗어 조심스럽게 그 흔적을 어루만졌다. 그러자 소매에 팔을 꿰다 말고 흠칫 몸을 떤 율이 가늘게 뜬 눈으로 화영을 돌아보았다.

"……너에 비하면 아무것도 아니다."

짙은 자책으로 얼룩진 화영의 눈동자가 마음에 걸렸는지, 다정한 목소리로 중얼거린 율은 화영의 뺨을 가볍게 감싸 쥐었다.

"네 등에 새겨져 있을 흉터를 떠올릴 때면, 너를 지키지 못했던 그날의 내가 한심하여 견딜 수가 없었다. 하여 나는 이 상처가 자랑스럽다."

대꾸할 말을 찾지 못한 화영은 가라앉은 시선을 힘없이 떨구었다. 잠시나마 잊고·있었던 악몽 같은 기억들이 다시금 눈앞을 스쳐 지나간 탓이었다.

그래, 죽음이 코앞까지 닥쳐왔던 순간을 넘어 지금 이렇게 살아 숨쉬고 있는 것은 언제나 제 곁을 지켜주었던 율의 존재 덕분이리라.

"……그러고 보니, 이제껏 제대로 인사를 드린 적이 없네요."

이윽고 힘겹게 입술을 달싹인 화영은 뺨 위에 머물러 있는 율의 손을 조심히 어루만졌다.

"감사합니다, 나으리."

"……."

"많이 모자란 제 곁을 지켜주셔서, 정말 감사합니다."

속삭이듯 내려앉은 그녀의 목소리는 투명한 물기를 머금고 있었다. 이에 부드러운 손길로 그녀의 머리를 쓰다듬은 율이 짐짓 장난스럽게 대꾸했다.

"하면 이제 좀 웃거라. 누가 보면 내가 혼이라도 낸 줄 알겠구나."

마음이 불편할 자신을 헤아려 부러 던진 말임을 알기에, 젖은 눈가를 훔치며 싱긋 미소를 지은 화영은 율이 입다 만 옷매무새를 단정히 가다듬어 주었다.

"한데 무얼 하시느라 이리 물에 빠진 생쥐 꼴이 되신 겁니까?"

"미꾸리를 잡느라."

무심코 던진 질문에 턱짓으로 망태기를 가리킨 율이 허리띠를 동여매며 대답했다.

"동네 아낙들이 하는 말이, 임부에게 무척 좋다더구나."

"정말요?"

놀란 얼굴로 율이 가리킨 망태기 안을 살펴본 화영은 이내 환한 미소를 지으며 씩씩하게 말했다.

"이건 소인이 들겠습니다."

"괜찮다. 이리 내거라."

"공주 자가께서 드실 것 아닙니까? 소인도 힘을 보태고 싶습니다."

그러더니 행여나 뺏길세라 재빨리 망태기를 어깨에 메고 저만치 앞서 뛰어가는 화영의 모습은 울상 가득하던 조금 전과 달리 경쾌했다.

"하여간 저놈의 고집은."

혀끝을 차며 고개를 가로저었지만, 그의 입가에는 어느새 환한 미소가 떠올라 있었다. 완벽하게 행복하다는 건, 어쩌면 지금과 같은 것일지도 모른다.

부디 더는 화영의 아픈 얼굴을 보지 않기를, 이 평온한 나날이 영원하기를 간절히 염원하는 율의 눈동자는 한여름 날의 햇살 아래 눈부시게 반짝이고 있었다.

하지만 그로부터 얼마 지나지 않은 유월 초하루의 밤, 슬픈 소식이 날아들었다. 성균사예 김질의 고변으로, 홍위의 복위를 꾀하던 세력이 모두 발각된 것이다.

도성을 뒤집은 또 한 번의 환란 속에 수십의 목숨이 속절없이 스러졌으며 귀양길에 오르거나 노비로 전락한 이까지 아우르면 그 수가 무려 팔백여 명에 달했으니, 민심은 절로 뒤숭숭해질 수밖에 없었다.

역당의 무리와 내통했다는 혐의를 받게 된 종 또한 유배지를 전라도 광주로 변경하고 위리안치(圍籬安置)하라는 명이 떨어졌다. 그리고 이 모든 사실을 가감 없이 전해 들은 홍위는 수강궁이 떠나가라 통곡했다.

"천세에 없을 충신들이 나를 위해 지고 말았으니, 내 어찌 구차하게 목숨을 부지한단 말입니까?"

머지않아 이곳 수강궁까지 수양의 칼날이 들이닥칠 것이다. 절규하는 홍위의 곁에서 송씨는 하염없이 흐르는 눈물을 삼키며 지아비의 안위와 앞서간 충신들의 편안한 영면을 마음 깊이 빌고 또 빌 뿐이었다.

종을 압송할 의금부 나졸들이 수원에 당도한 아침, 화영은 까치의 새끼들이 고목 아래 죽어 있는 것을 발견했다. 주위를 맴도는 어미 까치의 처연한 울음소리를 차마 모른 척할 수 없었던 화영은 사체를 거둬 볕이 잘 드는 양지에 묻어주었다.

마을 사람들의 배웅을 뒤로한 채 남쪽으로 내려가는 길은 풍광이 빼어난 만큼 고되고 험난했다. 잠시 쉬어가는 사이, 냇물에 발을 담그고 열을 식히던 화영의 등 뒤로 율의 걱정스러운 목소리가 들려왔다.

"고단해 보이는구나."

"괜찮습니다."

부러 밝은 미소를 지은 화영은 고개를 가로저었다. 하지만 수면 아래 감춰진 화영의 발이 잔뜩 부르튼 것을 발견한 율은 거칠게 구겨진 미간을 좀처럼 펴지 못했다.

가마꾼이나 나졸들은 이미 여러 번 바뀌었으나, 화영을 비롯한 종복들은 수원에서부터 사백 리가 넘는 먼 거리를 닷새 동안 걸어온 상태였다. 그러나 정작 화영은 회임 중인 경혜의 상태만 염려할 뿐, 좀처럼 힘든 내색을 비치지 않았다. 심지어 잠시라도 말을 타라는 율의 청을 한사코 거절하는 것이었다.

고집을 부리기 시작하면 결코 꺾지 않는 성정임을 누구보다 잘 알고 있기에, 결국 또 한 번 물러선 율은 그 대신 고단한 모양으로 굽어 있는 화영의 어깨를 조용히 토닥였다.

"며칠만 더 힘을 내거라."

"염려 마십시오. 아직 거뜬합니다."

그런 그를 안심시키려는 듯 더욱 씩씩한 목소리로 대꾸한 화영은 이내 푸르른 지평선을 향해 말간 시선을 돌렸다. 너른 평야 가득 여름 꽃이 만발하고, 힘차게 굽이치는 산등성이에는 무성한 녹음이 파도처럼 일렁이고 있었다.

멀지 않은 곳에서 그런 두 사람의 모습을 지켜보던 의금부도사 김명선은 문득 가슴속 깊은 곳에 숨겨두었던 기억들을 하나둘씩 꺼내기 시작했다. 그가 화영을 처음 본 것은 수양이 보위에 오르기 전인 을해년 태평관에서였다.

"이 노리개가 어디서 났느냐고 물었다."

화영이 지니고 있던 뜻밖의 물건. 그것은 오래전 자신이 한 여인에게 정표로 건네주었던 향갑 노리개였다. 딱 한 번 품었을 뿐이지만 지금까지도 눈앞에 선연한 여인, 서련. 화영은 뜨겁게 연모했던 그때의 여인과 놀라우리만치 닮아 있었다.

마지막으로 서련을 보았을 때, 그녀는 뱃속에 자신의 아이를 가진 상태였다. 그리고 얼마 지나지 않아 세상을 떠났다는 소식을 들었으니, 김명선은 금세 화영이 그때 그 아이라는 사실을 눈치챌 수 있었다. 그리고 시간이 흘러, 영양위 종을 광주로 압송하라는 달갑지 않은 교지를 들고 찾아온 수원에서 또다시 화영을 마주치게 된 것이다.

'하긴, 그 무엇으로도 잘라낼 수 없는 것이 혈연이라 하지 않던가.'

무심코 화영의 얼굴에서 제 모습까지 찾아보던 김명선은 이내 헛웃음을 터뜨렸다. 스스로 생각해도 자신의 행동이 기가 막혔던 것이다. 그때, 자리를 털고 일어난 화영이 문득 고개를 돌려 김명선을 바라보았다. 짧게 마주친 시선 끝에서 금세 동그랗게 부풀어 오르는 화영의 눈동자는 제 어미와 똑같은 색을 지니고 있었다.

"혹 일전에 태평관에서 뵈었던 나으리 아니십니까?"

모르는 척 넘어가는 게 옳다는 것은 알고 있었다. 하지만 저도 모르게 그녀를 향해 다가간 김명선은 이윽고 망설이던 입술을 달싹였다.

"올해 나이가 어떻게 되느냐?"

"……스물셋입니다."

세월이 벌써 그리 흘렀구나. 낮게 탄식한 그는 곧 뜻 모를 표정으로 화영을 바라보았다.

"그때 그 노리개, 지금도 가지고 있느냐?"

잠시 망설이는 듯했지만, 이내 고개를 끄덕인 화영은 품 안에서 노리개를 꺼내 그에게 건넸다. 은사를 꼬아 만든 정교한 문양의 장식은 오랜 세월을 짐작케 할 만큼 군데군데 색이 바래 있었다.

떨리는 손으로 그것을 집어 든 김명선은 흐릿한 향기를 들이마시며 두 눈을 질끈 감았다. 아이까지 가진 그녀를 매정히 떠나왔던 날, 얼마나 깊이 후회했던가.

"……내 비록 유망한 벼슬아치는 아니지마는."

한참 만에야 무겁게 말을 잇는 김명선의 눈동자에는 어느새 뜨거운 눈물이 차오르고 있었다.

"혹여 도움이 필요한 일이 생기거든 고민하지 말고 내게 서찰을 보내거라. 힘이 닿는 데까지 도와주마."

"예? 그게 무슨 말씀이십니까?"

화영은 이해가 가지 않는다는 표정으로 김명선을 빤히 바라보았다. 아무런 연고도 없는 제게 그런 말을 하는 것이 이상했던 것이다. 하지만 그는 그저 희미한 미소만 지을 뿐, 화영의 물음에 아무런 대답도 하지 않았다.

마침내 기나긴 여정 끝에 도착한 광주는 명산인 무등산을 이고 비옥한 토지가 끝없이 펼쳐진 고장이었다. 그리고 유난히 따뜻했던 그해 겨울, 경혜는 탱자나무로 둘러싸인 배소에서 건강한 아들을 출산했다.

우렁찬 울음을 토해내는 아이를 소중히 품에 안아 든 종은 벅찬 감격으로 하염없이 눈물을 흘렸다. 아이의 아명은 용이라 지었고, 몸을 푼 지 얼마 지나지 않아 자리를 털고 일어난 경혜는 화영의 만류에도 불구하고 직접 아이를 업었다.

"부디 무럭무럭 자라나 큰 인물이 되어야 한다."

잠든 아이의 배냇짓을 바라보며 당부 아닌 당부를 속삭이는 경혜의 얼굴에는 시종일관 부드러운 미소가 걸려 있었다.

하지만 새 생명의 탄생이 가져온 행복도 잠시. 이듬해 유월, 도성의 공신들은 입을 모아 상왕인 홍위를 강봉(降封)하라 아뢰었다. 역심을 품는 자들이 끊이지 않는 것은 상왕의 존재가 곧 명분이 되는 탓이라는 게 그 연유였다.

결국 노산군(魯山君)으로 강봉된 홍위는 강원도 영월로 유배되었고 모후인 현덕왕후 권씨의 신주까지 종묘에서 철거되기에 이르렀다. 그러나 이것은 비극의 시작일 뿐이었다.

금성대군 이유가 유배지에서 또다시 반역을 도모한 사실이 드러나 사사된 뒤, 수양의 칼날이 마지막으로 향한 곳은 당연하게도 홍위였다. 사약을 내렸다고는 하나, 민간에는 그가 군졸들에 의해 목이 졸려 죽었다는 흉흉한 소문이 나돌았다. 많은 이의 피로 얼룩진 세월은 그렇게 지워지지 않을 상처만 남긴 채 야속하리만치 빠르게 흘러가고 있었다.

11. 월하정인(月下情人)

경진년 묘월, 도성보다 먼저 봄을 맞이한 광주의 들판은 연둣빛이 만연했다. 반가운 철새가 날아들고 따사로운 햇살에 언 땅이 녹는 소리가들리는 계절, 마을 외딴곳에 자리한 종의 배소에도 오랜만에 온기가 찾아들었다. 하지만 무엇보다 가장 반가운 것은 하루가 다르게 자라나는 용의 밝은 웃음소리였다.

"거기 서!"

"이쪽으로 오셔야죠, 도련님! 여기요, 여기!"

좁은 마당을 뒤뚱뒤뚱 쏘다니던 용이 까르르 웃음을 터뜨리자, 대청에 앉아 그 모습을 바라보던 경혜의 얼굴에도 환한 미소가 떠올랐다. 흐르는 세월에 지워지지 않는 것은 없다고 했던가. 그칠 것 같지 않던 눈물도 어느덧 말라 버리고, 살아 있는 것조차 죄스러운 마음을 안고 버텨온 그녀에게 유일한 낙은 제 아들의 재롱을 보는 것이었다. 게다가 그녀의 복중에는 또 하나의 새로운 생명이 자라나고 있었다.

"잡았다!"

때마침 무언가를 붙잡고 신이 난 용이 눈가림 천을 벗자마자 흑옥 같은 눈동자를 한껏 부풀리며 반색했다.

"백부님!"

한 줌짜리 손에 슬며시 옷깃을 내어준 이는 화영이 아닌 율이었다.

"아침부터 기운이 넘치는구나."

햇살처럼 웃으며 깡충깡충 뛰는 용을 안아 올린 율은 곧 마루에 앉아 있던 경혜를 향해 꾸벅 고개를 숙였다. 이른 아침부터 산행을 다녀온 모양인지, 매끈한 그의 이마에는 굵은 땀이 송골송골 맺혀 있었다.

"문안이 늦어 송구합니다. 그리고 여기."

늘 그랬듯 인사부터 건넨 율이 들고 있던 바랑을 무심히 내밀었다.

"찬비(饌婢)가 오면 건네주십시오."

묵직한 바랑 안에는 그가 직접 캔 것으로 보이는 향긋한 봄나물이 가득했다.

"아주버님……."

말끝을 흐린 경혜는 젖은 눈으로 그를 바라보았다. 광주로 내려오면서 종복은 물론 얼마 되지 않던 재산마저 몰수당했기 때문에 배소의 살림은 하루하루 부쩍 곤궁해지던 터였다.

다른 이도 아닌 율이 직접 산을 오가며 먹을거리를 구하는 것이 경혜로서는 그저 죄스럽고 민망할 따름이었다. 가난 앞에 체면 차릴 양반 없다지만, 살아오는 내내 호미라곤 만져 본 적도 없는 인사가 아니던가.

"저는 정말 괜찮으니, 부러 이러지 마셔요. 어찌 매번 안 해도 될 고생을 하십니까?"

그런 경혜의 미안함 섞인 나무람에 율은 피식 웃으며 고개를 가로저었다.

"염려 마십시오. 퍽 재미도 있고, 보람도 있습니다. 아무래도 이런 생활이 제게는 더 맞지 싶달까요?"

"……."

"게다가 이제는 스스로 책임져야 할 식구도 생겨 버렸고."

혼잣말처럼 중얼거린 그의 말에, 경혜의 시선이 문득 화영에게 향했다. 때마침 그녀는 부엌에서 율에게 내어줄 물을 뜨고 있었다.

"그러고 보니 화영이도 이제는 제법 살림 다루는 것에 익숙해진 모양입니다."

"벌써 네 해 가까이 되었는걸요. 야무지게 잘 해내고 있습니다."

작게 웃으며 대꾸하는 율의 눈은 마치 새벽녘 수평선처럼 고요하게 가라앉아 있었다. 하지만 그 평온함 뒤에 숨겨진 고난을 잘 알기에, 경혜는 그저 말없이 고개를 떨굴 수밖에 없었다.

주어진 배소가 다 쓰러져 가는 방 한 칸짜리 초가였던 까닭으로, 자의로 동행한 율과 화영의 경우에는 거처를 마련하는 것은 물론 먹고살 방법 또한 따로 모색해야만 했다.

다행히 이를 딱하게 여긴 목사가 마을에 버려져 있던 빈집 한 칸을 고쳐 주었지만, 연고도 없는 지방에 맨몸으로 던져진 그들에게 이곳의 생활은 그리 녹록지 않았으리라.

그럼에도 율과 화영은 모든 것이 두렵고 생경하기만 했을 나날들을 굳건히 버텨주었다. 더불어 종과 경혜가 그 길고 긴 슬픔의 시간 속을 헤매는 사이 배소의 살림을 도맡아 꾸려간 것 또한 두 사람이었다.

"대감께서는 아직 주무십니까?"

때마침 들려온 율의 물음에 퍼뜩 상념에서 깨어난 경혜는 이내 쓴웃음을 지으며 고개를 끄덕였다.

"예, 또 책을 읽으시다가 느지막하게 잠이 드신 모양입니다."

굳게 닫힌 방문을 물끄러미 바라보던 율은 경혜의 대답에 어두워진 표정을 숨기지 못한 채 품 안의 용을 내려놓았다. 혼란하던 지난날에 비해 많은 것이 안정된 지금, 그의 유일한 고민은 바로 종의 변화였다.

홍위가 사사된 후, 배소의 좁은 방에 꽁꽁 틀어박힌 종은 벌써 세 해가 넘도록 두문불출하고 있었다. 모든 의욕을 잃은 듯한 그의 모습도 가슴이 아팠지만, 율을 가장 괴롭게 하는 것은 그런 아우를 지켜보기만 해야 하는 현실이었다. 이는 경혜도 마찬가지였다.

"너무 염려치 마세요. 머지않아 기운을 차리실 겁니다."

"저도 그리 믿고 있습니다만……."

율의 말에 짙은 한숨을 내쉰 경혜는 어느새 제 무릎 위로 올라온 용의 머리를 쓰다듬으며 중얼거렸다.

"하다못해 바깥바람이라도 좀 쐬시면 좋을 것을."

몇 번의 계절이 지나갔지만 탱자나무 울타리 안 좁은 세상은 그 변화를 느낄 수 없을 만큼 황량했다. 손바닥만 한 하늘 아래 완벽히 고립되어 버린 기분. 위리안치가 중형으로 여겨지는 연유는 바로 그 점 때문이리라.

"어머니, 그럼 저도 화영이랑 밖에 나갔다 올래요."

그새 바깥바람이라는 말을 알아들었는지, 경혜를 붙잡고 채근하는 용의 목소리가 부쩍 소란해졌다.

"오늘은 석반을 들기 전까지 어미와 책을 읽기로 약조하지 않았느냐? 자꾸 이렇게 학문을 소홀히 하면 아버지께서 엄히 달초하실 게다."

경혜가 자못 엄격한 말투로 훈계했지만, 작은 몸을 배배 꼬며 입술을 비죽이던 용은 이내 다가오는 화영을 향해 도와달라는 눈길을 보냈다.

"화영이 네가 말 좀 해줘. 어머니께서 네 부탁은 들어주시잖아. 응?"

"글쎄요. 놀다 오신 만큼 글자를 더 외우겠다고 하시면 들어주시지 않을까요?"

능숙하게 용의 투정을 받아친 화영이 경혜를 향해 짧은 눈짓을 보내자, 피식 새어 나오는 웃음을 애써 삼킨 경혜는 부러 쌜쭉하게 눈을 흘겼다. 도성과 달리 울타리만 나서면 사방 천지에 놀 거리가 넘치는 탓일까. 유난히 호기심 많은 아이로 자라난 용은 책을 읽는 것보다 산천을 쏘다니는 것을 더 좋아했다.

"딱 반시진만이다. 늦으면 일각마다 외울 글자를 열 개씩 늘릴 것이야."

결국 간절한 용의 눈빛을 이기지 못한 경혜가 손을 내젓자, 신이 난 표정으로 마당에 내려선 용은 재빨리 화영의 손을 붙잡았다. 그런데 몇 발자국 걷기도 전에 주춤거리며 멈춰 선 용의 시선이 다시금 화영에게 향했다.

"화영이 손은 왜 이렇게 차가워?"

갑작스러운 물음에 당황한 화영은 황급히 반대편 손으로 차갑게 식어 있던 손가락을 감싸 쥐었다.

"소, 송구합니다."

"내가 호 해줄까?"

"아뇨. 괜찮아요."

"그래도……."

고개를 가로젓는 화영을 빤히 바라보던 용은 돌연 무슨 생각이 들었는지 밝아진 얼굴로 율을 돌아보았다. 그러더니 대뜸 그의 손을 붙잡아 당겨 화영의 손 위에 올려놓는 게 아닌가.

"도, 도련님!"

소스라치게 놀란 화영은 붙잡힌 손을 황급히 빼내며 뒷걸음질을 쳤다. 율 또한 당황한 것은 마찬가지였다. 하지만 그런 속내를 알 리 없는 용은 두 사람의 손을 다시금 이어주며 배시시 미소를 지었다.

"따뜻하지? 백부님 손은 항상 따뜻해."

천진한 그 목소리에서 용이 뿌듯해하고 있음을 느낀 화영은 아무런 말도 할 수가 없었다. 그런데 그때, 엉성하게 감겨 있던 율의 손이 돌연 힘을 주어 그녀를 끌어당겼다.

빈틈없이 맞닿은 그의 커다란 손은 따뜻함을 넘어 불처럼 뜨거웠다. 일순 가슴이 철렁 내려앉는 것을 느낀 화영은 얼떨떨한 눈을 들어 율을 바라보았다. 전에 없이 흐트러진 표정 하며 벌겋게 달아오른 귓바퀴는 마치 첫정을 품은 소년처럼 수줍기만 했다.

한편, 그 광경을 조용히 지켜보던 경혜는 문득 아득한 미소를 머금었다. 아마도 봄날을 닮은 두 사람의 뒷모습에서 까마득한 옛 기억을 떠올린 것이리라.

단풍처럼 붉게 물든 얼굴로 조심스레 손을 잡아오던 종과 그런 그의 품에 안겨 행복해하던 자신의 어린 시절. 이제는 꿈처럼 멀어진 그 추억의 조각을 조용히 되짚던 경혜는 이내 씁쓸한 숨을 삼켰다.

율과 화영이 서로에게 연심을 품고 있음은 기실 오래전부터 알고 있던 사실이었다. 일곱 해, 자그마치 일곱 해다. 그 긴 시간 동안 서로를 바라보며 곱씹었을 마음이 얼마나 애틋할지 어느 누가 가늠할 수나 있을까.

경혜 자신도 그저 어렴풋이 짐작만 할 뿐, 보이지 않는 손으로 서로의 옷깃만 붙잡고 있는 그들의 속내를 전부 헤아릴 수는 없었다. 하지만 그럼에도 확신할 수 있는 건, 이대로 두 사람을 내버려 둘 수만은 없다는 사실이리라.

"그럼 다녀오겠습니다, 어머니!"

때마침 기운차게 목소리를 높인 용이 화영의 손을 이끌고 대문을 나서자, 뜻 모를 표정으로 율을 돌아본 경혜는 마침내 결심을 굳힌 듯 무겁게 닫혀 있던 입술을 달싹였다.

"아주버님, 잠시 드릴 말씀이 있습니다."

의아한 표정으로 고개를 돌린 율은 곧 전에 없이 진중한 그녀의 표정을 읽고 조용히 자세를 고쳐 잡았다.

"무슨 일이십니까?"

"화영이 말입니다."

갑작스레 흘러나온 화영의 이름에 평온하던 그의 어깨가 눈에 띄게 멈칫했다. 하지만 이어진 경혜의 말은 그를 더욱 놀라게 하는 것이었다.

"그 아이를, 아주버님의 처로 맞아주시겠습니까?"

"……예?"

율은 당혹스러움을 감추지 못하고 멍하니 경혜를 바라보았다. 새까만 그의 두 눈이 혼란으로 가득한 것을 보니, 아무래도 자신이 들은 말을 좀처럼 믿지 못하는 눈치였다.

"이제껏 차고 넘치는 섬김을 받았음에도, 정작 저는 화영이를 위해 해줄 수 있는 것이 아무것도 없더군요."

"……."

"하여 그 아이의 마음이나마 지켜주고 싶습니다."

다짐처럼 중얼거린 말끝에 애틋한 미소를 덧붙인 경혜는 두 손을 조용히 무릎 위로 모으며 고개를 숙였다.

"부러 내색하지는 않았으나, 아주버님께서 화영이를 곁에 둔 지도 벌써 여러 해가 지나지 않았습니까? 제대로 혼례를 치를 수는 없을지라도 모쪼록 온 마음을 다해 아껴주고, 품어주고, 지켜주시길 바랍니다. 스승이나 벗이 아닌 지아비로서 말입니다."

그 말에 두 주먹을 아프게 움켜쥔 율은 흔들리는 시선을 황급히 내리깔았다. 솔직히 털어놓자면, 그 또한 경혜가 말한 것들을 꿈꿔보지 않은 것은 아니었다.

이렇듯 평범하게 살아가다 보면 언젠가는 검을 쥐었던 사실조차 잊게 되지 않을까. 하면 그저 흔한 부부처럼 매일 서로의 품에서 잠들고 깨어나며, 서로를 꼭 닮은 아이도 낳을 수 있지 않을까.

'하지만……'

이내 안개처럼 탁한 숨을 뱉어낸 율은 고개를 가로저었다. 손에 쥐는 것이 많아질수록 어떠한 것도 지킬 수 없게 되는 법. 하여 평범한 여인의 삶을 포기한 화영이 아니던가. 그런 그녀에게 혼인을 바라는 것은 자신의 욕심뿐이라는 것을 율은 이미 너무나 잘 알고 있었다.

"저는……."

이윽고 쓴웃음을 삼킨 그가 무겁게 닫혀 있던 입술을 달싹이려던 바로 그때였다.

"참으로 답답한 여인이지요? 화영이 그 아이."

혼잣말처럼 흘러나온 경혜의 말은 뜻밖의 것이었다.

"그 고생을 하고도 이날 이때까지 구태여 제 곁을 지키고 있는 걸 보면 대쪽 같다고 해야 할지, 융통성이 없다고 해야 할지."

"……."

"하오나 그러한 성정이 바로 아주버님과 닮은 점 아니겠습니까?"

쿡쿡 웃은 경혜는 흔들리는 율의 눈동자를 지그시 바라보았다.

"어쩌면 아주버님께서 그러하시듯 화영이도 망설이고 있는 것은 아닐까요? 자신의 마음이 혹여 정인에게 짐이 되지는 않을까, 독이 되지는 않을까, 그럼에도 불구하고 놓을 수 없는 것은 자신의 욕심이지 않을까."

마치 제 속을 들여다보기라도 한 것처럼 거침이 없는 그녀의 말에 짐짓 가슴이 뜨끔하고 만다. 덕분에 마땅한 대꾸를 찾지 못한 율은 머뭇거리던 입술을 질끈 눌러 다물었다.

"막상 문을 열어보면 별다를 것 없이 똑같은 세상인데도, 겪어보지 못한 미지의 영역으로 향하는 걸음은 그리 쉽지 않지요. 하오니 먼저 손을 내밀어주시는 게 어떨는지요? 짐이 아니라고, 독이 아니라고, 욕심을 내도 괜찮다고."

"……."

"화영이라면 분명 스스로 후회하지 않을 선택을 할 겁니다. 그 손을 잡을지, 잡지 않을지."

동그랗게 접힌 경혜의 흑옥 같은 눈동자에는 연유 모를 확신이 서려 있었다.

"게다가 부부 검객이라니, 퍽 그럴싸하지 않습니까? 영웅담의 주인공처럼 멋진걸요."

짐짓 농처럼 덧붙여진 말을 듣고서야 경혜의 긴 이야기 속에 담긴 뜻을 깨달은 율은 소리 없는 웃음을 터뜨렸다.

"과연 현답이네요."

마치 풀리지 않던 실타래의 중요한 매듭을 발견한 것만 같은 기분이다. 문득 오랫동안 품속에 꽁꽁 숨기고 있던 은지환을 떠올린 율은 두 주먹을 힘껏 구겨 쥐었다. 언젠가는 전할 수 있길 바랐던 정표. 어쩌면 이제야말로 그것을 건네야 할 때가 온 걸지도 모르겠다.

어느새 노을이 지기 시작한 하늘 위로 밥 때를 알리는 긴 연기가 솟아올랐다. 관아에서 나온 찬비가 배소의 식사를 준비하는 사이 슬그머니 자신의 처소로 돌아온 화영은 돌연 목을 빼고 주변을 둘러보았다.

어딘지 의뭉스러운 기색이 비친 것도 잠시, 아무도 없음을 확인하고 서둘러 마루에 앉은 그녀가 소쿠리 밑에서 꺼내든 것은 한 뭉치의 천 조각이었다. 색색의 자투리가 얼기설기 덧붙여진 그것은 한눈에 봐도 어설픈 솜씨로 기워져 있었다.

심란한 표정으로 손안의 천 조각을 내려다보던 화영은 자못 비장한 기세로 옆에 끼워둔 바늘을 뽑아 들었다. 하지만 동그란 눈을 뾰족하게 세우고 한 땀 한 땀 실을 꿰어가던 그녀의 손은 얼마 가지 않아 멈칫하고 말았다.

"아야야……."

어느새 그녀의 손가락 끝에는 이슬 같은 핏방울이 맺혀 있었다. 결국 시무룩한 표정으로 손에 쥔 바늘과 천 조각을 다시금 소쿠리 밑에 숨긴 화영은 방문 앞에 단정히 개어놓은 율의 철릭을 물끄러미 바라보았다. 실은 바로 그것이 그녀가 곁눈질로 훔쳐본 적조차 없는 바느질을 시작하게 한 연유였다.

워낙 오래된 옷이기도 했지만, 눈에 띄게 해진 그의 옷깃은 화영의 마음을 줄곧 불편하게 만들었다. 하지만 곤궁한 형편에 새 옷을 지어드릴 수는 없고 하다못해 해진 부분이나마 갈무리하려는데 투박한 손재주 탓에 그마저 마음대로 되질 않으니 마냥 답답하고 야속할 따름이다.

"차라리 바늘이 검만 한 크기였다면 다루기 쉬웠을 텐데."

괜스레 말도 안 되는 소리를 투덜거리며 빈 벽에 고단한 몸을 기댄 화영은 문득 붉은 하늘을 향해 자신의 두 손을 펼쳐 들었다. 새삼 마주 잡았던 율의 손이 떠오른 까닭이었다. 손가락 사이로 번지는 노을빛을 보고 있자니, 그의 온기가 여전히 손바닥 안에 짙게 남아 있는 것만 같다.

몇 번을 닿아도 생경한 감각. 말없이 그것을 곱씹어보던 화영은 소리 없는 한숨을 내쉬었다. 시간이 지나면 조금은 무뎌질 줄 알았건만, 그를 떠올릴 때마다 솟아나는 수많은 감정들은 이상하게도 설레다 못해 아프기까지 했다. 뭐랄까, 쓸쓸한 듯도 하면서 허전한 듯도 한 기분.

"······이상해."

지난 몇 해 동안 율과 기거하며 분에 넘칠 만큼 행복했다. 서툴게나마 함께 살림을 꾸리고 살아가는 일은 이제껏 느껴본 적 없는 만족감을 주기도 했다.

하지만 그럼에도 불구하고 갈수록 마음 한구석이 먹먹해지는 것은 분명 커져 가는 욕심, 그의 곁에서 평범한 여인으로 살아가고 싶다는 그 욕심 때문이리라.

"복에 겨웠지, 송화영."

부러 쓴소리를 중얼거린 화영은 허공에 뻗었던 손을 아프게 움켜쥐었다. 바스러진 노을은 어느새 가늘어진 그녀의 눈꺼풀 사이를 빽빽하게 채우고 있었다.

그런데 그때, 반짝이는 시야 사이로 돌연 커다란 그림자가 드리워졌다. 곧 그 속에서 그리운 얼굴을 발견한 화영은 저도 모르게 환한 미소를 지으며 벌떡 몸을 일으켰다.

"이제 오십니까?"

반가운 기색이 역력한 그녀의 물음에, 대답 대신 빙긋 웃어 보인 율은 잠시 후 달뜬 목소리로 말문을 열었다.

"이리 나오너라. 잠시 바람이나 쐬자꾸나."

무등산 언저리에는 제철을 맞은 매화가 흐드러지게 피어 있었다. 그 밑으로 널찍하게 이어진 길을 따라 천천히 걸음을 옮기던 율은 문득 적당한 바위 위에 자리를 잡고 앉으며 말했다.

"앉거라."

그가 가리키는 옆자리에 조심히 무릎을 모으고 앉은 화영은 이내 어깨를 흠칫 굽히며 당황하고 말았다. 별안간 몸을 눕힌 율이 대뜸 제 무릎에 머리를 기대온 탓이었다.

"나, 나으리⋯⋯."

떨리는 목소리를 애써 감추며 율을 불러보았지만, 그는 능청스럽게 눈까지 감은 채로 빈 숨만 내쉴 뿐이었다. 그러고 보니, 지척에서 그의 얼굴을 보는 것은 참으로 오랜만인 듯하다.

덕분에 차마 그를 밀어내지 못하고 어정쩡하게 몸을 기울인 화영은 가릴 것 없이 훤히 드러난 그의 날렵한 이목구비를 물끄러미 바라보았다. 티 없이 매끈한 이마, 곧게 뻗은 눈썹과 콧날, 길고 촘촘한 속눈썹, 단정한 입술까지 눈에 새기고 나니 새삼 가슴이 방망이질을 하는 듯 두근거린다.

때마침 불어온 바람이 살짝 흘러내린 그의 머리카락을 스치고 지나가자, 퍼뜩 정신을 차린 화영은 황급히 빈 하늘로 시선을 돌렸다. 어느새 부쩍 기울어진 노을은 머리 위에 지붕처럼 펼쳐져 있던 매화꽃을 탐스러운 홍시색으로 물들이고 있었다.

"⋯⋯언제 봐도 참 절경입니다, 이 길은."

문득 독백 같은 말을 중얼거린 화영의 입가에 잔잔한 미소가 떠올랐다. 이에 슬며시 눈을 뜬 율은 노을과 어둠이 뒤섞여 오묘한 빛을 품고 있는 그녀의 옆얼굴을 빤히 바라보았다.

그때, 시선을 느낀 화영이 머뭇머뭇 고개를 숙여 눈을 맞춰왔다. 유난히 동그란 눈동자하며 오밀조밀한 콧망울과 입술은 변함이 없건만, 깊어진 눈매와 다듬어진 뺨은 유수처럼 흐른 세월을 부쩍 실감하게 했다.

"어찌 그러십니까?"

조심스레 물어오는 화영의 입술이 꿈처럼 느리게 달싹이자, 저도 모르게 아랫입술을 지그시 깨문 율은 손을 뻗어 그녀의 목덜미를 감쌌다. 당황할 새도 없이 훌쩍 다가온 율의 얼굴에 얼핏 미소가 번진 듯 보인 것은 착각일까. 화영은 지척에 마주한 율의 눈을 멍하니 바라보았다.

그 순간, 무방비한 상태로 놓여 있던 그녀의 입술 위에 돌연 따뜻한 감촉이 내려앉았다. 그제야 헉 소리를 내며 들숨을 삼킨 화영은 뒤늦게 두 손으로 제 얼굴을 가리며 버럭 목소리를 높였다.

"가, 가, 가, 갑자기 이러지 좀 마십시오! 누가 보면 어쩌려고 그러십니까?"

"설마. 이 시각에, 이런 곳에서?"

당혹감에 몇 번이고 말머리를 더듬는 화영의 얼굴은 기괴한 모양으로 일그러져 있었다. 하지만 도리어 한 뼘 더 가까이 몸을 일으킨 율은 천연덕스러운 표정을 지으며 물었다.

"한 번은 좀 아쉽지 않으냐?"

"마, 말이 되는 소리를 하십시오! 글쎄, 이러시면 안 된다니까요?"

점점 다가오는 그의 얼굴에 혼비백산한 화영은 결국 두 눈을 질끈 감고 말았다. 그 모습이 재밌었는지 큰 소리로 웃음을 터뜨린 율은 입고 있던 답호 자락을 풀어 그녀의 앞에 넓게 펼쳐 들었다.

"보거라."

반대쪽 손으로 뻣뻣하게 굳어버린 화영의 턱을 살며시 잡아 올린 그가 낮게 속삭였다.

"이러면 아무도 못 볼 것이다."

그러고는 나비처럼 사뿐 내려앉은 그의 입술이 금세 열기를 남기고 떨어졌다. 놀란 표정을 감추지 못한 채 멍하니 두 눈을 끔벅거리던 화영은 불덩이처럼 달뜬 숨을 엉겁결에 목구멍 아래로 꿀꺽 삼켰다. 하지만 미처 그 여운이 사라지기도 전에 다시금 맞닿아 오는 그의 입술은 조금 전보다 더 뜨겁고 집요했다.

어디선가 소란한 바람이 불어오고, 귓전에 드리워져 있던 율의 옷자

락이 달아오른 화영의 뺨을 간질였다. 결국 허공에 멈춰 선 채로 파르
르 떨고 있던 손을 맥없이 말아 쥔 화영은 이내 그의 온기를 받아들이
며 다시금 눈을 감았다.

찰나의 고요마저 억겁의 시간처럼 느껴지는 순간이 지나고, 마침내
천천히 입술을 뗀 율은 부쩍 결연한 얼굴을 하고 있었다.

"화영아."

나직한 그의 부름에 감았던 눈을 살며시 뜬 화영은 저도 모르게 짧
은 탄성을 뱉어냈다. 어느새 그녀의 손에 쥐여진 매화 가지에는 천청색
의 칠보로 장식된 은지환 하나가 꽃봉오리처럼 걸려 있었다.

"이건……."

차마 말을 잇지 못하고 머뭇거리는 화영의 손을 천천히 붙잡아 당긴
율은 그녀의 손가락에 은지환을 끼워주며 나지막하게 중얼거렸다.

"이것이 네게 오기까지 참으로 많은 시간이 걸렸구나."

이미 주체할 수 없이 떨리고 있던 화영의 눈동자가 마침내 투명한 물
기를 머금고 부풀어 오르기 시작했다.

"화영아."

어느새 한쪽 무릎을 꿇고 화영과 눈높이를 맞춘 율은 그림 같은 얼
굴 가득 눈부신 미소를 머금고 있었다.

"나의 반려자로 평생을 약조해 다오."

그 순간, 화영의 손에 아슬아슬하게 들려 있던 매화 가지가 바닥으로
툭 떨어지고 말았다.

"나으리……."

"혼인하자."

아찔하리만치 달콤한 율의 목소리가 메아리처럼 귓가를 맴돌자, 믿을
수 없다는 표정으로 눈앞의 율을 멀거니 바라보던 화영은 결국 쏟아지
는 눈물을 참지 못하고 그의 품에 얼굴을 묻을 수밖에 없었다.

"어쩌자고, 어쩌자고 그런 말씀을 하시는 겁니까?"

듣지 말았어야 했다. 아니, 지금이라도 외면해야만 한다. 하지만 그보다 앞서 사무치게 깨닫고 말았다. 기실 오래전부터 이 순간을 꿈꾸고 바라왔음을.

가느다란 흐느낌에서 그 마음을 여실히 느낀 율은 하염없이 들썩이는 화영의 메마른 등을 가만히 토닥이기 시작했다. 대관절 이 작은 몸 어디에 그 많고 많은 슬픔을 숨겨놨던 걸까. 서러움마저 느껴지는 화영의 울음은 시간이 흘러도 좀처럼 그칠 줄을 몰랐다.

"공주 자가께서 정말 그런 말씀을 하셨다고요?"

"그렇다니까."

퉁퉁 부은 눈으로 연신 같은 질문을 반복하던 화영은 좀처럼 기쁜 표정을 숨기지 못했다. 심지어 혼자서도 피식피식 웃는 모양이, 조금 전까지만 해도 세상이 떠나가라 울어대던 사람이 맞나 싶을 정도다.

"부부 검객이라니, 정말 공주 자가의 말씀대로 무림 고서에 나오는 협객단 같지 않습니까?"

그렇게 말하며 눈동자를 빛내는 것을 보면 어쩐지 그 설렘의 연유가 예상과 조금 다른 듯도 싶지만, 과연 화영다운 반응이다.

"하여간 속도 없지."

소리 죽여 웃으며 뒷마당 빈 곳에 자리를 편 율은 이내 화영을 향해 손을 내밀며 유쾌하게 말했다.

"검객은 됐다 치고, 나머지 부부를 완성시키고 싶으면 어서 와서 서거라."

오랜만에 의관 정제를 하고 선 그의 앞에는 자그마한 상이 놓여 있었다. 비록 정화수 한 사발에 송죽 한 줄기뿐인 단출한 상이지만, 등잔불을 밝히고 마주 서니 얼추 혼례를 치르는 느낌이 난다.

"잠시만요, 나으리."

그때, 무슨 생각이 들었는지 자신의 검을 물끄러미 내려다보던 화영은 곧 칼자루에 묶여 있던 댕기를 풀어 머리 위에 그것을 동여맸다.

"이제 됐습니다."

그러고는 환하게 웃는 모양이 전에 없이 눈부시다. 율은 부쩍 가늘어진 눈으로 마주 선 화영의 그 애틋한 얼굴을 뚫어져라 바라보았다.

"곱구나."

얼핏 웃음기가 서린 그의 목소리에, 두 뺨을 등잔불 색으로 물들인 화영은 괜스레 벅차오르는 감정을 삼키며 율과 눈을 맞췄다.

그림처럼 해사한 얼굴, 태산 같은 어깨, 새벽 별빛보다 찬란한 미소.

꿈만 같게도 이분의 여인이 된다. 차마 닿는 것조차 상상할 수 없었던 이분의 여인이.

지난 십 년간의 일들이 새삼 눈앞을 스쳐 지나가는 동안 긴 절을 마친 화영은 문득 아득한 표정을 지으며 중얼거렸다.

"정녕 이래도 괜찮은 걸까요?"

"무엇이?"

"분수에 넘치는 행복을 누리는 것 같아서요. 이러다 천벌받을까 봐."

무슨 말로 이 마음을 다 표현할 수 있을까. 꿈이라도 좋으니 그저 깨지 않게 해달라고 빌고 또 비는 이 간절한 마음을.

"천벌은 무슨."

그런 화영의 속내를 눈치챈 율이 그녀를 품에 안으며 속삭였다.

"분수에 넘칠 게 무에 있더냐. 서로 연모하는 남녀가 백년가약을 맺는 것은 지극히 당연한 일이거늘."

"하오나 태어날 때부터 정해진 신분의 고하가 있지 않습니까? 소인과 나으리는 달라도 너무 다른……."

"다를 것 없다. 내 생모도 천출이니까."

"……예?"

뜻밖의 고백에 놀라 말문이 막힌 화영이 황망한 눈으로 저를 바라보자, 소리 없이 미소를 지은 율은 부러 그녀의 목덜미에 얼굴을 묻으며 오랫동안 품고 살았던 자신의 이야기를 털어놓기 시작했다.

"나를 낳아주신 어머니께서는 관찰사로 내려온 아버지의 수발을 들던 관노였다. 그저 하룻밤을 함께 보냈을 뿐인데 덜컥 아이가 생겼고, 내가 일곱 살이 되던 해에 병으로 돌아가셨지."

"……."

"양자가 될 수 있었던 건 나를 가엾이 여긴 아버지의 배려였지만, 이는 아버지와 나 둘만의 비밀이었다. 하지만 이제는 너와 나, 둘만의 비밀이 되겠구나."

둘만의 비밀. 어쩐지 그 말이 두근거리는 가슴을 더욱 바쁘게 채찍질하는 듯했다. 화영은 마른침을 삼키며 동그랗게 굽은 율의 등을 가만히 쓰다듬었다. 그러자 피식 웃으며 화영의 어깨에 감았던 팔을 푼 율이 돌연 상 위에 놓여 있던 등잔불을 훅 불어 껐다. 순식간에 어둑해진 시야 사이로 보이는 그의 눈동자는 어스름을 담은 채로 일렁이고 있었다.

"자, 그럼."

당황한 화영이 무어라 입을 열 새도 없이 두 팔로 불쑥 그녀를 안아든 율은 곧 의뭉스러운 미소를 지으며 중얼거렸다.

"다음 절차를 진행해 볼까?"

나지막한 그의 목소리가 전에 없이 뜨겁게 들리는 것은 착각일까. 긴 그림자가 내려앉은 율의 가느다란 눈을 멀거니 바라보던 화영은 저도 모르게 마른침을 꿀꺽 삼켰다. 말간 그의 얼굴 너머로 기우는 달과 짙어진 매화 향기, 유난히 바스락거리는 새벽의 서늘한 공기가 마치 한 장의 그림처럼 가슴에 새겨지고 있었다.

문득 방문이 닫히는 소리가 들리자, 퍼뜩 정신을 차린 화영은 터질 듯 뛰어대는 가슴을 어찌하지 못하고 율의 옷깃을 힘껏 움켜쥐었다. 하지만 조심스레 자신을 내려놓는 그의 새까만 눈동자는 조금의 흔들림도 없었다. 결국 아무런 말도 하지 못한 채 고개를 떨군 화영은 연유 모를 긴장감으로 떨리는 입술을 지그시 깨물었다. 그러자 화영의 뺨을 부드럽게 감싸 쥔 율이 조용히 말문을 열었다.

"너는 화영이라는 이름으로, 꽃의 그림자로 긴 세월을 살아왔다. 지금까지 그래왔고 앞으로도 그러할 테지."

어느새 율의 손에 의해 풀어져 버린 화영의 머리카락이 순식간에 어깨 위로 쏟아져 내렸다.

"하지만."

생경한 감각이 온몸을 강하게 흔드는 통에 정신이 아득해진 화영은 안절부절못하며 율의 옷깃을 더욱 세게 움켜쥐었다.

"오늘 밤만큼은 전부 잊거라. 네가 지금까지 살아왔던 삶도, 짊어져야 했던 본분도."

고요한 정적 속에 옷자락끼리 스치는 소리만이 천둥처럼 귓전을 뒤흔들고, 소리 없이 짧은 숨을 들이마신 화영은 이내 두 눈을 질끈 감았다. 푸르스름한 새벽빛 아래 어렴풋이 드러난 화영의 어깨에는 자잘한 상처들이 도드라지게 새겨져 있었다.

"화영아."

바짝 긴장한 화영의 목덜미를 훑어 내린 율의 입술이 느리게 그녀를 불렀다. 어금니를 아득 깨문 화영이 대답 대신 고개를 끄덕이자, 그는 빙긋 미소를 지으며 굳게 다물려 있던 그녀의 입술에 제 입술을 묻었다.

곧 서로의 달뜬 숨이 진득하게 엉키고, 율의 품에 안긴 채 바닥으로 잠겨들던 화영은 힘겹게 눈꺼풀을 들어 올렸다. 저를 물끄러미 내려다보는 그의 얼굴에는 여전히 다정한 미소가 걸려 있었다.

"은애한다. 온 마음을 다해."

속삭이듯 귓가에 내려앉는 율의 목소리는 단단했다. 화영은 저도 모르게 울컥 솟아오르는 감정을 이기지 못하고 율의 목을 힘껏 끌어안았다. 뜨겁게 엉키는 체온에 희미해질 대로 희미해진 정신이 재가 되어 날아가는 것만 같다.

파도에 몸을 맡긴 듯 굽이치는 천장, 더욱 깊게 감겨드는 율의 단단한 팔. 태산 같은 그 품 안에 빈틈없이 안긴 화영은 마침내 뜨거워진 숨을 가릴 것 없이 뱉어냈다. 찬란한 밤, 작은 틈으로 보이는 하늘 끝에는 어느새 달이 저물고 있었다.

부지런히 고개를 내민 아침 햇살이 속눈썹 사이로 스며들자, 무겁게 닫혀 있던 눈을 천천히 들어 올린 율은 습관적으로 옆자리를 더듬어 화영을 찾았다. 그러나 맥없이 허공을 휘저은 그의 손에는 식어버린 이부자리만 서걱거리며 감길 뿐이었다.

일순 벼락처럼 몸을 일으킨 율은 얼떨떨한 얼굴로 방 안을 둘러보았다. 머리맡에 단정히 개어 있는 자신의 옷가지를 보아하니, 또 이른 시각부터 바지런을 떤 모양이다.

"……아침잠도 없는 겐지."

혀끝을 차며 무거운 몸을 좌우로 비틀던 율은 문득 고개를 갸웃거렸다. 화영이 일어났다면 분명 어디선가 기척이라도 느껴질 터인데 문밖은 마냥 고요하기만 했다.

그제야 속저고리 위에 직령을 걸치며 밖으로 나온 율은 무심코 흙 내음 가득한 공기를 깊게 들이마셨다. 아직 서늘한 기온은 무거운 몸을 더욱 움츠리게 했다.

사라진 화영을 찾느라 집 안 곳곳을 느릿느릿 둘러보던 율은 이내 피식 웃음을 터뜨렸다. 며칠 전 만들어둔 화살 뭉치가 사라진 것을 보면 부러 생각하지 않아도 뻔한 일이었다.

"하여간 못 말린다니까."

혼잣말을 중얼거린 율은 기지개를 켜며 멀지 않은 산자락을 향해 시선을 돌렸다. 아마도 화영은 저곳 어딘가에서 수련에 박차를 가하고 있을 것이다.

얼마 전부터 활 쏘는 법을 익히기 시작한 화영에게 모두가 잠든 새벽은 귀중한 수련 시간이었다. 게다가 율이 직접 과녁을 만들어 산 중턱

빈 공간에 세워준 후로 그녀의 열정은 더욱 불타오르고 있던 터.

"그럼 슬슬 올라가 볼까."

새벽바람에 차가워진 물로 세수를 한 율은 서둘러 자신의 활과 검을 챙겨 들고 기운차게 대문을 나섰다. 언덕을 지나 좁게 이어진 산길을 얼마나 올라갔을까.

이슬에 젖은 옷깃을 터느라 잠시 걸음을 멈춘 율은 문득 주위를 둘러보며 귀를 기울였다. 소란한 산새 울음 사이로 물줄기가 쏟아지는 시원한 소리가 들린 탓이었다.

저도 모르게 물소리를 따라 걸음을 돌린 율은 곧 작은 폭포를 발견하고 벌어진 입을 다물지 못했다. 높다란 절벽에서 떨어진 물줄기가 작은 못을 이루고, 그 주위에 커다란 바위가 성벽처럼 둘러져 있는 모양은 퍽 웅장하고 멋스러웠다. 지척에 펼쳐진 절경을 홀린 듯 바라보던 그가 못 안쪽으로 걸음을 옮기려던 바로 그때였다.

'목탁 소리?'

재빨리 소리가 난 방향으로 고개를 돌린 율은 곧 바위 위에 앉아 있는 승려를 발견하고 멈칫했다. 때마침 굽은 몸을 느리게 일으키던 그 또한 율의 존재를 눈치챈 모양이었다.

"약초꾼은 아니신 듯한데, 어찌 이런 곳까지 걸음을 하셨습니까?"

율에게 합장하며 허리를 숙인 그가 부드럽게 물었다. 잠시 머뭇거리던 율은 곧 옅게 웃으며 대답했다.

"그저 발길 닿는 대로 걷고 있었습니다."

"하면 이 만남은 부처님의 뜻이로군요."

온화한 미소를 지으며 중얼거린 승려는 문득 율의 해사한 얼굴을 뚫어져라 바라보았다.

"외람되오나, 선비님께 상당한 무공이 느껴지는군요."

확신에 가까운 그의 말에 흠칫한 율은 허리춤에 묶여 있던 검을 슬그머니 옷자락 밑으로 숨겼다. 하지만 이어진 그의 말은 율을 더욱 놀라게 하는 것이었다.

"한양 말씨를 쓰시는 것을 보니, 혹 영양위 대감 댁 사람이십니까?"

일순, 날카롭게 조여진 율의 가느다란 눈이 서늘한 냉기를 뿜어대기 시작했다. 하고 있는 행색은 평범한 탁발승이었음에도, 어쩐지 모든 것을 꿰뚫어 보는 듯한 그의 형형한 시선이 범상치 않게 느껴진 탓이었다.

"그리 경계하실 것 없습니다, 선비님. 오래 살다 보면 쓸데없이 감각이 트이곤 하거든요."

그런 율의 생각을 읽었는지, 말끝에 작은 웃음을 덧붙인 승려는 여전히 태연하기만 했다.

"당신, 도대체 누구요?"

"소승은 성탄이라 하옵니다."

낮게 으르렁거리는 율의 목소리에 그는 다시 한 번 부드러운 미소를 띠며 자신을 소개했다.

'성탄……'

들리지 않게 그의 이름을 곱씹어본 율은 이내 빈 입술을 지그시 눌러 다물었다. 무슨 연유인지 달갑지 않은 예감이 그의 등을 타고 스멀스멀 기어오르고 있었다.

❀

이슬에 젖은 벼 이삭도, 충만한 달빛도 곤히 잠든 가을의 밤. 거친 말발굽 소리가 야음을 가르며 울려 퍼졌다. 오래 지나지 않아 광주목의 전경이 한눈에 보이는 언덕 위에 모습을 드러낸 인영은 그 풍채가 실로 단단하고 장대했다.

"워워."

가쁜 숨을 몰아쉬는 말의 목을 두어 번 두드려 달랜 그가 얼굴을 가리고 있던 천을 천천히 풀었다.

"생각보다 일찍 당도했군."

검결만큼 매서운 눈빛, 고집스럽게 다물린 입술.

때마침 구름 사이로 스며든 달빛 아래 서늘한 이목구비를 드러낸 이는 놀랍게도 수양이었다.

"쉬는 시간도 아껴가며 말을 달리셨으니, 그럴 만도 합니다."

내금위장의 대답에서 투덜거림을 느낀 수양은 짧은 웃음을 터뜨렸다.

"외람된 말씀이오나 소신, 성심을 받잡기 민망하옵니다. 종친이라고는 하나 엄연히 대역 죄인이온데 어찌하여 이렇게까지 하시는 겁니까?"

그의 물음에, 빙긋 미소를 지은 수양은 먼발치로 보이는 종의 배소를 바라보며 말했다.

"거꾸로 생각하면, 대역 죄인이라고는 하나 이대로 버리기엔 아까운 패이지 않겠나? 더군다나 경혜가 둘째를 회임했다고 하니, 겸사겸사 의중을 좀 살펴보려 하네."

사실 그동안 수양은 경혜와 종의 존재를 애써 외면해 왔다. 끝까지 자신을 등진 그들이 괘씸하면서도, 차마 그들의 무참한 생활을 전해들을 자신은 없었던 것이다. 그러던 중 생각지도 못한 경혜의 회임 소식을 접하게 되었으니, 수양으로서도 이는 퍽 반가운 일이었으리라.

'이제는 제법 주변을 추스를 수 있게 된 것이겠지.'

지금이라면 경혜와 종의 마음을 돌릴 수 있을지도 모른다. 수양은 바로 그 점을 기대하고 이곳을 찾아온 것이었다.

"여기가 배소입니다, 전하."

이미 자시(子時)를 훌쩍 넘긴 시각. 마을 외곽에서도 가장 구석진 곳에 자리한 종의 배소 앞에는 번을 서는 사환들마저 머리를 맞대고 앉은 채로 꾸벅꾸벅 졸고 있었다.

"흠흠."

말에서 내린 내금위장이 작게 헛기침을 하자, 바닥으로 하염없이 떨어지던 고개를 퍼뜩 들어 올린 사환들이 허둥지둥 몸을 일으키며 소리쳤다.

"누, 누구냐!"

"물럿거라. 주상 전하시다."

나지막한 그의 명령에, 사환들은 황망한 표정으로 눈앞의 사내들을 바라보았다.

"아닌 밤중에 홍두깨라드만, 대관절 이기 뭔 소리대?"

"암만 혀도 잠이 덜 깬 모양인디?"

그들이 무거운 눈꺼풀만 끔벅거릴 뿐 좀처럼 길을 틀 기미를 보이지 않자, 지켜보던 수양이 말에서 풀쩍 뛰어내려 그들을 향해 다가갔다. 어렴풋이 보이는 그의 얼굴은 무어라 형언할 수 없는 위압감을 내뿜고 있었다. 그리고 다음 순간, 그의 손에 의해 풀어 헤쳐진 철릭 사이로 믿을 수 없는 흉배가 나타났다.

태양을 상징하는 원, 그리고 화려한 용문(龍紋).

"히익!"

그제야 혼비백산하며 바닥에 납작 엎드린 사환들은 부서져라 머리를 조아렸다.

"저, 전하께서 어, 어찌 이 먼 곳까지……."

"오늘 밤, 너희는 아무도 보지 못한 것이다."

"여, 여부가 있겠습니까?"

미간을 험악하게 구긴 내금위장이 으름장을 놓자, 연신 바닥에 이마를 부딪치던 그들은 서둘러 굳게 닫혀 있던 배소의 대문을 열어젖혔다.

마침내 들어선 마당 안에는 유난히 고요한 어둠이 내려앉아 있었다. 풀벌레 소리마저 들리지 않는 것에 의아함을 느낀 수양이 망설이던 발걸음을 떼려던 바로 그때였다.

"멈추십시오."

허공을 가르는 서늘한 목소리에 수양의 뒤에 서 있던 내금위장의 검이 눈 깜짝할 사이에 허공으로 향했다.

"누구냐?"

위협적인 그의 물음에, 이윽고 어둠 속에서 두 개의 그림자가 천천히 그 모습을 드러냈다. 달빛에 비친 그들의 얼굴을 확인한 수양은 곧 피식 웃으며 말문을 열었다.

"자네들은 밤잠도 없나?"

농이 섞인 질문은 자못 경쾌했다. 하지만 허리춤에 꽂혀 있는 검을 당장에라도 뽑아 들 태세로 서 있는 율과 화영의 눈동자는 조금의 미동도 없었다.

"영양위와 공주를 만나러 왔을 뿐이니, 길을 비켜주게."

곧 평소와 같은 표정으로 돌아온 수양이 나지막한 목소리로 말했다. 그러자 시종일관 단호한 선을 그리고 있던 율의 눈썹이 보일 듯 말 듯 꿈틀거렸다.

"만나러 왔을 뿐이라. 그 언젠가 일곱 해쯤 전에 비슷한 말을 들어본 것 같은데, 소인의 착각입니까?"

실소가 담긴 물음에, 수양 또한 서늘해진 눈빛으로 그를 노려보았다.

"무엄하다. 당장 물러서지 못하겠느냐?"

두 사람 사이를 가로지르는 긴장감을 보다 못한 내금위장이 버럭 목소리를 높였지만, 가볍게 손을 올려 그를 제지한 수양은 곧 차분한 목소리로 말을 이었다.

"그간 소식을 접하지 못해 어찌 지내고 있나 궁금하여 찾아온 것이다. 긴히 나눌 이야기도 있고."

"하면 날이 밝은 뒤 다시 드시지요. 두 분은 이미 잠자리에 드셨습니다."

조금의 망설임도 없이 이어지는 율의 목소리에는 적대감이 서려 있었다. 좀처럼 물러날 기미를 보이지 않는 태도에 작게 한숨을 내쉰 수양은 문득 율의 뒤로 한 발자국 떨어져 서 있는 화영을 향해 시선을 돌렸다.

"……용케도 그 목숨줄을 부지했구나. 승하하신 형님께서 과연 훌륭한 인재를 뽑았다고 해야 할까."

그렇게 중얼거리는 수양의 목소리에는 어찌 된 일인지 조금의 노여움도 느껴지지 않았다. 심지어 다행이라는 듯 웃기까지 하는 그의 모습에 적잖이 당황한 화영이 칼자루를 쥔 손에 더욱 힘을 준 그때였다.

"드시라 하시지요."

굳게 닫혀 있던 방문 너머에서 들려온 목소리는 다름 아닌 경혜의 것이었다. 이에 잠시 머뭇거리던 율과 화영은 결국 천천히 뒤로 물러날 수밖에 없었다.

어느새 어렴풋한 불빛이 새어 나오고 있는 방문을 물끄러미 바라보던 수양은 이내 그 안으로 무거운 걸음을 옮겼다. 하지만 흐트러진 옷매무새를 가다듬던 경혜는 방 안으로 들어서는 수양을 그저 흘깃 바라볼 뿐이었다.

"앉으시지요."

먼저 말문을 연 것은 종이었다. 못 본 사이 많이 야윈 그의 모습에 씁쓸함을 삼킨 수양은 곧 태연하게 웃으며 그들의 앞에 자리를 잡고 앉았다. 그런 수양의 행동에 도리어 당황한 것은 내금위장이었다.

"저, 전하. 어찌 상석에 앉으시지 않고……."

"자네는 나가 있게."

나지막하지만 단호한 수양의 명에 안절부절못하던 그는 결국 마지못해 자리를 피했다. 다시금 찾아온 침묵 속에서 고요한 눈으로 두 사람을 바라보던 수양은 한참 만에야 무거운 입술을 달싹였다.

"오랜만이구나."

"이리 먼 곳까지 유람을 오신 걸 보니 한가하신 모양입니다, 숙부님."

가시 돋친 경혜의 대꾸에, 수양은 작게 웃으며 고개를 가로저었다.

"그저 안부가 궁금하여 찾아왔을 뿐이다. 종손의 얼굴이 궁금하기도 하고."

"설마하니 제 아들 얼굴이나 보시자고 이 먼 곳까지 오시진 않으셨으리라 생각합니다만."

조소를 덧붙인 경혜가 싸늘한 눈으로 수양을 노려보았다. 하지만 정작 수양의 시선은 그녀의 뒤에 몸을 숨긴 용에게 향해 있었다. 겁에 질린 눈동자를 데굴데굴 굴리고 있는 어린아이. 제 부모를 쏙 빼닮은 이목구비가 자못 괴이 보여 저도 모르게 부드러운 미소를 머금은 수양이 용을 향해 두 팔을 벌리며 물었다.

"이리 오겠느냐?"

하지만 눈에 띄게 몸을 떤 용은 어미의 품으로 더욱 깊숙이 파고들 뿐이었다. 그러자 잠자코 이를 지켜보던 종이 굳게 닫혀 있던 입술을 달싹였다.

"무슨 연유로 이 야심한 시각에 저희를 찾아오셨습니까?"

잠시 정적이 흐르고, 미소가 사라진 입술을 혀끝으로 훑은 수양은 마침내 본론을 꺼냈다.

"비록 우리가 서로 발톱을 세웠을지언정, 그래도 핏줄로 이어진 사이가 아니던가? 한데 자네는 어찌하여 나와 이리 척을 지려 하는가?"

"새삼스러운 말씀을 하시는군요. 먼저 척을 진 것은 제가 아니라 금상이십니다."

종은 날카롭게 입꼬리를 비틀며 실소했다.

"게다가 핏줄을 운하시기엔, 그 손에 죽어 나간 종친들이 너무 많지 않습니까?"

일순, 고요하던 수양의 눈동자가 여실히 굳어졌다.

"나를 믿지 않은 까닭으로 벌어진 일이라는 생각은 추호도 해본 적이 없는 건가? 동복인 안평과 금성도, 나아가 노산군마저도 내 등에 칼을 꽂으려고 했네. 하니 내 어찌 그들을 살려둘 수 있었겠는가?"

"애초부터 그 자리는 금상의 것이 아니었습니다."

"노산군은 너무 어려 힘이 없었고, 탐욕스러운 대신들은 호시탐탐 그 머리 위에 오르려 혈안이 되어 있었네. 나는 그저 선대가 세운 이 나라를 그들에게서 지키고 싶었을 뿐이야."

"하, 그런 분께서 공신이랍시고 올라앉은 저 무뢰배들의 횡포를 그리 두고 보신단 말입니까?"

"영양위."

"금상은 선왕 전하를 시해하였습니다."

"영양위!"

더는 참지 못하고 벼락같은 고함을 내지른 수양은 급기야 불끈 쥔 주먹으로 방바닥을 거세게 내려쳤다.

"자네가 감히 나를 우롱하려 드는 것인가?"

갑작스레 큰 소리가 나자, 소스라치게 놀란 용이 결국 참고 있던 울음을 터뜨렸다. 조용히 그를 다독인 경혜는 더욱 날카로워진 눈으로 수양을 쏘아보았다.

"우롱이 아니라 사실이지요. 숙부께서 하신 말씀은 그저 변명일 뿐입니다. 이제 와 무슨 말을 한들 그 손에 묻힌 피가 지워지겠나이까?"

경혜의 목소리는 나직했지만, 무척 매서웠다. 이에 한동안 허공을 응시하던 수양은 잠시 후 쇳소리가 섞인 목소리로 말을 이었다.

"나는 이제껏 너와 영양위를 살리기 위해 최선을 다했다. 기실 극형에 처해도 모자란 너의 가솔들을 용서한 것 또한 나의 배려였음을 알고 있겠지. 지난 병자년의 역모 또한 마찬가지다. 외인(外人)과 내통하고 밀지를 운반한 자를 내 정녕 모를 거라 생각하느냐?"

"하면 반대로 묻고 싶군요. 제가 감읍하다는 인사라도 고해 올려야 하는 겁니까?"

"……정녕 내 손을 잡지 않겠느냐? 아들을 생각해서라도."

"지금 이 어린 것을 두고 겁박을 하시는 겝니까?"

듣던 중 격분한 경혜가 다시금 날카롭게 소리치자, 수양은 씁쓸한 미소를 지으며 고개를 저었다.

"아이를 기르기엔 좋지 않은 살림이니 하는 말이다. 공주의 자식이라 종친의 봉작은 받지 못하나 승하하신 형님의 유일한 손이 아니냐? 더군다나 둘째까지 태어나면……."

"염려하실 만큼은 아니니, 그쯤 하십시오. 이만 돌아가 주시겠습니까?"

더는 두고 볼 수 없다는 듯 자리에서 벌떡 몸을 일으킨 경혜는 직접 방문을 열어젖혔다. 그러자 초조한 표정으로 밖을 지키고 있던 율과 화영, 내금위장이 동시에 놀란 눈으로 그녀를 바라보았다.

"나가주십시오."

다시 한 번 단호하게 내려앉은 경혜의 말에, 수양은 결국 자리에서 몸을 일으킬 수밖에 없었다.

"……언제든지 기다리고 있겠네."

방을 나서기 전, 나지막한 목소리로 중얼거린 수양은 부쩍 굳은 얼굴로 마당에 내려섰다. 그런데 문득 수양의 형형한 눈동자가 다시금 문간에 서 있던 화영에게 향했다. 이에 애꿎은 칼자루만 억세게 쥐어짜던 화영은 바짝 말라붙은 입술을 지그시 앙다물었다. 마지막으로 그와 마주쳤던 태평관의 기억이 떠오른 것이다.

어느새 스멀스멀 땀이 배어 나온 그녀의 손바닥은 서늘하게 식어 있었다. 하지만 그 속내를 아는지 모르는지 뜻 모를 표정으로 화영을 바라보던 수양은 곧 피식 웃으며 중얼거렸다.

"참으로 탐이 날 만큼 좋은 눈빛을 가지고 있지 않느냐?"

"……!"

"여인이 아니었다면, 이름깨나 날리는 무관이 되었을 것을."

예상치 못한 그의 말에 당황한 화영이 주춤거리는 사이, 그녀의 앞을 막아선 율은 이내 엄청난 위압감을 뿜어대며 수양을 쏘아보았다. 가느다란 율의 시선 속에는 형용할 수 없는 강렬한 감정이 실려 있었다.

적대감도, 살의도 아닌, 깊이조차 알 수 없는 그 무언가.

미간을 조이고 그 생경한 눈동자 속에 담긴 뜻을 가늠하던 수양은 곧 이를 깨달을 수 있었다. 그 순간, 소리 내어 웃음을 터뜨린 그가 중얼거린 말은 뜻밖의 것이었다.

"지나치게 무모하고 어설픈 것이, 마치 열일곱 소년 같군."

어딘지 의뭉스러운 미소를 그리며 나른한 눈으로 율을 훑어본 수양은 이내 홀연히 등을 돌렸다.

"하지만 때로는 그런 치기가 해답을 만들 때도 있음이야."

묘한 독백을 남기고 훌쩍 말에 오른 그는 뒤따르는 내금위장과 함께 순식간에 흙먼지 사이로 모습을 감춰 버렸다.

"화영이 넌 대문에 소금이나 뿌리거라!"

앙칼진 경혜의 외침에 황망한 표정을 감추지 못하고 망설이던 화영은 설마 저것이 진담인지를 묻는 눈빛으로 율을 돌아보았다. 하지만 수양이 사라진 길에서 좀처럼 시선을 떼지 못하는 율의 표정에는 전에 없이 서늘한 기운이 내려앉아 있었다. 그런데 그때, 열린 대문 사이로 예상치 못한 인기척이 다가왔다.

"……누구냐!"

온몸에 아직 수양이 남기고 간 긴장감이 남아 있던 터라 상대가 누구인지 확인할 겨를도 없이 검을 뽑아 든 율은 대뜸 그의 목에 칼날을 들이밀었다.

그러자 소리 없이 숨을 들이켠 불청객이 쓰고 있던 삿갓을 천천히 들어 올렸다. 가늘게 뜬 눈으로 그를 노려보던 율은 이내 당황하고 말았다.

"……오랜만에 나누는 인사치곤 좀 과격하네요."

예상치 못한 상황에 놀란 모양인지 얇게 떨리는 입술을 말아 올리며 어색하게 미소를 짓는 얼굴은 분명 익숙했다. 평온한 선을 그리는 눈썹, 총기가 넘치는 크고 새까만 눈동자, 오뚝 솟은 코끝…….

"아기씨?"

놀랍게도 그녀는 미도였다.

상 하나를 사이에 두고 마주 앉은 율과 미도는 꽤 오랫동안 침묵을 지키고 있었다. 그 숨 막힐 듯한 정적에 안절부절못하던 화영은 식어가는 찻잔을 그들의 앞으로 가까이 밀며 간신히 말문을 열었다.

"어렵게 구한 차입니다. 맛이라도 좀 보시지요."

화영의 권유에 마지못해 찻잔을 들어 올렸지만, 기실 율에게 다향을 즐길 만한 여유가 있을 리 만무했다.

"그럼 소인은 이만 나가보겠습니다."

쭈뼛거리며 자리에서 일어난 화영이 문을 닫고 나가자, 다시금 찾아온 침묵을 깨고 먼저 입술을 달싹인 것은 율이었다.

"도성에 계셔야 할 분께서 여기는 어쩐 일이십니까?"

"……발길 닿는 대로 걷다 보니, 라고 하면 역시 믿지 않으시겠지요?"

짐짓 농처럼 되물은 미도는 곧 대수롭지 않다는 듯 이어 말했다.

"짐작하시는 게 맞습니다. 대감을 뵈러 왔어요."

"무슨 연유로?"

부쩍 심각해진 율의 눈빛은 예전과 다름없이 곧고 뜨거웠다. 대답 대신 빙긋 미소를 지은 미도는 잠시 후 아득한 표정을 지으며 중얼거렸다.

"참으로 오랜만인 것 같습니다. 이렇게 마주 뵙고 이야기를 나누는 것이."

율은 그만 말문이 막히고 말았다. 전에 없이 탁해진 눈동자가, 깊게 패인 슬픔이 지난 세월 동안 그녀가 겪어왔을 고난을 어렴풋하게나마 짐작하게 한 탓이었다.

"평안해 보이십니다. 도련님도, 저 아이도."

부러 말문을 돌리는 것이 틀림없었지만, 잠시 망설이던 율은 결국 고개를 끄덕였다.

"예, 잘 지내고 있습니다."

"다행이네요."

들고 있던 찻잔을 조용히 내려놓은 미도는 마침내 지난 이야기를 꺼내놓기 시작했다.

"두모포에서 마지막으로 뵈었을 때, 미행이 붙었던 것을 뒤늦게 알고 걱정했습니다. 실은 그때 소녀의 수하도 죽다 살아난지라 경황이 없었는데, 정신을 차리고 보니 이미 영양위께 유배형이 내려졌더군요."

"……."

"그 뒤로 계속 금성대군의 곁을 지키고 있었고, 대군께서 사사되신 후에는 전국 팔도를 돌아다녔습니다. 광주에 당도한 건 달포쯤 전인데, 기거할 곳이 없어 난감하던 차에 성탄 스님을 만나 도움을 받게 되었지요. 덕분에 대감의 소식도 듣게 되었고요."

잠시 말을 멈춘 미도가 차 한 모금으로 목을 축이는 사이, 율은 그저 조용히 그녀의 손을 바라볼 뿐이었다. 가늘고 여렸던 그녀의 손은 어느새 마른 나무 껍질처럼 거무죽죽하게 변해 있었다.

"궁금하지 않으셨을 수도 있겠지만, 그저 소녀가 말씀드리고 싶어서 이리 시간을 빼앗았습니다."

덤덤함을 넘어서 초연해 보이기까지 하는 그녀의 모습에 율은 그저 쓰게 웃을 수밖에 없었다. 까마득한 기억 속 천진한 눈동자의 재기 넘치던 소녀는 어느덧 생경한 표정을 머금은 여인이 되어 있었다.

"도련님을 다시 뵈면 묻고 싶은 것이 참 많았는데 막상 이렇게 얼굴을 마주하고 보니 딱히 생각이 나질 않네요. 그저 반갑고, 건강하신 듯하여 안심이 되고, 그뿐입니다."

이윽고 빈 찻잔을 내려놓으며 천장으로 시선을 돌린 미도는 잠시 후 머뭇거리던 입술을 어렵사리 달싹였다.

"내내 마음에 걸렸습니다. 한때는 참으로 다정한 오누이였는데, 언제부터 멀어지고 말았을까 하고."

"……괜한 생각을 하셨습니다."

"역시 그렇죠? 근자에 무슨 바람이 들었는지 쓸데없는 사념이 많아져서."

마치 남의 이야기를 하듯 흘러가는 목소리로 중얼거린 미도는 문득 자세를 고쳐 잡으며 율을 똑바로 바라보았다.

"그냥, 한 번쯤은 말씀드리고 싶었습니다. 진심이었기에, 지키고 싶었기에 뜻을 품었던 거라고."

"……."

"진정으로, 아주 많이, 연모했었습니다."

그것은 참으로 오랜 시간을 돌고 돌았을 고백이었다. 비록 지난날의 추억처럼 바래 버렸을지언정 그 언젠가는 가장 찬란했을 마음.

"이제 좀 홀가분하네요."

그러고는 환하게 웃는 모양이 사무치게 먹먹한 탓에 율은 아무런 대답도 할 수가 없었다. 심연과도 같았을 그 세월의 깊이를 조금이나마 헤아릴 수 있었기 때문일까.

"뭐, 새삼스러운 옛 이야기는 이쯤 하고."

그런 율의 마음을 잘 알고 있다는 듯 태연하게 화두를 돌린 미도는 이내 종전의 단단한 표정으로 돌아와 말을 이었다.

"실은 도련님께 부탁하고 싶은 것이 있습니다."

"……말씀하시지요."

"도련님의 검을 빌려주십시오."

조금의 꾸밈도 없는 그녀의 직언에 놀란 얼굴을 퍼뜩 들어 올린 율은 저도 모르게 주먹을 불끈 쥐었다. 결연히 빛나는 눈동자. 태양 같은 미도의 그 눈동자 속에 담겨 있는 것은 분명 투지였다.

"무슨 계획을 꾸미고 계신 겁니까?"

신음에 가까운 율의 물음에, 미도는 말없이 품에서 한 장의 서찰을 꺼냈다. 떨리는 손으로 그것을 펼쳐 든 율은 다시 한 번 놀라고 말았다.

"이것은……."

"금성대군께서 돌아가시기 전 마지막으로 남기신 격문(檄文)입니다."

소리 없이 글씨를 읽어내리던 율은 흔들리는 시선을 감추지 못하고 아랫입술을 질끈 깨물었다. 격문의 내용인즉 불심을 가진 자로서 극악무도한 수양의 살생을 더는 두고 볼 수 없으며, 승려들의 의기를 모아줄 것을 호소하고 있었다.

"관군에게서 가까스로 지켜낸 이 격문을 들고 전국 팔도의 사찰들을 돌아다녔습니다. 덕분에 제법 많은 수의 승병(僧兵)을 모을 수 있었고, 성탄 스님께서는 그중에서도 가장 큰 힘이 되어주고 계세요."

"하면 혹 제게 부탁하시려는 것이……."

"그들에게 검술을 가르쳐 주십시오."

혼란스러운 표정으로 미도를 바라보던 율은 문득 목구멍 아래로 넘어가는 제 숨이 따끔거리는 것을 느꼈다.

"그리고 또 한 가지,"

그런 율을 바라보며 다시금 단호하게 입술을 달싹인 미도는 마침내 비장한 목소리로 마지막 말을 읊조렸다.

"영양위 대감께서 이번 거사의 중심을 잡아주셨으면 합니다."

당장에라도 비가 쏟아질 것 같은 어두운 날씨였다. 늘 우렁차게 울려 퍼지던 까치의 울음소리도 잦아든 이른 아침, 의관을 정제하고 서안 앞에 앉은 종은 상당히 오랜 시간 동안 금성의 격문을 내려다보고 있었다.

"대감."

미동조차 없는 종을 걱정스러운 표정으로 바라보던 율이 나지막하게 그를 불렀다.

"외람된 말씀이오나, 역시 거절하시는 편이 낫지 않겠습니까? 승병으로 반란이라니, 무모하고 위험합니다."

조심스러운 그의 말에, 내리깔고 있던 시선을 천천히 들어 올린 종이 마침내 천천히 입술을 달싹였다.

"미도를 만나봐야겠습니다."

"대감……."

생각지 못한 종의 즉답에 잠시 머뭇거리던 율은 이내 무어라 표현하기 힘들 만큼 헝클어진 표정으로 다급히 말을 이었다.

"세상사라는 것이 그렇습니다. 내 마음이 평안하지 못하여도 때로는 묵인하고 피할 수밖에 없는 일들이 생기기 마련이에요. 하온데 대감께서는 어찌하여 목숨을 걸면서까지 수양과 맞서시려는 겁니까?"

"하하, 다른 이도 아닌 형님께서 그런 말씀을 하시니 참으로 어색하네요."

"게다가 공주 자가께서 회임 중이시지 않았습니까? 혹여 일이 잘못되기라도 하면 어찌하시려고요?"

"형님."

"하다못해 태어날 아이의 얼굴은 보시고……."

"형님."

재차 율을 막아선 종은 이윽고 초연한 미소를 지었다.

"용이에게, 그리고 태어날 아이에게 부끄럽지 않은 아비가 되고 싶습니다."

"……."

"만약 제게 변고가 생긴다면, 형님께서 부디 공주 자가와 아이들을 보살펴 주세요."

한 치의 흔들림도 없는 목소리에서 종이 결코 뜻을 굽히지 않을 것을 예감한 율은 결국 침통한 표정으로 시선을 떨구고 말았다.

"역시 모른 척 태워 버릴 걸 그랬습니다. 그때의 밀지도, 이 격문도."

"……."

"결국은 이렇게 또 제 손으로 대감을 사지에 내모는군요. 기실 이리될 것을 누구보다 잘 알면서도 저는……."

괴로운 듯 미간을 구긴 율이 말끝을 흐리자, 무릎 위에 놓여 있는 그의 단단한 손을 조심스레 붙잡은 종은 곧 미소 띤 입술을 달싹였다.

"하여 제가 형님을 이리 의지하는 것입니다. 형님의 그 성정이 제게 얼마나 큰 믿음을 주는지 아십니까?"

"……"

"형님이 계셔서 참으로 다행입니다."

앙다문 잇새로 고통스러운 숨을 토해내는 율의 얼굴은 눈에 띄게 붉은빛으로 물들어가고 있었다. 그런 율을 향해 다시금 편안한 미소를 지어 보인 종은 이윽고 두 눈을 감으며 긴 숨을 들이마셨다.

"……이것이 제 마지막 싸움이 되겠군요."

덤덤한 말투로 혼잣말을 중얼거리는 종의 잔잔한 얼굴은 전에 없이 결연한 빛으로 뜨겁게 일렁이고 있었다.

❀

신사년 봄, 어둠이 내려앉은 강녕전은 평소와 달리 번잡했다.

"승려라?"

"예, 전하."

수양은 불쾌한 표정을 감추지 않은 채 소식을 들고 온 한명회를 바라보았다.

"자세히 말해보게."

"정종을 살피던 관찰사가 치계(馳啓)하기를, 근자에 그가 불서를 탐독하고 사사로이 승려와 어울리며 급기야 배소에 들이기까지 했다 합니다."

"허……"

"게다가 반인처럼 곁에 두고 있는 그의 형 또한 수상쩍은 거동을 보인다 하니, 아무래도 쉬이 넘길 일은 아닌 듯하여 이리 고한 것이옵니다."

"그건 확실히 달갑지 않은 소식이군."

"괘씸하기 그지없는 일이지요. 전하께서 친히 굽어살펴 주신 지 얼마나 지났다고 보란 듯이 외인과 사통한단 말입니까? 예전부터 누누이 아뢰던 사항이오나, 정종은 역시 죽……"

"그만."

돌연 미간을 구기며 한숨을 내쉰 수양이 서안 위에 펼쳐져 있던 서책을 소리 내어 덮었다.

"고작 승려 따위와 무슨 일을 벌일 수 있겠는가? 억측은 삼가시게."

"혹 잊으신 겁니까? 이유(李瑜, 금성대군)가 역모를 꾸몄던 당시 가장 위협적이었던 존재가 바로 민병이었습니다. 또한 잠저 시절 전하께서 계유년의 거사를 성사시킬 수 있었던 연유 또한 군사가 아닌 왈패였지요."

옛 이야기가 흘러나오자, 수양의 눈썹이 짧게 꿈틀거렸다. 그러나 한명회는 거침없이 말을 이었다.

"하나가 둘이 되고, 그 둘이 모여 넷이 됩니다. 모이고 모이면 어느새 끝도 없이 불어나는 것이 바로 역당이지요."

"……."

"정종은 이제껏 단 한 번도 전하와 뜻을 함께한 적이 없는 자입니다. 어려운 일임은 소신 또한 잘 알고 있습니다만, 이제야말로 정을 거두셔야 할 때가 아닐까 사료되옵니다. 게다가……."

문득 말을 멈춘 한명회가 답지 않게 망설이는 기색을 내비치며 두 눈을 감자, 손가락으로 서안 위를 느리게 두드리던 수양이 기울였던 몸을 바로 세우며 물었다.

"게다가?"

잠시 후, 감았던 눈을 뜬 한명회는 무겁게 닫았던 입술을 달싹였다.

"의현 공주가 지금 광주의 한 사찰에 기거하고 있다 합니다."

"뭐라?"

뜻밖의 이름이 거론된 탓일까. 자못 평온을 유지하고 있던 수양의 목소리가 별안간 매서운 기색을 띠었다. 이에 긴 한숨과 함께 뜸을 들이던 한명회는 이윽고 꺼내기 힘들었던 말들을 풀어놓기 시작했다.

"전하께서도 아시다시피 지난 역모 사건 때 누구보다 앞장서서 이유의 격문(檄文)을 옮기고 다닌 이가 바로 의현 공주입니다. 아니, 이미 그

일로 고신(孤身)을 거두었으니 더는 공주도 아니지요."

"……."

"분명 다른 뜻이 있을 겁니다. 갑자기 광주로 내려간 것도 석연찮은데 머물고 있는 사찰의 승려가 정종과 어울리고 있다니, 수상쩍지 않습니까? 모쪼록 어명을 내리시어 그들을 잡아들이는 것이……."

"어떻게 지내고 있다 하던가?"

"……예?"

예상치 못한 수양의 물음에, 결연한 표정으로 목소리를 높이던 한명회가 말끝을 흐리며 그를 바라보았다. 흐릿한 눈으로 창밖을 바라보고 있는 수양의 얼굴에는 어느새 짙은 그늘이 드리워져 있었다.

'답지 않군.'

천륜일지언정 이미 잘라 버린 연이다. 하물며 이다지도 자신을 향해 칼을 들이대는 여식에게 이제 와 무슨 미련을 둔단 말인가. 깊어지는 상념에 문득 씁쓸한 미소를 지은 수양은 다시금 굳어진 표정으로 한명회를 바라보았다.

"그대의 말마따나 이제는 아무것도 아닌 계집일 뿐이네. 한데 무슨 명분으로 사람을 모을 수 있겠는가?"

"정종이 연루된다면 다르겠지요. 문종대왕(文宗大王)의 유일한 부마가 아닙니까?"

부러 한명회의 말을 빌리지 않아도, 종의 존재가 자신에게 큰 위협이 된다는 것은 수양 또한 여실히 실감하고 있는 부분이었다. 하지만 자꾸 알 수 없는 망설임이 솟아오르는 것은 무슨 연유일까.

"……경혜 공주의 산달이 얼마 남지 않았네. 생때같은 자식들을 생각하면 섣불리 움직이지는 못할 게야. 당분간은 그저 조용히 상황을 주시하도록 하게"

"하오나 전하!"

"그만 물러가게."

피곤한 기색이 역력한 수양의 명에 말문이 막힌 한명회는 아랫입술을 질끈 깨물었다. 전에 없이 유약한 그의 태도에서 연유 모를 불안감을 느낀 탓이었다.

"아뢰옵기 황공하오나, 부디 성심을 강건히 하시옵소서. 이는 결코 좌시할 문제가 아닙니다. 전하의 번뇌를 소신 또한 충분히 짐작하는 바입니다만 더는 사사로운 정에 이끌려 망설이셔서는 아니 될 것입니다."

결국 쓴소리를 남기고 일어선 한명회가 자리에서 물러나자, 수양은 고단한 몸을 느슨하게 눕히며 두 손으로 지끈거리는 이마를 짚었다. 때마침 열린 창으로 들어온 바람에는 어렴풋한 꽃향기가 스며들어 있었다.

"전하, 침수에 드실 준비를 하오리까?"

"……"

"전하, 중궁전으로 납시겠습니까?"

되돌아오지 않는 대답에 상선의 물음이 재차 이어졌다. 잠깐의 침묵이 흐르고, 수양은 가볍게 고개를 가로저었다.

"여기 남겠다."

"알겠사옵니다, 전하."

머리를 조아린 상선이 조용히 물러나자, 방 안에는 다시금 고요한 정적이 내려앉았다. 밤이 늦도록 깊어지는 수양의 고민처럼, 바람에 담긴 꽃향기는 더욱 진하게 그의 코끝을 간질이고 있었다.

❀

초여름에 접어든 광주는 온 천지가 푸른 녹음으로 가득했다. 보리가 익어가는 평야를 물끄러미 내려다보던 화영은 때마침 불어오는 바람에 긴 숨을 들이마셨다. 풀 내음이 가득한 공기에는 초여름 특유의 청량한 습기가 스며들어 있었다. 그런데 바로 그때, 돌연 등 뒤로 다가온 기척이 순식간에 그녀의 허리를 감싸 안았다.

"나으리?"

"그래, 나다."

귓전에 속삭이는 그의 목소리가 달콤하다. 쿡쿡 웃으며 고개를 돌린 화영은 이내 지척으로 다가온 율과 시선을 맞췄다.

"언제 오셨습니까?"

"일각쯤 전에."

"하면 부르시지요."

"네 뒷모습이 보기 좋아서."

나른한 그 말이 새삼 설레어 붉게 달아오른 얼굴을 황급히 돌린 화영은 부러 율의 손을 잡아 풀며 태연한 척 물었다.

"서산사에 가시던 길이시지요? 일은 어찌 되어가고 있습니까?"

"다들 열의를 가지고 따라와 주니 순조롭다고 봐야겠지. 기실 아직도 이것이 옳은 결정인지는 모르겠다만."

문득 씁쓸한 표정을 지으며 고개를 돌리는 율의 얼굴에는 옅은 그늘이 드리워져 있었다. 그가 모여든 승병을 가르치기로 결심하기까지 얼마나 많은 고민을 했는지는 화영 또한 잘 알고 있는 사실이었다.

"후회…… 하십니까?"

조심스러운 질문에 잠시 고민하는 듯하던 율은 곧 맥없는 웃음을 흘리며 고개를 가로저었다.

"아니, 지금으로선 후회할 상황이 오지 않도록 노력해야 한다고 생각한다."

과연 그다운 현답이다. 소리 없이 미소를 지으며 고개를 끄덕인 화영은 주먹을 불끈 쥐어 보이며 짐짓 명랑한 목소리로 대꾸했다.

"염려 마십시오. 분명 그리될 것입니다. 나으리께서 스승이 되어주셨으니, 모두 금세 실력이 느실 거고요."

흔들림 없는 화영의 말에는 율에 대한 신뢰가 가득했다. 어쩐지 고마운 마음에 그녀의 머리를 쓰다듬던 율은 문득 짓궂은 미소를 띠며 운을 뗐다.

"그런데 말이다."

"예?"

"대관절 언제쯤이나 돼야 서방님 소리 한 번 들을 수 있는 것이냐?"

난데없는 그의 물음에 동그랗게 부풀어 올랐던 화영의 눈동자가 순식간에 천둥이라도 친 것처럼 흔들리기 시작했다.

"그, 그, 그런 소리 마십시오!"

"어째서?"

"아무래도 비가 내릴 것 같으니 서둘러 다녀오기나 하시지요!"

민망함을 감추려 부러 불퉁하게 대꾸하는 것이 빤히 보였지만, 터지는 웃음을 참느라 실룩이는 입술을 간신히 눌러 다문 율은 이내 아쉬운 걸음을 돌렸다.

"참."

그런데 몇 발자국 가다 말고 다시금 몸을 돌린 그가 별안간 화영을 향해 성큼성큼 걸어오기 시작했다.

"잊은 것이 있다."

그러더니 의아한 얼굴로 저를 올려다보는 화영의 얼굴을 두 손으로 감싸 쥔 율이 순식간에 그녀의 입술에 입을 맞췄다.

"나머지는 다녀와서."

돌처럼 굳어버린 화영의 뺨을 톡톡 두드린 그는 피식 웃으며 잡았던 그녀의 얼굴을 놓아주었다.

"먼저 내려가 있거라. 기다리지 말고."

얼떨떨한 표정으로 고개를 끄덕인 화영은 그가 먼발치로 사라지고 나서야 소리 없는 절규를 뱉어낼 수 있었다.

"깜짝이야……."

불이 붙은 듯 뜨거워진 얼굴을 감싸 쥔 화영의 손이 문득 그의 입술이 닿았던 제 입술 위로 향했다. 이제는 익숙해질 만도 하건만, 그가 이렇게 불쑥 다가올 때면 새삼 가슴이 터질 것처럼 쿵쾅거리는 것이 아무래도 조만간 숨이 멎을 듯도 싶다.

결국 한참 만에야 후들거리는 다리를 간신히 일으켜 세운 화영은 바로 옆 과녁에 꽂혀 있는 화살을 하나둘씩 뽑아 갈무리하기 시작했다. 새벽부터 수백 발의 화살을 쏘아댄 탓에 과녁 위 그림은 이미 형체를 알아볼 수 없을 정도로 구멍투성이였다.

그것 또한 조심조심 접어 바랑 안에 집어넣은 화영은 이내 앓는 소리를 내며 하늘을 올려다보았다. 어느새 짙은 먹구름이 몰려오기 시작한 하늘은 모래색으로 변하고 있었다.

머지않아 한바탕 소나기가 쏟아질 터. 서둘러 산길을 내려가던 화영은 문득 바삐 움직이던 걸음을 멈칫 세웠다. 반대편에서 익숙한 인영이 걸어오는 것을 발견한 것이다.

"화영 당우 아니십니까?"

자못 반가운 기색으로 인사를 건넨 이는 성탄이었다. 엉겁결에 두 손을 모아 합장한 화영이 허리를 숙이자, 느린 동작으로 마주 허리를 숙인 그는 문득 땀에 젖은 화영의 이마를 흘깃 바라보았다.

"수련을 하고 오시는 모양입니다."

"아, 예. 활을 좀 쏘느라……."

"바지런하시군요."

"아, 아닙니다. 당연히 해야 하는 일인걸요."

단단한 목소리로 대답하는 화영의 모습에 뜻 모를 미소를 지어 보인 성탄은 곧 그녀의 암청색 눈동자를 뚫어져라 응시했다.

"당우께서는 참으로 좋은 기운을 가지셨습니다. 하오나……."

문득 말끝을 흐린 그는 곧 들고 있던 염주를 돌리며 알 수 없는 말을 중얼거리기 시작했다.

"인간의 운명은 늘 기로의 반복이라지만 간혹 타고난 길이 평탄치 못하면 단순한 기로가 아닌 생사의 갈림길을 나아갈 수밖에 없지요."

"소, 송구합니다만 저는 도통 무슨 말씀이신지……."

"당우께서는 그 생사의 갈림길을 몇 번이고 마주칠 수밖에 없는 운명이십니다. 나로 하여금 누군가를 살릴 수도, 죽일 수도 있는 운명 말입니다. 하여 여인의 몸으로 무인이 되신 걸 테지요."

당황하는 화영을 바라보며 조용히 혀끝을 찬 성탄이 다시금 손안의 염주를 돌리며 말을 이었다.

"살아오는 동안 이미 죽을 고비를 여러 번 넘기셨을 것이고, 앞으로도 그러할 겁니다. 주어진 명의 기운이 강하여 그동안은 어찌어찌 목숨을 부지할 수 있었을지 모르나, 앞으로의 일은 소승도 알 수 없군요."

"……."

"당우와 같은 팔자를 가지고 태어난 이를 만나셔야 합니다. 자신의 목숨과 맞바꿔서라도 당우를 사지에서 꺼낼 수 있는 사람. 그래야 당우의 그 지난한 운명을 바꿀 수 있어요."

좀처럼 이해가 가지 않는 그의 말에, 화영은 난감한 표정을 숨기지 못했다. 그러자 희미하게 웃으며 다시금 두 손을 모아 합장한 성탄은 화영을 향해 천천히 허리를 숙였다.

"안타까운 마음에 그만 말이 길어졌군요. 너무 담아두지는 마십시오. 하면 이만."

느린 걸음으로 멀어지는 그를 멀거니 바라보던 화영은 떨떠름한 기분을 한숨과 함께 삼켰다. 어쩐지 들어서는 안 될 말을 들은 듯하다.

"운명…… 이라."

괜스레 등골이 오싹해진 화영은 부러 도리질을 하며 황급히 걸음을 돌렸다. 어느새 하나둘씩 떨어지기 시작한 빗방울은 여름빛으로 우거진 수풀을 소란하게 적시고 있었다.

한편 그 시각, 깊은 산중에 자리한 서산사의 암자에는 저마다 목검을 휘두르는 승병들의 고함 소리가 가득했다. 땀에 젖은 얼굴을 소맷자락으로 닦으며 그 광경을 지켜보던 미도는 문득 등 뒤로 다가오는 기척을 느끼고 황급히 몸을 일으켰다.

"소인입니다, 아기씨."

"……태강이구나."

익숙한 수하의 목소리에 안도의 한숨을 내쉰 미도는 곧 냉철한 표정으로 돌아와 물었다.

"그래, 목사 영감께서는 오늘도 별다른 말씀이 없으시던가?"

"예, 그렇습니다. 하온데……."

어쩐 일인지 평소와 달리 말끝을 흐리는 태강의 얼굴에는 주저하는 기색이 역력했다. 이에 미간을 구긴 미도가 한층 낮아진 목소리로 그를 재촉했다.

"괘념치 말고 말해보게."

잠시 숨을 고르며 주위를 살핀 태강은 미도에게 한 걸음 더 가까이 다가서며 속삭이듯 대답했다.

"실은 관찰사 영감께서 얼마 전 도성으로 은밀히 장계(狀啓)를 올리신 모양입니다. 목사 영감께서도 이를 알고 심히 불안해지신 듯 보였고요."

낯빛이 어두워진 미도는 초조함에 떨리는 손을 힘껏 말아 쥐었다.

'방심했어.'

관찰사 함우치가 종의 주변을 감시하고 있다는 것은 익히 알고 있었지만, 목사 유곡이 종과 성탄의 교류를 묵인해 주고 있었기에 조금은 안심하고 있었던 것 또한 사실이었다. 유 목사가 비록 지금은 측은지심에 눈을 감고 있다지만, 일이 틀어진다면 언제든 마음을 바꿀 수도 있음이리라.

"소인이 파발의 뒤를 쫓아볼까요?"

"……아니."

태강의 물음에 고개를 가로저은 미도는 무언가를 골똘히 생각하는 듯하더니, 이내 결연한 표정으로 입술을 달싹였다.

"아무래도 거사 일을 앞당겨야겠네."

❈

　인정(人定)이 지난 시각, 수양의 침전에는 밤이 늦도록 등잔불이 꺼지지 않고 있었다. 좀처럼 잠을 이루지 못한 탓일까. 근자에 들어 부쩍 수척해진 그의 얼굴에는 고단함이 역력했다. 끝나지 않는 악몽에 시달린 지도 어느덧 달포가 훌쩍 넘었다.

　문득 버석거리는 입술 사이로 긴 한숨을 뱉어낸 수양은 제 앞에 놓인 술잔을 하릴없이 기울이기 시작했다. 그 모습을 물끄러미 바라보던 한명회의 입가에도 쓴웃음이 떠올랐다. 누구보다 형형하게 빛나던 수양의 눈동자는 언제부턴가 그 비범함을 잃어가고 있었다.

　"전하."

　이윽고 천천히 말문을 연 한명회가 무거운 어깨를 떨구었다.

　"용단을 내려주십시오. 한시가 급한 사안입니다."

　그의 목소리가 어느 때보다 무참히 가슴을 찌른다. 결국 빈 잔을 소리 내어 내려놓은 수양은 상 밑에 구겨져 있던 서찰을 다시 집어 들었다.

　"이것이 진정 사실이란 말이지?"

　그것은 전라도 관찰사 함우치가 급하게 올려 보낸 고변서로, 종이 승려 성탄이라는 자와 함께 역모를 도모하고 있으며 그 증좌로 광주의 사찰에서 많은 수의 승려들이 사사로이 무예를 익히고 있다는 것이 주된 내용이었다.

　"참으로 미련한 자가 아니더냐?"

　한숨과 함께 혼잣말을 중얼거린 수양은 이내 손안의 종이를 신경질적으로 던져 버렸다.

　"살려주겠다 손을 내밀어도 뿌리치고, 모른 척하겠다 눈을 감아줘도 여봐라 하며 춤을 추니, 대관절 과인이 어찌해야 한단 말인가?"

　이날 이때까지 종을 사사해야 한다는 공신들의 계청은 끊이지 않았지만, 수양은 애써 그를 무시하고 때로는 단호하게 거절해 왔다. 하지만 이리 명명백백한 증좌까지 나온 이상 더는 그를 비호할 수 없음은 자명한 일이었다.

"일단 의금부 군관을 광주로 보내어, 정종과 그 승려들을 잡아들이도록 하심이 어떠하겠습니까? 그의 처우는 국문 후에 결정하여도 늦지 않을 것이라 사료되옵니다."

"역모의 혐의를 받고 추국장에 들어온 이상 살아 나갈 수 있는 자는 아무도 없네. 그대 또한 모르지는 않을 텐데."

비웃음 섞인 수양의 말에 한명회는 아무런 대답도 하지 않았다.

"과연 그대다운 반쪽짜리 위로구나."

웃는지 우는지 모를 소리를 가늘게 뱉어내며 술을 따르는 수양의 어깨는 부쩍 무겁게 가라앉고 있었다.

'결국 여기까지인가.'

이윽고 잔을 가득 채운 술을 단박에 꺾어 넘긴 수양은 흠뻑 젖은 입술을 훑으며 나지막하게 중얼거렸다.

"정종과 그 역도들을 잡아들이라."

대답 대신 깊게 허리를 숙이는 한명회의 등이 오늘따라 야속하기만 하다. 그가 나간 뒤, 빈 잔을 던지듯 내려놓은 수양은 헝클어진 옷깃을 여미며 보료 깊숙이 몸을 기댔다.

"……오늘 밤도 참으로 길겠구나."

결코 잠들지 못할 시간. 또 한 움큼 늘어난 악몽은 오늘도 끝나지 않는 불면의 나락으로 그를 끌어들이고 있었다.

　유난히 후텁지근한 아침, 오랜만에 고운 옷을 차려입은 경혜가 제법 불러온 배를 힘겹게 다스리며 대문을 나섰다. 산달이 가까워진 까닭으로 무사 출산을 기원하는 불공을 드리러 가는 길이었다.

　"더위가 좀 식거든 가시는 게 좋을 텐데요."

　"몸이 더 무거워지기 전에 다녀오는 게 낫다."

　걱정스러운 화영의 말에 괜찮다며 손을 내저은 경혜는 오히려 부쩍 설레는 표정이었다.

　"어머니, 괜찮으십니까?"

　"그래, 걱정하지 말거라."

　제법 듬직한 소리를 하는 용을 기특하다는 듯 바라보던 경혜는 곧 가쁜 숨을 몰아쉬며 하늘을 올려다보았다. 나뭇잎 사이로 스며든 햇살은 경혜의 새하얀 얼굴에 반짝이는 그림자를 드리우고 있었다. 그런데 그때, 돌연 커다란 눈을 가늘게 조인 경혜가 불안한 표정으로 주위를 둘러보기 시작했다.

　"어찌 그러십니까?"

"……아무것도 아니다. 그저 이상한 느낌이 들어서."

이내 가슴을 쓸어내린 경혜가 한숨처럼 중얼거린 말에 걱정 가득한 눈동자를 데굴데굴 굴리던 화영은 문득 그녀가 지난 며칠 동안 악몽을 꾸었던 사실을 기억해 냈다.

"근자에 많이 예민해지신 모양입니다."

"그러게 말이다. 꿈자리도 뒤숭숭하더니, 영 예감이 좋지가 않아."

민망함에 부러 어색한 미소를 지어 보았지만, 금세 초조한 얼굴로 돌아온 경혜는 연신 자신의 부푼 배를 쓰다듬었다. 본디 그녀가 무거운 몸으로 불공을 드리기로 결심한 것도 좀처럼 가시지 않는 이 연유 모를 불안감 때문이었다.

"부디 무사히 세상 빛을 보아야 할 텐데."

들리지 않게 혼잣말을 중얼거린 경혜는 애써 흔들리는 마음을 다잡았다. 나약한 생각은 복중의 아이에게 독이라는 것을 잘 알고 있었기 때문이었다.

"가자."

하지만 경혜가 멈췄던 걸음을 다시금 재촉하려던 바로 그때였다.

"잠시만요, 공주 자가."

무슨 일인지 돌연 경혜의 팔을 덥석 잡아챈 화영은 먼 곳에서 희미하게 들려오는 정체 모를 소리에 귀를 쫑긋 세웠다. 마치 메아리처럼 윙윙거리며 산속을 휘젓던 그 소리는 시간이 지날수록 점차 또렷해지고 있었다. 그리고 바로 다음 순간, 소란의 정체를 눈치챈 화영의 표정은 삽시간에 굳어지고 말았다.

"와아아!"

그것은 수십, 아니, 수백 명이 한데 뒤섞여 내지르는 함성이었다. 게다가 드문드문 들려오는 날카로운 파열음은 검끼리 부딪치는 소리임에 틀림이 없다.

"화, 화영아! 저길 보거라!"

때마침 다급하게 울려 퍼진 경혜의 외침에, 그녀가 가리킨 방향을 바라본 화영은 곧 소리 없이 기함할 수밖에 없었다. 새까만 연기와 함께 하늘 높이 치솟은 불길이 삼키고 있는 것은 바로 그들이 향하고 있던 서산사였다.

"도망치십시오!"

바로 그때, 지척에서 익숙한 목소리가 들려왔다. 황망한 표정 그대로 고개를 돌린 경혜는 곧 자신을 부른 이가 미도임을 알아본 순간, 그 자리에 털썩 주저앉고 말았다. 불에 타다 만 것으로 보이는 미도의 옷자락에는 검붉은 핏자국이 선명했다.

"공주 자가!"

소스라치게 놀란 화영이 황급히 그녀를 부축했지만, 이미 다리에 힘이 풀려 버린 경혜는 좀처럼 몸을 일으키지 못했다.

"흐어엉! 어머니!"

이를 바라보던 용이 결국 울음을 터뜨리자, 침착하게 그를 다독인 미도는 곧 혼란스러운 표정으로 서 있는 화영을 향해 외쳤다.

"어서 마을로 내려가거라!"

"대관절 이게 어찌 된 일입니까? 저 불은……."

"화영아."

저를 부르는 미도의 단호한 목소리에 흠칫하며 그녀를 바라본 화영은 곧 그 속에 담긴 뜻을 깨달을 수 있었다.

"설마……."

이윽고 짧게 신음한 화영이 허리춤에 묶여 있는 자신의 검을 거칠게 움켜쥐었다.

"안 돼. 이미 늦었어."

그런 화영을 막아서며 고개를 가로저은 미도는 여전히 자지러지게 울고 있는 용을 등에 업으며 말을 이었다.

"두 사람은 내가 모실 테니, 너는 서둘러 배소로 가거라."

"하, 하오나 나으리께서…… 나으리께서 분명 서산사에……!"

"도련님은 이미 배소로 가셨어."

그 순간, 커다란 파동이 일어난 화영의 암청색 눈동자가 다시금 미도를 돌아보았다. 차마 믿고 싶지 않은 불길한 예감이 뇌리를 스친 것이다.

"곧 관군이 들이닥칠 거다. 무슨 말인지 알겠느냐?"

제 옷깃을 바짝 잡아챈 미도가 들릴 듯 말 듯 속삭인 말에 찬물을 뒤집어쓴 듯 정신이 번쩍 든 화영은 곧 어금니를 아득 깨물었다.

"……부탁드립니다. 두 분을 꼭 지켜주세요."

이윽고 서늘해진 얼굴로 미도를 향해 고개를 끄덕인 화영은 굽이치는 산길을 쏜살같이 뛰어 내려가기 시작했다. 하지만 그 시각, 배소에는 이미 수십의 관군들이 들이닥치고 있었다.

모든 것을 포기한 듯 조용히 툇마루에 앉아 있던 종은 제 앞을 막아선 율의 커다란 뒷모습을 아픈 눈동자로 바라보았다. 그것은 수십 번도 넘게 마음속으로 그려보았던, 하지만 결코 바라지 않았던 장면이었다.

"죄인 정종은 순순히 오라를 받으라!"

좁디좁은 탱자나무 울타리 안에 부산한 발소리가 번지고, 카랑카랑한 관군의 고함은 메아리처럼 느리게 그의 귓전을 맴돌 뿐이었다.

'결국 이리되고 마는가.'

씁쓸한 미소가 번지긴 했지만, 종의 얼굴에는 조금의 두려움도 보이지 않았다. 아니, 두려움은커녕 체념의 기색조차 없는 그의 모습은 초연함 그 자체였다.

"더는 다가오지 마라."

하지만 그와 달리 무거워진 공기를 더욱 강하게 짓누르는 율의 목소리는 겨울바람처럼 매서기만 했다. 여차하면 모두 죽일 수 있다는 무언의 살기. 그 엄청난 위압감 때문에 관군들은 좀처럼 걸음을 떼지 못했다.

"이보게. 자네의 마음을 나 또한 모르는 것은 아니나, 어명이라 하지 않는가? 어찌 일을 크게 만들려 들어?"

난감한 기색을 감추지 못한 의금부도사의 말은 자못 완곡했다. 하지만 한 치의 물러섬도 없이 손에 쥔 검을 더욱 바싹 조인 율은 차갑게 대꾸했다.

"대감을 모셔 가려거든 내 목을 먼저 베어야 할 것입니다."

그야말로 일촉즉발. 좀처럼 꺾일 기미가 보이지 않는 율의 기세에 고개를 절레절레 흔든 도사는 옅은 숨을 내쉬며 이어 말했다.

"이미 광주를 나가는 길목은 전부 포위했네. 여기서 우리를 따돌린다 한들 숨어들 곳은 없어. 그만 포기하고 검을 거둬주게."

"……"

"어허, 정녕 자네에게도 죄를 물어야 하겠는가?"

"형님."

점점 날카로워지는 도사의 말을 막아선 것은 놀랍게도 율이 아닌 종이었다. 일순, 모두의 시선이 일제히 그에게 향했다. 그러자 평온한 얼굴로 걸어 나온 종은 율의 어깨를 가만히 붙잡으며 말을 이었다.

"검을 거둬주십시오."

"송구합니다만, 이번만큼은 대감의 명을 따를 수 없습니다."

"제 부탁을 잊으셨습니까?"

부드럽게 속삭이는 종의 목소리에, 뻣뻣하던 율의 표정이 더욱 굳어졌다.

"만약 제게 변고가 생긴다면, 형님께서 부디 공주 자가와 아이들을 보살펴 주세요."

이윽고 칼자루를 쥐고 있던 율의 손이 조금씩 떨리기 시작했다. 종은 말없이 그런 율의 손을 천천히 아래로 내렸다.

"대감……"

어느새 터질 듯 부풀어 오른 율의 눈동자는 하염없이 흔들리고 있었다. 애틋한 표정으로 그를 바라보던 종은 붙잡았던 율의 손을 놓으며 도사를 향해 고개를 돌렸다.

"부탁이 하나 있소."

"……말씀하시지요."

"내 비록 잡혀가는 몸이기는 하나, 손발은 자유로이 움직일 수 있도록 해주시오."

잠시 망설이던 도사는 이내 고개를 끄덕였다.

"그리하겠습니다."

고맙다는 듯 미소를 지은 종은 마침내 천천히 그들을 향해 걸음을 옮기기 시작했다.

"대감……!"

"더는 오지 마십시오, 형님."

거칠게 자신을 붙잡는 율을 단호하게 밀어낸 종은 이어 그에게 조용히 고개를 숙였다.

"부디 남은 가솔들을 부탁드립니다."

짧은 침묵이 흐르고, 천천히 고개를 드는 종의 눈동자는 그 어느 때보다 깊고 따뜻했다. 그 모습이 유난히 처연한 탓에, 율은 땅에 박힌 걸음을 좀처럼 떼어낼 수가 없었다.

기실 알고 있다. 이번에도 그를 거역하지 못하리란 것을, 자신은 결코 그럴 수 없으리란 것을.

결국 들고 있던 검을 놓치고 만 율은 잇새로 흘러나오는 신음을 힘겹게 삼켰다. 어느새 종의 뒷모습이 먼발치로 사라지고 있었다.

평생 종의 그림자가 되어 그의 곁을 지키겠다 맹세했었다. 제 목숨이 끝나는 한이 있더라도 종을 위해 살겠다 결심했었다. 하지만 이다지도 무력한 자신의 모습에 밀려드는 비참함과 죄책감은 그를 끝없는 심연으로 끌어당기고 있었다.

"나으리! 대감마님!"

그때, 턱 끝까지 차오른 숨을 헐떡이며 대문을 박차고 들어온 화영이 망연자실한 표정으로 주저앉아 있는 율을 발견하고 멈칫했다.

"……어찌 된 일입니까, 이게?"

떨리는 목소리로 물었지만, 곧 그녀는 쥐 죽은 듯이 고요한 배소의 분위기로 미루어 이미 모든 상황이 끝나 버렸음을 직감할 수 있었다.

"나으리……."

믿을 수 없는 현실에 파르르 몸을 떤 화영은 쇳덩이처럼 무거운 걸음을 더듬더듬 옮겨 율에게 다가갔다. 소름 끼칠 만큼 차갑게 굳어 있는 율의 얼굴은 아무런 감정도 담겨 있지 않았다. 이내 터질 듯 움켜쥔 율의 손이 잘게 떨리고 있음을 깨달은 화영은 결국 아무런 말도 꺼내지 못한 채 그의 어깨를 끌어안았다.

"……공주 자가는?"

그제야 율의 입술 사이로 거칠게 갈라진 목소리가 힘겹게 흘러나왔다.

"아기씨와 함께 계십니다."

물기 어린 화영의 대답에 어금니를 아득 깨문 율이 곧 서슬 퍼런 눈동자를 날카롭게 치켜떴다. 마침내 망부석처럼 굳어 있던 다리를 일으킨 그는 비장한 표정으로 바닥에 떨어져 있던 검을 집어 들었다.

"어, 어쩌시려고요?"

놀란 화영이 황급히 그의 뒤를 따랐지만, 문간에 묶어놓은 말의 고삐를 푼 율은 그녀를 막아서며 빠르게 말했다.

"너는 여기서 공주 자가와 용이를 지키고 있거라."

"예? 하, 하면 나으리는요?"

"……도성으로 갈 것이다."

그 말에 화영이 놀란 눈을 더욱 크게 뜨며 율을 바라보았다.

"하, 하오나……!"

"어떻게든 대감을 빼내올 것이다. 그러니 너는 내가 전갈을 보낼 때까지 여기서 기다리거라."

"그리할 수는 없습니다!"

말 위에 올라탄 율이 막 고삐를 당기려던 찰나, 다급히 그의 앞을 가로막은 화영은 고개를 세차게 가로저었다.

"안 됩니다. 어찌 홀로 가시려 하시는 겁니까?"

"……화영아."

"저도 가겠습니다. 제발 데려가주세요."

"화영아!"

그 순간, 쇳소리처럼 거칠고 둔탁한 율의 목소리가 공기 사이 빈 공간을 쩌렁쩌렁 메웠다. 하지만 화영은 덜덜 떨리는 입술을 시리게 깨물 뿐, 조금도 물러서려 하지 않았다. 간절함이 느껴지는 그녀의 눈빛에 격해진 숨을 애써 목구멍 아래로 삼킨 율은 잠시 후 무겁게 가라앉은 표정으로 말을 이었다.

"잘 듣거라. 너는 공주 자가의 반당이다. 지금 네게 그 어떠한 것보다 중요한 임무는 공주 자가와 용이를 지키는 것이야. 대감의 구명은 내게 맡기고 너는 너의 소임을 다하도록 하여라."

"……목숨을 잃으실 수도 있습니다."

메마른 목소리로 중얼거리다 말고 고통스러운 듯 미간을 구긴 화영은 다시 한 번 힘을 짜내 입술을 달싹였다.

"다시는 만날 수 없게 될지도 모른다고요."

당장에라도 무너질 듯한 그녀의 얼굴을 슬픈 눈으로 바라보던 율은 잡고 있던 고삐를 움켜쥐면서 힘겹게 숨을 가다듬었다.

"그리된다 해도 어찌할 수 없는 것이 무인이다."

"……."

"너 또한 잘 알고 있지 않으냐?"

그의 말에 숨이 턱 막힌 화영은 곧 힘없이 고개를 떨구고 말았다. 자신이 아닌 율의 입을 통해 듣고 나니, 참으로 잔인한 말이란 게 새삼 실감이 난 것이다. 언제부턴가 탁한 빗방울이 엉망진창으로 짓이겨진 땅

위를 적시고, 그보다 굵은 눈물을 뚝뚝 흘리는 그녀의 두 뺨은 불처럼 뜨겁게 달아올라 있었다.

"나를 보거라."

"……."

"어서."

머리 위로 떨어진 율의 엄한 목소리에 화영은 터져 나오는 울음을 간신히 삼키며 힘없이 고개를 들었다. 그 순간, 빠르게 허리를 숙인 율이 화영의 옷깃을 제 쪽으로 거칠게 끌어당겼다.

갑작스럽게 위로 솟구친 몸에 놀란 것도 잠시. 순식간에 다가온 율의 입술이 전에 없이 아프게 부딪치자, 화영은 어찌할 바를 모르고 율의 팔을 힘껏 움켜쥐었다. 무언가에 쫓기듯 세차게 입안을 헤집는 그의 움직임은 생경하기만 했다.

그렇게 얼마의 시간이 흘렀을까. 이윽고 뜨거운 숨을 토해내며 화영에게서 떨어진 율은 비와 눈물이 뒤섞여 엉망이 되어버린 그녀의 얼굴을 물끄러미 바라보며 나지막하게 중얼거렸다.

"나를 믿거라."

"……."

"반드시, 무슨 일이 있어도 반드시 살아서 돌아올 것이다."

단단한 목소리에서 그의 뜻을 여실히 느낀 화영은 결국 두 눈을 질끈 감으며 길을 비켜설 수밖에 없었다. 떠나는 뒷모습을 보고 싶지 않다. 그 모습이 마지막일지도 모른다는 생각은 결코 하고 싶지 않다. 짓누르듯 앙다문 입술에서 그 간절한 바람을 읽은 율은 더욱 무거워진 시선을 힘겹게 돌렸다.

"이랴!"

마침내 짧은 구령 소리를 끝으로 제 곁을 떠나가는 그가 벌써부터 미치도록 사무친다. 점점 멀어지던 말발굽 소리가 귓전에서 완벽히 사라지고 나서야 감았던 눈을 천천히 뜬 화영은 온몸에 힘이 풀려 그대로 주저앉고 말았다.

"으으……."

성난 파도처럼 몰아치는 감정을 주체하지 못하고 참았던 울음을 토해낸 화영은 저린 제 가슴을 주먹으로 쾅쾅 내리찍었다. 어느새 온 땅을 소란하게 적시기 시작한 빗줄기가 그녀의 굽은 등을 이불처럼 감싸고 있었다.

신사년 엽월의 어느 날, 그녀의 시간은 그렇게 멈춰 버렸다.

❀

이른 아침, 편전에 들자마자 우승지 홍응을 마주한 수양은 지끈거리는 머리를 한 손으로 받치며 조용히 한숨을 내쉬었다. 종의 국문이 지난밤 내내 이어졌으니, 보나마나 그 결과를 아뢰러 왔을 터였다.

"다른 이야기는 치우고, 본론부터 말하라."

"그, 그것이……."

오늘따라 유난히 서늘한 수양의 표정에 마른침을 삼킨 홍응은 고개를 조아리며 머뭇머뭇 말을 이었다.

"처음에는 그저 묵묵부답이었으나, 한차례 고신(拷訊)을 하였더니 내가 충신이 되어 주상께 죄를 받음으로 어찌 아픔이 있겠느냐 하며……."

"충신, 충신이라."

자신이 들은 말을 다시금 확인하듯 또렷하게 곱씹은 수양의 입에서 곧 허탈한 웃음이 터져 나왔다. 이는 곧 정종 자신이 여전히 사사된 홍위의 신하임을 피력한 것이리라.

"그다음은?"

"그, 그다음은, 그것이……."

"그다음은 무어라 하였느냔 말이다!"

"다, 다만 하루빨리 성상의 은혜를 입고자 할 뿐이라고……!"

날선 수양의 고함이 사정전을 쩌렁쩌렁 울리자, 저도 모르게 목소리를 높여 대답한 홍응은 히끅 터지는 숨을 삼키며 말끝을 깨물었다.

"허! 성상의 은혜라? 지금 당장 죽여달라고 청이라도 하는 것인가!"

비릿한 조소를 머금으며 어금니를 아득 깨문 수양은 이내 무언가를 골똘히 생각하기 시작했다. 또다시 몰아칠 피바람을 예감한 듯 편전에는 지극히 무거운 침묵만 감돌 뿐이었다.

"좌상."

"예, 전하."

이윽고 무겁게 닫혀 있던 입술을 달싹인 수양이 제 부름에 앞으로 나선 신숙주를 이글거리는 눈동자로 바라보았다.

"어찌 처결해야겠는가?"

시선을 내리깐 신숙주는 곧 차분히 말을 골랐다.

"정종은 과거 이미 몇 번의 역모에 가담한 바, 그 죄를 물어 위리안치 중이었사옵니다. 하온데 이를 반성치 아니하고 또다시 불미스러운 사건을 저질렀으니, 비록 종친이기는 하나 공모자인 승려들과 함께 능지처참(陵遲處斬)으로 다스리는 것이 옳은 줄로 아뢰옵니다."

능지처참이라는 말에 고요하던 편전이 술렁거리기 시작했지만, 신숙주의 직언은 끝나지 않았다.

"게다가 발각된 역당의 규모로 보건대, 분명 또 다른 공모자가 있을 것으로 사료되옵니다. 하니 조금이라도 관련된 자가 있다면 빠짐없이 잡아들이셔야 합니다."

"근거지였던 사찰은 불태웠고, 가담한 승려들 또한 그 자리에서 대부분 처결한 걸로 아는데 누구를 더 잡아들이란 말인가?"

"경혜 공주와 그 가솔들 또한 이 일을 알고도 묵과했을 가능성이 큽니다."

"……왕가의 여인을 증좌도 없이 잡아들일 수는 없네."

불편한 기색이 역력한 수양의 대꾸에, 신숙주는 얼핏 망설이는 표정으로 뜸을 들였다. 하지만 그것도 잠시.

"연좌(緣坐)의 죄를 물어 적법한 처결을 내려주십시오."

그의 입에서 흘러나온 말은 뜻밖의 것이었다. 이에 웅성거리던 편전 안이 다시금 찬물을 끼얹은 듯 고요해졌다.

"연좌라니. 좌상은 지금 공주를 노비라도 삼으라는 것인가?"

더는 참지 못하겠다는 듯 성난 표정으로 말끝을 비튼 수양은 곧 자리에서 벌떡 일어서며 매섭게 외쳤다.

"경들은 똑똑히 말해보라! 비록 하가하였다고는 하나, 경혜 공주는 문종대왕(文宗大王)의 유일한 적녀일진대 어찌 감히 그런 말을 입에 올린단 말인가!"

"하오나 전하."

"윤허할 수 없네."

그때, 잠자코 상황을 지켜보던 한명회가 팽팽한 긴장감을 뚫고 앞으로 나섰다.

"하면 정종의 양형(養兄)과 공주의 반당이라도 잡아들이시지요."

"뭐라?"

"그들이 이번 모의에 가담한 것은 명명백백한 사실이옵니다. 하물며 전하께서 이미 그들의 죄를 몇 차례 묵과해 주신 전례도 있사온데, 괘씸하기 그지없는 일 아닙니까?"

"……."

"이번에야말로 반드시 그 뿌리를 뽑아야만 다음이 없을 것입니다."

뜻한 바가 있다면 무슨 수를 써서라도 밀어붙이는 한명회의 성정을 잘 알기에, 수양은 어떤 말로 그를 꺾어야 할지 난감할 따름이었다. 더군다나 그의 주장에는 어느 하나 틀린 점이 없지 않은가.

물론 두 사람의 존재가 신경 쓰이는 것은 수양 또한 마찬가지였다. 하지만 환멸에 찬 경혜의 눈빛과 무참하던 종의 모습이 자꾸만 마음을 어지럽혀 차마 그들을 벌할 수 없었던 것이다.

문득 자신을 괴롭히던 악몽을 떠올린 수양은 마른침을 삼켰다. 어쩌면 그 지독한 불면의 밤이 끝나지 않을지도 모른다는 두려움이 그를 자꾸만 뒤흔들고 있었다.

"……그보다 당장 시급한 건부터 처리해야 하지 않겠나?"

결국 한숨을 쉬며 다시금 자리에 앉은 수양은 피곤한 목소리로 이어 말했다.

"지금 여기서 당장 정종의 처형을 결정할 수는 없네. 사헌부에 일러 이번 사안에 대한 모두의 의견을 합하게 한 다음 다시 논의하도록 하지. 남은 자들에 대한 처벌은 그 뒤에 해도 늦지 않네."

"분부 받잡겠사옵나이다."

확고하게 맺어진 수양의 말끝에 한발 물러서는 편이 좋겠다고 여긴 것일까. 예상외로 순순히 물러선 한명회가 깊숙이 고개를 조아렸다. 이윽고 수양이 편전을 나가자, 눈치를 살피던 우승지는 서둘러 신숙주에게 다가갔다.

"이제 어찌합니까, 대감? 만에 하나 전하께서 돌연 어심을 바꾸시기라도 한다면……."

"사헌부의 결정은 곧 우리의 뜻과 같네. 이는 설령 지존(至尊)이라 해도 쉽사리 반할 수 있는 게 아니야."

한명회 역시 동의의 뜻으로 고개를 끄덕였다.

"이제야 지지부진하던 시간들이 결말을 맞게 되는군."

문득 아득한 시선으로 비어 있는 용상을 바라본 한명회의 입가에는 보일 듯 말 듯한 미소가 떠올라 있었다.

❈

종이 역모죄로 의금부에 압송되었다는 소식이 도성 전체에 퍼지는 데는 그리 오랜 시간이 걸리지 않았다. 심지어 일부에서는 그가 곧 참형을 당할 것이라는 흉흉한 소문마저 돌고 있었고, 이는 행화촌 영월관에도 속속들이 전해졌다.

"말복이 얘는 나간 지가 언제인데 어찌 이리 늦어."

초조한 표정으로 처소 안을 서성이던 설매는 이내 앓는 소리를 내며 주먹을 불끈 쥐었다. 종이 투옥되었다던 날로부터 벌써 이레가 지났지만, 화영의 소식을 아는 이는 어디에도 없었다. 그 와중에 종의 처결에 대해 온갖 흉문이 나도니, 설매의 불안은 극에 달한 터였다.

"아씨, 저 말복입니다!"

"어, 어서 들어와!"

때마침 문밖에서 들려온 말복의 목소리에 황급히 문간으로 달려간 설매가 벌컥 문을 열었다.

"그래, 어찌 되었어? 결론이 났다더냐?"

"그, 그것이……."

새파랗게 질린 얼굴로 쏟아질 듯 휘청거린 말복은 쉽사리 말문을 열지 못하고 머뭇거렸다.

"어휴, 어찌 그리 뜸을 들여?"

그 모습이 답답했던지 제 가슴을 주먹으로 쿵쿵 내리친 설매가 재차 다그쳤다.

"왜 그러냐니까?"

"그것이……."

"그것이?"

"느, 능지처참하라는 어명이……."

더는 말을 잇지 못하고 고개를 떨구는 말복을 멍한 표정으로 바라보던 설매는 뒤늦게 숨을 멈추며 기함했다.

"지금…… 뭐라고……."

그녀가 더듬더듬 되묻는 말에 결국 참고 있던 눈물을 떨군 말복은 다시 한 번 자신이 들고 온 소식을 토해내듯 읊조렸다.

"어제 아침나절에 대감과 그 공모자들을 거열형에 처하라는 전교가 내려졌다 합니다."

그제야 자신의 잘못 들은 게 아니라는 사실을 깨달은 설매는 덜덜 떨리는 손을 힘없이 떨어뜨릴 수밖에 없었다.

"말도 안 돼……."

넋이 나간 듯 그 자리에 털썩 주저앉고 만 설매의 커다란 눈에는 어느새 뜨거운 눈물이 번지고 있었다.

"화영이, 화영이 소식은? 여전히 모르는 거야?"

"번을 섰던 문지기의 말로는 압송된 죄인이 대감 한 분뿐이셨다고 합니다. 일단 광주로 사람을 보냈으니, 전갈이 올 때까지 기다려 봐야죠."

"……알았다. 이만 나가보거라."

벌게진 눈을 닦아낸 말복이 조용히 자리를 뜨자, 설매는 무거운 몸을 벽에 기대며 억눌렀던 탄식을 쏟아냈다. 그런데 그때, 미처 닫지 못한 문틈으로 별안간 달갑지 않은 고함이 들려왔다.

"자, 잠시만요! 대체 뉘시길래……!"

"관주를 불러다오, 어서!"

"글쎄, 연통도 주지 않으시고 무작정 이러시면 곤란합니다!"

비척이며 몸을 일으킨 설매는 미간을 구긴 채 마루로 나왔다. 소란이 벌어진 마당에서는 보초를 서던 왈패와 몸종들이 낯선 객과 실랑이를 하고 있었다.

"대체 무슨 일……."

밀려든 피로감에 무뎌진 입술을 막 달싹이려던 순간, 의문의 사내와 눈이 마주친 설매는 곧 소스라치게 놀라고 말았다.

"나, 나으리!"

당황하는 그녀의 앞에 흐트러진 모습으로 서 있는 이는 믿을 수 없게도 율이었다.

"대, 대관절 이게 어찌 된 일입니까? 나으리께서 어찌……."

온몸이 땀으로 흠뻑 젖은 채로 밭은 숨을 헐떡이는 그의 모습은 눈으로 보고도 믿을 수 없을 만큼 엉망진창이었다. 얼마나 세게 고삐를 잡아챘는지 새빨갛게 부은 손으로 왈패들을 힘껏 뿌리친 율은 곧 설매를 향해 성큼 다가서며 말문을 열었다.

"그대가 날 좀 도와줘야겠소."

❀

손톱달이 떠오른 밤, 도성 안 곳곳에 칠흑 같은 어둠이 내려앉았다. 그 틈을 타 고요한 골목을 소리 없이 가로지르던 율은 의금부 옥사 근방에 다다르고 나서야 턱까지 차오른 숨을 힘겹게 가누었다. 횃불이 타는 소리만 짙은 정적 사이로 타닥타닥 울려 퍼질 뿐, 번을 서는 나졸들이 나른한 눈으로 하품을 하는 모양은 기이하리만치 평온해 보였다.

목 언저리에 걸쳐 두었던 복면을 눈 아래까지 끌어 올린 율은 이윽고 기척을 죽인 채 가까운 지붕 위로 훌쩍 뛰어올랐다. 하지만 담장 안 상황은 문밖과 달리 자못 분주했다. 재빨리 어둠 속에 몸을 숨긴 율은 시간을 두고 주변을 꼼꼼하게 살피기 시작했다.

'난감하군.'

예상대로 옥사 주변을 지키고 있는 나졸의 수는 상당했다. 퇴로를 확보하는 것조차 쉽지 않아 보이자, 긴장감에 마른 입술을 혀끝으로 훔친 율은 미리 꺼내 들었던 검을 조용히 갈무리했다. 조금 더 기다려 보기로 한 것이다.

그런데 바로 그때, 낯익은 얼굴이 그의 눈에 들어왔다. 유난히 굳은 얼굴로 나졸 무리를 향해 지시를 내리고 있는 이는 분명 종의 광주 유배 길을 인솔했던 도사 김명선이었다.

일순, 새까만 눈동자를 번뜩인 율은 자세를 낮추고 김명선의 뒤편 지붕을 향해 몸을 날렸다. 본능적으로 이상한 낌새를 느낀 것일까. 돌연 고개를 든 김명선이 주위를 두리번거리자, 곁에 서 있던 나졸이 의아한 기색을 띠며 물었다.

"왜 그러십니까, 나으리?"

"……아니다."

어쩐지 꺼림칙한 기분이 들었지만, 김명선은 이내 고개를 가로저었다. 아마도 과중한 업무에 신경이 다소 예민해진 것이리라.

"주변의 경계를 게을리 하지 말거라. 아무래도 대역 죄인이다 보니 더욱……."

굳게 닫힌 옥사를 바라보며 새삼 쓴웃음을 삼킨 그는 말끝을 흐리며 떨어지지 않는 걸음을 옮겼다. 그러나 무심코 뒤를 돌아본 순간, 멈칫하며 빈 숨을 삼킨 그의 얼굴은 삽시간에 얼어붙고 말았다.

"컥!"

짧은 신음을 남긴 채 자신의 발아래로 털썩 쓰러진 이는 분명 조금 전까지만 해도 자신과 대화를 나누었던 바로 그 나졸이었다.

"이 무슨……!"

위험을 감지한 김명선은 허리춤의 검을 향해 재빨리 손을 뻗었다. 하지만 미처 그것을 뽑기도 전에 목덜미로 서늘한 감촉이 다가온 것을 느낀 그는 뻣뻣해진 몸을 황급히 멈춰 세웠다.

"움직이지 마십시오."

뒤에서 들려온 고압적인 목소리는 분명 들어본 적이 있는 것이었다.

"……자네, 정율이로군."

이윽고 마른침을 삼킨 김명선의 입술 사이로 탄식에 가까운 목소리가 흘러나왔다.

"설마하니 파옥이라도 할 요량인가."

"두 손을 머리 위에 두시고 그대로 뒷걸음질로 저를 따르십시오."

"……이건 무모한 짓일세. 지금이라도 그만둬."

"당신이 상관할 바가 아닙니다."

말끝에 담긴 율의 서늘한 조소에, 한참을 고민하던 김명선은 결국 그의 지시에 따라 천천히 뒷걸음질을 칠 수밖에 없었다.

"열쇠를 주시지요."

"이보게."

"더는 아무 말도 하지 마십시오. 그대로 베어버릴 수도 있습니다."

섬뜩하리만치 단호한 대꾸에서 율의 진심이 여실히 느껴진다. 어쩔 수 없이 품에서 열쇠 꾸러미를 꺼낸 김명선은 머뭇거리며 그것을 바닥에 내려놓았다. 그러자 먼저 김명선의 허리춤에서 검을 빼앗아 먼발치로 던져 버린 율은 바닥에 놓인 열쇠를 천천히 집어 들었다.

"송구합니다, 나으리."

뒤이어 재빠른 손길로 옥사 기둥에 김명선을 포박한 그는 자신의 영견으로 김명선의 입을 단단히 틀어막으며 짧게 고개를 숙였다. 복면을 쓰고 있는 탓에 표정은 알 수 없었지만, 어둠 속에서도 그의 새까만 눈동자가 날카롭게 번뜩이는 것이 보였다.

괴로움으로 일그러진 김명선의 얼굴을 잠시 물끄러미 바라보던 율은 이내 몸을 돌려 옥사 안으로 들어갔다. 좁고 더러운 공간에 드문드문 앉아 있는 죄인들의 몰골은 처참하기 이를 데 없었다. 그 속에서 종을 찾기 위해 눈을 굴리던 율의 표정이 점점 굳어가던 바로 그때, 옥사의 가장 안쪽 구석진 곳에서 익숙한 인영이 보였다.

"⋯⋯종아."

저도 모르게 종의 이름을 부르며 황급히 그 앞으로 다가간 율은 이내 어금니를 아득 깨물며 얼굴을 가리고 있던 복면을 벗어 내렸다. 자리조차 깔리지 않은 흙바닥 위에 죽은 듯이 누워 있는 종의 몸에는 모진 고문의 흔적이 고스란히 남아 있었다.

"종아, 정신 차려보거라. 종아!"

울컥 솟아오르는 감정을 삼킨 율이 굳게 닫힌 옥사 문을 거칠게 흔들자, 느리게 눈꺼풀을 깜박인 종이 상처로 얼룩진 몸을 힘겹게 일으켜 세웠다.

"……형님?"

그제야 문 밖에 선 이가 율임을 깨달은 모양인지 초점 없이 허공을 바라보던 종의 눈동자가 크게 흔들렸다.

"형님이 어떻게……."

터진 입술 사이로 흘러나온 종의 목소리가 버적버적 부서지자, 애타는 마음에 그를 향해 손을 뻗으려던 율은 이내 멈칫하며 마른침을 삼켰다.

"지금 당장 꺼내주마. 조금만 참거라."

문에 걸린 자물쇠 구멍에 들고 있던 열쇠를 황급히 구겨 넣는 율의 손은 눈에 띄게 떨리고 있었다. 그런데 돌연 파랗게 질린 종의 손이 그를 붙잡았다.

"안 됩니다."

"……뭐?"

"그리하시면 안 됩니다, 형님."

때마침 벽에 난 창으로 달빛이 스며들자 흐릿하던 종의 얼굴이 어둠 속에서 하얗게 떠올랐다. 그 순간, 율은 어느 때보다 차가운 표정으로 아랫입술을 아득 깨물 수밖에 없었다. 언제나 깨끗하고 단정하던 종의 얼굴은 곳곳이 참혹하게 짓이겨져 있었다. 괴로운 표정으로 애써 이를 외면한 율은 멈췄던 손을 다급히 움직이며 말했다.

"이리 지체할 수 없다. 당장 이곳을 나가야만 해. 배편을 구해뒀으니 도성을 빠져나가면 바로……."

"나갈 수 없습니다."

벼락과도 같은 그 말에 돌처럼 굳어버린 율의 눈동자가 다시금 천천히 종에게 향했다. 파도처럼 일렁이는 율의 표정에는 무언의 물음이 담겨 있었다.

"다른 것도 아닌 역모죄로 잡혀온 몸입니다. 대역 죄인의 가솔인 것만으로도 해를 입을지 모르는 마당에 저를 구하겠다고 파옥까지 하신다면, 형님 또한 극형을 면치 못하실 거예요."

"붙잡히지 않으면 된다. 산골이든 어디든 숨어 살면 아무도……."

"저는 평생을 도망치며 구차하게 목숨을 부지하고 싶지 않습니다."

"하지만……!"

무어라 말을 이으려는 율을 짧은 눈짓으로 막아선 종은 단호히 고개를 가로저었다.

"그간 못난 지아비 때문에 온전한 삶을 살지 못하신 공주 자가께 이보다 더한 짐을 지게 할 수는 없지요."

"아니, 너의 이 결정이 그분께 더욱 큰 상처를 남기는 것이다! 곧 태어날 아이를 생각해서라도 목숨만은, 목숨만은 건져야 하지 않겠느냐?"

언제부턴가 율은 고통스럽게 울부짖고 있었다. 급격하게 휘청거리는 율을 안타까운 표정으로 바라보던 종은 이윽고 희미한 미소를 지으며 다시금 그의 손을 꽉 움켜쥐었다.

"부디 살아주십시오, 형님. 하여 저 대신 공주 자가와 아이들을 지켜주십시오."

"종아……."

"제 마지막 부탁이자 유지(遺志)입니다."

태연하게 죽음을 이야기하는 종의 모습이 칼날처럼 가슴을 파고든다.

"그리할 수는 없다. 절대 그리할 수 없어. 내 어찌……!"

"제가 여기서 혀를 깨물고 자결이라도 해야 나가주실 겁니까?"

전에 없이 굳건한 그의 태도에, 쉴 새 없이 가로젓던 고개를 멈춘 율은 멍하니 눈앞의 아우를 바라보았다. 크고 작은 상처로 가득한 그의 손은 미적지근했다. 결국 참고 참았던 눈물을 쏟아내는 율을 애틋한 표정으로 바라보던 종은 문득 품 안에서 잔뜩 구겨진 서찰 뭉치를 꺼냈다.

"도사께서 도움을 주셔서 이나마 남길 수 있었습니다."

군데군데 먹이 번지고 핏자국마저 스며든 그 서찰을 덜덜 떨고 있는 율의 손에 쥐여준 종은 차분한 목소리로 말을 이었다.

"어찌 전해야 하나 걱정하고 있었는데 형님이 와주셔서 다행입니다. 부디 공주 자가께 이것을 꼭 좀 전해주세요. 다른 한 장은 형님께 드리는 것이니 나중에, 아주 나중에 읽어보시고요."

"……."

"그리고."

잠시 말을 멈추고 짧은 웃음을 덧붙인 종은 가늘게 떨리기 시작한 목소리에 힘을 주어 중얼거렸다.

"훗날 용이에게, 곧 태어날 아기에게 전해주십시오. 비록 곁을 지켜주지는 못했으나 너희 아비는 충신이었다고."

그는 이미 눈앞에 닥친 죽음을 오롯이 받아들인 듯 보였다. 격렬히 굽이치는 표정으로 손안의 서찰을 애처롭게 응시하던 율은 잠시 후 뜨거운 눈을 힘겹게 치켜떴다.

"내게 어찌 이리 잔인할 수 있느냐?"

새하얗게 질린 그의 손끝이 빈 바닥을 아프게 쥐어 잡았다.

"날더러 네가 죽는 것을 두고 보란 말을 어찌할 수 있어. 무슨 마음으로 그렇게 부당하고 무참한 일을 시키느냔 말이다. 어찌!"

"……."

"어찌 이리 잔인해……."

하염없이 흔들리는 율의 심연 같은 눈동자에는 수많은 감정이 혼탁하게 뒤섞여 있었다. 손끝에 피가 맺히도록 바닥을 쥐어짜는 그를 한동안 말없이 바라보던 종은 이윽고 율의 젖은 얼굴을 조심히 어루만지기 시작했다.

"형님이 있어 행복했습니다. 많이 부족한 제 곁을 지켜주셔서 늘 송구하면서도 감사했어요."

나지막하게 중얼거리는 그의 입가에는 어느새 또렷한 미소가 걸려 있었다.

"혹 기억나세요? 선산(先山)에 아버지를 뫼시고 돌아오던 날, 제가 다시 한 번 아버지의 아들로 태어나고 싶다고 했던 거."

"……."

"실은 그때 다 하지 못한 말이 있습니다."

문득 눈물이 차오르는 것을 참느라 숨을 고른 종은 부러 쾌활하게 웃으며 단단한 율의 어깨를 꽉 움켜쥐었다.

"내세에 형님과 저, 다시 형제로 만나 오래오래 함께 살아갈 수 있기를 감히 바라봅니다."

사무치는 그 말에 어지러운 머릿속이, 진창이 되어버린 마음이 형편없이 부서지는 것만 같다. 율은 폭발하듯 터져 나오는 숨을 몰아쉬며 두 눈을 질끈 감았다.

"……꼭 그리해야만 하겠느냐?"

잠시 후, 어렵사리 달싹인 율의 입술 사이로 잔뜩 갈라진 목소리가 새어 나왔다. 종이 작게 고개를 끄덕이자, 어금니를 아득 깨문 율은 힘겹게 손을 뻗어 종의 뺨을 어루만졌다. 연기처럼 스쳐 지나가는 그의 어린 시절이 못내 서글퍼 명치끝이 불덩이처럼 뜨거워지고 만다.

"이제 그만 가십시오."

애써 미소 지은 종이 제 얼굴을 붙잡고 있던 율의 손을 조심스럽게 창살문 밖으로 밀어냈다. 침입자의 존재를 눈치챈 모양인지 어느새 소란스러운 고함 소리가 옥사 밖을 어지럽히고 있었다.

어여쁘고 찬란하던 아버지의 아들이, 세상 하나뿐인 태양이었던 자신의 아우가 이제는 제 손을 놓으라고 말한다. 떠나라고 말한다.

마침내 빈주먹을 새하얗게 움켜쥔 율은 결연한 표정으로 천천히 몸을 일으켰다. 온몸이 조각조각 찢어지는 것처럼 괴로웠지만, 제게 주어진 마지막 임무를 저버릴 수는 없었다.

'형님…….'

떨어지지 않는 발걸음을 억지로 잡아끌며 비척비척 걸어 나가는 그를 애타는 눈동자로 바라보던 종은 결국 창살을 붙잡고 있던 손을 힘없이 떨구고 말았다. 태산처럼 강건한 어깨, 바다처럼 든든한 등, 언제나 빛이었던 그의 긴 그림자. 점점 멀어지는 그것은 마지막으로 기억될 율의 뒷모습이었다.

갑작스러운 침입자의 등장에 의금부 관아 안은 그야말로 아수라장이었다. 때마침 포박에서 풀려난 김명선이 누군가의 부축을 받으며 몸을 추스르는 것을 본 율은 턱 밑에 매달려 있던 복면을 다시금 눈 아래까지 올렸다.

"여기다! 침입자가 여기 있다!"

곧 새파란 곡선을 그리며 뽑힌 그의 검이 어둠 속에서 서늘한 빛을 뿜자, 눈이 부실 정도로 이글거리는 횃불들이 일사불란하게 그를 둘러싸기 시작했다.

"배짱 한번 좋구나. 감히 의금부에 숨어들어 와 파옥을 하려 했겠다?"

수십은 족히 되어 보이는 나졸들 사이에서 모습을 드러낸 것은 군관 차림의 젊은 사내였다. 율은 손안의 칼자루를 단단히 고쳐 쥐며 재빨리 눈동자를 굴렸다. 비록 가슴은 무력감에 무너지고 있었지만, 본능적으로 차갑게 식은 그의 머릿속에는 오로지 종의 유지가 적힌 서찰을 무사히 경혜에게 전해야겠다는 생각뿐이었다.

'반드시 여기서 나간다.'

종의 마지막 부탁들을 하염없이 되새기며 율은 어금니를 아득 깨물었다.

"잡아라!"

마침내 사내의 짧은 명령이 천둥처럼 울려 퍼지자, 율을 둘러싸고 있던 나졸들은 곧 거친 함성을 내지르며 그를 향해 덤벼들기 시작했다. 하지만 폭풍처럼 쏟아지는 주장(朱杖) 세례를 빠르게 피한 율은 칼등으로 가까운 상대의 손목을 가격한 뒤 한쪽 발로 그를 강하게 밀쳐 냈다.

이에 중심을 잃고 바닥을 뒹군 나졸이 겁먹은 눈을 치켜떴다.

"빌어먹을, 다들 붙어!"

쇳소리 섞인 고함과 함께 모여든 나졸 무리가 다시금 빈틈없이 자신을 조여오자, 잠시 고민하던 율은 어쩔 수 없이 검의 방향을 고쳐 잡았다. 무의미한 살생은 피하고 싶지만, 검을 쓰지 않고 제게 덤벼드는 수십의 나졸들을 상대하기란 역부족이었다.

"미안하네."

이윽고 엄청난 살기를 담은 율의 눈이 섬뜩한 빛을 머금었다. 그리고 바로 다음 순간, 보이지 않게 허공을 가른 그의 검이 앞장서 달려들던 나졸의 허벅지를 거침없이 베어버렸다.

"으아아!"

고통에 찬 비명과 함께 붉은 선혈이 바닥에 흩뿌려진 찰나, 혼비백산하며 뒷걸음질을 치는 나졸들 사이로 실낱같은 퇴로가 드러났다. 이를 놓치지 않고 파고든 율은 정신없이 검을 휘두르며 앞을 향해 질주하기 시작했다. 그런데 그때, 누군가의 검이 율의 팔을 깊게 스치며 지나갔다.

"웃……!"

강렬한 통증을 느낀 율은 휘청거리는 무릎을 겨우 가누며 다급히 몸을 틀었다.

"죽어라!"

어지러운 시야 너머로 불빛을 머금은 검이 자신을 향해 날아오는 것이 보였지만, 위험을 감지한 머리와 달리 율의 두 팔은 무슨 연유인지 뜻대로 움직이질 않았다.

'설마…… 독인가.'

온몸이 쇳덩어리처럼 무거워지는 것을 느낀 율은 당황했다.

'빌어먹을.'

어느새 코앞까지 다가온 상대의 검이 자신의 목을 가르기 직전, 간신히 검을 쥔 손을 움직거린 율은 사력을 다해 그것을 치켜들었다.

한편 그 시각, 삭막해진 광주의 처소에서도 일대 소란이 벌어지고 있었다.

"물러서거라! 이것 놓으란 말이다!"

"공주 자가! 제발, 제발 이러지 마십시오!"

"지아비를 먼저 보내고 내 어찌 살기를 바랄 수 있단 말이냐!"

화영에게 두 팔이 붙들린 채 온 힘을 다해 버둥거리는 경혜의 목에는 거친 새끼줄이 아프게 죄여져 있었다. 종이 끌려간 후 내내 통곡과 혼절을 반복하던 그녀가 별안간 목을 매달아 자결을 시도한 것이다.

"아직 모르는 일입니다, 공주 자가! 어찌 될지는 아직⋯⋯."

"설마하니 수양 그자가 대감을 살려둘 거라 생각하느냐? 기어이 죽이고야 말 것이다! 나도, 용이도, 모두 죽일 심산인 게야!"

당장에라도 피를 토해낼 것처럼 악다구니를 쓰는 경혜의 모습에 눈앞이 아찔해진 화영은 필사적으로 그녀를 붙잡아 안았다. 이제껏 수도 없이 많은 비극을 겪어온 그녀였지만, 이렇게까지 무너지는 모습은 본 적이 없었다.

"부디 복중의 아기씨를 생각하십시오, 공주 자가. 아기씨를 위해서라도 이러시면 아니 됩니다⋯⋯."

"대역 죄인의 씨가 무슨 수로 목숨을 부지한단 말이냐! 차라리 태어나지 않는 게 나을 것이다!"

경혜의 절규가 점점 더 높아지자, 문밖에서 겁에 질린 용을 다독이던 미도는 두 눈을 질끈 감았다.

"적어도 수양 그자가 사람이라면, 인두겁을 쓴 짐승이 아니라면 죽은 사람의 유지마저 모른 척하지는 않겠지! 하니 이 목숨을 끊어서라도 내 아들만은 살려야겠다! 그래야만 해!"

기어이 화영의 팔을 뿌리친 경혜가 제 목에 건 새끼줄을 다시금 대들보에 묶기 시작했다. 이에 시린 눈을 치켜뜬 화영은 어금니를 아득 깨물었다.

"잊으셨습니까? 소인은 공주 자가의 반당입니다."

일순 멈칫한 경혜의 시선이 제게 닿자, 화영은 단정히 무릎을 꿇고 앉아 품에서 장도를 꺼내 한 치의 망설임도 없이 제 목을 겨눴다.

"화, 화영아……."

예상치 못한 그 행동에 경혜의 눈동자가 쏟아질 듯 부풀어 올랐다.

"공주 자가께서 자결을 하신다면, 소인은 반당의 의무를 저버린 불충한 죄인이 될 것입니다. 그리될 바에는."

잠시 숨을 고른 화영은 고개를 들어 경혜를 똑바로 바라보며 단호한 목소리로 말했다.

"소인이 먼저 자결하겠습니다."

어느새 살갗을 파고든 칼끝 아래로 얇은 핏줄기가 흘러내리기 시작했다. 그 광경을 절망스럽게 바라보던 경혜는 온갖 감정과 눈물이 뒤섞여 헝클어진 얼굴을 힘없이 감싸 쥐었다.

"미천한 제게 은혜를 베풀어주셔서 감사했습니다, 공주 자가."

덤덤한 목소리로 이별을 고한 화영이 마침내 장도를 높이 치켜들었다.

"안 돼!"

차갑게 번뜩인 칼날이 막 화영의 목을 관통하려던 찰나, 비명을 지른 경혜는 몸을 날려 그녀의 팔을 간신히 붙잡았다. 손에서 튕겨져 나간 장도가 바닥에 떨어지는 둔탁한 소리가 들리고, 고개를 떨군 채 흐느끼는 경혜의 여린 어깨는 하염없이 들썩일 뿐이었다.

"아니 된다. 아니 되느니라. 내 어찌 그 꼴을 볼 수 있겠느냐? 그리할 수는 없다……."

화영은 제 품에 쓰러지듯 얼굴을 묻는 경혜를 물끄러미 바라보았다. 산 사람의 것이라 믿을 수 없을 만큼 피폐한 그녀의 모습은 화영의 가슴을 새까맣게 태우고 있었다.

'가여운 나의 꽃님.'

결국 고통스러운 표정으로 두 눈을 감은 화영은 메마른 경혜의 몸을 힘껏 끌어안았다. 정녕 이대로 무력하게 주저앉아 있어야만 하는 것일까. 그저 이렇게 울기만 하면서, 아무것도 하지 않고 기다려야만 하는 것일까.

"공주 자가."

이윽고 무언가 결심한 듯 감았던 눈을 뜨겁게 들어 올린 화영이 버석버석 갈라진 입술을 비장하게 달싹였다.

"우리, 도성으로 가요."

❀

숨통이 짓눌리는 것만 같은 감각과 함께 희미한 열기가 온몸을 타고 흐르는 것이 느껴진다. 저도 모르게 신음 소리를 토해낸 율은 몽롱한 의식을 다잡으려 안간힘을 썼다.

좀처럼 말을 듣지 않는 눈꺼풀을 간신히 들어 올리니 점차 시야가 또렷해진다. 격자문의 그림자가 희미하게 기울어진 천장은 어느새 어슴푸레 밝아오고 있었다.

그제야 자신이 낯선 곳에 무방비한 상태로 누워 있음을 깨달은 율은 황급히 몸을 일으켰다. 하지만 미처 등을 떼기도 전에 온몸이 찢어지는 듯한 통증이 그를 엄습했다.

"으……."

생각지도 못한 고통에 당황한 것도 잠시. 제 몸이 깨끗한 무명천으로 단단히 감싸여 있다는 사실을 깨달은 율은 혼란스러운 표정을 더욱 감추지 못했다.

'뭐가 어떻게 된 거지?'

찬찬히 기억을 되짚어보았지만, 아무리 애를 써도 머릿속을 스쳐 지나가는 것은 서늘한 칼날이 제게 날아오던 찰나의 장면뿐이었다. 그런데 그때, 문이 열리는 소리가 들리고 체구가 작은 여인의 인영이 조심스럽게 안으로 들어왔다.

"어머, 깨어나셨군요!"

곧 그녀가 설매라는 것을 알아본 율은 안도의 한숨을 내쉬었다. 반가운 기색을 비치며 율을 향해 다가온 설매의 손에는 약 첩과 새 무명천이 놓인 목반이 들려 있었다.

"송구합니다만, 의원을 부를 수 없어 쇤네가 직접 치료를 했습니다. 주변에 군관이 잔뜩 깔려서요."

은밀한 목소리로 소곤거린 설매는 율을 부축해 다시 자리에 눕히며 말을 이었다.

"마침 명에서 들여온 좋은 약재가 있어 써보았는데 효험이 있는 모양이네요. 상처는 제법 아물었지만, 아직 거동하시긴 힘드실 겁니다."

"……나를 어찌 데려온 것이오?"

희미한 율의 물음에, 설매가 놀란 듯 동그랗게 뜬 눈을 돌려 그를 바라보았다.

"혹 기억이 나지 않으시는 겁니까? 나으리께서 직접 여길 찾아오셨는데요."

무슨 말인지 모르겠다는 듯 미간을 찌푸리는 율의 반응에, 입술을 살짝 오므리며 당혹감을 감춘 설매는 이내 자초지종을 설명하기 시작했다.

"그날 밤 부탁하셨던 배편의 사공이 찾아와 나으리께서 오시지 않으셨다 전하기에 일이 잘못된 줄 알고 걱정하고 있었습니다. 한데 새벽녘 방문을 두드리는 소리가 나서 보니 나으리께서 큰 상처를 입고 마루에 쓰러져 계셨지요."

"……."

"아마 의식이 오락가락하셨던지라 기억이 나지 않으시는 모양입니다. 정말이지 그때는 나으리께서 돌아가시는 줄 알았거든요. 이만하시길 천만다행……."

"며칠이나 지났소?"

제 말을 자른 율의 버석버석한 목소리에, 약을 개던 손을 멈칫한 설매가 작게 한숨을 쉬며 대답했다.

"사흘 만에 깨어나신 겁니다."

그 순간, 무겁게 감겨 있던 율의 눈꺼풀이 짧게 흔들렸다. 사흘이라면 이미 형이 집행되고도 남음이 있지 않은가. 초조함에 주먹을 불끈 쥔 그가 비척이며 몸을 일으키려 하자, 설매는 다급히 그의 어깨를 누르며 말했다.

"아직 움직이시면 안 된다고 말씀드리지 않았습니까?"

"하지만……!"

"진정하세요. 영양위 대감께서는 아직 살아 계십니다."

일순 멈칫한 율이 구겨진 눈으로 멍하니 설매를 바라보았다. 일렁이는 그의 시선은 자신이 들은 말이 사실이냐는 무언의 질문을 던지고 있었다. 이에 대답 대신 작게 고개를 끄덕인 설매는 곧 덤덤한 표정으로 그의 몸에 둘러져 있던 무명천을 푼 뒤, 물에 갠 약을 상처 위에 바르기 시작했다.

그 모습을 복잡한 얼굴로 바라보던 율은 결국 뜨거운 숨을 내쉬며 두 눈을 내리깔았다. 타는 듯한 통증도, 욱신거리는 가슴도 마치 제 감각이 아닌 것만 같다.

"……언제라 하오?"

한참 만에야 흘러나온 율의 질문에, 막 새로운 무명천을 그의 상처 위에 덮던 설매가 멈칫하며 아랫입술을 깨물었다. 길어지는 침묵은 무슨 뜻일까. 가늘게 뜬 눈으로 다시금 설매를 바라본 율은 곧 그녀의 얼굴이 눈에 띄게 일그러져 있음을 알 수 있었다.

"오늘."

좀처럼 움직이지 않던 설매의 입술이 힘겹게 달싹인 것은 그로부터 오랜 시간이 지난 뒤였다.

"오늘 오시(午時)입니다."

탄식처럼 흘러나온 그녀의 대답에 짧은 신음을 토해낸 율은 떨리는 두 주먹을 불끈 움켜쥐었다. 부러 헤아리지 않아도 진창처럼 헝클어진 그의 감정이 여실히 전해진다. 말없이 손에 쥔 무명천을 갈무리한 설매는 이내 조용히 자세를 고쳐 잡았다. 얼핏 망설이는 기색이 스친 것도 잠시.

"혹시 몰라 문밖에 나으리의 말을 준비해 두라 일렀습니다."

이윽고 속삭이듯 내려앉은 설매의 말은 뜻밖이었다. 소리 없이 숨을 몰아쉬고 있던 율이 흠칫하며 고개를 돌리자, 보일 듯 말 듯 미소를 지은 그녀는 슬픈 눈을 내리깔며 나지막하게 중얼거렸다.

"결정은 나으리의 몫이겠지만, 마지막 가시는 길은 배웅해 드려야 후회가 남지 않으실 겁니다."

"……."

"그리고."

말을 멈추고 옆에 놓인 문갑에서 무언가를 꺼낸 설매는 그것을 율의 머리맡에 살며시 내려놓았다.

"나으리께서 지니고 계시던 서찰입니다."

"……."

"그럼 쇤네는 이만 물러가 보겠습니다."

깊숙이 고개를 숙이고 자리에서 일어난 설매가 방을 나가자, 물에 젖은 듯 무거운 정적이 내려앉았다. 천둥이 치는 가슴을 억세게 움켜쥔 율은 문득 머리맡에 놓인 서찰을 힘없이 바라보았다.

구겨진 종이 끝에 비친 종의 글씨는 답지 않게 흐트러져 있었다. 이윽고 천천히 몸을 일으킨 율은 자신의 이름이 적혀 있는 서찰을 떨리는 손으로 펼쳐 들었다.

―형님, 아마도 이것이 마지막이 될 것 같습니다.

익숙한 그 필체를 마주하니 겨우 가라앉았던 마음이 다시금 파도처럼 일렁인다. 마지막. 쇳덩어리처럼 무거운 그 단어가 자꾸만 그의 어깨를 짓누르고 있었다.

―제가 얼마나 형님께 감사하고 있는지, 형님은 모르시겠지요. 비록 한때는 그리 가까이 지내지 못하던 시절도 있었지만, 형님이 그러하실 수밖에 없었음을 압니다.

율은 시큰거리는 눈동자에 잔뜩 힘을 주며 어금니를 아득 깨물었다.

―이제 더는 그림자 속에 갇혀 살지 않으시길 바랍니다. 형님은 누구보다 뜨겁게 빛나는 분이니까요. 마지막까지 형님께 무거운 짐을 지워드리기만 하는 못난 아우를 용서하십시오. 부디 건강하시길 바랍니다.

힘에 부쳤던 듯 가늘게 떨린 필획이 차오르는 눈물 너머로 뿌옇게 흐려진다. 결국 쓰러지듯 서찰 위에 얼굴을 묻은 율은 뜨거운 숨과 함께 참았던 흐느낌을 토해냈다.

오락가락하는 의식 속에서도 끊임없이 고민하고 또 고민했다. 수백 번, 수천 번을 묻고 또 물었다. 하지만 아무리 고민하고 되물어보아도 답은 이미 정해져 있었다.

이윽고 새하얗게 질린 입술을 깨물며 이글거리는 눈을 치켜뜬 율은 천근만근 무거운 몸을 힘겹게 일으켜 세웠다. 문갑 위에는 설매가 준비한 것으로 보이는 새 직령과 삿갓이 놓여 있었다.

서둘러 채비를 마치고 밖으로 나온 율은 기다렸다는 듯 우렁찬 울음소리를 토해내는 말 위에 훌쩍 몸을 실었다. 언제부턴가 먼발치에서 희미한 북소리가 들려오고 있었다.

"이랴!"

다급히 고삐를 잡아챈 율이 골목 끝으로 사라지자, 담장 뒤에서 이를 지켜보던 설매는 한숨과 함께 젖은 눈가를 훔쳤다. 부디 그에게 닥칠 시련이 너무 고통스럽지는 않기를, 부당하고 가혹한 운명을 하늘이라도 가엾이 여겨주기를. 어느새 먹구름이 밀려드는 하늘을 바라보며 설매는 그렇게 간절히 빌고 또 빌 뿐이었다.

군기감(軍器監) 앞에 마련된 형장에는 벌써부터 수많은 사람이 모여들어 울타리를 이루고 있었다.

"훠이, 물러서시오!"

마침내 종을 실은 달구지가 나타나자, 사람들은 저마다 안타까운 신음을 쏟아내기 시작했다. 온몸 구석구석에 고신의 흔적이 역력한 그의 모습은 차마 눈 뜨고는 볼 수 없을 만큼 참혹한 형상이었다.

"내 언젠간 이 사달이 날 줄 알았어. 기실 이제껏 목숨을 부지한 것이 용하지."

"소문으로는 공주 자가께서도 어디 변방으로 쫓겨날지 모른답디다."

"허, 거참. 지하에 계신 문종대왕께서 얼마나 통곡을 하실꼬."

수양이 즉위한 이래 하루가 멀다 하고 벌어지는 광경이었지만, 그 대상이 경혜의 부군인 영양위인 까닭으로 이를 지켜보는 사람들의 낯빛은 유난히 어두웠다.

이윽고 나졸들의 손에 이끌려 달구지에서 내려선 종이 천천히 고개를 들자, 웅성거리던 사람들은 마른침을 삼키며 조용히 그를 바라보았다. 비틀거리는 몸을 당당히 세우고 형장을 향해 걸어가는 종의 얼굴은 초연하기만 했다.

잠시 후, 형장 한가운데 누운 그가 햇살 한 줌 보이지 않는 모래색 하늘로 시선을 돌렸다. 그러자 주위를 둘러싼 나졸들이 그의 사지를 벌려 새끼줄로 단단히 동여매기 시작했다.

"에그, 이를 어째."

혀끝을 차는 소리가 다시금 곳곳에서 터져 나왔다. 손목을 파고드는 까칠한 감촉에 저도 모르게 미간을 조인 종은 이내 긴 숨을 뱉으며 천천히 두 눈을 감았다.

'참으로 지난한 세월이었지.'

여전히 선연한 과거를 회상하던 그가 문득 옅은 미소를 머금었다. 오래전, 경혜를 처음 마주한 날이 떠오른 것이었다.

고운 얼굴 가득 긴장감을 담고 수줍게 저를 올려다보던 그녀의 반짝이는 눈동자가 화살처럼 다가와 제 마음에 박혔더랬다. 돌이켜 보면 그날 봄바람처럼 제 가슴에 스며든 떨림은 아마도 첫정의 설렘이었으리라.

수양의 서슬 퍼런 칼날이 궁방을 뒤흔들었던 것도, 처음 유배 길을 떠났던 것도 한 폭의 그림처럼 스쳐 지나간다. 먼저 떠나간 벗들의 얼굴을 차례로 떠올린 종은 천천히 눈꺼풀을 들어 올렸다. 어두운 구름이 밀려드는 것을 보니, 당장에라도 장대비가 쏟아질 것만 같았다.

바로 그때, 천둥과도 같은 묵직한 북소리가 울려 퍼졌다.

"집행!"

날카로운 외침과 함께 종의 몸이 순식간에 허공으로 솟아올랐다. 삐걱거리는 소의 발소리는 마치 성난 짐승의 포효처럼 들렸다. 곧이어 사방으로 벌어진 팔다리에서 강렬한 통증이 느껴지자, 종은 어금니를 악물며 비명을 삼켰다. 하지만 온몸이 찢어지는 그 엄청난 고통 속에서도 그의 마음은 오히려 찬란한 빛을 향해 날아가는 것만 같았다.

사람들의 비명 소리가 메아리처럼 귓전을 울리고, 점점 멀어지는 의식 속에서 경혜의 환한 미소가 떠오른다. 종은 흠뻑 젖은 눈꺼풀을 힘겹게 들썩이며 들리지 않을 독백을 중얼거렸다.

'약속을 지키지 못해 송구합니다.'

마음껏 아껴주지도, 지켜주지도 못했다. 떠나는 이 순간까지도 지우지 못할 상처를 남기고 만 자신을 그녀는 과연 용서해 줄까.

'부디 너무 오래 슬퍼하지는 마시길.'

어느새 구겨진 종의 이마로 차가운 빗방울이 하나둘씩 떨어지기 시작했다. 핏발 선 눈을 간신히 치켜든 종은 마지막 힘을 다해 굳게 닫혀 있던 입술을 달싹였다.

"안녕히⋯⋯."

그다음 말은 이어지지 않았다. 어느새 부서질 듯 화사한 빛이 종의 시야를 가득 메웠다. 그것은 매우 행복하고, 따뜻하며, 아름다웠다.

금세 소란한 소리와 함께 쏟아져 내린 빗줄기가 메마른 모랫바닥에 까만 얼룩을 만들기 시작했다. 신사년 가을의 어느 날, 파란만장하던 영양위 정종의 삶이 마침내 그 종지부를 찍는 순간이었다.

후들거리는 다리를 가누려 담장에 몸을 기댄 율의 두 뺨에는 이미 차디찬 빗줄기와 뜨거운 눈물이 진창처럼 뒤엉켜 있었다. 온몸을 짓이기는 이 통각이 상처에서 느껴지는 것인지, 가슴속에서 느껴지는 것인지 알 수가 없다.

자꾸만 잇새로 빠져나오려는 울음을 안간힘을 다해 삼킨 율은 부들부들 떨리는 주먹으로 제 가슴을 하염없이 내리치기 시작했다. 하지만 갑갑한 숨통은 좀처럼 터지질 않았다.

결국 메마른 손가락으로 젖은 얼굴을 감싸 쥔 율은 그대로 미끄러지듯 주저앉고 말았다. 짧은 손톱이 살갗을 파고들었지만, 아무런 감각도 느낄 수가 없었다.

'종아.'

안개가 낀 듯 먹먹한 머리로 어린 종의 모습을 그리던 율은 곧 쓴웃음을 터뜨렸다. 동그랗고 커다란 눈동자, 유순한 곡선을 그리던 미소. 그 얼굴이 어느새 듬직하게 자라나 열일곱 성년이 되고, 갓난쟁이 용을 안고 행복하게 웃던 아비가 되더니 순식간에 환영처럼 사라지고 만다.

"⋯⋯꼭 그리해야만 했던 것이냐."

벌게진 눈동자로 멍하니 허공을 응시하던 율은 마침내 참았던 곡을 토해내며 무너져 내렸다.

"어째서!"

온몸을 비틀며 고통스럽게 절규한 그는 꾹꾹 터져 나오는 숨을 힘겹게 삼켰다. 다행히 거친 빗소리가 처절한 그의 울음소리를 가려주는 듯했다.

"어째서 너는……."

신음 섞인 한숨 끝에 원망과 고통이 얼룩지고, 낙엽처럼 바삭거리는 목소리는 빗소리에 묻혀 흩어진다.

"어째서 너는 나를 떠난 것이냐."

차마 뱉어내지 못한 말들을 삼키며 어지러운 머리를 담벼락에 기댄 율은 한참 동안 그렇게 쏟아지는 빗줄기를 맞으며 어두운 하늘을 하염없이 바라보았다. 언젠가부터 둔탁한 천둥소리가 무겁게 가라앉은 공기를 사정없이 뒤흔들고 있었다.

❀

험난한 여정 끝에 당도한 서문 앞은 어찌된 영문인지 어수선하고 서늘한 분위기가 가득했다. 잠든 용을 업은 채로 헐떡이는 숨을 삼킨 화영은 천천히 주위를 둘러보았다.

"……이상하네요."

"무슨 일이야?"

의아함을 비치는 화영의 목소리에 말에서 내린 미도가 긴장하며 물었다.

"군졸들이 좀 많은 것 같아서요."

듣고 보니, 과연 문 앞부터 쭉 늘어선 병열은 상당한 길이였다. 게다가 오가는 이들을 하나하나 붙잡고 얼굴을 확인하는 모습이 어딘지 모르게 수상하다. 불길한 예감이 등골을 타고 흐르자, 아랫입술을 질끈 깨문 미도는 황급히 지나가는 행인 한 명을 붙잡아 세웠다.

"이보시오."

"왜 그러시오?"

"혹 도성에서 무슨 일이 있었소?"

행인은 허름한 차림의 미도를 위아래로 훑어보더니 퉁명스러운 목소리로 대꾸했다.

"나도 자세히는 모르오. 얼핏 듣기론 도망간 대역 죄인을 찾고 있다나?"

"대역 죄인이라니?"

저도 모르게 짧은 숨을 들이켠 미도가 떨리는 목소리로 되물었다.

"혹, 영양위 대감을 말하는 겐가?"

"……아직 소식을 못 들은 모양이구먼. 그 어른은 이미 엊그제 처형당했소."

"지금 뭐라 하였느냐?"

행인이 혀끝을 차며 대답한 말이 끝나기가 무섭게 벼락처럼 떨어진 목소리는 다름 아닌 경혜의 것이었다.

"으아앙!"

갑작스러운 소란에 잠에서 깬 용이 울음을 터뜨렸지만, 아랑곳하지 않고 만삭의 몸을 휘청거리며 그에게 다가간 경혜는 행인의 옷깃을 거칠게 움켜쥐었다.

"다, 당신들 도대체 뭐요?"

어디서 솟아난 것인지 엄청난 괴력으로 겁에 질린 그를 잡아챈 경혜는 두 눈을 희번덕거리며 비명에 가까운 말을 쏟아내기 시작했다.

"지금 뭐라 하였느냐 물었다! 누가, 누가 처형당했다고? 똑바로 말을 하란 말이다!"

"공주 자가, 진정하십시오!"

흥분한 경혜를 말리느라 사색이 된 화영과 미도가 그녀를 안아 당기며 외쳤다. 그제야 제 앞에 선 초라한 행색의 임부가 공주임을 알아챈 행인은 히익 소리를 내며 기함하고 말았다.

"소, 송구합니다. 소인이 몰라 뵙고⋯⋯."

절망스러운 눈빛으로 입술을 깨문 경혜는 떨리는 숨을 삼키며 확인하듯 되물었다.

"다시 말해보거라. 대감께서 어찌 되셨다고?"

"그, 그것이⋯⋯."

마른침을 삼키며 그녀의 눈치를 살피던 행인은 곧 꺼질 듯 한숨을 내쉬며 대답했다.

"며칠 전에 군기감 앞에서 거열형을 당하셨습니다."

"⋯⋯뭐?"

쇳소리와 같은 신음이 흐르고, 무거운 정적이 그들 사이에 내려앉았다. 어린 용만이 아무것도 모른 채 꺽꺽대며 울음을 토해낼 뿐이었다.

"거열, 거열형이라 하였느냐? 대감께서⋯⋯ 거열형을 당하셨다고?"

차마 더는 대답하지 못하고 고개를 돌리는 행인을 멍하니 바라보던 경혜는 결국 털썩 주저앉을 수밖에 없었다.

"공주 자가! 괜찮으십니까?"

황급히 경혜를 부축하긴 했지만, 화영과 미도 역시 예상치 못한 행인의 대답에 적잖이 놀란 상태였다.

'그렇다면 나으리께서는 어찌 되신 거지? 분명 대감을 구명하러 도성으로 가신다고⋯⋯.'

끊임없이 밀려드는 불안으로 새파랗게 질린 얼굴을 애써 감춘 화영은 당장에라도 혼절할 듯 떨고 있는 경혜를 힘껏 끌어안았다. 섣부른 짐작이라며 스스로를 몇 번이고 다독이던 그때, 초조한 시선으로 슬며시 주위를 둘러본 행인이 멍하니 주저앉아 있는 그들에게 넌지시 속삭였다.

"그보다 어서 몸을 피하십시오."

"⋯⋯그건 또 무슨 소리요?"

가까스로 정신을 차린 미도의 물음에, 행인은 고개를 빼고 문 앞에 늘어선 군졸들을 가리켰다.

"나라에서 찾고 있다는 대역 죄인이 대감의 가솔들이라 들었사온데, 공주 자가께서 도성에 오신 것을 알면 분명 추궁을 당하실 겁니다."

은밀한 그의 말에 머릿속이 차가워진 미도는 황급히 성벽으로 달려갔다. 아니나 다를까, 곳곳에 이른바 대역 죄인의 용모파기가 붙어 있었다.

"이건……."

종이에 그려진 얼굴을 확인한 미도는 짧게 신음했다. 간밤에 내린 비로 인해 먹이 조금 번지긴 했지만, 익숙한 그 모양은 율과 화영이 틀림없었다.

'큰일이군.'

이대로 마냥 시간을 지체할 수 없다고 판단한 미도는 서둘러 화영의 곁으로 돌아와 자신의 장의를 그녀의 머리에 덮어주며 말했다.

"아무래도 지금 당장 도성 안으로 들어가는 것은 위험할 것 같구나."

"하면 어찌……."

"일단 공주 자가께서 정신을 추스르실 때까지 머물 곳을 찾아보자. 눈에 띄지 않게 얼굴 꼭 가리고."

비장한 그녀의 목소리에 어렴풋하게나마 상황을 짐작한 화영은 곧 차분해진 표정으로 고개를 끄덕였다. 그런데 바로 그때, 예상치 못한 고함이 그들의 귓전에 울려 퍼졌다.

"쉬이, 물럿거라! 주상 전하 행차시다!"

그 순간, 새파란 불꽃을 머금은 미도의 눈동자가 빠르게 대문께로 향했다. 그녀의 시선이 닿은 곳에는 기를 앞세운 융복 차림의 수양이 말을 타고 나아가고 있었다.

무표정한 얼굴로 전방을 바라보고 있는 그의 모습에 격분한 미도는 두 주먹을 아득 움켜쥐었다. 그리 잔인무도한 짓을 벌여놓고 어찌 저리 태연할 수 있단 말인가.

"아기씨."

미도에게서 뿜어져 나오는 엄청난 살기를 느낀 화영이 그녀의 손을 다급히 붙잡았지만, 점차 가까워지는 수양의 행렬을 시리게 노려보던 미도는 결국 말릴 새도 없이 그를 향해 달려들었다.

"멈춰!"

갑작스레 튀어나와 길을 막아서는 그녀의 행동에, 놀란 말들이 일제히 울음소리를 토해내며 펄쩍 뛰어올랐다.

"저, 전하!"

"괜찮으십니까?"

하마터면 낙마할 뻔한 것을 가까스로 버텨낸 수양은 미간을 구기며 버럭 목소리를 높였다.

"웬 계집이냐!"

어느새 군관들에 의해 무릎이 꿇린 미도가 그의 고함에 분기 가득한 얼굴을 치켜들었다. 타오르는 불꽃처럼 뜨거운 그 눈동자를 마주한 순간, 소리 없이 숨을 들이켠 수양은 손안의 고삐를 아득 움켜쥐었다.

"너……."

"죽이십시오."

차갑게 내려앉은 미도의 말에 수양은 다시 한 번 큰 숨을 들이켰다. 어느새 그녀의 메마른 목덜미에는 여러 개의 칼날이 번뜩이며 내려앉아 있었다.

"……지금 무슨 소리를 하는 것이냐?"

이윽고 한숨 섞인 수양의 목소리가 정적 사이로 내려앉았다. 그 기저에는 억눌린 분노가 짙게 깔려 있었다. 하지만 조금의 물러섬도 없이 눈을 부라리던 미도가 앙칼진 목소리로 말을 이었다.

"아버지의 악행을 막기 위해, 모든 것을 돌려놓기 위해 지금껏 버텨왔습니다. 한데 이제는 아무런 희망도 보이지 않는군요."

"……."

"그분마저 아버지의 손에 죽임을 당한다면, 더는 살아 있을 이유가 없습니다."

곧 미도가 말하는 그분이 정율을 뜻한다는 사실을 깨달은 수양은 실소했다.

"참으로 대단한 연정이구나. 아비를 등진 것도 모자라 목숨까지 버리겠다니."

"죽이시라 했습니다."

꼿꼿하게 세운 목을 제게 겨눠진 칼날에 들이대는 미도의 얼굴에는 결코 뜻을 꺾지 않겠다는 강한 결기가 서려 있었다. 그 모습을 물끄러미 바라보던 수양은 까끌거리는 입술을 지그시 눌러 다물었다. 창백하게 질린 안색, 바싹 마른 두 뺨. 세월의 흔적이 고스란히 새겨진 제 딸의 그 처연한 모습이 불처럼 치솟는 괘씸함을 자꾸만 밀어낸 탓이었다.

"어서 물러서지 못하겠……."

보일 듯 말 듯 떨리던 수양의 입술이 마침내 무어라 달싹이려던 바로 그때였다.

"이것 놓아라!"

모여든 사람들 사이에서 실랑이는 소리가 들리더니 만삭의 몸을 한 아낙이 미도를 향해 달려왔다.

"공주 자가!"

뒤이어 그녀를 쫓아온 작은 체구의 여인이 외친 말에, 수양은 까맣게 굳은 얼굴로 눈앞의 임부를 뚫어져라 바라보았다. 차마 산 자의 모습이라고는 볼 수 없을 만큼 피폐한 몰골을 하고 선 이는 믿을 수 없게도 경혜가 맞았다.

"지금 뭐라고 한 거야?"

"고, 공주 자가? 저분이 공주 자가시라고?"

길가에 엎드려 있던 사람들이 웅성거리는 소리가 삽시간에 파도처럼 퍼져 나가기 시작했다. 이에 어찌할 바를 모르고 머뭇거리던 군관들의 시선이 수양에게 가 닿자, 지끈거리는 이마를 손으로 짚은 수양은 말에

서 내려 그들의 앞으로 다가갔다.

"언제 도성으로 온 것이냐?"

"⋯⋯."

"공주."

짜증 섞인 수양의 목소리가 다시금 낮게 이어지자, 온몸을 부들부들 떨며 수양을 노려보던 경혜는 하얗게 질린 입술을 아프게 깨물었다. 그리고 다음 순간, 둔탁한 소리와 함께 놀랍게도 경혜의 무릎이 거친 바닥으로 떨어졌다.

"대체 이 무슨⋯⋯!"

"살려주십시오."

쇳덩어리처럼 내려앉은 경혜의 한마디에, 혼란으로 일그러졌던 수양의 눈이 격하게 부풀어 올랐다.

"고, 공주 자가."

예상치 못한 경혜의 행동에 기함한 화영이 그녀를 일으키려 했지만, 이를 세차게 뿌리친 경혜는 다시 한 번 수양을 향해 머리를 조아리며 말했다.

"소인의 가솔들을 살려주십시오, 전하."

맨바닥을 긁어내듯 움켜쥐는 그녀의 상처투성이 손가락은 잔가지처럼 가늘고 퍼석거렸다. 차마 이를 바로 보지 못하고 고개를 돌리는 화영과 미도, 그리고 먼발치에서 숨이 넘어가라 울고 있는 용까지 차례로 훑어본 수양은 이내 헛웃음을 터뜨렸다.

"기가 막히는군. 그대들의 죄를 스스로 모르지는 않을 터인데 어찌하여 과인의 앞에서 이런 행패를 부린단 말인가?"

순식간에 서늘해진 수양의 목소리에는 찌를 듯한 분기가 서려 있었다. 하지만 마른침을 꿀꺽 삼킨 경혜는 꿋꿋이 머리를 조아린 채로 말을 이었다.

"지아비가 대역죄를 짓고 능지처참을 당한 마당에 어찌 구차하게 살기를 바라겠나이까? 이 자리에서 자진을 하라면 하겠사옵니다."

"공주!"

"하오나 부디 옛정을 생각하시어 죄 없는 가솔들의 목숨만은 살려주시옵소서."

파르르 떨리는 경혜의 목소리에는 차마 지우지 못한 치욕감이 또렷하게 남아 있었다. 기실 그녀에게 수양은 아우와 지아비를 죽인 원수에 불과할 따름이지 않은가.

그런 그에게 머리를 조아리며 차마 입에 담고 싶지 않은 호칭으로 불러야만 하는 작금의 현실이 못 견디게 괴로웠지만, 어린 아들과 복중의 씨, 그리고 나아가 율과 화영을 지키려면 알량한 측은지심에라도 빌어볼 밖에 도리가 없었던 것이다.

"말도 안 되는 소리."

하지만 일그러진 얼굴로 경혜를 바라보는 수양의 눈초리는 차갑기만 했다.

"정종의 양형과 지금 네 옆에 앉아 있는 그 반당 계집이 무슨 짓을 저질렀는지 부러 읊어줘야겠느냐? 감히 국본을 능멸하고 승병을 훈련시켜 반란을 모의한 자들이다. 대역 죄인의 곁에서 누구보다 긴밀하게 그의 역당질에 협조한 자들이란 말이다."

매섭게 쏟아낸 말끝에 고개를 떨구고 있는 화영을 노려본 수양은 이윽고 한 치의 망설임도 없이 걸음을 돌리며 외쳤다.

"대역 죄인의 끄나풀이다. 잡아들여라!"

"예, 전하!"

청천벽력과도 같은 수양의 명에 아연실색하며 고개를 든 경혜는 군관 여럿이 맥없이 앉아 있는 화영의 두 팔을 결박하자, 다시 한 번 바닥에 엎드리며 애처로이 간청할 수밖에 없었다.

"아, 안 돼. 안 됩니다, 전하. 부디 한 번만 자비를……!"

"더는 보고 싶지 않으니, 물러가거라."

"전하!"

등 뒤에서 들려오는 경혜의 처절한 외침에도 아랑곳하지 않고 냉정히 걸음을 뗀 수양은 성큼성큼 자신의 말을 향해 나아가기 시작했다. 그런데 바로 그때, 쇳소리처럼 날카로운 화영의 목소리가 다급하게 허공을 갈랐다.

"고, 공주 자가! 정신 차리십시오! 공주 자가!"

멈칫하며 고개를 돌린 수양은 곧 낮게 신음하고 말았다. 정신을 잃고 거친 바닥 위에 죽은 듯이 쓰러진 경혜의 치맛자락에는 붉은 핏자국이 선명하게 번지고 있었다.

희미한 의식 속에서 온몸이 타는 듯한 통증이 느껴진다. 저도 모르게 가느다란 신음을 토해낸 경혜는 무거운 눈꺼풀을 간신히 들어 올렸다.

"으으……."

"고, 공주 자가! 정신이 좀 드십니까?"

이를 본 누군가가 황급히 그녀의 어깨를 안아 눕히며 물었다.

"여기는 어디……."

"중전마마의 사가입니다. 소인들은 내국(內局) 의녀고요."

"……뭐?"

이해할 수 없는 그녀의 말에, 멍한 표정으로 주위를 두리번거리던 경혜는 이내 정신을 잃기 전 목도했던 장면들을 떠올릴 수 있었다.

찬바람과도 같았던 수양의 목소리, 바람처럼 쏟아지던 관군들의 서슬 퍼런 칼날…….

거기까지 생각이 미치자 등골을 타고 흐르는 섬뜩한 기분에 짧게 몸을 떤 경혜는 다시금 무거운 몸을 바르작거리기 시작했다.

"나, 날 좀 일으켜 주시게."

"이러시면 안 됩니다! 아직 몸이 온전치 않으셔요!"

"하지만 화영이가…… 아악!"

바로 그때, 허리를 곧추세우려던 경혜의 입에서 날카로운 비명이 쏟아져 나왔다. 이제껏 겪어본 적 없는 엄청난 통증이 발끝에서부터 정수리까지 관통한 탓이었다.

"괘, 괜찮으십니까?"

"어서 자리에 누우십시오! 이러다 큰일 나십니다!"

아직도 온몸을 뒤흔드는 고통에 가쁜 숨을 몰아쉬던 경혜는 그제야 의녀들의 치맛자락이 온통 피범벅이라는 사실을 깨달을 수 있었다. 그 순간, 벼락같이 뇌리를 스쳐 지나가는 생각에 설마 하며 주먹을 움켜쥔 그녀가 마른침을 삼키며 덜덜 떨리는 입술을 달싹였다.

"아기, 아기는 무사한 것이냐? 내 복중의 아기 말이다."

애처로운 경혜의 목소리가 가늘게 흐트러지자, 바삐 움직이던 손을 멈칫 세운 의녀들은 어두운 표정을 숨기지 못하고 그녀를 돌아보았다.

"……송구합니다. 소인들이 당도했을 때는 이미……."

무겁게 가라앉는 말에, 한동안 멍하니 허공을 응시하던 경혜가 무너지듯 두 팔을 떨구었다.

"아가……."

알 수 없는 힘이 가슴을 세차게 쥐어짜는 것만 같다. 목구멍을 오가는 숨조차 따끔거리는 듯한 감각에 온몸을 파르르 떨던 경혜는 마침내 모든 것을 이해하고 쓰러져 오열하기 시작했다.

"아아악!"

지붕을 뒤흔드는 그녀의 처절한 절규에, 어찌할 바를 모르고 머뭇거리던 의녀들은 입술을 깨물며 고개를 돌렸다. 운명이란 것이 이다지도 가혹할 수 있을까. 처마에 맺혀 있던 손톱달이 새벽녘 어스름에 밀려 사라질 때까지도 경혜의 울음은 오래도록 그치지 않았다.

❊

"공주 자가, 저 화영입니다."

"……"

"공주 자가."

좀처럼 대답이 돌아오지 않는 방문 앞에서 한참 동안 서성이던 화영은 결국 문간에 웅크리고 앉아 긴 한숨을 내쉬었다. 며칠 사이 엉망진창으로 무너져 내린 가슴은 여전히 불을 삼킨 듯 뜨거웠다.

옥사에 갇혀 있던 화영에게 경혜의 유산 소식이 전해진 것은 무려 이틀 밤이 지난 뒤였다. 좀처럼 넋을 추스르지 못하는 경혜를 걱정하던 중전이 직접 수양에게 자신의 임시 방면을 청했다는 이야기도 들었다. 하지만 중전의 기대와 달리 화영도 비탄에 빠진 경혜의 위로가 되지는 못했다.

오늘로 벌써 닷새째. 곡기는커녕 물조차 입에 대지 않는 경혜를 그저 무력하게 지켜볼 수밖에 없는 자신이 화영은 그저 원망스러울 따름이었다. 이 망망대해 같은 슬픔을 아는지 모르는지, 좁은 마당 위로 쏟아지는 달빛은 야속하리만치 눈부셨다.

잇새로 새어 나오는 울음을 힘겹게 삼킨 화영은 동그란 무릎에 젖은 얼굴을 묻었다. 몸도, 마음도, 입술 사이로 흘러나오는 숨결도 그대로 전부 얼어붙어 버릴 것만 같다. 그런데 바로 그때, 낯선 인기척이 다가와 흐느끼는 화영의 어깨를 조심히 감싸 안았다.

"화영아."

흠칫하며 고개를 든 화영은 이내 짧은 숨을 들이켰다. 나지막한 목소리로 그녀를 부른 이는 놀랍게도 설매였다.

"네, 네가 어떻게……"

"쉿."

붉은 입술에 손가락을 올리며 조용히 눈짓을 한 설매는 주위를 둘러보며 넌지시 속삭였다.

"네가 가줘야 할 곳이 있다."

닫힌 문틈으로 달빛 한 자락이 스며드는 것을 보니, 어느새 밤이 깊은 모양이었다. 등잔불도 켜지 않고 멍하니 벽에 몸을 기댄 채 앉아 있던 율은 짙은 한숨을 내쉬며 느리게 두 눈을 깜박였다.

그날 이후, 얼마의 시간이 흐른 걸까. 문득 서안 위에 놓여 있는 빈 술병을 바라본 그는 씁쓸한 미소를 머금었다. 지난 며칠은 술에 의지해 잠들고, 방 안에 스며드는 햇살에 눈을 뜨는 나날의 반복이었다. 무심코 품속에서 구겨진 종의 마지막 서찰을 꺼내 든 율은 한참 동안 그것을 바라보다 이내 다시 벽에 머리를 기대고 두 눈을 감았다.

"······좋아."

흘러나오는 목소리라고는 빈껍데기뿐. 여전히 익숙해지지 않은 가슴의 통증이 세차게 그를 흔들고 있었다. 이제는 메말랐을 거라 여겼던 눈물이 또다시 두 뺨을 타고 흘러내리자, 율은 괴로움으로 얼룩진 얼굴을 마른 손으로 쓸어냈다. 그런데 그때, 달빛을 머금고 있던 방문에 얼핏 낯선 인영이 드리워졌다.

꽤 오랜 시간 마루를 서성거리던 그 그림자가 마침내 방문을 두드리자, 율은 무거운 고개를 천천히 돌렸다. 조용하지만 또렷하게 방문을 두드리는 그 소리는 두어 번 더 이어지고 있었다. 그제야 율은 흐트러진 옷매무새를 가다듬으며, 밖을 향해 나지막한 목소리를 건넸다.

"들어오시오."

버적버적 갈라지는 율의 목소리에, 굳게 닫혀 있던 방문이 낡은 소리를 내며 조심스럽게 열렸다. 뒤이어 옷감이 스치는 소리가 고요한 방 안을 스산하게 흔들기 시작했다. 멍하니 바닥만 바라보고 있던 율은 제게 다가온 그림자가 머리 위로 길게 드리워지고 나서야 천천히 고개를 들어 앞을 바라보았다.

"무슨 일······."

그 순간, 탁한 빛을 띠고 있던 율의 눈동자가 크게 부풀어 올랐다.

곧은 자세로 율의 앞에 앉아 있는 이는 설매가 아니었다.

"화영아⋯⋯."

머뭇거리던 율의 입술이 마침내 그녀의 이름을 부르자, 천천히 고개를 들어 그와 시선을 맞춘 화영은 말없이 등잔에 불을 붙였다.

"네가 어찌⋯⋯."

눈앞의 상황이 좀처럼 믿어지지 않는지, 몇 번이고 눈꺼풀을 깜박이며 화영을 바라보던 율은 한참 만에야 주먹을 그러모으며 실소했다.

"내 술이 과해서 헛것을 보는 것인가, 아니면 꿈을 꾸고 있는 것인가."

가늘게 떨리는 그의 목소리에는 물기가 가득했다.

"정녕 화영이가 맞는 것이냐?"

"⋯⋯예, 나으리."

그의 물음에 고개를 끄덕이는 화영의 얼굴이 불빛을 받아 붉게 일렁였다. 평소와 달리 단정하게 가르마를 타서 빗어 내린 그녀의 머리카락은 앞쪽으로 길게 늘어져 있었다. 머뭇거리며 화영의 뺨을 감싸 쥔 율은 이내 그것을 천천히 어루만졌다. 가늘게 떨리는 화영의 눈가는 어느새 촉촉하게 젖어 있었다.

"어찌 이러고 계신 겁니까?"

안타까운 목소리로 중얼거린 화영이 무명천으로 감싼 율의 가슴 위로 조심스럽게 손을 뻗었다. 어쩐지 생경하게 느껴지는 온기에 짧게 몸을 떤 율은 아랫입술을 깨물며 시선을 떨구었다.

"나으리⋯⋯."

괴로운 기색이 역력한 눈으로 그를 바라보던 화영은 결국 말을 잇지 못하고 흐트러진 그의 머리카락을 뒤로 넘겨주었다. 그 다정한 손길에 애써 참았던 눈물이 또다시 솟구치자, 한숨과 함께 그것을 눌러 삼킨 율은 두 눈을 질끈 감았다.

바로 그때, 거무죽죽한 율의 입술을 살며시 쓰다듬은 화영이 자신의 입술을 조용히 그 위에 가져다 대었다. 갑작스러운 그녀의 행동에 놀란 표정을 감추지 못한 율은 저도 모르게 들숨을 삼켰다. 마치 상처를 어루만지는 듯, 조심스럽게 제 입술을 핥아 내리는 화영의 온기는 차갑게 식어 있던 율의 몸을 조금씩 덥히고 있었다.

"……읏."

곧 율의 입술 사이로 고통에 찬 신음이 터져 나왔다. 울컥하는 감정을 다스리려는 듯 힘겹게 목울대를 울렁이며 숨을 삼키는 율의 얼굴은 잔뜩 일그러져 있었다.

"괜찮습니다, 나으리."

그런 그를 가만히 끌어안은 화영이 눈에 띄게 들썩이는 그의 등을 천천히 쓰다듬었다. 하지만 율은 멈출 줄 모르는 울음소리를 가누려 제 입술을 힘껏 앙다물 뿐이었다.

"소리 내어 우셔도 됩니다. 부디 나으리께 품을 빌려 드릴 수 있도록 해주십시오."

한숨처럼 속삭인 말에, 흐느낌 섞인 그의 뜨거운 숨이 옷깃 사이를 파고들기 시작했다. 말없이 눈을 감은 화영은 더욱 강하게 율의 어깨를 끌어안았다. 그의 숨결이 닿은 살갗은 마치 불에 덴 듯 아릿했다. 어느새 주체할 수 없이 떨리는 입술을 화영의 목덜미에 묻고 비비던 율은 쇳덩이처럼 무겁기만 한 눈꺼풀을 힘겹게 깜박였다.

"……지키지 못했다."

끝을 모르고 가라앉는 율의 목소리는 먹먹했다.

"종의 부탁을 들어주고자 했다는 건 핑계다. 결국 나는 그 녀석을 지키지 못한 것이다. 지키지 못한……."

더는 말을 잇지 못하고 큰 소리로 울음을 토해낸 율의 손이 화영의 등을 애타게 붙잡았다. 그런 그의 어깨를 끊임없이 토닥이는 화영의 눈동자 또한 뜨거운 눈물과 한숨으로 가득했다.

때마침 방문을 두드리는 바람 소리가 점점 더 거세진다. 모든 것을 잃고 멈춰 있던 두 사람의 시간은 비로소 그렇게 서로의 품에서 다시금 이어지고 있었다.

어느덧 날이 밝았는지 살포시 감긴 속눈썹 사이로 엷은 햇살이 스며들기 시작했다. 나른한 몸을 뒤척이던 중 뒷덜미를 간질이는 고른 숨결을 느낀 화영은 무거운 눈꺼풀을 흠칫 치켜떴다.

그러나 제 허리를 부둥켜안은 채 곤히 잠든 율을 발견한 그녀의 입술이 곧 평온한 미소를 머금었다. 그러고 보니 율과 이렇게 가까이 얼굴을 마주하고 누운 것은 무척 오랜만의 일이었다.

무심코 그의 품을 파고들던 화영은 문득 멈칫하며 그의 몸을 감싸고 있는 무명천을 바라보았다. 어쩌자고 또 이렇게 큰 상처를 입으신 걸까. 희미하게 스며든 핏자국이 유난히 아프게 와 박힌다.

"나으리."

어두운 표정으로 그를 어루만지던 화영은 애써 시선을 돌리며 나지막한 목소리로 율을 불러보았다. 그러나 단잠을 깨우기에는 다소 작았던지, 두 눈을 굳게 닫은 율은 미동조차 없는 얼굴로 고른 숨만 내쉬었다.

이에 슬며시 입꼬리를 말아 올린 화영은 살금살금 손을 뻗어 율의 단정한 입술을 매만졌다. 그런데 그때, 굳게 닫혀 있던 그 입술 사이로 별안간 나지막한 목소리가 흘러나왔다.

"뭘 하느냐?"

흠칫한 화영은 황급히 손을 거두었다. 그러자 느릿하게 눈꺼풀을 들어 올린 율이 화영을 바라보며 희미한 미소를 지어 보였다.

"너는 참으로 아침잠이 없구나."

"스, 습관이 되어놔서."

괜스레 부끄러워진 화영은 어찌할 바를 모르고 애꿎은 발가락만 꼼질거렸다. 이를 눈치채고 쿡쿡 웃으며 몸을 일으킨 율은 희미한 빛이 스며드는 방문으로 시선을 옮기며 나지막하게 중얼거렸다.

"비가 오는 모양이구나."

율을 따라 문간으로 고개를 돌린 화영은 숨소리를 죽이며 귀를 쫑긋거렸다. 과연 그의 말대로 비가 내리는 경쾌한 소리가 희미하게 방 안을 맴돌고 있었다.

"춥지 않으냐?"

그의 물음에 작게 고개를 가로저은 화영은 바닥을 더듬거려 옷가지를 찾아 걸쳤다. 턱을 괸 채 그 모습을 물끄러미 바라보던 율이 문득 작게 웃으며 중얼거렸다.

"못 본 사이 더 애틋해진 기분이구나."

"……아침 댓바람부터 농을 하시는 걸 보니 기분이 좀 나아지신 모양이죠?"

빙글거리는 그의 표정에서 얼핏 짓궂은 기색을 느낀 화영이 입술을 비죽이자, 피식 웃으며 고개를 끄덕인 율은 화영의 어깨에 얼굴을 묻으며 나지막하게 중얼거렸다.

"네 덕분이다."

솔직하게 울리는 그 목소리에 화영은 당황한 듯 잠시 눈동자를 굴렸다. 무어라 답을 해야 할지, 어떤 표정을 지어야 할지 몰라 머뭇거리는데 슬며시 고개를 든 율이 그녀와 시선을 맞춰왔다.

"내가 돌아올 곳이 되어줘서, 참으로 고맙다."

어느새 그는 화영의 손을 꼭 붙잡고 있었다. 그 모양을 한동안 물끄러미 바라보던 화영은 이내 결심한 듯 고개를 들어 율을 마주보았다.

"저도."

바짝 마른 입술을 혀끝으로 훑으며 잠시 숨을 고르는 화영의 얼굴에는 어느새 옅은 미소가 걸려 있었다.

"저도 감사합니다. 살아서 돌아오겠다는 약속, 지켜주셔서요."

간밤에 내린 서리로 흰옷을 걸친 경복궁의 너른 지붕은 아침부터 눈부시게 반짝였다. 성큼 다가온 추위 탓일까. 조계(朝啓)가 끝날 시각에 맞춰 강녕전으로 향하는 중전의 걸음은 평소와 달리 바쁘기만 했다.

"아니, 중전마마."

문 앞을 지키고 있던 나인이 그녀를 발견하고 황급히 허리를 숙이며 다가왔다. 하지만 중전은 그녀의 인사를 받는 둥 마는 둥 하며 다급한 목소리로 물었다.

"전하께서는 들어 계신가?"

"예, 조금 전에……."

"고하시게."

단박에 말을 자르는 중전의 얼굴에는 어딘지 서늘한 기운이 감돌았다. 고개를 갸웃거렸지만 이내 몸을 돌린 나인은 안쪽을 향해 커다란 목소리로 아뢰었다.

"전하, 중전마마 드셨사옵니다."

"뫼셔라."

수양의 대답이 끝나기가 무섭게 문이 열리고, 서둘러 안으로 들어선 중전은 부쩍 소란한 동작으로 수양의 서안 앞에 착석했다.

"중전께서 이 시각에 여기까지 어인 일이오?"

평소답지 않은 그녀의 모습에, 수양은 의아한 표정으로 들고 있던 상소문을 내려놓았다.

"긴히 드릴 말씀이 있습니다."

잠시 숨을 고른 중전이 자못 비장한 목소리로 운을 떼자, 한 발자국 떨어진 곳에 서서 그들을 바라보던 도승지는 조용히 고개를 조아리고는 빠른 걸음으로 자리를 피했다.

"전하."

이윽고 문이 닫히자마자 기다렸다는 듯 수양의 앞으로 바짝 다가간 중전은 당혹스러워하는 그를 향해 매서운 기세로 말문을 열었다.

"사헌부에서 정종의 가솔들을 연좌하라며 주청을 올렸다지요?"

예상치 못한 주제에 옅은 숨을 몰아쉰 수양은 그녀의 시선을 피하며 차갑게 대꾸했다.

"이는 중전이 관여할 문제가 아니오."

"어찌 그리 냉정하실 수 있습니까? 경혜 공주에게 죄가 없다는 것은 전하께서도 이미 잘 알고 계시지 않습니까? 설마하니 다른 이도 아닌 문종대왕(文宗大王)의 적녀를, 그것도 지아비와 복중의 아이까지 잃어버린 그 아이를 변방의 노비로 쳐 낼 심산은 아니시겠지요?"

"중전."

"궁으로 불러올리시지요."

단호한 중전의 말에 수양의 눈썹이 크게 꿈틀거렸다.

"지금 뭐라 하였소?"

"전하께서 이대로 공주를 내치신다면, 남아 있는 종친들 또한 전하께 등을 돌릴 것입니다. 공신들의 권력이 날로 커지고 있는 이때에 그들마저 잃으신다면……"

중전의 목소리가 높아지자, 수양은 가볍게 손을 들어 그녀를 막아섰다. 그제야 아랫입술을 지그시 깨문 중전은 못다 한 말 대신 긴 숨을 덧붙였다.

"중전의 뜻은 잘 알겠소."

"……"

"이만 물러가 보도록 하시오."

이윽고 작위적인 미소를 지어 보인 수양이 중전을 향해 나가보라는 듯 손을 저었다. 그 바람에 어쩔 수 없이 자리에서 일어난 중전은 얼굴의 그늘을 지우지 못한 채 내키지 않는 걸음을 돌렸다.

"후우……"

문이 닫히고 다시금 정적이 찾아들자, 피곤한 기색이 역력한 얼굴로 마른세수를 한 수양은 무거운 몸을 사방침에 기댔다. 기실 중전의 말마따나 날로 커지는 공신들의 세력에 대항하기 위해서는 무엇보다 종친들의 힘이 절대적으로 필요했다. 게다가 근자에 들어 북쪽 지방의 호족 세력들이 자신의 정책에 큰 불만을 품고 있다는 소문이 돌던 터.

"밖에 상선 있는가?"

수양의 부름에 곧 허리를 조아린 상선이 종종걸음으로 걸어 들어왔다. 무표정한 얼굴로 그를 돌아본 수양은 잠시 후 나지막한 목소리로 명했다.

"도승지를 다시 불러주게."

맑은 구름이 목화솜처럼 피어오른 청명한 오후, 다과상을 사이에 두고 마주 앉은 경혜와 수양은 누구라 할 것도 없이 무거운 침묵을 지키고 있었다. 겨우 몸을 추슬렀음에도 불구하고 그녀는 여전히 생기를 잃은 빈껍데기 같기만 했다. 곁눈질로 그 모습을 바라보던 수양은 낮은 한숨을 내쉬며 들고 있던 찻잔을 내려놓았다.

"……그들을 죽이지 않겠다."

이윽고 무겁게 닫혀 있던 수양의 입술이 달싹이자, 보이지 않게 멈칫한 경혜가 천천히 고개를 들어 그를 바라보았다.

"하지만 아무런 처벌도 없이 놓아주기엔 과인의 입장이 난처해져서 말이야."

잠시 말을 멈추고 턱 밑을 쓰다듬은 수양은 이내 자신이 내린 결론을 차분히 읊기 시작했다.

"정율의 신분을 박탈하여 천인으로 삼고, 본디 천인인 네 반당은 그 직을 박탈하여 도성 밖으로 내쫓는 것으로 처결하겠다. 비록 양인은 아니나 어딘가에 귀속된 노비도 아니니, 무엇을 해서든 살아갈 수 있겠지."

"……"

"너와 네 아들 또한 연좌하는 일은 없을 것이다. 원한다면 도성에 집을 내어줄 터이니……."

"아니요."

무슨 연유인지 단박에 수양의 말을 자르는 경혜의 목소리는 단호했다.

"하해와 같은 성은에 감읍할 따름입니다만, 소인의 거처는 이미 정해 두었습니다."

"……어디로 갈 생각이더냐?"

"정업원(淨業院)에 들어갈 것입니다."

망설임 없는 그녀의 대답에, 수양은 쓴웃음을 지으며 미지근해진 찻 잔을 매만졌다.

"얼마 전 중전마마께서 찾아와 말씀하시길, 소인의 아들을 궁에서 맡 아 길러주시겠다고 하시더군요."

어느새 또렷한 시선으로 수양을 바라보는 경혜의 눈동자는 부쩍 의 연한 빛을 띠고 있었다.

"용이만 잘 자라준다면 소인은 더 바랄 것이 없습니다. 하오니 정업원 에 들어가 세상을 떠난 지아비의 명복을 빌며 살고자 합니다. 그곳에는 올케도 있으니, 적적하지는 않겠지요."

본디 도성 내 여승방인 정업원에는 궁을 떠날 수밖에 없었던 왕가의 여인들이 제법 기거하고 있었는데, 홍위의 부인 송씨 또한 마찬가지였 다. 아마도 경혜는 그 점을 염두에 두었던 모양이었다.

"소인이 마지막 절개나마 지킬 수 있도록 헤아려 주시지요."

마지막 절개. 그것은 아마도 자존심을 이르는 것이라 수양은 생각했 다. 자식을 위하는 어미의 마음과는 별개로 끝까지 그녀를 붙잡고 있는 것은 바로 그 마지막 자존심이었으리라.

전에 없이 초연한 얼굴로 앉아 있는 경혜를 물끄러미 바라보던 수양 은 문득 그 위로 스쳐 지나가는 그녀의 어릴 적 모습에 마른침을 삼켰 다. 일찍이 모후를 여읜 탓인지 늘 의젓한 표정을 짓고 있었지만, 환한 미소를 띤 모습이 유난히 어여쁘고 찬란했던 소녀. 그랬던 소녀가 이제 는 세월이 새겨진 얼굴에 허무를 담고 있다.

"······네가 원하는 대로 하거라."

잠시 후, 한숨 섞인 목소리로 중얼거린 수양은 고개를 돌려 창밖의 푸른 하늘을 바라보았다. 느리게 흘러가는 구름을 좇는 그의 눈동자에는 얼핏 지나간 것에 대한 쓸쓸함이 흐르고 있었다.

그로부터 며칠 후, 실로 오랜만에 당의를 갖춰 입은 경혜가 문득 방을 나서려던 걸음을 멈추고 품 안에서 곱게 접힌 서찰 한 통을 꺼냈다. 그것은 율에게 건네받은 종의 마지막 서찰이었다. 평소와 달리 흐트러진 필체, 군데군데 흔적처럼 남아 있는 핏자국들을 차분하게 훑어보던 그녀의 눈에 다시금 뜨거운 눈물이 고이기 시작했다.

"공주 자가, 서두르시옵소서."

때마침 문밖에서 상궁의 재촉이 들려오자, 황급히 소매 끄트머리로 눈가를 훔친 경혜는 떨어지지 않는 발걸음을 힘겹게 돌렸다. 마당에는 율과 화영이 괴로운 얼굴을 하고 서 있었다.

"작별 인사는 하지 않겠습니다."

두 손을 단정히 모으고 그들의 앞에 선 경혜는 부러 쾌활한 웃음소리를 덧붙였다.

"자리를 잡으시거든, 정업원으로 서신이나 한 통 보내주세요."

대답 대신 고개를 끄덕인 율은 어딘지 모르게 애틋한 시선으로 머뭇머뭇 경혜를 바라보았다. 그 생경한 표정이 어쩐지 괴이 보여 소리 죽여 웃은 경혜는 이내 화영을 향해 천천히 시선을 옮겼다.

"화영아."

경혜의 부름에도 입술을 굳게 다문 채 고개조차 들지 못하는 화영의 두 뺨은 여전히 붉게 젖어 있었다.

"하늘이 허락한다면, 다시 만나게 될 것이다."

나지막한 그 말에, 화영은 결국 참고 있던 눈물을 후두둑 떨구고 말았다. 그런 그녀를 뜨겁게 안았다 놓은 경혜는 이윽고 몸을 돌려 가마 위에 올라탔다.

"가자."

잠든 용을 경혜의 품으로 건네준 상궁이 문을 닫으며 출발을 이르자, 힘찬 구령 소리와 함께 걸음을 뗀 가마꾼들은 점차 속력을 내며 멀어지기 시작했다. 가마의 화려한 지붕이 작은 점이 되어 사라진 후에도 화영은 자리를 떠나지 못한 채 뾰족한 길 끝을 멍하니 바라보고 있었다.

"훗날에 반드시 다시 뵐 수 있을 것이다."

소리 없이 흐느끼고 있는 그녀의 어깨를 조심히 감싸 안은 율이 나지막하게 속삭였다. 이에 대답 대신 세차게 고개를 끄덕인 화영은 흠뻑 젖은 두 뺨을 소매로 억세게 닦아냈다.

"자, 우리도 어서 출발합시다."

그들을 기다리던 나졸의 재촉에 천천히 걸음을 돌린 화영은 어깨에 멘 두툼한 바랑을 힘차게 추켜들었다. 경혜가 떠난 반대 방향으로 난 길의 끝에는 기운 해를 매단 산등성이가 붉게 일렁이고 있었다.

"나는 서문까지만 당신들을 감시하는 역할이오. 도성 안으로 들어오지만 않는다면 어디로 가든 관여치 않는다더군. 뭐, 차라리 다행 아니오? 앞으로는 죄 짓지 마시고 평범하게 사시구려."

앞서 걸어가는 나졸의 수다가 이어지는 사이 문득 쓰고 있던 삿갓을 뒤로 기울인 율은 가늘어진 눈 가득 붉은 노을을 담은 채로 화영을 돌아보았다.

"가자."

살며시 내밀어진 그의 손이 오늘따라 유난히 든든하게 느껴지는 것을 왜일까. 잠시 머뭇거리던 화영은 이내 희미하게 웃으며 그의 손을 힘껏 움켜쥐었다.

이 길의 끝에 무엇이 있을는지는 모르겠다. 한 치 앞조차 내다볼 수 없는 현실임에도 어찌하여 설레는지도 모르겠다. 하지만 한 가지 확실한 것은 이 맞잡은 손을 놓을 일은 결코 없다는 것.

도성의 북적이는 길을 지나 마침내 서문 밖으로 나오니, 유난히 넓은 하늘 위로 반가운 철새가 떼 지어 날아가는 것이 보였다. 부러 크게 어깨를 들썩여 숨을 들이마신 화영은 곧 경쾌한 목소리로 물었다.

"이제 어디로 갈까요?"

"바다가 나올 때까지 쭉 가보는 것은 어떻겠느냐?"

"서쪽으로 말입니까?"

"그래, 해가 저무는 바다를 보고 싶구나."

어쩐지 소년처럼 천진한 율의 대답에, 화영은 눈부신 미소를 머금으며 고개를 끄덕였다.

"예!"

어느 때보다 우렁찬 목소리로 대답하는 그녀의 암청색 눈동자에는 알록달록한 빛의 파편이 잘게 부서지고 있었다.

13. 정해진 인연

바닷가와 맞닿은 조그만 마을에서 시작해 경기 일대를 유람하듯 돌아다니던 율과 화영이 처음으로 거처를 구해 정착한 곳은 바로 양주목이었다. 품질 좋은 옥으로 유명한 지방인지라 때마침 채굴할 인부를 구하고 있다는 소식을 들은 율이 당분간 이곳에 머물기를 제안한 것이다.

옅은 땅거미가 내려앉는 시각, 화영은 언제부턴가 자연스럽게 입게 된 치마를 말아 쥔 채로 분주히 저녁 식사를 준비하고 있었다. 아궁이에 밥을 안친 뒤 말린 나물을 물에 담가 씻어내는 손놀림은 부쩍 능숙했다.

그런데 별안간 싸리문이 열리는 소리와 함께 때 아닌 소란이 마당 안으로 밀려들어 왔다. 익숙한 웃음소리에 빠끔히 고개를 내미니 아니나 다를까, 거나하게 취한 마을 사내들을 앞세우고 들어오는 율의 모습이 보였다.

"오셨어요?"

"이것 참 또 신세 지러 왔소이다."

화영이 젖은 손을 행주에 닦으며 부리나케 밖으로 나오자, 넉살 좋게 손을 흔들며 대꾸한 마을 사내들은 늘 그랬듯 마당 위 평상에 드러눕기 시작했다.

"또 주막에서 술판을 벌이신 모양이지요?"

짐짓 불퉁한 목소리로 투덜거리기는 했지만, 화영의 입가에는 잔잔한 미소가 번지고 있었다.

"미안하다. 또 취해 버렸구나."

때마침 들뜬 걸음으로 다가온 율이 옅은 술 냄새를 풍기며 화영의 품에 와락 안겨들자, 마을 사내들은 저마다 큰 소리로 웃으며 앞다퉈 그들을 놀리기 시작했다.

"아직도 그리 금실이 좋으니 참으로 부럽소."

"우리 마누라는 내 얼굴만 봐도 속이 뒤집힌다고 어찌나 구박을 하는지."

"복 받은 게지, 복 받은 게야."

그들의 짓궂은 농에 얼굴을 붉힌 화영이 서둘러 율을 밀어내며 부엌으로 들어가자, 아쉬운 표정으로 대청에 걸터앉은 율은 이내 뜻 모를 미소를 지으며 땅거미가 내려앉은 하늘을 바라보았다.

도성을 떠나온 지도 어느덧 다섯 해. 알딸딸하게 젖어드는 술기운에 기대 고단한 하루를 마무리하는 것이 이제는 퍽 익숙하고 당연한 일과가 되어버렸다. 예전 같았으면 꿈에도 생각지 못했을 일들이 반복되는 생활이었지만, 율은 그것이 자못 즐거웠다.

"그나저나 그 얘기 들었는가? 국경 근처에 임금에 대한 원성이 자자하다는구먼."

"아, 나도 들었네. 분위기가 심상치 않은 것이, 폭동이 일어날지도 모른다고 하던데?"

"가만 보면 임금이 바뀐 뒤로 반란이며 폭동이 끊이질 않는 것 같으이. 언제쯤 이 흉흉한 세상이 가라앉을꼬."

어느새 목소리가 높아진 마을 사내들의 대화를 무심히 듣고 있던 율은 반란이라는 말에 저도 모르게 흠칫하며 몸을 일으켰다. 어쩐지 목

끝까지 차올랐던 술기운이 싹 가라앉는 것만 같다.

기실 국경 근처는 예전부터 늘 소란이 끊이지 않는 지역이었다. 군사 진영이 밀집해 있는 탓도 있지만, 건국 때부터 오랜 권력을 쥐어온 호족들의 힘이 막강한 연유가 더욱 컸다. 하여 이를 통제하려는 수양의 강압적인 통치는 즉위 이래 계속 이어지고 있었고, 그 점이 호족들에게 불쾌감을 주는 것은 어느 모로 보나 자명한 일이었다.

"애초에 자기 자리가 아니었던 게지. 아무리 조카가 어렸다고는 하지만, 그게 날치기가 아니고 뭐람?"

"예끼 이 사람! 누가 들으면 큰일 날 소리!"

"아니, 내 조동아리도 내 마음대로 못 놀리나? 안 그런가?"

대뜸 언성을 높이며 율을 돌아보는 마을 사내의 얼굴은 거칠게 구겨져 있었다. 율은 씁쓸한 표정을 애써 감추며 어색하게 미소를 지었다. 안개가 낀 것처럼 흐릿해져 있던 기억들이 다시금 날카로운 파편이 되어 그의 가슴을 파고든 탓이었다.

"다들 물이나 한 사발씩 드시고 어서 술부터 깨세요. 댁으로 돌아가셔야지요."

"아이고, 고맙소이다."

때마침 소반에 물그릇 여러 개를 올려 들고 나온 화영이 마을 사내들에게 차례로 그것을 건넸다. 율은 말간 눈동자를 들어 물끄러미 그 모습을 바라보았다. 이제는 제법 여인의 차림이 익숙해진 그녀를 보고 있자니, 반당으로 살아왔던 지난날이 마치 꿈결처럼 멀게 느껴진다.

"서방님도 쭉 들이켜세요."

하지만 율에게 물그릇을 내미는 화영의 손에는 여전히 검을 잡은 흔적인 굳은살이 고스란히 남아 있었다. 저도 모르게 희미한 미소를 머금은 율은 화영의 손을 천천히 쓰다듬었다. 갑작스러운 그의 행동에 당황한 화영이 움찔하며 그를 바라보자, 잠시 뜻 모를 시선으로 그녀를 바라보던 율은 곧 들릴 듯 말 듯 입술을 달싹였다.

"화영아."

"······예, 서방님."

"행복하더냐?"

맥락도 없이 날아온 질문에 화영의 눈이 쌜쭉한 모양을 그렸다. 그것은 율이 술을 마시면 으레 버릇처럼 물어오는 말이었다.

"행복하더냐?"

아득한 표정으로 다시 되묻는 그를 물끄러미 바라보던 화영은 곧 못 이기는 척 고개를 끄덕였다.

"예, 행복합니다."

"얼마나 행복하더냐?"

"매우 행복합니다."

그러자 바람 빠지는 소리를 내며 푸스스 웃은 율의 얼굴이 금세 어린아이처럼 풀어졌다.

"자, 이제 그만 일어나십시오. 시장하실 텐데, 상을 봐 올리겠습니다."

장난스럽게 웃으며 돌아서는 화영의 뒷모습을 응시하던 율은 문득 그녀의 투박한 올림머리에 흔한 머리꽂이조차 없다는 것을 깨달았다.

"······조만간 옥잠 하나 해줘야겠군."

혼잣말을 중얼거리는 율의 얼굴은 그새 깊어진 노을을 머금고 더욱 빨갛게 타오르고 있었다.

마을에서 가장 번잡한 곳인 장터는 이른 아침부터 모여든 상인들로 분주한 기색이었다. 때마침 동이 난 곡식을 구하기 위해 직접 짠 무명을 들고 장터를 찾은 화영은 문득 갖바치들이 모여 있는 거리에서 바삐 놀리던 걸음을 멈칫 세웠다. 여러 모양으로 잘라낸 가죽들이 마치 빨랫감처럼 걸려 있는 그 거리가 평소와 달리 소란해 보인 탓이었다.

잠시 망설였지만, 결국 호기심을 이기지 못한 화영은 소쿠리를 바싹 끌어안은 채, 소리가 나는 방향으로 걸음을 옮겼다. 작업장인 듯 보이는 넓은 공터에는 많은 사람이 동그랗게 원을 그리고 모여 있었다.

때마침 그들 사이로 유난히 크게 솟아오른 그림자가 무언가를 펼쳐 흔들자, 여기저기서 탄성이 쏟아져 나왔다. 누군가 진귀한 물건이라도 팔러 온 것일까. 까치발을 하고 주위를 기웃거리던 화영은 이내 살금살금 사람들의 틈바구니에 섞여 들어갔다.

"세상에, 저렇게 큰 호랑이도 있다냐?"

"사람을 한 열댓은 잡아먹은 것 같지 않소?"

끼리끼리 수군거리는 말을 들어보니, 아무래도 범 가죽이 들어온 모양이었다. 하지만 북적이는 인파에 치여 이리저리 밀리는 탓에 화영은 좀처럼 안쪽 상황을 볼 수가 없었다. 덕분에 자라처럼 목을 빼고 좌우를 두리번거리던 화영이 더는 참지 못하고 머리 위로 팔짝 뛰어오르려던 바로 그때였다.

"우와!"

탄성이 터짐과 동시에 가운데 서 있던 장대한 체격의 사내가 양손으로 범 가죽을 펼쳐 드는 것이 보였다. 과연, 크기가 실로 어마어마하다. 화영은 떡 벌어진 입을 다물지 못한 채 넋을 잃고 그것을 바라보았다.

"히야, 확실히 엄청난데?"

"북쪽 사람들이 사냥 실력 하나는 기가 막힌다더니, 그것이 참말인가 보오."

혀를 내두르는 사람들의 수다에, 정신없이 눈앞의 가죽을 구경하던 화영은 문득 그것을 들고 서 있는 사내에게 시선을 옮겼다. 그런데 삿갓을 깊게 눌러쓴 모양이 이상하리만치 익숙하다.

'어라?'

동그란 눈을 가늘게 조인 화영은 드문드문 숨었다 드러나는 그의 얼굴을 자세히 보기 위해 안간힘을 쓰기 시작했다. 그때, 투박한 손길로 들고 있던 가죽을 어깨에 걸친 사내가 삿갓을 더욱 깊숙이 눌러쓰며 걸쭉한 목소리로 외쳤다.

"여기에 이 물건을 살 만한 이가 있소?"

사람들은 저마다 웅성거리며 서로를 바라볼 뿐, 섣불리 나서지는 못했다. 그도 그럴 것이 범 가죽은 하루 벌어 먹고사는 그들의 형편으로는 꿈도 꿀 수 없을 만큼 고가의 물건이었다.

"거 좋은 구경시켜 줘서 고맙기는 한데, 여기서는 임자를 찾지 못할 것이오."

맨 앞에 자리를 깔고 앉아 있던 노인이 심드렁한 목소리로 조언하자, 난감한 듯 턱을 긁적인 사내는 잠시 숨을 고르며 주위를 둘러보았다. 하지만 역시 그 누구도 손을 들며 나설 기미는 보이지 않았다.

어쩔 수 없다는 듯 짧게 어깨를 들썩인 사내는 곧 미련 없이 자신의 말 위에 올라탔다. 그런데 막 고삐를 잡아당기려던 사내가 돌연 멈칫하더니 어느새 가장 앞쪽 줄까지 걸어 나온 화영을 향해 시선을 돌렸다. 그녀는 웬만한 사람의 몸길이만큼 길게 늘어진 범 꼬리를 구경하느라, 사내가 저를 바라보고 있다는 사실도 눈치채지 못하고 있었다.

"설마……."

이윽고 깊숙이 눌러쓰고 있던 삿갓을 천천히 뒤로 넘긴 사내가 떨리는 입술을 달싹였다.

"화영아."

별안간 머리 위로 떨어진 목소리가 제 이름을 읊조리자, 퍼뜩 고개를 든 화영은 의아한 얼굴로 그를 바라보았다. 하지만 얼마 지나지 않아 그녀의 눈동자가 돌연 파도처럼 일렁이기 시작했다.

"정녕 화영이가 맞는 것이냐?"

먹먹하게 젖은 목소리로 중얼거리는 사내의 눈동자는 기묘하리만치 푸른색이 감돌고 있었다. 비록 몰라보리만치 거칠고 험해진 얼굴이었지만, 저 눈동자와 눈빛은 너무나도 잘 아는 이의 것이 아닌가.

"……재하 사형."

얼떨떨한 표정으로 한참을 머뭇거리던 화영의 입술이 마침내 그의 이름을 부르자, 무너질 듯 휘청거리던 그의 얼굴에 환한 미소가 번졌다.

"정말, 정말 사형이십니까?"

"그래, 나 김재하 맞다."

예상치 못한 재회에 좀처럼 말을 잇지 못하는 화영의 두 눈에는 반가움과 놀라움이 한데 뒤섞여 먹처럼 번지고 있었다. 그런데 바로 그때, 돌연 화영의 허리를 낚아채 안아 올린 재하가 대뜸 자신의 말에 그녀를 태우더니 힘차게 고삐를 채기 시작했다.

"사, 사형!"

갑작스러운 재하의 행동에 당황한 것도 잠시. 화영은 이제껏 겪어본 적 없는 엄청난 속력에 기함하며 그대로 그의 품에 얼굴을 묻을 수밖에 없었다.

"사형! 자, 잠시만요!"

격렬하게 흔들리는 몸을 간신히 지탱하며 애타게 재하를 불렀지만, 무슨 연유인지 그는 아무 대꾸도 없이 더욱 맹렬히 말을 몰 뿐이었다.

그렇게 얼마나 달렸을까. 인적이라고는 전혀 없는 외진 산 중턱에 다다르자 재하의 말이 비로소 그 속력을 늦추기 시작했다. 그제야 질끈 감고 있던 눈을 살며시 뜬 화영은 멍한 표정으로 주위를 두리번거렸다.

마을이 한눈에 내려다보이는 언덕은 이곳에 터를 잡고 살고 있는 그녀도 와본 적이 없는 낯선 장소였다. 잡초만 무성한 허허벌판을 스치고 지나온 바람에, 흘러내린 화영이 머리카락이 연기처럼 나부끼기 시작했다.

"……하마터면 몰라볼 뻔했다."

속삭이듯 중얼거린 재하의 말에 멍하니 마을을 내려다보던 화영이 천천히 고개를 돌려 그를 바라보았다. 다소 야윈 듯한 그의 뺨에는 어쩌다 얻은 것인지 알 수 없는 흉터가 깊게 새겨져 있었다. 어쩐지 생경한 느낌에 마른침을 꿀꺽 삼킨 화영은 손안에 꽉 움켜쥐고 있던 그의 옷깃을 슬며시 내려놓았다.

"사형이야말로……."

기어들어 가는 목소리로 중얼거리는 화영을 물끄러미 내려다보던 재하의 입가에 얼핏 옅은 미소가 걸렸다. 십여 년의 세월이 흘렀음에도, 화영은 여전히 그 시절의 수줍은 소녀인 것만 같았다.

"어찌 이런 곳에 있는 게냐? 그것도 여복을 하고."

투박한 모양이지만 자못 야무지게 틀어 올린 머리하며 몸에 꼭 맞는 듯한 치마저고리가 제법 익숙해 보이는 것이, 아마도 꽤 오랜 시간을 이러한 모습으로 지내왔으리라.

거기까지 생각이 미치자, 재하의 얼굴에 문득 어두운 그늘이 드리워졌다. 정종이 반역죄로 거열형을 당했다는 소식은 익히 들었지만, 반당인 화영이 경혜의 곁을 떠났으리란 생각은 해본 적이 없었던 것이다.

그렇다면 생각할 수 있는 것은 단 하나.

"혹……."

어딘지 모르게 불안한 표정으로 화영을 응시하던 재하가 마침내 한참을 머뭇거리던 입술을 달싹였다.

"혹 혼인을 하였느냐?"

예상치 못한 질문에 잠시 당혹감을 비치던 화영은 이내 고개를 끄덕였다.

"예……."

"정율 그자와?"

어금니를 아득 깨물며 되묻는, 아니, 확신에 가까운 말투로 중얼거리는 재하의 두 눈은 무슨 연유인지 뜨겁게 일렁이고 있었다. 그 모습에 더욱 의아해진 화영은 대답 대신 고개를 끄덕였다.

"어찌 아셨습니까?"

신기하다는 표정으로 물어오는 화영이 괜스레 야속하기만 하다. 결국 고삐를 쥔 손을 힘없이 떨군 재하는 쓴웃음을 지으며 중얼거렸다.

"내게 너무 가혹한 일 아니냐."

참으로 오랜 시간을, 참으로 멀고 먼 곳에서 화영만 그리워했다. 하늘이 허락하여 다시 만나게 된다면 그때는 기필코 망설이지 않고 제 마음을 고백하리라 다짐했었다. 그런데 혼인을 했다니, 게다가 그 짝이 율이라니 좀처럼 이 들끓는 마음이 가라앉지를 않는다.

"사형?"

심상치 않은 분위기를 느낀 화영이 재하의 눈치를 살피며 조심스레 그를 불렀다. 그런데 무슨 연유인지 허공에서 얇게 떨리던 그의 손이 돌연 화영의 뺨을 천천히 어루만지는 것이 아닌가.

"화영아."

부쩍 가까워진 그의 눈동자는 기시감이 느껴지는 열기를 품고 있었다. 그것은 어떻게 보면 애틋함 같기도, 열망의 한 종류 같기도 했다. 이윽고 마른침을 삼킨 재하가 무어라 입을 달싹이려던 그때였다.

"이, 이러지 마십시오."

당혹스러운 표정을 감추지 못하고 몸을 뒤로 빼는 화영의 커다란 눈동자에는 어느새 옅은 두려움이 서려 있었다. 그 명백한 거부 의사에 저도 모르게 울컥한 재하는 참지 못하고 그녀의 뒷덜미를 제 쪽으로 거칠게 붙잡아 당겼다.

그리고 바로 다음 순간, 굳게 다물려 있던 재하의 입술이 제 위에 내려앉는 것을 느낀 화영은 너무 놀라 꼼짝도 할 수가 없었다. 구겨진 시야 너머로 살짝 감긴 재하의 눈꺼풀이 파르르 떨리는 것이 보였다.

무엇을 어떻게 해야 할지 혼란에 빠져 있던 그때, 재하의 뜨거운 온기가 화영의 입술 사이를 거칠게 파고들었다. 그제야 정신이 번쩍 든 화영은 온 힘을 다해 그를 밀어내려 애썼다. 하지만 좀처럼 물러나지 않는 재하의 입맞춤은 그럴수록 더욱 고압적이고 거칠어질 뿐이었다.

"읏……."

미간을 구긴 화영이 수차례 버둥거리자, 그들을 태우고 있던 갈색 말이 놀란 듯 제 몸을 흔들었다. 덕분에 간신히 재하에게서 떨어지게 된 화영은 혼란스러운 얼굴로 그를 바라보았다. 원망의 화살로 변한 그 눈빛이 아프게 가슴을 꿰뚫자, 파도처럼 밀려드는 후회를 맞닥뜨린 재하는 애꿎은 고삐만 억세게 움켜쥘 수밖에 없었다. 사과를 해야 하는데, 좀처럼 말문이 열리질 않는다. 아니, 어쩌면 사과를 하고 싶지 않은 것일지도 모르겠다.

"⋯⋯데려다주마."

복잡하게 엉키는 머릿속을 정리하지 못한 채 한숨처럼 흘러나온 그의 목소리는 때마침 불어온 바람에 덧없이 흐트러지고 말았다.

단출한 주안상을 사이에 두고 마주 앉은 율과 재하는 한동안 말이 없었다. 똑같이 굳어진 얼굴로 탁주가 담긴 사발을 응시하는 그들의 입술은 굳게 닫힌 채 좀처럼 움직일 기미를 보이지 않았다. 그들이 뿜어낸 숨으로 방 안의 공기가 부쩍 탁해지자, 화영은 그 무거운 분위기를 견디지 못하고 이내 자리를 뜨고 말았다.

"⋯⋯무사했군."

한참 만에야 먼저 말문을 연 것은 율이었다. 그로서는 재하의 등장이 썩 반가운 일이 아닐 터. 그 마음을 반영하기라도 한 듯 건조하게 내려앉는 율의 목소리에 재하는 실소를 금하지 못했다.

"혹여 무사해선 안 되는 것이었습니까?"

"그런 말은 하지 않았소."

"그렇게 들렸습니다."

날 선 재하의 대꾸에 율의 미간이 순식간에 일그러졌다. 그 모양을 숨기려는 듯 탁주가 담긴 사발을 입가로 가져가는 율의 얼굴은 눈에 띄게 서늘해져 있었다.

"설마하니 나으리께서 이런 모습으로, 이런 곳에서 살고 계실 줄은 몰랐습니다."

재하가 비릿한 미소를 지으며 나지막하게 중얼거렸다. 그도 그럴 것이, 눈앞의 율은 예전이라면 상상할 수 없을 만큼 초라한 차림새였다.

"이제는 그리 불릴 일도 없소. 더는 양인 신분도 아니고, 그저 양주목의 흔한 채굴 인부일 뿐이지."

"하오면 제가 말을 계속 올려야 하오리까? 낮춰야 하오리까?"

명백히 비틀린 재하의 목소리에, 반듯한 눈썹을 짧게 꿈틀거린 율이 천천히 고개를 들어 그를 노려보았다. 하지만 조금의 동요도 없이 사발에 담긴 탁주를 단박에 비운 재하는 한껏 까칠해진 목소리로 물었다.

"화영이와 혼인을 하다니, 혹 저와의 약조를 잊으신 건 아니시겠지요?"

"그대가 내게 화영이를 지켜달라 한 적은 있으나, 화영이와 혼인하지 말라 한 적은 없소."

흔들림 없는 율의 대답에 이번에는 재하의 눈썹이 크게 꿈틀거렸다. 언제부턴가 율은 온몸으로 적대감을 뿜어내고 있었다.

"나 참."

기가 막힌다는 듯 헛웃음을 터뜨린 재하는 빈 사발에 탁주를 가득 채운 뒤 다시금 그것을 벌컥벌컥 들이켰다.

"하오시면."

술이 들어간 탓에 한껏 젖어든 재하의 목소리는 여전히 날카로웠다.

"이제 어찌하실 생각입니까?"

"무엇을 말이오?"

"계속 이렇게 인부 행세를 하면서 옥이나 캐고 사실 작정이십니까?"

부쩍 신랄해진 말투에 들고 있던 사발을 조용히 내려놓은 율은 마침내 허리를 반듯하게 세우고 그를 바라보았다. 주먹 쥔 손을 무릎 위에 올린 채 뜨거운 그의 시선을 오롯이 마주 보는 율의 얼굴에는 얼핏 결연함마저 느껴졌다.

"나는 지금의 삶에 아무런 불만도 없소. 다른 이들처럼 노동을 하여 벌이를 하고, 그 값으로 평범하게 살아가는 게 마음에 들거든."

"과연 화영이도 그리 생각할까요?"

재하가 피식 웃으며 중얼거린 말에 한쪽 눈을 움찔한 율이 얇게 떨리는 입술을 꾹 다물었다. 오랜 세월이 흘렀음에도, 재하의 눈동자에는 혈기 왕성하던 그때 그 시절의 열기가 고스란히 담겨 있었다.

"나으리께서는 비겁하신 겁니다. 화영이는 품속에 가둬두고 지켜줘야만 하는 여인이 아니에요. 무인의 꿈을 지닌 아이의 손에서 검을 빼앗고, 정녕 화영이가 온전히 행복할 것이라 여기시는 겁니까?"

재하의 말이 무엇을 뜻하는지 모르지는 않았다. 어쩌면 자신도 그 점이 마음에 걸려 술기운을 빌어 수십 번을 넘게 물어봤던 것이리라.

"행복하더냐?"

"예, 행복합니다."

"얼마나 행복하더냐?"

"매우 행복합니다."

스스로도 느껴질 만큼 흔들리는 눈동자를 애써 가다듬은 율은 부러 태연하게 웃으며 화제를 돌렸다.

"것보다 그대는 어찌하여 이곳 양주 땅까지 오게 된 거요? 그날, 북쪽으로 간다고 들은 것 같소만."

그런데 당연히 불쾌감을 내비칠 줄 알았던 재하가 어쩐지 가볍게 한숨을 쉬더니 오히려 더욱 뜻밖의 말을 꺼냈다.

"기왕지사 이렇게 나으리를 만나게 되었으니, 청을 하나 하겠습니다."

"청?"

"공주 자가를 뵐 수 있게 해주십시오."

생각지도 못한 그의 발언에 당혹감을 감추지 못한 율은 곧 낮게 신음했다. 눈앞에 마주한 재하의 투지에서 달갑지 않은 기시감을 느꼈기 때문이었다.

"……무슨 연유로?"

간신히 물은 말에 재하가 결의에 찬 목소리로 대답했다.

"저는 이 나라 조선을 뿌리째 뒤집어 버릴 생각입니다."

"뭐?"

설마 하는 마음에 그의 대답을 차분히 곱씹어본 율은 이내 미간을 구기며 고개를 가로저었다.

"무슨 계획을 꾸미고 있는지는 모르겠으나, 그대의 치기 어린 감정 때문에 겨우 안정을 찾으신 공주 자가의 삶을 흔들 수는 없소. 게다가 그대나 나나 도성 안에는 발도 들일 수 없는 처지 아니었나?"

"믿는 구석도 없으면서 날뛰는 것은 치기 어린 행동일 수 있으나, 저는 다릅니다."

그 말인즉 이미 손에 쥔 세력이 있다는 뜻인가.

가늘게 뜬 눈으로 재하를 바라보는 율의 얼굴에 문득 연유 모를 불안감이 스쳐 지나갔다. 하지만 오히려 의기양양하게 어깨를 편 재하는 입꼬리를 말아 올려 씩 웃으며 물었다.

"제가 왜 북쪽으로 갔다고 생각하십니까?"

"……설마."

그제야 무언가를 깨달은 율은 소리 없이 기함했다.

'호족!'

거기까지 계산한 행동이었다니, 예상 밖의 일이었다. 잊고 있었던 지난날의 기억이 다시금 파도처럼 밀려들자, 뜨겁게 솟구치는 감정을 목구멍 아래로 힘겹게 삼킨 율은 매섭게 고개를 가로저었다.

"하면 더더욱 안 될 말이군. 사사로이 군사를 일으키는 건 명백한 반역이고, 난 공주 자가께서 다시 그런 일에 휘말리는 걸 바라지 않소."

"그것은 나으리의 판단이지, 공주 자가의 뜻은 아니지 않습니까?"

한 치의 물러섬도 없는 재하의 목소리는 단호했다.

"공주 자가께 아드님이 있다고 들었습니다."

저의를 알 수 없는 그 말에, 율의 새까만 눈동자가 더욱 매서운 빛을 튀기며 재하를 노려보기 시작했다. 하지만 아랑곳하지 않고 태연한 표정으로 숨을 고른 재하는 이윽고 느릿하게, 하지만 또렷하게 다음 말을 이었다.

"저는 그분으로 하여금 다음 대통을 잇게 할 생각입니다."

일순 제 귀를 의심한 율의 표정은 곧 삽시간에 굳어지고 말았다. 그런데 바로 그때, 굳게 닫혀 있던 방문이 별안간 요란한 소리를 내며 벌컥 열렸다.

"그게 무슨 말입니까?"

유난히 굳어진 표정으로 문간에 서 있는 이는 놀랍게도 화영이었다.

"무슨 말씀이냐고 물었습니다!"

서늘하다 못해 공기를 찢어버릴 듯한 그녀의 고함에, 재하는 난감한 표정을 지으며 아랫입술을 질끈 깨물었다. 하지만 이 또한 언젠가는 반드시 겪어야 할 일이었다.

"공주 자가께 화를 입히려는 게 아니다. 나는 그저……."

"말이 되는 소리를 하십시오. 제가 아직도 철모르는 어린아이인 줄 아십니까?"

변명처럼 흘러나온 재하의 말을 헛웃음 섞인 비난으로 응수한 화영은 한 치의 망설임도 없이 성큼성큼 그에게 다가갔다. 그를 노려보는 화영의 눈동자는 실로 오랜만에 보는 무인의 것이었다.

"사형께서 뜻하시는 바가 무엇이든 중요치 않습니다. 돌아가세요."

냉정한 화영의 대꾸에 재하는 씁쓸한 미소를 감추지 못하고 그녀의 단단한 눈동자를 물끄러미 응시했다.

"미안하지만."

이윽고 그녀 못지않게 고압적인 기세를 품은 재하의 목소리가 정적을 가르고 울려 퍼졌다.

"네가 도와주지 않아도 나는 무슨 수를 써서든 공주 자가를 뵐 것이다. 그러려고 내려온 것이니까."

"사형!"

"그저 만나 뵙고 의견을 묻고 싶을 뿐이야. 거절하신다 해도 공주 자가께 직접 듣고 싶은 거라고."

"그 만남 자체가 공주 자가께는 위험이 된다는 걸 정녕 모르시겠습니까? 더군다나 뭘 하겠다고요? 용이 도련님을 옹립하겠다니요?"

주위를 의식한 듯 부쩍 목소리를 낮추긴 했지만, 그녀의 말끝에 실린 가시는 훨씬 더 또렷하고 날카로웠다.

"사형께서 기어이 뜻을 꺾지 못하시겠다면, 제게 주어진 선택지는 두 가지뿐입니다."

단호하게 말을 맺은 화영은 돌연 몸을 돌려 문갑에 숨겨두었던 검을 꺼냈다. 그러더니 눈 깜짝할 사이에 뽑혀져 나온 칼날이 재하의 목을 정확히 겨누는 게 아닌가.

"하나는 이 자리에서 사형의 목을 베는 것."

고저 없이 건조하게 내려앉은 선언에, 재하는 혼란스러운 표정을 감추지 못했다. 이는 지켜보던 율 또한 마찬가지였다. 하지만 정작 화영은 망설임 없이 다음 말을 이었다.

"또 다른 하나는 공주 자가의 곁을 지키면서 사형과 그 무리의 접근을 막는 것."

"설마하니 네가 나에게……."

"어찌하시겠습니까? 물론 어떤 선택을 하셔도 저와 척을 지는 것은 똑같습니다만."

조금도 물러설 기미가 보이지 않는 화영의 눈빛에 복잡해진 마음을 가까스로 가눈 재하는 결국 고개를 가로저을 수밖에 없었다.

"내게는 선택권이 없는 질문이로군."

재하가 떠날 채비를 하는 동안 그 곁을 조용히 지키고 있던 화영의 얼굴에 문득 미묘한 표정이 떠올랐다. 막상 또다시 그와의 작별을 앞두고 나니 마음이 좋지만은 않은 탓이었다.

새삼 그의 갑작스러웠던 입맞춤이 떠오른 화영은 괜스레 시선을 떨구며 아랫입술을 질끈 깨물었다. 어쩌면 친형제처럼 지내왔던 세월들이 그에게는 고독이고 외로움이었을까.

"사형."

무거운 마음을 애써 누른 화영이 조심스럽게 재하를 불렀다. 하지만 재하는 화영을 흘깃 바라보기만 할 뿐 아무런 대답도 하지 않았다.

까마득하게 흘러간 시간, 많은 것이 변해 버린 서로의 간극이 이처럼 착잡한 거리를 만든 걸지도 모르겠다. 굳게 세운 눈빛, 한 치의 흔들림도 없는 그의 표정은 차마 꺼내지 못한 감정들을 고스란히 담고 있는 것만 같았다.

어쩐지 가슴이 불에 덴 듯 뜨끔해진 화영은 머뭇거리던 시선을 힘없이 떨구었다. 그런데 그때, 돌연 재하의 입술 사이로 예상치 못한 말이 흘러나왔다.

"그 시절 내 삶은 너를 잃을지도 모른다는 두려움과 싸우는 나날이었다."

화영은 움찔하며 다시금 재하를 바라보았다. 그의 목소리는 마치 다른 사람의 이야기를 전하는 듯 덤덤하기만 했다.

"큰 상처를 입은 너를 두고 떠나야 했던 그날, 몇 번이고 하늘에 대고 빌었어. 다시는 내 앞에서, 나아가 이 땅에서 무고한 사람이 희생되는 일은 없게 해달라고. 하여……."

문득 소리 없이 심호흡을 한 재하는 이윽고 천천히 고개를 돌려 화영을 바라보았다.

"공주 자가의 도움이 없더라도, 나는 이 일을 포기하지 않을 게다."

"……어찌 목숨을 잃을 게 뻔한 길을 가시려는 겁니까?"

먹먹하게 가라앉은 화영의 목소리에는 얼핏 원망이 서려 있었다. 금세 물 먹은 종이처럼 축 늘어지는 그녀의 모습을 조용히 바라보던 재하는 불쑥 손을 뻗어 그녀의 동그란 머리를 헝클어뜨렸다.

"조금 전까지 내 목에 검을 겨눴던 네가 그런 말을 하는 것이냐?"

함께 지낸 십여 년 전 그 시절처럼 장난기 넘치는 재하의 목소리는 간신히 버티고 있던 마음의 둑을 맥없이 허무는 것이었다.

"사형……."

힘겹게 고개를 든 화영의 붉은 뺨은 온통 눈물로 얼룩져 있었다.

"벌써부터 울지 마. 아직 안 죽었으니까. 죽더라도 네 옆에서 죽을 거야."

부러 농을 던지며 피식 웃은 재하는 가늘게 흐르는 화영의 눈물을 조심스럽게 닦아주었다. 투박하고 거친 그의 손가락이 스쳐 지나간 자리가 불에 덴 듯 뜨겁기만 하다.

"……너를 연모했었다."

문득 혼잣말처럼 아득하기만 한 재하의 고백이 화영의 머리 위로 조용히 내려앉았다.

"내 말도 안 되는 농지거리에도 활짝 웃어줄 만큼 천진했던 너를, 검만 쥐면 눈이 반짝일 정도로 뜨거웠던 너를, 강한 얼굴 뒤에 여린 마음을 가졌던 너를, 하지만 누구보다 담대한 여인이었던 너를 연모했었다."

갈수록 거칠게 들썩이는 화영의 어깨를 부드럽게 다독인 재하는 곧 한쪽 무릎을 꿇어앉으며 그녀의 손을 조심스럽게 잡았다.

"미안하구나. 네 뜻을 따라주지 못해서."

자신의 손목에 걸려 있던 흑옥 팔찌를 빼어 화영의 손목에 걸어준 재하는 이윽고 특유의 시원한 미소를 지으며 훌쩍 말 위에 올랐다.

"너는 반드시 살아남거라. 그리고 너의 검으로, 너의 신념을 지키거라."

마지막 인사 대신 남겨진 그의 단단한 목소리가 오래된 기억을 다시금 불러일으킨 탓에, 화영은 결국 소리 내어 울음을 터뜨리고 말았다. 어느새 뒤도 돌아보지 않고 빠르게 말을 몰아 나가는 재하의 등 뒤에는 커다란 범 가죽이 마치 파도처럼 출렁이고 있었다.

"화영아, 검을 다루는 무인에게 가장 중한 것이 무엇인 줄 아느냐?"
"그게 무엇입니까, 사형?"
"신념이다."

그 옛날, 어린 시절 재하의 모습이 마치 환영처럼 눈앞을 스치고 지나
간다. 그대로 바닥에 주저앉은 화영은 서러운 눈물을 하염없이 훔치고
또 훔쳤다.
"화영아."
멀지 않은 곳에서 그 광경을 지켜보던 율이 조심스레 다가와 그녀를
부르자, 훌쩍이며 들숨을 삼킨 화영은 소매 끄트머리로 억세게 눈가를
문지르며 자리에서 몸을 일으켰다.
"서방님."
이윽고 가늘게 떨리며 흘러나온 화영의 목소리는 부쩍 결연한 빛을
머금고 있었다.
"우리, 떠나요."
"……어디로?"
"정업원으로."
단호한 화영의 대답에, 율은 그럴 줄 알았다는 듯 웃으며 눈짓으로
툇마루를 가리켰다. 그곳에는 두 개의 커다란 바랑과 검 두 자루가 가
지런히 놓여 있었다.
"그럼 갈까?"
미련 없이 바랑을 메며 발길을 돌리는 율이, 화영은 그저 고마울 따
름이었다. 덕분에 하마터면 또 왈칵 눈물을 쏟을 뻔했다.
짧지 않은 시간 동안 담뿍 정이 들어버린 초가를 잠시 바라보던 화영
은 곧 앞서 걸어간 율을 향해 달음박질하기 시작했다. 어느새 깊어진 달

은 그들의 새로운 여정을 조용히 밝혀주고 있었다.

❀

목탁 소리가 울려 퍼지는 정업원 대웅전에는 여느 때와 다름없이 경혜가 나와 불공을 드리고 있었다. 이마에 송골송골 맺힌 땀을 보아하니, 아마도 오랜 시간 절을 한 모양이리라. 그녀의 손에 들린 염주는 얼마나 많은 손길이 닿았는지, 그 표면이 반들반들하게 닳아 있었다.

"저, 공주 자가."

때마침 등 뒤에서 들려온 목소리에, 불상을 향해 납죽 허리를 숙이고 있던 경혜가 천천히 몸을 일으키며 고개를 돌렸다. 그녀를 부른 것은 정업원의 일을 돕고 있는 소녀 순이였다.

"손님이 찾아오셨습니다."

"손님? 뉘시라더냐?"

"여염집 아낙은 아닌 듯한데 또 보살님은 아니신 것 같고, 그저 공주 자가를 뵙게 해달라고만 하셨습니다."

아이의 설명이 기묘하여, 경혜는 의아한 표정으로 고개를 갸웃거렸다. 부러 자신을 보겠다고 이곳 정업원까지 걸음을 할 인사가 없었기 때문이었다. 하지만 이내 대수롭지 않다는 듯 어깨를 으쓱한 경혜는 자리에서 일어나 신을 꿰어 신으며 순이를 향해 가볍게 손짓을 했다.

"앞장서거라."

순이가 경혜를 이끌고 간 곳은 정업원에서도 가장 외진 곳에 자리한 정자였다. 멀리 보이는 인영이 어딘지 모르게 익숙하다는 생각이 들었지만, 바로 앞까지 다가가서도 경혜는 그녀가 누구인지 알아보지 못했다.

"저를 찾으셨다고요?"

흐트러진 호흡을 고르며 정자에 오른 경혜가 넌지시 묻는 말에, 삿갓을 쓰고 먼 곳을 응시하고 있던 그녀가 천천히 몸을 돌렸다.

"오랜만입니다, 공주 자가."

"어머!"

여인이 고개를 들자 소스라치게 놀란 경혜의 얼굴에 곧 환한 미소가 번지기 시작했다.

"미도야!"

경혜를 향해 가볍게 묵례를 하는 그 여인은 미도였다.

찻상을 사이에 두고 앉은 두 여인은 한동안 벅찬 미소를 나누었다.

"그래, 그동안 어찌 지냈어? 연통 한 번 없어 걱정했는데."

"발길 닿는 대로 그저 걷고 또 걸었습니다."

경혜의 물음에 희미한 미소를 지으며 대답한 미도는 차 한 모금으로 목을 축인 뒤 말을 이었다.

"편안해 보이셔서 다행입니다. 건강도 좋아 보이시고요."

"그래? 하긴, 이곳 생활도 이미 익숙해졌고 세월이 흐르다 보니 많은 것이 바래지기도 했지."

의연한 목소리로 대꾸하는 경혜의 얼굴에는 고요한 미소가 걸려 있었다.

"한데 갑자기 이리 나를 찾아온 연유가 뭐야?"

"연유가 뭐 따로 있겠습니까? 오랜만에 도성 들른 김에 안부 차 찾아 뵌 거지요."

"네 눈이 말하는 건 그게 아닌데?"

지나가는 목소리로 중얼거리면서도 분명한 확신이 서린 경혜의 그 말에 차를 마시던 미도의 손이 멈칫하고 섰다.

"······그새 혜안이라도 생기셨습니까?"

짐짓 농인 것처럼 옅은 웃음을 덧붙인 미도는 한동안 말이 없었다. 하지만 경혜는 아무런 재촉도 하지 않고 조용히 그를 기다려 주었다.

"실은······."

이윽고 굳게 닫혀 있던 미도의 입술이 망설이는 기색을 비치며 달싹였다.

"공주 자가께 긴히 드릴 말씀이 있습니다."

특유의 묵직한 울림이 있는 목소리가 음절 하나하나에 힘을 실은 것을 보면 확실히 긴한 이야기긴 한 모양이었다. 게다가 미간을 살짝 조이고 시선을 살짝 내리는 것은 그녀가 어려운 말을 꺼낼 때면 습관처럼 짓는 표정이 아닌가.

"매사에 진중한 성정인 걸 아는데도 네가 그런 얼굴을 보일 때면 역시 조금 겁이 나네."

"……."

"무슨 이야기인데?"

얼핏 쓴웃음을 지은 경혜가 차분한 목소리로 물었다. 그러자 곁눈질로 슬쩍 주위를 둘러본 미도는 이윽고 경직된 표정으로 말문을 열었다.

"함길도의 호족 이시애 장군이 금상에게 불만을 품은 군민들과 힘을 합하여 반란을 일으키려 하고 있습니다."

대뜸 본론부터 꺼내놓는 그녀의 화법 탓도 있었지만, 그 내용 또한 엄청난 것이었기에 경혜는 미처 흐트러진 표정을 감추지 못하고 멍하니 미도를 바라보았다.

"하오나 중요한 건 그게 아닙니다."

그런 경혜를 향해 더욱 가까이 몸을 기울인 미도가 혀끝으로 입술을 훑으며 엄숙히 중얼거렸다.

"이시애 장군은 용이 그 아이, 공주 자가의 아들을 왕위에 앉히고자 합니다."

그 순간, 눈에 띄게 얼굴을 굳힌 경혜가 들고 있던 찻잔을 소리 나게 내려놓았다.

"그게 사실이라면, 넌 어떻게 이 계획을 알고 있는 거지?"

어느새 날카로워진 눈으로 미도를 노려보는 경혜의 말끝에는 또렷한 경계심이 서려 있었다. 하지만 경혜가 가질 의구심을 이미 예상했다는 듯 조금의 동요도 없는 표정으로 차를 한 모금 마신 미도는 이내 차근차근히 설명을 하기 시작했다.

"저는 지난 몇 해 동안 함길도 길주에 터를 잡고 살고 있었습니다. 이시애 장군은 그곳 백성들에게 명망이 높은 인사지요. 하온데 어디서 무슨 소문을 들었는지, 하루는 저를 찾아와 은밀히 거사를 꾸미고 있다 말하더군요."

"……."

"제가 아버지께 반기를 들어 버림받은 여식이란 사실은 공공연하게 퍼져 있는 이야기니 기실 이해 못 할 일은 아니지요."

말끝에 짧은 한숨을 덧붙인 미도는 문득 뜻 모를 미소를 지으며 경혜를 똑바로 바라보았다.

"결론부터 말씀드리자면, 그는 제게 도성과 금상에 대한 정보를 비롯하여 거사에 긴밀히 협조해 줄 것을 부탁했습니다."

"하여 나를 설득하고자 찾아온 건가?"

"아뇨."

예상치 못한 대답에, 경혜는 동그란 눈썹을 치켜뜨며 되물었다.

"하면 무슨 연유로 내게 이런 이야기를 하는 거지?"

"그것을 거절하시라 말씀드리러 온 것입니다."

"……뭐?"

이해할 수 없다는 표정으로 미도를 바라보던 경혜는 곧 그녀의 눈동자에 담긴 염려의 기색을 읽을 수 있었다.

"예상하신 대로 그들이 제게 공주 자가의 설득을 부탁한 것은 사실입니다. 하오나 바로 거절을 하였으니, 조만간 이곳으로 사람을 보내지 않을까 하여 서둘러 도성으로 돌아온 거예요."

"……."

"아마도 그들은 용이를 저들 뜻대로 다룰 수 있는 꼭두각시로 만들

심산이겠지요. 그저 반란에 대한 명분을 갖추고자 공주 자가를 이용하려는 속셈이 아니겠습니까?"

부쩍 격앙된 듯한 미도의 울림이 고스란히 귓전을 두드렸다. 서늘한 침묵이 이어지고, 떨리는 손으로 다시금 찻잔을 들어 올린 경혜는 그새 식어버린 차로 천천히 목을 축였다.

"……얼마 전에 중궁전 궁인이 다녀갔다."

정자 밖 풍광을 향해 고개를 돌린 경혜가 굳게 닫혀 있던 입을 연 것은 들고 있던 찻잔 속의 차를 완전히 비운 뒤였다.

"숙부께서 내 아들의 이름을 지어주셨다 하더구나."

일순 보이지 않게 흠칫한 미도가 떨리는 눈동자로 경혜를 응시했다. 그새 잔잔해진 그녀의 표정은 마치 꿈을 꾸는 듯 아득하기만 했다.

"미수(眉壽). 눈썹이 하얗게 세도록 오래 살라는 의미래."

어디선가 흙냄새 가득한 바람이 불어와 마주 앉은 두 여인 사이를 스치듯 지나갔다. 느리게 두 눈을 깜빡인 경혜는 이윽고 고개를 돌려 미도를 바라보았다.

"걱정 말고 돌아가."

"……."

"겨우 이어 붙인 아들의 목숨을 내 손으로 끊을 일은 없을 테니까."

말을 마치고 부드럽게 미소를 짓는 경혜의 뺨은 보일 듯 말 듯 일렁이고 있었다. 세월이 빚어낸 그 의연한 모양에 어쩐지 애틋한 마음이 들고 만다.

"……차, 더 드시겠습니까?"

울컥 솟아오르는 감정을 삼키며 자연스럽게 화제를 돌린 미도는 이내 정갈한 손놀림으로 찻상에 놓인 다관을 들어 찻물을 따라냈다. 평온을 되찾은 공기가 두 사람의 어깨 위를 포근히 감싸고, 가파른 비탈길을 따라 쏟아져 내리는 계곡물은 마치 아무 일도 없었다는 듯 제 속도를 유지하며 흐르고 있었다.

여름이 시작된 낙산은 어둠 속에서도 무성한 녹음을 발산하고 있었다. 은은하게 흔들리는 달빛을 벗 삼아 얼마나 걸었을까. 비탈길을 따라 길게 늘어선 성벽이 마침내 먼빛치에서 그 위용을 드러냈다. 파도 없는 바다처럼 고요하고 잔잔한 공기에는 젖은 풀 내음이 가득했다. 잠시 걸음을 멈추고 그 습한 공기를 들이마신 화영은 고개를 돌려 반짝이는 성벽을 바라보았다.

"이렇게 보니 왠지 저 성벽 너머가 마치 세상과는 동떨어진 공간인 것처럼 느껴지네요."

"뭐, 기실 틀린 말은 아니지."

화영의 중얼거림에 작게 웃으며 맞장구를 친 율은 들고 있던 막대기로 앞을 막고 있는 나무덩굴을 밀어냈다.

"그나저나 정말 아무도 몰래 저길 넘어갈 수 있는 겁니까?"

"내 기억이 잘못된 게 아니라면, 아마도."

좀처럼 의아한 기색을 지우지 못하는 화영의 손을 잡고 높다란 바위를 넘어선 그가 정면으로 보이는 성벽을 가리키며 말했다.

"어릴 적 저곳에서 밖으로 통하는 구멍을 발견한 적이 있다. 게다가 정업원에서 그리 멀지 않아. 나는 몰라도 너 정도면 충분히 드나들 수 있을 게다."

"……대관절 그런 건 어찌 보고 다니신 겁니까?"

"월담이 특기였거든."

한쪽 눈을 찡긋 기울이며 농처럼 대꾸한 율은 이내 앓는 소리를 내며 그 자리에 주저앉았다.

"일단 여기서 잠시만 쉬었다 가자꾸나."

한숨 섞인 그의 제안에 고개를 끄덕인 화영은 메고 있던 바랑을 내려놓으며 그 옆에 자리를 잡고 앉았다. 문득 고개를 드니, 부쩍 가까워진 달이 투명한 밤하늘 가운데 말간 얼굴을 띄우고 있었다. 맞닿은 율의 어깨에 슬그머니 머리를 기댄 화영은 저를 내려다보는 그를 향해 배시시 웃어 보였다.

"이러고 있으니 옛 생각이 절로 납니다. 한밤중에 길을 잃고 이런 산속에서 야숙도 하고 그랬잖습니까?"

율은 말없이 웃으며 그녀의 머리를 살며시 쓰다듬었다. 느릿하고 부드러운 그 손길에 화영의 눈동자가 더욱 나른하게 풀어졌다. 하지만 무슨 연유인지 금세 미소를 거두는 율의 얼굴에는 미묘한 긴장감이 서려 있었다. 그 모습이 어쩐지 이상하다는 생각에 기울였던 몸을 일으킨 화영이 걱정스러운 표정으로 그의 손을 잡으며 물었다.

"안색이 좋지 않으십니다. 어디 불편하신 데라도 있으십니까?"

"괜찮다."

"하면 고민이라도 있으신 겁니까?"

"아니다. 그저⋯⋯."

고개를 가로젓긴 했지만, 어쩐지 석연찮은 표정으로 말끝을 흐린 율은 곧 달빛이 스며든 숲 속을 날카롭게 둘러보았다. 소란한 풀벌레 소리 사이에 드문드문 자리한 정적이 자꾸만 온몸의 감각을 긴장시키고 있었다.

이에 덩달아 불안해진 화영은 주위를 두리번거리며 마른침을 삼켰다. 그런데 그때, 표정을 굳히며 숨소리를 죽인 율이 나지막하게 입을 열었다.

"검은 잘 차고 있느냐?"

"예? 예⋯⋯. 하온데 그건 어찌⋯⋯."

"쥐고 있거라."

단호하게 끝을 맺는 율의 말에 화영의 눈이 돌연 큼지막하게 부풀어 올랐다. 무언가 예사롭지 않은 기운을 읽은 것일까. 답지 않게 초조한 모양으로 몸을 일으키는 율의 얼굴에는 긴장감이 역력했다.

"너무 염려할 것 없다. 괜한 기우일 수도 있으니."

뒤늦게 옅은 미소를 띤 율이 안심하라는 듯 중얼거렸지만, 이미 온 신경을 곤두세운 화영의 귀에는 그의 말이 그다지 들어오지 않는 듯했다.

어느새 뻣뻣해진 손으로 칼자루를 움켜쥔 화영은 가늘게 뜬 두 눈을 빠르게 굴렸다. 기분 탓인지 어디선가 검의 기운이 옅게 느껴지는 것만 같았다. 그 불쾌한 감각을 떨쳐 내려 작게 고개를 가로저은 화영은 다시금 귀를 쫑긋 세웠다. 하지만 더욱 무거워진 정적 사이로 들려오는 것은 부쩍 바빠진 제 심장 소리뿐이었다.

그 순간, 규칙적으로 이어지던 율의 옅은 숨소리가 우뚝 멈춰 섰다. 그와 동시에 본능적으로 칼자루를 반쯤 뽑아 든 화영은 메마른 입술을 아프게 베어 물었다. 이제는 확실한 형체를 가지고 그들을 조여오는 기척은 분명 살기였다.

'군졸인가? 아니면 자객?'

복잡하게 흐트러진 머릿속에서 꾸물대던 불안이 확신으로 바뀐 순간, 어둠 사이로 날아오는 장도의 서늘한 빛을 발견한 율은 황급히 검을 뽑아 들며 어깨를 틀었다. 다행히 아슬아슬하게 그를 지나친 장도가 둔탁한 소리를 내며 바위 위에 꽂히자, 짧은 숨을 거칠게 들이마신 그는 황급히 등 뒤로 화영을 끌어당기며 낮게 으르렁거렸다.

"누구냐?"

이윽고 그의 고압적인 목소리가 바짝 긴장된 공기를 짓누르기 시작했다. 달빛 아래 어렴풋이 드러난 그림자의 주인은 어느새 그를 향해 서늘한 검을 겨누고 있었다.

"죽일 생각은 없으니 안심하시오. 그저 소란 없이 그대들을 데려가려면 약간의 제압이 필요할 듯해서."

복면 위로 드러난 습격자의 가느다란 눈은 유난히 건조했다.

"하, 웃기는군. 무턱대고 칼부터 던지는 게 약간의 제압이라 할 수 있는 것인가?"

"이미 우리의 존재를 눈치채고 있었지 않소?"

고저 없는 목소리가 냉랭하게 허공을 가르자, 입가에 맴돌던 조소를 천천히 거둔 율은 손안의 칼자루를 빠르게 고쳐 잡았다. 부러 집중하지 않아도 느껴지는 상대의 기운이 범상치 않은 탓이었다.

"……셋을 세면, 한 번에 공격한다."

때마침 율의 등 뒤로 바짝 다가서던 화영은 결연히 내려앉은 그의 말에 비장한 표정으로 고개를 끄덕였다. 그러나 바로 다음 순간, 무방비하게 드러나 있던 그녀의 목덜미에 돌연 서늘한 칼날이 들이닥쳤다.

"움직이지 마라."

'아차.'

등 뒤로 식은땀이 흐르는 것을 느낀 화영은 그대로 돌처럼 굳어버리고 말았다. 율과 대치하고 있던 사내에게 정신이 팔린 나머지 제 뒤로 다가오는 기척을 눈치채지 못한 것이었다.

뒤늦게 몸을 틀어 빈틈을 노리려 했지만, 그 생각을 읽기라도 한 듯 순식간에 화영의 어깨를 끌어안고 더욱 가까이 칼날을 조인 그는 당황하는 율을 향해 나지막하게 중얼거렸다.

"검을 버리고 물러서면, 우리도 그대들을 정중히 모시겠소."

소리 없이 신음한 율은 어금니를 아득 깨물었다. 이 정도로 제압당한 이상 섣불리 공격을 행할 수는 없는 노릇이었다. 꽤 오랜 시간 수를 가늠하던 그의 얼굴이 미묘하게 일그러지자, 화영은 두 눈을 질끈 감으며 무방비했던 자신을 자책했다.

"자, 어떡하시겠소?"

무덤덤하면서도 날카로운 상대의 재촉에 하는 수 없이 들고 있던 검을 바닥에 던지듯 내려놓은 율은 두 손을 어깨 위로 올렸다. 어느새 딱딱하게 굳어진 그의 눈동자에는 섬뜩한 살기가 번지고 있었다.

"데려가거라."

비로소 천천히 물러난 습격자가 율을 향해 고갯짓을 하자, 마주 서 있던 사내는 재빨리 율의 손을 등 뒤로 돌려 단단히 결박했다. 뒤이어 화영에게도 포박을 두른 그들은 두 사람의 눈에 천을 둘러 시야를 가린 뒤 자못 부드러운 손길로 그들을 이끌기 시작했다.

'도성 안으로 들어가는 건가.'

온몸의 감각을 세워 그들이 향하는 방향을 감지하려던 화영은 어느 순간 제 뒤를 따르는 발소리가 수십 명으로 늘어나 있음을 알아차릴 수 있었다. 하지만 보폭이 좁고 걸음마다 신중함이 실린 것으로 미루어 습격자의 동료들은 아닌 듯했다. 게다가 그사이로 드문드문 들려오는 마찰음은 분명 여인의 치맛자락이 바닥에 스치는 소리였다.

'대체 무슨 일이 벌어지고 있는 거지?'

의문만 늘어나는 머릿속이 점점 새까맣게 굳어질 무렵, 무언가에 쫓기듯 바삐 움직이던 그들의 발걸음이 서서히 느려지기 시작했다. 화영은 소리 없이 심호흡을 하며 온몸의 근육을 바짝 세웠다.

마침내 어느 한 지점에서 걸음을 멈춘 그들은 화영의 어깨를 강하게 짓눌러 무릎을 꿇게 한 뒤, 그녀를 옥죄고 있던 포박을 거침없이 풀어내렸다.

"벗겨라."

누군가의 목소리를 끝으로 눈을 가리고 있던 천이 벗겨지자, 시야를 파고드는 빛에 잠시 미간을 찌푸린 화영은 곧 저와 같이 무릎이 꿇린 채로 정면을 응시하고 있는 율을 발견했다.

한 치의 흔들림도 없는, 하지만 무척이나 뜨거운 그의 시선을 따라 천천히 고개를 돌린 그녀는 곧 낮게 신음하며 움츠러든 어깨를 파르르 떨 수밖에 없었다.

그 어떤 피보다 붉은색을 띤 옷자락, 어둠 속에서도 화려하게 빛나는 금룡의 자태, 그리고…… 지난 세월 동안 단 한 번도 잊어본 적이 없던 바로 그 섬뜩한 눈동자.

"오랜만이구나."

산줄기처럼 힘차게 뻗은 입술을 말아 올리며 그들을 향해 미소를 지어 보이는 이는 다름 아닌 금상, 수양이었다.

창덕궁의 외딴 전각에 마련된 자리는 초하루의 새벽처럼 은밀했다. 한 치의 숨소리도 새어 나가선 안 될 것만 같은 정적이 흐르고, 마침내 무겁게 닫혀 있던 수양의 입술이 느리게 달싹였다.

"함길도로 가거라."

화영은 갑작스러운 말에 놀란 표정을 숨기지 못했다. 반면 무어라 할 말이 있는 듯 머뭇거리던 율의 입술이 금세 꾹 다물리자, 그 모양을 놓치지 않은 수양은 희미하게 웃으며 의자에 앉아 있던 몸을 일으켰다.

"가져오너라."

나른하게 흘러나온 그의 명에, 멀지 않은 곳에 서 있던 금군 중 하나가 어디선가 율과 화영의 검을 가져와 그들의 앞에 내려놓았다. 이에 더욱 혼란스러워하는 화영과 달리 율은 수양의 의도를 짐작한 듯 딱딱하게 굳은 눈동자로 그를 노려보고 있었다.

"……그 눈은 여전하구만."

이윽고 피식 웃은 수양이 뒷짐을 진 채 두 사람을 향해 한 걸음 다가섰다. 머리 위로 짙게 드리워지는 그의 그림자가 마치 보이지 않는 올무가 되어 팔다리를 옭아매는 것만 같아, 화영은 쉬이 숨을 쉴 수 없었다.

"지금부터 과인이 하는 말을 잘 들거라."

깊이를 가늠할 수 없는 수양의 혼탁한 눈동자가 율과 화영을 번갈아 바라보았다.

"이 시각 이후로 너희를 군관에 봉하니, 함길도로 나아가 반란을 도모한 세력을 진압하라."

생각지도 못한 명이 떨어지자, 저도 모르게 마른 숨을 토해낸 화영은 그저 멍하니 수양을 바라볼 뿐이었다. 함길도의 반란 세력이라 함은 재하가 이야기한 바로 그 호족들을 이르는 것이 아닌가.

'설마⋯⋯.'

어쩌면 그는 이미 모든 것을 알고 있는지도 모른다. 문제의 반란군이 경혜의 아들을 옹립하려 한다는 것까지 전부 다.

'만약 그렇다면, 도대체 무엇을 노리고 있기에 이런 명을 내리는 거지?'

거기까지 생각이 미치자, 혼란에 빠진 화영은 곁눈질로 율을 바라보았다. 굳게 다물린 입술, 거칠게 오르내리는 그의 목울대에서 적잖은 분기가 요동치는 것이 느껴졌다.

"그대들은 결코 과인의 명을 거역할 수 없을 것이다."

어느새 수양의 눈동자는 마치 짐승의 그것처럼 비릿한 열기를 품고 있었다.

"경혜에게 화살이 돌아가지 않길 바란다면 말이지."

그의 입술 사이로 경혜의 이름이 흘러나온 순간, 흠칫 떤 어깨를 빠르게 편 화영은 매서운 기세로 수양을 노려보았다.

"너희들이 김재하를 만난 사실을 알고 있다. 기실 그자가 함길도로 도망쳤다는 사실을 알았을 때부터 죽이지 않고 지켜본 연유가 바로 이것이었으니."

"⋯⋯."

"경혜를 찾아가 무엇을 고하고 논하려 했는지는 묻지 않겠다. 어떤 말을 하든 과인으로선 믿어지지 않을 테니까. 하면 과인이 선택할 수 있는 것은 한 가지."

걸음을 돌려 다시금 의자 위에 몸을 앉힌 그는 갈피를 잡지 못하고 흔들리는 율과 화영의 눈동자를 응시하며 웃음기 가득한 목소리로 말을 이었다.

"너희들을 전선으로 보내 이 두 눈으로 직접 확인해야겠다. 감히 역모에 동조하여 관군에게 칼을 들이댈 것인지, 아니면 기꺼이 과인의 충성스러운 신하가 되어 역도들을 처단할 것인지."

"송구하오나, 그리할 수 없습니다."

소리 없는 긴장감이 고조되던 그때, 먼저 말문을 연 것은 놀랍게도 율이 아닌 화영이었다. 게다가 불끈 쥔 두 주먹을 무릎 위에 꼭 붙인 채, 시리도록 차가운 시선을 바닥에 고정한 그녀의 작은 몸에서는 실로 엄청난 양의 살기가 뿜어져 나오고 있었다.

"……화영아."

이제껏 본 적 없는 그 모습에 당황한 것은 오히려 율이었다. 다급히 그녀의 손을 붙잡았지만, 흔들림 없는 표정으로 천천히 고개를 든 화영은 어둡게 잠긴 목소리로 말을 이었다.

"소인이 비록 지금은 하찮은 아낙에 불과할 따름이오나, 지난 세월 공주 자가를 모셔 온 반당이기도 합니다. 한데 어찌 그런 명을 받잡을 수 있겠사옵니까?"

"그런 명?"

"전하께서 소인의 말을 믿지 못하시듯, 소인 또한 전하의 그 명 뒤에 가려진 어심을 믿지 못하겠나이다. 소인을 빌미로 하여 공주 자가를 쳐 낼 명분을 만드시려는 걸 수도 있지 않습니까?"

한 치의 망설임도 없는 대담한 발언에, 율은 쓴웃음을 지으며 잡았던 그녀의 손을 천천히 놓았다. 실은 율 또한 바로 그 부분을 염려하고 있었던 것이다.

"못 본 사이 제법 맹랑해졌구나."

잠깐의 침묵이 흐르고, 쯧 하며 혀끝을 찬 수양이 조용히 한쪽 손을 들어 올렸다. 그러자 주위를 지키고 있던 금군들이 잠시 당황하는 기색을 비치더니, 곧 머뭇거리는 걸음으로 자리에서 물러나기 시작했다.

"……과인이 어찌 너희들을 이렇듯 은밀히 불러들였는지 혹 알고 있느냐?"

수양의 입술이 다시금 달싹인 것은 좁은 전각 안에 오롯이 세 사람만이 남겨진 뒤였다.

"그대들은 물론 믿지 못하겠지만, 기실 이번 일에 경혜가 연루되었건 그렇지 않건 간에 빌미를 잡으려고 혈안이 된 이는 과인보다 조정의 공신들이다. 작금의 그들에게 가장 두려움을 주는 대상이 바로 경혜와 그 아들이니까."

"……."

"지난 세월 과인이 벌인 살생을 모두 옳은 일이었냐고 생각지는 않는다. 다만 그리할 수밖에 없었음을 이해해 주길 바랄 뿐. 하여 공주만큼은 어떻게든 살리고 싶은 것이다. 그녀의 측근이었던 너희가 전선에서 공을 세운다면 공신들도 분명……."

"그저 공주 자가를 살려둠으로 죄책감을 덜고 싶으신 거라면, 잘못된 판단이십니다."

자못 간곡하게 이어지던 수양의 말을 차갑게 가로막은 것은 율이었다. 이에 불쾌한 기색을 비친 수양의 시선이 빈틈없는 자세로 앉아 있는 율에게 향했다. 하지만 이어지는 그의 말은 더욱 거침이 없었다.

"전하께서 용상에 앉기 위해 핏줄에게도 가차 없이 검을 겨누셨단 사실은 변하지 않을 것이며 이는 전하 스스로 평생에 걸쳐 속죄하셔야 할 일입니다. 어떠한 연유든 살육사의 주체이신 전하께서 이해를 바랄 입장은 아니시지요."

정곡을 찌르는 그의 칼날 같은 목소리에, 수양의 눈썹이 가파르게 꿈틀거리기 시작했다. 하지만 이내 구겨진 미간을 두 손가락으로 누른 그는 천천히 몸을 일으켰다.

"자네의 말이 옳다."

"……."

"그러나 마지막의 마지막까지 놓고 싶지 않은 마음은 과인에게도 있었다."

무릎을 타고 흘러내린 수양의 용포가 유난히 붉게 빛난다고 느낀 바로 그 순간, 율은 자신을 향해 서슴없이 날아오는 검의 섬뜩한 빛을 발견했다.

"너희들의 그 기개가 참으로 마음에 들었었지."

잔뜩 잠긴 수양의 목소리 끝에는 서슬 퍼런 칼날이 아슬아슬하게 매달려 있었다. 그 날카로운 꼭짓점이 율의 목울대를 겨누고 있음을 깨달은 화영은 얼어붙은 듯 꼼짝도 할 수가 없었다. 그런 그녀를 향해 서둘러 괜찮다는 무언의 눈빛을 보낸 율이 침착하게 시선을 올려 수양을 바라보았다.

"뜻대로 하시지요."

"……."

"고작 소인의 목을 베는 것으로 공주 자가에 대한 의심을 거둘 수만 있다면 기꺼이 내어드리겠습니다."

조금의 동요도 없이 덤덤하게 읊조리는 율을 가늘게 뜬 눈으로 응시하던 수양은 손 안의 칼자루를 더욱 억세게 움켜쥐며 물었다.

"그것이 네 마지막 유지라고 봐도 되겠느냐?"

어느 쪽도 물러날 기미가 보이지 않는 팽팽한 줄다리기를 그저 지켜볼 수밖에 없는 화영으로선 온몸의 피가 모조리 밖으로 빠져나가는 것만 같았다. 어찌할 바를 모르고 창백한 주먹만 쥐었다 피기를 반복하던 바로 그때, 다행히 한숨 같은 웃음을 터뜨린 수양이 두 눈을 감으며 나지막하게 중얼거렸다.

"자네가 처음부터 내 사람이었다면 좋았을 것을."

문득 칼날을 비틀어 율의 목을 조이는가 싶더니 이내 빠르게 그것을 거둬들인 수양은 양손으로 용포 자락을 소리 내어 넘기며 뒤돌아섰다.

"가둬라!"

그의 명이 마치 철퇴처럼 묵직하게 공기를 짓누르자, 문밖에서 상황을 주시하던 금군들이 순식간에 들이닥쳐 율과 화영을 붙잡았다. 반항할 틈도 없이 눈과 입, 두 손까지 전부 결박당한 두 사람은 금군들의 거친 손길에 의해 맥없이 전각 밖으로 끌려 나갈 수밖에 없었다.

"상선."

"예, 전하."

"날이 밝는 대로 경혜 공주를 불러오라."

고저 없이 단조로운 수양의 명에 상선이 놀란 눈으로 그를 올려다보았다. 하지만 무표정한 얼굴로 허공을 응시하고 있는 수양에게서는 그 어떠한 속내도 읽어낼 수가 없었다.

"……이제야말로 담판을 지어야겠지."

흐릿한 혼잣말을 끝으로 천천히 주먹을 쥔 수양은 곧 미련 없이 걸음을 돌려 전각을 벗어났다. 그가 떠난 자리에는 주인을 잃은 율과 화영의 검만이 덩그러니 남겨져 있을 뿐이었다.

한편, 순조롭게 함흥까지 점령한 반란군의 기세는 하늘을 쩌렁쩌렁 뒤흔들 만큼 대단했다. 이시애의 모략에 동요한 도민들의 분노 또한 거세다 보니, 북쪽 지방은 이미 반란군의 수중에 들어왔다 해도 과언이 아닐 정도였다.

그래서일까. 이시애는 경혜의 포섭에 실패했다는 재하의 전언도 대수롭지 않게 여기는 듯했다. 하지만 재하의 생각은 달랐다. 설사 모여든 민병을 전부 아우른다 해도, 후방을 교란시킬 세력이 없다면 수적으로 우세한 관군이 언젠가는 판세를 뒤집으리라 여긴 것이었다.

"당분가네 함흥을 거점으로다 두고 관군과 맞설 생각이오."

이시애가 만족스러운 미소를 지으며 입술에 댄 술잔을 기울였다. 하지만 부쩍 어두워진 얼굴로 골똘히 생각에 잠겨 있던 재하는 이내 단호한 빛을 띠며 무겁게 닫혀 있던 입술을 떼었다.

"장군, 제게 척후대를 하나 주십시오. 도성으로 가겠습니다."

갑작스러운 재하의 청에, 이시애는 자못 당황한 표정으로 그를 바라보았다. 주먹을 꽉 말아 쥔 채 그를 마주 보는 재하의 눈빛은 무척이나 뜨겁고 강렬했다.

"내 자네의 그 결의를 아조 잘 알고는 있지마네, 급허게 굴 거 있칸?"

"하오나 하루라도 빨리 금군의 상황을 파악해야 합니다."

"숨 좀 돌리오, 숨 좀. 막 도성서 돌아온 기 벌써……."

"다시 한 번 부탁드리겠습니다. 제게 척후대의 지휘권을 주십시오."

빙글빙글 웃으며 재하를 구슬리려던 이시애는 한 치의 물러섬도 없이 제 앞을 막아서는 그의 기세에 들고 있던 술잔을 내려놓았다. 조급한 빛을 띠는 재하의 얼굴에서 무언가 숨은 뜻이 있음을 알아챈 것이었다.

"이기 이제 보이, 매가 아니라 이리 새끼요."

피식 웃으며 혼잣말을 중얼거린 그는 이윽고 벌떡 몸을 일으켰다.

"가시오. 어디 뜻대로 해보라."

재하의 어깨를 강하게 움켜쥔 이시애의 눈동자는 어느덧 즐거움으로 꿈틀거리고 있었다. 이에 자리에서 일어나 그의 손을 뜨겁게 맞잡은 재하는 비장한 표정으로 빠르게 막사를 빠져나갔다.

그로부터 얼마 지나지 않은 어느 여름날, 마침내 귀성군 이준을 선봉으로 한 삼만 병력의 토벌대가 야심차게 출정을 나섰다. 하지만 이미 걷잡을 수 없이 커져 버린 반란군의 규모를 감당하기엔 역부족이었다.

결국 철원에서 발이 묶이고 만 관군은 지원 병력을 요청하기에 이르렀고, 마침 도성으로 향하던 재하의 척후대는 이를 눈치채고 빠르게 전령의 길을 막아버렸다. 몇 번의 교전으로 상당한 시일을 지체한 탓에, 전선의 상황이 수양의 귀에 들어온 것은 그로부터 무려 엿새가 지난 후였다.

"전하, 새로이 모은 군병들이 조금 전 훈련원에 집결하였다 하옵니다."

이른 시각부터 초조한 표정으로 대전 앞을 거닐던 수양은 때마침 전해진 소식에 반색하며 물었다.

"그래, 출병은 언제쯤 가능하다고 하던가?"

"병판 대감께서 이르시기를, 늦어도 보름 안에는 모든 준비를 마칠 수 있다고 하옵니다."

"창덕궁에 구금 중인 자들은?"

"방금 사람을 보내었으니, 곧 소식이 올 겁니다."

상선의 보고에, 버릇처럼 턱 끝을 매만진 수양은 회심의 미소를 지었다. 경혜를 회유한 이상 그들이 명을 거역할 명분은 사라진 터였다.

"하찮은 일에 너무 시간을 끌었어. 이참에 호족들의 기세를 단단히 꺾어놔야겠지."

부쩍 수척해진 얼굴과 달리 혼잣말을 중얼거리는 그의 눈동자는 어느덧 뜨거운 살기로 일렁이고 있었다.

❀

까무룩 잠이 들었다가 금세 깨기를 반복하는 사이 또 다른 아침이 밝은 모양이었다. 속눈썹 틈으로 스며드는 빛에 간신히 정신을 차리자, 온몸 마디마디를 죄어오는 통증이 다시금 또렷하게 살아나기 시작했다.

"읏……."

저도 모르게 거친 숨을 토해내며 신음한 화영은 천근만근 무거운 몸을 힘겹게 비틀었다. 점점 또렷해지는 시야로 보이는 것은 어김없이 사방을 가로막고 있는 판자벽뿐이었다.

이 좁은 광에 갇힌 지 며칠이나 지났을까. 낯선 공기의 냄새와 살기 속에 둘러싸여 있자니 온몸이 심연으로 잠겨드는 것만 같았다.

그동안 수십 번도 넘게 비틀었던 손목을 또 한 번 흔들어보았지만, 무의미한 움직임이라는 사실을 재차 깨달은 화영은 결국 고통 섞인 한숨을 길게 뱉어냈다.

'서방님은 어디에 계신 걸까.'

그날 밤, 금군의 손에 이끌려 율과 헤어진 통에 그의 안위조차 확인할 수 없음이 지금의 그녀에게는 가장 큰 두려움이었다. 하지만 그의 목을 겨누던 수양의 서슬 퍼런 검을 떠올리자면 이대로 모든 것을 포기하고 누워만 있을 수는 없는 노릇이다.

'침착하자.'

이를 악물고 다시금 정신을 가다듬은 화영은 무뎌진 손가락을 뻗어 자신을 옭아매고 있는 포박을 힘껏 잡아당겼다. 그런데 그때, 정적뿐이던 문밖에서 누군가 다가오는 걸음 소리가 들려왔다. 본능적으로 몸을 움츠린 화영은 그 기척에 귀를 기울였다. 사각거리는 옷감의 마찰음이 들리는 것을 보아하니, 염려하던 금군의 방문은 아닌 듯했다.

"문을 열게."

나지막하지만 또렷한 여인의 목소리가 울리고, 마침내 굳게 닫혀 있던 광의 문이 활짝 열렸다. 물에 젖은 솜이불처럼 늘어져 있던 고개를 천천히 들어 올린 화영은 곧 제 몸 위로 가릴 것 없이 쏟아지는 햇살이 눈부셔 미간을 잔뜩 찌푸릴 수밖에 없었다.

잠깐의 정적이 흐르고, 힘겹게 두 눈을 깜박이던 화영의 시야에 궁인 차림을 한 여인의 인영이 천천히 맺히기 시작했다. 그녀는 엄격한 눈빛으로 바닥에 비스듬히 누워 있는 화영을 내려다보고 있었다.

"일으켜 세워다오."

그녀의 명에 꾸벅 고개를 숙인 군졸들은 재빨리 광 안으로 들어와 화영을 부축해 앉혔다. 그러자 햇살을 등지고 서 있던 그녀가 천천히 옆으로 물러나며 가로막고 있던 길을 텄다.

이윽고 치맛자락이 스치는 소리와 함께 또 다른 누군가가 안으로 들어오는 것을 본 화영은 가늘게 뜬 눈에 힘을 주려 애썼다. 하지만 미처 얼굴을 확인하기도 전에 화영의 귓전을 파고든 흐느낌은 그녀가 익히 잘 알고 있는 이의 것이었다.

"화영아……."

"……고, 공주 자가?"

생각지도 못한 만남에 소스라치게 놀란 화영은 점차 또렷해지는 경혜의 얼굴을 멍하니 바라보았다. 형용할 수 없는 괴로움으로 얼룩진 그녀의 얼굴은 다섯 해 전의 그날과 별반 다름이 없어 보였다.

"그래, 나다."

터져 나오는 울음을 애써 삼킨 경혜가 떨리는 손으로 화영의 뺨을 쓰다듬었다.

"이런 일을 당하게 하고 싶지 않았거늘, 하여 모든 것을 끊어내고자 했던 것을."

"……."

"미안하구나."

화영은 짙은 후회로 가득한 경혜의 눈을 차마 바라볼 수가 없었다. 무거운 공기, 그보다 더 묵직해진 마음이 착잡한 공기를 더욱 깊은 곳으로 밀어 넣는다.

"화영아."

이윽고 두 눈을 지그시 감은 경혜의 입술이 한참 만에야 그 모든 무게를 이겨내며 힘겹게 달싹였다.

"금상의 말을 따르거라."

화영은 씁쓸한 미소를 숨기지 못한 채 고개를 떨구었다. 기실 경혜를 알아본 순간부터 어렴풋이 짐작하고 있던 말이었다. 자신이 수양에게 붙들린 이상 그녀는 선택의 여지가 없는 갈림길에 설 수밖에 없었으리라.

"네가 김재하 그이와 각별한 사이였음을 안다. 하지만……."

잠시 말을 끊고 울컥 올라오는 감정을 추스른 경혜는 한층 더 작아진 목소리로 중얼거렸다.

"하지만 나는 너와 아주버님이 잘못되는 것을 두고 볼 수가 없다. 부디 이런 결정을 내릴 수밖에 없었던 나를 원망하거라."

그녀에게서 오롯이 전해지는 서글픔과 미안함, 체념들을 이해한 화영은 아무런 말도 할 수가 없었다. 아니, 도리어 경혜에게 짐을 떠넘겼다는 사실이 더욱 힘겹기만 했다.

"반드시 살아남거라. 그리고 너의 검으로, 너의 신념을 지키거라."

문득 재하가 남긴 마지막 말이 떠오르자, 화영은 결국 굵은 눈물을 소리 없이 떨구고 말았다.

오래전, 소중한 이들을 지키겠다는 신념으로 처음 검을 들었다. 그리고 그 검으로 맺어진 인연들은 바로 화영의 삶 전부이기도 했다. 한데 경혜를 지키기 위한 검이라 말할 수도 없는, 그렇다고 이 나라를 지키기 위한 검이라고는 더더욱 말할 수 없는 이 싸움을, 다른 이도 아닌 재하와 해야 한다는 말인가.

아프게 짓이겨진 화영의 입술 사이로 낮은 흐느낌이 흘러나오자, 경혜는 차마 그 모습을 바라보지 못하고 비틀거리며 몸을 일으켰다.

"어서 데리고 가주시게."

"예, 공주 자가."

경혜의 말에, 그들로부터 한 걸음 물러나 있던 궁인이 고개를 조아리며 대답했다. 곧 군졸들의 등에 짐짝처럼 업혀 광을 나가는 화영의 작은 두 어깨는 무척이나 깊게 굽어 있었다.

궁인들의 손에 이끌려 목욕간에 몸을 담근 사이 깜박 잠이 든 모양이었다. 가물가물한 꿈속을 헤매던 화영은 곧 익숙한 온기가 이마에 내려앉는 것을 느끼고 천천히 눈꺼풀을 들어 올렸다. 때마침 걱정스럽게 화영의 얼굴을 짚어보던 손길이 멈칫하며 물러나는 것이 느껴졌다. 그리고 잠시 후, 아직 속눈썹 가득 졸음을 매달고 있는 그녀의 귓전에 다정한 목소리가 내려앉았다.

"잘 잤느냐?"

햇살이 맺힌 창을 등지고 앉아 자신을 내려다보고 있는 이는 율이었다. 그의 기묘하리만치 평온한 표정을 바라보며 느리게 두 눈을 깜박이던 화영은 잠시 모든 게 꿈이었던 걸까 하는 의구심이 들었다.

하지만 오랜만에 흑립과 직령답호를 갖춰 입은 그를 보니, 자신이 놓친 시간 동안 벌어졌을 일들이 어렴풋하게나마 짐작이 갔다. 하긴, 그가 경혜의 결정에 불복했을 리 만무하지 않은가.

"……공주 자가께서는 어찌 되셨습니까?"

메마른 숨을 삼키며 힘겹게 입술을 달싹인 화영이 무거운 몸을 일으키자, 머뭇거리며 시선을 내리깐 율은 이불 위에 놓여 있던 그녀의 손을 가만히 감싸 쥐었다.

"공주 자가께서는 정업원으로 돌아가셨다. 여기는 창덕궁 행각이고."

어렵사리 흘러나온 그의 목소리는 미적지근했다.

"내일 날이 밝는 대로 훈련원에 가야 하니 모쪼록 오늘은 푹 쉬어두려무나."

훈련원이라는 말에 차분하던 화영의 눈썹이 짧게 꿈틀거렸다.

"출병은 언제랍니까?"

미간을 좁히며 묻는 화영의 눈동자는 부쩍 슬픈 빛을 띠고 있었다. 그 혼탁함 밑에 가라앉아 있는 것은 아마도 체념이리라.

"귀성군께서 이미 선발대를 이끌고 출정하셨으나, 반란군의 규모가 생각보다 커 철원까지 퇴각을 한 상황이라 하더구나. 우리는 보름 후 도성을 떠날 지원군에 합류할 것이다."

"……그렇군요."

그의 설명에 멍하니 고개를 주억거린 화영은 애써 미소를 지으며 흐트러진 옷매무새를 가다듬었다. 희미한 열기를 매단 그녀의 두 뺨이, 스멀스멀 젖어드는 눈가가 마냥 아프게 가슴을 파고든다. 괴로운 마음을 숨기며 그 위에 조용히 입을 맞춘 율은 짐짓 태연한 목소리로 말을 이었다.

"괜찮다면, 잠시 바깥 공기라도 쐬겠느냐? 금원(禁苑) 구경이나 할 겸."

"……그래도 괜찮은 겁니까?"

"물론 감시를 붙이고 다녀야겠지만."

고갯짓으로 문밖에 드리워져 있는 인영을 가리킨 율은 곧 속삭이듯 뒷말을 덧붙였다.

"실은 용이 그 아이가 자산군을 모시고 산보를 나왔다더구나."

"도련님이요?"

그의 입에서 흘러나온 반가운 이름에, 가라앉아 있던 화영의 얼굴이 돌연 화색을 띠었다.

"아마 몰라볼 만큼 컸을 게다."

"그렇겠지요. 벌써 다섯 해가 지났으니."

묘한 기대감으로 부풀어 있는 화영의 어깨 위에 장의를 덮어준 율이 가느다란 눈을 동그랗게 접으며 불쑥 손을 내밀었다.

"그럼 갈까?"

금원의 녹음 위로 드리워진 정오의 햇살은 추수철의 논처럼 황금빛을 머금고 있었다. 곳곳에 가득한 여름의 정취를 만끽하던 화영은 문득 걸음을 멈춰 세웠다. 때마침 멀지 않은 연못가 너머에서 여럿의 웃음소리가 바람을 타고 들려오고 있었다.

곧 작은 정자 위에 서서 풍광을 바라보고 있는 인영을 발견한 화영은 저도 모르게 흐릿한 미소를 머금었다. 비록 거리가 있어 그의 이목구비가 또렷하게 보이지는 않았지만, 천진한 웃음과 함께 손뼉을 치고 있는 사내아이는 용이 틀림없었다.

옆에 선 소년—자산군으로 짐작되는—에 비하면 작은 체구였지만, 보기 좋게 살이 오른 몸집하며 화려한 색의 의복을 걸친 그의 모습은 더는 다섯 해 전의 꼬마가 아니었다.

"정말 훌쩍 자라셨네요."

감상에 젖은 듯한 화영의 말에, 말없이 고개를 끄덕인 율은 뒷짐을 지고 있던 손을 풀어 그녀의 어깨를 감싸 안았다.

"갈수록 제 아비를 쏙 빼닮는구나."

그가 종을 언급한 것은 실로 오랜만의 일이었다. 온 마음 다해 아껴 마지않았던 아우, 그 아우의 아들이 저리 훌륭하게 자라난 모습을 마주한 그의 마음은 어떠할까.

"……저 환한 모습을 지켜주고 싶다. 종이 그 녀석처럼 누군가의 사욕 때문에 허무하게 스러지지 않도록."

혼잣말처럼 흘러나온 그의 목소리에서 단단한 결의를 느낀 화영은 흔들리는 시선으로 그를 돌아보았다. 늘 그랬듯 단정하고 또렷한 그의 옆얼굴에는 뜨거운 햇살의 파편이 그림자처럼 드리워져 있었다.

"내가 관군으로서 검을 들기로 결심한 연유는 단지 그것뿐이다."

스스로 다짐하듯 말을 마친 율이 천천히 고개를 돌려 화영과 시선을 맞췄다. 이내 화영은 새까만 그의 눈동자 속에 담긴 명료한 뜻을 읽을 수 있었다.

그 또한 자신이 그랬듯 오랜 시간 고민했을 것이다. 누구를 위해 다시금 검을 드는지, 무엇을 위해 이 싸움을 해야 하는지. 그리고 마침내 현명한 답을 찾아낸 그의 표정은 무척이나 홀가분해 보였다.

"……예, 반드시 지켜드려야지요."

저도 모르게 주먹을 불끈 쥐며 대답한 화영은 다시금 정자 위로 시선을 옮겼다. 어느새 굳은 투지로 불타오르는 그녀의 눈동자는 기울어가는 햇살을 담고 붉게 일렁이고 있었다.

❀

이른 시각, 훈련원으로 향하는 김명선의 표정은 유독 어두웠다. 좀처럼 속도를 내지 못하던 걸음을 여러 차례 멈칫거리기까지 하는 것을 보면 아마도 행선지가 썩 내키지 않는 곳이리라. 하지만 초조한 표정으로 그의 눈치를 살피던 서원은 결국 더는 참지 못하고 재촉의 말을 쏟아낼 수밖에 없었다.

"저, 나으리. 이러다 제 시각에 닿지 못하겠습니다."

아닌 게 아니라, 그의 등 뒤를 줄지어 따르던 커다란 수레 여럿이 갈수록 느려지는 그의 걸음 탓에 가다 서다를 반복하고 있었다. 그제야 퍼뜩 정신을 차린 김명선은 미안한 표정을 지으며 고개를 끄덕였다.

"알았네. 서두르지."

얼마 전 군기시 별좌로 부임한 그가 처음 맡게 된 일은 출병을 앞두고 있는 훈련원 군관들에게 피갑(皮甲)을 배급하는 것이었다.

서원이 들고 있는 두툼한 명부에 시선을 둔 김명선은 쓰게 웃으며 고개를 가로저었다. 기실 그의 마음을 이토록 무겁게 하는 연유는 바로 그 명부에 적혀 있던 누군가의 이름 때문이었다.

"혹 네 이름을 알려줄 수 있겠느냐?"
"……화영이라 하옵니다만, 그것은 어찌 물으십니까?"

광주에서 헤어지던 날 듣게 된 여식의 이름. 바로 그 이름이 정율과 함께 군관 명부에 나란히 적혀 있는 것을 발견한 순간, 김명선은 하마터면 두 다리에 힘을 잃고 그대로 주저앉을 뻔했다.

하지만 아무리 수소문을 해보아도 도성에서 추방까지 당한 두 사람이 어찌하여 군관에 차출될 수 있었던 것인지 알아낼 수는 없었다. 왕명에 의한 것이 아닐까 하는 추측은 충분히 가능했지만, 말 그대로 추측일 뿐이다.

밀려드는 답답함에 또다시 짙은 한숨을 뱉어낸 김명선은 때마침 다다른 훈련원 안으로 머뭇거리는 걸음을 옮겼다. 너른 뜰 안에는 이미 수백 명의 병사들이 열을 맞춰 선 채로 그를 기다리고 있었다.

곧 그 안에서 화영을 찾아낸 김명선은 좀처럼 그녀의 얼굴에서 시선을 떼지 못했다. 치색 철릭을 걸치고 이마에 붉은 건을 두른 그녀의 모습은 수년 전 보았을 때보다 더 단단하고 성숙해져 있었다.

"그럼 지금부터 피갑을 배급하도록 하겠습니다! 순서대로 나와서 이름을 대고 받아 가십시오!"

때마침 명부를 펼쳐 든 서원이 카랑카랑한 목소리로 외치자, 모두의 시선이 일제히 그가 서 있는 방향으로 향했다. 유난히 커다란 화영의 암청색 눈동자 역시 마찬가지였다.

그리고 바로 다음 순간, 김명선을 발견한 화영의 얼굴에 놀란 기색이 스쳐 지나갔다. 얼핏 반가운 표정을 지은 듯도 하다. 괜스레 마음이 뜨끔하여 모른 척 시선을 돌린 김명선은 마련된 자리에 앉아 서원이 내미는 명부를 받아 들었다.

"자, 여기 받으십시오. 다음! 빨리 좀 오십시오!"

서원의 소란한 재촉 속에서 지나가는 이들이 부르는 이름에 표시를 한 지 얼추 일각쯤 지났을까. 마침내 차례가 되어 피갑을 받아 든 화영이 머뭇거리며 그의 앞으로 다가왔다.

"⋯⋯송화영입니다."

혹 자신을 알아보지 못한 걸까 고민한 흔적이 느껴지는 목소리였다. 이에 천천히 고개를 들고 화영을 바라본 김명선은 애써 놀란 표정을 꾸며 보이며 알은체를 했다.

"아니, 이런 데서 다시 만날 줄은 몰랐구나."

"예, 어쩌다 보니."

그제야 수줍은 미소를 띠며 고개를 끄덕인 화영은 뒤로 이어지는 군졸들을 흘깃 돌아보며 빠르게 말을 맺었다.

"송구합니다만, 인사는 나중에 제대로 올리겠습니다."

"그래, 그렇게 하거라."

허리를 꾸벅 숙인 화영이 종종걸음으로 자리를 떠나자, 그 뒷모습을 물끄러미 바라보던 김명선은 무심코 한숨을 내쉬며 장부로 시선을 옮겼다. 그러고 보니 송씨 성을 쓰는 것을 보면 키워준 아비가 따로 있는 모양이었다.

잘된 일이라고 그는 생각했다. 아비에게 버림받은 서녀로 살지 않은 것이, 적어도 아버지라고 부를 수 있는 존재가 그녀의 곁에 있었다는 것이 얼마나 다행인가.

"나으리."

때마침 저를 부르는 목소리에 퍼뜩 상념에서 깨어난 김명선은 서둘러 고개를 들다 말고 멈칫했다. 제 앞에 서 있는 커다란 체격의 사내는 긴 세월이 흘렀음에도 여전히 눈에 띄는 미안을 가지고 있었다.

"……오랜만일세."

부러 태연한 미소를 지은 김명선이 먼저 인사를 건넸지만, 어찌 된 일인지 미간을 구긴 채로 그를 바라보는 율의 표정은 좀처럼 풀어질 기미가 보이지 않았다.

"못 뵌 사이 자리가 바뀌신 모양입니다."

"뭐, 인사이동이야 늘 있는 일 아닌가?"

"하온데 우연히도 이리 다시 만나 뵙게 된 것입니까?"

우연이라는 말에 유난히 힘을 주는 것을 보아하니, 김명선의 군기시 배속에 대해 상당한 의문을 품고 있는 모양이었다. 그 연유 모를 경계심에 이상함을 느낀 김명선이 무어라 대꾸를 하려는데 못마땅한 눈초리로 그들을 바라보던 서원이 불쑥 그 사이에 끼어들어 투덜거렸다.

"거 좀 빨리 움직입시다. 아직 기다리는 사람들이 많아요."

"……나중에 뵙죠."

확연히 딱딱해진 율의 말투에 석연찮은 느낌이 든 것도 잠시, 물밀듯 이어지는 군졸들 탓에 다시금 장부 위를 바삐 훑어보던 김명선은 문득 고개를 돌려 멀어지는 율을 흘깃 바라보았다. 어느새 화영의 곁으로 다가가 무어라 이야기를 나누고 있는 그의 옆얼굴은 전보다 더 예민하고 서늘했다.

'뭔가 일이 있긴 있었던 모양이군.'

아무래도 지나가듯 떠올렸던 자신의 추측이 맞아떨어진 모양이었다. 더군다나 안면이 있는 저를 유독 경계하는 모습을 보니 감시까지 받고 있었는지도 모른다.

'내가 금상의 명으로 움직이고 있다고 의심하는 건가.'

거기까지 생각이 미치자, 저도 모르게 손안의 붓을 아득 움켜쥔 김명선은 파르르 떨리는 숨을 힘겹게 삼켰다. 어쩌면 갑작스러웠던 자신의 발령이 정말 수양의 뜻일지도 모른다는 의심이 불현듯 머릿속을 휘감은 것이다.

하지만 역모에 가담한 죄로 처벌을 받은 저들에게 또 다른 반역의 무리를 처단하게 하다니, 대관절 수양의 저의가 무엇인지 제 모자란 식견으로는 가늠조차 되지 않는다.

"나으리?"

이제는 익숙해진 서원의 냉랭한 목소리가 귓전을 파고들자, 복잡한 상념을 애써 떨쳐낸 김명선은 서둘러 명부를 넘겼다. 무의식에 손을 놀리는 사이 어느덧 길고 길었던 줄도 끝이 나 있었다.

"수고 많았네. 나는 남아서 할 일이 있으니, 먼저 돌아가시게나."

어색하게 미소를 지은 그가 갈무리한 장부를 내밀자, 불퉁한 표정으로 그것을 받아 든 서원은 수레를 끌고 온 관비들에게 돌아가자는 손짓을 보냈다.

이윽고 혼자 남게 된 김명선은 저마다 배급받은 피갑을 착용하느라 어수선해진 뜰을 물끄러미 둘러보았다. 멀찌감치 떨어진 곳에 서 있던 화영 또한 율의 도움을 받아 제 몸에 버거우리만치 큰 피갑을 열심히 두르고 있었다.

"별좌 나으리."

그때, 종종걸음으로 김명선에게 다가온 사령 하나가 머리를 조아리며 아뢰었다.

"도정 영감께서 뵙자고 하십니다."

"알았네."

고개를 끄덕이며 자리에서 몸을 일으키려던 김명선은 돌연 멈칫하며 사령을 불러 세웠다.

"잠깐만."

"어찌 그러십니까?"

사령의 물음에 뜻 모를 표정으로 생각에 잠겨 있던 그는 이내 멋쩍은 미소를 지으며 어렵사리 말문을 열었다.

"혹 훈련원 내 빈방을 잠시 빌릴 수 있겠나?"

"나으리, 소인이옵니다."

고요하던 방 안에 화영의 목소리가 스며든 것은 제법 오랜 시간이 흐른 뒤였다. 초조한 표정으로 제자리를 맴돌던 김명선은 서둘러 자리에 앉으며 흠흠 목청을 가다듬었다.

"들어오너라."

자못 엄숙한 그의 말에, 조심히 문을 열고 안으로 들어온 화영은 김명선을 향해 허리를 깊숙이 숙였다.

"그간 별고 없으셨습니까?"

제게 날을 세우던 율과 달리 화영의 인사에서는 조금의 적대감도 찾아볼 수가 없었다. 기실 능숙하게 속을 숨기지는 못하는 성정인 듯했으니, 아마도 그녀는 자신의 존재에 대해 별다른 생각을 하지 않고 있는 것이리라.

"보다시피 잘 지냈다."

그 점에 조금이나마 안도한 김명선은 부쩍 부드러워진 표정으로 고개를 끄덕이며 제 앞의 빈자리를 가리켰다.

"앉거라."

여전히 고개를 조아린 채로 조용히 김명선의 맞은편에 앉은 화영은 어쩐지 쑥스러운 미소를 띠며 말문을 열었다.

"이리 다시 뵙게 될 줄은 몰랐습니다."

"안 그래도 도성을 떠났다고 알고 있던 터라 많이 놀랐다. 어찌 된 것이냐?"

"사정을 말하자면 길어질 듯해서……."

모호한 표정으로 말끝을 흐린 화영은 슬그머니 시선을 올려 김명선을 바라보았다. 깊어진 주름하며 희게 센 수염이 지난 세월을 짐작하게 했지만, 아득한 눈빛을 하고 저를 바라보는 그의 얼굴에는 처음 만난 바로 그날처럼 형용하기 힘든 그리움이 담겨 있었다.

"하온데 무슨 연유로 이리 소인을 찾으신 겁니까?"

"아, 그것이……."

갑작스러운 화영의 물음에, 어찌할 바를 모르고 머뭇거리던 김명선은 한참 만에야 가늘게 떨리는 목소리로 중얼거렸다.

"내 앞으로 잠시 와보겠느냐?"

"예?"

"피갑이 비뚤어졌구나."

"아……."

머쓱하게 웃으며 일어난 화영은 곧 망설이는 기색이 역력한 걸음으로 김명선에게 천천히 다가갔다. 그러자 말없이 몸을 일으킨 그는 익숙한 손놀림으로 화영의 피갑을 직접 바로잡아 주었다.

"……저, 실은 나으리께 드릴 게 있습니다."

어색하게 이어지던 침묵을 먼저 깬 것은 화영이었다.

"내게? 무엇을?"

잠시 망설이던 그녀는 이내 자신의 허리춤에 매달려 있던 자그마한 주머니를 풀더니 의아해하는 김명선에게 대뜸 그것을 내밀었다. 얼떨떨한 표정으로 이를 받아 든 그는 주머니 안에 든 내용물을 확인한 순간 혼란스러운 눈으로 다시금 화영을 바라보았다.

"이것을 어찌……."

"늦었지만, 주인을 찾아갔으면 해서요."

희미하게 미소를 짓는 화영을 믿을 수 없다는 듯 응시하던 김명선은 이내 천천히 손에 쥔 주머니로 시선을 떨구었다. 그 안에 들어 있는 것은 놀랍게도 자신이 서련에게 주었던, 다시 말해 화영이 지니고 있던 바로 그 향갑 노리개였다.

"어머니께서 돌아가시는 순간까지 이것을 손에서 놓지 않으셨다고 들었습니다."

"……."

"하여 언젠가 다시 나으리를 뵙게 된다면 꼭 전해 드리고 싶었습니다. 나으리께서…… 소인의 어미께 주신 것이 맞지요?"

예상치 못한 그녀의 말에, 김명선은 또 한 번 소리 없이 기함할 수밖에 없었다.

"……설마, 설마 알고 있었더냐?"

한참 만에야 더듬거리며 묻는 말에, 뜻 모를 미소를 지으며 시선을 돌린 화영은 이윽고 차분한 목소리로 말을 이었다.

"처음에는 몰랐습니다. 하온데 시간이 지날수록, 그러니까 생각을 거듭할수록 어렴풋하게나마 짐작이 갔습니다. 소인이 아비로 알고 자란 분은 가난한 악공에 지나지 않았는데 무슨 수로 이런 값비싼 패물을 마련할 수 있었겠습니까? 하물며 그리도 소중하게 여기셨다면 단순한 패물도 아니었을 테고요."

"……."

"그런 물건을 나으리께서 단박에 알아보셨으니, 혹시 어머니께 이 노리개를 주신 분이 나으리가 아닐까 추측한 것입니다."

어찌 된 일인지 평온해 보이기까지 하는 화영의 표정에서는 한 줌의 원망도 찾아볼 수가 없었다. 덕분에 할 말을 잃은 김명선은 결국 먹먹해진 시선을 황급히 돌리고 말았다.

"……서련이 죽었다는 소식을 듣고 영월관을 찾았을 때, 영월 그이가 잘 울지도 않는 핏덩이를 안고 있더구나."

빈 벽만 바라보던 김명선이 무겁게 닫혀 있던 입술을 뗀 것은 그로부터 오랜 시간이 흐른 뒤였다.

"제가 낳은 아이라고 했지만, 알 수 있었다. 서련이 품고 있던 내 핏줄이라는 걸."

"……."

"하지만 모른 척 돌아 나오고 말았지."

문득 씁쓸한 미소를 짓는 김명선의 눈동자는 지난날에 대한 후회로 얼룩져 있었다. 화영은 고개를 숙인 채 조용히 다음 말을 기다렸다.

"그때의 나는 참으로 어리석어 내 앞길만 생각하기 바빴다. 어찌할 수 없는 일이었다고 스스로 변명하며 그녀도, 너도 잊으려고 애썼다. 비겁하게도."

괴로운 표정을 감추지 못한 채 아랫입술을 지그시 깨문 그는 천천히 고개를 돌려 화영을 바라보았다.

"우연히 너를 만나게 된 후, 줄곧 전하고픈 말이 있었다."

"……."

"잘 자라주어 고맙다고, 지켜주지 못해 미안하다고, 아비라 칭할 자격은 없겠지만 이 못난 아비를 부디 용서하지 말아달라고."

어느새 뜨거운 눈물로 젖어든 그의 눈가에는 그리움과 슬픔이 혼란하게 뒤섞여 있었다.

"어머니를……."

이윽고 굳게 닫혀 있던 입술을 달싹인 화영이 천천히 고개를 들어 김명선을 바라보았다.

"어머니를 진정으로 연모하셨습니까?"

전에 없이 가늘게 떨리는 그 물음은 부쩍 간절하게 들렸다. 이에 무심코 빈주먹을 움켜쥔 김명선은 따끔거리는 숨을 길게 뱉어내며 대답했다.

"처음이자 마지막으로 마음에 품은 여인이었다."

"……."

"넌 네 어미를 참 많이 닮았느니라."

기저에서부터 힘겹게 끌어 올린 듯한 목소리는 오랜 세월 동안 그가 되새겨 왔을 마음의 깊이를 어렴풋하게나마 가늠하게 했다. 이에 조용히 두 눈을 감은 화영은 맞붙은 입술을 지그시 앙다물었다. 그렇게 얼마의 시간이 흘렀을까. 마침내 천천히 눈을 뜬 화영의 얼굴에는 전에 없이 격렬한 감정의 파고가 일렁이고 있었다.

"이제라도 나으리의 진심을 알게 되어 참으로 다행입니다."

나지막하게 중얼거리는 그녀의 목소리는 어쩐지 시원섭섭하게 들렸다.

"그럼, 소인은 이만 물러가겠습니다."

한 걸음 뒤로 물러서며 이 방에 들어올 때처럼 김명선을 향해 깊숙이 허리를 숙인 화영은 마지막이 될지 모를 작별 인사를 올렸다.

"또 뵐 수 있을지는 모르겠으나, 부디 다시 만날 그날까지 강녕하시기를 바랍니다."

어깨를 짓누르던 피갑의 무게가 어쩐지 가벼워진 듯하다. 이윽고 희미한 미소를 지으며 고개를 든 화영은 한 치의 망설임도 없이 걸음을 돌렸다. 그런데 바로 그때, 물기 어린 김명선의 목소리가 다급하게 화영을 불러 세웠다.

"아가."

생경한 그 호칭에 멈칫한 화영은 일순 마른침을 꿀꺽 삼켰다.

"……화영아."

차마 고개를 돌려 바라보지는 못했지만 등 뒤에서 느껴지는 시선만으로도 화영은 김명선이, 그러니까 자신의 아비가 뜨거운 눈물을 흘리고 있음을 알 수 있었다.

"반드시 살아 돌아와야 한다."

새삼 가슴을 울리는 그 말이 어쩐지 절대적인 명령인 것만 같아서 화영은 결국 눈물 섞인 웃음을 터뜨리고 말았다. 조금은…… 그래, 아주 조금은 기쁜 것도 같다.

"물론입니다."

부러 자신만만하게 대꾸하는 것으로 이를 감춘 화영은 굳게 닫혀 있던 문을 힘차게 열어젖혔다. 행여나 제 뒷모습이 미련처럼 여겨질까 싶어 서둘러 자리를 벗어난 그녀가 걸음을 멈춰 세운 것은 관사의 모퉁이를 막 돌아선 무렵이었다.

기다렸다는 듯 토벽에 기대고 있던 몸을 일으키는 인영에 놀라 황급히 고개를 든 화영은 이내 마른 숨을 훅 들이켰다. 놀라우리만치 청아한 하늘을 어깨에 인 채 저를 바라보고 있는 이는 바로 율이었다.

"서방님……."

"이리 오거라."

나지막한 그의 부름에 하마터면 불쑥 눈물이 날 뻔했다. 가까스로 이를 눌러 삼킨 화영은 쭈뼛거리는 걸음으로 그에게 다가갔다. 그러자 묵묵히 한쪽 무릎을 굽혀 앉은 율은 그녀가 아무렇게나 구겨 신고 있던 갖신을 다시금 바르게 잡아주기 시작했다.

"좀 홀가분하더냐?"

문득 침묵을 깨고 흘러나온 그의 질문에는 쉬이 헤아릴 수 없을 만큼 많은 뜻이 담겨 있는 것만 같았다. 하지만 딱히 고민하지 않아도 알수 있었다. 기실 누구보다 지금 자신의 감정을 가장 가까이 헤아릴 수 있는 이가 바로 율일 테니까.

"……예, 홀가분합니다."

한참 만에야 혼잣말처럼 대꾸하는 화영의 목소리는 깊게 잠겨 있었다.

"뿌리 없이 자라나는 나무는 없지만, 그 씨앗이 단풍나무의 것이었든 떡갈나무의 것이었든 숲을 이루어 사는 것은 똑같지 않습니까? 이제와 깨닫고 보니 사람도 그와 다를 것이 없는 듯합니다. 제 뿌리가 무엇이든, 어떤 모습을 하고 있든, 이렇게 살아 숨 쉬고 있는 것은 모두가 똑같으니까. 하여 원망도, 미움도 더는 남아 있지 않은 것이겠지요."

"……."

"그저 이제는 지하에 계신 어머니를 만나 뵈어도 나눌 이야기가 생겼다는 사실이 기쁠 뿐입니다."

그러고는 피식 웃는 모양에서 지난날 자신의 고뇌들을 새삼 상기한 율은 말없이 고개를 끄덕일 수밖에 없었다. 이따금 눈앞의 이 작은 여인은 지금처럼 태산보다 높고 굳건한 모습을 보일 때가 있다.

"서방님."

문득 아득한 목소리로 율을 부른 화영이 때마침 굽혔던 몸을 일으키는 그를 향해 물었다.

"제게 말 타는 법을 가르쳐 주시겠습니까?"

뜬금없는 부탁이었지만, 조금의 망설임도 없이 고개를 끄덕인 율은 그녀에게 손을 내밀며 쾌활하게 대꾸했다.

"기왕이면 오늘 바로 시작해 보겠느냐?"

"지금 당장 말입니까?"

"왜, 내키지 않느냐?"

"아뇨."

당혹감으로 동그랗게 부풀렸던 눈을 금세 반달 모양으로 접은 화영은 힘찬 기세로 그의 손을 잡으며 말했다.

"듣던 중 반가운 소리입니다."

"이 녀석이 개중 제일 순한 놈이오."

사복시 사령이 내어준 군마는 보기 드물게 탄탄한 근육하며 윤기가 흐르는 새까만 털을 지닌 것이 무척이나 잘 단련된 개체였다. 덕분에 넋을 놓고 그 우아한 자태를 감상하던 화영은 조심스러운 손길로 말의 목을 쓰다듬었다. 오랜만에 마사를 나와 기분이 좋은 모양인지, 푸르르 고개를 떨며 화영과 시선을 맞춰오는 말의 눈동자는 빛을 머금은 구슬처럼 초롱초롱했다.

"가까이 오너라."

때마침 안장을 얹고 그 위에 올라탄 율이 화영에게 손을 내밀었다. 새삼 얼굴을 붉힌 화영은 머뭇거리며 그의 팔을 조심히 붙잡았다. 그러자 입꼬리를 올려 씨익 미소를 지은 율이 한쪽 팔로 화영의 등을 단단히 받친 채 홀쩍 그녀를 들어 올렸다. 일견 높아진 시야에 긴장한 것도 잠시.

"이쪽을 잡고."

얼떨결에 율이 이끄는 대로 고삐를 쥔 화영은 곧 침착함을 되찾으며 숨을 골랐다. 율이 등 뒤를 지켜주고 있어서일까. 손바닥을 죄어오는 가죽의 감각이 마냥 두렵지만은 않았다.

"고삐를 꽉 잡고 있되 바짝 당기지는 말거라. 기본적으로 달릴 때는 자세를 낮춰 중심을 유지하고, 걸을 때는 허리를 꼿꼿이 세워야 해. 무엇보다 말의 호흡에 맞춰 몸을 맡기는 것이 중요하다."

무의식에 움츠러든 화영의 몸을 곧게 잡아준 율은 이내 고삐 한쪽을 가볍게 쥐며 찬찬히 설명을 이어갔다.

"출발할 때는 발과 고삐를 동시에 채며 구령을 붙이고, 멈출 때는 망설임 없이 고삐를 감아 당기는 것이다. 하지만 무턱대고 잡아채다가는 말이 날뛰어 낙마하게 될 수도 있으니 조심하고."

단단히 주의를 준 율이 마침내 직접 해보라는 눈짓을 보내자, 마른 입술을 혀끝으로 훑은 화영은 쥐고 있던 고삐를 조심스럽게 당기며 발을 굴렀다. 그러자 짧은 숨을 토해내며 반응을 보인 말이 천천히 걸음을 옮기기 시작했다. 얼마 지나지 않아 점차 속력이 붙자, 화영은 상기된 얼굴로 율을 돌아보며 물었다.

"저 잘하고 있는 겁니까?"

"그래, 역시 소질이 있구나."

피식 웃으며 고개를 끄덕인 율은 돌연 무슨 생각이 들었는지 왼팔로 화영의 허리를 단단히 감싸 안으며 큰 소리로 외쳤다.

"그럼 슬슬 달려볼까?"

"예? 버, 벌써요?"

"꼭 잡고 있거라!"

갑작스러운 그의 말에 당황한 화영은 서둘러 손안의 고삐를 힘껏 움켜쥐었다. 그와 동시에 짧은 구령을 외친 율이 발을 구르자, 기세 좋게 울음소리를 토해낸 말은 곧 경쾌한 몸놀림으로 앞을 향해 질주하기 시작했다.

본능적으로 자세를 낮춘 화영은 한층 더 거칠어진 요동에 속절없이 몸을 맡겼다. 미적지근한 바람이 자못 날카롭게 뺨을 스치고, 녹음이 절정을 이룬 풍광들은 시야에 찰나의 흔적만을 남긴 채 그녀의 곁을 지나칠 뿐이었다.

바닥을 디디는 말발굽 소리가 요란해질수록 고삐와 맞닿은 손바닥은 마찰에 의해 뜨겁게 달아올랐지만 정작 화영은 이를 느낄 새가 없었다. 아니, 오히려 달리면 달릴수록 알 수 없는 해방감에 가슴이 시원해지는 것이었다.

"워워."

제법 가파른 비탈길을 얼마나 달렸을까. 배운 대로 천천히 고삐를 잡아채 말을 세운 화영은 턱까지 차오른 숨을 헐떡이며 주위를 둘러보았다. 어느새 제법 높다란 곳까지 올라온 모양인지, 가릴 것 없이 환하게 트인 시야로 도성의 전경이 들어왔다. 무의식적으로 눈동자를 굴려 양덕방을 찾던 화영은 금세 궁방의 흔적을 발견하고 희미한 미소를 지었다.

"이러고 있으니, 궁방에서의 추억들이 생생하게 떠오릅니다. 참 평온하고 따뜻했었는데."

"그렇더냐? 나는 하루가 멀다 하고 사고를 치는 네 덕분에 마음 꽤나 졸였던 것 같은데 말이다."

"하긴, 제가 서방님 속을 많이 썩이긴 했지요?"

부러 던진 농을 능숙하게 받아친 화영은 숨죽여 웃으며 가만히 율의 품에 등을 기댔다. 그러자 팔 안에 감겨 있던 화영의 허리를 더욱 세게 끌어안은 율이 그녀의 목덜미에 얼굴을 묻으며 물었다.

"그 시절로 돌아가고 싶으냐?"

어쩐지 아득한 기색을 띤 그의 목소리에, 잠시 입을 다물고 궁방을 바라보던 화영은 곧 고개를 가로저었다.

"아니요."

예상치 못한 대답이 돌아오자, 율은 놀란 눈을 천천히 들어 올렸다.

"어째서?"

"지금의 저 또한 열아홉 그때만큼 행복하니까요."

한 치의 망설임도 없는 그녀의 대답에 고요하던 율의 입술이 새삼 부드러운 미소를 그렸다. 또다. 이 작고 마른 어깨가 그 어떤 산보다 크게 느껴지는 것이.

"화영아."

"예, 서방님."

"행복하더냐?"

"예, 행복합니다."

생각해 보면, 화영의 그 말은 언제나 심연 속에 가라앉아 있던 불안을 한순간에 잠재우는 비술과도 같은 것이었다.

"······하늘은 때로 고난을 내려 사람을 시험한다더구나. 결코 흔들리지 않을 것만 같던 의지와 결기도 참담한 시련 앞에서는 무너지기 마련이니까."

문득 적막을 깨고 흘러나온 율의 독백 같은 말에 천천히 고개를 돌린 화영이 그와 시선을 맞췄다. 그녀의 동그란 얼굴을 오롯이 담아낸 율의 새까만 눈동자는 어느덧 뜨거운 빛으로 일렁이고 있었다.

"한데 넌 그렇지 않았다. 무참했던 나날에 좌절하고 잔인한 운명을 원망한 적은 있어도 올곧은 심지만은 꺾지 않았어."

"······."

"그런 네 곁에 머물 수 있어서 나 또한 행복하고 감사하다."

부쩍 가라앉은 목소리를 감추며 화영의 머리를 쓰다듬는 율의 얼굴에는 어느 때보다 따뜻한 미소가 걸려 있었다. 덕분에 두 뺨을 터질 듯 붉힌 화영은 황급히 시선을 떨굴 수밖에 없었다. 그러자 살며시 그녀의 턱을 잡아 올린 율은 눈을 감으며 조심스럽게 입술을 겹쳐 왔다. 금세 뜨겁게 엉키는 숨이 간지러워 짧게 몸을 떤 화영은 저도 모르게 율의 어깨를 강하게 움켜쥐었다.

잠시 후, 화영에게서 천천히 떨어진 율은 제 아래 드리워진 그녀의 말간 얼굴을 물끄러미 바라보았다. 때마침 가늘게 열린 눈꺼풀 사이로 보이는 화영의 밤바다 같은 눈동자는 부드러운 파도를 머금고 있었다.

옅게 웃는 제 숨결에 화영의 속눈썹이 파르르 떨리자, 무심코 그것을 어루만진 율은 다시금 진득하게 입술을 겹치며 그 안으로 미끄러져 들어갔다. 옷깃을 사이에 두고 전해지는 체온은 여름의 햇살처럼 따끈하고 눅진했다.

혼돈과도 같았던 이 지난한 삶은 여전히 그 끝을 가늠조차 할 수 없지만, 함께이기에 살아갈 수 있으리라. 나아갈 수 있으리라. 비록 눈앞의 미래 또한 진창일지언정 다시 한 번 용기를 낼 수 있으리라.

어느새 반짝이는 잔상을 남기며 서쪽으로 기울기 시작한 태양은 빈 틈없이 어우러진 두 사람을 포근하게 감싸 안고 있었다.

14. 마지막 또한 너이기를

며칠 뒤, 장군 어유소를 필두로 한 지원군이 마침내 도성을 떠나 진 군을 시작했다. 그사이 앞서 영흥까지 나아가 있던 귀성군의 부대는 반 군과 여러 차례 교전을 거듭하며 첨예하게 대립 중이었다.

더위가 한층 짙어지는 탓에 북으로 향하는 여정은 날이 갈수록 고되 기만 했다. 불어난 관군의 병력에 밀려 점차 뒷걸음질을 치던 이시애의 반군들은 결국 북청으로 주둔지를 옮겼고, 율과 화영은 저마다 자신의 위치에서 소소한 공을 세우며 종개령까지 나아갔다.

하지만 쉴 새 없이 전진하는 동안 마음 편히 몸을 눕힐 수도, 제대로 된 식사를 할 수도 없는 상황이 지속되면서 화영의 체력은 급격하게 바 닥으로 치닫고 있었다.

어느새 미월(未月)도 끝이 날 무렵, 기나긴 밤을 보내며 모닥불 옆에 몸을 접고 앉아 있는 화영의 안색은 유난히 창백했다. 이를 안타깝게 바라보던 율은 말없이 그녀의 곁에 앉아 들고 있던 수통을 건넸다.

"감사합니다."

싱긋 미소를 지어 보이긴 했지만, 기실 그녀는 지난 며칠 동안 간신히 먹은 음식마저 게워내기 일쑤였다. 아니나 다를까, 물조차 몇 모금 제대로 넘기지 못한 화영은 부러 씩씩한 표정으로 율을 안심시키려 애썼다.

"괜찮습니다. 심려치 마십시오."

"……모쪼록 더는 무리하지 말거라."

"예, 알고 있어요."

근심 어린 율의 말에 작게 고개를 끄덕인 화영의 시선이 문득 달이 기우는 밤하늘로 향했다. 청량하리만치 투명한 어둠 속에는 햇빛 조각처럼 찬란한 별들이 화려하게 반짝이고 있었다.

어릴 적부터 늘 습관처럼 바라보던 여름밤의 풍광이건만, 북쪽의 낯선 산골짜기에서 마주한 밤하늘이 화영은 유난히 생경하게 느껴졌다. 어쩌다 여기까지 오게 된 걸까. 영월관이 전부라 믿었던 어린 시절부터 원치 않게 종군한 지금에 이르기까지, 참으로 많은 것을 얻고 잃었다.

무심코 지난 세월을 곱씹어보던 화영은 저도 모르게 쓸쓸한 미소를 지으며 고개를 돌렸다. 어느새 제 손을 꼭 잡고 있는 율의 단정한 옆얼굴은 달빛을 받아 환하게 빛나고 있었다.

"서방님."

나지막한 화영의 부름에, 밤하늘을 바라보고 있던 율의 시선이 화영에게 향했다. 가느다란 눈매도, 날렵한 콧날도, 빈틈없이 다물린 입술도 처음 마주쳤던 그날과 다름이 없건만 새까만 눈동자에 보일 듯 말 듯 드리워진 그늘은 마치 고단했던 세월의 흔적인 것만 같았다.

이렇게 보니 몇 번의 고비와 이별을 겪는 동안 변하지 않고 제 곁에 머물러 있는 것은 율의 존재뿐이라는 사실이 새삼 실감이 난다. 괜스레 울렁이는 가슴을 추스르며 그의 뺨을 천천히 쓰다듬은 화영은 고개를 떨구며 속삭이듯 중얼거렸다.

"감사합니다."

"무엇이 말이냐?"

"그냥, 그냥 다 감사합니다."

"······싱겁긴."

작게 웃으며 흐트러진 화영의 머리카락을 쓸어 넘겨준 율은 이내 그
녀를 부축해 일으키며 말했다.

"들어가자. 산바람이 꽤 서늘하구나."

과연 그의 염려대로 지대가 높은 주둔지의 기온은 새벽이 깊어질수
록 점차 낮아지고 있었다. 게다가 날이 밝으면 반군의 진영인 북청성을
함락시키기 위한 총력전이 펼쳐질 예정이었다.

하지만 오랜만의 달큼한 여유를 뒤로 한 채 잠을 청하려니 아쉬운 마
음이 든 것일까. 좀처럼 걸음을 떼지 못하고 머뭇거리던 화영은 괜스레
율의 품에 얼굴을 묻으며 두 팔로 힘껏 그를 끌어안았다.

답지 않게 어린아이처럼 구는 그녀의 행동에 짧은 웃음을 터뜨린 율
은 동그란 화영의 어깨를 마주 안을 수밖에 없었다. 그런데 바로 그때,
어디선가 날카로운 고함이 울려 퍼졌다.

"반군이다!"

그리고 바로 다음 순간, 바람을 가르는 육중한 소리와 함께 불이 붙
은 화살이 밤하늘 높이 솟아오르는 것이 보였다. 본능적으로 몸을 숙
인 화영은 서둘러 허리춤에 매달려 있던 검을 뽑아 들었다.

"야습인 것 같습니다."

눈 깜짝할 사이에 화영과 등을 맞댄 율이 그 말에 고개를 끄덕이며
대답했다.

"진영을 흔들어 시간을 벌 속셈이겠지. 예상했던 바다."

"하면 어찌할까요?"

화영의 물음에 잠시 고민하던 율은 곧 냉철해진 눈으로 주위를 둘러
보았다. 삽시간에 번진 불과 곳곳에서 들려오는 군졸들의 비명으로 주
둔지는 이미 아수라장이었다.

'생각보다 수가 많은 것 같군.'

급습에 많은 인원을 끌고 왔다면 정찰이나 교란이 목적은 아닐 터.

아마 전멸을 각오하더라도 될 수 있는 한 큰 피해를 입히겠다는 의미이리라. 하지만 결전을 앞두고 병력의 손실을 각오하면서까지 펼칠 만한 수가 아니었기에 율은 좀처럼 그 진위를 가늠할 수가 없었다.

"화영아."

또 한 차례 날아드는 화살 더미를 피하며 검을 뽑은 율은 마침내 화영을 똑바로 바라보며 말문을 열었다.

"내가 주변을 다스리고 있을 테니, 너는 지금 당장 귀성군께 가서 상황을 고하도록 해라."

"하, 하오나……."

"어서!"

벼락같은 율의 외침에 난감한 표정으로 입술을 깨물던 화영은 결국 고개를 끄덕일 수밖에 없었다. 이런 상황에 그를 홀로 두는 것이 걱정스러웠지만 그녀로서도 별다른 수가 떠오르지 않았던 것이다.

"……조심하십시오."

이윽고 떨어지지 않는 걸음을 돌린 화영이 막사를 향해 빠른 속도로 뛰어가자, 천천히 숨을 가다듬은 율은 어느새 혼전이 벌어지고 있는 방향을 바라보았다. 연이은 승리로 긴장이 풀려 있던 관군은 갑작스러운 공격에 혼비백산하며 도망치기 바빴다. 비처럼 쏟아지는 적의 화살을 피해 가까스로 말을 찾아 올라탄 율은 불바다가 된 진영을 가로지르며 큰 소리로 외쳤다.

"다들 침착하게 위치로 돌아가라!"

그의 등장에, 우왕좌왕하던 군졸들이 겨우 전열을 가다듬고 반군의 공세에 대응하기 시작했다. 하지만 정확한 상황을 파악하기 위해 주위를 살피던 율은 곧 흠칫할 수밖에 없었다. 멀지 않은 곳에서 그를 향해 엄청난 속도로 다가오는 흙먼지를 발견한 것이었다.

"옆이다! 옆에서 적군이 온다!"

누군가 내지른 고함이 미처 끝을 맺기도 전에 관군의 측면을 손쉽게 무너뜨린 상대는 양손에 커다란 장검을 들고 있었다.

얼핏 보기에도 상당한 체격을 지닌 그의 살기는 실로 엄청났다. 제 앞을 가로막는 군졸들을 거침없이 베어 나가는 모습에서 이제껏 겪어보지 못한 오싹함을 느낀 율은 어금니를 아득 깨물며 검을 바로 잡았다.

그러나 말머리를 돌린 사내의 얼굴을 정면으로 마주한 순간, 당혹감으로 벌어진 율의 입술 사이로 별안간 짙은 장탄이 새어나왔다. 흡사 피에 굶주린 짐승처럼 광기 어린 눈동자를 희번덕거리는 사내는 놀랍게도 김재하였다.

'난감하군.'

언젠가는 마주치리라 여겼지만, 막상 이렇게 그를 맞닥뜨리고 나니 무어라 형용할 수 없는 감정들이 회오리치며 머릿속을 어지럽히기 시작했다. 그러나 이를 피할 수도, 모른 체할 수도 없는 율로선 가까워지는 재하를 그저 멍하니 바라볼 수밖에 없었다.

"비켜라!"

"아악!"

그 사이 붉게 물든 검을 휘두르며 차례차례 군졸들의 목을 베던 재하가 멈칫하며 고개를 돌린 것은 바로 그때였다.

"……설마."

짧은 침묵 끝에 헛웃음을 덧붙인 그는 눈앞의 상황이 믿기지 않는다는 듯 떨리는 목소리로 중얼거렸다.

"어째서 당신이 여기에 있는 겁니까?"

율을 향해 묻는 재하의 목소리는 어느덧 쇳덩이처럼 무겁게 가라앉아 있었다.

"어찌 관군의 복장을 하고 계시냔 말입니까!"

이어진 그의 말은 질문이라기보단 비난에 가까웠다. 하지만 아무런 대답도 하지 않은 채 검을 고쳐 잡는 율의 표정은 좀처럼 그 속을 가늠할 수가 없었다.

"젠장."

결국 미간을 구기며 낮게 으르렁거린 재하는 바닥으로 떨궜던 칼끝을 다시금 날카롭게 치켜들었다. 무슨 까닭으로 수양의 졸개를 자처한 것인지 알 수는 없으나, 이렇게 적으로 마주한 이상 율과의 싸움은 피할 수 없는 현실이었다.

팽팽한 긴장감 속에 서로를 탐색하던 것도 잠시. 피로 얼룩진 재하의 검이 마침내 큰 반원을 그리며 율을 향해 날아갔다. 순식간에 날카로운 쇳소리와 함께 공중에서 맞부딪친 두 사람은 곧 누가 먼저라 할 것도 없이 맹렬하게 움직이기 시작했다.

비록 몇 차례 공격을 주고받은 것뿐이었지만, 율은 곧 그의 실력을 어렴풋이 가늠할 수 있었다. 이는 재하 또한 마찬가지였다. 잠깐의 공백에 간신히 숨을 고른 그들은 흐트러진 정신을 가다듬며 손안의 칼자루를 더욱 억세게 움켜쥐었다. 기실 만만치 않은 상대라는 것은 짐작했지만, 직접 겪어본 상대의 무공은 실로 대단했다.

"……수하들을 데리고 철수하시게. 이건 무의미한 싸움이야."

먼저 침묵을 깬 것은 율이었다. 그러나 코웃음을 치며 입꼬리를 비튼 재하는 아랑곳하지 않고 다시금 검을 치켜들며 외쳤다.

"어림없는 소리!"

육중한 힘을 싣고 떨어지는 검을 간신히 막아낸 율은 떨리는 손목을 반대편 손으로 지지하며 이를 밀어냈다. 하지만 기다렸다는 듯이 반대편 검을 휘두르는 그의 공격을 계속 버텨내기란 여간 힘든 일이 아니었다.

"이쯤 하고 그만 길을 터주시지요."

지친 기색이 역력한 율을 향해 조롱 섞인 말을 쏘아댄 재하는 마치 선심이라도 쓰는 양 왼손에 들고 있던 검 하나를 거칠게 던졌다.

"아니면 오늘 이 자리에서 누구 하나는 목이 달아나지 않겠습니까?"

그것은 분명한 선전포고였다. 뜨겁게 타오르는 재하의 눈동자에서 진심을 읽은 율은 어쩔 수 없이 칼날의 방향을 바꿔 잡을 수밖에 없었다.

그런데 바로 그때, 어디선가 소리 없이 날아온 화살 한 대가 바짝 성이
나 있던 재하의 어깨를 관통했다.

"크윽……!"

예상치 못한 타격에 당황한 것도 잠시. 맹수처럼 이를 세우며 두 눈을
부릅뜬 재하는 한 치의 망설임도 없이 자신의 어깨에 박힌 화살을 뽑아
버렸다. 날카로운 통증에 눈앞이 아찔했지만 머뭇거릴 틈은 없었다.

소란 속에서 때마침 이쪽으로 달려오는 말발굽 소리를 놓치지 않은
재하는 거칠게 포효하며 자신의 검을 치켜들었다. 하지만 빠르게 율의
앞을 막아서는 상대의 얼굴을 확인한 그는 넋을 잃고 무너져 내릴 수밖
에 없었다.

"늦어서 죄송합니다. 괜찮으십니까?"

턱까지 차오른 숨을 헐떡이는 모습에 비해 차분히 읊조리는 목소리
는 이 자리에서 결코 마주치고 싶지 않았던 이의 것이었다. 덕분에 지나
칠 정도로 주춤거리며 물러서는 재하가 의아했던 모양인지, 율의 상태
를 살피던 암청색 눈동자가 마침내 그에게 향했다. 그리고 바로 다음 순
간, 서늘하게 굳어 있던 그녀의 얼굴이 당혹감으로 일그러졌다.

"재하 사형……."

이윽고 가늘게 흘러나온 화영의 목소리는 바람 앞의 문풍지처럼 파르
르 떨리고 있었다. 이는 활을 쥐고 있던 그녀의 왼손 또한 마찬가지였다.

"빌어먹을."

그제야 난전 속에 엉켜 있던 자신의 수하들이 관군에게 밀려 쓰러지
고 있다는 사실을 깨달은 재하는 헛웃음을 터뜨렸다. 아마도 화영이 지
원 병력을 데리고 합류한 것이리라.

'간신히 여기까지 왔는데.'

죽음을 각오하고 행한 야습이긴 했지만, 최대한 많은 병력을 살려 돌
아가는 것 또한 재하에게 주어진 임무였다.

"아직 늦지 않았소."

그런 재하의 속내를 간파한 율이 먼저 말문을 열었다.

"투항을 권하고 싶지는 않으니, 귀성군의 눈에 띄기 전에 도망치시오. 기왕이면 이시애 장군에게서도."

흔들림 없이 단단한 목소리에서 그가 반군의 패배를 확신하고 있다는 것을 느낀 재하는 또 한 번 실소했다.

"듣자 하니 참으로 불쾌하군요. 설마하니 제가 고작 조무래기들 목이나 따겠다고 이리 무모한 일을 벌였으리라 생각하시는 겁니까?"

"……뭐?"

예상치 못한 재하의 말에 고요하던 눈썹을 바짝 조인 율이 말끝을 올렸다. 그런데 바로 그때, 무장한 군졸 한 무리가 그들을 발견하고 큰 소리로 고함을 지르기 시작했다.

"여기다! 적군이다!"

주위가 더욱 소란해지자, 들리지 않게 혀끝을 차며 말머리를 돌리려던 재하는 문득 화영을 향해 시선을 옮겼다. 잠깐 사이 깊어진 그녀의 눈동자에는 셀 수 없이 많은 감정들이 걸게 회오리치고 있었다.

"좋지 않은 모습을 보일 것 같으니, 미리 사과하마."

이윽고 무심히 중얼거린 재하가 순식간에 얼굴을 굳히며 손안의 검을 천천히 치켜들었다. 그러자 놀랍게도 마치 연기와 같은 형체를 가진 살기가 재하의 몸을 차갑게 에워싸는 것이 아닌가.

"고, 공격해라!"

누군가의 외침이 들렸지만, 율과 화영은 물론 모여든 군졸 중 그 누구도 엄청난 기세를 내뿜는 재하에게 섣불리 다가가지 못했다.

"하앗!"

그 틈을 놓치지 않은 재하의 말이 돌연 앞을 향해 뛰쳐나간 순간, 푸르게 빛나던 그의 커다란 장검은 자신을 가로막는 군졸의 목을 거침없이 베어버렸다.

"아악!"

공기를 가른 비명 끝에는 공포에 질린 표정이 고스란히 남아 있는 병사의 머리가 위태롭게 매달려 있었다. 하지만 거기서 멈추지 않고 반대편에 서 있던 군졸마저 단숨에 베어버린 재하는 커다란 어깨를 들썩이며 빠르게 주변을 둘러보았다.

"죽고 싶지 않다면, 내 앞을 막지 마라."

두 눈을 홉뜬 그의 굴곡진 얼굴에는 어느새 검붉은 선혈이 마치 꽃잎처럼 흩뿌려져 있었다.

"사형……."

화영은 신음조차 꺼내지 못한 채 멍하니 그를 바라보았다. 눈앞의 재하는 더 이상 그녀가 기억하는 다정한 사형의 모습이 아니었다.

"물러서거라, 화영아."

상황을 지켜보던 율이 좀처럼 냉정을 찾지 못하는 화영의 앞을 재빨리 막아섰지만, 찰나가 지나는 동안 몇 명의 군관을 더 베어버린 재하는 곧 빠르게 말을 몰아 도주하기 시작했다.

"활을, 활을 쏴라!"

때마침 피갑도 제대로 걸치지 못한 채 달려온 장군 어유소의 명령이 밤하늘을 쩌렁쩌렁 뒤흔들었다. 그제야 가까스로 정신을 차린 화영은 다시금 활을 들어 달아나는 재하를 조준했다.

하지만 차마 시위를 놓지 못하고 망설이던 그녀는 결국 두 눈을 질끈 감으며 빈 허공을 향해 화살을 돌릴 수밖에 없었다. 맥없이 빗나간 화살 덕분에 재하는 무사히 어둠 속으로 몸을 감출 수 있었다.

"저자는 반군의 핵심 전력이다! 쫓아라! 놓쳐서는 안 된다!"

격분한 어유소가 매서운 기세로 외치며 검을 뽑아 든 바로 그때였다.

"잠깐!"

어디선가 모습을 드러낸 귀성군이 단호한 목소리로 그의 앞을 막아섰다. 무슨 생각이 들었는지 얇은 입꼬리를 비틀어 올린 그는 곧 어유소를 비롯한 군관들을 돌아보며 말을 이었다.

"차라리 이 길로 북청성을 향해 진격하는 것이 어떻겠는가?"

"예? 그게 무슨 말씀이십니까?"

"생각해 보게. 포위망을 빠져나간들 김재하의 목적지는 결국 북청성일 테고, 그를 들이려면 성문을 열 수밖에 없지 않겠나? 하니 때를 기다리다가 그 틈을 타 밀어붙인다면 손쉽게 주둔지를 함락할 수 있겠지."

"오오, 과연 현명한 작전입니다! 그럼 서둘러 부대를 정비해서……."

"잠시만 기다려 주십시오!"

귀성군의 설명에 밝은 표정으로 고삐를 채려던 어유소를 다급히 막아선 것은 놀랍게도 화영이었다.

"무슨 일인가?"

떨떠름한 표정으로 화영을 훑어본 귀성군이 귀찮다는 듯 물었다. 이에 멈칫하며 눈치를 살피던 화영은 고개를 돌려 율을 바라보았다. 그가 말없이 고개를 끄덕이며 독려를 보내자, 침착하게 숨을 가다듬은 화영은 이윽고 용기를 내어 입속에 맴돌던 자신의 생각을 꺼냈다.

"아무리 생각해도 조금 전 야습은 그 목적이 불분명합니다. 저만한 병력을 끌고 습격을 감행했다면 지휘관인 대감을 암살하든, 최대한 많은 병력을 줄이든, 뭔가 부여받은 임무가 있지 않겠습니까?"

"……그건 그렇지."

"하온데 별다른 타격도 입히지 못한 것으로 모자라 저렇게 보란 듯이 퇴각을 하는 것은 확실히 수상쩍습니다. 어쩌면 함정일 수도……."

말끝을 흐린 그녀가 입술을 깨물며 귀성군을 바라보자, 뜻 모를 표정으로 화영을 응시하던 그가 한숨을 쉬며 대답했다.

"좋아. 그럼 이렇게 하지. 내가 본군을 이끌고 북청성을 공격하는 동안 자네와 정율 두 사람은 따로 별동대를 편성하여 도망친 김재하를 추적하도록 하게."

"예? 하, 하오나……."

"자네와 나 어느 쪽의 예상이 맞건 간에, 그자는 분명 주변 어딘가에 몸을 숨기고 때를 기다리고 있을 거야. 더군다나 자네들은 애초에 김재하의 손발을 묶을 미끼 역할로 종군한 것 아니었나? 하니 도리어 잘된 일이지."

"……."

"모쪼록 반드시 그자를 내 앞에 데려다 놓길 바라네."

차갑게 중얼거리는 귀성군의 목소리는 한껏 비틀려 있었다. 예상치 못한 그의 제안에 잠시 무언가를 골똘히 생각하던 화영은 어찌 된 일인지 자못 비장한 말투로 대답했다.

"명 받잡겠습니다."

전에 없이 순순한 화영의 태도에 잠시 놀란 듯하던 귀성군은 곧 보이지 않게 미간을 구기며 말머리를 돌렸다.

"휴."

그가 나머지 장군들을 이끌고 자리를 뜨자, 참았던 숨을 크게 뱉어 낸 화영은 부쩍 결연해진 표정으로 율을 돌아보았다.

"서방님, 송구하오나 청이 하나 있습니다."

"알고 있다."

하지만 본론을 꺼내기도 전에 당연하다는 듯 고개를 끄덕인 율은 흐트러진 옷매무새를 가다듬으며 씨익 미소를 지어 보였다.

"그럼 가볼까? 김재하를 살리러."

자꾸만 흐릿해지는 의식을 간신히 붙들고 숲 속을 헤매던 재하가 마침내 걸음을 멈춘 곳은 관군의 진영에서도 제법 멀리 떨어진 골짜기였다. 쏟아지는 폭포 뒤로 작게 나 있는 동굴을 발견한 재하는 마음처럼 움직이지 않는 다리를 이끌고 힘겹게 그 안으로 들어갔다.

"읏……."

기진맥진한 몸을 벽에 기대니 서늘해진 기온에 전신이 주체할 수 없이 떨려왔다. 하지만 그럼에도 불구하고 입고 있던 상의를 벗어 던진 그는 여전히 피가 멈추지 않는 어깻죽지를 살펴보았다. 화살을 뽑아내면서 더욱 크게 찢어진 상처는 생각보다 심각했다.

"……정신 차려라, 김재하."

벗은 옷가지로 그 위를 단단히 감싼 재하는 스스로 타이르듯 중얼거리며 두 눈을 감았다. 불이 붙은 듯 뜨거운 어깨의 통증이 자꾸만 의식을 잡아먹고 있었지만, 무슨 수를 쓰든 날이 밝기 전에 아군의 진영으로 돌아가야만 했다.

더는 지체할 수 없다고 판단한 재하는 안간힘을 다해 늘어진 몸을 일으켰다. 비록 시간은 걸리겠지만 말을 타는 대신 걸어서 숲을 가로지른다면 분명 관군의 눈을 피해 고개를 넘을 수 있으리라. 부디 그동안 제 몸이 버텨주기를 간절히 바랄 뿐이었다.

이윽고 동굴 밖으로 걸음을 옮긴 재하는 무뎌진 감각을 애써 세우며 신중하게 주위를 둘러보았다. 으슥한 산골짜기에는 물줄기가 쏟아지는 소란한 소리만이 청명하게 울려 퍼지고 있었다. 그런데 그때, 멀지 않은 곳에서 희미한 기척이 들려왔다. 재하는 황급히 몸을 낮추며 칼자루를 움켜쥐었다.

'관군인가, 아니면 산짐승?'

순식간에 사라진 기척을 좇기 위해 어두운 숲 속을 뚫어져라 응시하던 재하는 점점 더 고조되는 긴장감에 숨조차 제대로 쉴 수가 없었다. 그렇게 얼마의 시간이 흘렀을까. 등줄기를 따라 식은땀이 흐르는 것을 느낀 그가 굳어 있던 몸을 막 일으키려던 바로 그때였다.

'……제기랄.'

미처 반응할 새도 없이 목 언저리에 칼날의 서늘한 감촉이 드리워진 것을 느낀 재하는 혀끝에서 맴도는 욕설을 간신히 눌러 삼켰다. 하지만 가느다란 목소리가 귓전에 내려앉은 순간, 당장에라도 검을 뽑으려 꿈틀거리던 그의 손은 일순 멈칫할 수밖에 없었다.

"쉿. 접니다, 사형."

놀라움에 부푼 눈으로 천천히 뒤를 돌아본 재하는 이내 얕은 신음을 흘렸다. 저를 향해 겨눴던 검을 거두며 복면 뒤로 희미하게 미소를 짓는 이는 분명 화영이었다.

"네가 어찌······."

좀처럼 말을 잇지 못하는 재하를 향해 쉿 소리를 내며 입술을 오므린 화영은 잠시 후 더욱 은밀해진 목소리로 속삭였다.

"저를 따라오십시오. 도와드리겠습니다."

"도와주다니 무엇을?"

"포위망을 빠져나가는 것 말입니다."

그제야 화영의 목적이 무엇인지 깨달은 재하는 난감함에 고개를 가로저었다.

"아니 될 일이다. 만에 하나 들키기라도 하는 날에는 너 또한 무사치 못해."

"그러니 들키지 않게 움직여야지요."

하지만 오히려 당연하다는 듯 대꾸한 화영은 곧 날카롭게 세운 눈으로 주위를 살피기 시작했다. 그러고 보니, 멀지 않은 곳에서 여러 사람의 기척이 점차 범위를 좁히며 다가오고 있었다.

"관군이 벌써 주변을 수색하고 있는 모양입니다. 서둘러야 해요."

빠르게 중얼거린 화영은 여전히 굳어 있는 재하의 팔을 붙잡아 당겼다. 그런데 그때, 무방비하게 벌어져 있던 재하의 입술 사이로 돌연 짧은 신음이 터져 나왔다.

"읏······."

뻣뻣하던 재하의 팔이 크게 떨리자, 흠칫 놀란 화영은 그를 붙들었던 손을 황급히 떼어낼 수밖에 없었다.

"사형?"

고통으로 잔뜩 구겨진 그의 얼굴은 어둠 속에서도 알아볼 수 있을 만큼 창백하게 질려 있었다. 그제야 자신이 쏜 화살에 재하가 다쳤던 사실을 떠올린 화영은 미안함과 걱정으로 얼룩진 눈을 떨구며 더듬더듬 물었다.

"마, 많이 다치셨습니까?"

"아니다. 괜찮아."

"⋯⋯어디 봐요."

화영은 한사코 몸을 비틀며 거부하는 재하의 어깨를 부러 억세게 잡아 돌렸다. 그 바람에 제대로 힘을 쓰지 못하고 화영을 향해 등을 보인 재하는 뒤이어 들려오는 그녀의 낮은 탄식에 멋쩍은 미소를 지을 수밖에 없었다.

"거 괜찮대도, 참."

"말이 되는 소리를 하십시오. 출혈이 심하지 않습니까?"

나무라듯 대꾸한 화영이 안타까운 표정으로 그를 바라보자, 재하는 고개를 가로저으며 다시금 상처를 숨겼다.

"걱정은 고맙다만, 나 혼자 충분히 갈 수 있다."

"사형⋯⋯!"

완고한 재하의 태도에 속상함을 감추지 못하고 목소리를 높인 화영은 황급히 그의 손을 붙잡았다. 피와 흙이 뒤엉겨 지저분하게 얼룩진 그의 손은 거칠고 버석거렸다.

"부디 제가 도울 수 있게 해주세요."

"화영아⋯⋯."

"사형의 편에 설 수는 없지만, 마지막 도리나마 지키고 싶습니다."

고집스럽게 눈썹을 조인 화영의 목소리는 얇지만 단호했다. 이에 한참을 망설이던 재하는 결국 쓰게 웃으며 그녀의 동그란 머리를 쓰다듬을 수밖에 없었다.

"하여간 너란 녀석은 그놈의 정이 문제다. 돌아서려거든 확실히 돌아서야지, 기어이 뒤를 보고 마는구나."

"그야 사형 또한 제가 지키고 싶었던 사람이니까요."

무심히 돌아온 대답에 괜스레 코끝이 시큰해진 재하는 그녀의 머리카락을 부러 장난스레 헝클어뜨렸다. 함께 지냈던 세월은 아직도 어제처럼 생생하건만 부쩍 단단해진 화영의 얼굴이, 달빛을 머금은 눈동자가 새삼 생경하고 멀게 느껴진다.

"……가요."

길어지는 침묵이 민망했던지 먼저 말문을 연 화영은 동그랗게 부풀렸던 뺨을 풀며 그의 손을 잡아끌었다. 때마침 불어온 바람이 나뭇가지를 흔드는 소리가 고요하던 숲 속을 잔잔하게 채우고 있었다.

"힘드시겠지만 길이 아닌 쪽으로 내려가야 합니다. 서방님께서 종개령 밑에서 기다리고 계세요. 거기서 바로 북청으로 가시면……."

"그곳이 아냐."

"예?"

뜬금없는 재하의 대답에 의아한 표정으로 그를 돌아본 화영은 일순 멈칫했다. 어느새 딱딱한 표정으로 짓누르듯 입술을 다문 재하의 두 눈에는 분명 말로 표현하기 힘든 무언가가 담겨 있었다.

"설마 야습의 목적이……."

달갑지 않은 예감이 든 화영이 입술을 달싹이려던 바로 그때였다.

"……쉿."

돌연 화영의 어깨를 붙잡아 당기며 자세를 낮춘 재하가 맞은편 숲을 바라보며 나지막하게 중얼거렸다.

"관군이다."

그제야 어둠 속에서 하나둘씩 떠오르기 시작한 횃불을 발견한 화영은 마른침을 삼키며 신음할 수밖에 없었다. 어느새 주변을 둘러싼 기척은 점점 더 가까워지고 있었다.

"일단 가요, 사형."

덩달아 마음이 급해진 화영은 숨을 죽인 채 서둘러 걸음을 재촉하기 시작했다. 그러나 체력이 고갈된 재하에게 길도 아닌 산중을 헤치며 걸어가는 일은 그리 녹록치 않았다.

쉴 새 없이 몸을 움직이는 통에 어깨의 통증이 더욱 심해졌지만, 애써 그것을 숨긴 재하는 화영의 뒷모습을 놓치지 않으려 흔들리는 시선에 힘을 주었다. 그러나 바로 다음 순간, 불행히도 멀지 않은 곳에서 날카로운 고함이 울려 퍼졌다.

"여기다! 반군이 여기 있다!"

고요하던 공기가 깨질 듯 흔들린 찰나, 다급히 재하의 손을 잡고 반대 방향으로 몸을 돌린 화영은 몰려드는 관군의 기척을 피해 수풀 사이를 내달리기 시작했다.

조금만, 조금만 더 버티면 될 것이다. 율이 기다리는 곳에 도착하기만 하면 재하를 무사히 탈출시킬 수 있을 것이다. 하지만 가파른 비탈길을 위태롭게 뛰어 내려가던 그녀의 발걸음은 결국 목적지를 눈앞에 두고 멈춰 설 수밖에 없었다.

"어찌 그러느냐?"

갑작스레 주춤거리는 화영의 행동에, 턱 끝까지 차오른 숨을 삼키며 고개를 든 재하는 곧 마른 숨을 삼키며 어금니를 아득 깨물었다.

"과연, 쥐새끼처럼 잘도 포위망을 빠져나왔군."

몇 명의 군졸을 거느리고 그들의 앞을 막아선 육중한 체격의 사내는 얼핏 보아도 평범한 병사가 아니었다. 여유로운 행동하며 형형한 눈빛을 보아하니, 필시 상당한 실력과 경험치를 지닌 무관이리라.

곧 입꼬리를 말아 올리며 천천히 검을 뽑아 드는 그의 눈빛에서 칼날보다 서늘한 살기를 감지한 화영은 본능적으로 재하의 앞을 막아섰다.

"여기는 제게 맡기고 어서 고개를 넘으십시오. 섣불리 싸움을 걸었다간 일이 더 복잡해집니다."

속삭이듯 중얼거린 화영이 턱짓을 하며 재촉했지만, 끝내 고개를 가로저은 재하는 허리춤에서 자신의 검을 뽑아 들었다.

"이건 내 일이다."

메마른 핏자국이 무늬처럼 남아 있는 그의 검이 때마침 나무 사이로 스며든 달빛을 받아 하얗게 빛났다. 그러자 마주하고 있던 무관의 입술 사이로 짧은 웃음소리가 흘러나왔다.

"그 몸으로 내게 맞설 생각을 하다니, 기개 하나는 높이 사마."

"사형, 제발⋯⋯."

간절한 눈으로 저를 바라보는 화영을 단호하게 밀어낸 재하는 부러 미소를 지으며 속삭였다.

"내 비록 꼴은 이래도 네게 검을 가르친 스승이다. 우습게 보지 말거라."

"하지만 상처가⋯⋯!"

"이 정도는 아무것도 아니야."

"⋯⋯."

"그동안 더한 것도 견디며 지내왔다."

성대를 짓누르듯 중얼거리는 재하의 목소리에는 무어라 설명하기 힘든 묵직한 감정이 실려 있었다. 이에 말문이 막혀 버린 화영은 차마 더는 그를 말리지 못하고 물러설 수밖에 없었다.

"준비는 되었느냐?"

칼자루를 조이며 태연히 묻는 재하의 표정에서는 얼핏 즐거움마저 느껴졌다. 덕분에 새삼 그와 함께였던 영월관 시절이 떠오른 화영은 결국 못 이기는 척 고개를 끄덕이고 말았다.

"물론입니다."

"셋을 세면 동시에 움직이자. 하나."

단단한 재하의 구령에, 지체 없이 검을 치켜든 화영은 곧 매섭게 가다듬은 눈으로 주위를 살폈다. 다행히도 그들을 둘러싼 군졸들의 수는 많지 않았다.

"둘."

십여 년 전 그때처럼 서로의 등을 맞대고 선 두 사람은 점점 가까워지는 적들을 노려보며 칼자루를 고쳐 잡았다. 빈틈없이 말아 쥔 주먹 안으로 식은땀이 흘러내린 바로 그때였다.

"셋!"

재하의 마지막 구령이 허공으로 솟아오르자, 단박에 땅을 박차며 몸을 날린 화영은 마침 제게 달려드는 군졸을 향해 힘껏 팔을 휘둘렀다.

챙강―

일순, 오소소 소름이 돋을 만큼 날카로운 금속의 파열음이 고요하던 산골짜기를 거칠게 뒤흔들었다. 하지만 허공에서 맞부딪친 칼날을 눈 깜짝할 사이에 비튼 화영은 미끄러지듯 유연한 몸놀림으로 상대의 검을 힘껏 쳐 올렸다.

벼락과도 같은 그녀의 속도에 미처 대응하지 못한 그는 결국 짧은 신음과 함께 들고 있던 검을 놓칠 수밖에 없었다. 커다란 호선을 그리며 날아가는 검을 멍하니 바라보던 상대가 당혹감에 굳어버린 사이, 화영은 기회를 놓치지 않고 그의 급소를 칼자루 끝으로 강하게 가격했다.

힘없이 쓰러진 상대가 더는 움직이지 않자 빠르게 몸을 돌린 화영은 뒤이어 마주친 또 다른 군졸의 다리를 칼등으로 내리쳤다.

"컥!"

숨이 터지는 소리와 함께 멈춰 선 군졸이 무릎을 꿇으며 주저앉았지만, 망설이는 기색을 비치며 뒷걸음질을 치려던 화영은 결국 아랫입술을 질끈 깨물며 품 안의 장도를 움켜쥐었다.

"……송구합니다."

허공에 멈춰 있던 상대의 목에서 검붉은 선혈이 솟아오른 것은 그가 화영의 품에서 빠져나온 장도의 존재를 알아차리기도 전의 일이었다. 신음 한 번 내지르지 못한 채 그대로 풀썩 쓰러진 사내의 눈은 당장에 라도 터질 듯 부풀어 올라 있었다.

동료의 죽음에 놀란 군졸들이 멈칫거리는 사이 숨을 고른 화영은 다시금 천천히 검을 겨누었다. 그러자 일순 동요의 기색이 그들 사이로 소리 없이 퍼져 나가기 시작했다.

"괜찮으냐?"

어느새 화영의 곁으로 다가온 재하가 거친 숨을 몰아쉬며 물었다. 짧게 마주친 시선 속에서 수많은 말이 오가고, 화영은 대답 대신 고개를 끄덕였다. 그러자 보일 듯 말 듯 미소를 지은 재하는 어느새 그들을 향해 한 걸음 다가온 무관을 바라보며 커다란 눈을 거세게 흡떴다.

"더는 무고한 피를 흘리지 말고 길을 내어라."

재하의 말에 미간을 꿈틀거린 무관은 곧 손안의 검을 두어 차례 휘두르며 차갑게 웃었다.

"웃기는군. 네놈이 죽인 관군의 수가 수백에 이를진대, 무슨 염치로 그런 소리를 지껄인단 말이냐?"

낮게 으르렁거리는 그의 말에 멈칫한 것은 오히려 화영이었다. 그래, 잠시 잊고 있었지만 재하는 반군이다. 그로 인해 벌어질 또 다른 참극으로부터 경혜와 용을 지키기 위해 종군한 것이 바로 자신 아니던가. 하지만 모순되게도 그녀는 재하의 그 야망이 어디서 기인한 것인지, 또한 얼마나 간절한 것인지 누구보다 깊이 이해하고 있는 사람이기도 했다.

'수양대군.'

새삼 등에 새겨진 흉터가 욱신거리며 숨통을 옥죄는 것만 같다. 기실 어찌 잊을 수 있겠는가. 그로 인해 고통받았던 제 사람들을 떠올리면 아직도 이렇게 통한과 분노가 치솟는 것을. 하지만 이제는 그 모든 것을 차치하고 감내해야만 한다는 사실을, 화영은 이미 너무나 여실히 깨닫고 있었다.

"사형, 물러나십시오."

"뭐?"

"역시 저이는 제가 맡는 게 좋겠습니다."

재하를 밀어내며 단단한 목소리로 중얼거리는 화영의 암청색 눈동자는 미동조차 없었다. 그 꼿꼿한 시선에서 흔들리지 않는 결심을 읽은 재하는 멈칫할 수밖에 없었다.

"반군은 이미 북청성에서 퇴각한 거죠? 실패가 뻔한 야습을 감행한 건 그사이 관군의 주위를 돌리기 위한 것이고요."

"……."

"아마 사형의 뒤를 쫓아 진격해 온 관군을 북청성에 몰아넣고 압박하려던 계획이었을 겁니다. 맞습니까?"

정곡을 찌르는 화영의 추측에 잠시 망설이던 재하는 결국 고개를 끄덕일 수밖에 없었다. 그러자 동그란 눈을 가늘게 조이며 긴 숨을 내쉰 화영은 이내 고저 없는 말투로 중얼거렸다.

"사형께 드리는 마지막 청입니다. 제가 주의를 끄는 사이 틈을 봐서 이곳을 벗어나십시오. 북서쪽으로 보이는 고개만 넘으면 서방님을 만나실 수 있을 겁니다."

"하지만……."

"그 길로 조선 땅을 떠나주세요."

예상치 못한 말에 재하의 눈동자가 곧 놀라움으로 부풀어 올랐다. 하지만 이어지는 화영의 목소리는 덤덤하다 못해 건조하기까지 했다.

"상황이 마무리되면, 저는 바로 선발대에 합류하여 북청으로 진격할 예정입니다. 무슨 말인지 아시겠습니까?"

"……."

"저는 우리가 다시는 만나지 않기를 바랍니다."

어금니를 앙다문 듯 새파란 핏줄이 도드라진 화영의 관자놀이에는 땀에 젖은 머리카락이 처량한 모양으로 달라붙어 있었다. 복면에 가려져 보이지 않았지만, 재하는 곧 그녀가 눈물을 참고 있다는 것을 깨달았다.

그제야 화영의 말 속에 담긴 속뜻을 눈치챈 재하는 저도 모르게 빈 주먹을 힘껏 움켜쥘 수밖에 없었다. 아니, 실은 어렴풋이 짐작하고 있던 바다. 분명 관군의 신분으로 이곳에 올 수밖에 없었던 피치 못할 사정이 있었을 터.

하지만 그럼에도 불구하고 결국 그녀는 오랜 지기인 자신을 외면하지 못했던 것이다. 마지막 청. 다시는 만나지 않았으면 한다는 화영의 그 청은 곧 닿지 않는 곳에서라도 살아가 달라는 부탁이리라.

"대관절 언제까지 조잘거리고 있을 셈이냐?"

그때, 지루하다는 듯 말꼬리를 비튼 무관이 험악하게 소리쳤다.

"자, 어서 덤벼라!"

다시금 팽팽하게 당겨진 긴장감이 온몸을 에워싸자, 복면을 더욱 단단하게 고정한 화영은 들고 있던 환도와 장도를 겹쳐 앞을 향해 겨누었다.

"그럼 무운을 빕니다, 사형."

마지막으로 희미한 인사를 남긴 화영은 재하가 미처 반응할 새도 없이 눈앞의 상대를 향해 몸을 날렸다. 그 순간, 일제히 검을 치켜들던 군졸들이 함성을 지르며 달려드는 것을 본 재하는 어쩔 수 없이 화영을 뒤로한 채 그들을 막아설 수밖에 없었다.

찢어질 듯한 쇠붙이 소리 속에서 얼마의 시간이 지났을까. 서로 한 치의 물러섬도 없이 첨예하게 대립하던 무관과 화영의 검이 허공에서 멈춰섰다. 하지만 바로 다음 순간, 돌연 방향을 튼 무관의 검이 엄청난 위력을 싣고 화영을 짓누르기 시작했다. 결국 더는 버티지 못하고 짧게 신음한 화영은 황급히 팔을 빼며 상대의 검을 옆으로 흘릴 수밖에 없었다.

'강하다!'

처음 마주쳤을 때부터 느끼던 바였지만, 직접 마주한 상대의 실력은 화영이 가늠했던 것보다 훨씬 뛰어났다. 게다가 체격적인 면에서도 우위인 그와 힘으로 맞부딪치는 상황은 무슨 수를 써서라도 피해야만 했다.

"크읏……."

갑작스레 몸을 돌린 탓에 중심을 잃고 비틀거린 화영은 곧 어금니를 아득 깨물며 지면을 디디고 있던 발에 힘을 주었다. 하지만 미처 자세를 바로잡기도 전에 상대의 검이 옆구리를 향해 날아들었다. 허리를 젖혀 가까스로 그것을 피한 화영이 막 자세를 바로잡으려던 바로 그때였다.

"헉……!"

돌연 온몸이 찢기는 것만 같은 생경한 고통을 느낀 화영은 본능적으로 몸을 웅크렸다.

'이, 이건 무슨…….'

순식간에 팔다리를 마비시키는 듯한 그 통각은 분명 검에 베인 통증도, 갑작스러운 움직임에 뒤틀린 근육의 비명도 아니었다. 지금껏 단 한 번도 느껴본 적 없는 감각, 살갗 아래로 뜨거운 불꽃이 흐르는 듯한 작열감이 아랫배에서 시작하여 화영의 몸속 구석구석을 모조리 태워 버릴 듯 퍼져 가고 있었다.

'이렇게 죽는 건가.'

문득 불길한 예감이 뇌리를 스친 순간, 화영은 맥없이 실소하고 말았다. 그래, 되짚어보면 참으로 고된 삶이었다. 이쯤에서 멈추는 것도 나쁘지는 않겠지. 아니, 도리어 무인으로서 검을 쥐고 마지막을 맞이할 수 있다는 것은 행운이다.

"화영아!"

때마침 솟아오른 재하의 울부짖음이 어지러운 그녀의 머릿속을 날카롭게 파고들었다. 덕분에 까무룩 넘어갈 뻔한 눈꺼풀을 간신히 들어 올린 화영은 흐릿해진 시야로 상대의 검이 푸르게 빛나며 날아오는 것을 발견했다.

"잘 가거라!"

어째서일까. 비릿한 사내의 조소 너머로 얼핏 율의 얼굴이 보이는 것은.

'안 돼!'

별안간 찬물을 뒤집어쓴 것처럼 정신이 번쩍 든 화영은 마지막 힘을 쥐어짜 검을 들어 올렸다. 하지만 이미 무뎌진 움직임은 좀처럼 회복될 기미가 보이지 않았다.

"읏!"

날카로운 칼끝에 목이 꿰뚫리기 직전, 아슬아슬하게 그것을 막아낸 화영은 어금니를 아득 깨물며 상대를 밀어내려 애썼다. 하지만 얼음처럼 차가운 그의 살기는 마치 거대한 도끼로 땔감을 패듯 강렬하게 그녀를 찍어 누르고 있었다.

쇠붙이끼리 긁히는 소리가 기분 나쁘게 귓전을 파고든 찰나, 더는 버티지 못하고 검을 놓친 화영은 본능적으로 어깨를 비틀었다. 그러자 화살에 버금가는 속도로 날아온 상대의 칼날이 간발의 차이로 왼쪽 뺨을 스치듯 긁으며 지나갔다.

그 순간, 온몸에 소름이 돋는 것을 느낀 화영은 서둘러 바닥에 떨어진 검을 주우려 허리를 숙였다. 그러나 얼굴을 가리고 있던 복면이 스르르 흘러내리자, 눈에 띄게 당황한 그녀는 한쪽 팔로 눈 밑을 가리며 뒷걸음질을 칠 수밖에 없었다.

이대로 정체를 들킨다면 모든 일이 수포로 돌아갈 것이다. 하지만 불행히도 화영의 손에 남아 있는 무기는 짧은 장도 한 자루뿐이었다. 더군다나 점점 더 심해지는 통증으로 인해 사지마저 둔해진 터. 결국 아무런 준비도 하지 못한 채 상대의 검이 되돌아오는 것을 마주한 화영은 죽음을 예감하며 두 눈을 질끈 감았다.

그런데 어찌 된 일인지 금세 찾아올 것 같았던 자상(刺傷)의 고통이 느껴지지가 않는다. 게다가 언제부턴가 등 뒤에서 그녀를 부드럽게 감싸 안고 있는 것은 분명 사람의 온기였다. 설마 하는 마음에 무거운 눈꺼풀을 힘껏 들어 올린 화영은 곧 짧은 신음을 토해냈다.

"……늦어서 미안하구나."

아아, 그래. 분명 그 언젠가 이와 똑같은 말을 들은 적이 있다. 태산 같던 어깨도, 든든하던 손도 그날과 다름이 없으렷다.

"서방님……."

멀어지는 의식 속에서 과거의 기억을 발견한 화영은 저도 모르게 피식 웃으며 그를 불렀다. 하지만 그때와 닮은 눈빛으로 저를 내려다보는 율의 표정은 복면에 가려져 좀처럼 보이지 않았다.

"이제 안심하거라."

잠시 후, 가늘게 흔들리던 눈동자를 딱딱하게 굳힌 율은 고개를 돌리며 오른손에 쥐고 있던 검을 평평하게 눕혔다.

"비켜."

씹어뱉듯 흘러나온 율의 목소리는 섬뜩하기까지 했다. 제게 향한 그의 칼끝이 분노로 얇게 떨리는 것을 본 무관은 움찔하며 뒷걸음질을 치기 시작했다. 하지만 그것도 잠시.

"넌 또 누구냐?"

얼마 지나지 않아 침착함을 되찾은 무관이 자못 매서운 기세로 으르렁거리자, 복면 위로 드러난 눈을 더욱 가늘게 조인 율은 천천히 칼자루를 고쳐 잡았다. 기실 마주한 상대의 기운은 결코 만만히 생각할 수준이 아니었다. 그런데 바로 그때, 천지를 뒤흔드는 고함과 함께 검을 치켜든 재하가 허공으로 빠르게 뛰어오르는 것이 율의 시야에 맺혔다.

"네 이놈!"

엄청난 기세로 들이닥친 재하의 검을 가까스로 막아낸 무관은 곧 삽시간에 굳어진 얼굴로 주위를 둘러보았다. 놀랍게도 자신이 거느리고 온 군졸들은 모두 시신이 되어 바닥에 널브러져 있었다.

"쯧."

낭패감에 혀끝을 찬 그는 결국 쉬지 않고 달려드는 재하를 상대로 맹렬한 공격을 퍼붓기 시작했다. 하지만 조금 전과 달리 어마어마한 속도로 일일이 그것을 맞받아친 재하는 율을 향해 거친 목소리로 외쳤다.

"뭐 하고 계십니까? 어서 그 녀석 데리고 돌아가세요!"

다급함이 느껴지는 그의 표정에서 심상치 않은 기색을 느낀 율은 품안의 화영을 내려다보았다. 좀처럼 몸을 가누지 못하고 힘없이 늘어진 그녀의 안색은 핏기라고는 찾아볼 수 없을 만큼 하얗게 질려 있었다.

"화영아, 정신 좀 차려보거라! 화영아!"

저를 흔드는 율의 목소리가 점점 다급해지자, 종잇장처럼 구겨져 있던 화영의 미간이 미약하게 꿈틀거리기 시작했다. 다행히도 아직 의식을 잃지는 않은 모양이었다. 그러나 안도의 한숨을 내쉬기가 무섭게 풀썩 주저앉은 화영은 별안간 아랫배를 움켜잡으며 고통스러운 신음을 토해내기 시작했다.

"배, 배가⋯⋯."

"화영아!"

당황한 율은 들고 있던 검을 팽개치듯 내려놓으며 두 팔로 그녀를 안아 들었다. 그런데 바로 그때, 차마 믿고 싶지 않은 예감이 그의 머릿속을 날카롭게 스치고 지나갔다.

'설마⋯⋯.'

"나으리!"

재하의 재촉이 따갑게 이어졌지만, 율은 그저 망연자실한 표정으로 품 안의 화영을 바라볼 뿐이었다.

"빌어먹을! 어찌 그리 넋을 놓고 있는 거야? 어서 가라고!"

서늘한 쇳소리가 숨 막힐 듯 빠르게 울려 퍼지는 가운데 재하의 고함이 다시금 산속을 뒤흔들었다. 그제야 겨우 정신을 차린 율은 아랫입술을 질끈 깨물며 사시나무처럼 떠는 화영을 더욱 가까이 끌어안았다.

"서방님⋯⋯."

"아무 말도 하지 말거라."

안간힘을 다해 움직거리는 화영을 낮은 목소리로 제지한 율은 말이 묶여 있는 방향으로 황급히 걸음을 돌렸다. 하지만 그때까지도 화영은 고군분투하고 있는 재하의 뒷모습에서 좀처럼 시선을 떼지 못했다.

"저, 저는 괜찮으니 재하 사형을 도와주십시오. 혼자 상대할 수 있는 자가 아닙니다."

"너는 지금 이 판국에 그런 말이 나오느냐?"

성을 내는 듯이 날카로운 말투였지만, 무겁게 젖은 그의 목소리에 담겨 있는 것은 원망이나 타박이 아닌 먹먹함이었다.

걱정, 죄책감, 그리고 깊이를 알 수 없는 불안.

고스란히 전해져 오는 율의 그 감정들이 버거워 아무런 대꾸도 하지 못한 화영은 결국 조용히 고개를 떨구었다.

"……큰 소리 내서 미안하다."

기실 율이라고 재하를 혼자 둔 채 떠나는 것이 쉽지만은 않았다. 하지만 지금 그 무엇보다 율을 미치게 하는 것은 조금 전부터 머릿속을 어지럽히고 있는 한 가지 가설이었다.

'빌어먹을.'

어째서 눈치채지 못했던 걸까. 되짚어보면 마음에 걸리는 점이 한두 가지가 아니거늘. 좀처럼 음식을 넘기지 못하던 것도, 쉽사리 피로해지는 것도 전부 아이를 가졌을 때 나타나는 증상이지 않은가. 만에 하나 이대로 복중의 아이가 잘못되기라도 한다면…….

'안 돼.'

저도 모르게 어금니를 빠득 깨문 율은 한쪽 어깨에 화영을 기대게 한 뒤, 서둘러 말 위에 올랐다.

"조금만, 조금만 참거라."

고작 이런 말밖에 할 수 없는 자신이 한심하고 원망스럽기만 하다. 무겁게 가라앉은 그의 목소리에서 이를 느낀 걸까. 잔뜩 찌푸린 얼굴로 애써 미소를 지어 보인 화영은 율의 품에 얼굴을 묻으며 나지막하게 중얼거렸다.

"너무 염려 마십시오. 별일 아닐 겁니다."

그녀는 아직 자신의 몸에 일어난 변화를 알아차리지 못한 듯했다. 덕분에 아무런 말도 하지 못한 채 고개만 주억거린 율은 곧 손에 쥔 고삐를 잡아채며 말을 재촉할 수밖에 없었다.

그 사이 격렬해진 무관의 공격을 막아선 재하의 몸은 점점 한계에 다다르고 있었다.

"컥!"

때마침 빈틈을 파고든 그의 검이 옆구리를 강하게 훑고 지나가자, 마른 숨과 함께 붉은 선혈을 토해낸 재하는 무너지듯 한쪽 무릎을 꿇을 수밖에 없었다.

"독한 놈. 기어이 목을 잘라야 그 발악을 멈출 셈이더냐?"

턱까지 차오른 숨을 헐떡이며 퉤 하고 침을 뱉어낸 무관이 입꼬리를 비틀어 올리며 조소했다. 아닌 게 아니라, 재하의 몸 곳곳에는 이미 굵직한 상처가 선명하게 새겨져 있었다. 하지만 그럼에도 불구하고 재하의 눈빛은 좀처럼 그 열기를 잃지 않았다. 아니, 오히려 더욱 뜨거워졌다고 보는 것이 맞으리라.

"웃기는군. 입만 산 네놈보단 내 명줄이 더 길 것이다."

비록 주체할 수 없이 비틀거리고 있었지만, 보란 듯 몸을 일으킨 재하는 짐승처럼 포효하며 다시금 손안의 검을 고쳐 잡았다. 기진맥진한 표정과 달리 그의 움직임은 실로 여유가 넘쳤다.

이에 미소를 거두며 미간을 조인 무관은 쇳덩이처럼 무거워진 자신의 팔을 천천히 들어 올렸다. 기실 그 역시 상당한 상처를 입은 터라 마냥 허장성세를 부릴 만한 상황은 아니었던 것이다.

"이번에야말로 반드시 죽여주마."

"누가 할 소리."

날 선 신경전 끝에 짧은 시선이 오가고, 숨을 고르며 거리를 가늠하던 두 사람은 동시에 서로를 향해 우악스러운 기세로 검을 휘둘렀다. 그리고 날카로운 파열음이 또 한 번 공명한 순간, 손바닥을 파고드는 엄청난 진동을 버티지 못하고 반걸음 물러난 것은 놀랍게도 무관 쪽이었다.

"크윽!"

좀처럼 꺾이지 않는 재하의 기세에 당황한 무관은 서둘러 몸을 돌려 그를 피할 수밖에 없었다. 대관절 만신창이인 저 몸 어디서 이만한 힘이 솟아나는 것일까.

때마침 허공으로 밀려났던 재하의 검이 찰나를 놓치지 않고 방향을 돌리는 것이 보였다. 하지만 무관은 완벽에 가까운 호선을 그리며 날아오는 그 칼날을 멍하니 응시할 수밖에 없었다.

"빌어먹을⋯⋯."

어쩌면 최후를 예감한 것일까. 딱딱하게 굳어버린 그의 몸은 좀처럼 뜻대로 움직여 주지 않았다. 뒤늦게 팔을 휘둘러보았지만 먼저 목적지에 도착한 것은 재하의 검이었다.

"⋯⋯쿨럭."

이윽고 가느다란 기침 소리를 토해낸 무관은 마른 장작처럼 풀썩 쓰러지고 말았다. 가늘게 떨리는 그의 몸 아래에는 어느새 검붉은 피가 웅덩이를 만들며 번지고 있었다.

그런데 그때, 손안의 검을 힘없이 떨군 재하의 몸이 별안간 그를 따라 느리게 곤두박질치기 시작했다. 둔탁한 소리를 내며 차디찬 흙바닥에 한쪽 뺨을 맞댄 재하는 이내 가느다란 웃음을 터뜨렸다.

"흐, 흐흐. 것, 보라고. 네놈보단⋯⋯ 내 명줄이 길다 했잖아⋯⋯."

고통에 일그러진 얼굴로 마지막 숨을 껄떡거리던 무관이 마침내 잠잠해지자, 그 모습을 물끄러미 바라보던 재하는 문득 안간힘을 다해 몸을 돌려 누웠다. 투명한 밤하늘에는 여전히 보옥처럼 화려한 별들이 쏟아져 내릴 듯이 반짝이고 있었다.

무더워야 할 여름밤의 기온이 한겨울처럼 춥게 느껴지는 연유는 무엇일까. 덕분에 주체할 수 없이 떨리는 손을 가까스로 들어 올린 재하는 잡힐 듯 가까운 그 눈부신 장면을 향해 천천히 팔을 뻗었다.

'화영아.'

조금 전까지 마주했던 얼굴이건만, 어찌 된 일인지 연기처럼 가물가물하기만 하다. 결국 허공을 휘젓던 손을 힘없이 떨군 재하는 가파르게 오르내리는 가슴을 지그시 눌렀다.

'보고 싶다.'

마지막으로 눈에 담은 게 부서질 듯 야윈 뒷모습이라는 사실이 못내 마음에 걸린다. 하지만 삶의 끝자락에서나마 다시금 그녀를 만났으니 그것으로 되었다. 아니, 충분하다.

"넌 이름이 뭐야?"
"……이름은 아닌데 다들 화중이라고 불러요."
"다들 그렇게 부르면 그게 이름 아니야?"
"하지만 전 싫어요."
"왜?"
"그야 어머니, 아버지께서 지어주신 게 아니니까……."
"에이, 원래 이름이란 지어준 사람보다 불러주는 사람의 마음이 중요한 거야. 진정을 담아 부르면 그게 좋은 이름인 거지."
"불러주는…… 사람."
"앞으로는 내가 너를 그렇게 불러줄게."

새삼 오래된 그림처럼 바랜 추억을 떠올린 재하는 울컥 솟아오르는 감정을 목구멍 아래로 삼켰다. 지금 이 순간에도 그녀를 처음 만났던 날이 마치 어제처럼 생생하기만 하다.

'그렇게 너는 흘러넘칠 듯 위태롭던 나의 어둠 속에 한 떨기 꽃잎처럼 사뿐히 내려앉았음을.'

이윽고 물밀 듯 밀려드는 잠을 이기지 못한 재하는 천천히 두 눈을 감았다. 영원히 깨지 않을 꿈속에서 어쩌면 봄날과도 같았던 과거를 유영하고 있는 것일까. 옅은 미소가 걸린 그의 얼굴은 어느 때보다 평온해 보였다.

15. 최후의 결전

　길고 길었던 밤이 지나고, 높이 솟은 산봉우리 사이로 어느덧 아침노을이 스며들기 시작했다. 가느다란 두 눈을 날카롭게 세우고 주변을 경계하던 율은 문득 마른세수를 하며 짙은 한숨을 내쉬었다.

　"반군은, 반군은 북청성에 없습니다. 오히려 진격한 관군을 역으로 몰아넣고 퇴로를 막아 고립시킬 거예요."

　화영의 말대로라면 반군은 필시 성과 가까우면서도 그 전경을 훤히 살필 수 있을 만큼 지대가 높은, 그러니까 바로 이 근방에서 진을 치고 있을 터. 끝없이 밀려드는 피로로 온몸이 젖은 솜처럼 묵직했지만, 언제 어디서 들이닥칠지 모르는 반군의 존재는 그에게 잠깐의 여유조차 허락하지 않았다.

　그나마 다행이라면, 화영이 조금씩 안정을 되찾고 있다는 사실이었다. 어스름 무렵 간신히 찾아낸 마을에는 해산 경험이 있는 아낙들이 몇 있었고, 기꺼이 두 팔을 걷어붙인 그들은 화영을 극진히 간호해 주었다. 덕분에 들끓던 열이 얼추 가라앉자, 이내 잠이 든 화영은 자못 편안해 보이기까지 했다.

"좀 어떻소?"

"다행히 별 탈은 없을 듯합니다만, 안심하긴 일러요. 애가 들어선 지 얼마 안 되었을 때는 사소한 일에도 잘못되기 십상이라, 그저 가만히 누워 쉬는 게 제일인데…….""

지방색 없는 말투로 보아 도성 근처에서 넘어온 이주민인 듯한 아낙이 혀끝을 차며 말을 이었다.

"건넛집 총각이 근처 산사로 대사(大師)님을 모시러 떠났습니다. 약을 아주 잘 쓰시는 분이지요. 우리 마을 사람들 병은 전부 그분께서 고쳐 주셨으니 염려 붙들어 매시고 한숨 주무셔요."

조금은 안도한 듯 고개를 끄덕이긴 했지만, 율의 얼굴 위에 드리워진 그늘은 좀처럼 사라질 기미가 보이지 않았다. 화영의 상태도 걱정이지만, 금세 뒤쫓아 오리라 믿었던 재하가 한 시진이 훌쩍 넘도록 모습을 드러내지 않았던 것이다.

어쩌면 근방에서 몸을 숨기고 있던 반군을 만나 합류한 건 아닐까. 불길한 예감을 떨치려 애써 다른 가능성을 생각해 보았지만, 결국 또 한 번 긴 한숨을 뱉어낸 율은 지끈거리는 머리를 손가락으로 꾹꾹 눌렀다.

그런데 그때, 멀지 않은 곳에서 긴박한 발소리가 들려왔다. 불규칙한 간격으로 이어지는 기척에 의아함을 느낀 율이 자리에서 몸을 일으킨 순간, 낯선 그림자가 헐레벌떡 마을 어귀로 들어오는 것이 보였다.

"아이고, 큰일 났습니다!"

율은 곧 그가 조금 전 마을 아낙이 얘기한 건넛집 총각이라는 사실을 알 수 있었다. 이윽고 거친 숨을 몰아쉬며 율이 서 있던 마당으로 달려온 사내는 사색이 된 얼굴로 비명에 가까운 말을 쏟아내기 시작했다.

"세상에, 세상에. 제가 지금 무엇을 보고 왔는지 아십니까? 어휴, 무서워라."

"진정하고 차분히 말해보시오. 도대체 무슨 일이오?"

율의 물음에, 덜덜 떨리는 손을 가까스로 말아 쥔 사내는 제 가슴을 쿵쿵 내리치며 쇳소리가 섞인 목소리로 외쳤다.

"아니 글쎄, 저쪽 고갯길에 사람이 족히 열댓 명은 죽어 있습디다! 암만해도 도망치던 반군이 관군과 부딪친 모양이어요!"

"……혹 시신 중에 관군이 아닌 자가 있었소?"

어쩐지 미약하게 떨리는 율의 목소리가 미처 끝을 맺기도 전에, 세차게 고개를 끄덕인 사내는 마른침을 삼키며 말을 이었다.

"예, 있었습니다! 몸집이 아주 크고 얼굴에 흉터가 있는……!"

일순, 낮게 신음한 율은 중심을 잃고 비틀거릴 수밖에 없었다.

'말도 안 돼. 그럴 리가…….'

가뜩이나 어수선하던 그의 머릿속이 새하얗게 바래진 바로 그때였다.

"지금, 지금 무어라 하셨습니까?"

쿵 하는 둔탁한 소리와 함께 돌연 등 뒤에서 쏟아진 목소리는 놀랍게도 화영의 것이었다.

"다시 한 번 말씀해 주십시오. 시신에 흉, 흉터가 있다 하셨습니까?"

방문을 밀어젖히고 기다시피 하며 몸을 내민 화영의 얼굴은 차마 바로 볼 수 없을 만큼 처참한 모양으로 일그러져 있었다.

"예? 아, 예……. 여기 이렇게 길쭉한 모양으로……."

갑작스러운 화영의 등장에 당황한 사내가 엉거주춤하게 손을 들어 흉터의 위치를 제 얼굴에 직접 그어 보이자, 믿을 수 없다는 듯 입술만 벙긋거리던 화영은 곧 힘없이 고개를 떨구고 말았다.

"화영아!"

급히 달려온 율이 화영을 부축했지만, 축 늘어진 그녀의 몸은 좀처럼 갈피를 잡지 못했다. 부디 아니길 바랐지만, 사내가 그려낸 흉터는 재하의 것과 정확히 일치했다.

"그럴 리가 없어. 사형이, 사형이 그리 허무하게 가실 리가 없어."

마치 스스로를 타이르듯 중얼중얼 혼잣말을 되뇌던 화영은 잠시 후 어금니를 아득 깨물며 주먹을 말아 쥐었다.

"서방님, 저를 좀 일으켜 주십시오."

섬뜩하리만치 차갑게 가라앉은 그녀의 목소리에 저도 모르게 흠칫한 율이 더듬거리며 그녀를 바라보았다.

"너 설마⋯⋯."

"제 눈으로 직접 확인해야겠습니다."

"안 된다. 지금 네 상태로는 무리야. 까딱하면⋯⋯."

"설사 이 몸이 당장 부서진다 한들 가야만 합니다!"

"진정하고 내 말 좀 들어!"

"저 때문에 그리되신 겁니다. 거기서 제가 쓰러지지만 않았어도, 주제넘게 돕겠다고 나서지만 않았어도, 아니, 처음부터 이곳에 오지만 않았어도⋯⋯."

당장에라도 눈물이 터져 나올 것만 같은 것을 억지로 눌러 삼킨 화영은 한층 더 결연한 표정으로 말을 이었다.

"놓아주십시오."

"⋯⋯."

"저이의 말이 사실이라면, 시신이라도 수습해 드려야지 않겠습니까?"

마른 낙엽처럼 버석거리는 그녀의 목소리에는 어느새 짙은 체념이 서려 있었다. 하지만 잠시 망설이는 듯하던 율은 결국 두 눈을 감으며 냉정하게 이를 외면했다.

"그럴 수 없다."

"서방님!"

"전선의 상황이 어찌 돌아가는지도 모르는데, 홑몸도 아닌 너를 그곳으로 데려갈 수는 없어."

"……예?"

이해할 수 없는 그의 말에 당황한 것도 잠시.

"나는 무슨 일이 있어도 너와 네 배 속의 아이를 지킬 것이다."

그제야 율의 말이 뜻하는 바를 정확히 인지한 화영은 넋이 나간 표정으로 자신의 배를 멍하니 바라보았다.

'말도 안 돼.'

아이를 가졌다니, 이 안에 율과 자신의 아이가 있다니, 전혀 눈치채지 못했다.

'잠깐.'

그때, 불현듯 가파르게 흔들리는 눈동자를 들어 율을 바라본 화영이 다급하게 물었다.

"괜찮은 겁니까? 아이는, 아이는 무사한 거예요?"

아마 지난밤 내내 자신을 괴롭힌 복통을 떠올린 것이리라. 어찌할 바를 모르고 마른 숨만 몰아쉬는 모습에서 화영이 극도로 불안해하고 있음을 깨달은 율은 서둘러 그녀를 품에 안으며 고개를 끄덕였다.

"그래, 하지만 아직 안심할 수는 없다고 했다. 모쪼록 안정, 또 안정해야 해."

다독이듯 흘러나온 그의 대답에 말없이 두 눈을 감은 화영은 문득 메마른 입술을 짓이기듯 깨물었다. 부끄럽고 비겁하게도, 한순간이나마 살아 있어 다행이라는 생각을 하고 만 것이다.

과분할 만큼 커다란 축복이 찾아왔음에도 마냥 기뻐할 수만은 없는 이 기묘한 감정을 무어라 설명할 수 있을까. 밀려드는 죄책감에 먹먹해진 가슴을 한 손으로 지그시 누른 화영은 한참 만에야 꺼져 가는 목소리로 중얼거렸다.

"송구합니다, 서방님. 제가 미련하여……."

차마 끝맺지 못한 말을 삼키는 화영의 두 뺨은 점점 더 붉게 물들고 있었다. 그러자 조용히 그녀를 이부자리 위에 눕힌 율은 잠시 후 무겁게 닫혀 있던 입술을 달싹였다.

"모두 내 허물이다. 하니 우는 것마저 죄스럽다는 듯 그리 꾸역꾸역 참지는 말거라. 네가 그러고 있으면 나는 무슨 낯으로 너를 봐야 할지 모르겠어."

부러 무던한 척 가장하고 있었지만, 여름밤을 적시는 비처럼 눅진한 그의 목소리 밑에는 형용할 수 없을 만큼 수많은 감정들이 회오리처럼 뒤섞여 있었다.

이에 아무런 대꾸도 하지 못한 채 동그란 눈썹만 잘게 떨던 화영은 결국 위태롭게 매달려 있던 눈물을 후두두 쏟아내고 말았다. 차라리 소리라도 엉엉 내어주면 좋으련만, 온 힘을 다해 삼키는 화영의 모습을 보고 있자니 율은 안타까움에 뼈마디가 잘근잘근 부서지는 것만 같았다.

그렇게 한참을 내리 눈물만 흘리던 화영이 가까스로 잠이 들자, 한동안 조용히 그녀를 바라보던 율은 마침내 나무토막처럼 굳어 있던 몸을 천천히 일으켰다. 마당에는 어느새 소란을 듣고 달려 나온 마을 사람들이 삼삼오오 모여 이야기를 나누고 있었다.

"아이고, 마침 나오셨네."

때마침 어딘지 불안해 보이는 얼굴로 서 있던 건넛집 총각이 율을 향해 반색하며 다가왔다.

"뭔가 알고 계신 거면 속 시원히 말씀 좀 해주십시오. 엎어지면 코 닿을 곳에서 칼부림이 벌어졌는데, 불안해서 어디 발 뻗고 잘 수나 있겠습니까?"

"그대가 염려하는 일은 없을 것이오. 그보다."

쪼아대듯 쏟아지는 사내의 말을 나직하게 가로막은 율은 곧 새까만 눈동자를 견고하게 굳히며 물었다.

"모셔 온다던 대사께서는 어찌 되었소?"

"참, 내 정신 좀 보게."

그제야 잊고 있던 것을 떠올린 듯 제 이마를 손바닥으로 가볍게 친 사내는 품에서 제법 묵직한 약첩을 꺼내 들었다.

"저더러 먼저 돌아가 이 약을 달이라 이르셨습니다. 근처 암자에 맥을 잘 짚으시는 보살 한 분이 계신데, 그분과 함께 오시겠다고요."

"하면 언제쯤 당도하시겠소?"

"평소대로라면 한 식경 내에 당도하실 테지만, 들으셨다시피 산중이 어수선하여 어찌 될는지⋯⋯."

사내가 주저하며 시선을 돌리자, 미간을 조인 채 생각에 잠겨 있던 율은 이내 무언가 결심한 듯 단호한 표정으로 말문을 열었다.

"내 염치 불고하고 청 하나만 해도 되겠소?"

"예? 청이라뇨?"

"나를 반군의 진영으로 안내해 주시오."

예상치 못한 율의 발언에 일순 당황한 기색을 비친 사내는 곧 어색한 미소를 지어 보이며 더듬더듬 되물었다.

"그, 그, 그게 무, 무슨 말씀이십니까? 바, 반군의 진영이 어딘지 제가 알 턱이 없잖아요?"

"아니, 그대는 분명 알고 있소. 근거는 두 가지."

점점 딱딱해지는 사내의 표정과 달리 태연하기만 한 율의 얼굴에는 자못 여유마저 느껴졌다.

"첫 번째, 그대는 고갯길에서 마주친 시신들을 가리켜 도망치던 반군과 관군이 부딪친 것 같다고 했소. 물론 작금의 상황을 보면 그리 추측하는 것이 당연한 일이나, 이상한 점은 반군이 도망치던 중이라고 구태여 언급했다는 것이지."

"⋯⋯!"

"그대는 이미 알고 있었던 거요. 야습을 감행한 뒤, 종개령을 넘어 도주할 계획이었던 반군의 존재를."

확신에 찬 율의 말에, 붉으락푸르락 달아오른 사내는 이윽고 험악한 눈초리로 율을 노려보았다. 하지만 율은 조금도 동요하지 않았다.

"그리고 두 번째. 시신 중 관군이 아닌 자가 있었냐는 내 물음에 그대는 지체 없이 한 사람을 집어냈소. 어찌 그럴 수 있었을까? 기실 모르는 이의 눈에는 어느 쪽이든 피갑을 두른 군졸의 모습일 뿐일 텐데."

어느새 사내의 앞으로 바짝 다가선 율은 한층 은밀해진 목소리로 중얼거렸다.

"처음부터 김재하의 얼굴을 알고 있었다고 가정하면 얼추 아귀가 들어맞지 않겠소? 반군의 핵심 인물, 달단족의 특징을 가진 외형, 커다란 흉터. 지나치듯 보아도 확실히 머릿속에 각인될 만한 사람이니까."

"……"

"그렇다는 것은 결국 그대가 반군에게 협력하고 있다는 말이 되겠지. 어쩌면 이 마을이 도망친 습격대가 모이기로 한 장소였을 수도 있겠고."

"당신 도대체 누구야? 누구냐고!"

목울대를 긁으며 낮게 으르렁거리던 사내는 돌연 포악하게 발길질을 하며 마당 한쪽에 놓여 있던 물동이를 산산조각 내어버렸다.

"꺅!"

갑작스러운 사내의 행동에 놀란 마을 사람들이 뿔뿔이 흩어졌지만, 부서진 토기의 파편을 쉴 새 없이 집어 던지는 그의 패악은 좀처럼 멈출 기미를 보이지 않았다. 이에 가늘게 조인 눈으로 상황을 살피던 율은 결국 비스듬히 틀었던 몸을 빠르게 회전시키며 정확히 사내의 어깻죽지를 붙잡아 꺾어버렸다.

"이것 놔! 아악!"

"이쯤에서 멈추는 게 좋겠소. 그대도, 나도 마을 사람들이 다치는 건 원하지 않을 테니."

고저 없는 율의 목소리에서 엄청난 위압감을 느낀 사내는 필사적으로 바르작거리던 몸을 주춤할 수밖에 없었다.

"······처음부터 수상했어. 아낙이 남복을 하고 다니는 것도 그렇고, 타고 온 말은 보기 드물게 훌륭한 군마였지. 게다가 그 검."

어깨를 들썩이며 씩씩거리던 사내의 번들거리는 눈동자가 대뜸 율의 허리춤으로 향했다.

"줄곧 만져서 길들인 태가 난다고."

"눈썰미가 좋군."

제법 날카로운 그의 추측에 감탄한 기색을 비친 율은 이내 순순히 사내의 팔을 놓아주었다. 그러자 분한 표정으로 율에게서 떨어진 사내는 여전히 아릿한 통증이 남아 있는 어깨를 매만지며 혼잣말과 같은 질문을 중얼거렸다.

"군관인가? 아니면 그들의 사병?"

"글쎄. 굳이 말하자면······ 부부 검객이라 해야 하나."

"그건 또 무슨 헛소리야?"

농지거리를 던지며 피식 웃는 율의 반응에 약이 올랐는지, 다시금 버럭 목소리를 높인 사내가 이번에는 물독 옆에 놓여 있던 절굿공이를 덥석 움켜쥐었다. 하지만 긴장하기는커녕 도리어 팔짱까지 끼며 그를 바라보는 율의 눈동자는 조금도 흔들리지 않았다.

곧 그것이 자신감에서 비롯된 여유라는 사실을 깨달은 사내는 도리어 당황했다. 눈앞의 저 수상한 무인은 상대를 얕잡아 보는 것이 아니라 자신의 기량을 스스로 신뢰하고 있었다.

"오해할까 봐 미리 말해두는데, 나는 공을 세우겠다는 욕망도 없을 뿐더러 적이라 하여 무의미한 살육을 벌일 생각은 더욱 없소."

"빌어먹을! 좀 알아듣게 지껄이란 말이야!"

초조함에 부러 욕설을 섞어가며 거칠게 대꾸한 사내는 이내 고함을 지르며 손에 쥔 절굿공이를 마구잡이로 휘두르기 시작했다. 그러자 어쩔 수 없다는 듯 한숨을 내쉰 율은 마침내 허리춤에서 자신의 오래된 검을 뽑아 들었다.

그리고 칼집에서 날붙이가 빠져나오는 소리가 청아하게 울린 바로 그 순간, 저도 모르게 우뚝 멈춰 선 사내는 눈앞에서 목도한 장면을 믿을 수 없다는 듯 바라볼 수밖에 없었다.

"이미 말했지만, 나는 무의미한 희생을 바라지 않소."

어느새 사내의 목울대를 겨누고 있는 율의 검은 한 치의 흔들림도 없었다.

'귀, 귀신같은 솜씨다.'

사내는 떨리는 입술을 앙다물며 마른침을 꿀꺽 삼켰다. 정말이지 말 그대로 찰나에, 심지어 완벽하게 제압당한 것이다. 하지만 정작 몸을 움직인 율은 숨소리 하나 흐트러지지 않은 채 처음 모습 그대로 반듯한 자세를 유지하고 있었다.

"다시 한 번 부탁하겠소."

"……."

"반군의 수장을 만나게 해주시오."

결국 들고 있던 공이를 힘없이 떨어뜨린 사내는 내키지 않는 표정으로 고개를 끄덕일 수밖에 없었다.

❀

사람과 사람을 잇는 연(緣)이란 어쩌면 모두의 짐작보다 길고 질긴 것일지도 모르겠다. 불가에 귀의한 지도 제법 오랜 세월이 흘렀건만 더는 마주칠 일이 없으리라 생각했던 율과 화영을, 그것도 북청에서 다시금 맞닥뜨린 미도는 그것을 새삼 실감하고 있었다.

"보살님께서 같이 봐주셨으면 하는 병자가 있습니다. 임부인데 심한 복통을 호소하는 모양이에요."

동도 트지 않은 새벽녘부터 급히 미도가 머물던 암자를 찾아온 월선 대사가 건넨 제안은 기실 반가운 것이었다. 하지만 이어지는 설명에 불현듯 누군가의 얼굴이 떠오른 그녀는 이내 당황할 수밖에 없었다.

"남복을 하고 종개령을 넘다가 근처 마을에 흘러든 모양인데, 찾아온 이가 하는 말로는 어딘지 수상쩍어 보인답니다."

"수상쩍다니요?"

"온몸 곳곳에 핏자국은 가득한데 정작 그만한 상처는 없었다고도 하고, 같이 있던 사내는 검을 지니고 있다고도 하고……."

설마 했었다. 아니, 반쯤은 확신했다고 보는 게 맞을 것이다. 하지만 막상 두 사람을 눈으로 확인하고 나니, 미도는 반가움에 앞서 밀려드는 착잡함을 좀처럼 감출 수가 없었다.

게다가 안부 인사를 나눌 새도 없이 짚어본 화영의 맥은 결코 좋은 흐름이 아니었다. 복중의 아이는 위태롭고, 오래 앓아온 듯한 혈허(血虛) 증상 또한 심각했던 것이다.

'이대로라면 해산은커녕 둘 다 목숨을 잃을 수도 있겠어.'

눈에 띄게 심각해진 미도의 표정을 읽은 걸까. 그녀를 지켜보던 월선 대사가 손안의 염주를 굴리며 천천히 경을 외기 시작했다. 그가 부러 미도에게 진맥을 부탁한 연유는 그녀가 여인의 병을 찾아내는 데 탁월한 재주를 지니고 있기 때문이었다. 한데 그런 그녀조차 쉽사리 진단을 내리지 못하는 것을 보니, 아무래도 병자의 상태가 생각했던 것보다 훨씬 더 위중한 모양이다.

"……많이 안 좋습니까? 대체 어디가 어떻게 아픈 겁니까?"

기다리다 못한 율의 물음에, 들릴 듯 말 듯 얇은 한숨을 내쉰 미도는 이윽고 망설이던 입술을 천천히 달싹였다.

"아이를 가지지 않는 편이 좋았을 뻔했습니다. 몸이 버티지 못할 거예

요. 게다가 한여름에 행군도 모자라 기마전까지 했다니, 저리 살아 있
는 게 신기할 지경입니다."

"······."

"그보다 대관절 어찌 여기까지 오신 겁니까? 공주 자가의 결심이 워
낙 확고하셔서 이런 일이 벌어지리라고는 상상도 못했습니다."

"때로는 아무것도 하지 않는 것이 가장 큰 위협처럼 보이기도 하니까
요."

묵직하게 내려앉은 율의 대답에서 달갑지 않은 이의 흔적을 발견한
미도는 저도 모르게 두 주먹을 불끈 움켜쥘 수밖에 없었다.

'역시 아버지인가.'

정작 두려워해야 할 것은 하늘이거늘, 사람에 대한 수양의 끝없는 불
안은 과연 어디에서 기인한 것일까. 이제는 그가 지키려는 것이 왕위인
지, 아니면 자신의 허물을 외면하기 위한 변명거리인지 모르겠다.

"······대사님."

잠시 후, 먼저 침묵을 깬 미도가 월선대사를 돌아보았다.

"애주(艾炷)와 감판마(甘板麻)를 달인 물을 준비해 주십시오."

"알겠습니다."

고개를 끄덕인 월선대사가 조용히 방을 나서자마자, 특유의 냉철한
표정으로 돌아온 미도는 곧 은밀해진 목소리로 물었다.

"이제 어찌하실 작정입니까? 군관의 신분으로 이곳에 온 이상 진영으
로 복귀하지 않으면 큰 사달이 날 텐데요."

"그러게 말입니다. 썩 내키지는 않지만, 상황이 상황이니만큼 역시 결
단을 내려야겠지요."

하지만 걱정 가득한 미도와 달리 옅은 미소를 지으며 중얼거리는 율
의 모습은 얼핏 열반에 오른 노승처럼 초연해 보이기까지 했다.

"······얼추 계책을 강구하신 모양이군요."

곧 그의 심중에 무언가 숨겨져 있음을 깨달은 미도의 목소리가 더욱

낮아졌다.

"돌아가지 않으실 생각이십니까?"

"예."

한 치의 망설임도 없이 고개를 끄덕인 율은 문득 잠든 화영의 뺨을 살뜰히 쓰다듬으며 말을 이었다.

"눈앞에 놓인 물건의 본질이 무엇이든, 사람은 자신이 믿고 판단한 것을 곧 진실로 받아들이는 법이지요. 이제 와 깨달은 사실이지만, 금상은 결코 자신의 선택을 번복하지 않을 겁니다. 그리하면 스스로를 부정하는 게 되어버릴 테니까."

"……"

"금상에게 우리의 존재는 처음부터 불안 그 자체였습니다. 하니 제 아무리 의심을 벗겨보려 노력한들 무슨 소용이 있겠습니까? 오히려 발버둥 치면 칠수록 공주 자가를 더욱 고립시킬 뿐이지요."

미간을 얇게 접은 채 잠시 생각에 잠겨 있던 미도는 이내 고개를 가로저었다.

"하오나 두 분이 여기서 도망친다 한들 상황이 나아질 리 없어요. 오히려 공주 자가의 입장이 더 난처해질 수도……."

"차라리 금상이 원하는 대로 움직인다면 어떻게 될까요?"

"……예?"

"가령 반군을 돕는다든가."

그 말에 헉 하고 마른 숨을 삼킨 미도가 경직된 표정을 감추지 못하고 그를 바라보았다.

"지금 그 말씀, 어찌 받아들여야 할지 모르겠군요. 다 같이 죽겠다는 뜻이 아니고서야……."

"예, 바로 그겁니다."

"뭐라고요?"

황망하기까지 한 율의 대답에 다시금 말문이 막힌 미도는 벌어졌던 입을 지그시 다물었다. 어느새 부쩍 차분해진 율의 얼굴에는 뜻을 알수 없는 의미심장한 미소가 걸려 있었다.

❀

종일 잠 속을 헤매던 화영이 마침내 정신을 차렸을 때는 이미 달빛마저 기울기 시작한 새벽녘이었다. 낯선 공간, 생경한 감각에 흠칫하며 몸을 일으킨 그녀는 아직 몽롱한 정신을 가누려 두 눈을 끔뻑거렸다.

하지만 긴 꿈에서 깨어난 것만 같은 기분도 잠시. 머릿속에서 점차 또렷해지는 기억을 다시금 하나둘씩 마주한 화영은 잔기침을 토해내며 갑갑한 가슴을 주먹으로 쿵쿵 두드렸다.

지난 이틀 동안 벌어진 일은 고난에 단련된 그녀에게도 무척이나 버거운 것이었다. 하지만 괴로움에 마냥 부정하고 싶어도, 야속하리만치 또렷하게 머릿속에 각인된 장면들은 벼락처럼 들이닥친 이 모든 시련이곧 현실임을 여실히 깨닫게 했다.

'사형……'

동그랗게 굽은 몸은 물에 젖은 듯 무거웠지만, 밀려드는 우울을 이기지 못하고 도망치듯 밖으로 나온 화영은 눈앞에 펼쳐진 북쪽 땅의 험준한 산세를 한동안 멍하니 바라보았다. 저 가파른 산중 어딘가에서 홀로스러져 갔을 재하를 생각하니, 결국 참았던 눈물이 또다시 왈칵 쏟아지고 만다.

"화영아."

그때, 어디선가 조용히 모습을 드러낸 율이 나지막한 목소리로 화영을 불렀다. 이에 흠뻑 젖은 뺨을 소맷자락으로 황급히 훔친 화영은 애써 아무렇지도 않은 척 그를 향해 고개를 돌렸다.

"어찌 밖에 계십니까? 이 시각에 어디 다녀오기라도 하셨어요?"

"……몸은 좀 어떻더냐?"

대답 대신 넌지시 질문을 던지는 율의 눈빛은 자못 단단했다. 하지만 화영은 그가 저와 같은 슬픔에 힘겨워하고 있음을 눈치챌 수 있었다.

"보시다시피 괜찮습니다."

결국 입속에 맴돌던 수많은 말들을 꿀꺽 삼켜 버린 화영은 아무렇지도 않은 척 대꾸하며 그의 품에 머리를 기댔다. 기실 누구보다 서로를 절실히 이해하기에 이 공허한 슬픔이 무엇으로도 위로되지 못할 번뇌라는 것을 안다. 하여 율 또한 아무런 말도 하지 않는 것이리라.

맞닿은 체온을 건너 율의 심장박동이 점차 또렷하게 느껴지자, 문득 한쪽 팔로 자신의 배를 슬며시 감싼 화영은 느린 걸음으로 그에게서 물러섰다. 생소한 표정 너머로 복잡하게 엉켜 있는 그녀의 생각을 읽은 것일까. 잠시 무언가를 고민하는 듯하던 율은 이윽고 머뭇거리던 손을 앞으로 내밀며 굳게 닫혀 있던 입술을 달싹였다.

"바람이라도 좀 쐬겠느냐?"

안개처럼 흐린 목소리에 무심코 그 손을 바라본 화영은 일순 흠칫했다. 어둠에 잠겨 자세히 보이지는 않았지만, 가늘고 긴 그의 손 곳곳에는 생긴 지 얼마 되지 않은 듯한 상처가 가득했다.

"가자."

하지만 무어라 말을 꺼낼 새도 없이 몸을 돌려 앉은 그가 순식간에 저를 업고 일어서는 바람에, 당황한 화영은 결국 벙긋거리던 입술을 다시금 꾹 눌러 다물고 말았다.

그렇게 마을 어귀를 벗어나 좁고 구불거리는 길을 얼마나 걸었을까. 평소보다 느린 속도로 무거운 침묵 사이를 가로지르는 율은 어쩐지 분명한 목적지를 두고 걸음을 옮기는 것처럼 보였다.

규칙적인 흔들림에 몸을 맡긴 채, 오르락내리락하는 그의 어깨를 물끄러미 응시하던 화영은 문득 가까워진 숲을 향해 고개를 돌렸다. 둥글게 펼쳐진 별빛은 반딧불처럼 깜박이며 투명한 밤하늘 위를 야속하리만치 아름답게 수놓고 있었다.

그런데 무슨 연유인지 절벽을 끼고 꺾어지는 갈림길 위에서 우뚝 멈춰 선 율이 별안간 굳은 얼굴로 자신의 등에서 화영을 내려주었다. 무심코 주위를 둘러보았지만, 화영의 눈에 비치는 것은 그저 까마득하고 고요한 어둠뿐이었다.

"여기가 어딥니까?"

의아해하는 그녀의 손을 말없이 붙잡은 율이 대답 대신 가리킨 것은 가파른 절벽을 향해 머리를 내밀고 있는 한 그루의 소나무였다. 거센 바람에 몸을 낮춘 모양인지 노파의 등처럼 굽어 자란 나무의 밑동 옆에는 크고 높은 돌무더기가 제법 반듯한 모양으로 쌓여 있었다.

"이건……."

홀린 듯 그 앞으로 걸어간 화영은 메마른 바닥에 비석처럼 꽂혀 있는 검을 마주한 순간, 저도 모르게 짧은 탄식을 뱉어냈다. 넓은 날 폭과 해진 칼자루, 그리고 선명하게 남아 있는 핏자국까지. 믿고 싶지 않았지만 그것은 재하의 검이 분명했다.

"더는 지체할 수 없을 것 같아 이렇게나마 시신을 수습했다. 다행히 편안해 보였어."

"……."

"마지막 가는 길도 지키지 못하게 만들어 미안하구나."

그제야 율의 손에 상처가 생긴 까닭을 알아차린 화영은 결국 무너지듯 주저앉으며 오열하고 말았다. 어쩌면 그의 죽음을 외면하고 싶었던 걸까. 이렇게 완벽히 확인당하고 나니, 저릿한 마음속에 먹처럼 번지기 시작한 슬픔이 온몸을 재로 만들어 버리는 것만 같다.

"어찌 목숨을 잃을 게 뻔한 길을 가시려는 겁니까?"
"미안하구나. 네 뜻을 따라주지 못해서."

그래, 기실 어렴풋하게나마 각오했던 일이었다. 하지만 막상 현실로 마주한 재하의 죽음은 쉽사리 받아들여지지 않는, 아니, 실감조차 나지 않는다는 게 맞으리라.

"혼자가 된다느니 하는 걱정도 하지 마. 내가 있지 않으냐?"

아직도 이 하늘 아래 어딘가에서 살아 숨 쉬고 있을 듯한 그의 존재가, 햇살처럼 따뜻하고 호탕한 웃음이 마치 어제 일처럼 선연하기만 하다. 하지만 더 이상 그 막연한 기대조차 품을 수 없게 되었다는 사실은 뭉그러진 화영의 마음을 자꾸만 나락으로 끌어당기고 있었다.

"반드시 살아남거라."

문득 자신의 손목에 덩그러니 매달려 있던 재하의 흑옥 팔찌를 바라본 화영은 흐느낌을 삼키며 그것을 돌무덤 앞 칼자루에 걸어주었다.

"그 시절 내 삶은 너를 잃을지도 모른다는 두려움과 싸우는 나날이었다."

진창 같던 삶에서 저를 건져 준 이가 바로 그일진대 무엇이 아쉬워 목숨까지 저를 위해 버리고 만 것일까.
"……오래전, 성탄스님께서 이런 말씀을 하셨습니다."
오랜 침묵을 깨고 흘러나온 화영의 가느다란 목소리는 바람처럼 공허했다.
"끊임없이 생사의 기로에 놓일 수밖에 없는 것이 제게 주어진 운명이라고, 살고 싶다면 저와 같은 운명을 지닌 사람을 만나야 할 거라고. 어쩌면 스님께서 말한 그이가 사형이었을지도 모른단 생각이 듭니다. 결국 마지막까지 저는 사형께 빚만 지고 말았어요."

"……"

"그것이, 그것이 내내 마음에 걸립니다."

재하로 인해 이어진 목숨이, 그와 더불어 지켜낸 복중의 아이가 마치 쇳덩이처럼 무겁게 가슴을 짓누른다. 하지만 이 고통스러운 무게 또한 오롯이 버텨내야만 한다는 것을, 화영은 이미 너무나도 잘 알고 있었다.

"서방님."

이윽고 후들거리는 다리를 천천히 일으켜 세운 화영이 등 뒤에 서 있던 율을 돌아보았다.

"저는 이 싸움에서 기필코 살아남을 생각입니다."

"……"

"그리고 지켜낼 겁니다. 저의 신념도, 사형이 구해준 이 아이도."

다짐하듯 읊조리는 그녀의 목소리에서 결연한 의지를 확인한 율은 문득 씁쓸한 미소를 머금었다. 간절히 기다리던 말이었음에도, 입 밖으로 그것을 꺼내기까지 화영이 견뎌야 했을 감정의 굴곡 또한 절절히 공감한 탓이리라.

하지만 깊게 내리깔았던 눈꺼풀을 다시금 천천히 들어 올린 율의 얼굴에는 어느새 그녀 못지않은 투지가 불덩어리처럼 뜨겁게 타오르고 있었다.

"난 네가 반드시 버텨낼 수 있으리라 믿는다. 그렇기에 결심할 수 있었던 거야."

"결심…… 이라니요?"

뜻 모를 율의 말에 물기 어린 화영의 속눈썹이 짧게 흔들렸다. 그 모습을 물끄러미 바라보던 율은 마침내 비장한 표정으로 그녀의 어깨를 지그시 움켜쥐었다.

"지금부터 내가 하는 말, 잘 듣거라."

새삼 고압적인 그의 눈동자에 긴장한 것도 잠시. 동굴 속 메아리처럼 낮고 무거운 목소리가 다시금 이어진 순간, 화영은 당혹감에 그대로 얼어붙을 수밖에 없었다.

"우리는 지금부터 반군의 진영으로 갈 것이다."

⌘

계획대로 야음을 틈타 북청성을 떠난 이시애는 비록 재하의 별동대를 잃었지만 별다른 의심 없이 진격해 온 관군을 포위하는 데 성공했다. 예상 밖의 전개에 당황한 관군은 황급히 성문을 닫아걸었고, 기세가 오른 반군의 공격은 한층 더 맹렬해지기 시작했다.

하지만 북청성의 견고한 수비진은 좀처럼 뚫릴 기미가 보이지 않았고, 무슨 까닭인지 계속되는 공격에도 관군은 어떠한 응전 태세도 취하지 않는 것이었다. 결국 열흘이 넘도록 양측 모두 무의미한 공방이 이어지는 가운데 이시애의 초조함은 점차 극에 달할 수밖에 없었다.

그러던 차에 관군의 전력이, 그것도 둘이나 자신을 찾아왔으니 의심보다 반가움이 앞선 것은 부정할 수 없는 사실이리라. 하지만 부러 험악하게 표정을 굳힌 이시애는 양손을 결박당한 채 막사 안으로 들어오는 두 남녀를 날카롭게 쏘아보았다.

허름한 차림과 맞지 않게 수려한 외모를 지닌 사내는 얼핏 호리호리해 보였지만, 넓고 단단한 어깨가 오랜 시간 고된 수련을 거듭했음을 짐작케 했다. 그에 반해 무관이라기엔 작고 메마른, 심지어 운신조차 버거운 듯한 안색의 여인은 남복을 하고 있음에도 자못 처연해 보이기까지 하니 실로 기묘한 조합이다.

"제 발로 여까지 겨들어 온 기네? 배짱 하난 좋고마."

이윽고 으르렁거리며 말문을 연 이시애는 순식간에 검을 뽑아 율의 목울대를 겨누었다.

"허튼수작 부리디 말고, 본론부터 말해보라."

거친 말투에서 뿜어져 나오는 그의 살기는 실로 엄청났다. 하지만 조

금의 동요도 없이 꼿꼿한 자세로 이시애와 눈을 맞춘 율은 믿기지 않을
만큼 태연한 목소리로 대답했다.

"관군이 투항을 권유한다고 들었소만, 끝까지 버틸 작정이라면 내가
도움을 줄 수도 있을 듯해서 말이오."

"도움?"

"김재하가 죽은 이상 그대가 운용할 수 있는 전술이 많지 않으리라
보오. 기실 나쁘지 않은 제안인 것 같은데."

선뜻 이해할 수 없는 율의 말에, 미심쩍은 표정으로 그를 훑어보던
이시애는 곧 실소를 터뜨렸다.

"흥, 내레 그 말을 어찌 믿간?"

"하면 반대로 묻고 싶군. 자칫하면 입도 벙긋 못 하고 목이 달아날
판국에 이리 빈손으로 그대를 찾아온 연유가 무엇이겠소?"

과연, 제법 일리가 있는 주장이다. 덕분에 대꾸할 말을 찾지 못한 이
시애는 속으로 그의 진위를 가늠하려 애썼다. 확신이 서는 것은 아니었
지만, 깊이를 알 수 없는 율의 새까만 눈동자는 얼추 진정성을 담고 있
는 듯했다.

"……원하는 기 뭐이가?"

마침내 들고 있던 검을 천천히 거둔 이시애가 한결 누그러진 목소리
로 되물었다.

"기래 목숨 걸고 관군을 배신했음 원하는 거이 있디 않간?"

"그저 내가 꾸민 잡희(雜戲)에 약간의 장단만 맞춰주면 되오."

"잡희?"

"때가 되면 알려 드리리다. 그보다 북청성을 탈환하는 것이 먼저요."

좀처럼 저의를 알 수 없는 말만 늘어놓는 율이 못내 의뭉스러웠지만,
일단 고개를 끄덕인 이시애는 계속하라는 눈짓을 보냈다.

"그대들이 조금이라도 물러날 기미를 보이면 관군은 필시 근방에 지
원을 요하는 파발을 띄울 것이오. 하니 함흥으로 가는 길목을 막되 공

격하는 척만 하면서 시간을 끄는 게 상책이지. 저리 버티고 앉은 이상 금세 물자가 바닥날 테니까."

"자멸하길 기다리란 거고마?"

"그렇게 된다면 물론 좋겠지만, 병졸들이 굶주림에 지쳐 갈 쯤 안에 서 문을 열어주는 것이 가장 확실한 방법이오. 적당한 때에 내가 신호를 보내주겠소."

내키지 않는 표정으로 잠시 고민하던 이시애는 다시금 날카롭게 눈빛을 세우며 물었다.

"함정이 아니란 증좌는?"

"그건……."

"제가 볼모로 남겠습니다."

무어라 말을 이으려던 율을 가로막은 것은 놀랍게도 화영이었다. 이시애는 당혹감을 감추지 못하고 그녀를 돌아보았다. 핏기 하나 없이 창백한 안색과 달리 그녀의 눈빛은 놀라우리만치 형형했다.

"너 지금 무슨……."

율 또한 갑작스러운 화영의 행동에 적잖이 동요한 모양이었다. 희미하게 떨리는 입술을 짓누르듯 다문 그가 재빨리 화영을 말리려 했지만, 아랑곳하지 않고 이시애를 향해 한 걸음 다가선 그녀는 조금 전보다 더 또렷해진 목소리로 말을 이었다.

"이만큼 확실한 징표도 없지 않습니까? 제가 여기 있는 한, 결코 장군의 눈을 속이는 일은 없을 겁니다. 이 목을 걸고 약조하죠."

그제야 눈앞의 여인에게서 비범한 기운을 느낀 이시애는 소리 없이 탄복했다. 도대체 저 작고 여린 체구 어디에서 이만한 강단이 뿜어져 나오는 것일까.

한낱 객기인가 싶었지만, 두려움이라고는 조금도 찾아볼 수 없는 그녀의 기개 넘치는 얼굴은 오랜 세월 전장을 누빈 무관과 다름이 없었다. 게다가 눈에 띄게 불안해하는 율을 보니, 과연 그녀의 말마따나 볼

모로서도 확실한 값어치가 있을 듯하다.

"……뭐, 나쁘지 않겠다."

마침내 턱 끝을 매만지며 긍정의 뜻을 내비친 이시애는 두 사람을 데려온 부하를 향해 단조로운 목소리로 명령했다.

"데려가라."

"옛!"

우렁찬 대답과 함께 허리를 숙인 부하가 화영을 데리고 막사를 나가자, 경직된 표정으로 이시애를 돌아본 율은 곧 서늘한 목소리로 말문을 열었다.

"그녀를 정중히 대해야 할 거요. 참고로 이건 부탁이 아니라 경고야."

"무시기, 별걱정을 다 함둥? 나도 그만한 의리는 있고마."

입꼬리를 비죽거리긴 했지만, 다행히 그의 대꾸에 거짓은 없어 보였다. 이에 들릴 듯 말 듯 낮게 한숨을 내쉰 율은 돌연 무슨 생각이 들었는지 자신의 팔을 결박하고 있던 새끼줄을 단박에 끊어버렸다.

예상치 못한 상황에 당황한 것도 잠시. 태연한 표정으로 얼얼한 손목을 매만지던 율이 코앞까지 다가오자, 본능적으로 칼자루를 움켜쥔 이시애는 슬금슬금 뒷걸음질을 칠 수밖에 없었다. 하지만 눈 깜짝할 사이에 거침없이 그의 칼집을 붙잡아 당긴 율이 뒤이어 취한 행동은 놀랍게도 자신의 가슴을 향해 그것을 끌어 올리는 것이었다.

"지금부터 하는 말은 그대 혼자만 알고 있어야 하오."

잠시 멈췄던 그의 입술이 마침내 다음 말을 읊조린 순간, 이시애는 자신의 두 귀를 의심할 수밖에 없었다.

"그날, 모두가 보는 앞에서 이 검으로 나를 베시오."

❀

또 한 번의 긴 밤이 지나고, 어김없이 새로운 하루가 시작됐다. 선잠에서 막 깨어난 화영은 때마침 천막 너머로 들려오는 규칙적인 물소리에 조용히 귀를 기울였다. 언제부턴가 추적추적 내리기 시작한 빗줄기는 한껏 여문 풀 내음을 더욱 짙게 덧씌우고 있었다.

율이 홀로 북청성으로 향한 지도 어느덧 엿새째. 이시애가 내어준 잠자리는 각오했던 것과 달리 편안했지만, 적진에 홀로 남은 입장이다 보니 마음만큼은 좀처럼 안정을 찾지 못했다. 호기롭게 볼모를 자처하긴 했어도 기저에 안개처럼 깔린 불안감은 지울 수 없었던 것이리라.

'게다가……'

문득 이곳에 오기 전, 율과 나눴던 대화를 떠올린 화영은 저도 모르게 미간을 조이며 한숨을 내쉬었다.

"반군에게 가다니, 그게 무슨 말씀입니까? 설마하니 공주 자가의 뜻을 거스르실 작정이세요?"

"그럴 리가 있겠느냐? 단지 내가 세운 계획을 성공시키기 위해 그들의 도움을 조금 받아볼 참이다."

"말씀하시는 계획이 무엇인지는 모르오나, 자칫 잘못하면 저희는 물론 공주 자가의 안위도 장담하지 못할 겁니다. 게다가 반군이 전세를 뒤집을 가능성은 결코 없다는 것을 이미 잘 아시지 않습니까?"

"그들의 승리를 바라보는 게 아니다. 필요한 건 그럴싸한 상황이지."

"예……?"

"너에게 부탁하고 싶은 것은 딱 하나야. 무슨 일이 벌어지더라도 나를 믿어줄 것."

어둠보다 새까만 그의 눈동자에는 말간 달이 흔적처럼 박혀 있었다. 그 속에서 형용할 수 없는 절실함을 느낀 화영은 아무런 대답도 할 수가 없었다. 물론 율을 믿지 못하는 것은 아니었다. 하지만 아무리 머리를 굴려보아도 그의 노림수가 무엇인지 짐작조차 가지 않으니 그저 갑갑

할 따름이리라.

또다시 머릿속이 복잡해지는 통에 이리저리 몸을 뒤척이던 화영은 문득 바람에 흔들리는 막사의 천을 살며시 걷어 올렸다. 그런데 그때, 먼발치로 투박한 그릇 하나를 손에 든 반군이 화영의 막사를 향해 종 종걸음으로 뛰어오는 것이 보였다.

"볼써 일어났음둥?"

흠뻑 젖은 옷자락을 신경질적으로 털어내던 그는 주춤거리며 밖으로 나오는 화영을 발견하고 조금 놀란 듯했다.

"자, 조반이오."

대답 대신 옅은 미소를 지어 보인 화영은 그가 내미는 그릇을 선선히 받아 들었다. 아직 온기가 남아 있는 그릇 안에는 향긋한 산나물과 보 리죽이 소복하게 담겨 있었다.

"내내로 못 먹고 이쨍까?"

흘러가듯 덧붙여 놓고 짐짓 딴청을 피우는 모양은 무심한 말투와 달 리 퍽 다정해 보였다. 아마도 며칠 동안 구역질에 시달리고 있는 화영을 염려한 것이리라.

"어랑 밥이 고조 다 기래."

볼모에 불과한 자신의 끼니를 챙겨주는 것만 해도 감지덕지한 일이거 늘, 부실한 찬거리를 겸연쩍어 하는 사내의 눈빛은 믿기지 않을 만큼 순 박했다.

비록 지금은 검과 창을 들고 있지만, 그 또한 과거에는 이 나라의 평 범한 백성이었을 터. 지극히 당연한 그 사실을 새삼 실감한 화영은 괜 스레 마음이 무거워지고 말았다.

싸움이란 늘 그러하다. 종국에는 무엇을 위한 투쟁인지 알 수 없게 되고, 그 안에서 희생되는 것은 늘 살고자 하는 간절한 마음으로 호미 를 버린 자들뿐.

"……감사합니다."

쓴웃음을 삼키며 고개를 숙인 화영은 조용히 수저를 들었다. 여전히 입맛은 없었지만, 복중의 아이를 생각하면 조금이나마 먹어두는 편이 좋을 것이다. 하지만 그녀가 반쯤 뜬 보리죽을 막 입안으로 욱여넣으려던 찰나, 낯선 얼굴의 반군 하나가 별안간 요란한 소리와 함께 막사 안으로 들이닥쳤다.

"북청성에서 신호가 왔고마!"

"그기 참말이간?"

기다리던 소식에 반색한 것도 잠시. 금세 결연한 표정으로 돌아온 화영은 들고 있던 죽 그릇을 내려놓고 황급히 몸을 일으켰다. 그런데 그때, 다급한 기색으로 화영을 돌아본 반군이 무슨 연유인지 자신의 검을 화영에게 던지듯 건넸다.

"챙겨두라. 그짝까지 신경 쓸 여력은 없시오."

당황하는 화영을 향해 덤덤한 말투로 중얼거린 그는 이내 동료와 함께 홀연히 모습을 감춰 버렸다. 덕분에 손안의 칼자루만 멍하니 바라보던 화영은 이내 그것을 힘껏 움켜쥐었다.

"난 네가 반드시 버텨낼 수 있으리라 믿는다."

그래, 복잡하게 생각할 필요는 없다. 무슨 일이 벌어진들 제게 주어진 사명은 살아남는 것, 단지 그것뿐. 이제 더는 누구에게도 짐이 되고 싶지 않다.

'설령 이 대지가 통째로 무너져 내린다 해도 반드시 살아남고 말리라.'

온몸의 피가 뜨겁게 달아오르는 것을 느끼며 천천히 고개를 든 화영은 어스름 사이로 번져 가는 아침노을을 물끄러미 바라보았다. 하늘도 그녀의 마음을 헤아린 것일까. 장막처럼 쏟아지던 빗줄기는 어느새 조금씩 잦아들고 있었다.

동이 튼 지도 제법 오랜 시간이 흘렀지만, 모래색 구름이 꾸물거리는 하늘은 여전히 어둡기만 했다. 이미 수차례 이어진 전투로 폐허가 되어 버린 들판을 지나자, 마침내 북청성의 웅장한 모습이 시야에 들어왔다.

고개를 넘느라 땀에 젖은 이마를 가볍게 닦아낸 화영은 문득 걸음을 멈추고 손에 잡힐 듯 가까워진 전장을 뚫어져라 바라보았다. 물기를 머금고 반짝이는 성벽에는 목책(木柵)과 녹각(鹿角)이 날카롭게 둘러져 있었고, 그 주변으로는 까마득한 깊이의 구덩이가 가득했다. 하지만 성으로 통하는 문만 계획대로 열려준다면, 모든 것이 무용지물일 터.

'서방님은 괜찮으실까?'

새삼 혼란 속에 던져진 율이 걱정스러웠지만, 시끄러운 생각을 떨치려 부러 고개를 가로저은 화영은 때마침 말머리를 돌리는 이시애를 향해 시선을 옮겼다.

"모두 각오는 돼 있간?"

"옛!"

전에 없이 엄숙한 표정으로 목소리를 높인 반군들은 끓어오르는 사기를 분출하며 저마다 손에 쥔 무기를 흔들기 시작했다. 이에 자신만만한 미소를 지으며 다시금 앞을 바라본 이시애는 마침내 커다란 검을 하늘 높이 치켜들었다.

"지금부터 북청을 탈환하디야! 전군, 돌격!"

"와아아!"

그의 명령이 끝나기가 무섭게 엄청난 함성을 내지른 반군이 맹렬한 기세로 달려간 곳은 성벽 한가운데 자리한 대문 앞이었다. 그러자 어디에 숨어 있었던 건지 순식간에 성벽 위로 모습을 드러낸 궁병들이 밀려드는 반군을 향해 일제히 불화살을 쏘아대기 시작했다.

"버티라! 곧 있으마 문이 열릴 기래!"

비처럼 쏟아지는 화살을 피하며 전열을 가다듬은 이시애가 다시 한 번 검을 치켜든 바로 그때였다.

콰광—

멀지 않은 곳에서 산이 무너지는 듯한 굉음이 솟아오르자, 소리가 난 방향을 향해 고개를 돌린 화영은 이내 경악을 금치 못했다. 믿을 수 없게도 난공불락처럼 보였던 거대한 성문은 어느새 폭격을 맞은 듯 산산조각이 나 있었다.

"문이 열렸다!"

"진격! 진격하라!"

흥분한 반군들이 앞다퉈 달려 나가는 통에 눈 깜짝할 사이 아수라장이 되어버린 성문 앞은 그야말로 혼란 그 자체였다.

'이대로 성안에 들어가는 것은 무리야.'

한시라도 빨리 율을 찾아야 했지만, 대열의 뒤에서 그 광경을 지켜본 화영은 결국 상황이 진정되기를 기다릴 수밖에 없었다. 그러나 다음 순간, 우레와 같은 말발굽 소리와 함께 파도처럼 쏟아져 나온 수백 기(基)의 병력이 반군들의 앞을 가로막기 시작했다.

"더는 저놈들의 전진을 허락하지 마라!"

"밀어버려!"

한데 엉긴 고함 속에서 쇠붙이끼리 부딪치는 익숙한 소리가 터져 나오자, 까칠한 입술을 혀끝으로 훑은 화영은 무의식적으로 손안의 검을 힘껏 움켜쥐었다. 메아리처럼 울려 퍼지던 환희의 포효는 어느새 공포에 질린 비명으로 바뀐 뒤였다.

시선이 닿는 곳 그 어디든 살이 썰리고 피가 튀는 상황이 벌어지는 가운데 가까스로 성문 근처까지 나아간 화영은 마른기침을 토해내며 힘겹게 고개를 들었다. 바로 그때, 불길에 휩싸인 목책 너머로 익숙한 인영(人影)이 솟아올랐다. 자욱한 연기에 가려 잘 보이지는 않았지만, 검이 아닌 단창을 휘두르며 반군의 진영을 가로지르는 그는 분명 율이었다.

"이랴!"

말을 몰기에는 벅찬 혼전 속에서도 침착하게 주위를 두리번거리는 모

습은 마치 무언가를 찾고 있는 것처럼 보였다. 하지만 미처 그를 부를
새도 없이 한 무리의 움직임에 휩쓸리고 만 화영은 결국 옴짝달싹도 하
지 못한 채 성문을 향해 속수무책으로 떠밀려 나아갈 수밖에 없었다.

"웃……!"

거친 피갑에 이리 짓눌리고, 육중한 발에 저리 채이기를 얼마나 반복
했을까. 두 다리는 이미 한계에 다다랐지만, 피가 맺히도록 입술을 깨문
화영은 안간힘을 다해 이를 버텨냈다.

이런 상황에서 자칫 넘어지기라도 한다면, 손가락 하나 까딱할 새도
없이 밟혀 죽을 게 자명하다. 그러나 시간이 지날수록 온몸을 두들기는
통증보다 견디기 힘든 것은 호흡조차 버거울 만큼 죄어드는 가슴이었다.

'아, 아이…… 아이를……'

필사적으로 자신의 배를 감싸 안은 그녀가 더는 버티지 못하고 주저
앉을 뻔한 바로 그때였다.

"화영아!"

누군가 저를 부르는 것 같다는 생각이 든 찰나, 쇳덩어리처럼 무겁기
만 하던 몸이 별안간 허공으로 솟구치는 것을 느낀 화영은 일순 찬물을
뒤집어쓴 것처럼 정신이 번쩍 들었다.

"괜찮으냐? 어디 다친 곳은 없는 거야?"

숨 가쁘게 쏟아지는, 참으로 그리웠던 목소리. 놀랍게도 빈틈없이 자
신의 허리를 감싸 올린 손길은 율이었다.

"화영아."

그토록 바라고 또 바라던 재회이건만, 마주한 그의 얼굴이 꿈처럼 흐
릿해 보이는 연유는 무엇일까.

"서방님……"

"그래, 나다. 정신이 좀 들어?"

간신히 뱉어낸 대답에 안도의 한숨을 내쉬는 율을 얼떨떨한 표정으
로 바라보던 화영은 문득 울컥하는 마음을 이기지 못하고 그의 품에 쓰

러지듯 안길 수밖에 없었다.

"이제 괜찮다. 안심해."

잘게 떨리는 그녀의 어깨를 조용히 다독이던 율은 이내 날카롭게 세운 눈으로 주위를 둘러보았다. 성문 안팎에서 벌어지고 있는 교전은 점차 관군의 승세로 기우는 듯했다.

'시간이 없군.'

비장한 얼굴로 품 안의 화영을 더욱 가까이 끌어당긴 율은 재빨리 고삐를 돌렸다. 좁고 가파른 지형을 따라 길게 이어진 성벽은 뒤로 갈수록 깎아질 듯 아찔한 절벽과 맞닿아 있었다.

하지만 그만큼 접근이 쉽지 않다는 점이 오히려 그에게는 다행스러운 일이었다. 성문이 열릴 것을 알고 있던 반군은 처음부터 전방에 공격을 집중하고 있었고, 관군 또한 후방은 신경을 쓰지 않았던 것이다.

아니나 다를까, 예상대로 텅 빈 성곽 아래서 지난밤 미리 준비해 둔 밧줄을 찾아 든 율은 화영을 말에서 안아 내리며 입술을 달싹였다.

"이제부터 성벽을 넘을 것이니, 단단히 붙잡고 있거라."

"예? 서, 성벽을 넘다니요?"

놀란 화영이 히끅 터지는 숨을 삼키며 되물었지만, 뜻 모를 미소만 지어 보인 율은 자신과 그녀의 허리를 밧줄 끝에 단단히 이어 묶은 뒤 한 치의 망설임도 없이 가파른 성벽을 오르기 시작했다.

비가 온 탓에 발을 디디는 표면이 미끄럽긴 했지만, 생각보다 수월하게 꼭대기까지 다다른 그는 품에서 화영을 내려놓고 나서야 흐트러진 숨을 가다듬을 수 있었다. 그런데 바로 그때, 돌연 생각지도 못한 방향에서 날아온 목소리가 그들의 귓전을 살기등등하게 내리쬐었다.

"그기 둘, 딱 서보라."

일순, 등골이 서늘해지는 것을 느낀 화영은 뻣뻣하게 굳은 표정으로 천천히 뒤를 돌아보았다. 그러자 마치 기다렸다는 듯 그늘 속에서 모습을 드러낸 사내가 입꼬리를 말아 올리며 씨익 미소를 짓는 게 아닌가.

'이시애……!'

불청객의 정체를 확인한 화영은 소리 없이 기함할 수밖에 없었다. 하지만 그녀를 당황하게 만든 것은 비단 그의 등장뿐만이 아니었다.

"내레 혹시나 싶어 준비했지비. 쥐새끼처럼 어데 그래 기어들어 옴둥?"

의기양양하게 앞으로 나선 이시애가 한쪽 팔을 굽혀 붙들고 있는 이는 놀랍게도 관군의 수장 귀성군이었다.

"자, 자네들……!"

"쓰읍."

잇새로 흘러나온 이시애의 날카로운 숨소리에, 무어라 말을 이으려던 귀성군은 움찔하며 입을 다물 수밖에 없었다.

'설마, 처음부터 이걸 노린 것인가.'

그가 별다른 의심 없이 자신들의 제안을 받아들인 것이 의아하긴 했지만, 이런 식의 전개는 확실히 예상 밖의 일이었다. 귀성군의 목덜미에 드리워진 칼끝을 지그시 노려보던 화영은 이윽고 허리춤을 향해 슬며시 손을 뻗었다. 하지만 그녀의 손이 미처 칼자루에 닿기도 전에, 이시애의 카랑카랑한 목소리가 다시금 허공을 갈랐다.

"고거이 딱 놓고 물러서라."

서슬 퍼런 눈빛이 집요하게 자신을 좇는 게 느껴지자, 어쩔 수 없이 두 손을 어깨 위로 올린 화영은 그가 시키는 대로 물러설 수밖에 없었다. 그때, 조용히 상황을 지켜보던 율이 은밀한 목소리로 속삭였다.

"내가 셋을 세는 즉시 뒤돌아서 전속력으로 달리거라."

"예……?"

"망루에 징이 있다."

그제야 율의 말이 무엇을 뜻하는지 눈치챈 화영은 곧 결연한 표정으로 고개를 끄덕였다.

"하나."

지체 없이 이어진 율의 구령에 주변의 공기가 돌연 긴장감으로 팽팽하게 당겨지는 것이 느껴진다.

"둘."

발끝에 힘을 주며 자세를 낮춘 화영은 본능적으로 숨을 멈췄다. 그리고 다음 순간, 셋을 외치는 율의 목소리가 미처 끝을 맺기도 전에 벼락처럼 반대쪽으로 몸을 튼 그녀는 전방을 향해 튕겨 나가듯 달음박질하기 시작했다.

당황한 이시애가 서둘러 검을 휘두르려 했지만, 이미 때는 늦은 뒤였다. 보이지 않을 만큼 빠른 몸놀림으로 순식간에 코앞까지 다가온 율이 발치에 늘어져 있던 밧줄을 이용해 그의 손목 한쪽을 감아 당긴 것이다.

"크읏!"

덕분에 경계가 느슨해지자, 달아날 기회를 엿보던 귀성군은 찰나의 틈을 놓치지 않고 올무처럼 자신을 짓누르던 이시애의 팔을 있는 힘껏 뿌리쳤다. 그와 동시에 마치 기다렸다는 듯이 묵직한 징 소리가 날 선 공기를 누르며 울려 퍼졌다.

"뭐지?"

"무슨 일이야?"

갑작스러운 소란에 교전 중이던 군졸들의 시선이 일제히 소리가 난 북쪽으로 향했다. 때마침 멀지 않은 곳에서 그들을 지휘하고 있던 도총관 강순은 심상치 않은 성벽 위 상황에 크게 당황하고 말았다.

"대, 대감!"

관군의 수장, 더군다나 종친인 귀성군의 신변에 문제가 생긴다면 승리는 고사하고 지금의 유리한 흐름조차 이어가지 못할 게 뻔했다. 하지만 밧줄 하나를 사이에 두고 적장과 대치 중인 율은 물론이거니와 조금 전까지 인질 신세였던 귀성군조차 이렇다 할 무기 하나 없는 신세였다.

"빌어먹을…… 궁병! 궁병은 어디 있나!"

다급해진 강순이 얼빠진 표정으로 성벽을 바라보던 군졸들을 향해 고함을 내지른 바로 그때였다.

"숙이십시오!"

짧지만 명료한 목소리가 귓전을 파고든 순간, 반사적으로 몸을 낮춘 율은 이내 소리 없이 기함했다. 조금의 망설임도 없이 그의 등을 지지대 삼아 허공으로 뛰어오른 이는 바로 화영이었다.

곧이어 부서질 듯한 쇳소리가 울려 퍼지고, 간신히 화영의 공격을 막아낸 이시애는 두 눈을 희번덕거리며 분노의 포효를 내지르기 시작했다.

"크아악!"

성벽도 무너뜨릴 것만 같은 그 괴성에 온몸이 저릿저릿했지만, 이를 악물며 두 팔에 힘을 준 화영은 맞붙어 있던 이시애의 검을 필사적으로 밀어냈다. 그러나 까마득한 완력의 차이를 넘어서기엔 역부족이었다.

"웃……."

결국 밀려드는 무게를 버티지 못하고 검을 놓쳐 버린 화영은 폭발적인 반동에 속수무책으로 튕겨 나갈 수밖에 없었다. 뒤쪽에 서 있던 율이 재빨리 그녀를 받치지 않았더라면 필시 아찔한 상황이 벌어졌을 터.

"네 이놈!"

그사이 포박에서 벗어난 이시애는 잠깐의 지체도 없이 대검을 쥔 손을 하늘 높이 치켜들었다. 터질 듯 부풀어 오른 그의 어깨 너머로 경악에 찬 귀성군의 얼굴이 보였지만, 이미 빈손이 되어버린 화영에게 남은 선택지가 있을 리 만무했다.

"잘 가라!"

조소 섞인 외침과 함께 맹렬히 다가오는 칼날을 마주한 화영은 저도 모르게 자신의 배를 감싸 안으며 두 눈을 질끈 감았다. 그러나 영원 같은 찰나 끝에 그녀를 찾아온 감각은 통각이 아닌 익숙한 온기였다.

그것이 율의 품이라는 사실을 깨닫는 데는 그리 오랜 시간이 걸리지 않았다. 소스라치게 놀란 화영은 짓누르듯 감고 있던 눈꺼풀을 번쩍 추켜올렸다. 구름처럼 느리게 흘러가는 장면 속에서 얼핏 스친 율의 얼굴은 어느새 잔뜩 일그러져 있었다.

새파랗게 변해 버린 입술이, 빗방울처럼 뺨 위를 적시고 있는 선혈이 정녕 그의 것이란 말인가. 기억 저편에 숨겨두었던 죽음의 냄새가 다시금 되살아나자, 머릿속이 새하얗게 굳어버린 화영은 손가락 하나조차 까딱할 수가 없었다. 그런데 그때, 밭은 숨이 섞인 율의 목소리가 거짓말처럼 또렷하게 그녀의 귓전을 파고들었다.

"괜찮아. 날 믿어."

미적지근한 체온이 얇은 옷자락 사이를 파고들자, 퍼뜩 정신을 차린 화영은 얼떨떨한 표정으로 그를 바라보았다. 고통을 참느라 가늘어진 모양과 달리 율의 눈빛은 조금의 흔들림도 없었다.

"무슨 일이 벌어지더라도 나를 믿어줄 것."

그제야 다짐처럼 읊조렸던 그의 말을 기억해 낸 화영은 잘게 떨리던 손을 힘껏 움켜쥐었다. 어찌 된 영문인지는 몰라도 확신에 찬 그의 눈을 마주하니 흙탕물 같던 머릿속 또한 차분하게 가라앉는 듯했다.

"아무 염려 말거라. 반드시, 반드시 지켜줄 테니까."

한결 편안해진 모습의 화영을 향해 보일 듯 말 듯 미소를 지어 보인 율은 이내 지그시 다문 입술을 그녀의 목덜미에 묻었다. 그리고 바로 다음 순간, 화영은 성벽을 등지고 있던 자신의 몸이 허공을 향해 천천히 기우는 것을 느꼈다. 누군가의 고함 소리가 메아리처럼 멀어지고, 먹구름으로 가득 찬 하늘 위에는 때마침 포물선을 그리며 솟아오른 화살이 빗줄기를 대신해 굽이치고 있었다.

하지만 매듭처럼 엮인 율의 팔이 자신을 붙들고 있는 덕분일까. 반듯하던 세상이 본 적 없는 모양으로 뒤집히고 있는데도 이상하게 두렵지는 않았다. 단지 숨이 끓어오르는 듯한 생경한 감각에 얼어붙어 있던 폐부가 저릿할 뿐.

이윽고 기댈 곳 하나 없는 허공에 맨몸으로 던져진 두 사람은 곧 손쓸 새도 없이 절벽 아래로 곤두박질을 치기 시작했다. 바로 옆에서 이를 목도한 귀성군이 황급히 팔을 뻗어보았지만 헛수고였다.

쏟아지는 화살 소리 사이로 얼핏 수면(水面)의 파열음이 들린 듯도 싶다. 망연자실한 표정으로 주저앉아 있던 그는 화살에 맞은 이시애가 반대편으로 도주하고 나서야 성벽 너머로 더듬더듬 고개를 내밀었다. 하지만 까마득히 먼 절벽 아래에는 깊이를 알 수 없는 새파란 강물만 흐르고 있을 뿐, 이미 흔적도 없이 사라진 그들을 찾을 수는 없었다.

"와아! 반군이 퇴각한다!"

"거참 꼴 좋구나! 하하하!"

때마침 꼬리를 내린 반군 무리가 하나둘씩 도망치면서 승리의 기운이 거세지자, 관군들은 서로 얼싸안으며 자축의 함성을 지르느라 바빴다.

정해년(丁亥年) 신월, 반군으로선 뼈아픈 실책이었던 북청성 전투는 그렇게 막을 내렸다. 하지만 함길도 전체를 들썩이게 한 반란이 완전히 진압될 때까지도, 사라진 율과 화영은 끝내 나타나지 않았다.

❀

.

아침이 찾아오자, 투명한 햇살이 잔잔한 수면 위로 조각조각 부서져 내리기 시작했다. 어느새 봄이 온 모양인지 돛을 미는 바람에는 옅은 꽃향기가 완연했다.

오가는 짐꾼들로 분주한 나루터에 막 발을 내디딘 미도는 이내 어깨를 들썩이며 큰 숨을 들이마셨다. 실로 오랜만에 만끽하는 한성의 공기는 기억 그대로 따스하고 정겨웠다.

'여섯 해 만인가.'

이제는 생경하기까지 한 고국의 풍경을 하나하나 눈에 새기듯 훑어보던 미도는 문득 쓴웃음을 지으며 먼 하늘로 시선을 옮겼다. 떠나던 날의 기억은 아직도 눈앞에 선연하건만, 번다하게 살다 보니 벌써 이렇게 긴 시간이 흘러 버렸다.

기실 지난 세월은 떠난 그녀뿐만이 아니라 남겨진 조선에도 격동의 나날이었다. 병마를 이기지 못한 수양이 돌연 훙서하고, 뒤이어 보위에 오른 그의 아들마저 한 해를 조금 넘기고 급사한 것이다. 원자가 있긴 했지만 즉위하기엔 너무 어렸던 탓에 장고를 거듭하던 대비는 마침내 앞서 세상을 떠난 의경세자의 차남 자산군을 추대하기에 이르렀고, 그렇게 열세 살 소년의 삶은 하루아침에 송두리째 바뀌어 버렸다.

어린 나이에 왕위를 이은 점에서 오래전 희생된 훙위가 떠오른 탓일까. 까칠해진 입안을 괜스레 혀끝으로 훑은 미도는 곧 걸음을 재촉하기 시작했다. 소식이 끊긴 경혜의 행방을 수소문하려면 지금부터 부지런히 움직여야 할 터였다. 그런데 바로 그때, 북적이던 인파 속에서 별안간 여인의 날카로운 비명 소리가 울려 퍼졌다.

"도, 도둑이야!"

갑작스러운 소란에 주변의 시선이 일제히 소리가 난 방향으로 향했다. 이는 미도도 마찬가지였다.

"누가 저놈 좀 잡아주세요! 아이고, 이를 어째!"

번잡한 길가 한가운데 멈춰 서서 두 발을 동동 구르던 아낙이 다급히 가리킨 것은 우악스럽게 사람들 사이를 가로지르는 한 사내였다. 별 볼일 없는 시정잡배임이 분명한데도, 커다란 체격에 험악한 인상을 지닌 탓인지 그를 막으려 나서는 이는 아무도 없었다.

급기야 울음까지 터뜨리며 주저앉는 아낙을 안타까운 표정으로 바라보던 미도는 끝내 이를 외면하지 못하고 저만치 달아난 사내의 뒤를 황급히 쫓기 시작했다. 그런데 속절없이 멀어지던 사내가 별안간 벼락이라도 맞은 것처럼 몸을 뒤틀며 고꾸라지는 게 아닌가.

"자경단(自警團)이다!"

예상치 못한 상황에 당황한 것도 잠시. 누군가의 외침과 동시에 홀연히 나타난 두 개의 인영이 사내의 뒷덜미를 우악스럽게 잡아 일으키는 것을 본 미도는 일순 마른 숨을 삼켰다. 흑색 옷차림에 삿갓을 눌러쓴 그들의 모습이 어쩐지 놀라우리만치 익숙하게 느껴진 탓이었다.

"저 아낙네, 운이 좋았군."

"자경단 구역에서 전대치기를 한 놈이 미련한 거겠지."

"그게 아니라, 다른 이라면 사례금으로 반절은 뜯겼을 터인데 자경단은 그럴 일도 없지 않나?"

"하긴 그렇군."

"뭐, 덕분에 나루터가 평화롭고 안전해졌으니 참으로 고마운 일이야."

주변 사람들의 수군거림을 들어보니, 자경단이라는 말은 저 두 사람을 일컫는 단어인 듯했다. 그제야 미도는 갑작스러운 소란에 기묘할 정도로 무심했던 사람들의 반응을 이해할 수 있었다. 아니, 무심했던 게 아니라 믿고 있었던 것이다. 그들, 자경단이 나타나 아낙을 도와주리란 것을.

"하, 한 번만 봐주십시오! 잘못했습니다!"

붙잡힌 사내는 어느새 훔친 꾸러미를 내어놓고 손이 발이 되도록 싹싹 빌고 있었다. 그때, 두 사람 중 작고 마른 체격을 가진 이가 사내의 앞에 자세를 낮추고 앉아 무어라 말을 건네는 게 보였다.

그 광경을 뚫어져라 응시하던 미도는 무심코 주먹을 불끈 움켜쥐었다. 사내라기엔 왜소한 몸 하며 삿갓 아래로 보이는 동그란 턱, 그리고 유순한 미소를 그리는 입술에서 그리운 누군가를 떠올린 것이다.

'설마⋯⋯.'

그럴 리가 없다고 생각하면서도, 혹시나 하는 생각에 막 걸음을 떼려던 바로 그때였다.

"미도야."

스스로도 잊고 살았던 자신의 이름이 거짓말처럼 귓전을 파고들자, 소스라치게 놀란 미도는 돌처럼 굳어버린 얼굴을 천천히 돌렸다.

"오랜만이구나."

반듯하고 동그란 이마와 유난히 크고 맑은 눈동자, 부드러운 곡선을 그리는 입술, 그리고 복사꽃처럼 말간 두 뺨.

"……공주 자가."

믿을 수 없다는 표정으로 눈앞의 여인을 바라보던 미도는 한참이 지난 후에야 간신히 입술을 달싹일 수 있었다. 흘러간 세월이 무색하리만치 변함없는 모습으로 그녀를 향해 미소를 지어 보이는 이는 다름 아닌 경혜였다.

노도진(露渡津)에서 그리 멀지 않은 마을에 위치한 경혜의 처소는 허름한 외관과 달리 깨끗하고 널찍했다. 봄바람이 살랑살랑 불어오는 대청에 앉아 찻잔을 기울이던 경혜가 먼저 말문을 열었다.

"안 그래도 그날 이후 소식이 끊겨 걱정이 많았다. 이제껏 어디서 무얼 하고 지낸 것이야?"

그녀의 질문 속에 담긴 '그날'이란 말이 새삼 무뎌졌던 가슴을 아프게 짓이기는 듯하다. 잠시 떠올린 기억만으로도 눈물이 쏟아지는 통에 부러 아랫입술을 질끈 깨문 미도는 곧 쓸쓸한 표정으로 먼 곳을 바라보았다.

"실은 조선을 떠났었습니다."

"……."

"아무 일도 없었다는 듯 태연히 살아갈 자신이 없었거든요."

율과 화영의 마지막을 전해 들은 그날 이후, 미도는 그야말로 미친 사람처럼 북청의 강가를 헤매고 다녔다. 하지만 살아 있으리라 믿었던 마음이 점차 불안으로 바뀌고 실낱같던 희망마저 계절이 흐르면서 절망으로 변해 버리자, 모든 것을 놓아버린 그녀가 택한 것은 도망이었다.

그들을 죽게 한 아버지를 저주하고, 그들을 지키지 못한 자신을 질책하고, 그들을 떠나보낸 이 땅을 외면했다. 차마 마주 볼 수 없었던 그들의 죽음을 받아들이게 된 것은 조선을 떠난 후 삼 년이 지난 뒤의 일이었다.

이제 와 든 생각이지만, 그들은 자신의 죽음을 스스로 선택한 것일지도 모른다. 반란을 진압함과 동시에 경혜의 수족까지 잘라낸 수양은 더 이상 그녀를 경계하지 않았고, 병마에 약해져 있던 마음은 오히려 혼자가 된 그녀를 측은히 여기도록 만들었으니까.

'하지만 그렇게 남겨진 사람들이 행복할 리 없잖아.'

문득 원망 섞인 한숨을 뱉어낸 미도는 착잡한 마음을 다스리려 앞에 놓인 찻잔을 집어 들었다. 그런데 바로 그때, 담장 밖으로 시선을 돌린 경혜의 입가에 돌연 뜻 모를 미소가 떠올랐다.

"도착한 모양이구나."

"예? 무엇이 말입니까?"

"네게 꼭 보여주고 싶었던 사람."

의미를 알 수 없는 경혜의 말에 무심코 고개를 돌린 미도는 때마침 싸리문을 밀며 마당 안으로 들어서는 청년과 눈이 마주친 순간, 흠칫 놀라고 말았다.

물이 흐르듯 유려하게 미끄러지는 얼굴 선, 크고 선명한 눈동자, 온화한 곡선을 지닌 입술. 일견 청아함이 느껴지는 청년의 이목구비는 기억 속에 남아 있는 그 시절의 종과 너무나 많이 닮아 있었다.

"⋯⋯용이로군요."

"그래, 밤톨 같은 얼굴로 어머니, 어머니 하면서 쫓아다니던 것이 엊그제 같은데 벌써 저리 장성해 버렸단다."

새삼 감격스러운 표정으로 청년이 된 용, 아니, 미수를 바라보던 미도는 이내 그의 등에 자그마한 어린아이가 업혀 있는 것을 발견했다. 제게 꽂힌 시선에 잠시 망설이던 미수가 주춤거리며 내려놓은 아이는 얼핏 네다섯 살 정도 되어 보이는 소녀였다.

그런데 낯선 이의 눈치를 살피며 미수의 뒤로 몸을 숨기는 모양이 어딘지 모르게 반가우면서도 익숙하다. 연유 모를 기시감에 고개를 갸웃거리던 미도는 문득 가슴이 철렁 내려앉는 것을 느꼈다.

"서, 설마 저 아이……."

헛숨까지 삼키며 더듬거리는 미도와 달리 소녀를 안아 드는 경혜의 표정은 평온하기만 했다.

"이 아이란다. 네게 보여주고 싶었던 사람."

"……."

"누군가를 아주 많이 닮았지?"

그제야 경혜의 말이 뜻하는 바를 깨달은 미도는 터질 듯 뛰어대는 가슴을 두 손으로 지그시 누를 수밖에 없었다.

'살아 있었어! 살아 있었던 거야……!'

저도 모르게 터져 버린 눈물은 주체할 수 없이 뺨 위를 적시고, 두 다리는 마치 마비가 된 것처럼 딱딱하기만 하다.

"혹시 자경단이라고 들어본 적 있니? 근자에 순라군을 대신해서 도성 주변 마을을 지켜주는 사람들인데, 아까도 전대치기 한 왈패 하나를 붙잡은 모양이더라."

은밀한 척 목소리를 낮춘 경혜는 벅찬 기쁨에 흐느끼는 미도를 향해 따뜻한 미소를 지어 보였다.

"이건 비밀인데, 그 사람들 실은 부부래. 아주 건강하고, 늘 기운이 넘쳐. 두 사람을 쏙 빼닮은 예쁜 딸도 있지. 이 아이처럼."

그래, 어찌 몰라볼 수 있겠는가. 가늘고 상냥한 눈매에도, 밤하늘을 닮은 암청색 눈동자에도, 사무치게 그리웠던 이들의 흔적이 여실하거늘.

"다행입니다. 정말, 정말 다행입니다."

다 큰 어른이 갓난쟁이처럼 울고 있는 게 이상해 보였던 걸까. 자그마한 입술을 동그랗게 오므린 채 미도를 바라보던 소녀의 얼굴에 의아한 표정이 떠올랐다. 하지만 투명한 소녀의 뺨을 하염없이 쓰다듬는 동안에도 미도의 눈물은 좀처럼 그칠 줄을 몰랐다.

"그럼 가보겠습니다."

여전히 붉게 달아올라 있는 얼굴을 깊숙이 숙인 미도가 작별의 인사를 건네자, 아쉬운 표정으로 그녀를 바라보던 경혜는 이내 다정한 목소리로 물었다.

"이제 어디로 갈 생각이야?"

"글쎄요. 당분간은 그저 목적지 없이 돌아다녀 볼 참입니다만……."

잠시 말을 멈춘 미도의 시선이 문득 마당 한쪽에서 모래 장난을 하고 있는 소녀에게 가 닿았다.

"이야기책을 하나 쓰고자 합니다."

"이야기책?"

"누군가는 기억해 줬으면 하는 이야기가 있거든요. 보이지 않는 곳에서 소중한 사람들을 지키며 누구보다 치열하게 살아온, 아니, 살아갈 이들의 이야기요."

나지막한 목소리로 중얼거리는 그녀는 어쩐지 오랜 짐을 털어낸 것처럼 홀가분해 보였다.

"폭풍우처럼 몰아쳤던 지난 세월도 훗날에는 몇 줄의 문장만으로 기록되겠지요. 하지만 간결해 보이는 글자 뒤에도 이토록 수많은 삶이 잠들어 있다는 사실을, 누군가는 알아주길 바랍니다."

이윽고 생경하리만치 환한 미소를 지어 보인 미도는 먼 곳을 향해 부푼 시선을 돌렸다. 어느새 청명한 하늘에는 봄빛 햇살을 머금은 구름이 목화처럼 풍성하게 피어 있었다.

外. 못다 한 이야기

한바탕 소란을 치른 뒤, 다시금 평온을 되찾은 나루터에는 오후의 긴 햇살이 따스하게 드리워졌다. 하지만 무슨 연유인지 잰걸음으로 강변을 가로지르는 두 사람 사이에서는 때 아닌 설전이 벌어지고 있었다.

"글쎄, 무턱대고 엄한 소리부터 하면 안 된다니까요?"

마을 어귀에 접어들 때까지 이어지는 잔소리에, 미간을 구기며 한숨을 쉰 율은 쓰고 있던 삿갓을 벗으며 화영을 돌아보았다.

"나쁜 짓을 했으면 응당 질책을 받아야지, 어찌 너는 매번 그리 물렁한 말만 하느냐?"

"연유는 들어봐야지요. 저이가 순전히 재미로 전대치기를 했겠습니까? 다 형편이 어렵고, 먹고 살기 버거우니 어쩔 수 없이……."

"속 편한 소리."

얼굴이 벌게지도록 열변을 토하는 그녀를 못마땅하다는 듯 바라보던 율이 혀끝을 차며 고개를 가로저었다.

"사람은 사람, 죄는 죄다. 인정을 베푸는 데도 한계가 있는 거야. 살림이 곤궁하다 하여 모두가 도둑질을 하는 것은 아니지 않느냐?"

"치죄(治罪)는 형방의 일입니다. 우리는 그저 곤란에 처한 사람을 돕는 것뿐이라고요."

"하여 내 얌전히 관아에 넘기지 않았더냐?"

"제 말은 그게 아니라, 서방님께서 그자에게 너무 냉정한 말을……."

"어머니, 아버지!"

그때, 멀지 않은 곳에서 해맑은 어린아이의 목소리가 산새의 지저귐처럼 울려 퍼졌다. 이에 성이 난 표정을 황급히 거두며 고개를 돌린 화영은 곧 부서질 듯 환한 미소를 지으며 두 팔을 벌렸다. 그러자 조막만한 발로 열심히 화영을 향해 달려온 소녀가 까르르 웃으며 그녀의 품에 풀썩 안겨들었다.

"우리 연우, 여기까지 어찌 나온 게야?"

"저도 이제 길 알아요! 오라버니께서 알려주셨거든요!"

자못 씩씩한 대답 끝에 또다시 청아한 웃음소리가 번지자, 이를 지켜보던 율의 얼굴에도 금세 즐거운 미소가 떠올랐다. 이윽고 보기 좋게 살이 오른 소녀의 뺨에 얼굴을 맞댄 채 숙였던 몸을 일으킨 화영이 짐짓 쌜쭉한 표정으로 그를 돌아봤다.

"아무튼 다음부터 그러지 마십시오. 꾸지람을 하기 전에 차분히 타이르시란 말입니다. 연우한테는 싫은 소리 한 번 못 하는 분이 어찌……."

"너야말로 다른 이에겐 그리 상냥하면서 어찌 내겐 이리 지청구를 놓는 것이냐?"

결국 답지 않게 서운한 기색을 비친 율이 불퉁하게 입술을 비죽였다. 그제야 좀 심했다는 생각이 들었는지, 슬그머니 입을 다문 화영은 동그란 눈동자를 데굴데굴 굴리며 그의 눈치를 살피기 시작했다.

"화나셨습니까?"

"……아니다."

"하면 토라지신 겁니까?"

"아니라니까."

여전히 비죽거리는 말투로 일관하는 율의 모습에, 보일 듯 말 듯 미소를 지은 화영은 품 안의 연우를 내려놓으며 그의 손을 살며시 감싸 쥐었다. 그러자 움찔하며 고개를 돌린 율의 입꼬리가 금세 얕은 파동을 그리며 움직거렸다.

"남들이 서방님을 오해하니 드린 말씀입니다. 알고 보면 한없이 다정하신 분인데 다들 일견에 겁부터 내니 속상해서요."

한결 부드러워진 목소리로 속내를 털어놓던 화영은 문득 푸스스 웃음을 터뜨리며 장난스레 말을 이었다.

"기억나십니까? 궁방 시절에 하도 저를 꾸짖으셔서 서방님만 뵈오면 괜히 움츠러들던 거. 아직도 그때 생각만 하면, 어휴."

"……것도 다 애정이 있어 그리한 게다."

지난 이야기에 새삼 민망한 마음이 들었는지 괜한 헛기침을 덧붙인 율은 제 옆의 연우를 한 팔에 안아 올리며 말끝을 돌렸다.

"어디 보자. 우리 연우, 오늘은 무얼 하고 보냈느냐?"

"오라버니랑 꽃도 따고 팔찌도 만들었습니다. 보여드릴까요?"

율의 물음에 신이 난 표정으로 메고 있던 바랑을 푼 연우는 곧 그 안에서 작은 풀꽃을 한 줌 꺼냈다. 그런데 이를 물끄러미 바라보던 율의 가느다란 눈이 불현듯 유순한 곡선을 그리며 휘어졌다.

"연우야, 우리 이 꽃은 어머니께 드릴까?"

은밀히 전해진 율의 속삭임에 눈을 빛내며 고개를 끄덕인 연우는 들고 있던 꽃팔찌를 선뜻 화영에게 내밀었다.

"어머니, 아버지께서 드리래요."

그 꾸밈없는 전언이 마냥 천진하여 또 한 번 소리 내어 웃고 만 화영은 연우의 머리를 다정하게 쓰다듬으며 그것을 받아들었다. 늘 그러했듯 이 또한 말 대신 건네진 화해의 손길이리라.

"고맙구나. 아버지께도 그리 전해드리거라."

짐짓 모르는 척 시선을 돌린 화영의 대답에 율은 결국 참았던 미소를 슬며시 머금을 수밖에 없었다. 그런데 그때, 율의 품에서 벗어난 연우가 돌연 강 쪽을 가리키며 반가운 목소리로 외쳤다.

"어, 저기 숙모님이 계세요!"

동시에 연우가 가리킨 곳으로 시선을 돌린 율과 화영은 곧 정자 위에 앉아 있는 경혜를 발견했다. 그녀는 평온한 표정으로 오후의 햇살에 반짝이는 백사장을 하염없이 바라보고 있었다.

"공주 자가."

화영의 부름에 반가운 얼굴로 몸을 일으키던 경혜가 문득 마른기침을 잘게 토해내기 시작했다. 그러자 한달음에 경혜의 곁으로 달려간 화영은 걱정스러운 표정으로 그녀에게 자신의 장의를 입혔다.

"아직 기체가 미령하시온데 어찌 이리 나와 계셨습니까?"

"괜찮다. 오늘은 좀 늦었구나."

부러 환한 미소를 지어 보이며 손에 쥔 영견을 품에 넣은 경혜는 이내 제 옆의 난간에 매달리는 연우의 머리를 쓰다듬었다.

"연우야, 어서 내려오너라."

자못 엄한 화영의 말에 흠칫 하며 고개를 돌린 연우가 슬며시 눈동자를 굴려 경혜를 바라보았다.

"내버려 두려무나. 풍광이 좋으니 연우도 보고 싶은 게지."

이를 눈치챈 경혜가 부러 연우를 두둔해 보았지만, 단호하게 고개를 저은 화영은 다시금 낮은 목소리로 제 딸을 나무랐다.

"안 돼. 어미가 위험하다고 했지?"

"아이참, 어머니께서는 고작 이 정도 높이가 무서우십니까?"

결국 불퉁하게 입술을 비죽이며 난간에서 내려온 연우가 볼멘소리를 하며 물었다. 이에 뜻 모를 표정을 지은 화영은 무슨 연유인지 꾸중 대신 한숨을 내쉬며 중얼거렸다.

"것도 다 네 아버지 덕분이지."

"예?"

의아하다는 듯 말꼬리를 올린 연우의 시선이 곧 제게 닿자, 멋쩍은 듯 콧등을 긁적인 율은 어색한 시선을 황급히 정자 밖 풍광으로 옮겼다. 하지만 이를 아는지 모르는지, 아득한 눈으로 지난 기억을 더듬던 화영은 곧 짓궂은 기색을 띤 목소리로 말을 이었다.

"오래전에 네 아버지께서 어미를 물에 빠뜨린 적이 있단다. 아주 아주 높은 곳에서."

"……빠뜨린 게 아니라, 같이 빠진 거지."

변명처럼 대꾸하다 말고 이내 끙 하며 입을 다문 율은 제 앞에 선 화영의 동그란 어깨를 조용히 끌어안았다.

"미안."

순순한 사과에 화영은 피식 웃으며 고개를 가로저었다.

"농입니다. 농."

"그래도."

율이 비 맞은 강아지처럼 시무룩한 표정을 짓자, 화영은 대답 대신 그의 머리를 말없이 쓰다듬었다. 어느새 두 사람의 머릿속에는 깊이를 알 수 없던 '그날'의 어둠이 어제 일처럼 생생하게 펼쳐지고 있었다.

북청성에서 몸을 던졌던 정해년 그날, 까마득한 거리를 지나 수면과 충돌한 화영은 까무룩 정신을 잃고 말았다. 가까스로 의식을 회복했을 때, 그녀의 눈앞에 보인 것은 피투성이 몸으로 자신을 업고 있는 율의 뒷모습이었다.

"……서방님."

가느다란 그 부름에, 힘겨운 걸음을 옮기던 율의 발이 우뚝 멈췄다. 이윽고 그의 어깨가 가늘게 떨리고 있음을 깨달은 화영은 말없이 그 위에 제 얼굴을 묻을 수밖에 없었다.

"저는 괜찮습니다. 조금 놀라긴 했지만."

"……."

"미안해 마십시오. 서방님의 생각을 전부 헤아릴 순 없겠지만 지금
도, 앞으로도, 무슨 일이 있어도, 저는 서방님을 믿을 테니까."

긴 침묵이 흐르고, 천천히 고개를 끄덕인 율은 다시금 무거운 걸음을
옮기기 시작했다. 하지만 제 손으로 화영을 위험에 빠뜨렸다는 죄책감
은 율의 마음을 오래토록 짓누르고 또 짓눌렀다. 더군다나 표면적으로
죽은 사람이 되어버린 그들이 마음 편히 신변을 위탁할 곳은 그리 마땅
치 않았다.

다행히 덕성의 외딴 사찰에 머물며 상처를 회복한 두 사람은 화전민
무리에 섞여 평안도로 건너갔다. 그리고 다음 해 봄 매화가 한창일 무렵
무사히 딸 연우를 얻었다. 수양의 훙서 소식이 전해진 것은 그로부터 얼
마 지나지 않은 가을의 일이었다.

"인간만사 새옹지마라고, 삶이란 게 참 한 치 앞을 알 수가 없어. 하
늘 높이 떠오른 듯하면서도 어느새 정신을 차리고 보면 지하 밑까지 떨
어져 있고."

때마침 나지막하게 읊조리는 경혜의 목소리에 퍼뜩 상념에서 깨어난
화영은 문득 그녀의 표정이 어딘지 모르게 들떠 있음을 느꼈다.

"오늘따라 신관이 밝으시네요."

"표가 나더냐?"

쿡쿡 웃으며 화영을 돌아본 경혜는 이내 즐거운 목소리로 대꾸했다.

"실은 오늘 반가운 손님이 다녀갔단다."

"손님이요?"

의아해하는 화영의 물음에 경혜 대신 불쑥 말문을 연 것은 연우였다.

"있잖아요, 어머니. 그분이 저를 보고 우셨어요. 얼굴은 웃고 계셨는
데 이렇게 막 눈물을 흘리시면서 살아 있었다고, 다행이라고 하셨어요.

이상하지요?"

"······뭐?"

그 순간, 먼 기억 속에서 누군가의 얼굴을 떠올린 화영은 놀란 표정을 감추지 못하고 다시금 경혜를 바라보았다. 이는 율 또한 마찬가지였다. 두 사람이 좀처럼 말을 잇지 못하자, 희미하게 고개를 끄덕인 경혜는 연우를 제 무릎에 앉히며 말을 이었다.

"그건 말이다, 연우야. 아주 아주 기뻐서 그러신 거야. 우리 연우를 만난 게 아주 아주 기뻐서."

"기쁘면 웃어야지 왜 울어요?"

"나중에 연우가 좀 더 크면 알게 될 거야. 눈물은 슬플 때만 흘리는 게 아니거든."

"······그래서 어머니께서도 울어요? 기뻐서?"

연우의 물음에, 소리 없이 흐르는 눈물을 서둘러 닦아낸 화영은 곧 벅찬 미소를 지어 보였다.

"응, 아주······ 아주 기뻐서 우는 거야."

그런 화영의 허리를 말없이 감싸 안은 율은 이윽고 노을을 머금은 채 붉게 일렁이는 한강을 향해 시선을 옮겼다. 잠시 후, 그를 따라 고개를 돌린 화영이 문득 꿈에 젖은 듯한 목소리로 중얼거렸다.

"매번 느끼는 거지만, 참으로 아름다운 광경입니다."

"······네가 더."

들릴 듯 말 듯한 율의 속삭임에, 젖은 눈을 기울이며 피식 웃음을 터뜨린 화영은 말없이 그의 손을 마주 잡았다. 때마침 부드러운 바람이 불고, 총천연색 가득한 풍경 안에는 한결 풍성해진 꽃비가 칭찬에 화답하듯 찬란하게 흩날리고 있었다.

작가 후기

시작은 단순했습니다. 반당이라 불리던, 조선왕조실록 곳곳에 등장하는 사람들의 이야기를 쓰고 싶었을 뿐이니까요. 하지만 스토리를 진행하면서, 주인공들의 움직임을 그려보면서 참으로 많은 감정이 들었습니다. 조선반당록은 허구이지만, 글자로 남겨진 기록 뒤에서 누군가에게는 현실이었을지 모를 이야기를 기억해 주시면 좋겠습니다. 그리고 바로 지금, 당신의 이야기 또한 미래로 이어지는 조각 중 하나라는 것도요.

끝으로 처음 글을 쓸 수 있도록 용기를 준 LEK, 항상 응원해 주는 가족과 친구들, 더불어 오래전부터 조선반당록을 지지해 준 독자 분들께 감사의 인사를 올립니다.